KB044608

근대여성작가선

책임 편집 · 이상경

서울대학교 국어국문학과를 졸업하고 같은 과 대학원에서 박사 학위를 받았다. 현재 KAIST 인문사회과학부 교수로 있다. 지은 책으로 『한국근대민족문학사』(공저), 『이기영—시대와 문학』 『한국근대여성문학사론』 『강경애—문학에서의 성과 계급』 『임순득, 대안적 여성 주체를 향하여』 『나는 인간으로 살고 싶다—영원한 신여성 나혜석』 등이, 엮은 책으로 『강경애 전집』 『나혜석 전집』 『일제 말기 파시즘에 맞선 혼의 기록』 등이 있다.

한국문학전집 47

근대여성작가선

초판 1쇄 발행 2021년 4월 30일

지 은 이   김명순 외
책임 편집   이상경
펴 낸 이   이광호
주   간   이근혜
편   집   박지현 홍근철
펴 낸 곳   ㈜문학과지성사
등록번호   제1993-000098호

주   소   04034 서울 마포구 잔다리로7길 18(서교동 377-20)
전   화   02)338-7224
팩   스   02)323-4180(편집) 02)338-7221(영업)
전자우편   moonji@moonji.com
홈페이지   www.moonji.com

근대여성작가선

이상경 책임 편집

문학과지성사 한국문학전집 47

| 차례 |

| 일러두기 |

1. 이 책의 맞춤법은 1988년 문교부 고시 '한글 맞춤법'에 따르는 것을 원칙으로 했다. 그러나 대화에서의 자연스러운 구어적 표현, 작품 분위기에 어울리는 방언, 맛깔나는 의성어, 의태어 등은 가급적 원문 그대로 살리고자 했다.

2. 원문의 한자는 가능하면 한글로 바꾸었으며, 작품 이해를 위해 필요한 경우에는 괄호 안에 한자를 넣었다.

3. 외래어 표기는 1986년 문교부 고시 '외래어 표기법'에 따르는 것을 원칙으로 했다. 그러나 작품 고유의 분위기를 살리는 것이 필요하다고 판단되는 경우에는 가급적 원문을 그대로 살리고자 했다.

4. 엮은이의 부가적인 설명이나 해설이 필요한 경우에는 미주를 통해 간략하게 뜻풀이를 했다.

5. 김명순의 작품에서 과거형으로 '-었-'과 '-었었-'을 섞어 썼는데 특별하게 구별될 만한 점이 없어서 모두 '-었-'으로 교열했다.

6. 토씨 '에/의'는 발음상의 문제로 보고 경우에 따라 현재의 용법에 맞게 바로잡았다.

7. □표는 원문에서 판독하기 어려운 글자이고 ○, ×는 원문에서 복자 처리된 것이다.

8. 문장부호는 독자의 편의를 위하여 엮은이가 적절하게 넣은 것이다.

김
명
순

의심의 소녀

선례

돌아다볼 때

탄실이와 주영이

의심의 소녀

1

　평양 대동강 동안(東岸)[1]을 2리쯤 들어가면 새마을이라는 동리
가 있다. 그 동리는 그리 작지는 않다. 그리고 동리의 인물이든지
가옥이 결코 비루(鄙陋)하지도 않으며 업(業)은 대개 농사다. 이
동리에는 '범네'라 하는 꽃인가 의심할 만하게 몹시 어여쁘고 범이
라는 그 이름과는 정반대로 지극히 온순한 8, 9세의 소녀가 있다.
그 소녀가 이 동리로 온 것은 두어 해 전이니 황 진사라는 60여 세
되는 젊지 않은 백발 옹과 어디로선지 표연히 이사하여 와 거(居)
한다. 그 후 몇 달을 지나서 범네의 집에는 30세가량 된 여인이
왔으나 역시 타향인이었다. 업은 없으나 생활은 흡족한 듯이 보
이며 찾아오는 내객(來客)이라고는 1년에 1차도 없고 동리 사람
들과 사귀지도 않는다. 그런 고로 이 동리에는 이 범네의 집 일이
한 의심거리가 되어 하절(夏節) 장마 때와 동절(冬節) 긴 밤에 담
뱃대 털 사이의 이야깃거리가 되었다.

범네라는 미소녀는 그 이웃 소녀들과 사귀기를 간절히 바라는 것 같다. 혹 때를 타서 나물하는 소녀들을 바라보고 섰으면 이웃 소녀들은 범네의 어여쁜 용자(容姿)에 눈이 황홀하여져서 서로 물끄러미 바라보고 있을 때에 백발 옹은 반드시 언제든지

"야, 범네야. 야, 범네야"

하고 부른다. 범네는 가엾은 모양으로 뒤를 돌아보며 도로 들어간다. 또한 의심을 일으키게 하는 것은 3인이 각각 타향 언어를 쓰는 것인데 옹은 순연한 평양 사투리요, 범네는 사투리 없는 경언(京言)²이며 여인은 영남 말씨다. 또 범네는 옹더러는 '한아버니,' 여인더러는 '어멈'이라고 칭호한다. 모르는 촌 소녀들은 그 여인이 범네의 모친인가 하였다. 촌인(村人)들도 이렇게 외에는 범네의 집 내용을 구태여 알려고도 아니하였다.

2

그들이 이사하여 온 지 만 1년이나 지난 하절이다. 어떤 장날 마침 옹은 오후 1시경에 외출하여 어슬어슬한 저녁때까지 집에 돌아오지 않았다. 범네는 심심함을 못 이김이던지 싸리문 안에서 문을 방긋이 열고 내다보고 섰다. 그때 동리 이장(里長)의 딸 특실이가 그 어머니를 찾아 방황하는 모양을 보고 살며시 문밖으로 흰 얼굴만 나타내어 자기를 쳐다보는 특실이를 향하여 미소하며 은근하게

"네가 특실이냐?"

특실이는 반가웁게 그 토지어(土地語)³로

"응, 너의 하루바니 어디 가셨니?"

물었다. 범네는 어여쁜 얼굴에 웃음을 띠며

"벌써부터 성내에 가셨는데……"

하고 말 마치기 전에 은행피⁴ 같은 눈꺼풀⁵을 붉혔다. 두 소녀는
잠깐 잠잠하다가

"너는 아바니는 안 계시니?"

하고 특실이가 물으며 범네는

"아바니는 서모하고 큰언니하고 서울 계시구……"

또다시 눈꺼풀이 붉어진다.

"지금 같이 있는 이는 너의 누구가?"

"외한아버니하구 밥 짓는 어멈이다……"

두 소녀의 담화가 점점 정다워갈 때에 멀리서 옹의 점잖고 화평
한 모양이 보였다. 범네는 특실이를 향하여 온정(穩靜)⁶하게

"내일 또 놀러 오너라"

하고 걸음을 빨리하여 옹의 옷소매를 붙들며 옹의 귀가를 무한히
기꺼워한다. 옹은 범네의 손목을 이끌어 싸리문으로 들어가며

"심심하던?"

한다.

범네가 이같이 특실이와 이야기한 것도 2년이나 한동리 앞뒷집
에 살았지만 비로소 처음이었다.

3

혹독한 서중(暑中)에 기다리던 추절이 기별 없이 와서 맑고 시원한 바람에 오동잎이 힘없이 떨어지매 연년이 변치 않고 돌아오는 추석 명절이 금년에도 돌아왔다. 도(都)[7]에나 비(鄙)[8]에나 성묘 가는 사람이 조조(早朝)부터 그칠 새 없이 각기 조선부모(祖先父母), 부처자녀(父妻子女)의 고혼(故魂)을 위로키 위하여 술이며 음식을 준비하여 남녀노소를 막론하고 북촌(北村) 길로 향한다. 새마을 동리의 범네와 옹도 누구의 묘에 가는지 그중에 끼어 있었다. 어느덧 해는 모란봉 서편에 기울어지고 능라도(綾羅島) 변에 연연(涓涓)[9]한 세파(細波)[10]는 금색을 대(帶)하였다. 이른 아침[11]과 주간에 그리 분요하던 성묘인들은 지금은 끊어져, 벌써 청류벽 아래 신작로에는 얼근히 취하여 혼자 중얼거리며 돌아오는 사람이 사이사이 보이기 시작하였다.

대동강 건너 새마을 동리를 향하고 바삭바삭 모래를 울리는 노유(老幼) 두 사람의 그림자가 보였다. 심히 피로하여 귀촌하는 옹과 범네라. 범네의 발뒤꿈치에 내려 드리운 검은 머리가 제 윤에 번지르르하다. 대리석으로 조각한 듯이 흰 양협(兩頰)에 앞이마 털이 한두 올 늘어져 시시로 불어오는 청풍에 빗날려 그의 아름다움을 더하였다. 풋남 순인[12] 치마에 담황색 겹저고리 입고 분홍 신을 신었다. 실로 새마을 동리 소녀들과는 '군계 중의 학'이라. 옹도 무언, 소녀도 무언. 소녀의 어여쁜 얼굴에는 어린아이에게는 없을 비애에 지친 빛이 보인다. 강안(江岸)[13]에는 석향(夕餉)[14]을 준비하는 촌부(村婦)들이 있다. 처음 보는 바가 아니로되 이날

은 더욱이 호기심을 일으켜가며 주목한다. 그중 한 아이

"어드메 살던 아해인지 곱기도 하다."

또 한 아이

"늘 보아도 늘 곱다. 한번 실컷 보았으면 좋겠다."

또 한 아이는 하하 웃으며

"범네야 어디 갔다 오니?"

하고 묻는다. 범네는 촌부들을 향하여 눈만 웃으며 입 다문 채 옹의 뒤를 따른다. 이때에 대동문 밖 우뚝 솟은 난벽(卵壁)의 2층 양옥에서도 이편을 향하여 망원경을 눈에 대고 바라보는 외국인인지 조선인인지 분별하기 어려운 신사가 있다. 신사는 급히 상노를 부른다. 상노는 주인의 명을 받아 문전 녹색 소주(小舟)에 제등(提燈)[15]을 달고 속히 저어 강안을 향하여 배 대었을 때는 옹과 범네가 새마을에 들어갔을 때이다.

신사는 새마을 가는 길을 두고 다른 동리의 길로 향하였다. 그 신사가 낙심한 안색으로 강안에 돌아왔을 때는 동천에 둥근 달이 맑은 광선을 늘이어 암흑한 곳 몇만 민에게 은혜 베푼 때이니 평양 대동문 외에는 전등 빛이 반짝반짝 불야성이요, 강 위에는 오늘이 좋은 날이라고 선유(船遊)하는 소선이 루비 같은 등불을 밝히고 남녀 성(聲)을 합하여 수심가를 부르며 오르락내리락한다. 신사는 실심한 듯이 강가에서 바라보고 섰다. 한참 만에 힘없이 배에 올라 도로 저어 저편에서 내려 조 국장의 별장으로 들어갔다. 신사는 그 별장 주인일 듯싶다.

4

강안에서 신사의 모양을 본 촌부 중에 '언년 어멈'이라는 남의 일 참견 잘하는 사람이 있다. 보고 싶은 범네도 볼 겸 범네의 집을 찾아가 신사의 일을 고하였다. 옹은 별로 놀라지도 않으며 천연스럽게 언년 모(母)에게 감사하였다. 언년 모가 돌아간 후 2시가 량이나 지나 옹과 범네는 동리 이웃에게 고별하려고 이장의 집을 심방(尋訪)하였다. 옹이 이장의 집을 심방함도 이사 왔을 시와 이번뿐이라.

동리 머슴들이 행담(行擔)[16] 7, 8개와 기타 가구를 강안으로 나르고 옹과 범네의 뒤에는 그 집 여인과 인심 후한 이웃 사람들이 별로 사귀었던 정도 아니건만 전별(餞別)차 따라 나온다. 강가에는 마침 물아래[17]로 가는 배가 있다.

잔잔한 파도는 명랑한 월야의 색채를 비추었다.

선인(船人)[18]이 준비 다 됨을 고한대 옹은 서서히 전별 나온 이웃 사람들에게 고별하였다. 동리 사람들은 소리를 합하여 여중(旅中)[19]의 안녕을 축하였다. 그 소리에 산천까지 소리를 합하였다. 범네의 흰 얼굴은 월광을 받아 처창(悽愴)히 보인다. 백설 같은 담요를 두르고 오슬오슬 떠는 모양이 감기에 걸린 것 같다. 범네도 떠는 목소리로 인사를 마치고 옹의 손을 잡고 차박차박[20] 걸어 뱃머리에 오르다가 고개를 돌리며 둥글고 광채 있는 눈으로 동리 사람들을 한 번 더 본다……

밤은 깊어 사방이 적막한데 옛적부터 기(幾) 억만 년의 비밀을

14

담은 대동강 물이 고금을 말하려는 듯이 가는 물결 소리를 낸다. 배 젓는 노 소리는 지긋지긋 철석철석 심야의 적막을 파(破)한다. 배가 물아래를 향하여 10여 간쯤이나 갔을 때에 특실이가 "범네야 잘 가거라!" 하매 저편에서도 범네가 "특실아 잘 있거라!" 한다. 그 소리가 양금(洋琴)²¹ 소리같이 떨려 들린다. 촌인들은 배가 멀리서 희미하게 보이고 노 소리가 안 들릴 때까지 그곳에 서서 의논이 분분하여 물이 밀어 그들의 발을 적시는 것도 몰랐더라. 이장은 저녁때 일을 언년 모에게 듣고 머리를 기울여가며 생각하더니 한참 만에 언년 어멈을 향하여,

"그래 그 신사는 어디서 옵디까?"
물었다. 언년 어멈은 원시(遠視)를 잘하는 양이라,

"저기 보이는 우뚝 솟은 2층집에서 시꺼먼 것을 눈에 대고 보더니······"

이장은 또 한 번 머리를 기울였다. 한참 만에 이제야 비로소 수년 내의 의심을 푼 듯이,

"알았소. 범네는 그러께²² 봄에 자살한 조 국장 부인의 기출(己出)²³인 가희(佳姬) 아기구려."

일동은 무슨 무서운 말을 들은 듯이 눈이 휘둥그레진다. 이장은 한숨을 지으며,

"불쌍한 아해!"
하고 부르짖는 듯이 말하였다.

5

이는 연전 가정의 파란으로 인하여 자살하여버린 조 국장 부인이 기념(紀念)으로 끼친 일녀 가희니 외양과 심지가 과히 아름다우므로 그 반대로 그 외조부가 개명하여 범네라 한다.

가희의 모씨는 평양성 내에 그 당시 유명한 미인이기 때문에 피서차로 왔던 조 국장의 간절한 소망에 이끌려 그 부인이 되었다. 부인은 재산가 황 진사의 무남독녀이니 14세에 그 모친이 별세하매 그 부친 황 진사가 취처도 아니하고 금지옥엽같이 기른 바라. 누가 뜻하였으리오. 그 옥여(玉與)²⁴가 형극으로 얽은 것인 줄이야. 조 국장은 세세로 양반이라, 농화(弄花)에 교(巧)하고 사적(射的)에 묘(妙)하다.²⁵ 저는 세 번 처를 바꾸고 첩을 갈기도 10여 인이라. 화류에 놀고 촌백성의 계집까지 희롱하였고 그의 별업(別業)²⁶에서는 주야를 전도(顚倒)하고 놀았다. 부인이 그에게 가(嫁)하야 그 딸 가희를 낳았다. 육의 미는 스러지지 않기가 어려운 것이매 남편의 난행(亂行)은 부인의 불행과 같이 자랐다. 새로 들어온 첩은 남편의 사랑을 앗았다. 남편은 친척 간에도 끊었다. 전처의 딸은 매사에 틈을 타서 부인을 무함(誣陷)한다. 사랑을 원하여도 얻지 못하고 자유를 원하여도 얻지 못하고 이별을 청하여도 안 들어 의심받고 학대받고 갇히어 비관하던 나머지²⁷에 병든 몸을 일으켜 평양의 별장에서 자살하였다. 길바닥에 인마의 발에 밟힌 이름 없는 작은 풀까지 꽃피는 4월 모(某)일에 인세(人世)의 꽃일 24세의 젊은 부인은 단도로써 자처(自處)하였다. 가련한 부인의 서러운 죽음이 그 시에는 원근(遠近)에 전파(傳播)되어 모든 사람이 느끼었더라. 고어에 '사람은 없어진 후 더 그립다'는 것같이 그 후 조 국장은 얼마큼 정신을 차려 얼마큼 서러워도 하였다. 그러나 늦었더라. 그 후 조 국장은 부인 생시보다도 가희를 사랑하였다. 그러나 그 외조부 황 진사는 조 국장의 첩이 그 총애를 일신에 감으려고 하는 간책(奸策)이 두려워 가희와 함께 가엾은 표랑의 객이 되었다. 하(何)시에나 표랑객인 가련한 가희에게는 춘양여일(春陽麗日)이 돌아올는지.

절기는 하, 추, 동 삼계가 지나면 반드시 양춘이 오건만.

불쌍한 어머니의 불쌍한 아이?

[김명순 창작집 『생명(生命)의 과실(果實)』, 한성도서, 1925]

*『청춘』, 1917. 11. '특별대현상' 단편소설 부문에 3등으로 입선한 작품으로 발표된 뒤 김명순 창작집 『생명의 과실』에 수록되었다. 미세한 자구 수정 같은 것 외에 처음 발표본과 큰 차이가 없기에 작품집 수록본을 저본으로 삼았다.

선례

8월 오후의 하늘은 구름 없이 개었다.

산들바람은 빙 돌린 기릉[1] 담 체두리[2]의 포플러 잎들 사이로 솔솔 새어서 운동장 위에 해뜩해뜩한 모롱 땅 위에 동글동글한 빛 그림자와 잎 그림자를 아래 아롱 뛰놀린다.

그것이 마치 학교 운동장 안의 석경[3]인 고로 학교 생도들이 방학 동안에 무료함을 이기지 못해서 선생 없는 학교 뜰에 모여 와서 하염없이 고요함과 외로움 가운데 남 보지 않을 사이 뜀뛰기로 미시미시한 기분을 감추려는 것과 같다.

여기 이르러 자연은 인생에게 무엇을 말하려는 듯하나 사람은 벌써 나이 먹은 역사를 가지기 때문에 자연 그에게는 아무 비밀도 가르쳐달라고 귀를 빌리지 않게 되었다.

여기 시작된 이야기는 사람들끼리 모여 앉아서 서로서로 감추어두었던 이야기를 말하기로 결정된 재미스러운 일이다.

평평한 운동장 한편에 몇 층 돌 구름다리로 지대를 높인 이 빈 학교의 사무실에서는 때때로 남자와 여자의 엇바꾸는 웃음소리가 뒤섞여서 바람결에 전해 들린다.

　여기 모인 선생님들은 개학날을 앞에 두고 직원회를 열었다가 각기 자기가 소유한 책상들을 잇대어 서늘서늘한 바람 드나드는 곳에서 더위도 잊을 겸 장방형(長方形)의 탁자를 만들어놓고 여덟 사람이 둘러앉아서 앉은 차례대로 이야기를 시작하였던 것이다.

　셋째 번에는 박 선생에게 부대끼다 못해서 이 학교의 음악 선생이 종종이 보이는 버릇대로 그 애교 있는 코를 크크 하면서 유순한 표정으로 빛나는 눈찌⁴를 굴려서 풀어본 지 오래인 이야기 끝을 찾는다.

　누구든지 이 사무실에 앉았던 사람은 다 먼저 한 선생과 박 선생이 낚시질하던 이야기와 사냥질하던 이야기를 할 때는 운수 운수라고 놀림청을 댔으나 김 선생이 지금 다시 조용하고 엄숙한 태도를 가짐에는 다 옷깃을 여미고 잘 들으려는 뜻을 보였다. 드디어 음악 선생은 여덟 사람이 두 사람씩 마주 앉은 탁자에서 학교 사환이 따라놓은 얼음물을 마시고 너무 긴장하여지는 표정을 느꾸는⁵ 듯이 한번 가슴을 굽혀서 자결하려는 사람의 그것같이 비참한 듯한 눈찌로 탁자 위만 내려다보다가 가슴을 펴며 다시 휘황한 눈 광채를 나타내고 찬란한 눈찌로,

　"아, 그 이름은 선례인 줄 기억하지만 아직 그 알 수 없는 여성을 처음으로 만난 것은 일본 경도 가라스마루[烏丸] 전차 정류장에서 쿠마노진자[熊野神社] 정류장으로 향하는 한때 길 가운데서

입니다.

(이 중에 박 군은 대강 짐작이나 하시는지 모르겠지마는.)

때는 봄이라면서도 대단히 고르지 못한 날씨여서 어떤 날은 고양이 눈깔같이 따뜻하다가도 어떤 날은 뼈마디까지 으쓱으쓱하게 추웠습니다. 그때 저는 음악가가 될까, 화가가 될까? 하고 두 곳으로 갈라진 길머리에 서서 침식을 잊을 듯이 아득이었습니다. 이미 옛날 믿음에서는 벗어나서 사회를 위하여 봉사하리라 전형적으로 착한 사람이 되리라 하던 어렴풋한 생각은 없어졌고 다만 음악회와 미술 전람장 사이에서 높이 떠보고 싶은 마음을 갈팡질팡시키면서 어느 곳으로 이끌릴지 주인의 피리 소리를 못 듣는 어린양 같았습니다. 그래서 어느 때는 색색의 소리를 모은[6] 관현악에 마음이 흐르고 또 어느 때는 눈이 깨일 듯한 모양들에 마음이 취하였습니다.

그때 마침 동경서는 표현패[7]에 대하여 대단한 열성으로 연구할 때였던 고로 신문과 잡지는 애써서 그 주의를 선전하고 또 같은 파의 그림 전람회를 여기저기 열어서 모든 눈을 놀라게 하고 따라서 고흐와 고갱에게 새로운 찬사를 드리고 부세회(浮世繪)[8] 판화들이 일요 부록으로 신문만을 보는 사람들에게까지 주의를 시키도록 돌려졌습니다. 그런 고로 지금까지 '자연주의'라든지 '진실주의'라든지 '사실주의'에 염증을 깨닫던 사람들은 걸어가려 하던 '신낭만주의'의 중도에서 온몸의 윗동아리를 돌리고 미처 발을 냅디지[9] 못해서 큰 혼돈 가운데 몸을 빠쳐서[10] 애쓸 때였습니다.

또 '인상파'에서 '후기 인상파'로 '미래파'로 '표현파'로 가다가 길을 어긋나지 못하고 밀려졌다 헤쳐졌다 할 때였습니다.

저는 그럴 동안에 칸딘스키의 바레숑[11]이라든지 이미데숑[12]이라든지에 마음이 이끌려서, 그 색채(色彩)를 쓴 것이 선을 쓴 것이 완전히[13] 음악적(音樂的) 구도(構圖)이고 선율(線律)인 데 눈이 깨어졌습니다. 그래서 저는 한 그림을 그리려 할 때를 당해서 전일의 자연주의의 학리에서 벗어나려고 하면서 오히려 자연을 배우자 자연을 나타내자 하는 구절(句節)을 생각해내고 비웃기도 하고 성내기도 하며 희랍의 예술(藝術)을 생각하고 인간의 가장 훌륭한 역사를 생각하고 마음이 기뻐져서 날뛰게도 되었습니다. 그러나 내가 그림을 그리려고 막상 붓을 들었을 때 모든 생각은 나를 버리고 뒤도 돌아보지 않는 것 같았습니다. 더욱이 음악에서 빌려온 모든 선이 제 손끝에는 잡히지 않아서 베토벤의 거인(巨人)의 울음을 쓰려 할 때 참혹히도 당나귀 울음만도 못한 선이 그어지고 쇼팽의 적지 않은 슬픔이 술주정꾼의 숨 지우는 신음만치도 못한 선이 되어 그어집디다. 아, 나중[14]에는 모차르트의 조는 듯한 상령[15]한 선율도, 제 말을 안 듣습디다. 저는 거기서 극한 분노와 설움을 느꼈지만 그것도 순전치가 못해서 걷잡아둘 만한 것이 없었습니다. 저는 그런 때 눈이 와서 땅에 내릴 새도 없이 녹아지는 3월 어느 날 모여들지 않는 구상(構想)에 그려지지 않는 솜씨에 성이 난 듯이 준비할 일도 없는 것을 가라스마루 산조[三条]까지 갔었습니다. 그날따라 날은 구질구질하고 마음은 어지러워져서 불쾌한 열기가 제 온몸에서 일본 '누더기' 옷 위로 무럭무럭 김을 올릴 지경이었습니다.

그 모양으로 엉킨 삼실같이 어지러운 머리로 저는 그 아침에 무
슨 일이 있었는지 없었는지 그도 분명치 않게 산조까지 갔다가 전
차를 타고 돌아오다가 한 정류장에 이르렀습니다."

여기까지 말을 그치고 음악 선생은 한숨을 내쉰다. 그 눈은 비
를 내리려는 봄 하늘같이 흐려졌다. 둘러앉아서 이야기 듣던 선
생들은 음악 선생의 넓고도 처량한 음악성에 마음이 취해서 그 오
래 풀지 않고 넣어두었던 실마리가 더 순순히 곱게만 풀리라고 비
는 것같이 바라는 듯하다.

"그가 얼마나 아름다웠는지 지금도 이 입으로는 그 모양을 옮
기지 못하는 것을 보시더라도 다, 생각이 미치실 듯합니다. 아무
렇든지 그전에 한번 본 듯한 얼굴이었습니다. 혹시 저만 보던 아
직 말하지 않은 꿈속에서나 보았던지 심히 분명치는 않으나 그가
가와바다조란 정류장에서 전차 위에 올라설 때 정류장에 같이 섰
던 여자 셋이 머리를 발부리까지 굽혀서 절을 합디다. 얼핏 보아
도 그는 어느 황족이나 공후작의 집에서 나온 여성으로 보입디
다. 그러나 아무것도 모르는 처녀로는 보이지 않습디다.

나는 그때 그 전차 안에 올라앉았던 일이 언제든지 어렴풋한 꿈
가운데 꿈을 되돌아 생각하는 것처럼 희미하기도 하고 또 자기가
늘 의식하여야 할 자신의 호흡같이 늘 생각은 하면서도 잊는 것
같기도 합니다. 그때 선례는 분명히 나와 엇비듬하게[16] 마주 앉았
었습니다.

저는 그때 제 온몸이 다, 시원[17]해지는 것을 깨달았습니다. 그

22

크고 맑게 흐르는 듯한 눈매 또 거기 반듯이 어울리는 길고 가는 몸매. 다만 시원한 오래 듣지 못하던 곡조가 내 귀에 흐르는 듯합니다. 그러면서도 그러한 사람을 어데서 한번 본 듯한 생각은 몹시 선연했던 고로 저는 그이 앞에서 눈을 감고 모든 길 가운데서 집 가운데서 만났던 여성들을 생각 가운데 불러서 일일이 살펴보았습니다. 해도 그때 그 골똘하던 생각으로는 얼른 생각이 튀어나지 않습니다. 그럴 동안에 제 뺨은 무슨 광선을 받아서 재릿재릿[18]해지는 것 같았습니다. 저는 눈을 번쩍 떴습니다. 그 순간에 그 길 가운데 여성(선례)과 눈이 마주쳐서 큰 벌불[19]을 일으키는 듯하였습니다. 그 한순간 후에 그의 눈은 점점 다시 서늘해지고 웃을 듯 웃을 듯한 표정으로 변하다가 홀연 비웃는 눈찌로 변해집니다. 그것은 마치 저를 아노라고 인사하는 것같이도 생각이 듭니다.

아아, 그 시원한 눈찌만은 지금도 아무런 곳을 가더라도 환하도록 길을 밝혀줄 때가 많습니다. 그러나 겨우 그러할 뿐이지 그 얼굴은 도무지 그 뒤에 눈을 감고 생각해보아도 생각해낼 수 없는 것입니다. 그 행동은 다만 여러 가지 처량한 곡조를 내게 많이 남겨준 것 같습니다. 지금이라도 그이를 생각만 하면 고정(固定)한 모양보다 흐르는 듯한 곡조가 입속으로 우러날 뿐입니다.

두번째 그이를 만난 것은 경도제국대학 근처의 어떤 미술 전람회장 어구에서였습니다. 여러분, 제가 지금 그 미술 전람장에 들어가서 그이가 어찌하고 섰던 것을 보았다고 말할 줄 짐작하십니까? 혹시 그 여자가 그 아름다운 자기의 초상화 앞에 갖은 교태를 짓고 섰더라고요? 그렇지 않으면 자기와 같은 여신(女神)이나 성녀(聖女) 앞에 아롱지게 섰더라고요? 그렇게 할 줄 아십니까? 그도 아니고 저도 아닙니다. 그 미술 전람장에는 제 그림을 출품했었습니다. 그 그림은 「춤추는 여인」이라고 이름 짓고 일본 기생이 춤추는 것을 그렸었습니다. 그것은 사상과 기교를 많이 음악적으로 변화해보았던 것입니다. 놀라지들 마십쇼. 그 아름다운 여자는 내 그림 앞에 냉정한 표정을 짓고 하드르르한 옷에 쌔여서[20] 그 서늘한 눈으로 이윽히[21] 보고 섰습니다. 그이는 그렇게 내 그림을 한참이나 보고 섰더니 내가 그 뒤에 선 것을 아는지 모르는지 아주 분명한 조선말로 이러한 말을 내 그림 위에 들쐬웁디다.

'아주 한껏 재주를 피워보았다나. 그러나 가엾게도 아주 길을 잃은 사람 같다' 하고 말합디다.

여러분 그때 제가 얼마나 놀랐겠습니까? 그때는 5월이라 매우 더워졌던 때인데도 나는 마치 동지섣달에 얼음물을 머리 꼭대기에서부터 발뒤꿈치까지 들쓰는 것 같았습니다. 너무 얼떨해서 혼 잃은 듯이 섰을 때 그이는 한번 뒤돌아보는 것 같더니 어느덧에 그 미술 전람장 밖으로 나가버렸습니다. 내가 바로 정신을 차렸을 때 밖에서는 자동차 바퀴 돌리는 소리가 납디다. 나는 그날 그때 집으로 돌아와서는 머리를 바위에 들이 조은[22] 것 같아서 며칠을 얼빠진 사람 모양으로 시름시름 앓았습니다. 그, 며칠 후입니다. 제 그림을 그 미술 전람장에 추천해준 일인 선생한테서 그 그림을 팔지 않겠느냐고 묻는 편지가 왔습디다. 나는 그때 제 양심으로 말하면 벌써 그 그림을 남에게 전할 만한 자신이 없어졌노라고 거절했겠지만 기실 남은 다 날더러 부잣집 자식이라고 우러러 보느니만큼 내용이 그렇지도 못하던 터이므로 군색[23]에 못 견뎌서 선생에게 대단히 겸손한 뜻으로 팔아도 무방하노라고 답장을 했습니다. 그 후 얼마 있다가 그림보다는 몇 배나 넘치는 큰돈을 제 손으로 받고는 좀 무미한[24] 생각이 나서 그림 선생에게 누가 그런 큰돈을 내고 그 그림을 샀느냐고 물어보았습니다. 그때 선생의 말이 자기 친구가 샀는데 아마 누구에게 선물하려고 사는 듯싶더라고 합디다. 나는 더 물을 필요가 없었습니다. 그래서 곧 돈이 손탁[25]에 들어왔을 때 그러하리라 하고 회구(繪具)와 화포(畫布)를 많이 사놓고는 교토 가모가와〔京都下鴨川〕 개천가에서 사생을 했습니다. 하루는 그 가모가와 다리를 대단한 열심으로 그리고 나서 보니깐 제정신이 있어서 그렸는지 없어서 그렸는지 시커멓게 브러시로 문질러놓은 자리뿐이요 한 올의 분명한 선(線)이라고는 보이지 않습디다. 저는 하도 이상해서 스스로 미치지나 않았나 하고 의심하여도 보았습니다. 그래도 제 몸 위에 별로 의심할 만한 일이라고는 아무리 살펴보아도 찾을 수 없었습니다. 저는 그 이튿날 또 맹렬한 열심이 나서 이상한 기적을 바라는 듯이 똑같은 곳으로 가서 화가(畫架)를 뻗쳐놓고 그렸습니다. 그리고 내 힘을 시험하기 위해서는 한 줄 한 줄을 헤이며 다리를 그리고 삼림을 그리고 그 다리로 삼림에 가는 길을 그리고 삼림 속에 훌륭한 로마식 건축의 별장을 그려놓고 보니까 이번에는 금방 그려놓은 별장이 아주 하얗게 지워졌습디다. 저는 그때 하도 어이가 없어서 울려고 하여도 얼만한[26] 일에 울지요, 눈물도 아니 나

옵디다. 그래서 그림 그리던 것을 접어서 어깨 위에 메고는 뒤도 돌아보지 않고 집으로 돌아왔습니다.

그 이튿날 그래도 저는 또 그리러 가는 수밖에 없었습니다. 그래서 역시 꼭 같은 자리에서 꼭 같은 곳을 보고 그리기 시작했습니다. 아아 여러분 놀라지 마십시오. 제 어깨 너머로 기다란 브러시가 넘어와서 제가 한참 정신없이 그리려 할 때 그린 것을 죽 지웁디다. 저는 휙 뒤돌아보았습니다. 거기 무엇이 있었겠습니까. 제 몸은 뒤를 보느라고 돌린 채로 30분 40분 동안은 얼어붙었는지 움직일 수가 없었습니다. 그이는, 그 아름다운 길 가운데 여성은 그날조차 수수하게 차리고 아주 나를 따라온 사람같이 그 뒤에서 지나는 사람들의 눈을 속이고는 그리했던 것입니다. 그이도 브러시를 쥔 채 웃는 듯 성내는 듯한 애처로운 얼굴로 나를 쳐다봅디다. 그렇게 점잖고 위엄 있게 보이던 여성은 가까이 보니 겨우 열여덟 살이나 되었을지 말았을지 합디다. 그때 나는 스물세 살이었습니다. 그이는 한참 그렇게 섰다가 '용서합쇼' 하고 친하던 사람같이 내게 말을 걸칩디다. 나는 겨우 '아니오' 했습니다. 그러고는 또 입을 다물고 아무 말도 하지 못하였습니다. 그다음에 그이는 또 보르르르 떨리는 작은 입을 열어서, '저를 퍽 수상스러운 여자라고 생각하시지요. 저는 제가 생각해도 참 수상스러운 물건입니다…… 그때 전차 안에서 당신을 뵈인 후로 어렸을 때 생각이 불같이 일어났습니다. 그 일은 구태여 말할 필요가 없지마는 혹시 저를 어데서 보신 일이 없으십니까? 한 5, 6년 전에 저는 평양서 한겨울을 지낸 일이 있습니다……' 합디다. 그때 비로소 저는 생각이 납니다. 어느 바람 센 겨울에 서문 밖으로 나가다가 기휼병원[27] 앞을 지내노라니까 15, 6세의 날씬한 처녀가 머리를 층층 땋아서 늘이고 회색 무문 제병 치마에 흰 명주 안팎 저고리를 받쳐 입고 병원으로 들어갑디다. 그러나 그 여자보다 지금 눈앞에 섰는 여자는 얼마나 귀족 같았을까요? 그때 그 처녀도 한껏 아름다운 처녀였지마는 그래도 꽃 피지 않은 봉오리의 파르족족한 기운이 있었습니다. 그래서 나는 어름어름하면서 '네……지금 생각이 납니다. 평양 서문 밖 기휼병원 앞에서……가 아니었을까요?' 했더니 그 여자는 얼굴을 잠깐 붉히며 그렇다고 눈으로 말합디다. 그날 저는 그 여자 앞에서 화가를 접고 회구를 상자에 집어넣은 후로는 다시는 그림을 그리려고도 하지 못했습니다. 저는 그날 최면술 걸린 사람 모양으로 그 여자를 따라서 그가 가는 대로 갔습니다. 여러분 또 놀라지 마십시오. 제가 그 가모가와 다리 건너 애써 그리려고 하던 별장이 그이의 집이었습니다. 그가 들어갈 때에 조선 옷을 입은 남녀 하인들이 나와서 나를 맞아 따라갑디다. 나는 그때 참으로 구지레한 학생복에 쌔여서 그 화려한 곳에 들어가기가 서먹서먹합디다. 여기 그 화려하던 일들은 너무 시간이 오래질 터인 고로 말하지 않습니다마는 내가 그의 뒤를 따라 뱅뱅 돌려놓은 구름다리를 올라갈 때 그이는 내게 그림을 좋아하시느냐고 묻습디다. 그래서 저는 곧 그렇다고 대답하려다가 음악만치는 좋아하지 않는다고 했더니 그 여자의 말이 그러실 것이라고 합디다. 그다음에 또 그 여자의 말이 이후에도 그림을 또 그리려느냐고 묻습디다. 그래서 나는 물론 말할 것도 없이 또 그리겠다고 할 터인데 부지불식간에 무엇을 꺼리는 듯이 또는 웃음거리로 말하듯이 결코 아니 그리겠다고 말해버렸습니다."

여기까지 말하고는 김 선생은 긴 한숨을 쉬었다. 여러 선생은 아직도 그 뒤를 기다리는 듯이 불타듯 하는 호기심에 눈들이 반짝거린다. 더욱 이야기하던 김 선생 옆에 앉았던 김남숙이란 여선생은 그 윤택한 살 눈썹 긴 눈을 애처롭도록 빛내고 그 자줏빛 도는 갸름한 얼굴을 살그머니 들어서 이야기하던 김 선생의 입모습을 바라본다. 이야기하던 김 선생은 남숙의 눈에게 '이 뒤를 또 말하마' 하는 듯이 자기의 눈을 향했다가 말을 잇댄다. 그러면서 다시 긴 비창한 한숨을 한번 짓고,

"아, 생각하면 그때 그것이 제 선생들이 많이 바라주고 길러주던 그림을 못 그리고 이같이 교원 생활을 하게 된 원인입니다. 나는 그때 뻥뻥 한참이나 돌아서 그 여자와 같이 그중 화려하게 꾸민 듯한 한 방에 들어갔습니다. 그 방은 서실 비스름하고 내근한 응접실 비스름합디다. 피아노도 놓이고 책장도 놓이고 물론 소파도 놓였습디다. 그 여자는 그 방으로 들어가더니 말없이 탁자 위에 놓였던 고운 램프에 불을 켭디다. 나는 빨간 장을 늘인 방 안에 또 낮인데도 불을 켜놓은 고로 저으기 더 이상했었습니다. 램프의 불은 역시 불그레한 광채를 내입디다. 그러자마자 그 여자의 분길 같은 손이 어느덧 램프를 탁 치니까 마룻바닥에 램프는 깨지고 기름이 쏟아져서 마루 위에서 무서운 불길이 일어납디다. 여러분은 제가 거기서 화재가 일겠다고 말을 하고 수선을 떨었을 줄 짐작하지는 않으십니까? 그러나 그러지 못한 것이 사실입니다.

그 여자는 시방도 그렇거니와 그때는 더군다나 나를 그 종과 같이 지배했습니다. 저는 모든 일을 그 여자가 하는 대로 다만 바라볼 뿐이었습니다. 불은 마루 위에 컴컴한 자리를 남기고는 탁 꺼졌습니다. 아, 여러분 지금 생각하면 그렇듯이 그 여자는 내게 정열 (情熱)을 향했다가 거두어갔습니다.

그렇습니다. 선례는 내 꿈의 주인공은 불길이 점점 타올라서 다 붙은 다음에는 꺼지듯이 그렇듯이 저를 알았습니다. 아니요. 차라리 유혹[28]했었더란 말이 옳겠지요. 그의 정열은 봄노래로 시작되었습니다. 그리고 여름의 서늘함으로 지난함을 잊게 하고 겨울의 고요함과 엄숙함으로 마치 '선녀가 우물가에 내려왔다가 돌아간다'는 듯이 그나마 꿈속에 나타났다 사라지듯이 자취도 없이 사라져버렸습니다.

여러분 저는 깨지 못할 꿈을 꾸었습니다.

여러분 저는 낫지 못할 병을 앓았습니다.

그조차 적당한 말이 아니올시다마는 저는 아직 제 지나온 경력을 말하려도 합의한 말을 못 찾습니다. 그러나 그 속에서 제 눈은 얼마큼 떴습니다. 거기서 저는, 저는 옛 생활의 터를 닦던 교토청년회관 기숙사 음악실로 돌아와서 푹 가라앉아서 임의로 움직여지지 않는 솜씨로 소학 창가집을 펴놓고 익히는 자신을 찾아내었습니다. 옛 생활의 폐허(廢墟)의 혼돈(混沌) 가운데서 다 자란 어린아이가 피투성이를 하고 한 발자국 두 발자국 첫걸음을 연습하는 저를 찾았습니다.

그것이 어김없는 나 김○○이올시다.

그때 제가 얼마나 섭섭함과 절망 가운데 빠진 것을 여러분은 짐작하시겠지요. 그러나 지나가는 때들이 한 구절 구절의 곡조가 되어 영원에 영원의 큰 바다에 사라져버리는 큰 운명을 저의 힘으로 어찌하였겠습니까.

선례는 한 마력(魔力) 있는 조율(調律)이었습니다. 아, 사람은 그 일평생 한 아름다운 음절(音節)을 짓는 데서 더 위대한 일을 할 수가 있을까요.

흐르는 물결은 잠깐잠깐 만나는 그의 환경인 언덕에게 잠깐잠깐의 눈웃음을 보내고 꿈도 꾸지 않고 수선도 피우지 않고 다만 자기의 길을 갈 뿐이겠지요. 그 물을 흘려보내는 언덕은 영원히 움직이지도 못하고 저의 모양을 늙히면서 가장 힘 많던 가장 아름답던 자기네의 한때를 모든 때가 다, 그 한때이던 것같이 바라보겠지요.

여기 이르러 먼저 선례가 저를 유혹했더란 말은 아주 거짓말이 되어집니다.

아 그러면 선례는 저의 앞을 지나갔을 뿐이겠지요. 저는 한때 사람이 흐르지 않을 수 없다고도 생각하였습니다. 그러나 저의 생각은 비참하게도 옳은 행동을 얻지 못하고 소택(沼澤)의 물이 바람 불 때마다 출렁거리면서도 감히 흐르지는 못함을 느꼈습니다.

저에게는 선례만이 아름답습니다. 다만 선례만이 생명 있는 여자올시다. 저는 이 세상의 무수히 유동(流動)하는 여자를 통하여, 흐르는 모든 음조(音調)를 통하여, 선례만을 상상합니다.

여러분 사람은 모든 사욕을 잊을 때 가장 공평한 생각으로는 자기의 원수라도 극도의 아름다움으로 한없이 칭찬할 수가 있습니다.

선례는 평안도 부근에서 흔히 선녀라고 짓는 이름을 굴려서 일본말로 부르기 좋도록 고친 것 같습니다.

그러한 선례의 유래는 저도 자세히 모르지만 선례는 무엇인지 그 부친은 영남 광대이고 그 모친은 평양 기생이라나 봅디다. 만일 그임이 진정이면 누구든지 모르는 이가 없겠지요. 그 훌륭한 큰 재산을 가진 기생 배영월이라면요. 그리고 대신의 첩으로 광대를 상관해서 아이를 낳아서 어데로 숨겼더란 일도 여기 앉으신 분은 가장 어렸을 때 기억으로나 또는 태중 풍문으로나 한 진기한 괴변으로 기억하시겠지요. 그러나 사람의 사실은 전부 잘못 전해지는 것이 가장 어렵지 않은 일이올시다.

그러나 선례가 자란 곳은 경도(京都)올시다. 거기서 그는 어느 귀족들이 다니는 학교에서 가장 취미 깊은 귀족의 따님으로 이해를 받고 귀하게 길러졌습니다.

그 선례는 지금 어데 가 있는지 저는 도무지 모릅니다. 제가 아는 선례는 다만 그 1년 동안뿐이올시다. 그러나 저는 선례의 일을 세상에게는 묻지 않습니다. 누가 그를 알겠습니까? 안다 한들 누가 그를 저보다 더 사랑할 줄 믿어지겠습니까.

여러분 여기 미쳐서 몹시 아득거리게 하던 꿈은 깨어졌을 듯합니다. 그러나 저는 참으로 제 일생에 한 분명한 꿈을 잊을 수가 있을까요.

제가 익히는 어린 발걸음의 한 발자국의 자취는 반드시 선례를 생각하는 아픈 마음으로 형상을 박았겠지요. 그러나 이 어린 발걸음은 비록 뜨더라도 반드시 앞으로 앞으로 나아갈 것이올시다. 그동안에 저는 음률(音律)과 색채(色彩)와 운동(運動)으로 통일하려던 저의 그림을 그리게 될 수가 있겠지요.

여러분, 사람의 모든 생활은 흐르는 곡조로 기초하지 않을 수 없습니다. 그때까지 제가 처음 겸 마지막으로 화가가 되려고 큰 공상을 품고 그렸던 「춤추는 여인」이란 그림은 선례의 짐 속에 연(戀)의 승리품(勝利品)으로 깊이 들어서 사로잡힌 혼같이 온 세상에 모든 그윽한 곳을 편답할 것입니다. 이때에 저는 칸딘스키의 콤퍼지션〔構想〕이 알아질 듯합니다."

김 선생은 이같이 말을 맺었다. 듣던 여러 선생은 지나온 동무의 굴곡 있던 길을 생각하고 한마디도 얼른 말을 내지 못한다. 이야기하던 김 선생의 눈은 가장 가련한 빛을 가지고 김남숙이라는 여선생의 얼굴을 보았다. 그 얼굴은 그 캄캄하고 붉던 것이 샛노랗게 변하였다.

그 윤택하고 살 눈썹 긴 검은 눈은 의심스럽게 흐렸다. 그는 입술을 다물고 간신히 참는 듯한 표정을 짓다가 아뜩해졌는지 책상에 머리를 숙였다.

마치 음악 선생의 이야기는 김남숙이란 선생 홀로 유심히 들어서 그 작은 온몸과 온 영혼이 몹시 흔들리는 것 같다.

여러 사람은 아리송송한 이야기 뜻에 억눌려서 오랫동안 입을 닫았다.

이때 신명학교 운동장 뜰에는 그늘이 점점 널따랗게 빗누워서 양지를 가려간다.

[『신여성』 1923년 9월, 11월 2회 연재]

* 김명순은 이 작품을 다시 퇴고할 계획이 있다는 뜻을 '미정고(未定稿)'라고 밝힌
  것 같다. 작품집 『생명의 과실』에는 싣지 않았다. 지금까지는 1923년 11월 분만
  알려져 있어서 미완의 소품처럼 여겨졌다. 여기에 첫 회분을 찾아 함께 실었다.

돌아다볼 때

1

여름밤이다. 둥글어가는 열이틀의 달빛이 이슬 내리는 대기 속에서 은실같이 서려서 연못가를 거니는 설움 많은 가슴속에 허덕여든다.

이슬을 머금은 풀밭에서 반딧불이 드나들어 달빛을 받은 이슬방울과 어려서는 공중의 진주인지 풀밭의 불꽃인지 반짝반짝한다.

소련은 거닐던 발걸음을 멈추고 연못가에 조는 듯이 앉았다. 바람이 언덕으로부터 불어 내려서 연잎들이 소련을 향하여 굽실굽실 절을 하듯이 흐느적거렸다. 무엇인지 듣지도 못하던 남방(南邦)의 창자를 끊는 듯한 설움이 눈앞에 아련아련하다.

마치 그의 생각이 눈앞에 이름 지을 수 없는 일들을 과거인지 미래인지 분간치 못하게 함과 같다.

음침히 조용한 최병서 집 서편 울타리 밖에서는 아이들이 하늘을 쳐다보면서

"별 하나 나 하나, 별 두울 나 두울, 별 셋 나 셋, 별 백 나 백, 별 천 나 천"

하고 노란 소리들을 서로 불러 받고 주었다. 이 어린 소리들이 그의 가슴속 맨 밑까지 들어서 '왜, 결합된 한 생명같이 한 법칙 아래 한 믿음으로 이 세상을 지나면서 하필 남북에 헤어져 있다가, 우연히 또 한 성에 모이게 되어서도 만나지도 못하고 울지 않으면 안 되었느냐' 하고 애달픈 은방울을 흔들었다.

'그러나 아무도 우리를 못 만나게 할 사람은 없는 것이 아니냐, 같은 회당에 모일 몸이' 하고 또다시 만날까 말까 오뇌할 때, 이 생각의 아—득함을 꿰뚫는 듯이 귀뚜라미들이 그들의 코러스를 간단[1]이 없게 울렸다.

여름 밤하늘의 맑음이 하늘 가운데로 은하를 건너고 그 가운데 던져버렸다는 오르페우스의 슬픈 거문고를 지금 이 밤에 그윽이 들려주는 듯하다.

구원(久遠)한 하늘을 우러러 옛사람들이 지은 옛이야기가 또다시 그 머리 위에 포개져서 설움을 북돋운다.

소련은 이슬에 젖어서 역시 이날도 뒷방 세 칸 속으로 들어갔다. 그는 문을 잠그려다가 방문을 열어놓은 채 발을 늘이다 말고 우두커니 섰다.

이때 마침 창전리[2] 언덕길 아래로 지나는 사람들의 음성이

"이 집이지?"

"응—"

"송 군, 자— 언덕 위로라도 올라가서 잠깐이라도 보게그려. 그

렇게 맑은 교제 사이였는데 못 만날 벌을 받을 죄가 왜 있단 말인
가."

"원! 그렇지 않더라도 생각해보게. 남의 잠잠한 행복을 깨뜨릴
의리가 어디 있겠나."

"그럴 것이면 그 연연한 생각조차 씻은 듯이 없이 하든지……"
하면서 이야기하는 발소리들은 소련이가 향해 선 벽돌담 밑까지
가까이 오면서

"이 군, 이것이 유령(幽靈)도 아니고 동물도 아닌 사람의 우수
(憂愁)일 것일세. 자— 부질없으니 내려가세. 겹겹이 벽돌로 쌓아
높인 담 밖에 와 서서 본다기에, 무슨 위로가 있겠나"
하고 한 발소리가 급급히 내려가면서

"이 군, 어서 가서 Y양의 반주(伴奏)할 것을 좀더 분명히 익혀
주게"
하매 그 뒤로 다른 발소리들도 따라 내려가는 듯하다.

소련은 또다시 소금 기둥이 된 듯이 그 자리에 섰다. 이 순간이
지나자 그의 마음속은 급히 부르짖는다.

'오— 송 씨의 음성이다. 그이가 아니면 어디서 그런 음성을 가
진 사람이 있으랴. 그렇다 그렇다' 하고 그는 버선발로 벽돌담
밑까지 뛰어 내려가서 뒷문을 열려고 하나, 빗장을 튼튼히 찌르
고 자물쇠를 건 문이 열쇠 없이는 열려질 리가 없었다. 그는 허둥
지둥 연못 앞으로 가서 석등용 주춧돌 위에 발돋움을 하고 서서
담 밖을 내어다보나 달밤에 넓은 신작로가 빈 듯이 환히 보일 뿐
저—편 길 끝에 사람의 그림자 같은 것이 가물가물할지라도 긴가

민가하다.

소련은 실심한 듯이 방 마루로 올라오면서 버선을 벗고 방으로 들어갔다.

소련은 생각만이라도 되돌려보겠다는 듯이, 여름 문을 꼭꼭 잠그고 지나온 생각에 잠겼다.

그 1년 전 봄에, ××학교 영문과를 좋은 성적으로 졸업한 소련은 그 봄부터 역시 경성에서 ××학교 영어 교원이 되어서 그 아름다운 발음으로 생도들을 가르쳤다. 그와 생도들 사이도 지극히 원만하였고 또 선생들 틈에서는 좀 어린이 취급을 받았을지라도 근심거리가 없었다. 하나 소련은 그 봄부터 나날이 수척해갔다.

혹여 그의 수척해감을, 그가 어릴 때부터 엄한 그 고모의 감독 아래서만 자라나서 그렇다 하기도 하고, 어떤 귀족과 혼설(婚說)이 있던 것을 영리한 체하고 신분이 다르니까 할 수가 없습니다, 하고 거절은 하였지만 미련이 남아서 번민한다고 하기도 하였다.

그러나 그의 사실은 이런 구역이 날 헛소리들을 뒤집어엎고 버리지 못할 이야기를 짓는다.

2

소련은 ××여학교 영어 교사가 된 그 이듬해 4월 하순에 학교 전체로 수학여행을 하게 되었을 때, 고등과 3년생들을 이끌고 다른 일본 선생들 틈에 섞여서 인천측후소(仁川測候所)로 가게 되었다.

그때 일기는 매일같이 구물구물하고 그러면서도 빗방울을 잠깐잠깐 뿌려보기도 해서 웅숭그리게³ 뼛속까지 사무치는 봄추위가 얇은 솜저고리 입은 어깨를 벗은 듯이 으스러뜨렸었는데 소련이가 인천측후소를 찾은 것도 이러한 날들의 하루였다.

선생들과 생도들은 얼버무려서 모든 기계실에 인도되어 자못 천국에서 내려온 듯이 고상한 풍채를 가지고 또 그 음성이란 한번 들으면 영원히 잊히지 않을 젊은 이학자의 설명을 들었다.

젊은 이학자를 앞에 두고 40여 명의 선생과 생도는 지하실에서 지하실로 층층대에서 층층대로 올라갔다 내려갔다 하였다.

젊은 이학자는 가장 열심으로 그 희던 뺨에 불그레한 핏빛을 올리면서……

"아시겠습니까, 아시겠습니까?"

하고 설명했다. 소련도 열심으로 들으면서 가끔 알아듣는 듯이 고개를 끄덕여 보였다.

모든 기계실의 설비를 구경시키고 나서 젊은 이학자는 ×명학교 선생들에게 차를 대접하려고 응접실로 인도하였다. 거기서 그들은 서로 명함을 바꾸었는데 소련은 그가 조선 청년인 것을 알고 귀밑이 달아오르는 것을 간신히 참고 있었다. 그러나 송효순은 뺨이 발개진 소련에게 조선말로 그 부드러움을 전부 표면에 나타내서

"나는 당신이 생도인 줄 알았어요. 아주 어려 보이니까요"

하고 그의 귀밑에 속삭였다. 이때에 소련은 처음으로 이성(異性)에 대해서 그 향기로움을 알았다. 지금까지 사내 냄새는 그리 정

하지 않았던 것으로만 알았던 것이― 그 예상을 흐리고 이상한, 그 몸 가까이만 기다려지는 무엇을 깨닫게 되었을 때, 또다시

"언제부터 그 학교에 계셨습니까. 영어만 가르치세요, 과학에 대해서는 아무 취미도 안 가지셨어요?"
하고 그 달아오르는 귀밑에 송 씨의 조용한 말을 들었다.

그는 온몸이 무슨 벽의 튼튼함을 의지하고 싶기도 하고 자기 홀로인 고요하고 정결한 방 속에 숨고 싶기도 한 힘없음과 비밀스러운 기분에 취했었다.

그는 그러면서 송효순이 그의 몸 가까이 오지 않기를 바랐다. 그럴 때 효순도 같은 기분에 눌리는 듯이 점점 말을 없이 하고 그 옆에서 다른 일본 선생들과 어음(語音) 분명한 동경 말로 이야기를 했다. 선생들은 송효순에게 대단한 호의를 보이는 듯한 시선을 보내면서 소련을 유심히 바라보았다. 그리고 그 눈들이 모두 소련을 부러워해서 그 이학자의 몸 가까이 앉은 것을 우러러보는 듯하였다. 측후소를 떠나올 때 효순과 소련은 특별히 조용하게

"서울 어디 계세요?"

"저 숭이동……이에요."

"거기가 본택이십니까?"

"아니 그렇지 않아요."

"그럼, 여관입니까?"

"아니요, 제가 자라난 고모의 집이에요."

"그럼, 양친이 안 계십니까?"

"네……"

하고 그는 발뒤꿈치를 돌리려다가 또 한참 만에

"그럼 안녕히 계십쇼"

했다. 이때 효순은 무엇을 생각하는지 멍히 섰다가

"고모 되시는 어른은 누구세요?"

"저— ××학당의 류애덕이에요."

"그러면 훌륭하신 어른을 친척으로 모시는구먼. 혹시 찾아가보면 모르는 체나 안 하시겠습니까?"

하고 이야기를 했었다.

소련은 이처럼 효순과 이야기를 바꾸고 생도들 틈에 섞여서 산등성이를 내려왔었다.

그 후로 그는, 도저히 잊지 못할 번민을 가지게 되었다. 그는 길거리에서라도 (그이가 자기를 찾아와본다고 하였으므로) 혹여 넓은 가슴을 가진 준수한 남자의 쾌활한 걸음걸이를 볼 것 같으면 그이나 아닌가 하게 되었다. 그럴 동안에 그는 점점 수척해가고 모든 일에 고달픔을 깨닫게 되었다. 그는 단 한 번이라도, 다시 효순을 만나고 싶었다. 그의 그리워하는 효순에 대한 동경은 드디어 감성으로부터 영성에까지 미치게 되어 그는 새로이 과학에 대해서도 취미를 가지게 되었고…… 영원한 길나들이[4]에서라도 만나지라는 소원까지 품게 되었다. 그는 밤과 낮으로 그이를 다시 만나지라고 기도했다. 잠깐 동안이었을지라도 그 아름다운 순결을 표시한 듯한 감성이 정결한 마음속에 잊지 못할 추억의 보금자리를 치게 하였던 것이다. 하나 그의 마음은 망설이지 않을 수 없었다. 아무리 굳센 의지가 있다 할지라도 단 한 번의 만남으로 얻은 감명이 걸핏하면 새로이 연구하려던 과학 같은 것을 잊어버리고는 다만 자기의 눈으로 만나고만 싶었다.

그는 드디어 밤과 낮으로 기도하던 보람도 없이 만나지지 못하므로, 시름시름 병을 이루게까지 되었다. 그 처녀의 마음에서는 송효순 이외의 모—든 남자들은 초개같이 보였다. 그러나 그러함을 돌아보지 않고 류애덕을 향해서 소련에게 청혼을 하는 사람들은 결코 헤일 만치 드물지 않았다.

류애덕은 부모 없는 조카를 남부럽지 않게 10여 년 기른 피로로 인함인지, 또는 그의 장래를 위함인지 분명히 말을 하지 않으나 다만 하루바삐 그를 결혼시키고 싶어 했다. 어떤 때는 소련의 30원 받는 시간 교사의 월급이 너무 적어서 수치라고도 했다.

소련은 이때를 당해서 그 마음을 더욱 안정할 수가 없었다. 그는 얼마나 삶에 대해서 맹랑하고 쓸쓸한[5] 일인 것을 깨달았었는지 또 그 고모의 교훈이 얼마나 표리[6]가 있었던지 헤아려보면 헤아려볼수록 분명히 그릇됨을 찾아낼 수도 없건마는, 뜨거운 뜨거운 눈물이 저절로 그 해쓱한 뺨을 굴렀다. 다만 그는 밤과 낮으로 그렇지 않아도 처녀 때에 더더군다나 외로운 처지의 근심스러움과 쓸쓸함을 너무도 지독하게 맛보았다. 그는 어느 날은 침식을 잊고 이 분명히 이름도 지을 수 없는 아픔을 열병 앓듯 앓았다. 그는 흡사히 병인같이 되어서 ×명학교에 가기를 꺼렸다. 하나 그는 하는 수 없이 거기 가지 않으면 고모의 생계를 도울 수 없었다.

그는 매일같이 사람 그리운 불타는 듯한 두 눈을 너른 길거리에 살쳐[7] 보이면서 ×명학교에를 왕래하였으나 나중에는 아주 근력을 잃어서 눈을 땅 위에 떨어뜨리고 길 지나는 사람들을 쳐다보지도 않았다. 이런 때 처녀의 처음으로 사람 그리는 마음이 그대로 들떠지기도 쉬웠지마는 소련은 힘써 자기의 마음을 누르고 무엇을 그리는 그 비밀을 속으로 속으로 감추어서 드디어 모든 삶에 대해서 생각하게 되고 또 여자의 살림살이들 중에도 조선 여자의 살아온 일과 살아갈 일에 대해서 생각하게 되었다. 또 모―든 사람의 살림살이들을 비교도 해보면서 과학에 대하여 알고 싶어지는 마음은 마치 고향을 떠난 어린이의 그것과 같이 이름만 들을지라도 가슴이 두근거려졌다.

어떤 때는 물리학이라든지 또는 천문학이라든지 하는 학문의 이름이 송효순의 대명사나 되는 듯헸다. 하지만 소련이 스스로 그 동무들 간에는 그런 마음을 찾아볼 수 없는 것을 볼 때 얼마나 섭섭함과 외로움을 알았으랴. 그는 벌써 20이 넘은 처녀인데 이 처음으로 남 유달리 하는 근심은 그에게 부끄러운 듯한 행동거지를 하도록 시켰다.

그는 어떤 때는 ×명학교 이과 선생에게 열심히 물어도 보고, 어떤 때는 여인들의 지나온 이야기에도 귀를 기울여보고, 그들이 얼마나 그릇된 살림살이를 하여왔는지도 정신 차리게 되었다. 하나, 소련의 건강은 나날이 글러갈 뿐이어서 그 쌀쌀스러운[8] 류애덕 여사도 놀라지 않을 수 없게 되었다. 이러할 틈에 소련은 그 향할 곳 없는 마음에 병까지 들게 되었으므로 이학과 여인들의 모둠에도 힘쓰지 못하고, ×명학교에서 영어를 가르치고 집으로 돌아오면 문학서 유를 손에 들게 되었다. 거기에는 모든 세상이 힘들지 않게 보이는 탓이었다. 전일에는 피아노도 열심으로 복습했지만 깊은 비밀을 가진 마음은 자연히 어스름 저녁때와 같이 불그레한 저녁 날빛 같은 희망조차 잃어버리기 쉬워서 캄캄한 명상에 빠져 마음의 소리를 내기도 꺼려졌다. 그는 얼마나 뒷동산 언덕 위에 서서 저녁 하늘을 바라보고 처창함을 느꼈을까. 만일 누구든지 그이의 마음을 알면, 비록 그 연애란 것이 아닐지라도 사람들이 일반으로 가지는 번민을 그렇게도 깊이도, 삼가롭게 함을 얼싸안고 불쌍히 여겨주었을 것이다. 하나 그에게는 아무의 동정도 향해지지 않았다. 그는 문학서 유를 들고 고모의 눈치를 받게 되고(류애덕의 교육은 생계를 얻기 위하여 학교 졸업을 받는 것이 주장이었으니까) 어두운 마음의 비밀을 품고는 학교에서 같은 선생들의 의심스러운 눈치를 받고, 생도들의 속살거림을 받았다. 그는 그 눈들에 대해서, 은근히 검은 눈을 둥그렇게 뜨면서, '아니요, 그렇진 않아요. 하지만 당신들이 모르는 내 마음에 힘 있게 받은 기억이 나를 이같이 괴롭게 해요' 하고 눈으로 변명했다. 하나 그 마음이 아무에게도 통하지는 못하고, 같은 선생들은 단순히,

"처녀의 번민— 상당히 허영심도 있을 것이지."

"글쎄 답답해, 류애덕 씨가 완고스러우니까 그때 왜 기회를 놓쳤던고. 벌써 그 귀족은 혼인 예식을 지냈다지……"

"불쌍해라, 그런 자리를 놓치다니. 너무 영리한 체하는 것도 손이야"

하고 자기네들끼리 중얼거리기도 하고,

"왜 그렇게 수척해가시오, 류소련 씨. 그런 귀여운 자태를 가지

고 번민 같은 것을 가질 필요야 있습니까. 아무런 행복이라도 손쉽게 끌어올 것을……"

"몸조섭을 잘하세요. 이왕 지난 일이야 쓸데 있습니까, 또 다음 기회나 보시지요"

하고 직접 아무 관계 없는 기막힌 동정을 해주었다. 소련은 이런 때마다 수치와 모욕을 한없이 깨닫고, 자기가 마치 이 세상에 쓸데없는 사람인 것 같기도 하고 또 송효순에 대한 비밀을 영영히 숨겨버려야만 옳을 듯한 미신이 생기기도 했다.

모든 것이 다— 어둡게 그의 마음을 어두운 곳에만 떨어뜨리려고 했다.

하나 그는 역시 송효순이 그리웠다. 잊히지 않았다. 그래서 그는 혼인 말이 있을 때마다 거절했다. 그 고모 류애덕 여사는 그 연고를 묻지만, 저편에 학식이 없다는 불만족들보다 자기가 신분이 낮다는 겸손보다 또 재산이 없노라는, 감당 못 할 정경에 있다는 것보다,

"찾아가도 모르는 체 안 하시겠습니까?"

하던 믿음성과 겸손과 활발함을 갖추어 보이고, 또 고상한 음성으로 모든 대담스러움을 감추어버리던 그 인천측후소의 송효순이 그리웠다. 그는 그 참을성과 진정한 그리움에서 나온 부끄러움이 아니면 인천측후소를 찾아갔을지도 모르겠지만, 다만 재치 있는 손끝을 기다리는 듯한, 덮어놓은 피아노의 하얀 키—가 아무 소리도 못 내고 잠잠할 뿐이었다.

3

 류애덕은 소련의 아버지보다 다섯 해 위 되는 누이였으며, 그의 고향은 반도 북편에 있는 박천 고을이었다. 류애덕의 부친은 한국 시대의 유자(儒者)로 류 진사란 이름을 얻은 엄한 노인이었으나 불행히 늦게 본 아들 때문에, 속을 몹시 태우다가, 그 아들이 20도 되기 전에 그만 이 세상을 떠나버렸다. 이보다 전에, 류애덕은 열다섯 살이 되자, 그 이웃 이 주사 집으로 출가를 했으나, 유자와 관리 편 사이에는 일상 설왕설래가 곱지 못했을 뿐 아니라, 류애덕의 남편은 불량성(不良性)을 가진 병신이었으므로 갖은 못된 행위를 다 하다가 집과 처를 버리고 영— 나가버렸다. 그러므로 아직 어려서 생과부가 된 류애덕은 흔히 친정살이를 했으나, 그도 소련의 적모와 사이가 불합해서 가장 고울 을녀(乙女)의 때를 눈물과 한숨으로 보내다가, 조선 안을 처음으로 비추는 문명의 새벽빛을 먼저 받게 되어서 후세를 바라려고 교회당에도 다니게 되고, 또 공부까지 하게 되어서 쓸쓸한 삶의 향할 곳 없는 마음을 배움으로 재미 붙여 나날이 그 학식을 늘렸으나 그 역 반도 부인의 태반이 그러하도록, 미신적(迷信的) 믿음 외에는 달리 광명을 못 받은 이였다. 그러나 그 환경에서 남성에 대한, 사모할 마음을 영구히 잃어버린 그는 다시 출가할 마음을 내지 않고 교육에 뜻을 두게 되었다. 그는 운명이 그러한 탓인지 여기에 이르도록 비교적 순한 경로를 밟아오게 되었다. 과부가 되자 그 모친의 보호 아래 학비 얻어 공부하게 되고 또 밖으로부터 들어오는 유혹은 아주 없었으므로, 그는 해변가의 물결을 희롱하고 든든히 움직이지 않는 바윗돌은 아니었다. 그러므로 그는 편벽했으며 자기만 결백한 체하는 폐단을 버리지 못했다. 그러나 교회 안에서 그 엄하고 단출한 행동은 모든 교인과 젊은 학생 들의 존경을 받게 되었다. 그래서 그는 그 안에서 공부하고 또 직업을 잃지 않게 되어 가장 안전한 지위에서 생활하게 되었다. 그 후에 늘 그에게 근심을 끼치는 그의 양친은 한 달 전후하여 이 세상을 하직하고 소련의 부친 류경환은 본처를 버리고 몇 달에 한 번씩 계집을 갈다가, 소련의 어머니에게 붙들려 거기서 귀여운 딸을 보고 재미를 붙이게 되었으나 어떠한 저주를 받음인지 소련의 모친은 평생 한숨으로 웃음 짓는 일이 드물고, 걸핏하면 치맛자락으로 거푸 나오는 눈물을 씻다가 그도 한이 뭉쳐 더 참을 수가 없던지 소련이가 열한 살 되던 해에 이 세상을 하직해버렸다. 이때에 이르러 거의거의 가산을 탕진한 류경환은 소련을 그 누이에게 맡겨버리고 다시 옛날 부인을 찾아갔으나 거기서 1년이 못 된 가을에 체증으로 세상을 떠났다.

그때부터 소련은 그 고모의 보호 아래, 잔뼈가 굵어진 듯이 몸과 마음이 나날이 자라는 갔으나, 그의 마음속 맨 밑에 빗박힌 얼음장을 녹여버릴 기회는 쉽게 다시 오지 않았다. 류애덕이 소련을 기름에는 소련의 얼굴에 쓸쓸한 그림자를 남기도록 한 흠점이 있었다. 비록 의복과 학비를 군색하게 하지 않을지라도, 병났을 때 약을 늦춰 써줌이 아닐지라도 어딘지 모르게 데면데면하고 쓸쓸스러웠다. 그 데면데면하고 쓸쓸스러움은 소련이 공부를 마치

게 되었을 때 좀 감해가는 듯했으나, 어떠한 노여운 말끝에든지 혹은 혼인 말끝에든지 반드시

"너의 어머니를 닮아서 그렇지, 그러기에 혈통이 있는 것이야"

하고 불쾌한 말을 들었다.

이러한 말을 듣고도 소련은 그 고모의 역설인 줄만 믿고, 자기의 혈통을 생각지 않았으나 온정을 못 받은 그는 반드시 쾌활한 인물이 되지 못하고, 그 성격에 어두운 그늘이 많이 박히게 되어서 공연한 눈물까지 흔하였다.

그러한 소련이 인천서 송효순을 만났을 땐 무엇인지 온몸이 녹을 듯한 따뜻함을 알았다. 하나 그것은 꿈에 다시 꿈을 본 것같이 언젠가는 힘을 다해서 잊어버리지 않으면 안 될 환영(幻影)일 것 같았다.

소련은 송효순을 몹시 생각한 어느 날 밤에 이상한 꿈을 보았다.

─조선 안에서는 흔히 보지 못하던 교토 시모가모가와진자〔下鴨川神社〕 안 같은 곳이었다. 넓은 나무 숲속을 이룬 신사 뜰을 에둘러 물살 빠른 내가 흐르고 신사 밖으로 나가는 다리 옆에는 큰 느티나무가 서 있어서, 그 까마득히 보이는 제일 높은 가지 위에는 여섯 잎으로 황금 테두리를 한 남빛 꽃이 달처럼 공중에 떠 있었다. 그 아래는 여전히 냇물이 빠르게 좔좔 소리를 내면서 흘러 내려갔다. 자세히 본즉 그 냇물에는 지금까지 보이지 않던 뗏목이 떠내려가는데, 그 위에 젊은 여자가 빗누운 채 흘러 내려가면서 남쪽만 바라본다. 온몸이 으쓱해서 정신을 차리려 하여도 무엇이 귀에 빽빽 소리를 치며 저기 떠내려가는 것이 너이다! 너이다! 하

고 그 귀를 가를 듯이 온몸이 저릿저릿하도록 소리를 지른다.

소련이 눈을 뜨려고 몸을 흔들어보고 소리를 내어보려 하여도 내가 깨었거니, 깨었거니 하면서도 눈이 떠지지 않고 무서운 뗏목이 빠른 물을 따라 흘러가는 것이 눈에 선했다—

그럴 동안에 그는 잠이 깨어서 가슴 위에 손을 올려놓고 등걸잠[9]을 자던 그 몸을 수습했다.

그는 깨어서 한번 여행 갔던 교토를 꿈꾸었다고 생각했으나, 그 꿈이 무엇인지 효순을 생각할 때마다 무슨 흉한 징조같이 생각되었다.

4

그러나 '때가 이르면 굳은 바위도 가슴을 열어, 깊은 속 밑에서 솟아오르는 샘물을 땅에 뿜는다'는 듯이 낮에는 만나지라고 기도하고 밤에는 못 만나서 가위눌리던 소련은 드디어 효순을 만나게 되었다.

바로 지금부터 2년 전 여름이었다. 하루는 애덕 여사가 소련의 건강을 염려하여 그더러 ×명학교는 퇴직하라고 권고할 때 가벼운 노동 시간과 공부 시간을 써놓고 곰곰이 타이르면서 몸조심해야 한다고 하던 애덕 여사는 급히 무엇이 잊었다 생각난 듯이 종잇조각을 소련에게 던져주며 손님이 올 터라고 아이스크림 만들 복숭아를 사 오라고 일렀다.

소련은 매일같이 손님이 올 때마다 혹시 효순 씨가 오지 않나 하고 기다렸으나 매일같이 오지 않았으므로, 오늘은 또 어떤 손님이 오시려나 하고 풀기 없이 일어나서 창경원 앞까지 걸어 나와 전차 위에 올랐다. 그 찌는 듯한 여름날 오후에 소련은 고모의 명령이라 어기지도 못하고 진고개까지 가서 향기로운 물복숭아를 사 왔다. 그때도 애덕 여사는 말하기를

"우리 여자 청년회를 많이 도와주시는 송달성 씨가 오실 터인데 새 옷을 가려 입고 민첩히 접대하라"

하고 일렀다. 이 말을 들을 때 소련은 송이라는 데 깜짝 놀랐으나 이름이 다르고 또 그이를 아는 터였으므로 얼마큼 안심하였다.

그날 저녁에 40이 넘은 신사와 25, 6세의 젊은 신사는 게으르지 않고 급하지 않은 흥겨운[10] 걸음걸이로 공업전문학교 근처의 사지(砂地)를 걸어서 숭이동을 향하여 갔다.

하늘은 처녀의 마음을 펼쳐서 비단 보자기에 흰 솜덩이를 싸듯이 포돗빛 도는 연분홍을 다시 엷게 풀어서 여름 구름을 휘몰아 싼 듯하고 보—얀 지평선 한끝에서는 여인들이 우물물을 길어 오고 길어 갔다. 마치 하늘과 땅이 더운 때 하루의 피로를 잊으려고 저녁 바람을 식혀서 졸린 곡조를 주고받는 듯하였다.

소련은 요사이 보기 시작했던 어느 각본 책에서 본 대로 파—란 포도 덩굴로 식탁을 장식해놓고 부엌으로 가서 그 고모에게

"아주머니 식탁 차려놓은 것 보세요"

했다.

일상 희로애수(喜怒哀愁)의 표정이 분명치 않은 애덕 여사도 소련의 재치 있음을 보고 희색이 만면해서

"그런 장난이야 네 장기지"

하였다. 소련은 그 고모의 습관을 잘 아므로 이 암만해도 경사나 당한 듯해서 연해 그 고모에게 말을 걸어본다.

"어떤 손님이 이렇게 우리의 공대를 받으십니까"

하기도 하고,

"왜 하필 저녁때 청하셨어요"

하기도 하고,

"꼭 한 분만 오실까요"

하기도 했다.

숙질이 이 저녁때 드문 버릇으로 재미스럽게 이야기하면서 아이스크림을 두를 때 뜰에서 낯선 발소리가 들리며

"이리 오너라"

하고 불렀다. 이 소리를 듣고 소련의 숙질이 하던 이야기를 그칠 때 그들의 옆에서 그릇을 닦던 영복이란 여인이 냉큼 일어서며

"에이구, 벌써 손님이 오신 게로군"

하고 뜰 앞으로 내려갔다. 애덕 여사도 허둥지둥 손을 씻으며, 일어나서 방 안으로 들어가려다가 뜰로 마주 나가서, 사교에 익은 음성으로 인사를 마치고 또 다른 처음 보는 사람에게 인사를 하는 듯하였다.

이때 소련은 무엇인지 가슴이 두근거려서 일어서서 내다보지 않고는 더 참을 수 없었다. 그는 사시나무같이 떨리는 몸을 일으켜서 부엌문 밖을 내다보았다― 그때야말로 소련의 눈에 무엇이 보였을까. 그는 온몸이 굳어지는 듯이 자유로 움직일 수 없어서

그 머리를 돌리려다가 그러지도 못하고 우두커니 서서 내어다보았다.

그러나 조금 후에 손님을 좌정하고 부엌으로 돌아온 류애덕은 예사롭게 앉아서 아이스크림을 두르는 소련을 보고

"손님이 세 분이다"

하고 일렀다.

소련은 한참 말 없다가 떨리는 음성으로

"그이들이 누구입니까?"

하고 물었다. 총총히 그릇에 음식을 담던 애덕 여사는 그 손끝을 잠깐 멈추고 예사롭게

"참, 그 이야기를 네게는 아니 했었구나. 저― 이제부터, 우리 집에 학생이 한 분 온단다. 윤은순이라고 스물댓 살 된 부인인데 그 남편은 송달성 씨의 생질 되는 송효순 씨라고 하고 동경서 대학을 마치고 돌아와서 인천 계시다고 하시더라"

했다.

소련은 은연중에,

"그럼 인천측후소에 계신 송효순 씨인 게지요"

하고 부르짖었다. 이때 그 고모는 좀 놀라운 듯이

"그이가 인천측후소에 있는 것을 네가 어떻게 알았니? 나는 지금 막 인사를 한 터이다"

하고 물었다. 이때 소련은 잠깐 실수했다고 생각했으나

"저, 인천측후소에 여행 갔을 때요"

하고 스스럽지 않게 말하고 그 낯빛을 감추기 위해서 저―편으로

돌아서서 단 향내를 올리며 끓고 있는 차관 뚜껑을 열어보았다.

이같이 되어서 음식 준비가 다 되고 식탁을 차려놓았을 때 소련과 효순은 삼촌과 삼촌 사이에 또 절벽 같은 감시자 앞에서 외나무다리를 마주 건너려는 듯이 만났으니까 많은 이야기를 서로서로 바꾸지는 못하였으나 12촉 전등 불빛 아래 그들의 붉은 얼굴에 남빛이 돌도록 반가워하는 모양은 그 주위의 시선을 모았었다.

하나, 그들은 만나는 처음부터 두 사람은 다만 아는 사람으로밖에 더 친할 수도 없고, 다시 그 가운데 사랑이라거나 연애라거나 한 것을 일으켜서는 옳지 않은 것으로 그들의 운명인 사회 제도의 자유를 무시한 조건에 인을 쳤었다.

하나 소련은 그들의 그렇도록 반가운 만남을 만났으니 조용한 곳에 단둘이 만나서 한 기꺼움을 웃고 한 설움을 느껴보고 싶지 않았을까. 아무리 구도덕의 치맛자락에 싸여 자라서 굳은 형식을 못 벗어나야만 한다는 소련의 이성(異性)일지라도 이 당연한 자연의 요구를 어찌 금하고만 싶었으랴. 그러나 그들의 경우는 그들의 그러한 감정을 감추고 효순은 그 부인을 류애덕 여사의 보호 아래 수양시키려고 찾아오고 소련은 그 조수가 될 신세이니 전일의 생각이 확실히 금단의 과실을 집으려던 듯해서 그 등 뒤에서 얼음물과 끓는 물을 뒤섞어 끼얹는 듯이 불쾌했다.

5

그 이튿날부터 송효순의 아내인 윤은순은 류애덕의 집에 와서 있게 되었다.

그는 본래부터 구가정에서 자라난 구식 여자로, 어렸을 때 그이른바 귀밑머리를 마주 푼 송효순의 처이다. 하나 지금에 이르러 그들은 각각 딴 경위에서 다른 것을 숭상하며 자랐으니 그들사이에는 같은 아무런 지식도 없고 똑같을 아무런 생각과 감정의동화도 없으므로 서로 도와서 영원히 같은 거리를 밟아 똑같이 나아갈 동무는 못 될 것이나, 사회의 조직이 아직도 자유를 요구하는 사람은 넘어뜨려버리게만 되어 있는 고로 그의 발걸음을 이상(理想)의 목표인 자유의 길 위로만 바로 향하지 못하고 그 마음의반분은 땅 위에서 위로 훨씬 높이고, 또 반분으로는 다만 한 가련한 여자를 동정하는 셈으로 이상에 불타오르는 감정을 누르는 듯이 은순을 여자 청년회가 경영하는 이문안 부인학교에 넣었다.

저는 은순을 학교에 넣고 늦게 뿌린 씨가 먼저 뿌린 건땅 위에나무보다 속히 자라라는 기도로 복습할 것까지 염려해서 (자기도모르게는 소련을 만나보고 싶은 마음은 스스로 분간치 못하고) 류애덕 여사의 문을 두드리게 되었다.

그러나 언문밖에 모르는 윤은순은 소련이 가르치기에도 너무힘이 없었으므로 어찌하면 그의 복습 같은 것은 등한(等閒)히 여겨지게 되고 의식주에만 상담하는 일이 많았다.

그동안에 효순은 한 달에 한 번 두 공일에 한 번 찾아와서 애덕여사에게 치하를 하고 갔다. 그럴 때마다, 효순과 소련 사이는 점점 더 멀어져가고, 효순과 애덕 여사 사이는 친해지며 은순과 소련 사이는 가까워졌다.

소련과 효순은 마침내 아는 사람으로의 친함조차 없어져서 사람 보이지 않은 곳에서 만나면 머뭇거리다가 인사를 하지 못하도록 서로 몰라보는 듯하였다. 이같이 되어서 은순과 소련 사이가 한 감독 아래 공부하고 살림할 동안에 서늘한 가을날들이 황금 같은 은행나무 숲에 잎 떨어져가고, 긴 겨울이 와서 사람들이 방 안에서 귤 껍질을 벗겨 쌓을 동안에 늙은이가 무거운 짐을 지고 긴 고개를 넘듯이 간신히 눈 녹았다.

그동안에 그들은 많은 마음속 옛이야기를 서로 바꾸었다. 사람들이 얼른 그들의 친함을 보고 형제들 사이 같다고 칭찬했다. 그러나 은순을 친형같이 대접하는 소련의 낯빛에는 무엇을 참는 듯한 고난의 빛을 감출 수 없었다.

소련은 흔히 자기가 몸이 약해서 그 고모의 노력을 돕지 못하고, 또 장차는 영구히 그 고모의 집을 아주 떠나야 할 이야기를 하고, 은순은 자기의 사촌이 자기와 한집에서 자라나면서 그 부모와 삼촌들이 말리는 것도 듣지 않고 학대를 받아가면서 공부를 해서 지금은 재미나게 돈 모으고 산다는 부러운 이야기를 했다. 하나 그들의 친함은 오래지 못하고 날이 따뜻함을 따라 틈이 생기게 되었다.

봄날에 아지랑이가 평평한 들의 먼 곳과 가까운 곳에 싹도 내지 않은 지평선 위에 아롱질 때 마침 소련은 그 남편과 약혼하게 되었다.

이런 때를 당하여 소련은 얼마나 난처하였으랴. 그 마음속에는 아직 송효순의 인상이 나날이 깊어가면 깊어갔지 조금도 덜어지지는 않는데 다른 사람과 결혼하지 않으면 안 될 경우! 그것을 누구에게 호소해야 할지? 그는 심한 우울증에 걸렸다.

그는 다시 그 고모에게 직업을 얻어서 독립생활을 하면서 그 고모에게 폐를 끼치지 않겠노라고까지 애원하여보았으나 그 고모는 어디서 얻은 지식인지 제1에도

"핏줄이 있어서 안 돼"

하고 제2에도,

"아무나 다— 마음먹은 대로 되는 것은 아니야"

하고 을렀다.

소련은 또다시 그 몸이 쇠침해져갔다. 지루한 겨울의 추위가 풀려 사람들의 마음속에는 놀고 싶은 마음이 모락모락 자라건만 소련의 마음속에는 나날이 불어가느니 그 가슴속에 빗박힌 얼음장이었다.

그는 이 쓸쓸한 심정 풀이를 향할 곳이 없어서 눈살을 찌푸리고 장래 의복 준비를 마지못해서 해보기는 하나 딱히 원인을 말하지 못할 그 설움에 서책을 들고는 한없는 눈물을 지으며 이 아래 같은 문구(文句)를 읊었다.

누구 나 부르지 않나

밤 가운데 밤 가운데
등불을 못 단 작은 배는
노를 잃음도 아니런만

저어 나갈 마음을 못 얻어

누구 나 부르지 않나

누구 나 부르지 않나.

얼음 밑에 얼음 밑에

빛을 못 받는 목숨에는

흐를 줄을 잃음도 아니런만

녹여 내일 열도를 못 얻어

누구 나 부르지 않나

누구 나 부르지 않나.

오오 오오

빛[光]과 열도(熱度) 더위와 빛

한곳으로 나오런만

옳은 때를 못 얻어

누구 나 부르지 않나

누구 나 부르지 않나.

만일에

만일에 봄이 나를 녹이면

돌 틈에서 파초 여름[11]을 맺지요 맺지요

만일에 만일에.

만일에 좋은 때를 얻으면

바위를 열어 내 마음을 쏟지요 쏟지요

만일에 만일에.

6

그해 봄이 적이 무르녹아서 소련의 파리하던 몸은 보는 사람들의 마음을 놀라게 하리만치 꽃송이처럼 피어올랐다.

송효순은 류애덕 씨 집에 자주 그 아내를 찾으러 오게 되었다. 그리고 저는 소련을 평양 최병서에게로 결혼시켜 보내겠다는, 류애덕 여사의 말을 듣고는 반대하는 듯이

"그런 인물들을 가정 안에 벌써부터 넣어버리면 이 사회 운동은 누가 해놓을는지요. 조선의 가족 제도가 좀 웬만할 것 같으면 결혼은 하고도 일을 못 할 배 아니지만…… 아마 우물에 빠져서는 우물물을 치지도 못하고 제방(堤防)을 다시 쌓지도 못할걸요. 좀더 사회에 내놓아보시지요"

하고 입을 다물었다 한다. 소련은 이런 말을 듣고 참으로 감사하였다. 그래서 그는 마음속으로 '그러면 효순 씨는 내가 이 사회에서 의의 있게 생활해 나가기를 바라시는구나' 하고 생각해보았다. 또 그 뜻을 저버리지도 못할 듯이 그의 마음이 '가정 밖으로 나가자' 하고 부르짖기도 했다.

그 후에 며칠이 지나서 송효순은 박사 될 논문을 쓰러 일본으로

가겠다고 하면서 류애덕 씨 집에 머무르게 되어서 소련과 말해볼 기회를 얻게 되었다.

어느 공일 날 아침에 류애덕 여사와 효순은 일찍이 외출하였는데, 효순이 먼저 돌아와서

"아주 봄이 완연히 왔습니다. 그 보시는 책이 무엇입니까?"

하고 마루 끝에서, 책을 보던 소련에게 인사했다. 소련은 지금까지 효순의 아는 체 마는 체하는 냉정함에 무색하여[12] 다만 '그 따라다니면서 할 듯하던 친절을 왜 그쳤나. 그이가 내게 좀더 친절이라도 하셨으면 이 마음이 풀리련만' 했었다. 하나 이날따라 효순은 급히 그에게 친절해졌으므로 막상 닥쳐놓으면 그렇지도 못하다는 심리로, 기쁜 듯하기는 하면서도 '이 마음에 잠긴 문이 열리면 어찌하나. 그때야말로 무서운 죄악을 지을 테지' 하고 어름어름

"네 아주 꼭 봄이 되었어요"

하고 자기 방을 치우느라고 그 남편이 온 줄도 모르는 은순이를 부르고 나서 급히 더 한층 그 얼굴을 붉히면서 효순을 향해서 얼른

"하우프트만의 『외로운 사람들』[13]……"

하고 말을 마치지 못하고 은순이가 마루로 나오는 것을 보고는 구원을 받은 듯이

"은순 씨, 벌써 오셨는데요"

하고 일렀다. 은순은 소련의 얼굴과 효순의 얼굴을 번갈아 보아가면서 그 남편의

"무얼 했소?"

하는 물음에

"방 치우느라고"

하고 입을 오므렸다.

이 틈에 소련은 얼른 일어서서 저─편 마루 구석에 놓인 찬장 앞으로 가면서 다기(茶器)를 꺼냈다.

효순은 소련의 낭패한 듯이 어름어름하는 태도를 민망히 눈여겨보면서

"애덕 선생님은 아직 안 돌아오셨습니까?"

하고 웃었다. 소련은 다기를 꺼내 들고

"네, 아직 안 오셨어요. 선생님과 같이 나가셨는데"

하고 부엌을 향해 가며, 주인 된 직분을 지키려는 듯했다.

한참 만에 소련은 차를 영복이라는 밥 짓는 이에게 들려 가지고 나왔다.

그동안에 효순은 소련이 보다 놓은 책을 열심으로 보고 있었다. 그러다가, 소련이 그 앞에 차를 놓을 때는

"이 책 어디까지 읽으셨어요, 처음으로 읽으세요? 우리도 이 책을 퍽 읽었지요"

하고 말을 걸었다. 소련은 효순의 앞에 맞앉은 은순에게도 차를 권하면서 다만 놀라운 듯이

"네, 네"

할 뿐이었다. 효순은 소련의 태도를 눈여겨보기는 하나, 그리 생소치는 않은 듯이

"이 하우프트만의 『외로운 사람들』 가운데는 우리 같은 사람이

있지요. 아직 맨 끝까지 안 보셨을지 모르지만 이와 같이 외국의 유명한 작품이 조선 청년의 가슴을 속 쓰라리게 하는 것은 드뭅니다"

하고 말하면서 그 윤택한 눈을 멍히 떴다.

소련은 은순의 편으로 가까이 앉으며 또다시

"지금 겨우 다 보았습니다"

하고 간단히 대답했다. 효순은 하늘을 쳐다보던 눈을 아래로 내려서 소련을 이윽히 바라보며 그 부드러운 음성으로

"아직 생각까지 해보셨는지 모르지만, 책 속에는 저와 같이 부모가 계시고 처자까지 있어도 세상에서 제일 외로운 사람이 있습니다. 저는 외국서 공부할 때는 그렇게까지는 그 책을 느낌 많게 보지 못했지만 이 땅 안에 돌아와서는 그렇게 우리의 흉금을 곱게 쓰다듬어주는 것은 없다고 생각합니다."

소련은 이때 비로소 이야기를 좋아하던 그의 본능의 충동에 이끌려 정신없이

"그럼 그 요하네스와 마알은 서로 참사랑을 합니다그려……네……?"

하고 영채 있는 눈을 방울같이 떴다. 효순은 이때 미미히 웃으며

"소련 씨, 사랑하게 되는 것이 아닙니다. 우리는 과거와 미래를 통해서 한 이상을 세우고 거기 합당한 것을 사랑하는 것이고 하던 것입니다. 그러나 그러한 이상적 사랑은 사람들에게는 흔하지 않을 뿐 아니라, 그렇게 사상의 공명이 있고 정신상 위안이 있으면 용해서는 헤어지지 못한 인정이 생길 것입니다. 그 각본 속의 인

정 교환은 조선의 상태에 비하면 훨씬 화려하지만 무엇인지 그 요하네스가 구도덕의 지배 아래 그 몸을 끓게 되는 사정은 조선에 흔히 있는 사실입니다. 말하자면 우리는 이제 움 돋는 싹이고 그들은 자라나는 나무라고 하겠지요."

소련은 한참 머리를 숙이고 생각하다가,

"그럼 사람은 애써서 사랑을 구하거나 잃어버린다고 말할 수 없지 않습니까? 또 우리가 더 자라나서 꽃필 때까지 기다리더라도 결국 요하네스와 마알의 사이 같은 슬픔도 끊어지진 못합니까. 그때에는 또 새로운 비극이 생길 터인데요."

"네, 소련 씨. 사람이 사랑을 구한다거나 잃는다는 것은 거짓말입니다. 사람은 자기 자신 속에 사랑을 가지고, 어떤 대상으로 하여금 그것을 눈 깨우게 되어서 결국 분명한 생활 의식을 가지는 데 불과한 일이니까요. 또 말씀하신 『외로운 사람들』속의 비극 같은 것은 물론 어느 곳에든지 사람 자신이 그 운명을 먼저 짓고 이 세상을 지배해 나가게 될 때까지 또, 세상의 모든 사람들과 결탁해서 사는 것을 폐지하기까지는 면치 못할 일입니다."

"그래서 그 요하네스—"

하고 소련은 무엇을 머뭇거리다가

"그 요하네스도 구도덕의 함정에 빠져 멸망합니까. 저는 철학을 모르니까 그이가 아는 다윈이라든지 헤겔의 학설을 분명히는 모릅니다마는, 그 마알이라는 여학생은 아주 그이의 학설에 그이의 모든 것을 다 아는 인정에 절대로 공명이 됩니다그려. 아주 헤어지기는 어려운 사이가 되는 거지요."

"네—"

하고 효순은 좀 이상한 듯이 머리를 돌리다가 대답한다.

"그…… 요하네스는 이상적 동무를 만났습니다. 그러나 반드시 같이 살 수도 없고 그것은 고사하고 그 동무를 하루 이틀 더 위로할 수도 없지요. 그래서 그 동무는 가는 곳도 아니 가리키고 가버리지만 한 가지 이상한 말을 남기고 갑니다. 즉 두 사람이 헤어져 있지만 한 법칙 아래서 한뜻으로 살아 나가자는 것이지요. 그들은 같은 학설을 믿으니까 그 학리에 적합한 행동을 해서 여러 가지 똑같은 사실을 행해 나가면서 살자는 것이지요. 그렇지만 그 요하네스는 그 극렬한 육신의 삼성을 오히려 장래 오랜 믿음을 믿겠다고는 생각지 않고 호수에 빠져 죽지요. 참 외로운 사람입니다"

하고, 효순은 또다시 하늘을 쳐다보았다. 은순도 덩달아 쳐다보았다. 그러나 소련은 무릎 위의 손길을 내려다보다가

"그럼"

하고 럼이란 자에 힘을 넣으며,

"그…… 요하네스는 믿음을 가지지 못할 사람입니까?"

"아니"

하고 효순은 소련을 향하여 다시 힘 있는 시선을 던지며

"그렇지도 않을 테지만 사정이 마알보다, 더 난처하였습니다. 누구든지 괴테가 아니라도, 회색 같은 이론을 믿지는 못하고 생기 있는 생활을 요구하겠지요"

하였다.

이때 소련은 대리석상에 생명을 불어넣는 듯이, 자기도 모르게

"그럼 그 요하네스는 그 목숨으로 어려운 문제를 해결해버렸습니다그려. 그러나 마알은?"

했다. 효순은 이 말을 가장 흥미 있게 대답하려는 듯이,

"오—"

하고 입을 열다가

"이 차 다 식습니다"

하는 은순의 말소리에 그 아내의 존재를 아주 잊었다가 비로소 정신 차려서 그를 걸핏 쳐다보고

"참!"

하며 이야기하느라고 말랐던 목을 축였다.

"그 마알은 생활을 어찌 못할 경우를 당해서"

하고 책장을 뒤지다가 한곳을 찾아놓고,

"아닙니까. 공부해서 공부해서 그야말로 옆 눈도 뜨지 않겠다고 했구먼요. 그러니까 종내 학리를 구하러 길 떠나는지 또 괴로움을 잊으려고 책으로 얼굴을 가리려는지 작자의 본뜻은 분명히 모를 일이지만 종내 길 떠나지요"

하고 말끝을 이었다.

이때 소련은 난처한 듯이

"그럼 그이들은 서로 다른 것 같지 않습니까? 요하네스는 더 앞서지 않았습니까? 또 마알은 요하네스를 절대로 믿지 못하는 것 아닙니까? 그렇지 않으면 마알이 더 많이 요하네스보다 발전성(發展性)을 가졌던지요?"

하고 어린 생도가 선생에게 묻듯이 물었다.

"아니오, 그들의 환경이 달랐습니다. 그 두 사람은 누구나 똑같이 같이 생활해 나가기를 바랄 것이지만 마알은 아마 심령(心靈)의 세계를 완전히 믿을 뿐 아니라 또 요하네스에게는 구도덕이 지은 대상이 달리 있었으니까 마알은 자기가 아니라도 요하네스는 그 옛날에 돌아가 생활할 줄 믿었겠지요. 그러나 그 고향의 따뜻함을 안 이상에야 어느 목숨이 또다시 무미한 쓸쓸한 생활을 계속하려고 하겠습니까. 작자는 거기까지 쓰고는 막음을 했지만……"

하고 말끝을 그치고 그 앞에 놓인 과자를 집었다. 그러고 나서

"소련 씨 사람은 절대로 누구와든지 꼭 육신으로 결합해야만 살겠다고는 말 못 할 것입니다. 그것은 정을 유통시켜보지 못하고 이 세상에 대항하여 발전이라는 것을 모르는 사람에게는 능할 것이지만 우리는 한 대상을 앎으로 그 주위의 모―든 것까지 곱게 보지 않습니까. 단지 그 대상으로 인해 얻은 생활 의식이 분명한 것만 다행하지요. 하지만 여자의 경우는, 오히려 요하네스에 가까우리라고 생각해요. 더군다나 조선 여자는 그렇지만 그것이 옳은 것은 못 됩니다"

하고 생각 깊은 듯이 소련을 바라보았다.

7

소련의 그 얼굴은 해쓱하게 변했다. 그는 입술까지 남빛으로

변했다. 은순은 가만히 앉았다가 차를 따라 탁자 앞으로 가서 그 앞에 걸린 거울 속을 들여다보다가 자기 눈에 독기가 띤 것을 못 보고, 효순이 소련과 숨결을 어울리듯이 하던 이야기를 그치고 모—든 것이 괴로운 듯이 뜰 앞을 내려다보는 것을 보았다.

이때 두 사람은 뒤에서 반사되어 비치는 시선을 깨달으면서 똑같이 뒤를 돌아다보았다. 이때이다. 두 지식미를 가진 얼굴과 다만 무엇을 의심하고 투기하는 듯한 얼굴이 뾰족하게 삼각을 지을 듯이 거울 속에 모였다.

이 한순간 후에 검은 보석을 단 듯이[14] 해쓱해진 소련의 얼굴이 머리를 돌리며

"형님 그 찬장 안에 고구마 군 것이 있으니 내놓아보세요. 내 손으로 아무렇게 해서 맛이 되잖았지만……"

했다. 은순은 그 말에는 대답 없이 차관을 갖다가 소련과 효순 사이에 놓고 자기 방으로 들어가서 드롭스 봉지와 초콜릿 봉지를 들고 나와서 목판에 담고 또 꺼린 듯이 주춤주춤하다가 찬장에서 고구마 군 것을 꺼내었다.

이 찰나에 계란 탄 냄새와 버터와 젖 냄새가 단 향기를 지어서 봄빛이 쪼인 고요한 마루 위에 진동하였다. 은순은 그 맛있어 보이는 것을 도로 들이밀어버리려는 듯한 솜씨로

"이것 잡수세요?"

하고 목이 메어서 물었다. 효순은 말없이 미미히 웃으며 은순을 바라보고 소련을 바라보고 고개를 돌려 하늘을 쳐다보았다. 소련은 은순의 불쾌한 낯빛을 미안히 바라보고 숨결 고르지 못하게

"그까짓 것 그만 넣어버리세요"

하고 말해버렸다. 은순은 소련의 말대로 내놓던 것을 들이밀어버리고, 다시 앉았던 자리로 와 앉았다.

하늘은 맑은 웃음을 띠고 나지막하게 사람들의 생각을 돌보는 듯이 개어 있었다. 뜰에는 모락모락 김이 오르는 땅 위에 앉은뱅이와 민들레[15]가 피어 있었다. 화단에는 한 뼘이나 자란 목단과 또 두어 자나 자란 파초가 무엇인지 채 알지도 못할 꽃 이파리들 가운데서 고요한 봄바람에 한들거리고 있었다.

차와 과자는 봄날 대낮의 남향한 마루로 들이쪼이는 볕에 엷은 김을 올리면서 이 세상 사람의 기억에서 떠나 있는 모양이었다.

그러나 한참 만에 은순은 이 고요함을 깨뜨리고 그 목멘 소리로

"차를 잡수세요"

하고 권했다.

하늘을 쳐다보고 땅을 굽어보던 두 사람은 듣는지 마는지 무슨 똑같은 생각을 같이 하는 듯이 정밀한 그들의 얼굴에는 조그만 잡미(雜味)도 섞여 보이지 않았다.

이때였다. 무엇인지 효순과 소련 사이가 가까워지고 은순과 소련 사이가 동떨어져 나간 듯이 생각된 지가…… 우리는 지금까지 이 세상에서 모든 붙었던 것들이 떨어지는 것을 보고 모든 떨어졌던 것들이 붙는 것을 본다. 우리들이 먹는 떡과 김치와, 과실과 고기를 생각할 때에도…… 또, 그렇다! 우리는 매일같이 그런 것을 안 볼 때가 없다. 그러나 우리는 거기서 서로 헤어짐이 없는 나라를 짓고 나라를 깨뜨리지 않을 경우를 지으려 한다. 하나 우리

는 매일같이 헤어지며 만나는 동안에 매일같이 변함을 본다. 필경 육신과 영혼을 양편으로 가진 사람들은 약함을 끝끝내 이기진 못하고 운명에게 틈을 엿보여서 나라를 깨뜨리기도 하고 경우를 잃기도 해서 동서에 울고 웃게 되며 남북에 헤매게 되는 것이다.

여기 이르러 소련의 운명은 그 갈 곳을 확실히 작정했다. 효순이와 있는 며칠 동안을 은순은 투기와 의심으로 날을 보내고 애덕 여사는 혹독한 감시를 게을리 하지 않았으며 그중에 소련의 적모는 서울 구경을 핑계하고 올라와서 이 여러 사람의 눈치에 덩달아

"제 어멈을 닮아서 행실이 어떠할지 모르리라"

고 말전주[16]했다. 효순은 난처한 듯이 동정 깊은 눈치를 소련에게 향할 뿐이요, 침묵을 지키게 되었다. 이보다 전에 소련과 효순은 모—든 행동을 서로 비추어 하게 되고, 모—든 의심을 서로 물으며, 모—든 것에 또 명령적으로 대답하며, 모—든 행동에 서로 복종하였다. 이러한 며칠 동안을 은순은 눈물을 말리지 못하고 애덕 여사에게 자주 무엇을 속삭였다.

이에 애덕 여사는 효순에게 정중한 행동을 취하며 속히 소련의 혼인을 작정하려고 급한 행동을 했다. 이 틈에 효순은 소련에게 또다시 안 체 만 체한 행동을 했다. 그러고 속히 동경 갈 준비를 했다. 그런 중에 또, 송도성이란 그의 부친은 시골서 올라와서 효순을 그 여관으로 데려가버렸다. 소련은 꿈과 같이 그리운 사람과 며칠 동안을 기껍게 생활했다. 하나 모—든 것은 꿈같이 지나가버렸다.

8

소련은 그 고모와 적모의 위협에 급히도 최병서와의 혼례를 허락하였다.

애덕 여사는 다시 효순에게 상냥한 태도를 보였다. 소련은 다시 나날이 수척해졌다. 은순의 낯빛은 편안해졌다. 그러나 효순의 낯빛은 거슬림과 비웃음과 날카로움으로 충만되어 있으면서도 제일 온화한 행동을 낙종[17]하는 듯했다. 애덕 여사는 힘써서 최병서를 그 집으로 이끌어들였다. 병서는 흔한 금전으로 나이 먹은 여인들의 환심을 사버렸다. 병서가 문안에 이를 때마다 영복이란 여인까지 그를 대환영하였다.

병서는 효순과 기껍게 사귀려고 하며,

"학사! 이학사!"

하고 빈정거렸다.

최 씨는 그 검은 얼굴에 크림을 칠하고, 그 거센 머리에 기름을 빼게 해서 효순의 모양을 본떴다. 효순의 창백하고 고상한 얼굴과 병서의 구릿빛 같은 심술궂은 얼굴은 서로 맞지 않는 뜻을 말해보려 하였으나, 순하고 게다가 아무런 구속도 받기 싫어하는 효순은 아무 편으로든지 건드려지지 않고 애써 타협하려 하였다.

그러면서, 동경서 명치대학 법과를 졸업한 병서의 학식을, 더위없이 높이 알아주는 듯하였다. 그리고 그의 버릇인 하늘을 쳐다보는 표정은 고치지 않았다.

그러나 저는 이따금씩

"사람이 그 주위에서 조화를 깨뜨리지 않는 사람만 가장 행복될 것이고, 또 훨씬 넘어서서 모—든 것을 깨뜨리고도 능히 세울 수 있는 사람만 위대하다고 설명했다. 또 사람이 어울리지 않는 대상을 요구하는 것은 도적과 같지만 사람은 사람 자체의 생활의 시초를 모르느니만치 그 생활을 스스로 시작하지 못했을 터이니까 전부 책임질 수가 없어서 노력만이 필요하다"

고 이야기했다.

병서는 효순의 말을 이학자의 말 같지 않다고 비웃었다. 그래도 효순은 아무 말 없이 하늘을 쳐다보고 말았다.

소련은 차라리 이 괴로운 날들을 어서 줄여서 속히 병서의 집으로 가기를 원했다. 그러나 그 역시 그 뜻대로 되지 않아서 그는 아무의 눈에든지 보이도록 번민했다.

그다음에 효순은 일본으로 떠나면서 섭섭해하면서도 말을 못하는 소련을 뒤뜰로 끌고 가서 이 같은 말을 남겼다.

"소련 씨, 우리가 한때에 이 지구 위에 살게 된 것과 또 이렇게 사귀게 된 것만 행복됩니다. 이제 우리는 서로 알았으니까 서로 의식하며 힘써서 같은 귀일점에서 만나도록 생활해 나가는 것만 필요합니다. 이후에 소련 씨는 최병서 씨와 단란한 가정을 지으시겠지요. 또, 우연치 않은 기회로 영영 잊히지 못하도록 맘이 맞던 한 동무가 어디서 당신과 똑같이 고생하며 힘쓸 것을 잊지 않으시겠지요. 자— 유쾌하지 않습니까. 우리에게는 요하네스와 마알에게 오는 파멸은 없습니다. 자— 우리는 우리가 연구하는 화성이 우리의 지구와 같다고 생각하면 얼마나 반갑습니까. 또 통

행해지겠다고 생각하면 얼마나 놀랍습니까. 하나 시간이 홀로 해결할 권리를 아끼지 않습니까. 다만 사람은 그동안에 힘쓰는 것만 허락되었습니다"

하였다. 소련은 이때 그 가슴속으로 넘쳐흐르는 친함을 억제하지 못하고 그 앞으로 가까이 서며

"오― 오라버니"

하고 부르짖었다. 효순은 얼굴을 돌리고

"누님"

하고 먼저 돌아서서 앞뜰로 왔다.

이때는 마침 봄날 오후이라. 하늘 위에서는, 종다리가 한 있는 대로, 감정을 높여 먼 곳으로부터 울어댔다.

그 뒤에 소련은 모―든 일이 맨 처음부터 있었던 듯이 또 모―든 것이 없었던 듯이 최 씨 댁으로 와서 살게 되었다. 그러나 믿음을 가지지 못한 병서는 소련을 공경은 할 수 있지만 사랑은 할 수 없노라고 하면서 마음 내키는 대로 계집을 상관하고 집을 비웠다. 그러고도 부족한 것이 많은 사람처럼 애써서 가정 일에 힘쓰는 소련을 학대하기도 부끄러워하지 않았다. 그런 중에 또 병서의 모친은 이따금씩 와서 그 아들의 애정을 소련 때문에 앗긴 듯이 소련을 들볶았다. 그러나 소련은 참고 일하고 공부하고 모든 것을 사랑하고, 사람들의 성격을 부드럽게 하며 살아왔다.

그러나 그 후에 은순이와 애덕 여사에게 우연히 의심을 받게 된 소련은 서울 가더라도 효순을 만날 수 없었다.

그 후에 효순은 박사가 되었다. 또 인천측후소 속에 숨어서 연

구를 쌓았다. 그러나 들리는 말이 그 부인과 불화해서 독신을 지키며 여자들을 피한다고 했다.

　그 소리를 들으면서 소련은 더욱 자기의 노동(勞動)과 수학(修學)과 사랑[博愛]을 게을리 하지 않았다. 그러던 것을 그는 이 밤에 이런 생각에 붙들리고 또 강연하러 온 효순의 음성을 그 담 밖에서 애달프게 들었다. 그는 여름밤이 깊어갈수록 온몸을 떨었다.

　그러나 지루한 뒷생각이 그를 잠들게 해서 몇 시간이 지난 뒤에 그는 잠자던 숨결을 잠깐 멈추고 눈을 번쩍 떴다. 여전히 병서는, 들어오지 않은 모양이었다. 이때에 모든 없는 듯하던 것이 있었다. 넓은 세 칸 방 속에, 그의 취미는 얼마나 부자유한 몸이면서 자유를 바랐던고?!

　아랫목 벽에 걸린 로댕의 「다나이드」[18]를 사진 찍은 그림이며, 머리맡에 롱펠로의 「화살과 노래」란 영시(英詩)를 흰 비단에 옥색으로 수놓은 족자며, 또 이름 모를 물새가 방망이에 붙들어 매여서 그 자유인 오촌(五寸)가량의 범위를 못 벗어나고 애쓰는 그림이 어느 것이나 자유를 안타깝게 바라는 소련의 취미가 아니랴. 이런 것들을 뒤돌아보는 소련의 마음이 어찌 대동강의 능라도를 에두른 2류(二流)가 합쳐지지 않기를 바라랴. 흐름은 제방을 깨뜨린다!

　그러나 그런 때에 그 뒤로서는 유전(遺傳)이다 간음(姦淫)이다 할 것이다.

　이때에 자유를 얻은 사람의 쾌활한 용감함이 무엇이라 대답할까?

'너희는 무엇을 이름 짓고, 어느 이름을 꺼리며 싫어하느냐. 그 중 아름다운 것을 욕하진 않느냐' 하지는 않을지? 누가 보증하랴. 누가 그 부르짖음을 막을 만치 깨끗하냐. 어떤 성인(聖人)이 그것을 재판하였더냐.

소련은 머리를 끄덕이며 보이지 않는 신 앞에 허락했다. 컴컴하던 하늘은 대동강 위에 동텄다.

소련이 이 밤이 샌 이날에 그 회당까지 가서 효순의 강연을 들을 것과 감동할 것은 당연한 일이고 또 그렇든지 말든지 영원한 생명에 어울려 샘물이 흐르듯이 신선하게 살아 나갈 것은 떳떳하겠다 보증된다.

그는 이날이 새어서도 최병서의 집인 그의 집에서 모든 생명을 겨누고 내놓을 것이다. 누가 그 집의 참주인인지 누가 모르랴.

집주인은 건실하고 온화하고 공경될 것이다.

그리고 힘써서 '때'를 기다리는 것은 생활해 나가는 사람의 본능이라 하겠다.

그들의 세상에는 은순이가 없고 병서가 없고 애덕 여사도 없을 것이 당연한 일이다.

〔1924년 11월 29일 개고(고통 중에 간신히 탈고)〕

* 원작은 『조선일보』(1924. 3. 29~4. 19)에 연재했는데 김명순은 이를 대폭 고쳐서 작품집 『생명의 과실』에 실었다. 여기서는 개작한 『생명의 과실』을 저본으로 삼았다.

탄실이와 주영이[1]

1[2]

　6월 초승의 요사이 일기로는 아주 더운 어느 날 오후였다. 석양은 지금 황금빛같이 찬란함으로 조선 서울 종로 네거리에 뜨겁게 내리비친다.

　열십자로 갈라진 전후좌우 길거리에 벌어 있는 상점의 광고판들은 독기 있어 보이는 시꺼먼 먹으로 바짝 다붙어서[3] 각각 그 이름을 자랑하고 있다.

　종로경찰서 지붕 위의 독일 병정의 모자 같은 시계가 바로 4시를 가리켰을 때이다. 드높은 이층집 유리창과 창이, 땅 위의 한 분자 분자의 작은 알맹이가, 모두 지루한 볕에 반짝거릴 때, 마치 빛의 찬란한 심포니를 보는 것 같을 때, 흰옷을 입은 사람들의 얼굴이 구릿빛같이 무르익을 것을 저들이 약함으로써 받는 모든 학대 때문에 기운이 쇠침해지고[4] 행동이 느려져서 전체로 빈혈 된 그들의 얼굴에는 붉은빛이라고는 볼 수 없고 누렇고 검어서 부질없이 의지 약한 힘없음을 보인다. 그래도 그들은 무슨 일이 있는지 네거리를 이리 가고 저리 가고 자주 왕래한다. 그들은 다 눈을 가무렸다. 이 흰옷 입은 이들이 걸어 다니는 길 가운데로는 전차들이 쉴 틈 없이 종을 치면서 지나가고 지나온다. 지금 북쪽에서 외쪽 길로 왔다 갔다 하던 전차 하나가 두어 사람 실어다가 종로 네거리에 내려놓았다. 그 가운데 여학생으로서는 흔히 볼 수 없는 베옷 입은 스무 살 안팎의 여자 하나가 산동주5 양산을 들고 칼날 같은 날카로운 기세로 전차에서 내렸다.

또 이와 반대되는 남쪽에서도 사람을 많이 실어다가 종로 네거리에 내려놓았다. 그 가운데 회색 양복 입은 중키나 되는 청년과 검정 양복 입은 호리호리한 청년이 검정 책 한 권을 들고 무엇이라고 이야기하면서 서대문으로 향해 가는 전차를 타려고 얼키설키한 십자가의 전찻길을 옆으로 건너서 정류장에 와 섰다. 마침 소복을 한 여학생도 그편 정류장을 향하고 걸어가다가 허리를 굽혔다.

그는 언뜻 보기에 대단히 아름답고 영리해 보이는 여자 같았다. 또 그의 민첩한 표정을 한 얼굴은 아무리 무심히 보더라도 다만 한 개의 보통 여학생으로는 보이지 않았다.

정류장에 서서 전차를 기다리던, 먼저 남대문 편으로 오던 전차에서 내린 두 청년 중에 검정 양복 입은 청년이 모자를 벗어서 소복한 여학생에게 마주 인사했다. 그리고 그 소복한 여학생이 점점 가까이 갔을 때,

"탄실 씨, 시방 댁으로 가던 길이올시다. 김 선생이 댁에 계실까

요? 마침 계셨으면"

하고 탄실이란 여학생의 그 꼭 다문 입이 얼른 열릴 것 같지도 않을 표정을 엿보면서 머뭇 말했다. 여학생은 다만 잠깐 낯을 붉히고,

"모르겠어요"

하고 인사는 하였지만 말은 하고 싶지 않다는 듯이 서너 발자국 다시 물러섰다. 그리고 동쪽을 바라보면서 전차 오기만 기다렸다.

"다 틀렸네. 하늘을 보아야 별을 따지"

하고 검은 양복 입은 청년이 회색 양복 입은 청년에게 낙망한 듯이 말했다. 회색 양복 입은 청년은 그것이 당연한 일이라는 듯이,

"흥, 그러기에 낮잠이나 자란 말이지. 사람이란 가령 하느님에게 내버리울 것 같으면 악마에게도 가 붙지 않는 것이 당연한 사람다운 일일세"

하고 말했다.

검정 양복 입은 청년은 그러한 친구의 말이 무슨 의미인지 알 수 없는 듯이 고개를 기울이다가 알맞추 그 앞에 와서 머무는 전차 위에 올랐다. 저편에 섰던 여학생도 멀리서 기다리다가 사람이 다 오른 뒤에 나중으로 올라섰다. 그러나 그는 무엇을 생각했는지 전차가 막 떠나려고 종을 칠 때 급히 전차에서 내렸다. 그 내리는 이의 얼굴을 유심히 볼 것 같으면 무엇인지 숨이 콱 막힌 사람도 이러하리라고 의심이 날 만치 새파랗다. 전차는 할 수 없는 듯이 올랐던 사람을 다시 내려놓고 남아 있는 사람들만 싣고 서쪽으로 서쪽으로 달아났다.

"음"

하고 입맛이 쓴 듯이 검정 양복 입은 청년이 전차의 가죽 오리[6]를 쥐고 섰다가 앉으면서 한숨지었다. 회색 양복 입은 청년은 다시 입을 열면서 약간 미소를 그 온화하고도 몹시 게으름이 나는 듯한 얼굴에 띠고,

"그러기 내 말이, 아무리 사랑을 기초로 하고 창작하고 생활하는 예술가일지라도 사랑을 하려다가 한번 실패를 했거든 참아서 들뜨는 마음을 꽉 누르고 자기가 경험한 실패를 그 뼛속까지 해부해보란 말이야"

했다. 검정 양복 입은 청년은, 그 친구의 말이 귀찮은 듯이,

"오늘은 자네 설교가 맛이 적으이. 내일 또 해보세"

하고 다시 탄식하듯이 밖으로 뿜어 나와지는 긴 숨을 삼켰다. 회색 양복 입은 청년은 얼마큼 무료한 듯이 옆을 바라보다가 다시 그 친구를 그대로 둘 수는 없다는 듯이,

"그런데 그 탄실이라는 김정택의 누이가 몇 살인고, 어디"

하고 그 친구의 손에 있는 검정 뚜껑 한 책을 가리키며,

"이 『너희들의 등 뒤에』라는 책의 주인공과 같은가?"

하고 물었다.

2[7]

검정 양복 입은 청년은 좀 불쾌한 듯이 팔짱을 끼고 눈을 감으려다가 그 친구의 애써 위로하려는 뜻에 감동된 듯이,

"전부 같지는 않아. 저 탄실이야 주영이같이 산 여자는 아니지.

아직 그 사람은 전형을 못 벗어난 사람이야. 그것을 내가 잘 인도하고 싶단 말이지……"
하고 발끝을 내려다본다. 회색 양복 입은 청년은 그 말에 불복할 점이 있는 듯이 고개를 돌리다가,

"그런데 몇 살이냐?"
하고 다시 재차 물었다.

"나도 자세히 모르지만 삼십 가까웠지……"

"뭐야, 어느새 삼십이 가까워? 어디 그렇게 보이나, 얼른 보기에 퍽 단순하고 어려 보이는데"
하고 알 수 없다는 듯이 창밖을 내다보았다. 이같이 이야기하는 동안에 전차는 서대문정 2정목에 와서 정거했다. 두 청년은,

"여기로세"
하고 내렸다. 그러나 역시 검정 양복 입은 청년이 대단히 주저하며 갈 바를 모르는 듯이 발길로 땅을 파다가,

"가면 무얼 하노?"
했다.

회색 양복 입은 청년은 그 행동이 난처하다는 듯이 바라보다가,
"이왕 왔으니 김정택 군을 만나고 가지. 탄실이란 여자에게 절망했기로서니 그 오라범에게까지 만나지 말란 법이야 어디 있나"
하고 타일렀다.

저들은 한참 머뭇거리다가 정류장 앞 바른편에 '광제병원'이라고 광고 붙인 골목으로 들어갔다. 그 골목 막다른 곳에는 반 양식으로 지은 광제병원이 한가해서 졸린 듯이 우두커니 이층으로 서

있었다. 밖으로 보기에 환자도 없고, 간호사나 의사는 낮잠이나 자는 듯하였다. 이에 두 사람은 그 병원 핸들을 잡았다. 조는 듯한 집에 사람의 인기척이 문간 종을 울렸다. 병실에서 신문을 보던 김정택이란 40여 세 된 의사가 사람 좋은 태도로 빙글빙글 웃으며 두 손님을 나와 맞았다. 그리고 저편 쪽마루로 나오는 간호부에게,

"작은아씨 아직 안 오셨니?"

하고 물었다. 간호부는 두 손님을 유심히 바라보다가,

"안 오셨어요"

하고 다시 안으로 들어갔다.

김정택은 이윽고 병원 응접실로 두 손님을 인도하고,

"이수정 군, 지승학 군, 요새 재미있는 창작이나 하셨소?"

하고 부채를 내놓으면서,

"하하"

하고 웃었다.

그 두 손님 중에 검정 양복 입은 청년을 이수정이라 하고, 회색 양복 입은 청년을 지승학이라 한다. 여기 두 사람은 조선에 흔히 있는 문학청년이었다. 검정 양복 입은 청년은 시를 짓고, 회색 양복 입은 이는 소설을 짓는다.

김정택은 두 문학청년을 맞아놓고, 이야기 종자가 흔하지 않은 듯이 자주 탄실을 찾는다.

"우리 탄실이가 있었으면 자네들하고 훌륭한 문답을 해서 자네들의 높은 코를 다 낮추어놓을 터인데"

하고, 부대한 몸집과 붉은 얼굴을 흔들면서,

"내 누이동생이라도 어떤 일은 놀랄 만치 칭찬할 일이 있어. 그렇게 귀여운 여자가 무슨 일로 제일 불행한 여자들 중에도 첫손가락을 꼽히게 되었는지"

하고 저는 슬며시 화단 있는 후원을 내다본다. 지승학이란 소설가는 그 모양을 동정하는 듯이 바라보다가,

"그런데 영매[8]께서 연전에는 댁에 안 계셨지요? 언제부터 댁으로 돌아오셨나요?"

하고 물었다.

"작년 가을에 비로소 데려왔지요. 나와는 이복형제인 고로 같이 한집에서 자라본 적이 없었고 또 그 성질을 자세히 알 수 없어서, 의심하면서 제가 하는 대로 내버려두고 멀리 바라만 보았더니, 그 애가 지금까지 세상에서 오해를 받은 것은 전부 허무한 일일 뿐 아니라 악한 남녀의 모함입니다그려. 그래서 노친은 반대하시는 것을 억지로 빌다시피 해서 데려왔더니 그런 착한 여자가 다시는 없을 것 같습니다. 그래서 나는 하루바삐 어디 좋은 곳에 심어주고 싶지만 당자가 극력으로 반대하니까 때를 기다리지요. …… 그 반대하는 말이 또 우습지요. 한번 결혼 일 땜에 세상의 웃음거리가 된 이상에 그 웃음거리 된 몸을 다시 다른 사람과 결합하려고 하는 것은 신성한 자기를 더럽힌다지요. 그래서 우리가 묻기를 어째 하필 너만 그렇게 신성하냐고 물을 것 같으면, 두 번가웃[9]에 그 대답이, '오라버니, 산봉우리를 아래서 쳐다볼 때만 높게 봅니다. 그 높은 데 올라갈 것 같으면 다시 더 높은 곳이 있는

듯이 상상해집니다. 그러나 어찌하다가 잘못 미끄러져서 산봉우리 아래 떨어질 것 같으면 다시 자기가 올라갔던 산봉우리가 높았던 듯이 생각이 됩니다. 그러니까 확실히 사람은 낮은 데 있어야 높은 데를 더 그리는 것 아닙니까? 올라갈수록 높은 것이 한정 있는 것은 아니고, 그 사람들의 이상을 표준하고 신성하다 고상하다 하는 것이니까, 그렇게 말을 만들면 확실히 저는 신성합니다' 하고는 저도 기가 막히는 듯이 웁니다. 그 정경이 참 딱하지요"

하고 그 누이를 동정하는 듯이 말한다.

3^{10}

회색 양복 입은 청년은 김정택의 말을 유심히 듣다가 검정 양복 입은 청년이 후원의 새빨간 우미인초(虞美人草) 밭만을 풀[11] 없이 내다보는 것을 보고,

"자네도 이야기 참례하게그려. 저 친구는 요새 신경쇠약에 걸려서……"

하고 역시 풀 없이 빙그레 웃는 김정택과 그 친구를 번갈아 보다가 다시 김정택에게 시선을 향하고,

"그러면 영매께서는 아주 자기를 찾으신 모양이십니다그려. 그 점에 있어서 저 『너희들의 등 뒤에서』라는 소설책 가운데 주영이와는 다르실걸요"

했다.

"오, 참, 그 『너희들의 등 뒤에서』라는 책은 우리 서모 집 사랑

채에 셋방을 빌려가지고 있던 일본 청년이 쓴 것이라지. 그 주인
공은 탄실의 행동과 말하는 것을 더러 묘사했었다지만 아주 다르
지요. 그 책 가운데 주영이는 꼭 일본 여자지 어디 탄실이 같습니
까? 그래도 그 작자는 탄실이보다는 그 책의 주인공인 주영이가
훨씬 낫다고 할지 모르지만 우선 사실부터 탄실이는 처음에 동정
을 자기 스스로 깨뜨린 것이 아니고 앗긴 것도 또 일본 사람에게
가 아니라 조선 사람에게 그랬으니까요. 참 말 못 할 표독[12]한, 꼭
무엇과 같은 사람이지요. 그 어린것이 멀리 타향에 가서 그래도
저를 믿는데, 차마 그런 행동이 어떡해서 해졌는지, 도척이보다
더하지요. 그것도 웬 제가 사귄 것입니까? 내 삼촌이 시룽시룽 사
귀어준 것이지요. 말하자면 내 삼촌이란 어른이 심사가 고약하지
요. 그것을 다 말하면 집안 흉이 날 테니까 채 말은 못 하지만 그
것 참 불행한 운명에 빠진 여자입니다. 그래서 나는 이즈음에도,
혹시 구할 수만 있으면 그 운명에서 구해주려고 하지만 어디 말을
들어요? 남자란 악마보다 더 거리낀다고 저주하니까. 본래는 아
주 인정 많고 착한 여자였지만 그 타락하던 당시를 생각하면 아마
자기도 온전치는 못하던 모양이었어요. 하나 어느 편으로 보든지
주영이와는 다릅니다."

   이같이 이야기하는 것을 옆에서 듣던 이수정은 급히 소리를 질
러서,

   "아아, 주영이가 그립다, 주영이, 주영이. '전진, 전진' 하고 '앞
으로, 앞으로' 하며 부르짖는 이들 가운데 주영이가 그립다. 내가
이상하는 것은 단순한 남에게 버려지고 수절하는 조선 여자가 아

니고 어디까지든 싸워나가면서 사람답게 사는 여자다"
하고 혼잣말같이 부르짖었다.

김 의사는 어처구니없는 듯이 웃으면서,

"이수정 군, 그럼 자네도 내 누이를 은근히 지도하겠노라고 원
하던 사람이 아닌가. 탄실에게 대해선 그런 입버릇으로 달려드는
사람이 많지. 그래서 그 애가 밤이면 이불 쓰고 잠자는 대신 울어
서 밤새우지. 그러나 탄실이는 남에게 지도만 받을 여자는 아니
고 구구히 사람에게 버려져서 그 사람을 위해서 수절하는 여자도
아니지. 대개 사람마다 핑계가, 탄실이와 친하려고 하다가 실패
를 하면, 그 말이, 그렇지. 그러니까 그 애가 신성한 자기를 더럽
힌다고 남자를 절대로 가까이하지 않으려고 하지……"
하였다.

이수정이란 청년은 김 의사의 말을 듣다가 가로막으며,

"나를 그런 사람들 가운데 하나로 치면 참말 잘못이십니다"
하고 말을 침 뱉듯이 했다.

지승학이란 청년은, 두 사람의 말이 서로 어긋나지는 것을 듣고,

"그렇게, 말씀을 서로 어긋나도록 하시면 결국 재미가 없으시지
요"
하고, 이수정을 똑바로 보며,

"자네 말하던 것과 김 의사께서 일반 청년이 말한다는 것과는
말이 똑같지 않은가"
하고 타일렀다. 여기서 이수정 군은 아주 불쾌한 듯이 김 의사의
말과 그 친구의 말까지 반항하려고 트집을 내었다.

"자네들 말이 우습지 않은가? 내가 주영이가 그립다고 하는데 하필 탄실이란 여자를 끌어다가 이러니저러니 내게 비길 것이 무엇이야? 누가 외짝사랑이나 해서 편지 장을 던져준 것도 아닌데."

"그야 그렇지. 내 말은 그러는 사람을 한 사람 두 사람 보았으니까 심심파적으로 한 말이지 무슨 자네를 꼭 그렇다고 한 말은 아닐세."

"그래 김 의사의 말씀은 그런데 탄하는 자네가 우습지 않은가? 속담에 도적이 발치다[13]는 말이 있느니……"

"하, 또 자네 말이 나를 모는 것 같으니……"

"그러지 말고, 자네 양심에 물어서, 분명히 말해보게. 자네는 이 김 의사를 찾아올 때까지 김탄실이란 여자를 마음에 생각했나 안 했나?"

"나는 먼저까지, 적어도 김탄실이란 여자는, 그렇게 사람에게 버려져가지고 자기가 신성하니 어쩌니 하면서, 모든 남자를 똑같이 저주할 줄은 몰랐네."

4[14]

"그렇게 말을 돌려[15]대기만 하면 자네 말은 아주 무례한 말이 되네. 아주 쉽게 그 여자의 심지라든지 또는 외양도 잘 모르면서야 어떻게 남을 지도한단 말을 할 수 있단 말인가."

"그러지 말고 바로 말하게. 이 군, 자네가 내 누이를 얼마큼이라도 사모하지 않는가? 그런 것을 이리저리 돌려대보는 것 아닌가?

똑바로 말해보게. 조선 사람은 내남직없이[16] 다 허풍 치기를 좋아해서 조금이라도 다른 사람이 꺼리는 것이면 자기도 꺼려보는 것이 큰 병이야. 가령 한 동리에 한 사람이 싫어하는 것을 다른 사람들도 다 싫어한다면 말이 너무 허황해서 듣는 사람은 좋은 감정을 안 가질 것이 예사로운 일이지. 하지만 대개는 그 분명히 말도 못하는, 남이 싫어하니까 나도 싫어한다는, 다른 사람과 타협하는 것이 아니고 경쟁하는 마음을 가지고 있지. 내 누이로 말하면 10년 전에 벌써, 참 옛이야길세, 어떤 평범한 아무런 일에도 새로운 것을 찾아낼 힘이 없으면서, 그래도 구구히 사람들의 군 입내[17]를 없이 하기 위해서 하는 칭찬 푼어치나 듣는 쥐 같은 작은 남자와 약혼하려다가 그 남자에게 절개까지 억지로 앗기고, 그나마 그것이 세상에 알려졌을 때, 어리고 철없는 내 누이의 책임이 되어서 그보다 5, 6년이나 위 되는 쥐 같은 남자가 염복 있다는 헛자랑을 얻고 또 내 누이와는 원수같이 되어서 현재 저와 꼭 같은 다른 계집하고 잘 산다 하네.[18] 그러기로서니 어리고 철없던 사람이 자라지 말라는 법이야 어디 있나. 그동안에 내 누이가 자라고 철들었다고 할 것 같으면 그만이 아닌가. 그렇지만 세상은 그렇지 않고 기막힌 일이 많아. 우리가 생각할 땐, 참 우리 탄실이가 말하는 것같이, 아래로 떨어질수록 높은 것을 알 터이니까 세상 사람도 그것을 알아주고 그 경우에서 끌어올려줄 것같이 생각하지만, 몇천 길 깊은 해감에 빠져서 헤매는 사람이 있다고 하면 그 사람이 보통 사람보다는 우월(優越)할수록 반드시 세상은 그것을 건져주기는 고사하고 해감 속에 거의 빠져서 모가지만 남은 것을 마저 해감 속에 넣어 숨기려고 하니까. 참 작은 한 여자의 10년 동안 걸어온 길이 지독히도 무서워서, 유혹[19]이 있더라도, 내 누이에게 닥쳐오는 유혹은 종류가 다르지. 얼마만 한 두뇌로는 그것을 해석도 못 하지. 그래도 탄실이는 능히 유혹과 친절을 분간해 나가지만. 하나 누가 그것을 아나? 그 애가 10년 전에 동정을 제 마음대로도 아니고 분명한 짐승 같은 것에게 팔 힘으로 앗겼다 하면, 시방도 바로 듣지 않고 내 누이만을 불량성을 가진 여자로 아니…… 저 『너희들의 등 뒤에서』란 책이 난 뒤에도 탄실이는 얼마나 염려를 하는지 그 꼴을 차마 눈으로 볼 수 없었어. 말끝마다 '오빠, 내가 일본 남자와 연애했던 줄 알겠구려. 그러면 내가 창부 같은 계집이라겠지. 그리고 내게도 조성식이라든지, 김성준이라든지, 또 신춘용이라든지 그런 남자들이 있던 줄 알겠구려' 하고 번민을 하고 또 울고 하더니 이제는 그것도 사그라져서 제법 잊어버리고 저 안국동 유치원에 다니지만……"

"아, 이제야 이 군은 말이 없어졌네. 대대로 남을 생각하는 사람이 그 말을 참지 못하고 이리저리 둘러다 대는 것은 병이야. 그것은 내 생각에 마음이 들뜬 증거 같아. 그리고 마음을 한데로 꼭 모을 수 없는 운명의 장난을 이기지 못하는 것이야……"

"자네들이 그렇게 말하면 〔할〕 말이 없네. 그동안에 나는 또 한 가지 생각한 일이 있네. 탄실 씨와 주영이가 다른 것은 큰 원인이 있네그려. 주영이란 여자가 전부 다른 나라 사람들한테 학대를 받고 원수를 갚는다고 이를 가는 것과 탄실 씨가 우리나라 사람들 그러나 친ㅇ파들한테 학대를 받고 오랫동안 번민하는 것은 다를 것이지……"

"옳소, 옳소. 이 군, 내 누이의 복수하려는 마음이 온전히 내적인 것은 주영이의 경우와는 다른 것이 원인이오. 하나 이 군의 평상에 말하는 주의로 말하면 또 주영이를 이상하는 마음과 몹시 모순되지 않나. 사랑을 기초로 하고 그 꿈을 시화(詩化)한다는 이 군이 온전히 내부적 혁명가를 외부적 혁명가인 주영이만 못하다고 하는 것은 무엇을 증명하는 것인가?"

"하하…… 이제 이 군의 비밀이 아주 폭로되었네. 그래도 이러고저러고 말을 둘러댈 터인가."

"그것은 참 이 군의 사상이 통일되지 않은 증거거나 그렇지 않으면 자기를 눈앞에 속이는 거짓일세……"

5^{20}

광제병원 응접실에서는 두어 시간 전부터 하던 이야기를 계속하는지 이따금 '탄실이'니 '주영이'니 하는 소리가 후원 화단 앞까지 새어 들린다. 석양은 아주 서산 너머로 온종일의 목숨을 호젓이 지울 때, 새빨간 우미인초 밭 앞에서 꽃밭에 물을 주고, 김을 매던 탄실은 새어 들리는 제 이름에 간담을 녹이다가 차츰차츰 용기를 내서 응접실 툇마루 끝으로 제 모양이 보이지 않으리만큼 조심스럽게 가 앉았다.

탄실은 무엇인지 이러한 동작을 꿈결에라도 하여본 듯한 아련한 감정이 그의 가슴속에서 모락모락 일어나는 것을 깨달았다.

저녁 바람이 산들산들 불어서 된 햇볕에 꺼내 입었던 모시 적삼
이 그 옆에서부터 위로 점점 달달 말려 올라가는 것 같다. 아련하
던 감정이 점점 불어서 분명히 옛날 추억에 돌아가서 잊었던 것을
다시 또 생각 낼 때, 그의 온몸이 사시나무같이 떨렸다. 또 그 귀
를 기울이면,

　"탄실이를 재료로 소설을 써보게. 확실히 심상치 않은 것이 될
터이니……"

　"확실히 주영이와는 다를 것일세. 주영이는 끝끝내 이기주의자
인 일본 사람들에게 학대를 받고 속았지만 탄실이는 그 반대로 조
선 사람이면서 일본 사람의 생활과 감정에 동화된 조선 사람들에
게 학대를 받았네. 주영이가 일본으로 갈 때는 다만 법률을 배워
서 일본 사람에게 원수를 갚겠다고 갔지만, 탄실이가 일본 갈 때
는 '어디 일본 사람은 얼[마]만 한가 보자' 하고 시험 격으로 간
것이요, 그리고 일본 사람을 숭배하지도 않았으니까 아무 이익을
바라지 않고, 병목[21]이든지 심지어 일본 인력거꾼에게까지 속아
넘어가진 않았을 [것]일세. 그뿐 아니라 탄실이 자신이 어떤 때는
일본 사람 이상 이기주의자이니까. 그 애가 일본 건너갈 때를 생
각하면 그건 양의 새끼 같은 착한 여자가 아니고 이리 새끼나 호
랑이 새끼 같았지."

　"그럴 것 같으면 『너희들의 등 뒤에서』라는 책은 한 여성을 주
인으로 쓴 것이 결코 아니고, 조선 전체를 동정해서 일본 사람인
××가 일본 사람의 처지에서 반성하노라고 쓴 것일 것입니다."

　"그런지 모르지요. 내가 그 작자를 서모 집 사랑채에 세로 있던

청년인가 보다고 말하는 것도 무슨 증거가 있던 것은 아니고. 주영이는 중류 이하 가정에서 초라하게 자라났지만 탄실은 대동강 가에서는 제일 호사하는 호화로운 집에서 자라났으니까요. 그러나 그 부친이 남의 빚 담보를 했다가 패가를 한 것은 거의 같은 일이고, 또 청산[22] 근처에 있던 일과 조선 사람인 일본 군인의 집에 부쳐 있던 일도 근사하지만, 대체로 말하면 주영이는 탄실이보다 더 불쌍할 뿐 아니라 또 비교하지 못하리 만큼 육체가 더러워졌습니다. 그리고 어떤 편으로 보아도 주영이는 탄실이보다 더 어리석습니다. 그리고 탄실의 교만함과 욕심스러움을 못 가졌습니다.

탄실이가 정조를 잃고 그 사나이에게 달려들던 생각을 하면 어찌 한낱 여자가 그다지 지독한지 치가 떨려집니다. 결코 그 남자를 사랑도 않으면서 다시는 육체적 관계도 맺지 않으려면서 강제로 한 남자의 일평생 행복을 흐지부지해주려고 했던 것입니다."

"그러면 김 선생, 내가 영매를 주인공으로 하고 소설을 지으면서 조선 사람의 일부를 그려내보면 어떨까요? 그러할 것 같으면, ××가 『너희들의 등 뒤에서』를 쓸 때, 저희 나라 사람의 잔학함을 쓴 것과 같이 우리나라 사람의 간사스럽고도 겁 많고, 어리석고도 약한 것을 마음대로 들추어 볼 것입니다."

"대찬성입니다."

"무얼, 자네가 그만치 쓸 것 같아서 그러나."

"그런 말이 어디 있나? 쓰면 쓰는 것이지, 비록 같지 않다 뿐일 것이지. 그 책은 그리 잘 쓴 것인 줄 아나? 조선 여성을 무시해도 분수가 있지. 아무 경로도 없이 조선 사람보다 그들이 얼마나 높이 보여서, 홀으로도 안 가고 꼭 법률을 공부해서 일본 사람에게 원수를 갚겠다고 결심한 여자가, 그렇게 쉽게, 하필 일본 군인을 온천에까지 따라가 자기 동정을 깨트릴 줄 아나. 그나 그뿐인가. 주영이로 말하면 우리나라 제1기의 여학생 아닌가. 그러고 보면 연애고 무엇이고 염두에 없네. 그들은 아닌 체하면서도 여자는 절개를 꼭 간직했다가 명예 있고, 재산 있는 남자에게 시집가서 거기서 손끝에 물 튀기면서 호강하는 것을 제일로 알았을 것일세. ××가 그 책을 쓴 것은 우리 처지로 보아서 불찬성일세. 우리는 못났지만 그것을 감추고 싶지 않으니까. 그는 그 책을 쓰고 자기의 우월함을 우리에게 자랑하는 것이 아닌가. 그러나 한편으로 생각하면 주영이 같은 여자를 조선이 낳을지 말지 한 것일세. 조선 여자는 게으르고 겁쟁이면서도 약[23]하니까……"

"조선이 주영이같이 용기 있는 여자를 못 낳는 것은 조선 사람은 자기네들끼리 서로 저주하고 모함해서 서로 망하는 탓일세."

"참, 그리고 보면 주영이는 일본 여자야. 그들같이 남자의 계급을 가리지 않고 정조 관념이 없고 또 한편으로는 독한 여자가 없으니까."

탄실이는 이러한 이야기를 듣고는 간신히 몸을 일으켜서 안뜰로 돌아서 자기 방으로 돌아왔다. 그는 거기서 그 옛날 감상에 그 온몸과 온 영혼이 잠겼다.

6[24]

지금부터 28년 전에, 갑오난리[25]를 지나고 나서 평양성 안이 제법 흥성거려졌을 때다.

평양 성안 사람은 지금은 그 전쟁 당시에 무섭던 이야기와 괴롭던 이야기를 드물게 하였다.

그들은 하루바삐 돈벌이를 해서 남의 전쟁 틈에 잃어버린 재산을 도로 회복하려 하였다.

그러나 그것은 한 집안의 가장이나 장자가 살아 있는 집 이야기고, 불행히 전쟁 틈에 남편이나 아들이 죽은 집에서는 청년 과부와 노년 과부가 밥을 죽을 하면서 그날 그날의 옷 근심, 밥 근심을 먹어도 살이 찌지 않도록 몹시 하였다.

이와 반대로 한 집의 가장이 살았거나 아들이 살아 있으면 급히 부자가 되어서, 군수나 관찰사 부럽지 않게 부자 되는 수가 있었다. 그래서 과부들의 바느질 품팔이하기도 재미나리 만치 흔전흔전해졌다.

남자들은 대개 일본말을 배워가지고 일본 사람의 통역도 하고 또 전에는 꼭 영남 사람만 벼슬하던 것을 전쟁 이후로는 북쪽 사람들도 여간한 무관의 지위를 얻어서 상투 위에 모자를 쓰고 구부러지고 일그러진 그 몸에 군복을 입고 주적거리게 되었다. 그래서 제일 첫 영화로 기생을 마음대로 수청 들이고, 또 남의 집 유부녀라도 권리로 뺏어다가 첩을 만들었다. 그것은 지금껏 북선의 사람들이 마음대로 하지 못하던 남선 사람들의 권리인 동시에 행악을 고대로 배운 것이었다. 북선 사람은 한 고을에 군수나 또한

도의 관찰사로 온 사람들의 무도한 행악을 얼마나 원망하고 서러워하였을까. 그러나 그들은 그 사람들의 행악을 버리지 못하고, 돈을 들여서 좋은 지위를 얻어서는 남선 사람들이 하던 이상 학정질을 해서 양민을 모함하고 가두고 죽이고 돈을 빼앗았다.

그때 구골 사는 최 소사는 난리 틈에 20이 넘은 장성한 아들을 죽이고 딸 형제를 데리고, 외로운 신세가 되었다. 그러므로 철없고 아는 것 없는 여편네 생각에 그 고을에서 흔히 중류 이하 가정에서 하는 것처럼 딸 형제를 기생에 넣었다. 그래서 최 소사는 나중껏 그 딸 형제를 의지하고 살려 하였던 것이다. 형을 산월이라 하고 아우를 영월이라 하였다. 영월은 아직 어리고, 형 산월은 그 아름다움으로 이리저리 불리어 다니게 되었으나, 어찌 고집스러운지, 춤추라고 해도 춤도 안 추고 소리를 하래도 소리도 안 하다가는 꼭 자기가 하고 싶은 때만 옥을 굴리는 듯한 소리를 내뿜았다. 그런고로 산월이를 부르는 것은, 응석받이 상전 아가씨를 모셔다가 시중드는 일 체[26]였다. 그래도 그 환한 얼굴과 시원스러운 눈매에 홀린 남자들은 산월을 불러다가 재롱을 보려 하였다. 그러할 동안에 산월은 열다섯 살이 되었다. 몹시 조숙한 그는 보통 여자와 비기면 열여덟 살이라 해도 거짓말 같지는 않을 것 같았다. 그 고을 관찰사가 그를 수청 들이려고 하여서 불러 갔으나 산월은 무엇을 생각했는지 관찰사 옆에 앉았다가 뒷간에 간다고 핑계하고 버선발로 영문 앞에서 구골까지 달아왔다.[27] 뒤에 그 이야기를 들으면 관찰사는 부득부득 산월을 자기 몸 가까이 끌어 앉히려고 하고, 저편 창틈으로는 관찰사 내항(일종, 관찰사의 첩 같은 것을 그렇게 불렀던 것일 듯)²⁸이 눈알이 새빨개서 노려보았다 한다. 그 후에 산월은 고집쟁이 기생으로 별명을 얻고, 류지동이란 큰 부자의 첩이 되자 그 모양을 아무 곳에도 나타내지 않았다. 산월은 동촌 사는 돈 많고도 질구한²⁹ 류지동이란 사람에게 가서 귀염을 받게 되었으나 산월은 그 류지동이라는 부자가 산월이를 귀애할수록 그 질구한 생활에 동화시키려고만 하는 것 같아서 점점 불평을 갖게 되었다. 하루는 도적이 심한 그때 일이라, 온종일 이곳저곳에 묻었던 재물과 금전을 이리저리로 옮기다가 그는 몹시 피곤했던지 류지동의 뒤에서 돈을 한 치마 앞에 싸가지고 따라가다가,

"이런 일은 왜 큰마누라를 좀 못 시켜요. 나만 죽을 사람이란 말이오. 가만히 하라는 대로 하니까"

하고, 치마 앞에 쌌던 돈을 뜰에 다 털어버렸다. 류지동은 그 꼴을 보고 화를 내었다가 그만 어처구니없는 듯이 웃으면서,

"내가 너를 믿는 탓으로 이러지 낸들 네가 미워서 이러겠니? 큰마누라에게 시키고 싶어도 그 사람은 빈한한 친정 떨거지들이 많아서 미덥지가 않으니까 자연히 너를 시키게 되는 것이 아니냐"

하고 일렀으나 그는 부은 볼을 낮추지 않았다가 친정으로 간다고 떼를 썼다. 류지동은 다시는 그러지 않으마고 타이르다 못해서 신발과 옷을 다 감추었다. 그래도 산월은 어느 틈에 자기 어머니가 류지동의 집으로 올 때 만들어준 이불을 돌돌 말아서 이고, 또 행랑어멈의 짚세기³⁰를 얻어 신고, 30리나 달아나서 자기 집인 평양 구골로 왔었다.

그 후 얼마쯤 지나서 산월은 류지동의 집에서 데리러 와도 가지를 않다가, 어느 고을 군수로 있던 김형우라는 사람에게로 가게 되었다.

그것도 산월이가 가고 싶어서 간 것이 아니고, 몹시 빈한해진 고로 그 어머니와 동생을 거두려고 갔었다. 거기서 산월은 1년이 못 되어 탄실을 낳았다.

김형우의 집에서는 외아들만 기르다가 서자나마 또 하나 생겼으니, 대단히 좋아할 듯하였으나 산월의 과도한 생활욕(生活慾) 때문에 그의 가정에 대한 권세가 커지는 것 같아서 누구나 다 탄실이가 이 세상에 나온 것을 꺼렸다. 하나 나와서 자라는 아이는 거침〔없이〕 자랐다. 그 집 재산은 탄실이가 성장함을 따라서 점점 불었다. 그래서 김형우의 늙은 모친이 미신으로,

"복동이가 나와서 집안이 늘어간다"

고 말하기 때문에 온 집안도 할 수 없이 탄실을 중히 알게 되었다. 하나 산월의 자랑은 점점 늘어가고 또 김형우의 산월에게 대한 사랑도 날이 갈수록 깊어감을 따라 산월은 온 집안사람을 모두 눈 아래로 보고 또 큰마누라를 사람같이 보지도 않았다. 그러므로 그 집 사람은 누구나 김형우를 제하고는 탄실의 모녀를 원수같이 원망하였다.

그때 탄실은 대동강가에서는 제일 새롭고 큰 이층집에서 자랐다. 물론 그들은 일가 세 사람뿐인 듯이 늙은 모친과 큰마누라는 모셔오지 않고 생활하였다. 이따금 이따금 김형우의 맏아들인 정

택이가 와서 그 아버지의 모든 지도를 받았다.

　탄실은 점점 커감을 따라서 유순하고 총명한 아이가 되었다. 김형우는 어린 딸의 사랑에 이끌려서 탄실에게 천자문도 가르치고 한문도 가르쳤다. 말없이 정신 맑은 탄실은 귀신의 아이같이 한 자를 가르치면 열 자를 알아냈다. 산월은 전부터 무엇인지 집안일에는 그리 좋아하는 일이 없었으나 탄실이가 글을 배우게까지 되어서 온갖 재롱을 다 피우게 된 때는 탄실을 그 무릎에 놓지 않고,

　"탄실아, 내 아기야"

하면서 집안 하인들에게까지,

　"아이구 내 탄실이가 아니면 이 세상을 살아갈 재미가 없지"

하였다. 어린 어머니는 그 풍부한 생활욕을 억제치 못하고, 큰집에서 뜯어가는 것 또는 자기 친정에서 뜯어가는 것, 세상살이가 재미없도록 귀찮았다. 그는 할 수만 있으면 자기 남편이 죽을힘을 다 들여서 모은 돈이고 또 자기가 애써서 헛용을 안 쓰는 재산이니 한 푼이라도 남에게 주고 싶지 않았다. 그런데 그러한 소원을 뒤집어 넘기고 돈이 모이면 모일수록 김형우의 모친이 와서 어디 어디 논밭이 있다더라, 어디 뫼가 있다더라, 어디 솔밭이 있다더라, 밤밭이 있다더라, 하면 김형우는 두말없이 그것을 사서 김정택의 이름으로 증명을 냈다. 물론 그 당시는 산월은 한문을 모르니까 언제든지 속았으나 그 대신 사랑 사람이 언제든지 산월에게 고해바쳤다.[32] 산월은 그런 일을 당할 때마다 눈이 빨개지도록 불쾌하였다. 그런 때는 탄실이가 왜 아들이 되어 나오지 않았는고 하고 자기 자식에게 대한 불평까지 일어났다. 그리고 다짜고

짜로 그 남편에게 포달을 부렸다. 그 남편은 하는 수 없이 그 큰아들에게 사는 이상 값 많은 것으로 사서 탄실의 이름으로 증명을 냈다.

그러자 탄실이가 여덟 살 되었을 때, 평양 남산재에는 예수교 학교가 흥왕하게 되어서, 어린 여학생들이 예수 탄일에 예수교회 선전지를 들고 집집마다 문을 두들기면서,

"예수를 믿으십시오. 이 세상 모든 영화가 쓸데없습니다. 하늘나라에는 거지에게까지라도 영화가 있습니다"

하고 전도하였다.

그러한 나 어린 전도대가 김형우의 굉장한 대문을 두들기게 되었을 때, 산월은 그 화려한 얼굴의 아미를 찌푸리고,

"계집애들이 저것이 뭐야. 기생도 저렇게 천히 길러서는 못쓰는 법인데……"

하고 처녀들이 몰켜서 알지도 못하는 남의 집 문을 두들기고, 무어라고 알지도 못할 말을 부르짖는 것이 맛갑지[33] 않아서,

"우리 아기는 그렇게 기르진 않을 것이다"

하고 말했다. 하나 김형우는 무엇을 생각하는지,

"우리 아기도 내년 봄쯤 학교에 넣을까? 거기 넣으면 그 애더러도 아마 전도 다니라고 할걸……"

하고 산월의 낯을 바라보았다. 그리고 산월의 하는 양을 보려는 듯이 웃었다. 탄실은 그런 말을 듣고,

"아버니, 저두 전도할 테여요"

하고 철없이 날뛰었다.

산월은 내 딸이 내 말을 어긴다는 생각으로 그 검은 큰 눈에 위엄을 띠고,

"이 계집애, 그런 말을 또 할 테야? 어미가 네 꼴을 안 본다면 어떡하려고 그래? 도무지 이 세상이 귀찮기만 한데 너까지 내 말을 안 들어?"

하고 노했다.

그러나 그 한편으로는 산월도 탄실을 학교에 넣어서 사내아이에게 지지 않으리 만치 공부시키고 싶었다. 단지 그가 꺼리는 것은 전도하노라고 길바닥으로 돌아다니는 것이었다.

8[34]

탄실은 여덟 살 되던 해로는 그 어머니에게 대해서 여러 가지 일을 매일같이 졸랐다. 첫째는 그 어머니가 탄실이와 같이 회당에 다닐 일, 둘째는 탄실을 학교에 넣으라는 일, 바느질은 배우기 싫다는 일을 그 어머니가 한가하게 앉았기만 하면 그 옆에 가서 들입다[35] 졸랐다. 그것은 어린 입으로 나오는 군소리 같은 말일 것이었으나 뿌리가 있는 것이었다.

탄실이가 혹시 큰집에 놀러 가더라도 탄실의 적모가 입버릇같이 탄실에게 산월을 함부로 욕했다.

"이리 같은 년, 그년이 죽으면 무엇이 될꼬. 벼락을 맞아 죽을 년"

하고 어린 마음이 놀랍도록 욕질을 했다. 그러므로 탄실은 비로

소 그 모친이 남에게 좋지 않은 일을 하는 줄 알게 되고, 또 남의 몹쓸 원망을 입는 줄 알게 되었다.

그래도 산월은 무엇이 그리 싫은지 탄실을 예수교 학교에 넣기를 심히 꺼리다가 그해 늦은 봄에야 사흘 동안이나 김형우와 다투다가 학교에 그때 돈 50원을 기부하고 탄실을 입학시키기로 했다.

물론 탄실은, 그 학교에서는 왕녀와 같이 위엄을 받았다. 모든 일에 모든 생도들에게 부럽게 보였다. 선생들도 탄실이라면 눈 속에 집어넣어도 아프지 않을 듯이 귀애했다. 탄실은 그 학교에 든 이후로는 매일같이 산비탈을 넘어서 학교에 다녔다. 또 산월은 탄실을 학교에 넣고도 산비탈을 넘어 다니는 것이 애처롭다 하여 그만두기를 바랐다. 하나 그 아버지 김형우는 이왕 학교에 넣은 이상에는 끝끝내 공부를 시켜서 영화를 보고자 하였다.

그때 김형우는 대동강 변에서 큰 무역상을 했다. 매일 탄실의 집 곳간에서는 몇천 석의 벼가 나갔다 들어왔다 하였다.

그리고 산월의 방에는 구석구석이 돈 그릇이 놓여 있었다. 산월은 돈을 헤아리지 않고 썼다. 그러면서도 그렇게 흔한 돈이 없어진다고 산월의 호령기 있는 음성이 매일같이 그 앞에 하인들을 불러 세우고 욕했다. 탄실은 학교에 든 이후로는 그 모친의 사랑이 지겨워져서 때때로 학교에서 돌아오면 책보만 살짝 양실 마루에 던지고 사랑으로 나가서 그 아버지의 주머니에 매달렸다. 그러면 그 아버지의 말이,

"안방에는 너 먹을 것이 많지, 엄마더러 달래라"

하고 탄실을 달랬다. 하나 탄실은 고개를 돌리면서 생끗생끗 웃

고는,

"엄마 무서워"

했다.

그 부친은 하는 수 없이 그 돈주머니에서 돈을 꺼내서 안방 아씨가 모르게 상노에게 주며 무엇을 사다가 탄실을 주라고 하였다.

탄실 모녀의 정은 김형우의 집 재산이 늘어가고 산월의 호사가 늘어갈수록 점점 엷어갔다. 그것은 탄실이가 학교에서 공부를 잘하게 될수록 세상 영화가 쓸데없다든지, 또 남의 첩 노릇을 해서는 못쓴다든지, 기생은 악마 같은 것이란 교훈을 듣게 된 탓이었다.

이런 일은 전부 일로전쟁³⁶을 치르고 난 그 이듬해의 일이었다. 하루는 탄실의 집에 말 타고 군복 입은 손님이 왔다. 탄실은 그 손님이 무서워서 이리저리 피해 다니다가 하인들에게 붙들려서 하는 수 없이 그 앞에 가서 절을 했다. 무엇이든지 그 사람은 일본 가서 사관학교에 다니던 일본의 군인이라 하였다. 그리고 탄실의 삼촌이라 하였다. 그 군복 입은 손님은 처음으로 탄실을 바라보고 삼촌이라면서도 한번 쓰다듬어보지도 않고 첫인사로,

"저 애들은 저렇게 호사시켜서 기를 것이 아니에요. 일본 사람들을 볼 것 같으면 아주 시집가지 않은 계집애 때는 아주 검소하게 기르다가 시집가서 저희들이 돈을 벌면 호사를 하거든요. 저런 저 비단옷 같은 것, 또 반지 같은 것, 저런 돈 많은 것을 애들 몸에 감지 않거든요. 암만해도 일본 사람이 애들은 잘 길러. 저, 저렇게 기르면 못쓰는 법이에요"

하고 그 형에게 하는 말인지 또는 형수인 산월에게 하는 말인지

분명치 않게 하였다. 산월은 그 말에 벌써 눈살을 찌푸리고 외면을 하고, 긴 담뱃대에 담배를 실어서 담배통을 그 남편의 앞에 향하고 성냥을 그어 붙여달라는 듯이 기다렸다. 그 남편은 실없이 그 동생이 졸업하고 돌아왔대서 그런지 좋아하면서 산월의 담배통에 불붙이기를 더디 하였다. 그러나 기어코 김형우는 산월의 담배통에 성냥을 그어 대주었다. 산월은 맛갑지 않은 듯이 담뱃대를 물고 가는 모시 치마를 질질 끌면서 건넌방으로 건너가서 그 중 귀여운 것을,

"탄실아, 탄실아"

불렀다.

9[37]

그 후에 탄실의 숙부는 자주 산월의 권리 안에 의견을 넣게 되고, 또 김형우의 신임을 얻어서 일 가문에 위엄을 받게 되었다.

그리고 탄실을 몹시 사랑하는 체하기도 하면서 언제든지 그 아버지의 손에서 지폐 뭉치를 받아서는 호주머니에 넣고, 자주 기생방에 든다는 소문이 들렸다.

그동안에 탄실의 공부는 심히 늘어서 학교에 들어간 지 1년이 못 되었건마는, 그 학교에 3년 넘어 다니는 학생들과 같이 어깨를 나란히 하고, 한문 같은 것은 도리어 다른 학생을 가르치리 만치 앞섰다.

그 학교에서도 이같이 공부 잘하는 어린 학생에게 온갖 사랑을

다 베풀고, 어린 탄실도 학교에 대해서는 언제든지 적지 않은 돈을 기부도 하여서 학교와 탄실 사이가 지극히 친밀하였으나, 탄실은 잠을 자다가도 가위를 눌리고, 기도를 하다가도 소리쳐 우는 큰 근심을 갖게 되었다. 그것은 자못 그때부터 예수교회에서는 그 교회를 이 금수강산 안에 선전할 욕망이 맹렬하여져서 사뭇 어린 생도의 믿지 않는 부모를 어린 생도로 하여금 울며불며 억지로 교회당에 끌어오게 하고,

"회개하시오. 회개하시오. 모든 죄를 자복하고 오늘부터 예수를 믿읍시다"

하고 모든 신자들이 그 소리에 뇌동해서 울며 부르며 비 온 뒤에 음습한 땅에 버섯이 일어나듯이, 연대서[38] 일어나며,

"나는 아무 날 아무 때 누구를 미워하고 그가 악한 사람이 되라고 기도했습니다."

"나는 아무 달에 시어머니를 죽으라고 한 달 동안이나 기도를 했더니 과연 그 소원이 들어졌는지 우리 시어머니가 밥 잡수시다가 숟가락을 쥔 채 이 세상을 떠났습니다."

"나는 × 목사를 간음하는 마음으로 생각하게 되어서 × 목사 부인을 죽으라고 3년이나 기도했습니다."

"나는 남편을 죽이려고 밥에 양잿물을 탔습니다"

하고 차마 귀로는 듣지 못할 소리로 엉엉 울면서 자복하고,

"하나님 용서하십시오. 주여, 주 아버님이여, 굽어살피시옵소서. 회개할 때가 왔습니다. 모든 사람을 구원하소서"

하고 큰 상사나 일어난 듯이 통곡을 했다.

이런 때 하룻밤에는 탄실의 어머니인 산월이도 그 딸에게 끌려서 회당에 갔었다. 회당의 권사나 전도 부인들은 여왕 전하를 맞듯이 그 앞으로 달려들어서,

"회개하고 예수를 믿으십시오. 세상 사람은 누구든지 죄를 가졌습니다. 이 세상에 죄 없는 사람이 어디 있습니까. 회개하시고 오늘 저녁부터 예수를 믿으십시오"

하고 산월의 그 하얀 비단 옷자락에 매달려서 그가 회개하고 예수를 믿게 되라고 있는 힘을 다해서 권했다.

산월은 이러한 곳에 온 것이 불찰이라고 생각하는지 귀찮은 얼굴을 하고 그 처량한 기운을 띤 음성으로 언제든지 하던 말을,

"내게는 신명이 돕지 않으셔서 여덟 살 나자 아버지가 돌아가시고, 오라버니가 계시더니 그나마 내가 열두 살 되었을 때 전쟁 틈에 청인에게 맞아 죽고, 내가 제일 위로 남아서 편친³⁹을 봉양할 길이 없어서 기생이 되었습니다. 그러니 여러분이 아시다시피 기생이라는 것은 남의 큰마누라가 되는 법이 없으니까 자연히 나도 남의 첩이 되었습니다. 그것이 나도 죄악인 줄은 알지요. 그러나 어찌합니까. 지금은 내 한 몸도 아니고 이런 어린것이 있고 보니 금시로 그 집에서 나올 수도 없지 않습니까? 자백은 하나 안 하나 거진 비방한 일이지요. 이 세상 사람이 죄다 죄악이 있다고 할 것 같으면 하나님이실지라도 그것을 일체로 헤이시지 않는 편이 좋지 않을까요?"

해서, 전도 부인이 끈적끈적하게 달려드는 것을 단번에 꺾어 넘기고, 문지기가 지키고 섰는 회당문을 힘껏 열어 닫치고 울며 달

려드는 탄실을 붙잡아 앞세우고는 자기 집으로 돌아왔다.

그 후로 탄실은 먹지도 않고 자지도 않고 밤낮 세 칸 방에 들어가서는 방망잇돌[40] 앞에서 기도했다.

"하나님이시여, 하나님이시여, 우리 어머니에게 회개하는 마음을 주셔서 예수를 믿게 하소서. 만일 그렇지 않으면 저를 하루바삐 천당으로 불러 가소서. 그러나 사랑하는 어머니를 지옥으로 가게는 맙소서"

하고 밤이나 낮이나 자다가도 기도를 하고 먹다가도 기도를 했다. 하루는 형용이 초췌하여가는 탄실에게 그 모친이,

"탄실아, 내 예수를 믿으랴? 그리고 너희 아버지의 첩 노릇도 하지 말랴 응? 그러면 나와 너와는 떨어지게 된다 응? 애기야, 예수 믿는 사람은 남의 첩 노릇을 안 하는 법이란다"

하고 물었다. 탄실은 이때에 어린 마음에라도 어찌할 바를 몰랐다. 그는 그 후로는 다시 '우리 어머니에게 회개하고 예수를 믿게 하소서' 하고 빌지는 않았다. 그러나 그는 날이 감에 따라서 오늘 내일 눈에 보일 만치 수척해갔다.

10[41]

산월은 그 어린 딸의 고통을 차마 보다 못 보아서 할 수만 있으면 그를 예수교 학교에서 끌어내 오려고 했다. 그래서 자주 탄실의 머리를 짚어보고는 학교에 가려고 할 때마다 간절히,

"애기야, 오늘은 네 머리가 더우니 학교에 가지 마라. 어미의 마

음도 헤아려주어야지. 어미가 누구만 믿고 세상을 사는 줄 알고
그러니?"

하고 사정했다. 탄실은 하는 수 없이 처음에 한두 번은,

"어머니, 나는 괴롭지 않아도 어머니가 걱정하시니 고만두지요"

하였으나 번번이 매일 그러는 것을 알고는,

"어머니에게는 마귀가 달려들었어요. 그래서 나를 마귀의 종을
만들려고 그래요"

하고 울었다. 산월은 자기의 배를 아프게 하고 낳은 자기의 딸이
그런 매정스러운 말까지는 할 줄을 몰랐다가,

"나는 네 꼴을 안 보겠다. 어미더러 마귀 들렸다는 딸년이 어디
있단 말이냐? 이 괘씸한 애야"

하고 울었다. 탄실도 어머니의 그 모양을 보고 학교에 가는 길에
서 들입다 울었다. 그런 중에 학교에 가면 거기서도 편하지는 않
았다. 탄실이가 어리면서도 공부를 잘해서 자기들을 이기고 윗반
이 된 것을 꺼리는 학생들은 은근히,

"기생의 딸, 첩의 딸, 저것도 그렇게밖에 더 될라구."

"게다가 천태가 저렇게 나니 쟤가 나중에 무엇이 될꼬."

"저 애 아버지도 일본 사람 앞으로 장사를 한다지. 그전에 어디
군수로 있을 땐 아주 큰 부자를 몇 사람 망쳤는지 모른대."

"원, 도적이나 마찬가지지. 아주 그런 것의 딸이 저렇게 3년급
이 되어가지고, 돈푼이나 내고는 아니꼽게 구는구나"

하고 속살거렸다.

그런 말을 탄실이가 알았을 때는, 그의 순하고도 자존심 많은

둥그런 마음이 찌브러져서 피를 뽑는 듯이 아팠다. 그는 그 아버지가 전일에 군수를 지냈다 한 것은 어렴풋이 들었으나 그렇게 학정질까지 한 줄은 몰랐고, 또 일본 사람과 드문드문 상종은 할지라도 그렇게까지 친밀해져서 동사를 하는 줄은 몰랐었다. 이 어린, 아주 거룩한 하나님의 딸이 되려고 밤낮 기도하는 탄실에게는 그러한 비평이 몸과 마음을 찍어 에이는 큰 고통이었다.

그는 어린 마음에 괴로워 하다 하다 못해서, 그의 아버지와 어머니를 싫어하게까지 되었다.

이 마리아에게 지지 않으리 만치 진실한 하나님의 딸이 되려고 하는 탄실에게는 그 육신의 부모가 너무나 깊은 죄인이었다. 첩의 딸, 기생의 딸, 일본 탐정[42]의 딸, 학정꾼의 딸. 그는 자기 귀에 들리는 이 더러운 대명사에 기절을 하도록 놀라지 않을 수 없었다. 그런 중에 집에 돌아오면 그 딸의 사랑까지 잃은 산월은 호령을 끊일 새 없이 해서 온 집 안은 물 끓이듯 술렁술렁 끓었다. 또 김형우는 매일같이 손님을 청해다가 연회를 차렸다. 그 아우 김시우는 모든 손님에게 주인같이 행동하면서 큰 얼굴을 하고 돈 아까운 줄 모르게 써버렸다. 벌써 그때부터 산월의 방에는 돈을 구석구석이 놓고 헤이지 않고 쓸 형편은 못 되었다.

그의 집 사랑에는 밤낮으로 일본 기생, 조선 기생의 음란한 소리가 쉬지 않고 들렸다. 그 가운데 어릿광대같이 온 방 안을 웃기는 제일 키 작고 얼굴 검은 아저씨가 있었다. 언제든지 그 사람이 주빈이 되어서는 일본 기생, 조선 기생, 평양 안의 창부란 창부는 깡그리 모아 왔다. 그리고 그 옆에 빙 둘러놓고 꽃밭 속의 고석[43]

모양으로, 온갖 아양을 떨어 보이는 것들의 재롱을 혼자 보았다. 그 모양을 문틈으로 엿보면 그것은 코웃음이 나도록 어처구니없었다. 거기 모인 손님들은, 누구든지 이 고석 같은 아저씨에게 사양을 해서 그 옆으로 오는 기생이면, 다 그 옆으로 밀어 넘겼다. 보기에 그 사람은 그 방 사람이 가지지 못한 큰 세력을 가지고 있는 듯하였다. 모두 그 사람을 '영감, 영감' 하고 불러 모셨다.

그러나 산월은 그 사람을 도깨비라고 욕했다. 그리고 "네가 잘나서 사람이라더냐, 김가집 돈이 많아서 너 같은 것을 사람이라고 대접하지. 네 손에 김형우가 관찰사를 얻어 하면 내 혓바닥에 뜸을 놓아라" 하고, 그 사람이 지나갈 때 들리리 만치 욕을 했다. 그러다가 탄실이 아버지나 삼촌이 연회 끝에 함부로 써버린 모자라는 돈을 산월에게 돌려달라고 하는 날이면 온 집 안에 큰 야단이 일어났다. 산월은 언제든지 그 남편에게,

"이것은 내 집이오. 내 집에서 나가요. 무슨 일로 남의 집에서 온갖 것들을 모아다 놓고 온갖 자태를 한단 말이오? 당신도 염치가 있지요. 20년이나 아래 되는 처에게, 그런 행세를 어떻게 한단 말이오. 동리가 부끄럽지 않소, 어린 딸이 부끄럽지 않소? 그만치 돈 있고 지위 있으면 고만이지. 게다가 관찰사는 하면 뭘 한단 말이오? 사람이 40이 넘으면 지각이 나야 하는 법이야요. 점잖지 못하게[44] 동생의 친구의 손에 다 썩어진 관찰사나 얻어 하면 무슨 큰 영광이나 될 줄 아시오?"

했다. 그리고 어떤 때는 산월이가 나간다고 야단도 하고 어떤 때는 김형우 나간다고 야단도 했었다.

여름에 김형우의 큰집에서는 큰 수단을 내었다. 그것은 탄실의
마음을 헤아려서 회당에 다니면서 점점 탄실의 마음을 이끌어서
큰집으로 오게 하려는 수단이었다. 그전에 탄실은 주일날 회당에
가면 다른 동무들이 그 어머니 옆이나 할머니 옆에 앉아서 어리광
을 부리는 것이 한없이 부러웠다. 그리고 자기 혼자 그런 동무들
옆에 앉아서 그래도 평양 안에 제일 큰 집 딸 행세를 해야 할 것이
참을 수 없이 쓸쓸했다.

그런 틈에 그는 그 회당 안에서 할머니와 또 적모와 새언니까지
만나게 되었다. 새언니라면 김정택의 아내를 이름이었다. 그때
김정택은 벌써 장가를 들었다.

그들도 회당 안에서 얼굴도 아름답고 공부도 잘해서 남들이 두
번 세 번씩 바라다보는 탄실을 자기 딸이라든지 손녀라든지 또는
동생이라고 하기는 싫지 않은 일이었다.

그래도 그들은 누가 물으면 김정택의 새아씨가 "우리 서모의
딸……" 하고, 김형우의 본처가 "산월이가 낳은 것" 하고, 〔할머
니가〕 "우리 첩며느리 딸" 하고 말했다.

탄실은 그것을 생각하면 어린 몸이 어느 구멍으로라도 기어 들
어가고 싶었으나 그때부터서는 너는 '외인의 딸이다' 하는 차별
있는 말은 교〔회〕 안에서 안 들었다. 탄실이는 그것만이라도 다행
하다고 생각했다. 그러나 좀 부족한 고로 그들이 전보다는 매우
고맙게 구는 것을 알고,

"어머니, 왜 나더러 산월이가 낳은 딸이라고 그러세요?"

하고 졸랐다. 김정택의 모친[46]은 그런 기회를 기다리던 판이라,

"그럼 너는 우리 집에 와서 내 딸 노릇을 하려므나. 그러지도 않는 데야 딸이라고 하겠니?"

하고 달랬다. 어린 탄실은 회당에서 아는 사람인 친척을 만난 것이 다행하다고 생각하던 때이다. 또 정택의 모친은 자기 어머니 땜에, 남편도 빼앗겼을 뿐 아니라, 돈도 마음대로 못 쓰고 어느 때든지 한집에 모이게 되면 산월에게 구박만 받는 것이 불쌍하게 생각되었다.

그래서 의리로라도 그 큰어머니에게 친절히 해야만 좋을 듯이 생각이 들었다. 그래서 기회만 있으면 탄실은 동피루 밖 집에서 대동문 위 신작로 길거리에 있는 큰집에를 자주 왕래하게 되었다.

이것을 알게 된 산월은 이 세상이 캄캄해진 듯이 노여웠다. 김형우도 탄실에게 "큰집에 자주 다니지 마라" 하고 일렀다. 하나 탄실은 그 적모의 하소연을 들어 매일같이 가서 자기 모친 산월의 갖은 죄악을 들었다. 탄실은 그 적모에게 하소연을 들을수록 그 모친이 말 못 할 악한 사람같이 생각되고, 그 적모가 아주 성경 속에 있는 하나님의 뜻을 그대로 받은 듯한 성녀 같았다.

탄실은 거기서 1년 넘어, 일야로 해오던 근심을 잠깐 놓고, 매일같이 큰집에 가서 그 할머니에게 옛이야기를 듣고, 그 적모에게 매일같이 듣는 하소연을 듣고는 얼마큼 재미를 붙였다. 그리고 그 어머니에게는 산월의 딸이 아닌 듯이 쌀쌀스럽게 굴었다. 그러나 그러한 탄실의 좁은 가슴속 맨 밑에는 '우리 어머니는 지옥으로 가겠지' 하는 어두운 근심이 없어지지 않았다.

산월은 탄실이가 큰집에 다니게 된 것은 큰집에서 탄실을 끌어다가 거기 있게 하고 김형우의 마음을 끌어보려는 흉계라 하여 불같이 성내었다. 그리고 "만일 탄실이가 큰집에 가는 것을 알기만 하면 곧 어디로 나가버리겠다" 하고 어린 딸에게 을렀다.

김형우도 온갖 말썽을 일으키는 것이 불쾌해서 탄실에게 큰집에 다니지 말라고, 그를 볼 때마다 일렀다. 하나 큰집에서는 그러면 그럴수록 탄실의 맘을 끌도록 온갖 수단을 다 부렸다. 거기서 어린 탄실은 의리가 있을 듯한 꾸민 정에 끌리면서 그 어머니의 애정으로 오는 격렬한 정을 피하면서 다시 다시 근심을 하게 되었다. 그뿐 아니라. 지금까지 이따금씩 산월의 야단이 끊일 새 없을지라도 오히려 화평하던 가정에는 전일에 비기지 못할 큰 파란이 생겼다. 그것은 김형우가 산월의 말과 같이 도깨비라는 키 작은 아저씨에게 이끌려서 기생집으로 오입을 하게 되었다. 그래서 전일 같으면 산월이가 성을 내면 김형우는 언제 아무런 일일지라도 뚝 그쳤으나 지금에는 그러지 않을 뿐 아니라, 때때로 일본서 돌아온 그 동생과 또 그 친구들의 말을 빌려서, "여자는 성을 내지 않아야 옳다. 우리 집같이 여자가 집안에서 호령질을 함부로 하는 곳이 어디 있으랴" 하고 대들었다.

거기서 산월은 패한 성주같이 어느 날은 그 남편을 을러대다가 어느 날은 그 딸을 달래었다. 그러나 산월은 그 남편을 을러대는 편이 오히려 이익이 많았다. 탄실은 그 조모의 말대로 큰집에 머물러 있게까지 되고 드물게 그 집에 돌아왔다.

그로부터 김형우는 큰집에 자주 드나들게 되어서 그 모친도 뵙고 탄실을 쓰다듬다가 갔다. 김시우도 형의 사랑이 탄실에게 무척 치우쳐서 여간 힘으로는 어찌할 수 없는 것을 알고,

"나, 그 형님의 맘을 알 수가 없어. 아들도 귀애하실 줄 모르고 똑 딸만 큰일이 난 듯이 귀애하니 아마 산월이가 나은 것이라서 그런지. 계집애가 어디 볼 데가 있어야 귀애하지. 그리고 나는 형님이 그 산월이 손에 꾹 잡힌 것도 알 수 없는 일이지"

하면서도 보기에 눈이 부신 양복을 사다가 탄실의 몸에 입혀주기도 하였다.

그동안에 산월은, 큰집에 가서 거기 있겠다고 고집부리는 탄실에게 어떤 때는 을러도 보고 어떤 때는 흘림 글씨로만 배운 언문 글씨를 겨우 분명 써서 편지도 하였다. 하나 그 고집스러움을 그 모친에게 그대로 받고, 깨끗하고 의리 있음을 성경에서 배운 탄실은 얼른 움직여지지 않았다. 하나 탄실의 어린 마음에는 결코 '내 어머니는 장차 지옥으로 가서 뜨거운 불 가운데 그 몸이 타면서 내게라도 물을 한 방울 달라고 애걸하겠지' 하는 암담한 생각이 없지 않았다. 그는 밤마다 꿈을 보았다. 제일 많이 보는 것은 이러하였다. ……할머니와 큰어머니와 새언니가 탄탄한 길로 손목을 잡고 놀면 놀면 천당길을 갈 때, 그 모친이 찢어지고 매진 비단옷을 몸에 감고 수많은 데빌의 부하에게 이리 부대끼고 저리 부대끼면서 아무 소리도 하지 못하고 뒤몰리어 갈 때, 자기가 그 뒤를 따라가면서 어머니 어머니 나 여기 있소, 어머니 지금은 내가

눈에 뵈이지 않소? 나는 이제 다시는 큰집에 가지 않을 테요……
그는 이런 꿈을 보고는 잠을 깨친다.

그는 그때 이러한 꿈을 보게 되어서 어린 몸이 얼마나 괴로웠을
까! 그는 그때부터 사람이 남에게 악한 일을 할 것은 아니라고 생
각했다. 그보다 첫째 남의 첩 노릇을 해서는 못쓴다고 생각했다.
그리고 자기의 장래에는 많은 동화에서 본 듯이 고덕식의 수도원
을 설시하고 그 가운데서 생활하리라는 공상을 그렸다. 또 그러
하게 기다리고 싶었다.

그는 어느새부터 언문으로 하늘나라를 사모하는 찬미를 지어서
동무들에게 주었다. 그 가운데는 이러한 것이 있었다.

내가 하늘나라에
갈 길을 모르니
주여 인도하소서,
내 어머니가 쫓아오더라도
쫓아버리지는 마시고.

내가 주 은혜에
아주 좋음을 모르니
주여 그때까지 보소서,
용서치 못할 죄를 짓더라도
생명록에 쓰지도 마시고.

110

그때부터 그의 마음에는 그를 장차 '알 수 없는 사람'을 만들어 낼 이상한 고운 싹이 보였다.

그는 공명정대히 자기가 천국에 갈 것을 바라면서도 그 마음속으로는 가만히 자기의 믿음도 하늘나라의 보수도 의심하였다. 그러면서도 자기는 착한 사람이거니 하는 자신이 심히 굳세었다. 그는 학교에서 번차례〔巡番〕 기도를 할 때 이런 기도를 하고 나이 많은 생도와 선생들을 웃긴 일이 있었다. 그것은 아주 간단한 기도였다.

"주여, 주여, 어린양과 같은 우리들을 잘 인도하소서. 우리들은 주의 힘에 인해서, 착해도 지고 악해도 집니다. 능력이 많으신 주여, 우리들을 저버리진 마옵소서. 하늘나라가 우리 머리에 임하게 하소서. 주의 영광이 하늘나라에 있습니다."

그의 이러한 기도가 학교나 교회에서 하는 모든 사람의 전례를 벗어나서 이상하게 된 것은 탄실이 자신도 의식지 못하였다. 그는 그 선생들과 생도들이 자기의 기도가 우습다고 놀릴 때, '내가 기도를 잘못 했나 부다' 하는 분명치 않은 의심이 일어났다. 그는 자기 기도의 잘잘못을 반성하고 싶지도 않았다.

하나 그는 윗반 생도와 선생의 고의로운[48] 표정을 볼 때, 자기를 장난감같이 보는 거짓 웃음을 보았다. 어린 그는 천국을 이상하는 저들이 그렇게 삼가지 못하고 거짓─게다가 또 남을 장난감같이 보는 사나움으로 자기를 놀릴 때 새빨갛게 성을 냈다.

그 후로 그의 기도는 여러 사람들의 그것과는 아주 달라져서, 어떤 때는 주의 힘에 온전히 매달리려 하고 어떤 때는 자기의 몸에 모든 책임을 지려 하였다. 또 어떤 때는 하늘나라가 온전히 주에게 있는 듯이 믿고 또 어떤 때는 모든 것이 오직 자기에게 있다고 헤아려졌다. 거기서 또 한 가지로 어린 사상의 싹이 그를 괴롭게 하였으니 그의 전부터 하여오던, 가슴이 터지는 듯한 어머니에 대한 암수(暗愁)[49]가 어렴풋한 그 무엇에 꿰뚫려서 나날이, 엷어가지는 듯하였다.

그는 어린 머리를 흔들면서 그래서는 안 되리라고, 무엇인지 알 수 없는 무엇을 암연히 누르려 하였다.

13[50]

탄실의 어린 날은 가슴이 터지는 듯한 부끄러운 아픔과 어렴풋한 의심에 싸여 있었다.

그러나 조숙한 탄실은 열한 살이 되어서 머리가 자가웃[51] 길이나 되는 날씬한 처녀가 되었다.

그의 지식욕은 나날이 늘어갔다. 그리고 이상한, 보지 않던 것을 보고 싶어 하는 호기심도 나날이 물씬물씬 자랐다. 그는 지금은 그 어머니가 지어주는 비단옷을 눈살 하나 찌푸리지 않고 입었다. 그리고 그는 자기가 더 사치하고 싶은 생각도 있었다. 그래서 그 숙부가 지어준 양복을 입고 그 아버지나 삼촌을 따라다니기와 또 여남은 살 위 되는 그 오라버니 따라다니기를 좋아하게 되었다.

오순오순 웃는 듯한 분홍 치마에 안개가 일어나는 듯한 노랑 저고리나 연두 저고리를 입고 어린 계집 하인을 뒤에 세우고 아침마다 학교에 다니는 탄실을 보는 평양 남문 거리 사람들은 모두 침을 삼키면서 장래 며느리로 치고 싶었다. 하나 누구든지 감히 바라지는 못하였다. 그때 평양성 안에서는 나는 새라도 떨어뜨릴 능력을 가진 김형우는 오늘이나 내일이나 황해도 관찰사가 된다고 짝자글했으니까……

그러자 김형우의 큰집에서는 1년 넘어나 온 집안이 떠들어서 탄실의 시중을 들었어도 김형우는 마음이 돌아서 오지 않고 다만 잠깐잠깐 와서 탄실만을 쓰다듬다가 가기도 하고, 어떤 때는 인력거를 보내서 탄실만을 데려가기도 하고, 어떤 때는 산월이가 음식을 해서 보낼 뿐이었다. 그러므로 그들은 탄실을 데려다가 두고 기대하는 바를 얻지 못하고 낙망하였다. 심사 곱지 못한 그들은 탄실을 더 집에 두고 시중들기는 귀찮게 되었다. 그뿐 아니라 김형우가 관찰사 운동 하느라고 써버린 돈 뒤가 대단히 곤란해서 전일같이 큰집에 여유를 주지 못하매 그들은 김형우를 원망하는 대신 탄실을 귀찮아 했다.

그동안에 김형우는 산월의 소유 밖의 집 재산을 거의 낭비하였다 해도 과언이 되지 않도록 큰돈을 써버리고, 또 산월이 몰래 집 문권과 전답 문권을 일본 사람에게 잡히고 빚을 내고, 또 그보다 배나 되는 큰 빚 담보를 해서 도깨비라는 사람에게 주었다. 6만 원이란 큰돈이 관찰사 운동비에 들어갔다. 큰돈을 두려움 없이 관찰사 운동비에 넣은 김형우는 한 달이면 열 번씩은 경성 출입을 하게 되었다. 저는 전일과 같이 산월 모녀만을 위해서 온갖 재미를 보려고 무슨 일을 하는 것 같지 않고, 그러노라고 하기는 하는 것이 장차 관찰사를 해서 자기 처자를 영화롭게 하려는 욕심 때문에 지금의 모든 재미를 희생하고 마는 듯하였다. 저는 전일과 같이 탄실을 찾아서 큰집에 가지 않고, 인력거도 보내지 않았다. 그럴 뿐 아니라 저와 상관한 어떤 기생은 머리를 싸매고 누워서 매일 편지질을 했다. 김형우는 거기 아주 빠진 것 같지는 않아도 사흘에 한 번씩은 거기 가서 밤들도록 있다 왔다.

산월은 산월이대로 전일같이 살림만을 하려고 아득바득하지 않고 자기와 동대[52] 되는, 유두분면(油頭粉面)[53]의 젊은 여자들과 같이 집 안을 비우고 놀러 다녔다. 아침에 나가서 저녁때나 집에 돌아오는 산월은 그 돌아오는 길에는 반드시 큰집에 들러서 손수건에 무엇을 싸 들어다가 탄실에게 주었다. 그것은 대개 달고 단, 어린애로서는 제일 좋아하는 과자였다.

그러자 탄실의 큰집에서는 정택의 아내가 해산을 한 고로, 날마다 탄실이가 학교에 다닐 때 데리고 다니라고 딸려 보낸 하인을 붙잡아서 어린애 옆에 앉았게 하고, 탄실을 혼자 학교에 다니게 하였다. 그뿐 아니라 탄실에게 향해 주던 사랑은 전부 어린것에게로 옮겼다. 아무리 영리하고 조숙한 아이일지라도 인정을 몰라볼 수는 없는 애처로운 감정이 있었다. 그는 지금 그 어머니의 옆을 그리게 되었다. 그뿐으로도 괴로움을 참지 못하겠거든 큰집에서 그에게 대한 태도는 날이 오램을 따라서 나날이 달라가고, 또 그가 학교 내왕하는 중도는 참을 수 없는 고난이 있었다. 길가 사람들이 애써서 알은체하고 말을 물어서 길을 더디게 할 뿐 아니라 외딴 골목을 지날 때는 우악스러운 열서너 살의 사내아이들이 어

떤 것은 그에게 달려들어서 붙잡아보기도 하고,

"침 발라놓았다."

"점찍어놓았다."

"내 장래 색시"

하고 놀렸다. 탄실은 이런 말을 그 할머니에게 한번 말해보았으나 그 할머니는 들은 체 만 체하였다. 다시 탄실의 생각은 염두에 없는 모양이었다.

탄실의 작은 가슴은 처음으로 사나운 인정에 속았다. 그렇다고 탄실은 얼른 집으로 돌아가서 산월을 어머니 어머니 하기는 얼른 싫었다. 그는 산월이를 무엇인지 어머니라고 부르기가 꺼려졌다. 하나 탄실은 결코 그 모친을 진심으로 싫어하는 것이 아니고, 다만 첩의 딸, 기생의 딸이란 말이 듣기 싫었다. 그는 어릴 때부터 명예심 많은 처녀였다.

14[54]

명예심 많은 탄실은 어릴 때부터 생각하기를 누구든지 퍽 피곤한 집에 태어났을지라도 공부만 잘하고, 점잖기만 하면 좋을 줄 알았다. 이 아이는 무엇인지 점잖지 못한 것을 몹시 꺼렸다. 그는 동무들끼리 놀다가도 누가 무슨 일을 잘못 청하게 할 것 같으면 낯빛을 붉혔다가 아주 예사로운 빛을 보이려 하면서도 여의치 못한 듯이 몹시 괴로워했다. 그런 성질은 그가 자라감에 따라서 일층 더 선명하여갔다. 그는 절대로 비열한 행동에 대해서는 용서

성을 갖지 못하였다. 하루는 대동문 안 집에서도 그런 일을 당하고 거기 1년 넘어나 붙어 있던 것을 심히 후회하고, 그만 동피루 밖 집으로 돌아오게 되었다.

그때는 완연한 봄날이었다. 겨울 동안에 두꺼운 유리 판장을 깔아놓은 것 같은 강물은 어느덧에 푸른 비단 필을 길게 펴놓은 듯이 아래로 가는지 위로 가는지 잔물[55]이 따뜻한 봄빛과 잔잔히 희롱하고 있었다. 탄실은 이날도 그의 시중드는 '작은네'라는 계집 하인을 집에 남겨놓고 학교에 갔다 돌아오는 길에 여러 동무들과 같이 언덕 비탈을 내려오다가 어느 동무의,

"우리는 겨울 동안에는 대동강에 가서 얼음지치기를 하면서 탄실네 집에 가 놀기도 하였지만 요새는 도무지 가보지 못했다"
하는 말을 듣고, 탄실은 얼른,

"그럼 오늘 우리 집으로 모이자. 그래서 나무새기(풀 움)[56] 캐러 연광정 앞에 가자"
했다. 거기서 그의 동무들은 바삐 자기 집으로 돌아가서 책보를 두고 오려고 남산재 언덕 아래를 내려서면서, 총총히 헤어지려 하였다. 하나 탄실은 급히 어두운 얼굴을 하고,

"얘들아, 우리 연광정 앞에서 만나자. 그래서 우리 동피루 밖 엄마 집에 가자"
하고, 혹은 두어 발자국 앞에 혹은 서너 발자국 앞에 앞서간 아이들을 불러 세웠다. 아이들은 누구든지 탄실의 말을 듣고 좋아서 날뛰며,

"그러자. 나는 너의 어머니가 좋더라. 너는 왜 그 집에 있지 않

니?"

하고 물었다. 탄실은 머뭇머뭇,

"무슨 일이 있어 그래"

했다.

어린 그들은 다시 아무런 생각도 하지 않고 동무의 낯빛도 살피지 않으면서 다시 총총히 어서 헤어졌다가 어서 또다시 만날 생각에 앞으로 앞으로 발걸음을 옮겼다.

탄실은 혼자 타박타박 걸으며,

'오늘 돌아가면 또 어떤 얼굴로 나를 맞아주려노. 작은네는 왜 내 사람인데 저희들이 차지하노. 할머니, 적모, 언니, 수양딸, 어멈, 몇 사람이서 어린애 하나를 거두지 못하고, 작은네더러 똥을 쳐라 기저귀를 갈아대라 하고 야단인가. 오늘은 가면 내가 작은네를 데리고 좀 놀러 나갈 테야'

하고 생각했다. 그길로 탄실은 급히 돌아왔다. 평시와 같이 오빠는 농림학교[57]에 갔다가 아직 돌아오지 않고, 할머니는 사랑마루 끝에서 명주가락[58]을 헤고, 적모는 부엌에서 무엇을 만드느라고 대그락거리고, 언니는 건넌방에서 어린애 돌띠[59]라고 울긋불긋 당치도 않은 실올을 함부로 꿰매고 있었다. 아무도 탄실이가 돌아와도 말을 건네지 않았다. 탄실은 쓸쓸한 생각에 눌려서,

"작은네야, 작은네야."

야단이 난 듯이 불렀다. 건넌방에서 언니가 다른 집 같으면 그렇지 못하건만 서모의 딸이라서 그런지,

"탄실이 너 왜 그러니? 작은네는 아이 업었다. 무슨 일이 났니?"

하고 떨어지게 '해라'를 하면서 도리어 성을 냈다. 탄실은 불쾌한 듯이,

"무슨 일이 나기는. 내 신 좀 문질러 볕에 널라고 그래요"

했었다. 그 말에 그 오라범댁은 아무 말 없다가 혼자서 잘 들리지 않게,

"계집애를 저따위로 길러 뭘 해, 나중에 무엇을 만들려누"

하고 중얼중얼했다.

그 틈에 부엌에서 무엇 하던 적모는 와락 밖으로 내달으며,

"왜 '작은네야 작은네야' 하니? 어린애 좀 업혀주었는데. 어린애가 그래서 못쓴다, 좀 어수룩한 데가 있어야지. 그렇게 '내 해, 내 해' 하고 앙탈만 부리면 너 좋다고 할 사람 어디 있겠니? 황 개 꼬리 3년 묻어도 황 개 꼬리대로 있다더니. 그렇게 일러도 말을 들어야 길러 먹지"

하며 턱없는 욕을 했다. 탄실은 기가 막혀서 파랗게 되어 섰다가 그 할머니가 중문 안으로 들어오며,

"너희들 왜 그러니?"

할 때, 그만 소리쳐 울었다. 그때 적모와 정택의 처가 협력해서,

"작은네에게 애 좀 업혔다고 악을 악을 쓰기에 그러지 말라고 했더니 저렇게 운다우"

하고 이르면서 비웃었다. 그래도 할머니는,

"그래서 쓰나"

할 뿐이고 탄실의 말을 헤아려주지는 않았다.

15[60]

탄실은 암상이 머리끝까지 났었다. 어리고 작은 자기의 것을 빼앗고, 온 집안이 크게 협력해서 그를 눌러버리려는 일은 아주 도리에 닿지 않는 일이라고 생각했다. 그는 지금까지 산월이가 온 집 안을 물 끓이듯 술렁술렁거릴 때일지라도, 그런 도리에 닿지 않는 일을 떠드는 것을 본 때가 없었다. 무엇인지 그 어린 생각에도 저들이 천당을 가고 자기 어머니만 지옥을 간다면 좀 불공평하리라고 생각해졌다. 그는 비로소 한 절망에 가까운, 남에게 속았다는 감정으로 받는 설움 때문에 좁은 숨통이 탁탁 미어지도록 격렬히 울었다.

'공연히 저 사람들을 그렇게 보았다. 저 사람들이 우리 어머니보다 무엇이 다르랴. 저 사람들은 나를 친척같이도 생각지 않는데 내가 못나서 저들을 믿었다. ……저들이 내 작은네를 빼앗고 내 심부름도 못 시키게 하는 것이나…… 어머니가 우리 아버지를 확실히 큰집에서가 아니라 길바닥 같은 어느 기생의 집에서 데려온 것이나 무엇이 다르랴. 이 두 가지 일을 비기면 작은네는 나를 따라다니고 싶어 하는 것을 저편에서 억지로 막는 것이고, 아버지는 자기가 가 있고 싶어서 어머니에게만 가 있는 것이다. 아무려나 오늘은 어머니에게 가 일러야 하겠다. 작은네를 이 집에 그대로 두지는 않겠다.'

이렇게 생각하고 그는 눈물을 흘렸다. 탄실은 그렇게 울어도 저들은 뻔뻔스럽게,

"너 왜 우니. 그거 원 이상하구나. 누가 너를 때렸니, 욕했니?"

탄실이와 주영이 **119**

할 뿐이었다. 그는 지금은 그런 곳에서 아무런 의리도 인정도 찾을 수 없었다. 그는 마루 끝에서 걸레를 들어다가 자기의 땀 밴 신바닥을 손수 문질렀다. 이것을 안방에서 보던 작은네는 아이 업은 채 밖으로 나오며,

"아가씨, 제가 문질러드려요. 그러지 않으면 성 밖 마마님께 걱정 들어요"

하고 큰일이 난 듯이 덤볐다. 그는 그때 지금까지 지녀보지 못하던 이상한 인정이 느껴지는 것을 알았다. 두 친한 사이가 무엇 땜에 헤어져 있다가 다시 모든 것을 물리치고 친해질 때 어린 마음은 얼마나 기쁜 눈물을 흘릴까. 그는 자기가 이를 악물고 문지르려던 신 바닥을 작은네에게 주면서 그만 울었다. 그리고 그 어머니 앞에 돌아가서 큰집에서 지난 일을 이야기할 생각을 하고 더욱 울었다. 그것은 모두 뉘우침에 가까운 감정에서 우러나는 보드랍고 연한 부끄러운 눈물이었다.

그는 책보를 쥐고 서서 작은네가 아이 업은 채 구부리고 문질러주는 신을 신고 들입다 울었다. 그때야 정택의 아내는 자기의 아이를 어린 작은네의 허리에서 풀어놓았다. 작은네는 부리나케 신을 문질러서 탄실에게 신기고,

"성 밖 집으로 갑시다. 아가씨, 여기 무엇 하러 계셔요? 성 밖 마마님 걱정이나 시켜드리지"

하고 달랬다. 탄실은 울다가 머리로 대답하고 아무 말도 없이 큰집 문을 나섰다. 문밖을 나설 때,

"얘, 또 너 어미한테 누가 어떡한 듯이 이르지나 마라"

하고 할머니가 짜증을 냈다. 보기에 할머니는 탄실에게 일 푼 반 푼어치도 손자 같은 감정을 가지지 않은 듯하였다. 그는 단지 탄실을 귀애하는 그 아들을 이끌어 오려는 수단으로 지어서 하는 체하였던 것이다. 탄실은 다시는 그 문 안을 들어서지 않으려는 듯이 책보를 단단히 쥐고 그 문밖을 나섰다. 작은네는 부리나케,

"야! 너는 여기 있거라"

하는 적모의 소리를 귓등으로 듣고, 탄실을 따라나섰다.

탄실은 작은네의 손목을 잡고 골목 밖으로 나가다가 먼저 학교 언덕 아래서 여러 동무들과 약속했던 것을 생각했다. 그는 발걸음을 앞으로 앞으로 빨리 옮겨놓으며,

"작은네야, 어서 가자. 아까 학교에서 헤어져 오며 여럿이서 모두 연광정 앞에서 만나자고 약속하였다. 그것을 우느라고 잊어버렸다. 큰일 났다. 동무들이 욕하겠다"

하고 그는 달음박질하기 시작했다. 눈 녹은 봄 흙은 따뜻한 봄볕에 아지랑이를 올리고, 좋다리 먼 들에서 구천(久天)에 오를 때 햇솜을 펴서 넌 듯이 만지면 하박하박 녹아질 듯한 하얀 구름이 온 하늘에 널려 있었다. 탄실과 작은네는 그때는 지금과 달라서 치도치[61] 않은 길 위에 눈 녹은 땅이라 신발이 푹푹 빠져 땅속으로 들어가는 것을 애련당[62] 못자리[63]까지 간신히 넘어서 대동문 통으로 연광정을 바라고 달아났다. 그들은 숨이 턱에 닿아서 저 편에 울긋불긋한 어린 처녀들이 노는 것을 바라고 갔다.

16[64]

탄실이가 달음질해 오는 것을 본 탄실의 동무들은 달음질해서
마주 오며 평양말로,

"너 지금에야 오네."

"그 애야, 우리는 퍽 기다렸단다. 웬 원 아이두 그렇게 더디 오
니? 한 시간이나 기다렸단다."

"이 애, 너 울었구나."

"그 얇은 눈까풀이 통통이 부었구나"

하고 그를 붙들었다.

탄실은 지금까지 흑흑 느끼면서 길로 달음질해 와서는 그대로
동무들을 얼싸안고 또다시 울었다. 그는 얼른 말을 하려 하였으
나 울음부터 북받쳐서 입이 열리지 않았다.

그는 처음으로 사람에게 냉대를 받고 대단히 슬펐던 것이다.

그 이후에 그는 이보다 몇 배 되는 학대를 받았을 때도 결코 이
때와 같이 슬프다고 생각하지는 못하였다. 이때까지 동무들에게
여간한 비평은 들었을지라도 그것은 자기가 너무 공부를 잘해서
그들의 수석과 따라오는 명예를 다 빼앗은 탓이었다. 누구든지 3년
이나 자기들보다 뒤떨어져서 공부를 시작해가지고 오히려 자기네
들 머리 위를 밟아 넘긴다면 퍽 원망될 것이니까…… 자존심 많
은 탄실은 울면서 그 동무들이 연고를 물어도 얼른 입을 열지 않
았다. 그는 차마 큰집 일가가 전부 자기를 냉대한단 말이 입 밖에
나오지 않았다. 그는 동무들이 굳이 연고를 물을 때,

"우리 엄마가 예수를 안 믿어서 그래. 아무리 믿으라고 그래도

믿지를 않아……"

하고 또다시 크게 울었다. 새 설움에 옛 설움이 북받쳤던 것이다. 그 동무들은 무엇인지 어두운 기운에 억눌려서 동무의 어머니가 예수를 안 믿다가 장차 지옥으로 갈 생각을 하고, 또 자기네들의 어린 믿음을 생각하고, '하늘나라에 들기가 지극히 어렵다'는 성경 속의 문구들을 생각하고는 모두 이 양기로운 봄날 대낮에 때아닌 생각을 소름이 끼치도록 했다.

이때 17, 8세 된 단정한 처녀가 책보를 끼고, 대동문 나루를 향해 가노라고 분주히 그들의 앞을 지났다. 아이들은 분주히 가는 그에게,

"순실 형님, 순실 형님."

"순실 형님."

"순실 형님, 형님."

"순실 형님"

해서 분주히 가는 그를 불러 세웠다. 그는 대동강 건너 사는. 최 군수의 딸이었다.

얼굴이 빨개서 급히 가다가 아이들의 부르는 소리를 듣고, 그편을 향해 서며 반가운 듯이,

"너희들 왜 여기 모여 섰니?"

하고 말하다가,

"탄실이 너두 있구나. 너 왜 울었니?"

하고 아이들 틈에 섞인 탄실에게 다시 찬찬히 물으며 그는 바쁜 길을 멈추었다. 탄실은 이때는 눈물을 그치고, 때때로 흑흑 느끼

기만 하다가 최순실이라는 생도를 보고 부끄러운 듯이 고개를 비꼬았다.

최순실은 2년 전에, 남산재 소학교를 제1회로 졸업하고, 지금은 서문 밖 여중학교에 다니는 큰 생도였다. 그는 김형우의 친구 외딸인 고로 학교에 들기 전에도 탄실이와는 아는 사이였다. 또 그 모친이며 가풍이 탄실이와 대동소이한 고로 서로 친하지 않을 수 없이 되었다. 아이들은 그 사이를 아는 고로,

"이 애 어머니가 예수 믿지 않는다고 울어요."

"이 애 어머니는 예수를 믿으라고 자꾸 권고해도 믿지 않는대요"

하고 일렀다. 그래도 큰 학생은 바로 듣지를 않는 듯이,

"그래서야 울겠니? 너 큰집에 있다더니 거기서 몹시 굴던 것이로구나. 너 보아라. 어머니하고 있지 않으면 죄가 내리는 법이네라. 어머니가 몇 번 우리 집에 오셔서 네 말을 하고 우신 줄 아니? 남의 외딸로 태어나서 그렇게 말을 어기는 법이 없단다. 나 봐라. 이렇게 공부가 바빠도 내일이 어머니 생신이어서 부리나케 집에 가지 않니. 너희 어머니가 무엇을 잘못해서 그러니? 세상에 너희 어머니같이 똑똑하고 잘난 사람은 없다더라. 남이 다 그러는데 네가 남의 외딸로 태어나서 그런 어머니를 싫다고 해서야 쓰겠니? 예수 안 믿어도 천당 갈 사람은 간다더라. 예수 믿으면 다 천당 가는 줄 아니?"

하고 곰곰이 힘 있게 타일렀다.

아이들은 최순실의 앞으로 바싹바싹 다가들며,

"형님, 예수 안 믿어도 착하기만 하면 천당 가지요?"

"나는 탄실이 어머니가 좋아요. 얼굴이 달덩이 같으세요. 어쩌면 그러신지 모르겠어요."

"하하 그 애는, 얼굴은 왜 들추어."

"아주 우리들이 가면 고맙게 구셔요……"

"이 애 큰어머니는 사람이 별해요. 우리들이 놀러 가도 너희들 뭘 하러 왔네? 탄실이 없단다 해요"

하고 아이들은 지금까지 울침한[65] 기운을 없이 하고 웃으며 이야기했다. 최순실은 아무 아이의 말이나

"그렇고 말고"

하고 대답하다가 나중에,

"탄실아, 내일 어머니하고 같이 우리 집에 오너라. 너 좋아하는 조개송편 했단다. 부디 오너라" 하고, "나는 바빠서 간다" 하면서 다시 가던 길을 총총히 걸어갔다.

17[66]

그는 한참이나 걸어가다가 다시 못 미더운 듯이 돌아서서,

"얘들아, 탄실이를 성 밖 집까지 데려다주어라, 부탁한다"

하고 다시 급히 급히 걸어서 대동문 통으로 빠져나갔다.

어린 처녀 아이들은 금시로 마음이 가벼워진 듯이 제각기 날뛰면서,

"순실 형님 말이 옳다 응?"

"얘, 선생님도 그러지 않던? 예수 믿는다고 다 천당 가는 것이

아니라고."

"알고 안 행하는 것은 죄가 더 깊고, 모르고 못 행하는 것은 죄가 가볍다지 않던?"

하고 짝자글하게 떠들었다. 탄실은 운 뒤의 〔흐〕느낌과 한숨을 한데 내쉬며,

"그럼 우리 집에 가자. 나무새기는 내일 좀 캐러 또 오고 오늘은 우리 엄마한테 가서 놀자. 배 타고 싶거든 배도 타고…… 응?"

"오."

"응 그러자."

"그리는 것이 더 재미나겠다."

"그래. 너는 순실 언니 말대로 하려고 하는구나."

"그 애, 그럼 그렇지 않구."

"그러기 말이야."

"그럼 우리 엄마한테 다들 가자. 그래도…… 이제 엄마한테 가서 무엇이라구 하나…… 얘들아, 내가 이제 엄마한테 가서 무엇이라구 할까…… 실상은 오늘 큰집 사람들하구 모두 싸웠단다."

"그 애는, 너 십계명에 거짓말하지 말라구 하지 않았던?"

"그럼 있는 대로 다 말할까? 그렇더라도 엄마가 노해서 온통 야단을 하면 큰일이 날걸."

"그러지 말고 엄마가 보고 싶어 왔다고 하렴. 그러면 너희 어머니께서도 좋아하고 집안도 편하지 않으냐?"

"옳다 옳다."

"되었다. 그만하면 핑계도 되지 않고, 거짓말도 되지 않는다."

어린아이들은 이 같은 의논을 하고 발걸음을 빨리해서 ☐ 무너
뜨린 자리를 밟고 배틀배틀 걸어갔다.

　××　×　××

　김형우는 이날도 서울 가고 산월은 큰 연회를 차리느라고 찬간
에서 돌보다가 잘못 생선 뼈 빼는 칼날을 밟아서 발바닥을 몹시
베고 피를 쏟았다. 그는 이날은 동무의 집에서 하인이 와도 가지
를 못하고 심심히 화려하게 지은 양실 마루방에 쓸쓸히 앉아서 침
모하고 이야기를 하고 있었다.
　"인제 완연한 봄이구려. 참, 탄실이 데리러 인력거를 보내야 하
겠군. 요새는 저 혼자 작은네도 안 데리고 학교에 다닌단 말이 있
어."
　"인력거는 벌써 보냈어요. 애기도 인제는 열한 살이 되었지요?
세월이 참 빠르긴 해요. 인제 몇 해 있으면 혼인하겠지요?"
　"하하 몇 해가 뭐야요. 일전에 중매가 왔다 가지 않았소."
　"참, 그것 어떡하셔요? 그런 좋은 자리를 그대로 내버리세요?"
　"글쎄, 영감 말씀이 홀어머니 시하에 사람 버리기 쉽다고 하시
니까 아마 안 보내실 작정이시지. ……나야 그런 데까지 참견하
진 않아야 할 터이니까."
　"어머니께서 참견을 안 하시면 누가 합니까? 그래도 참견하셔
야지. 사내들이 무얼 아는 줄 아십쇼?"
　"그렇더라도 온 집안이 다 내 간섭을 허락지 않을 터이니까. 흥,

남편도 자식도 여염집 부녀 되고야 다 참견할 일이야. 남편은 남편대로 제 일만 옳다고 하고, 자식은 자식대로 내 속에서 나왔어도 그렇지 않은 듯이 큰집에 가 있으니 내가 무엇이 좋겠소. 다 독불장군이지. 그래도 마음은 내 자식만 믿어지지 남편 같은 것은 아무리 내게 복종을 하더라도 싱크럽기만[67] 해."

"그야 애기가 하도 잘났으니까 하시는 말씀이시지. 마마님과 영감 사이 같은 사이를 미덥지 않으시다면 믿을 곳이 어디 있겠습니까? 공연한 불평이시지요."

이와 같이 산월은 담배를 피우고 침모는 새로 마른 탄실의 옷감을 추리면서 이야기를 할 때 탄실이가 동무들을 끌고 울렁줄렁 안뜰에 들어섰다. 산월은 피를 많이 쏟고 얼굴이 해쓱해서 우두커니 앉았다가 탄실을 보고,

"얘, 인력거 보냈는데 걸어왔니?"

하면서 얼굴에 화기를 띠었다가 울어서 부은 그 얼굴을 바라보고,

"애기, 너 왜 울었니? 저 작은네도 울었구나"

하였다.

탄실은 그 검은 순결한 눈에 눈물을 다시 띠고,

"어머니."

부르고 한참 얼굴을 돌렸다가 고개를 바로 하고 그 모친의 발처맨 것을 보고,

"발을 다치셨어요?"

하고 고개를 숙였다.

어린 동무들은 눈을 방울같이 뜨고 모녀의 행동만 바라보다가

산월이가 침모에게,

"저 애들 먹을 것 갖다주시오. 그리고 저녁에도 맛 다른 것 해서
같이 먹도록……"

할 때는 다 얼굴을 붉히면서,

"아니요."

"아니요"

하고 얼굴을 서로 쳐다보면서 남의 느낌에 모두 눈물을 지었다.

18[68]

탄실은 자기 집에 돌아와서도 모든 일이 마음 같지 않고 괴로웠다.

그는 첫째로 그 모친의 고충을 나누어서 그 어린 몸에 담당하지
않으면 안 될 것이었다.

산월은 이따금씩 탄실의 옷을 손수 지으면서 밤을 새웠다. 긴
강물이 잔잔히 흐르는 중간 창가에 모든 것이 잠들어 고요한 때에
여울턱에 물길 갈리는 소리가 그윽히 들려왔다. 봄날의 깊은 밤
이었다. 탄실은 찬란한 이불 속에 고요히 잠자고 산월은 그 옆에
서 바느질을 하다가 담배를 피우다가 무엇을 생각하였는지 미닫
이를 드윽 열어젖히고, "침모, 침모" 하고 불러본다. 탄실은 그 소
리에 눈을 반짝 떴다. 그러나 그 모친이 볼까 봐 염려되는 듯이 얼
른 눈을 감았다. ……하나…… 그 마음속으로는 이런 말을 했다.

'엄마, 엄마는 또 울고 싶은 것이구려. 그러지 말고 내 이불 속
으로 들어오세요……'

그 몸이 보드라운 안팎 비단 이불에 싸인 것같이 그 마음은 설움에 메여 있었다. 그는 이즈음으로 집안일과 그 모친의 근심 때문에 깊은 잠을 들지 못하게 되었다. 어떤 때는 눈을 분명히 뜨고, "어머니, 왜 안 주무세요?" 하고 불러볼 때도 있었다. 이런 때 그 모친은 울다가 그 딸의 음성을 듣고 눈물을 뚝뚝 떨어뜨리며, "아기, 왜 깼니?" 하며 이불을 다시 폭 덮어주고 사분사분 그의 가슴을 두들겨준다. 그리고 자기가 무엇을 잘못해서 잠든 애기를 깨운 듯이 심히 미안해한다. 탄실은 그런 염려를 그 어머니에게 시켜드리고 싶지 않았다. 그러지 않아도 그가 알기에 그 모친인 27, 8세의 젊은 여인에게는 너무나 큰 근심이 있었다.

그 부친은 얼른 관찰사도 되지 못하고 매삭 은행 변리[69]를 내기에 불쾌한 심지를 누를 수 없었다. 그러나 더는 그런 책임을 혼자 지기 어려운지 매일같이 집 안에서 짜증을 내다가, 산월이가 마주 야단을 하는 때면 온종일 나가서 있다가 밤샐 때 아직도 술이 깨지 않아서 돌아와서는, "탄실아, 탄실아" 부른다.

이날 밤에도 김형우는 산월에게 돈을 돌려주지 않는다고 트집을 일으키고, 나가서 열두 시가 지나도 돌아오지 않았다. 산월은 그렇게 초조해서 기다리지는 않으나 희미하게 여러 곳으로 오는 근심을 홀로 대신 부담하기가 어려울 듯한 염려로 그럼인지 침모를 불러서,

"오늘도 또 늦게 들어오시는구려. 차라리 나 혼자 살 것 같으면 그런 줄이나 알고 기다리지 않을 것 아니오"
하면서 불평을 말한다. 침모는 단잠을 못다 자고 일어나서 선하

품을 하면서,

"아이구, 영감께서도 염려되시는 것이 많이 있어 홧김에 나가 계신 것이지요. 마마님께나 애기에게 마땅치 않은 일이 있어 그러시겠습니까? 마마님께서는 그렇게 늠늠하시고[70] 애기는 애기대로 그렇게 영리하신데……"

하고 대답한다.

산월은 침모의 졸려 하는 것이 가엾은 듯이,

"아이구 안되었구려. 내 근심에 남까지 괴롭게 하는 것은 좋지 않은 일이라고 생각은 하면서도 자연히 내 근심이 있어서 잠 못 들 때는 이렇구려"

하고 온갖 근심을 익숙한 침모에게 이야기한다.

우선 산월 모녀의 재산은 이번 관찰사 운동에 반 넘어 들어갔다. 만일에 김형우는 관찰사를 얻어 할 것 같으면 그 재산을 전부 뽑아낼 결심이다. 하나 산월의 생각으로 보면 지금 세상에 그런 일은 아주 옳지 않은 일일 뿐 아니라 심히 위험한 일이었다. 그 세월에 어떤 촌사람의 아들은 일본 가서 공부를 해가지고 돌아가서 그 부친이 한 옛적에 서울 어떤 양반에게 앗긴 재산을 이자까지 합해서 도로 돌이켰다는 말이 경향 간에 너무나 왁자지껄할 뿐 아니라, 뇌물을 받고 벼슬을 판 사람은 거진 감옥에 들어가서 고역을 하게 되었다.

탄실은 겨우 어린 믿음에서, 그 몸을 빼어내게 되었다. 그는 이 때에 이르러서는 조금도 그 모친을 꺼리지 않고 좀더 그 어머니가 자기를 신용해서 집안 이야기를 자세히 해주기를 바랐다. 무엇인 지 자기가 2, 3년 동안 꿈길을 걷고 있었다고도 생각해보았다. 이 런 때에 불행하게도 회당 안에서는 큰 풍파가 일어났다.

……완전 신의 피를 끓어가며 얼굴에 열을 올려가면서 주먹으로 탁자를 두들기고 발로 강단을 울리고, 몇천 명 되는 신자의 귀에 하나님의 진리를 말해서 새 생명을 불어넣어주는 듯하던 성신을 받은 회당 목사가 남의 집 과부를 간통하다가 발각되었다고……

여러 신자들은 실심했다. 어떤 사람은 다시는 회당에 안 온다고 이름을 지워 가고 어떤 사람은 자기의 자식을 학교에서 아주 데려 갔다. 이 틈에 산월은 예수교를 그 딸의 머리에서 아주 빼내도록 하려고 곰곰 타일렀다.

"그것 보아라. 회당에 다니더라도 무슨 보람이 있나. 제일 회당 안에서 성신 받았다고 뒤떠들던 목사가 그런 좋지 못한 행동을 하지 않았니? 믿기는 무엇을 믿겠니? 그것이 다 사람을 꾀어들이는 수단이지. 남의 첩은 예수를 믿어서 천당에 가지 못하느니라, 죄를 다 자백해라, 하던 목사가 저는 자백도 안 하고, 잘난 듯이 모든 사람 위에 올라앉았던 것이 그 꼴을 하고는 처자를 버리고 달아났으니 그 나머지야 말하지 않아도 알 일이지 무엇이 변변하겠니…… 애기 너도 고만 예수교 학교에는 다니지 말자. 차라리 서울로 가서 다른 학교에를 다니면 다녔지. 평양서 그 회당 학교에 그대로 다니는 날이면 장래 네 몸에 해가 미친다. 그러지 않아도 너는 어미가 여염 사람이 아니어서 성가신 일이 많을 터인데 게다가 그런 흉난 교회학교에까지 다니면 남이 너를 어떻게 알겠니? 집에 들어앉아서 바느질이나 배우든지 그러지 않으면 서울로 가서 공부를 하든지…… 거기 가면 외할머니나 이모가 너를 좀 반가워하겠니…… 이제 평양서야 어떻게 공부를 하겠니?"

이러한 산월의 말을 들은 탄실은 그러지 않아도 서울 가서 공부하고 싶던 판인데 불현듯이 서울로 가서 공부하고 싶었다. 그는 그 모친이 섭섭하여 하는 것을 생각하면 차마 그런 말이 입 밖에 나오지 않지만 다만 공부하고 싶은 마음을 이길 수 없어,

"어머니, 그럼 저는 서울로 가요. 거기 가면 남산재 학교에서 공부하던 큰언니들이 많아요"

하고 정말 가고 싶어서 참을 수 없는 듯이 그 몸을 비비 꼬면서 말했다.

그 뒤에 한 달쯤 지나서 산월은 탄실을 더 공부시키지 않고 바느질이나 가르치려고 이르다 이르다 못해서 서울로 보냈다.

정거장에서 산월은 탄실에게 서울 간 뒤에 일어날 일을 염려했다.

"필경 너의 숙부가 나와 불□하니까 너를 집에 데려다 둘 생각은 아니하리라마는 네가 이모 집에만 다니면 말썽을 일으킬 터이니, 숙부의 집에서 데리러 오거든 가보아라. 너무 자주 가지도 말고……"

산월은 탄실을 차에 올려 앉히고 차가 막 소리를 지르려 할 때,

"탄실아, 내 한 달 후에 가마. 부디 잘 가서 공부해라"
하고 연해 쓰러질 듯이 정거장의 기둥을 붙들고 울었다. 탄실도
눈에 눈물을 가랑가랑 띠고,
"어머니, 울지 마세요"
하고, 탄실을 데리고 가던 김형우도,
"거기서 울지 말아요"
하고 이르면서 모녀의 떠나는 정리를 생각해서 눈물을 흘렸다.
차가 막 떠날 때 그 모친은 미친 듯이 차창에 달려들다가 철도역
원에게 붙들려서 목멘 소리로,
"영감, 그 애를 예수교 학교에는 넣지 마세요"
하고 당부했다.

×× ×× ××

때는 추구월의 지루하던 더위가 산들바람에 하루 이틀 식어가
는 때였다. 서울 북장동 ×명학교[72]에는 열한 살 된 평양 처녀가
새로 들어와서 그늘 그늘이 피해 다니며 구석구석이 숨어서 눈물
을 짓고 향수(鄕愁)에 울었다.

20[73]
그때 한 옛적에 창성동 ×명학교에서 울던 처녀는 지금의 김탄
실이었다.

그는 그 학교에서 동물과 같이 괴로움을 받고 동물과 같이 우리에 갇혀서 자랐다. 그의 숙부는 학교 기숙사감에게 그같이 부탁하고, 일절 그의 외가에 출입하는 것을 엄금하였다. 그는 얼마나 기숙사 학생들이 공일이면 기숙사 문밖에 나가는 것을 부러워하였을까. 그는 1년 동안씩 꼭 기숙사에 갇혀 있다가 여름방학이면 평양 가서 평양성 안을 돌아다니며 놀았다. 그는 참으로 그 부모를 떠나서 서울 가서 공부하기가 싫었다.

두 달 동안의 긴 방학이 속하다고 생각하면서 세월 가는 것을 원수같이 알았다. 하나 그러는 동안에도 그는 서울 가서 할 공부를 미리 준비하고 있었다. 그뿐 아니라 서울 가지 못할 혼인 말이 일어나면, 그는 용기를 가다듬어서 극력으로 반대하였다. 어쩐지 탄실은 서울 가서 공부하게 된 이후로는 그 성품이 나날이 불행하여갔다.

그는 전일같이 유순하고 민첩하지가 못하고, 심히 옹졸하고, 심술스럽게 되어갔다. 무엇이든지 경쟁이라고 이름 짓고 하는 일이면 죽을지 살지 모르고 기어이 승리를 얻기까지 다투었다.

그는 질투심 많고, 심사 곱지 못한 처녀가 되어갔다. 그 모친은 그의 우울증이 도져서 그래지는 것이라고 기숙사에서 그가 자유를 얻고 공일날이라도 외출하도록 허락하게 하려 하였으나, 그 부친은 반대하고 그 동생의 말만 믿었다.

김형우는 그 아우 시우의 학식을 태산같이 우러러보고 믿었다. 그는 무엇이든지 그 아우의 말이라면 귀찮은 일까지라도 복종하였다. 그러나 그는 아무 효험을 보지 못할 뿐 아니라 큰 실패를 보왔다. 저는 많은 돈을 들이고 관찰사를 운동을 하다가 큰 실패를 한 것이 심히 억울한 일이건만 그런 말 한마디 그 동생에게 하지 않고, 언제든지 그 동생의 일에는 무턱으로 큰돈을 아끼지 않고 내었다. 그러나 김시우는 그 형의 말을 그 친구 사이에도 한번 좋게 하여본 때가 없었다. 그리고 입을 열면 반드시 산월의 흉질을 알지도 못하는 사람들 가운데서 펼쳐놓고 웃음거리를 지었다.

그러나 저는 그 당시 한국 군인들 가운데 손꼽이에 드는 애국지사였다. 저는 나랏일을 도모한다고 연회를 차리고, 기생들과 같이 춤추고 놀았다. 또 정치를 한다고 형의 재산을 속여다가 대신에게 뇌물을 주고 벼슬을 사려다가 기생의 해우채[74] 주느라고 소비해버렸다. 그러므로 김형우는 그 동생과 연락하던 모든 일을 단념하였다. 하나 김시우는 언변 좋게,

"형님, 이런 말세에 벼슬은 하면 무엇을 하십니까. 그대로 시골 계신 편이 유익하지요"
하고 꾀었다.

저는 일본 있을 때는 한국에 돌아오면 많은 일을 하려고 바랐다. 그러나 결국 돌아와보매 한국 정부는 저들에게 아무런 신임도 하지 않을 뿐 아니라, 형식과 같이 미관말직(微官末職)의 봉급까지 무척 아꼈다.

적이 실심한 일본 유학생 군인들은 분풀이인지 낙담인지를 향할 곳 없어서 되는대로 방탕에 몸을 맡겼다. 그러나 저들은 적은 봉급으로는 그 비용을 감당할 수 없어서 경향의 돈 있고 어수룩한 사람들을 함부로 꾀어내도록 했다. 그래서 입으로 한국을 근

심하고 상관을 욕해서 그럴듯이 인심을 사놓고, 이등통감을 빌려서 벼슬 시킨다고 하고는 운동비를 무척 탐해서 소비해버리고 나라가 글러서 그렇다고 핑계해버렸다.

그 틈에 제일 첫째로 희생된 사람은 김형우였다. 저는 그 동생의 유탕비[75]뿐 아니라 산월이가 도깨비라고 이름한 사람의 유탕비까지 내고, 또 그 친구의 그런 비용까지 낸 일이 많았다. 그러나 그러는 동안이 2년이 되매 김형우의 한 있는 재산으로는 그것을 담당할 수 없었다. 나중에는 아무리 관찰사 운동이 귀중할지라도 돈이 없는 연고로 도깨비라는 이의 친구의 갈보 집 다닌 비용을 다 낼 수 없었다. 한번은 도깨비라는 이의 의동생 길주억이란 청년 주정꾼이 일부러 기차를 타고 가서 김형우에게 돈은 청구하다가 거절을 당하였다.

21[76]

그런 일들이 있은 지 두어 해 만에 김형우의 집은 나머지 없이 패가를 하였다고 경향 간에 소문이 들렸다. 그런 중에도 산월만은 자기의 돈은 따로 감추고 내놓지 않는다고 수군수군하였다.

그동안에 애국지사라던 이들은 혹은 감옥에 갇히고, 혹은 외국으로 망명하였다. 그들이 밤낮을 바꾸어서 노는 동안에 국사에도 간섭하였는지는 극히 비밀한 일이어서 자세히 알 수 없었으나 사면으로 빚에 몰려서 사기취재로 고소를 당하고, 그만 달아나버린 사람도 있었다. 도깨비라는 사람은 그 하나였다. 그러므로 김형우는 그 사람의 빚 담보를 후회하면서도 할 수 없이 그 빚을 대신 갚지 않으면 안 될 경우였다.

모든 일은 꿈결과 같이 사라졌다. 애국지사들의 ××운동도, 또 김형우의 관찰사 운동도 모두 다 물거품보다 쉽게 사라졌다. 그 나머지라고는 집 문권, 밭 문권을 깡그리 10분의 1도 되지 못할 헐가로 잡힌 일인의 빚밖에 남은 것이 없었다. 남은 것은 이보다 더 쉽게 참으로 학대밖에 남은 것이 없었다. 길거리마다 상투를 튼 조선 사람들이 무엇이라고 떠드는 말을, '하따라 마따라'라고만 듣다가, 상투를 꺼들리고 뺨을 맞았다. 징신[77] 소리가 줄고, 나막신 소리가 대낮에 서울 시가를 돌아 들리게 되었다.

모든 흉계, 모든 노름, 모든 음란, 모든 간악의 나머지가 모두 빚이 되어서 집을 팔고, 전답을 팔고, 하늘을 팔고, 땅을 팔고, 관 같은 방 안에 게으름만 남겼다.

모든 사람은 착실한 운동도 해보기 전에 횡설수설하다가 홍바지 청바지만 입고,[78] 게으름을 완전히 부려볼 철창 속에 갇혀서 우두커니 턱없이 악형 당할 때만 기다렸다.

그들은 아무 열성스러운 의의(義意)도 분명히 갖지 못하고, 다만 나라를 잃겠다, 임금이 외국 왕에게 학대를 받겠다, 황후가 ○○을 잃고 욕을 보겠다, 하는 맘으로, 나라 즉 백성들인 것을 알지 못하는 듯이 뒤떠들며 달아나고 갇혔다. 그런 중에서도 서로 음모하고, 서로 욕하기는 잊지 않았다. 그들은 벌써 이등통감 통치하에 일본제국의 새 헌법의 일본 간수에게 갖은 인정 없는 학대를 받으라고 자기의 친구이던 혐의 있는 사람을 무함해서 감옥에 집어넣기도 하였다.

이등통감이 하얼빈서 죽기 전후 2, 3년 동안에 융희[79]의 백성들은 얼마나 모르고 게다가 악형을 당했을까.

만일 하늘이 분명하셔서 모르는 사람에게는 죄가 없어서 형벌이 없다고 할진대 지금부터 10여 년 전 한국 백성들과 및 그 자손을 지금껏 이런 도탄 중에 넣지 않고 도리어 상을 주셨을지도 몰랐을 것이다. 그러나 모르는 것의 죄는 큰 것이다. 그들은 예수만 믿는다고 입으로만 떠들기 땜에 모르고 안 행하는 것에는 죄가 없단 말을 외우고, 백성 즉 자기의 생명을 귀중히 여기지 않기 때문에 서로 학정질하고 서로 무함하는 것만 일삼다가, 그 여러 가지 추태(醜態)를 낳아놓은, 단지 무식한 것을 모른 탓에 드디어 자유를 잃고 자기를 잃었다. 자기를 잃은 사람은 독립생활을 못 한다. 마치 정신병자가 길바닥을 마음대로 헤매면서도 온갖 자유스러운 추태를 다 하면서도 무엇의 더러운 종인 것과 같아, 이미 자기를 잃은 아무것도 아닌 더러운…… 그래도 자기라고 부르지 않으면 안 될, 미침의 종이 된 이상에 자기를 잃고 오히려 자기의 종이 되어 온갖 올곧지 못한 행동을 다 하는 이상에는 아무리 자유가 있더라도 그것은 자유가 아니요, 심한 형벌이다.

그것은 정신 있는, 자기를 잃지 않는 사람의 눈에 들키면 분명히 그를 속박지 않고 그대로 두지 않을 것이니까.

그러나 속박을 받는 사람의 견지로 보면 속박하는 사람의 마음은 알 수 없다. 그것과 같이 속박하는 사람도, 받는[80] 사람의 마음을 애초부터 알 수 없다.

그러므로 서로 모르는 사람은 서로 원수이다.

미친 사람, 안 미친 사람, 무식한 사람, 유식한 사람, 빈한한 사람, 풍부한 사람, 서로 반대되는 사이에는 아무런 이해도 없다,

그와 같이 강한 사람과 약한 사람 사이도 그러하다. 그러므로 강한 자는 약한 자의 맘을 이해치 않고 그를 구속하고, 약한 자는 강한 자를 무척 오해한다. 요컨대, 서로 반대되는 모르는 사람 사이에는 이해라고는 없다.

22[81]

일한합방 하던 해였다. 탄실의 큰집과 작은집은 한집에 모이게 되었다. 그들은 나라가 약해서 홀로 서 있을 수 없음과 같이 김형우의 집에는 남의 빚 담보를 하였다가 대신 갚고, 두 집을 거느릴 수 없으므로 한곳에 모였다. 그 홧김인지 형우는 시름시름 앓다가 바라던 관찰사도 해보지 못하고 세상을 하직하였다. 때는 탄실이가 열네 살 나던 봄이었다. 3학기 시험을 치르고 난 탄실은 기숙사 마루 끝에서 새빨갛게 상기된 얼굴을 지난해서 어찌할 수 없는 듯이 두 손실로 꼭꼭 누르면서 학생들에게,

"나는 왜 이렇게 얼굴이 달까?"

하고 물었다. 그중에 한 학생은 무엇이 불평한 듯이 아무 몰풍스럽게,

"너무 공부를 잘하면 그런 법이야. 여자가 재봉에 낙제를 해도 공부만 잘해서 일등만 하면 그만이지, 그 위에 얼굴이 다는 것까지야 그리 염려될 것 있나."

"그러게 말이지, 이번에 저 애는 아마 혜숙 언니를 이겨놓을걸."

"그렇고 말구."

"저런 독종에게 누가 이길 수가 있나. 얘 자전아, 너는 참 좋겠다."

'자전'이라 함은 탄실의 반에서 무슨 글자든지 탄실에게 물으면 다 알아내는 고로 별명을 얻은 것이었다. 탄실은 이런 말을 듣고 불쾌한 듯이 얼굴을 더 붉히며,

"왜 얼굴 단다고 그랬다고 그렇게 사람을 놀려요. 참 별일도 다 많다. 그렇게 한 반에서 나만 놀려대면 무슨 별수나 나나"

하고 성을 내었다.

그때 이 학교에서는 여학생들이 누구든지 심술 잘 부리기와 싸움 잘하기를 퍽 좋아하였다. 아무리 유순한 처녀 아이라도 이 학교에 든 지 한 달만 될 것 같으면 훌륭한 심술쟁이가 되었다. 그리고 싸움질하기를 예사로 하였다. 그리고 시험 때가 되면 그 장한 질투심을 감출 수 없는 듯이 복습은 아무렇게나 하고, 시기는 힘 있는 대로 다 했다. 그런 사람들 가운데 탄실은 그 삼촌이 ×명학교 학감에게,

"저 애는 우리 형님의 서자인데, 자기 외가라고는 죄다 기생 찌꺼기들뿐이니, 외출을 시키지 말고 의복도 지금껏 너무 사치하니, 만일 그런 의복이 올 것 같으면 입히지 말도록 해주시오"

하고 부탁한 말이 학교 안에 퍼져서 그가 미움을 바칠 때마다,

"기생의 딸년."

"저 애 이모는 참 예뻐, 여염 사람 같지 않아."

"나도 좀 그렇게 예뻐 보았으면, 하하."

"그 애는. 너두 ○○이 되어보렴. 그래서 분 바르고 비단옷 입으면 예뻐진단다, 하하"

하고 놀렸다. 그는 이날도 그런 말을 듣고 상기되었던 머리가 다시 끓어 넘는 것 같아서 한편 기둥을 잡고 외따로 쓸쓸히 서 있었다. 이때 전보를 든 학감은 달음질해서 기숙사 안으로 뛰어오며,

"탄실아, 이 전보 보아라. 너의 아버지께서 세상을 떠나셨단다"

했다. 탄실은 그러지 않아도 졸도할 듯이 서 있다가, 아뜩해서 쓰러지며,

"아이구"

하고는 코피를 들입다 쏟았다.

그는 이 봄에는 그 정신상에나 육신상에 몹쓸 타격을 받았다. 나라가 힘이 없어 합병을 했다. 같이 있지 못할 집이 돈이 없어 한데로 모이고 서로 불평을 일으켰다. 동무들이 몇 번이나 안 한 일을 했다고 몰았다. 그러면서도 시험 때면 반드시 그의 옆에 와서 그의 답안을 그대로 베꼈다. 이런 일은 선생들이 그의 실력을 아니까 설마 탄실이가 다른 학생의 답안을 베꼈으리라고 의심은 받지 않았으나 언제든지 선생이 그 옆으로 빙빙 돌며 그 옆에 오는 학생이면 멀리 앉혔다. 그런 일을 이때 우매한 질투심 많은 학생들은 탄실이가 선생에게 일러서 그들에게 답안을 보이지 않으려 함이라고 노했다. 그중에 시우의 친구의 딸이라는 키 작고 얼굴

검은 살기가 등등한 학생은 그런 행패가 자심하였다. 그는 이때부터 학대받는 신세였다. 또 한 반에서 뛰어나도록 성적이 좋았는 고로 학제 변경으로 공부가 줄어진 것이 제일 큰 타격이었다.

23[82]

탄실이가 평양 갔을 때는 김형우는 시상판[83] 위에 누워 있었다. 온 가족은 하늘이 무너진 듯이 울었다. 그들은 울면서 멀리 공부하느라고 가 있던 정택과 탄실에게,

"아무쪼록 공부 잘해서 돈 모으라"

고 하더란 그 아버지의 유언을 전하였다. 거기서 탄실은 불행한 꿈과 같이 그 부친을 여의고, 홀로 그 편친을 봉양하여야 할 의무를 갖게 되었다. 이로부터 학교에 돌아온 탄실은 밤낮으로 공부를 계속해서 그 편친을 봉양할 의무를 생각했다. 그는 비로소 부친의 사랑도 허사였던 것을 알았다. 자기만을 귀애하던 부친이 그 아들 정택에게만 재산을 남기고, 탄실의 것은 다 전당에 넣은 채로 운명했다. 다만 그 당시에,

"탄실아 탄실아."

두어 마디 부르고 눈을 감았다 한다. 무슨 뜻으로 탄실을 두어 번 불렀는지 모르나 탄실의 이름으로 생명보험회사에 돈을 넣었다던 것도 탄실의 이름이 아니고 정택의 이름인 것을 알았다. 산월은 그 부친이 죽은 지 몇 달 되지 않아서 경성으로 이사 왔었다. 비로소 탄실은 그 지옥 같은 기숙사를 벗어나서 그 모친과 같

이 계동에 집을 사고 통학하였다. 해서 모녀와 또 하루건너 왕래하는 이모의 집 사이는 물 샐 틈 없이 단란하였다. 이대로만 가면 무슨 풍파가 또다시야 생기랴마는, 이러한 단란한 중에도, 약함으로써 받지 않으면 아니 될 학대가 사면으로 몰려들어 왔다. 우선 탄실은 학과 변경에 배울 것이 없어졌다. 그는 일한합병 당시에 중등과 1년급이던 것을, 그 이듬해에는 중등과 3년으로 월반을 했어도 도무지 힘들여 배울 것이 없었다. 학교 학생들은 모두 성냈다. 그들이 벌써 몇 해 전에 배워 넘긴 것을 다시 배울 때는 비록 조선말은 아닐지라도 불만한 '이까짓 것' 하는 감정이 사라지진 않았다. 게다가 공부하는 학생들에게는 원수같이 귀찮은 침공, 자수, 조화 또 츠마미[84]만 넣어서 참으로 학생들에게 괴로움을 주었다. 학과를 열심히 하는 학생들은 누구나 성을 내고, 외국으로 공부 가기를 원했다. 전일 같으면 탄실도 외국 가고 싶을 때 선뜻 나서지 못할 형편이 아니었으나 지금은 그렇지 못해서, 온 학교에서 게으른 학생이란 별명을 들으면서 모든 수공을 게을리하고, 보고 싶은 책이나 보았다. 그러나 자기보다 성적 좋지 못한 학생들도 일본이나 청국이나 또는 미국으로 공부하러 출발할 때는, 심지가 편안하지 못했다. 그뿐 아니라 어릴 때부터 골수에 사무친 모든 결심을 달할 가망이 아득하였다. 그는 늘 마음속으로,

'나는 남만 못한 처지에서 나서 기생의 딸이니 첩년의 딸이니 하고 많은 업심을 받았다. 그리고 내가 생장하는 나라는 약하고 무식하므로 역사적으로 남에게 이겨본 때가 별로 없었고, 늘 강한 나라의 업심을 받았다. 그러나 나는 이 경우에서 벗어나야 하

겠다, 벗어나야 하겠다. 남의 나라 처녀가 다섯 자를 배우고 노는 동안에 나는 놀지 않고 열두 자를 배우고 생각하지 않으면 안 된다. 남이 겉으로 명예를 찾을 때 나는 속으로 실력을 기르지 않으면 안 되겠다. 지금의 한마디 욕, 한 치의 미움이 장차 내 영광이 되도록 나는 내 모든 정력으로 배우고 생각해서 무엇보다도 듣기 싫은 '첩'이란 이름을 듣지 않을, 정숙한 여자가 되어야 하겠다. 그러려면 나는 다른 집 처녀가 가지고 있는 정숙한 부인의 딸이란 팔자가 아니니 그 대신 공부만을 잘해서 그 결점을 감추지 않으면 안 되겠다'

하고 생각하였다. 그러나 지금에 이르러 그는 그렇게 온갖 일을 부탁한 그 공부를 할 수 없이 되었다. 그는 참으로 일어 마디나 배워가지고 홑으로 꺼떡거리기는 싫었다. 그는 차라리 일어만을 배우고 바늘과 가위로서 헛되이 시일을 허비할진댄 일본으로 가서 일본 처녀들과 같이 공부하고 싶었다. 그리고 어느 때 어느 학교에서든지 그래본, 그 힘을 내서 전 반 생도를 꾹 눌러놓고 싶었다. '오냐, 이것들이 모든 품갚음을 다하는 것은 못 될망정 나 한 사람이 이러고 또 다른 사람이 종금 이후로는 그러한 결심을 갖게 되는 날이면 우리는 며칠이 안 되어 남의 압제 아래에서 북을 치며 벗어날 것이다……' 하고 생각하기를 마지않았다. 그는 참으로 일본으로 가고 싶었다. 거기 가 모든 사람을 이기도록 공부해서 품갚음을 하고 싶었다. 한마디의 욕, 한번의 웃음, 한번의 칭찬, 또 여러 번의 매, 여러 가지의 학대일지라도 다 품 갚고 싶었다. 도무지 빚이라고는 싫었다.

24[85]

빚을 싫어하는 탄실에게 적지 않은 빚이 부담되어 있었다. 그것은 그 부친 생시에, 은행 이자를 끄노라고 산월이가 여기저기서 꾸어다 댄 것이었다. 이러한 것을 산월은 정택에게 말했으나 유산을 적지 않게 남긴 그들은 대답하지 않고 산월에게만 떠밀어 맡겼다. 산월은 지금에 이르러 부러진 죽지를 단 몸 같아서 참으로 난처하였다. 그의 수중에 돈이라고는 도무지 남은 것이 8천 원가량 될까 말까 하였다. 그래도 세상이 알기에 많은 재산을 장치한 줄 알았다. 평양서 그 남편 생시에 빚을 지운 사람들은 서울까지 따라와서 산월 모녀를 괴롭게 했다. 그리고 속히 갚지 못할 형편을 말할 때는,

"탄실이를 기생이나 부치지요"

하고 타일렀다.

"기생에 넣을 것 같으면 담박 명기 소리 듣게 되다. 얼굴이 고와, 재조가 있어, 왜 저 애를 기생에 넣지 않아요?"

했다.

탄실은 이런 말을 들으면 불같이 성을 냈다. 그는 전일에 기숙사에서 자랄 때처럼 남의 말만 듣고 허허 낙종하는 좋은 아이도 아니었다. 그는 날이 오램을 따라서 무엇이든지 다 보수[86]를 하고 싶은 처녀가 되었다. 한마디의 모욕을 백 마디로 갚고 싶었다. 이때에 이르러 그의 마음속에는 어릴 때부터 그 속에 뿌리박은 종교는 싹도 없었다. 그는 살기가 등등해서,

"당신네들이나 기생이 되려거든 되고 말려거든 말지 왜 남더러

기생이 되란다는 말이에요? 아무리 돈푼이나 남에게 지웠기로 그렇게 사람을 멸시하고 마음이 편하시오?"

하고 야단을 했다. 산월은 전일에 온 집 안을 끓이던 호기를 지금은 어디로 감추고 손님에게 함부로 야단하는 딸에게 빌듯이,

"탄실아, 그래서는 못쓴다. 저 애가 원, 그래서야 쓰나"

하고 반은 웃으면서 손님의 낯을 쳐다보고,

"저 애보고는 그러지 마세요. 저것이야 무슨 죄가 있겠소? 죄가 있으면 죽은 아비에게나 살아서 이렇게 된 어미에게나 있지. 저 것이야 무엇을 알겠소"

하고 사정했다,

손님은 이런 때는 할 수 없이 양보를 하고, 그 이튿날 얼마간 이자와 노비를 얻어가지고 평양으로 갔다.

탄실의 모친이 서울로 온 지 1년이 된 뒤에 탄실은 ×명학교를 4회[87]로 졸업했다. 그는 수예는 모두 낙제였다. 탄실의 모친은 꿈이 아닌가 하고 기뻐했다. 하나 겨우 열다섯 살 된 탄실은 아직도 산 같은 지식욕을 제어할 수가 없어서 몹시 번뇌하였다. 탄실의 모친은 이와 반대로, 탄실이가 졸업을 했으니 지금은 서울 어느 소학교에서 교원 노릇을 해서 살림을 도울 줄 알았다. 그러나 그 봄이 지나고, 여름이 왔어도, 그는 선 앵두 빛 같은 얼굴을 하루에 열두 번씩 푸르게 붉게 변하면서 학교 담임선생이 몇 번이나 모교 교원이 되어달라고 청했어도 종래 말을 듣지 않았다가 하루는 그 모친 앞에서 이런 말을 하였다.

"어머니 나 돈 한 50원만 있으면 좋겠어요."

"그 돈은 뭘 하게?"

"내 구두[88]가 헐었는데 서울 안에 여학생들이란 여학생은 다 흰 구두를 신었지만 나만 검정 것을 그대로 신었어요. 그리고 시계도 다 남은 금시계인데, 나만 그때 작은아버지가 작은어머니하고 바꾸어준 은시계예요. 그것을 금시계로 바꾸었으면 좋겠어요."

"그런 것을 다 하려면, 50원쯤 가지고야 되겠니."

"시계를 새 금시계로 바꾸려면 모자라겠지만 마침 금시계 가진 동무가 내 시계와 바꾸자니까, 얼마 좀더 주고 바꾸면 되겠지요. 그대로 바꾸자 하기는 염치 없으니까요"

했다. 그런 이야기가 있은 지 사흘 만에 그 모친은,

"네 장래 옷가지나 지어두어야 할 것을 그만 네게 준다. 그러니 옷은 네가 벌어서 장만하도록 하자"

하면서 돈 50원을 주었다. 그 돈 50원을 받아 든 탄실은,

"사람의 일이란 알 수 없어요. 어쩌면 내가 이만 돈을 쓰는 데 어머니께서 염려를 하시지 않으면 안 되게 되었는지"

하고 혼잣말같이 중얼거리다가 흑흑 느꼈다.

그러고 그 며칠 동안은 몸이 괴롭다고 잠을 못 자다가 해쓱한 얼굴에 치가 떨리는 듯한 음성으로,

"어머니 내 김 정위 댁에 다녀오리다. 그 집 딸 숙희가 일본을 간다니 저 내 가죽 가방도 좀 빌려줄 겸 다녀오리다. 저 가방을 꼭 다섯 달 동안만 빌리자는데요. 전일에는 숙희와 나와 의가 좋지 못했지만 지금은 퍽 친해졌어요"

했다. 그 모친은 생각하기를 김 정위네라면 도깨비란 이와 사촌

형제였고, 또 부자였으니까 탄실이가 그까지 친절하지 않아도 좋을 것인 고로,

"애 탄실아, 너의 아버지도 그 집하고 사귀었다가 실패를 하였는데 너까지……"

이런 말을 이르려다가 그쳤다.

하나 탄실은 그동안 절교 상태에 들어 있던 그 숙부의 집에를 매일같이 왕래하면서 무슨 일을 의논하였다.

그 숙부는 경성서 어느 왕의 부무관을 다니고 있었다. 그 형이 죽은 뒤에는 산월의 집에는 아주 발을 뚝 끊었으나 감히 탄실을 미워하진 않았다.

25[89]

지금부터 10여 년 전에 초가을 아침이었다. 북선(北鮮) 방면으로 귀성하였던 학생들이 들켜서 남대문역에 내릴 때, 그 반대로 플랫폼을 향하여 무엇을 손에 잔뜩 들고 갈팡질팡 달아나는 여학생 두 명이 있었다. 한 학생은 키가 작고 검고 푸른 얼굴에 살눈썹[90] 긴 눈동자가 휘 풀어지려다가 억지로 푸르고 검게 흰자위 검은자위를 갈라놓은 듯한 눈을 가지고, 한 학생은 끊어질 듯한 허리에 오동통한 뺨과 극히 둥글고 맑은 눈동자를 가졌다. 키 작고 얼굴 푸른 학생은 열일곱이나 되고, 얼굴 둥글고 눈 둥근 학생은 많이 나야 열여섯 살이 났을까 말았을까 하였다. 이 두 학생은 한데 뭉쳐서 비틀어 맨 것처럼 갈팡질팡하다가 나이 어리고 키 큰

학생이 얼른 앞서서 먼저 달아나려 했다. 키 작은 학생은 심술이 통통이 나서,

"이 애 탄실아, 너 일본 가서도 그러련. 어쩌면 먼저 가니"

하고 불렀다. 키 큰 학생은 미안한 듯이 그 뺨을 새빨갛게 물들이고

"내 먼저 가서 자리 잡아놓으마"

하고 다시 두어 발자국 달아났다. 키 작은 학생은 다시 목멘 소리로

"탄실아, 나는 네가 이럴 줄은 정말 몰랐다. 어쩌면 이러니"

하고 다시 불렀다. 키 크고 어린 학생은 할 수 없는 듯이 서너 발자국 돌아서 오면서,

"너는 기차를 타보지 않아서 모르는구나. 그렇지만 자리를 먼저 잡아놓지 않으면 부산까지 서서 갈지도 모르는데 어쩌자고 그러니. 너처럼 뒤뚱뒤뚱 걸어오다가 누구를……"

키 작은 학생은 무엇을 잊었던 듯이 깜짝 놀라며,

"이 애야, 그럼 먼저 가서 자리를 잡아놓아라. 너는 어쩌면 그런 꾀가 나니. 내가 잘못했다"

하였다. 키 큰 학생은 그 두 뺨에 옴폭하니 우물을 지우고 쌍긋 웃어 보이면서,

"그래"

하고는 사람들 틈에 끼어서 먼저 달아나서, 경부선 차 3등실 한편에 자리를 잡았다. 이 학생은 김탄실이었다. 그는 차마 그 모친에게 일본 갈 것을 말하지 못하고, 어떤 동무와 같이 달아날 작정으로 경부선에 올라앉았다.

그는 그동안에 그 숙부와 같이 일본 간 후의 일을 의논하였다.

거기…… 동경에는 길 참령이라는 술 잘 먹는 군인이 있고, 또 태모라는 학력 우등이고 품행 방정한 학생이 있다고 그 숙부가 편지를 써서 주었다.

그들이 신바시[新橋]역에 이르렀을 때, 정희순이라는 탄실의 동행의 오라버니가 마중을 왔다. 저는 보기에 24, 5세 되는 준절한 청년 같았다.

그들이 동경에 간 지 며칠 안 되어서 정희순이라는 학생은 상업학교에 들고, 탄실은 계급을 밟아서 대학에 들려고 시부야[澁谷]에 있는 상반여학교에 들었다.

탄실은 동경 오기 전에 바로 그 여름에 그 숙부의 집에서 어떤 청년을 알게 되었다. 태영세라는 일본사관학교 학생이라 하였다. 전일에는 고학생으로 경성에 왔었으나, 차차 공부를 잘해서 주인의 눈에 들어서 일본으로까지 가게 되었다. 무엇인지 그 군인 학생은 혼인하자는 곳이 모아 쌓으면 산더미라도 되리 만치 많다고 하였다. 탄실은 그런 말을 듣고 경쟁을 좋아하는 어린 마음이 선뜻 놀라졌다. 그런 많은 사람들 가운데 어떤 처녀가 뽑혀 저의 ○○이 될지는 모르지만 그런 자리에 앉게 되는 이는 보통 사람보다 반드시 우월(優越)하리라고 생각했다.

그러면서 그렇게 많은[91] 경쟁자가 있는 사람에게 그중 초라한 자기를 소개한 그 숙부의 마음이 알 수 없었다. 그는 동경을 온 뒤로 태영세의 일을 많이 생각하고 떠들었다. 어떤 부자의 딸과도 혼인 말이 있고, 어떤 대신의 딸과도 혼인 말이 있고, 어떤 자작의 딸, 남작의 딸과도 혼인 말이 있다고 하였다. 탄실의 생각에 그는 관청 안에 들어온 촌닭 같으리라고 생각하였다. 그것은 탄실이가 태영세를 언뜻 보기에 그리 잘난 것 같지 않았으니까……

그는 맘으로는 동경에 공부하러 왔지만, 형편으로는 필경 근심하러 온 모양이었다.

26[92]

탄실이가 상반학교 기숙사에 든 지 1주일 지나서 어떤 공일날 태영세가 군복을 입고 탄실을 찾아왔다. '태영세(太英世)'란 명함을 받아 든 탄실의 손은 연고 모르게 바르르 떨렸다. 그는 응접실 도어를 열까 말까 하다가 어린 용기를 다 내서 문을 열었다.

그 가운데는 키 작고 얼굴 납대데한 작은 작은 군인이 서 있었다. 탄실은 그 작은 군인을 보았을 때 지금까지 경험해보지 못한 무서운 생각으로 그 몸이 지진같이 떨렸다. 무엇인지 아주 남이라고는 말할 수 없는 듯한 친함을 주면서 도수장에 짐승을 이끌고 가는 백정도 저렇지 않을까 하는 의심을 일으켰다. 그 남자의 세포 하나하나가 전부 쇠나 돌로 되어 있지 않나 하는 의심을 일으켰다. 가늘고 작은 그 눈은 넘치는 듯한 정력을 모으고 또 모아서 빨갛고 검게 꼭 찔러놓은 듯하였다. 얼굴은 24, 5세의 남자의 것으로는 극히 왜소하였으나 머리통은 오지동이[93]같이 위가 퍼진 것이 지극히 컸다. 탄실은 이 어린 듯하고도 자기보다 10년이나 위 되는, 작은 작은 남자의 머리와 눈이 맹수의 그것과 같이 무서우면서 경멸할 수 없어 보였다. 그런 중에 그 남자의 태도란 지극히 침착하고 냉정하면서도 말끝 돌릴 때마다 한마디씩 친함을 주었다. 게다가 또 그 남자는 눈웃음을 웃었다.

그 남자는 필경 잘나거나 곱지는 않았을지언정, 어수룩한 촌 처녀의 마음을 끌기로서는 전부가 합격되어 있다고도 할 만하였다. 거기 따라오는 공부 잘한다는 명예와 혼인하자는 곳 많다는 인망이 적었을 것 같으면 저는 탄실의 마음에는 들어 보이진 않았을 것이다. 그러나 태영세라는 남자는 어쩐지 탄실의 마음에는 무시무시하게 생각되었다. 그 조금씩 친함을 주는 듯한 말솜씨도, 그 명예, 그 인망도 결코 탄실의 무시무시한 생각을 감해주지는 못했다. 그러면서도 그 냉정함과 침착함으로 사람을 이끌어 동댕이쳐버릴 듯한 것이 한없이 무서웠다.

"삼촌님한테서 편지를 하셨기에 찾아왔습니다."

"어느 날 서울서 떠나셨습니까? 8월 25일 날 남대문역에서 떠나셨어요? 그럴 것 같으면 나보다 하루 뒤져서 오셨군……"

"그렇게 어머니 승낙도 없이 떠나오시느라고…… 무섭지 않으셨어요? 남자도 내기 어려운 용기를 내셨습니다그려."

"나는 전일에 삼촌님께서 계시던 학교에 있으니, 혹시 무슨 일이 있거든 그리로 편지해주시오"

하는 말들이 약간 명령적이면서, 그 큰 머릿속으로 우러나서 못쭉한[94] 입속을 굴러 나오는 것을 생각하면 치가 떨리도록 차고 매웠다.

탄실은 태영세가 처음으로 왔다 간 뒤에 이 복잡한 인상을 제치고 반가운 생각도 들었다. 그것은 타관에 나선 사람이, 고향 사람을 보는 듯한 감정이었다. 그런 중에 동행한 정희순은 학교가 다른 탓인지 자주 만날 기회가 없었다. 다만 정희순의 오라버니가 지극히 준절한 얼굴과 큰 오라버니가 어린 누이에게 대하는 듯한 태도로, 하루건너 혹은 이틀 건너 찾아와서,

"하도 외로울 터이니까 또 울지나 않나 하고 찾아왔소"

하고 한참 동안 옷 입는 것, 머리 빗는 것, 일본 사람 대하는 태도를 말하고 갔다. 이보다 조금 전에 탄실은 동경에 와서 그 마음이 누그러졌다. 거기는 많은 원인이 있었다. 첫째 일본 사람들은 대단히 친절했다. 동무들이고 선생들이고 탄실의 일이라면 아무리 어려운 일이라도 손 도움을 했다. 그리고 아무 곳에든지 데리고 가서 구경시켰다. 그들 중에 어떤 사람은 '귀여운 아이'라고 부르고, 또 어떤 사람은 '아름다운 아이'라고 불렀다.

그는, 서울 ×명학교에서는 한 번도 경험해보지 않은 따뜻한 인정을[95] 받는 느낌을 얻었다. 그는 지금에 이르러 그 모친의 애정이 극히 아름다운 것인 줄을 알게 되고, 또 태영세가 좀더 친절해도 좋을 줄 생각했다. 그러나 이러한 감정이 눈물 없이 사려 없이 술술 일어나지는 않았다.

27[96]

멀리 고향을 떠난 탄실은 그 모친에게서나 그 삼촌에게서 온 편지를 뜯어 볼 때마다 도저히 눈물 없이는 지날 수 없는 두 가지의 감격을 받았다.

그 모친의 편지는 이왕 간 바에는 열심히 공부를 잘해서 성공해

가지고 오라고 하는 말이 거듭거듭 적혀서 탄실에게 무거운 짐을 지고 긴 고개를 넘어야 할 무거운 생각을 일으키고, 그 삼촌의 편지는 할 수 있는 대로 태영세의 말을 써서 저에게 친함을 갖도록, 의심과 두려움에 시달리기가 지난한 것을 알게 되었다. 탄실은 쓸쓸하고 적적한 생각에 쏠려 먼 타향의 외로운 날들이 오래짐을 따라 사람의 정이 그리웠다. 어리던 때에 어머니가 품어주던 것, 아버지가 손목을 이끌어주던 것, 오빠가 업어주던 것, 서울 있을 때에 그 외조모가 틈틈이 먹을 것을 싸다가 주던 것, 어렸을 때에 반갑던 생각이란[97] 생각은 모조리 꿀에 재었던 밀감 껍질[98]같이 따뜻하고 달콤한 것을 그리는 처녀의 가슴속에서 하박하학 절어서 나왔다.

탄실은 모든 옛일을 생각할 때, 어느 때 서울 비원(秘苑) 안을 걸을 때 같은 황금빛 길을 배회하는 것 같았다. 지금에 이르러 그에게는 그의 옛일이 모두 다 훌륭한 영화였다.

그는 실상 지금은 금전상으로 받은 곤란도 적지 않았다. 매삭 내는 월사나, 식비를 밀리도록 내는 형편은 아니었지만, 용돈에 몰려서 남몰래 긴 소데(일본 옷소매)로 눈물 씻을 때도 많았다. 공부는 하노라고 해도, 큰 번민을 등에 지고 또 처음으로 이성에 대해서 생각하게 된 그는, 늘 일본 사람에게 친절을 받고 위로를 받으면서, 조선서 결심한, 일인에게 대한 보수, 또 그 큰집과 빚쟁이에게 품었던 원혐까지라도 쉽사리 흐려졌다.

그는 조선 있을 때같이 입술을 깨물고 공부하지 않았다. 아니 그런 것이 아니라 못 했단 말이 옳을 것이다. 그는 공부하려고 책을 들면, 태영세의 언어 행동이 또다시 또다시 눈에 벌어서[99] 책을 그만 덮게 될 때도 많았다. 이때가 되어 아무 아름다운 곳도 없는 듯한, 게다가 키까지 무척 작은 듯한 남자를 아무 결점도 보지 않고 무척 그리기를 마지않았다. 처녀의 ─ 통히 남자를 보지 못하고, 단지 혼인을 할 것 같으면, 여러 곳에 이르지도 말고 꼭 마음에 맞는 한곳에 일렀다가 되면 하고 되지 않으면 평생을 독신으로 지내서, 기생의 딸로서 난봉이 나기는 쉬우리라고 한 말대꾸를 하려고 생각하던 탄실의 ─ 마음이 다만 맹목적으로 키 작고 보잘것없는 태영세를 꽉 붙들고 싶었다. 하나 그 마음속 맨 밑에는 여전히 공부하고 싶었다. 모두 그것으로 온갖 일을 부탁하고 보수하려고 죽도록 공부하고 싶었다.

그러나 공부란 것은 사실 좀 여유 있는 연극인 것을 그는 전혀 알지 못하고 경험했다. 다만 '내가 게을러졌다. 내가 타락하여간다' 하는 깊은 반성에서 나오는 듯한 말이 자칫하면 사람 앞에서도 그 입모습을 움직일 듯이 그의 마음속에서 머리 꼭대기까지 개돌았다.[100] 그는 어느 공일날 태영세가 왔을 때 그만 그 말을 입 밖에 내었다. 발뒤축까지 세 묶음에 묶어서 늘어뜨린 머리채를 겨드랑이 아래로 끌어다 쓰다듬으며,

"저는 아마 공부를 못 할 것 같아요. 타락한 까닭인지 전같이 공부가 되지를 않아요"

하고 타락이란 새 문자를 써보는 새 맛을 볼 때 홀연히 태영세는 그 얼굴이 빨개지며,

"도쿄가 넓기는 넓어. 이런 곳에 이런 조선 것이 있을 줄 누가

알까. 요새도 그 동무의 오라비라는 불도그같이 생긴 것이 오오?"
했다. 이 말에 탄실은 예사롭지 못한 것을 깨달으면서도 얼른,

 "아이, 와요. 어느 때는 밤 든 때에 와서 기숙사감의 눈치를 보
아요"
했다. 그때에 남자는 입맛이 쓴 듯이 입맛을 다시다가,

 "나는 가볼 데가 있어 가요"
하고 일어섰다. 탄실은 그 남자가 무슨 연고로 그렇게 쓸쓸히 일
어서는지는 분명히 모르면서 그 말이 시작되기 전에 남자가 한 말
을 그대로 받아서,

 "저 길 참령 댁에 안 가세요? 저는 한 번 갔지만 길이 분명치 않
아요"
했다. 하나 남자는 그대로 쓸쓸하게,

 "그럼 갑시다"
하고 문득 일어서면서 재미없는 얼굴을 하였다. 그러한 태영세의
행동을 탄실은 이상하다고 생각은 하면서도 그 원인을 알 길이 없
었다. 그러나 이후 몇 해가 지나서 탄실과 영세 사이에 큰 변이 일
어났을 때, 모든 일이 발각되었다. 그는 약한 가슴을 우두고[101] 모
든 책임을 그 한 몸에 졌다. 세상도 그러하도록 그를 몰았다.

 탄실은 얼마나 눈물 많은 처녀가 되었는지. 일시는 정신 이상까
지 생겼다.

그것은…… 탄실이가 열여덟 살 나던 봄이었다. 일본 시부야라는 동리에 있는 상반여학교라는 고등학교에서는 졸업식 할 때를 당해서 시험을 한 글자 헛하지 않고도 각 신문지에 아주 이상히 떠들리고, 또 당인이 어디로 숨어버린 고로 졸업장을 주지 못하고 선생들이 일변으로 신문사에 가서 묻기도 하고, 그 학생이 있던 기숙사에 탐지도 하였다. 하나 사실을 살필수록 그 학생의 평시로 보면 어울리지 않는 추악한 일이 들출수록 쳐들리어 나왔다. 학교 선생들은 그만 그 학생의 이름을 졸업생 명부록에서 지워내었다. 그 학생의 이름은 김탄실이었다.

탄실은 이보다 1년 전 겨울에 학비 곤란으로 길 참령 집에 가 있은 일이 있었다. 길 참령 집에는 모든 것이 과부의 외로운 딸의 것으로 비교해보면 왕궁과 같이 호사하였다. 길 참령 처는 삼십이 될락 말락 한 독부 같은 일본 미인이었다. 한마디도 헛하지 않는 날카롭도록 민첩한 말솜씨, 나른나른 걸어 다니는 버들 같은 몸매, 모든 것으로 모두 사람을 이끌지 않고는 가만있지 않는 태도였다. 동리의 늙은이들은 입을 삐죽하면서도 그에게,

"옥상, 옥상"

하고 머리를 숙였다. 장사들도 밖에서 말만 듣고는 조선 사람하고 사는 계집이라고 한층 내려다보다가 그를 만나보고는 그만 허리를 굽혔다. 또 동경 와서 공부하는 조선 유학생들도 처음에 말만 듣고는,

"그까짓 것 길 참령 같은 것에게 태운 여자가 무엇이 잘났을꼬"

하고 함부로 말짓거리 하다가는 동무가 하도 칭찬하는 바람에 이끌려서 길 참령 집을 방문하고 돌아와서는 기어이 이구동성으로 입에 침이 마르도록 칭찬하면서,

"여자는 일본 것이라야 쓰겠다. 에, 우리 조선 여자들 그것이 뭐야, 더러운 꼴들을 하고 게다가 뻣뻣하기는 왜 그렇게들 뻣뻣한지"

하고, 자기들의 누이와 엄마와 할머니들을 욕했다. 처음에 길 참령과 길 참령 부인은 탄실을 심히 사랑해서, 그가 학비 곤란으로 그 어머니의 돈 보내지 못할 터이니 속히 돌아오라는 편지를 받아 들고 울 때, 그 집에 와서 머물게 하였다. 한집에 있게 된 길 참령 부인과 탄실은 퍽 친해서 어떤 때는 길 참령 부인이 피아노를 치고 탄실이가 순한 음성으로 노래를 했다. 또 어떤 때는 시비공원과 아자부[103] ×연대 근처를 어스름 저녁때 단둘이 산보하였다. 길 참령 부인은 탄실을 이끌고 다니면서 여러 사람에게 소개하기를 좋아했다. 탄실도 그와 같이 아름다운 부인과 친척 사이같이 하고 다니는 것이 결코 싫은 일은 아니었다.

그들은 그 겨울이 다 지나도록 사이가 좋았다. 하나 그 봄에 길 참령 부인은 그 오라버니가 무슨 실패를 하고 빚에 몰려서 자살한 뒤에 그 조카딸을 데려다 돌보기로 했다. 그 여자는 이름을 하口꼬라 하고, 살색 희고 눈이 우둥퉁한 탄실과 같은 나쎄[104]의 처녀였다.

이 처녀는 대판에서 나서 대판에서 겨우 고등소학교를 졸업했다. 그 처녀는 당연한 일이겠지만 그 아주머니의 눈에 알뜰히 들려고 하는 것 같았다. 탄실은 그것을 어찌할 수 없는 일이라고 생

각은 하면서도 이따금 이따금 그 처녀가 자기의 말을 해치려고 하는 것을 보면 참을 수 없이 쓸쓸해서 눈물을 흘렸다.

그는 겨울 동안이 지나고 봄이 오기까지 수십여 차나 그 삼촌에게 편지를 해서, 학비를 좀 도와달라고 청구하였으나, 아무 분명한 답장이 없었다. 태영세도 탄실의 초췌하여 하는 양을 동정해서, 탄실의 삼촌에게 학비를 보내도록 편지를 하였으나, 분명한 대답은 없고, 속히 태영세가 탄실과 결혼하기를 빙빙 돌려서 청구했다.

태영세는 그런 명망을 이고, 그런 영화를 지고, 도저히 탄실과 약혼할 희망은 부쩍 일어나지 않았다. 저는 탄실이가 마음속으로 바라는 것같이 단지 공부하고 싶어 했다. 저는 너무나 넘칠 듯한 지식욕과 그 후에 반드시 얻어질 자기의 영화 때문에 스스로 황홀해서, 한 옛적에 자기 주인이 하던 젊은 첩같이 아리따운, 자기보다 20년 아래나 되는 계집을 이상했다. 저는 자기보다 아홉 살이나 아래 되는 탄실이가 키가 크고, 좀 뼈마디가 늘진늘진하므로[105] 좀 꺼리었다. 또 그때는 세상 사람들이 키 작고 가는 여자를 아름답게 보던 때였다. (미완)

〔『조선일보』 1924년 6월 14일~7월 15일〕

나
혜
석

경희
현숙
어머니와 딸

경희

1

"아이구, 무슨 장마가 그렇게 심해요"

하며 담배를 붙이는 뚱뚱한 마님은 오래간만에 오신 사돈 마님
이다.

"그러게 말이지요. 심한 장마에 아이들이 병이나 아니 났습니
까. 그동안 하인도 한번 못 보냈어요"

하며 마주 앉아 담배를 붙이는 머리가 희끗희끗하고 이마에 주름
살이 두어 줄 보이는 마님은 이 이 철원'댁 주인마님이다.

"아이구, 별말씀을 다 하십니다. 나 역시 그랬어요. 아이들은
충실하나 어멈이 어째 수일 전부터 배가 아프다고 하더니 오늘은
일어나 다니는 것을 보고 왔어요."

"어지간히 날이 더워야지요. 조금 잘못하면 병나기가 쉬워요.
그래서 좀 걱정이 되셨겠습니까?"

"인제 나았으니까요. 마음이 놓여요. 그런데 애기가 일본서 와

서 얼마나 반가우셔요"

하며 사돈 마님은 잊었던 일을 깜짝 놀라 생각하는 듯이 말을 한다.

"먼 데다가 보내고 늘 마음이 놓이지 않다가 그래도 1년에 한 번씩이라도 오니까 집안이 든든해요."

주인마님 김 부인은 담뱃대를 재떨이에 탁탁 친다.

"그렇다마다요. 아들이라도 마음이 아니 놓일 텐데 처녀를 그러한 먼 데다 보내시고 그렇지 않겠습니까. 그런데 몸이나 충실했었는지요."

"네, 별 병은 아니 났나 보아요. 제 말은 아무 고생도 아니 된다 하나 어미 걱정시킬까 보아 하는 말이지, 그 좀 주리고 고생이 되었겠어요. 그래서 얼굴이 꺼칠해요"

하며 뒤꼍을 향하여,

"아가 아가, 서문안 사돈 마님이 너 보러 오셨다"

한다.

"네"

하고 대답하는 경희는 지금 시원한 뒷마루에서 오래간만에 만난 오라버니댁과 앉아서 오라버니댁은 버선을 깁고 경희는 앉은 재봉틀에 자기 오라버니 양복 속적삼을 하며 일본서 지낼 때에 어느날 어디를 가다가 하마터라면 전차에 치일 뻔하였더란 말, 그래서 지금이라도 생각만 하면 몸이 아슬아슬하다는 말이며, 겨울이 오면 도무지 다리를 펴고 자본 적이 없고 그래서 아침에 일어나면 다리가 꼿꼿했다는 말, 일본에는 하루걸러 비가 오는데 한번은 비가 심하게 퍼붓고 학교 상학(上學) 시간은 늦어서 그 굽 높은 나막신을 신고 부지런히 가다가 넘어져서 다리에 가죽이 벗겨지고 우산이 모두 찢어지고 옷에 흙이 묻어 어찌나 부끄러웠는지 몰랐더란 말, 학교에서 공부하던 이야기, 길에 다니며 보던 이야기 끝에 마침 어느 때 활동사진에서 보았던 어느 아이가 아버지가 장난을 못 하게 하니까 아버지를 팔아버리려고 광고를 써서 제 집 문밖 큰 나무에다가 붙였더니 그때 마침 그 아이만 한 6, 7세 된 남매가 부모를 잃어버리고 방황하다가 꼭 두 푼 남은 돈을 꺼내 들고 이 광고대로 아버지를 사려고 문을 두드리던 양을 반쯤 이야기하는 중이었다. 오라버니댁은 어느덧 바느질을 무릎 위에다가 놓고 "하하 허허" 하며 재미스럽게 듣고 앉았던 때라 "그래서 어떻게 되었소" 묻다가 눈살을 찌푸리며,

"얼른 다녀오"

간절히 청을 한다.

옆에 앉아서 빨래에 풀을 먹이며 열심으로 듣고 앉았던 시월이도 혀를 툭툭 찬다.

"아무렴 내 얼른 다녀오리다."

경희는 이렇게 대답을 하고 제 이야기에 재미있어 하는 것이 기뻐서 웃으며 앞마루로 간다.

경희는 사돈 마님 앞에 절을 겸손히 하며 인사를 여쭈었다. 1년 동안이나 잊어버렸던 절을 일전에 집에 도착할 때에 아버지 어머니에게 하였다. 하므로 이번에 한 절은 익숙하였다. 경희는 속으로 일본서 날마다 세로가로 뛰며 장난하던 생각을 하고 지금은 이렇게 얌전하다 하며 웃었다.

"아이고, 그 좋던 얼굴이 어쩌면 저렇게 못 되었니, 오죽 고생이 되었을라고."

사돈 마님은 자비스러운 음성으로 말을 하다 일부러 경희의 손목을 잡아 만졌다.

"똑 시집살이한 손 같고나. 여학생들 손은 비단결 같다는데 네 손은 왜 이러냐."

"살성이 곱지 못해서 그래요."

경희는 고개를 칙으린다.[2]

"제 손으로 빨래해 입고 밥까지 해 먹었다니까 그렇지요."

경희의 어머니는 담배를 다시 붙이며 말을 이었다.

"저런, 그러면 집에서도 아니 하던 것을 객지에 가서 하는구나. 네 일본 학교 규칙은 그러냐?"

사돈 마님은 깜짝 놀랐다. 경희는 아무 말 아니 한다.

"무얼요. 제가 제 고생을 사느라고 그러지요. 그것 누가 시키면 하겠습니까. 학비도 넉넉히 보내주지마는 그 애는 별나게 바쁜 것이 재미라고 한답니다."

김 부인은 아무 뜻 없이 어제저녁에 자리 속에서 딸에게 들은 이야기를 한다.

"그건 왜 그리 고생을 하니."

사돈 마님은 경희의 이마 위에 너펄너펄 내려온 머리카락을 두 귀 밑에다 끼워주며 적삼 위로 등의 살도 만져보고 얼굴도 쓰다듬어준다.

"일본에서는 겨울에 불도 아니 땐대지. 그리고 반찬은 감질이

나도록 조금 준대지. 그것 어찌 사니?"

"네, 불은 아니 때나 견디어나면 관계치 않아요. 반찬도 꼭 먹을
만치 주지 모자라거나 그렇지는 아니해요."

"그러자니 모두가 고생이지. 그런데 네 형은 병이 나서 너를 못
보러 왔다. 아마 오늘 저녁은 꼭 올 터이지."

"네, 좀 보내주세요. 벌써부터 어찌나 보고 싶었는지 몰라요."

"암 그렇지. 너 왔다는 말을 듣고 나도 보고 싶어 하였는데 형제
끼리 그렇지 않으랴."

이 마님은 원래 시집을 멀리 와서 부모 형제를 몹시 그리워해본
경험이 있는 터라, 이 말에는 깊은 동정이 나타난다.

"거기를 또 가니? 인제 고만 곱게 입고 앉았다가 부잣집으로 시
집가서 아들딸 낳고 재미드랍게 살지 그렇게 고생할 것 무엇 있
니?"

아직 알지 못하여 그렇게 하지 못하는 것을 일러주는 것같이 경
희에 대하여 말을 하다가 마주 앉은 경희 어머니에게 눈을 향하여
'그렇지 않소. 내 말이 옳지요' 하는 것 같았다.

"네, 하던 공부 마칠 때까지 가야지요."

"그것은 그리 많이 해 무엇하니. 사내니 고을을 간단³ 말이냐?
군 주사(郡主事)라도 한단 말이냐? 지금 세상에 사내도 배워가지
고 쓸데가 없어서 쩔쩔매는데……"

이 마님은 여간 걱정스러워 아니 한다. 그리고 대관절 계집애를
일본까지 보내어 공부를 시키는 사돈 영감과 마님이며 또 그렇게
배우면 대체 무엇하자는 것인지를 몰라 답답해한 적은 오래전부

터 있으나 다른 집과 달리 사돈집 일이라 속으로는 늘 '저 계집애를 누가 데려가나' 욕을 하면서도 할 수 있는 대로는 모른 체하여 왔다가 오늘 우연한 좋은 기회에 걱정해오던 것을 말한 것이다.

경희는 이 마님 입에서 '어서 시집가거라. 공부는 해서 무엇하니' 꼭 이 말이 나올 줄 알았다. 속으로 '옳지 그럴 줄 알았지' 하였다. 그리고 어제 오셨던 이모님 입에서 나오던 말이며 경희를 보실 때마다 걱정하시는 큰어머니 말씀과 모두 일치되는 것을 알았다. 또 작년 여름에 듣던 말을 금년 여름에도 듣게 되었다. 경희의 입술은 간질간질하였다.

'먹고 입고만 하는 것이 사람이 아니라 배우고 알아야 사람이에요. 당신 댁처럼 영감 아들 간에 첩이 넷이나 있는 것도 배우지 못한 까닭이고 그것으로 속을 썩이는 당신도 알지 못한 죄예요. 그러니까 여편네가 시집가서 시앗을 보지 않도록 하는 것도 가르쳐야 하고 여편네 두고 첩을 얻지 못하게 하는 것도 가르쳐야만 합니다' 하고 싶었다. 그러나 이 마님 입에서는 반드시 오늘 아침에 다녀가신 할머니의 말씀과 같은 "애, 옛날에는 여편네가 배우지 않아도 수부귀다남(壽富貴多男) 하고 잘만 살아왔다. 여편네는 동서남북도 몰라야 복(福)이 많단다. 애, 공부한 여학생들도 보리 방아만 찧게 되더라. 사내가 첩 하나도 둘 줄 모르면 그것이 사내냐?" 하던 말씀이 꼭 나올 줄 알았다.[4] 경희는 '쇠귀에 경을 읽지' 하고 제 입만 아프고 오늘 저녁에 또 이 생각으로 잠을 못 자게 될 것을 생각하였다. 또 말만 시작하게 되면 답답하여서 속이 불과 같이 탈 것, 자연 오랫동안 되면 뒷마루에서는 기다릴 것을 생각하여 차라리 일절 입을 다물었다. 더구나 이 마님은 입이 걸어서 한 말을 들으면 한 열 말쯤 거짓말을 보태어 여학생의 말이라면 어떻든지 흉만 보고 욕만 하기로는 수단이 용한 줄을 알았다. 그래서 이 마님 귀에는 좀처럼 변명이라든지 설명이 조금도 곧이 가들리지 않을 줄도 짐작하였다. 그리고 어느 때 경희의 형님이 경희더러 "애, 우리 시어머니 앞에서는 아무 말도 하지 마라. 더구나 시집 이야기는 일절 말아라. '여학생들은 예사로 시집 말들을 하더라. 아이구 망측한 세상도 많아라. 우리 자라날 때는 어디서 처녀가 시집 말을 해보아' 하신다. 그뿐 아니라 여러 여학생 험담을 어디 가서 그렇게 듣고만 오시는지 듣고 오시면 똑 나 들으라고 빗대놓고 하시는 말씀이 정말 내 동생이 학생이어서 그런지 도무지 듣기 싫더라. 일본 가면 계집애 버리느니 별별 못 들을 말씀을 다 하신단다. 그러니 아무쪼록 말을 조심해라" 한 부탁을 받은 것도 있다. 경희는 또 이 마님 입에서 무슨 말이 나올까 보아 마음이 조릿조릿하였다. 그래서 다른 말이 시작되기 전에 뒷마루로 달아나려고 궁둥이가 들썩들썩하였다.

"이따가 급히 입을 오라범 속적삼을 하던 것이 있어서 가보아야겠습니다"

하고 경희는 앓던 이가 빠지기나 한 만큼 시원하게 그 앞을 면하고 뒷마루로 나서며 숨을 한번 쉬었다.

"왜 그리 늦었소? 그래서 그 아버지를 어떻게 했소."

오라버니댁은 그동안 버선 한 짝을 다 기워놓고 또 한 짝에 앞볼을 대다가 경희를 보자 무릎 위에다가 놓고 바싹 가까이 앉으며 궁금하던 이야기 끝을 재우쳐 묻는다. 경희의 눈살은 찌푸려졌다. 두 뺨이 실쭉해졌다. 시월이는 빨래를 개키다가 경희의 얼굴을 눈결에 슬쩍 보고 눈치를 챘다.

"작은아씨, 서문안댁 마님이 또 시집 말씀을 하시지요?"

아침에 경희가 할머니가 다녀가신 뒤에 마루에서 혼잣말로 "시집을 갈 때 가더라도 하도 여러 번 들으니까 인제 도무지 싫어 죽겠다" 하던 말을 시월이가 부엌에서 들었다. 지금도 자세히는 들리지 않으나 그런 말을 하는 것 같았다. 그래서 작은아씨의 얼굴이 저렇게 불량하거니 하였다. 경희는 웃었다. 그리고 바느질을 붙들며 이야기 끝을 연속했다.

안마루에서 여전히 두 마님은 서로 술도 권하며 담배도 잡수면서 경희의 말을 한다.

"애기가 바느질을 다 해요?"

"네, 바느질도 곧잘 해요. 남정의 윗옷은 못 하지요마는 제 옷은 꿰매어 입지요."

"아이구 저런. 어느 틈에 바느질을 다 배웠어요. 양복 속적삼을 다 해요. 학생도 바느질을 다 하나요."

이 마님은 과연 여학생은 바늘을 쥘 줄 모르는 줄 알았다. 더구나 경희와 같이 서울로 일본으로 쏘다니며 공부한다 하고 덜렁하고 똑 사내 같은 학생이 제 옷을 꿰매어 입는다는 말에 놀랐다. 그러나 속으로는 그 바느질 꼴이 오죽할까 하였다. 김 부인은 딸의 칭찬 같으나 묻는 말에 마지못하여 대답한다.

"어디 바느질이나 제법 앉아서 배울 새나 있나요. 그래도 차차 철이 나면 자연히 의사[5]가 나나 보아요. 가르치지 아니해도 저절로 꿰매게 되더구면요. 어려운 공부를 하면 의사가 틔우나 보아요."

김 부인은 말끝을 끊었다가 다시 말을 한다. 이 마님 귀에는 똑거짓말 같다.

"양복 속적삼은 작년 여름에 남대문 밖에서 일녀(日女)가 와서 가르치던 재봉틀 바느질 강습소에를 날마다 다니며 배웠지요. 제 조카들의 양복도 해서 입히고 모자도 해서 씌우고 제 오라비 여름 양복까지 했어요. 일어(日語)를 아니까 선생하고 친하게 되어서 다른 사람에게는 가르쳐주지 않는 것까지 다 가르쳐주더래요. 낮에는 배워가지고 와서는 밤이면 똑 12시, 새로 1시까지 앉아서 배운 것을 보고 그대로 그리고 모두 치수를 적고 했어요. 나는 그게 무엇인가 하였더니 나중에 재봉틀 회사 감독이 와서 그러는데 '이제까지 일어로만 한 것이어서 부인네들 가르치기에 불편하더니 따님이 만든 책으로 퍽 유익하게 쓰겠습니다' 하는 말에 그런 것인 줄 알았어요. 좀 가르치면 어디든지 그렇게 쓸데가 있더구면요. 그뿐 아니라 그 점잖은 일본 사람들에게도 어찌 존대를 받는지 몰라요. 그 애가 왔단 말을 어디서 들었는지 감독이 일부러 일전에 또 찾아왔어요. 일본서 졸업하고는 기어이 자기 회사의 일을 보아달라고 하더래요. 처음에는 월급 1,500냥은 쉽대요. 차차 오르면 3년 안에 2,500냥을 받는다는데요. 다른 여자는 제일 많은 것이 750냥이라는데 아마 그 애는 일본까지 가서 공부한 까닭인가 보아요. 저것도 그 애가 재봉틀에 한 것입니다"

하며 맞은편 벽의 유리에 늘어 걸어놓은, 앞에 물이 흐르고 뒤에 나무가 총총한 촌 경치를 턱으로 가리킨다. 경희의 어머니는 결코 여기까지 딸의 말을 하려고 한 것이 아니었다. 자연 월급 말까지 하게 된 것은 부지중에 여기까지 말한 것이었다.[6] 김 부인은 다른 부인네들보다 더구나 이 사돈 마님보다는 훨씬 개명을 한 부인이다. 근본 성품도 결코 남의 흉을 보는 부인은 아니었고 혹 부인네들이 모여 여학생들의 못된 점을 꺼내어 흉을 보든지 하면 그렇지 않다고까지 반대를 한 적도 많으니 이것은 대개 자기 딸 경희를 몹시 기특히 아는 까닭으로 여학생은 바느질을 못 한다든가, 빨래를 아니 한다든가, 살림살이를 할 줄 모른다든가 하는 말이 모두 일부러 흉을 만들어 말하거니 했다. 그러나 공부해서 무엇하는지 왜 경희가 일본까지 가서 공부를 하는지 졸업을 하면 무엇에 쓰는지 역시 김 부인도 다른 부인과 같이 몰랐다.

혹 여러 부인이 모여서 "따님은 그렇게 공부를 시켜서 무엇하나요?" 질문을 하면 "누가 아나요, 이 세상에는 계집애라도 배워야 한다니까요" 이렇게 자기 아들에게 늘 들어오던 말로 어물어물 대답을 할 뿐이었다. 김 부인은 과연 알았다. 공부를 많이 할수록 존대를 받고 월급도 많이 받는 것을 알았다. 그렇게 번질한 양복을 입고 금 시곗줄을 늘인 점잖은 감독이 조그마한 여자를 일부러 찾아와서 절을 수없이 하는 것이라든지, 종일 한 달 30일을 악을 쓰고 속을 태우는 보통학교 교사는 많아야 620냥이고 보통 500냥인데 "천천히 놀면서 1년에 병풍 두 짝만이라도 잘만 놓아주시면 월급을 꼭 40원씩은 드리지요" 하는 말에 김 부인은 과연 공부라는 것은 꼭 해야 할 것이고, 하면 조금 하는 것보다 일본까지 보내서 시켜야만 할 것을 알았다. 그러고 어느 날 저녁에 경희가 "공부를 하면 많이 해야겠어요. 그래야 남에게 존대를 받을 뿐 아니라 저도 사람 노릇을 할 것 같애요" 하던 말이 아마 이래서 그랬던가 보다 하였다.

김 부인은 인제부터는 의심 없이 확실히 자기 아들이 경희를 왜 일본까지 보내려고 애를 썼는지,[7] 지금 세상에는 여자도 남자와 같이 많이 가르쳐야 할 것을 알았다. 그래서 김 부인은 이제까지 누가 "따님은 공부를 그렇게 시켜 무엇합니까?" 물으면 등에서 땀이 흐르고 얼굴이 벌겋게 취해지며 이럴 때마다 아들만 없으면 곧이라도 데려다가 시집을 보내고 싶은 생각도 많았으나 지금 생각하니 아들이 뒤에 있어서 자기 부부가 경희를 데려다 시집을 보내지 못하게 한 것이 다행하게 생각된다. 그러고 지금부터는 누가 묻든지 간에 여자도 공부를 시켜야 의사가 나서 가르치지 아니한 바느질도 할 줄 알고 일본까지 보내어 공부를 많이 시켜야 존대를 받을 것을 분명히 설명까지라도 할 것 같다. 그래서 오늘도 사돈 마님 앞에서 부지중 여기까지 말을 하는 김 부인의 태도는 조금도 주저하는 빛도 없고, 그 얼굴에는 기쁨이 가득하고 그 눈에는 '나는 이러한 영광을 누리고 이러한 재미를 본다' 하는 표정이 가득하다.

사돈 마님은 반신반의로 어떻든 끝까지 들었다. 처음에는 물론 거짓말로 들을 뿐만 아니라, 속으로 '너는 아마 큰 계집을 버려놓고 인제 시집보낼 것이 걱정이니까 저렇게 없는 칭찬을 하나 보구나' 하며 이야기하는 김 부인의 눈이며 입을 노려보고 앉았었다. 그러나 이야기가 점점 길어질수록 그럴듯했다.

더구나 감독이 왔더란 말이며, 존대를 하더란 것이며, 사내도 여간한 군 주사쯤은 바랄 수도 없는 월급을 2천 냥까지 주겠더란 말을 들을 때는 설마 저렇게까지 거짓말을 할까 하는 생각이 난다. 사돈 마님은 아직도 참말로는 알고 싶지 않으나 어쩐지 김 부인의 말이 거짓말 같지는 아니하다. 또 벽에 걸린 수(繡)도 확실히 자기 눈으로 볼 뿐 아니라 쉴 새 없이 바퀴 구르는 재봉틀 소리가 당장 자기 귀에 들린다. 마님 마음은 도무지 이상하다. 무슨 큰 실패나 한 것도 같다. 양심은 스스로 자복(自服)하였다. '내가 여학생을 잘못 알아왔다. 정말 이 집 딸과 같이 계집애도 공부를 시켜야겠다. 어서 우리 집에 가서 내외시키던 손녀딸들을 내일부터 학교에 보내야겠다'고 꼭 결심을 했다. 눈앞이 아물아물해오고 귀가 찡하다. 아무 말 없이 눈만 껌뻑껌뻑 하고 앉았다. 뒤꼍으로 불어 들어오는 시원한 바람 중에는 젊은 웃음소리가 사(沙) 접시를 깨뜨릴 만치 재미스럽게 싸여 들어온다.

2

"이 더운데 작은아씨, 무엇 그렇게 하십니까?"

마루 끝에 떡 함지[8]를 힘없이 놓으며 땀을 씻는다. 얼굴은 억죽억죽 얽고 머리는 평양 머리를 해서 얹고 알록달록한 면주[9] 수건을 아무렇게나 쓴 나이가 한 40가량 된 떡장수[10]는 으레 하루에 한 번씩 이 집에 들른다.

"심심하니까 장난 좀 하오."

경희는 앞치마를 치고 마루 끝에 서서 서투른 칼질로 파를 썬다.

"어느 틈에 김치 담그는 것을 다 배우셨어요. 날마다 다니며 보아야 작은아씨는 도무지 노시는 것을 못 보았습니다. 책을 보지 않으면 글씨를 쓰시고 바느질을 아니 하시면 저렇게 김치를 담그시고……"

"여편네가 여편네 할 일을 하는 것이 무엇이 그리 신통할 것 있소."

"작은아씨 같은 이나 그렇지 어느 여학생이 그렇게 마음을 먹는 이가 있나요."

떡장수는 무릎을 치며 경희 앞으로 바싹 앉는다. 경희는 빙긋이 웃는다.

"그건 떡장수가 잘못 안 것이지. 여학생은 사람 아니오? 여학생도 옷을 입어야 살고 음식을 먹어야 살 것 아니오?"

"아이구, 그게 말이지요, 누가 아니래요. 그러나 작은아씨같이 그렇게 아는 여학생이 어디 있어요?"

"칭찬 많이 받았으니 떡이나 한 스무 냥어치 살까!"

"아이구 어멈을 저렇게 아시네, 떡 팔아먹으려고 그런 것은 아니에요."

변덕이 뒤룩뒤룩한 두 뺨의 살이 축 처진다. 그러곤 너는 나를 잘못 아는구나 하는 원망으로 두둑한 입술이 삐죽한다. 경희는 곁눈으로 보았다. 그 마음을 짐작하였다.

"아니오, 부러 그랬지. 칭찬을 받으니까 좋아서……"

"아니에요, 칭찬이 아니라 정말이에요."

다시 정다이 바싹 앉으며 "허허……" 너털웃음을 한 판 내쉰다.

"정말 몇 해를 두고 날마다 다니며 보아야 작은아씨처럼 낮잠 한 번도 주무시지 않고 꼭 무엇을 하시는 아씨는 처음 보았어요."

"떡장수가 오기 전에 자고 떡장수가 가면 또 자는 걸 보지를 못하였지."

"또 저렇게 우스운 말씀을 하시네. 떡장수가 아무 때나 아침에도 다녀가고 낮에도 다녀가고 저녁때도 다녀가지 학교에 다니는 학생같이 시간을 맞춰서 다니나요! 응? 그렇지 않소"

하며 툇마루에서 맷돌에 풀 갈고 있는 시월이를 본다. 시월이는

"그래요. 어디가 아프시기 전에는 한 번도 낮잠 주무시는 일 없어요."

"여보, 떡장수, 떡이 다 쉬면 어찌하려고 이렇게 한가히 앉아서 이야기를 하오."

"아니 관계치 않아요."

떡장수의 말소리는 아무 힘이 없다. 떡장수는 이 작은아씨가 "그래서 어쨌소" 하며 받아만 주면 이야기할 것이 많았다. 저의 집 떡방아 찧던 일꾼에게서 들은, 요새 신문에 어느 여학생이 학교 간다고 나가서는 며칠 아니 들어오는 고로 수색을 해보니까 어느 사내에게 꾀임을 받아서 첩이 되었더란 말이며, 어느 집에는 며느리로 여학생을 얻어왔더니 버선 깁는데 올도 찾을 줄 몰라 삐뚜로 대었더란 말, 밥을 하였는데 반은 태웠더란 말, 날마다 사방

으로 쏘다니며 평균 한마디씩 들어온 여학생의 험담을 하려면 부지기수였다. 그래서 이렇게 신이 나서 무릎을 치고 바싹 들어앉았으나, 경희의 말대답이 너무 냉정하고 점잖으므로 떡장수의 속에서 뻗쳐오르던 것이 어느덧 거품 꺼지듯 꺼졌다. 떡장수의 마음은 무엇을 잃은 것같이 공연히 서운하다. 떡 바구미를 두 손으로 누른 채로 앉아서 모른 체하고 칼질하는 경희의 모양을 아래위로 훑어도 보고 마루를 보며 선반 위에 얹은 소반의 수효도 세어보고 정신없이 얼빠진 것같이 앉았다.

"흰떡 댓 냥어치하고 개피떡 두 냥 반어치만 내놓게."

김 부인은 고운 돗자리 위에서 부채질을 하면서 드러누웠다가 딸 경희가 좋아하는 개피떡하고 아들이 잘 먹는 흰떡을 내놓으라 하고 주머니에서 돈을 꺼낸다. 떡장수는 멀거니 앉았다가 깜짝 놀라 내놓으라는 떡 수효를 되풀이해 세어서 내놓고는 뒤도 돌아보지 않고 떡 바구미를 이고 나가다가 다시 이 댁을 오지 못하면 떡을 못 팔게 될 생각을 하고 "작은아씨, 내일 또 와요. 허허허" 하며 대문을 나서서는 큰숨을 쉬었다. 생삼팔[11] 두루마기 고름을 달고 앉았던 경희의 오라버니댁이며 경희며 시월이며 서로 얼굴들을 쳐다보며 말없이 씽긋씽긋 웃는다. 경희는 속으로 기뻐한다. 무엇을 얻은 것 같다. 떡장수가 다시는 남의 흉을 보지 아니하리라 생각할 때에 큰 교육을 한 것도 같다. 경희는 칼자루를 들고 앉아서 무슨 생각을 곰곰이 한다.

"참 애기는 못 할 것이 없다."

얼굴에 수색(愁色)이 가득하여 시름없이 두 손가락을 마주 잡고 앉았다가 간단히 이 말을 하고는 다시 입을 꾹 다물며 한숨을 산이 꺼지도록 쉬는 한 여인에게는 아무도 모르는 큰 걱정과 설움이 있는 것 같다. 이 여인은 근 20년 동안이나 이 집과 친하게 다니는 여인이라, 경희의 형제들은 아주머니라 하고 이 여인은 경희의 형제를 자기의 친조카들같이 귀애(貴愛)한다. 그래서 심심하여도 이 집으로 오고 속이 상할 때에도 이 집으로 와서 웃고 간다. 그런데 이 여인의 얼굴에는 항상 검은 구름이 끼고 좋은 일을 보든지 즐거운 일을 당하든지 끝에는 반드시 휘 한숨을 쉬는 쌓이고 쌓인 설움의 원인을 알고 보면 누구라도 동정을 아니 할 수 없다.

　이 여인은 소년[12] 과부라 남편을 잃은 후로 애절 복통을 하다가 다만 재미를 붙이고 낙을 삼는 것은 천행만행으로 얻은 유복자 수남(壽男)이 있음이라. 하루 지나면 수남이도 조금 크고 한 해 지나면 수남이가 한 살이 는다. 겨울이면 추울까, 여름이면 더울까, 밤에 자다가도 곤히 자는 수남의 투덕투덕한 볼기짝을 몇 번씩 뚜덕뚜덕하던 세상에 둘도 없는 귀한 아들은 어느덧 나이 16세에 이르러 사방에서 혼인하자는 말이 끊일 새 없었다. 수남의 어머니는 새로이 며느리를 얻어 혼자 재미를 볼 것이며 남편도 없이 혼자 폐백 받을 생각을 하다가 자리 속에서 눈물도 많이 흘렸다. 그러나 행여 이렇게 눈물을 흘려 귀중한 아들에게 사위스러울까 보아 할 수 있는 대로는 슬픔을 기쁨으로 돌려 생각하고 눈물을 웃음으로 이루려 하였다. 그래서 알뜰살뜰히 돈이며 패물 등속을 며느리 얻으면 주려고 모았다. 유일무이의 아들을 장가들이는 데는 꺼리는 것도 많고 보는 것도 많았다. 그래 며느리 선을 시어머니가 보면 아들이 가난하게 산다고 하는 고로 수남이 어머니는 일체 중매에게 맡기고 궁합이 맞는 것으로만 혼인을 정하였다. 새며느리를 얻고, 아들과 며느리 사이에 옥 같은 손녀며 금 같은 손자를 보아 집안이 떠들썩하고 재미가 퍼부을 것을 날마다 상상하며 기다리던 며느리는 과연 오늘의 이 한숨을 쉬게 하는 원수이다. 열일곱에 시집온 후로 8년이 되도록 시어머니 저고리 하나도 꿰매어서 정다이 드려보지 못한 철천지한을 시어머니 가슴에 안겨준 이 며느리라. 수남의 어머니는 본래 성품이 순하고 덕스러우므로 아무쪼록 이 며느리를 잘 가르치고 잘 만들려고 애도 무한히 쓰고 남모르게 복장도 많이 쳤다. 이러면 나을까 저렇게 하면 사람이 될까 하여 혼자 궁구(窮究)도 많이 하고 타이르고 가르치기도 수없이 하였으나 어제가 오늘 같고 내일도 일반이라. 바늘을 쥐여주면 곧 졸고 앉았고, 밥을 하라면 죽을 쑤어놓으며[13] 거기다가 나이가 먹어갈수록 마음만 엉뚱해가는 것은 더구나 사람을 기가 막히게 한다. 이러하니 때로 속이 상하고 날로 기가 막히는 수남의 어머니는 이 집에 올 때마다 이 집 며느리가 시어머니 저고리를 얌전히 하는 것을 보면 나는 이 며느리 손에 저렇게 저고리 하나도 얻어 입어보지 못하나 하며 한숨이 나오고, 경희의 부지런한 것을 볼 때에 나는 왜 저런 민첩한 며느리를 얻지 못하였는가 하며 한숨을 쉬는 것은 자연한 인정이리라. 그러므로 이렇게 멀거니 앉아서 경희의 김치 담그는 양을 보며 또 떡장수가 한참 떠들고 간 뒤에 간단한 이 말을 하는 끝에 한숨을 쉬는 그 얼굴은 차마 볼 수 없다. 머리를 숙이고 골몰히 칼질하던 경희는 이미 이 아주머니의 설움의 원인을 아는 터라 그 한숨 소리가 들리자 온몸이 찌르르하도록 동정이 간다. 경희는 이 자극을 받는 동시에 이와 같이 조선 안에 여러 불행한 가정의 형편이 방금 제 눈앞에 보이는 것 같았다. 힘 있게 칼자루로 도마를 탁 치는 경희는 무슨 큰 결심이나 하는 것 같다. 경희는 굳게 맹세하였다. '내가 가질 가정은 결코 그런 가정이 아니다. 나뿐 아니라 내 자손 내 친구 내 문인(門人) 들이 만들 가정도 결코 이렇게 불행하게 하지 않는다. 오냐, 내가 꼭 한다' 하였다. 경희는 껑충 뛴다. 안 부엌에서 땀을 뻘뻘 흘리며 풀 쑤는 시월이를 따라간다.

"얘. 나하고 하자. 부뚜막에 올라앉아서 풀 막대기로 저으랴? 아궁이 앞에 앉아서 때랴? 어떤 것을 하였으면 좋겠니? 너 하라는 대로 할 터이니. 두 가지를 다 할 줄 안다."

"아이구, 고만두셔요, 더운데."

시월이는 더운데 혼자 풀을 저으며 불을 때느라고 끙끙하던 중이다.

"아이구, 이년의 팔자."

한탄을 하며 눈을 멀거니 뜨고 밀짚을 끌어 때고 앉았던 때라, 작은아씨의 이 말 한마디는 더운 중에 바람 같고 괴로움에 웃음이다. 시월이는 속으로 '저녁 진지에는 작은아씨가 즐기시는 옥수수를 어디 가서 맛있는 것을 얻어다가 쪄서 드려야겠다' 하였다. 마지못하여,

"그러면 불을 때셔요. 제가 풀을 저을 것이니……"

"그래, 어려운 것은 오랫동안 졸업한 네가 해라."

경희는 불을 때고 시월이는 풀을 젓는다. 위에서는 '푸푸' '부글부글' 하는 소리, 아래에서는 밀짚의 탁탁 튀는 소리, 마치 경희가 도쿄 음악 학교 연주회석에서 듣던 관현악 연주 소리 같기도 하다. 또 아궁이 저 속에서 밀짚 끝에 불이 댕기며 점점 불빛이 강하게 번지는 동시에 차차 아궁이까지 가까워지자 또 점점 불꽃이 약해져가는 것은 마치 피아노 저 끝에서 이 끝까지 칠 때에 붕붕 하던 것이 점점 땡땡 하도록 되는 음률과 같아 보인다. 열심히 젓고 앉은 시월이는 이러한 재미스러운 것을 모르겠구나 하고 제 생각을 하다가 저는 조금이라도 이 묘한 미감을 느낄 줄 아는 것이 얼마큼 행복하다고도 생각하였다. 그러나 저보다 몇십 몇백 배 묘한 미감을 느끼는 자가 있으려니 생각할 때에 제 눈을 빼어버리고도 싶고 제 머리를 뚜드려 바치고도 싶다. 뻘건 불꽃이 별안간 파란빛으로 변한다. 아, 이것도 사람인가, 밥이 아깝다 하였다. 경희는 부지중 "재미도 스럽다" 하였다.

"대체 작은아씨는 별것도 다 재미있다고 하십니다. 빨래하면 땟국물 흐르는 것도 재미있다고 하시고 마루 걸레질을 치시면 아직 안 친 한편 쪽 마루의 뿌연 것이 보기 재미있다 하시고, 마당을 쓸면 티끌 많아지는 것이 재미있다고 하시고, 나중에는 무엇까지 재미있다고 하실는지, 뒷간에 구데기 끓는 것은 재미있지 않으셔요?"

경희는 속으로 '오냐, 물론 그것까지 재미있게 보여야 할 것이다. 그러나 내 눈은 언제나 그렇게 밝아지고 내 머리는 어느 때나 거기까지 발달될는지 불쌍하고 한심스럽다' 하였다.

"애, 그런데 말끝이 나왔으니까 말이다, 빨래 언제 하니?"

"왜요? 모레는 해야겠어요."

"그러면 저녁때 늦지?"

"아마 늦을걸요."

"일찍 끝이 나더라도 개천에 게 살아라. 그러면 건넌방 아씨하고 저녁 해놀 터이니 늦게 들어와서 잡수어라. 내 손으로 한 밥맛이 어떤가 보아라. 히히히."

시월이도 같이 웃는다. 어쩌면 사람이 저렇게 인정스러운가 한다. '누가 나 먹으라고 단 참외나 주었으면, 저 작은아씨 갖다드리게' 속으로 혼잣말을 한다. 과연 시월이는 이렇게 고마운 소리를 들을 때마다 황송스러워 어찌할 수가 없다. 그래서 입이 있으나 어떻게 말할 줄도 모르고 다만 작은아씨가 잘 먹는 과실은 아는지라, 제게 돈이 있으면 사다가라도 드리고 싶으나 돈은 없으므로 사지는 못하되 틈틈이 어디 가서 옥수수며 살구는 곧잘 구해다가 드렸다. 이렇게 경희와 시월이 사이는 사이가 좋을 뿐 아니라 이번에 경희가 일본서 올 때에 시월의 자식 점동(點童)이에게는 큰댁 애기네들보다 더 좋은 장난감을 사다가 준 것은 뼈가 녹기 전까지는 잊을 수가 없다.

"애, 그런데 너와 일할 것이 꼭 하나 있다."

"무엇이에요?"

"글쎄 무엇이든지 내가 하자면 하겠니?"

"아무렴요, 하지요!"

"너, 왜 그렇게 우물 뚜껑[14]을 더럽게 해놓니. 도무지 더러워서 볼 수가 없다. 그러니 내일부터 설음질[15] 뒤에는 꼭 날마다 나하고 우물 뚜껑을 치우자. 너 혼자만 하라는 것은 아니다. 그렇게 하겠니?"

"네, 제가 혼자 날마다 치우지요."

"아니 나하고 같이해…… 재미스럽게. 하하하."

"또 재미요? 하하하."

부엌이 떠들썩하다. 안마루에서 들으시던 경희 어머니는 '또 웃음이 시작되었군' 하신다.

"아이 무엇이 그리 우순지 그 애가 오면 밤낮 셋이 몰켜다니며 웃는 소리에 도무지 산란해 못 견디겠어요. 젊었을 때는 말똥 구르는 것이 다 우습다더니 그야말로 그런가 보아요."

수남 어머니에게 대하여 말을 한다.

"웃는 것밖에 좋은 일이 어디 있습니까. 댁에를 오면 산 것 같습니다."

수남 어머니는 또 휘…… 한숨을 쉰다. 마루에 혼자 떨어져 바느질하던 건넌방 색시는 웃음소리가 들리자 한 발에 신을 신고 한 발에 짚신을 끌며 부엌 문지방을 들어서며,

"무슨 이야기요? 나도……"

한다.

3

"마누라, 주무시오?"

이 철원은 사랑에 들어와 안방 문을 열고 경희와 김 부인 자는 모기장 속으로 들어선다. 김 부인은 깜짝 놀라 일어나 앉는다.

"왜 그러셔요, 어디가 편치 않으셔요?"

"아니, 공연히 잠이 아니 와서……"

"왜요?"

이때에 마루 벽에 걸린 자명종은 한 번을 땡 친다.

"드러누워서 곰곰 생각을 하다가 마누라하고 의논을 하러 들어왔소!"

"무얼이요?"

"경희 혼인 일 말이오. 도무지 걱정이 되어 잠이 와야지."

"나 역 그래요."

"이번 혼처는 꼭 놓치지를 말고 해야지 그만한 곳 없소. 그 신랑 아버지 되는 자하고 난 전부터 익숙히 아는 터이니까 다시 알아볼 것도 없고, 당자(當者)도 그만하면 쓰지 별 아이 어디 있나. 장자이니까 그 많은 재산 다 상속될 터이고 또 경희는 그런 대갓집 맏며느리감이지……"

"글쎄, 나도 그만한 혼처가 없는 줄 알지마는 제가 그렇게 열 길이나 뛰고 싫다는 것을 어떻게 한단 말이오. 그렇게 싫다고 하는 것을 억제(抑制)로 보내었다가 나중에 불길한 일이나 있으면 자식이라도 그 원망을 어떻게 듣잔 말이오……"

"아……니, 불길한 일이 있을 까닭이 있나. 인품이 그만하겠다, 추수를 수천 석 하겠다, 그만하면 고만이지 그러면 어떻게 하잔 말이오. 계집애가 열아홉 살이 적소?"

김 부인은 잠잠히 있다. 이 철원은 혀를 톡톡 차며 후회를 한다.

"내가 잘못이지, 계집애를 일본까지 보내다니. 계집애가 시집 가기를 싫다니 그런 망측한 일이 어디 있어. 남이 알까 보아 무섭 지. 벌써 적합한 혼처를 몇 군데를 놓쳤으니 어떻게 하잔 말이야. 아이……"

"그러면 혼인을 언제로 하잔 말이오?"

"저만 대답하면 지금이라도 곧 하지. 오늘도 재촉 편지가 왔는 데…… 이왕 계집애라도 그만치 가르쳐놓았으니까 옛날처럼 부 모끼리로 할 수는 없고 해서 벌써 사흘째 불러다가 타이르나 도무 지 말을 들어 먹어야지. 계집년이 되지 못한 고집은 왜 그리 센지[16] 신랑 삼촌은 기어이 조카며느리를 삼아야겠다고 몇 번을 그러는 지 모르는데……"

"그래 무엇이라고 대답하셨소?"

"글쎄, 남이 부끄럽게 계집애더러 물어본다나 무엇이라나. 그러 지 않아도 큰 계집애를 일본까지 보냈느니 어떠니 하고 욕들을 하 는데. 그래서 생각해본다고 했지."

"그러면 거기서는 기다리겠소그래."

"암, 그게 벌써 올 정월부터 말이 있던 것인데 동네 집 시악시 믿고 장가 못 간다더니……"

"아이, 그러면 속히 좌우간 결정을 내야겠는데 어떻게 하나. 저 는 기어이 하던 공부를 마치기 전에는 죽어도 시집은 아니 가겠다 하는데. 그리고 더구나 그런 부잣집에 가서 치맛자락 늘이고 싶 은 마음은 꿈에도 없다고 한다오. 그래서 제 동생 시집갈 때도 제

것으로 해놓은 고운 옷은 모두 주었습니다. 비단 치마 속에 근심과 설움이 있느니라고 한다오. 그 말이 옳긴 옳아."

김 부인은 자기도 남부럽지 않게 이제껏 부귀하게 살아왔으나 자기 남편이 젊었을 때 방탕하여서 속이 상하였던 일과 철원 군수로 갔을 때도 첩이 두셋씩 되어 남몰래 속이 썩던 생각을 하고 경희가 이런 말을 할 때마다 말은 아니 하나 속으로 딴은 네 말이 옳다 한 적이 많았다.

"아이 아니꼬운 년, 그러기에 계집애를 가르치면 건방져서 못쓴다는 말이야…… 아직 철을 몰라서 그렇지…… 글쎄 그것도 그렇지 않소, 오죽한 집에서 혼인을 거꾸로 한단 말이오. 오죽 형이 못나야 아우가 먼저 시집을 가더란 말이오. 김 판사 집도 우리 집 내용을 다 아는 터이니까 혼인도 하자지 누가 거꾸로 혼인한 집 시악시를 데려가려겠소. 아니 이번에는 꼭 해야지……"

부인의 말을 들으며 그럴듯하게 생각하던 이 철원은 이 거꾸로 혼인할 생각을 하니 마음이 급작히 졸여진다. 그리고 생각할수록 이번 김 판사 집 혼처를 놓치면 다시는 그런 문벌 있고 재산 있는 혼처를 얻을 수가 없을 것 같다. 그래서 두말할 것 없이 이번 혼인은 강제로라도 시킬 결심이 일어난다. 이 철원은 벌떡 일어선다.

"계집애가 공부는 그렇게 해서 무엇해? 그만치 알았으면 그만이지. 일본은 누가 또 보내기는 하구? 이번에는 무관(無關)하지. 기어이 그 혼처하고 해야지. 내일 또 한번 불러다가 아니 듣거든 또 물을 것 없이 곧 해버려야지……"

노기(怒氣)가 가득하다. 김 부인은 '그렇게 하시오'라든지 '마시오'라든지 무엇이라고 대답할 수가 없다. 다만 시름없이 자기가 풍병(風病)으로 누울 때마다 경희를 시집보내기 전에 돌아갈까 보아 아슬아슬하던 생각을 하며,

"딴은 하나 남은 경희를 마저 내 생전에 시집을 보내놓아야 내가 죽어도 눈을 감겠는데"

할 뿐이다.

이 철원은 일어서다 다시 앉으며 나직한 소리로 묻는다.

"그런데 일본 보내서 버리지는 않은 모양이오?"

"아니오. 그전보다 더 부지런해졌어요. 아침이면 제일 먼저 일어납니다. 그래서 마루 걸레질이며 마당이며 멀겋게 치워놓지요. 그뿐인가요. 떡 하면 떡방아 다 찧도록 체질해주지…… 그러게 시월이는 좋아서 죽겠다지요……"

김 부인은 과연 경희가 일하는 것을 볼 때마다 큰 안심을 점점 찾았다. 그것은 경희를 일본 보낸 후로는 남들이 비난할 때마다 입으로는 말을 아니 하나 항상 마음으로 염려되는 것은 경희가 만일에 일본까지 공부를 갔다고 난 체를 한다든지 공부한 위세로 사내같이 앉아서 먹자든지 하면 그 꼴을 어떻게 남이 부끄러워 보잔 말인고 하는 것이고[17] 미상불 걱정이 된 것은 어머니 된 자의 딸을 사랑하는 자연한 정이라. 경희가 일본서 오던 그 이튿날부터 앞치마를 치고 부엌으로 들어갈 때 오래간만에 쉬러 온 딸이라 말리기는 하였으나 속으로는 큰숨을 쉴 만치 안심을 얻은 것이다.

경희 가족은 누구나 다 아는 바와 같이 경희의 마루 걸레질, 다락, 벽장 치움새는 전부터 유명하였다. 그래서 경희가 서울 학교

에 있을 때 1년에 세 번씩 휴가를 오면 으레 다락 벽장이 속속까지 목욕을 하게 되었다. 또 김 부인의 마음에도 경희가 치우지 않으면 아니 맞도록 되었다. 그래서 다락이 지저분하다든지 벽장이 어수선하게 되면 벌써 경희가 올 날이 며칠 아니 남은 것을 안다. 그리고 경희가 집에 온 그 이튿날은 경희를 보러 오는 사촌 형님들이며 할머니, 큰어머니는 한 번씩 열어보고 "다락 벽장이 분을 발랐고나" 하시고 "깨끗하기도 하다" 하시며 칭찬을 하셨다. 이것이 경희가 집에 가는 그 전날 밤부터 기뻐하는 것이고 경희가 집에 온 제일의 표적이었다.

김 부인은 이번에 경희가 일본서 오면 연년 세 번씩 목욕을 시켜주던 다락 벽장도 치워주지 아니할 줄만 알았다. 그러나 경희는 여전히 집에 도착하면서 부모님에게 인사 여쭙고는 첫 번으로 다락 벽장을 열었다. 그리고 그 이튿날 종일 치웠다.

그런데 이번 경희의 소제(掃除) 방법은 전과는 전혀 다르다. 전에 경희의 소제 방법은 기계적이었다. 동쪽에 놓았던 제기며 벽에 걸린 표주박을 쓸고 문질러서는 그 놓았던 자리에 그대로 놓을 줄만 알았다. 그래서 있던 거미줄만 없고 쌓였던 먼지만 털고 이것이 소제인 줄만 알았다. 그러나 이번 소제 방법은 다르다. 건조적(建造的)이고 응용적이다. 가정학에서 배운 질서, 위생학에서 배운 정리, 또 도화(圖畫) 시간에 배운 색과 색의 조화, 음악 시간에 배운 장단의 음률을 이용하여, 지금까지의 위치를 전혀 뜯어고치게 된다. 자기를 도기 옆에다도 놓아보고 칠첩반상을 칠기에도 담아본다. 주발 밑에는 주발보다 큰 사발을 받쳐도 본다. 흰은 쟁반 위로 노르스름한 전골 방아치도 늘어본다. 큰 항아리 다음에는 병을 놓는다. 그리고 전에는 컴컴한 다락 속에서 먼지 냄새에 눈살도 찌푸렸을 뿐 아니라 종일 땀을 흘리고 소제하는 것은 가족에게 들을 칭찬의 보수를 받으려 함이었다. 그러나 이번에는 이것도 다르다. 경희는 컴컴한 속에서 제 몸을 이리저리 운동케 하는 것이 여간 재미스럽게 생각지 않았다. 일부러 빗자루를 놓고 쥐똥을 집어 냄새도 맡아보았다. 그리고 경희가 종일 일하는 것은 아무 바라는 보수도 없다. 다만 제가 저 할 일을 하는 것밖에 아무것도 없다.

　이렇게 경희의 일동일정의 내막에는 자각이 생기고 의식적으로 되는 동시에 외형으로 활동할 일은 때로 많아진다. 그래서 경희는 할 일이 많다. 만일 경희의 친한 동무가 있어서 경희의 할 일 중에서 하나라도 해준다면 비록 그 물건이 경희의 손에 있다 하더라도 그것은 경희의 것이 아니라 동무의 것이다. 이러므로 경희가 좋은 것을 갖고 싶고 남보다 많이 갖고 싶을진대 경희의 힘으로 능히 할 만한 일은 행여나 털끝만 한 일이라도 남더러 해달라고 할 것이 아니다. 조금이라도 남에게 빼앗길 것이 아니다. 아아, 다행이다. 경희의 넓적다리에는 살이 쪘고 팔뚝은 굵다. 경희는 이 살이 다 빠져서 걸을 수가 없을 때까지 팔뚝에 힘이 없어 늘어질 때까지 할 일이 무한이다. 경희가 가질 물건도 무수하다. 그러므로 낮잠을 한번 자고 나면 그 시간 자리가 완연히 턱이 난다. 종일 일을 하고 나면 경희는 반드시 조금씩 자라난다. 경희가 갖는 것은 하나씩 늘어난다. 경희는 이렇게 아침부터 저녁까지 얻기 위하여 자라갈 욕심으로 제 힘껏 일을 한다.

이 철원도 자기 딸이 일하는 것을 날마다 본다. 또 속으로 기특하게도 여긴다. 그러나 이렇게 자기 부인에게 물어본 것은 이 철원도 역시 김 부인과 같이 경희를 자기 아들의 권고에 못 이겨 일본까지 보내었으나 항상 버릴까 보아 염려되던 것이 사실이었다. 그러므로 오늘 저녁에 부부가 앉아서 혼처에 대한 걱정이라든지 그 애 버릴까 보아 염려하던 것을 안심하는 부모의 애정은 그 두 얼굴에 띤 웃음 속에 가득하다. 아무러한 지우(知友)며 형제며 효자인들 어찌 이 부모가 염려하시는 염려, 기뻐하시는 참 기쁨 같으리오. 이 철원은 혼인하자고 할 곳이 없을까 보아 바짝 졸였던 마음이 조금 누그러졌다. 그러나 마루로 내려서며 마른기침 한 번을 하며 "내일은 세상없어도 하여야지" 하는 결심의 말은 누구의 명령을 가지고라도 깨뜨릴 수 없을 것같이 보인다.

새벽닭이 새날을 고한다. 까맣던 밤이 백색으로 활짝 열린다. 동창의 장지 한편이 차차 밝아오며 모기장 한끝으로부터 점점 연두색을 물들인다. 곤히 자던 경희의 눈을 뜨었다. 경희는 또 오늘 종일의 제 일을 시작할 기쁨에 취하여 벌떡 일어나서 방을 나선다.

4

때는 정히 오정이라 안마루에서는 점심상이 벌어졌다. 경희는 사랑에서 들어온다. 시월이며 건넌방 형님은 간절히 점심 먹기를 권하나 들은 체도 아니 하고 골방으로 들어서며 사방 방문을 꼭꼭

닫는다. 경희는 흑흑 느껴 운다. 방바닥에 엎드리기도 하다가 일어 앉기도 하고 또 일어나서 벽에도 머리를 부딪친다. 기둥을 불끈 안고 핑핑 돈다. 경희는 어찌할 줄 몰라 쩔쩔맨다. 경희의 조그마한 가슴은 불같이 타온다. 걸린 수건 자락으로 눈물을 씻으며 이따금 하는 말은 "아이구, 어찌하나……" 할 뿐이다. 그러고 이 집에 있으면 밥이 없어지고 옷이 없어질 터이니까 나를 어서 다른 집으로 쫓으려나 보다 하는 원망도 생긴다. 마치 이 넓고 넓은 세상 위에 제 조그마한 몸을 둘 곳이 없는 것같이도 생각된다. 이런 쓸데없고 주체스러운 것이 왜 생겨났나 할 때마다 그쳤던 눈물은 다시 비 오듯 쏟아진다. 누가 와서 만일 말린다 하면 그 사람하고 싸움도 할 것 같다. 그리고 그 사람의 머리를 한번에 잡아 뽑을 것도 같고, 그 사람의 얼굴에서 피가 냇물과 같이 흐르도록 박박 할퀴고 쥐어뜯을 것도 같다. 이렇게 사방 창이 꼭꼭 닫힌 조그마한 어두침침한 골방 속에서 이리 부딪고 저리 부딪는 경희의 운명은 어떠한가!

경희의 앞에는 지금 두 길이 있다. 그 길은 희미하지도 않고 또렷한 두 길이다. 한 길은 쌀이 곳간에 쌓이고 돈이 많고 귀염도 받고 사랑도 받고 밟기도 쉬운 황토요, 가기도 쉽고 찾기도 어렵지 않은 탄탄대로이다. 그러나 한 길에는 제 팔이 아프도록 보리방아를 찧어야 겨우 얻어먹게 되고 종일 땀을 흘리고 남의 일을 해 주어야 겨우 몇 푼 돈이라도 얻어보게 된다. 이르는 곳마다 천대뿐이요, 사랑의 맛은 꿈에도 맛보지 못할 터이다. 발부리에서 피가 흐르도록 험한 돌을 밟아야 한다. 그 길은 뚝 떨어지는 절벽도 있고 날카로운 산정(山頂)도 있다. 물도 건너야 하고 언덕도 넘어야 하고 수없이 꼬부라진 길이요, 갈수록 험하고 찾기 어려운 길이다. 경희의 앞에 있는 이 두 길 중에 하나를 오늘 택해야만 하고 지금 꼭 정해야 한다. 오늘 택한 이상에는 내일 바꿀 수 없다. 지금 정한 마음이 이따가 급변할 리도 만무하다. 아아, 경희의 발은 이 두 길 중에 어느 길에 내놓아야 할까. 이것은 교사가 가르칠 것도 아니고 친구가 있어서 충고한대도 쓸데없다. 경희 제 몸이 저 갈 길을 택해야만 그것이 오래 유지할 것이고 제정신으로 한 것이라야 변경이 없을 터이다. 경희는 또 한번 머리를 부딪고 "아이구, 어찌하면 좋은가!" 한다.

경희도 여자다. 더구나 조선 사회에서 살아온 여자다. 조선 가정의 인습에 파묻힌 여자다. 여자란 온량유순(溫良柔順)해야만 쓴다는 [것이] 사회의 면목(面目)이고 여자의 생명은 삼종지도라는 [것이] 가정의 교육이다. 일어서려면 압박하려는 [것이] 주위(周圍)요, 움직이면 사방에서 들어오는 [것이] 욕이다. 다정하게 손붙잡고 충고 주는 동무의 말은 열 사람 한입같이 "편하게 전과 같이 살다가 죽읍시다" 함이다. 경희의 눈으로는 비단옷도 보고 경희의 입으로는 약식 전골도 먹었다. 아아, 경희는 어느 길을 택하여야 당연한가? 어떻게 살아야만 좋은가? 마치 길가에 탄평으로[18] 몸을 늘여 기어가던 뱀의 꽁지를 지팡이 끝으로 조금 건드리면 늘어졌던 몸이 바짝 오그라지며 눈방울이 대록대록하고 뾰족한 혀를 독기 있게 자주 내미는 모양같이 이러한 생각을 할 때마다 경희의 몸에 매달린 두 팔이며 늘어진 두 다리가 바짝 가슴속으로 배 속으로 오그라들어 온다. 마치 어느 장난감 상점에 놓은 대가리와 몸뚱이뿐인 장난감같이 된다. 그리고 13관의 체중이 갑자기 백지 한 장만치 되어 바람에 날리는 것 같다. 또 머릿속은 저도 알만치 띵하고 서늘해진다. 눈도 깜짝거릴 줄 모르고 벽에 구멍이라도 뚫을 것 같다. 등에는 땀이 흠뻑 고이고 사지는 죽은 사자와 같이 차디차다.

"아이구, 어찌하면 좋은가."

경희는 벙어리가 된 것 같다. 아무 말도 할 줄 모르고 꼭 한마디 할 줄 아는 말은 이 말뿐이다.

경희는 제 몸을 만져본다. 왼편 손목을 바른편 손으로, 바른편 손목을 왼편 손으로 쥐어본다. 머리를 흔들어도 본다. 크지도 않고 조그마한 이 몸…… 이 몸은 어떻게 서야 할까. 이 몸을 어디로 향하여야 좋은가…… 경희는 다시 제 몸을 위에서부터 아래까지 훑어본다. 이 몸에 비단 치마를 늘이고 이 머리에 비취 옥잠(翡翠玉簪)을 꽂아볼까. 대가 댁 맏며느리 얼마나 위엄스러울까. 새애기 새색시 놀음이 얼마나 재미있을까? 시부모의 사랑인들 얼마나 많을까. 지금 이렇게 천동[19]이던 몸이 부모님에게 얼마나 귀염을 받을까. 친척인들 오죽 부러워하고 우러러볼까. 잘못하였다. 아아 잘못하였다. 왜, 아버지가 "정하자" 하실 때에 "네" 하지를 못하고 "안 돼요" 했나. 아아 왜 그랬나. 어떻게 하려고 그렇게 대답을 하였나! 그런 부귀를 왜 싫다고 했나. 그런 자리를 놓치면 나중에 어찌하잔 말인가. 아버지 말씀과 같이 고생을 몰라 그런가 보다. 철이 아니 나서 그런가 보다. "나중에 후회하리라" 하시더니 벌써 후회막급인가 보다. 아아 어찌하나. 때가 더 되기 전에 지금 사랑에 나가서 아버지 앞에 자복할까 보다. '제가 잘못 생각 하였습니다'라고. 그렇게 할까? 아니다. 그렇게 할 터이다. 가지 마라시는 일본도 또다시 아니 가겠다. 이 길인가 보다. 이 길이 밟을 길인가 보다. 아, 그렇게, 정하자, 그러나……

"아이구, 어찌하면 좋은가……"

경희의 눈은 말똥말똥하다. 전신이 천근만근이나 되도록 무거 워졌다. 머리 위에 큰 동철(銅鐵) 투구를 들쒸운 것같이 무겁다. 오그라졌던 두 팔 두 다리는 어느덧 나와서 척 늘어졌다. 도로 전 신이 오그라진다. 어찌하려고 그런 대담스러운 대답을 하였나 하 고. 아버지가 "계집애라는 것은 시집가서 아들딸 낳고 시부모 섬 기고 남편을 공경하면 그만이니라" 하실 때에 "그것은 옛날 말이 에요. 지금은 계집애도 사람이라 해요. 사람인 이상에는 못 할 것 이 없다고 해요. 사내와 같이 돈도 벌 수 있고, 사내와 같이 벼슬 도 할 수 있어요. 사내가 하는 것은 무엇이든지 하는 세상이에요" 하던 생각을 하며, 아버지가 담뱃대를 드시고 "뭐 어쩌고 어째, 네까짓 계집애가 하긴 무얼 해. 일본 가서 하라는 공부는 아니 하 고 귀한 돈 없애고 그까짓 엉뚱한 소리만 배워가지고 왔어?" 하 시던 무서운 눈을 생각하며 몸을 흠칫한다.

과연 그렇다. 나 같은 것이 무얼 하나. 남들이 하는 말을 흉내 내는 것이 아닌가. 아아 과연 사람 노릇 하기가 쉬운 것이 아니 다. 남자와 같이 모든 것을 하는 여자는 평범한 여자가 아닐 터이 다. 4천 년래의 습관을 깨뜨리고 나서는 여자는 웬만한 학문, 여

간한 천재가 아니고서는 될 수 없다. 나폴레옹 시대에 파리의 전
인심을 움직이게 하던 스탈 부인[20]과 같은 미묘한 이해력, 요설
한 웅변, 그런 기재(機才)한 사회적 인물이 아니고서는 될 수 없
다. 살아서 오를레앙을 구하고 사(死)함에 프랑스를 구해낸 잔 다
르크 같은 백절불굴의 용진(勇進) 희생이 아니고서는 될 수 없다.
달필의 논문가, 명쾌한 경제서의 저자로 이름을 날린 영국 여권
론의 용장 허스트[21] 부인과 같은, 어론(語論)에 정경(精勁)하고 의
지가 강고한 자가 아니고서는 될 수 없다. 아아, 이렇게 쉽지 못
하다. 이만한 실력, 이러한 희생이 들어야만 되는 것이다.

경희가 이제껏 배웠다는 학문을 톡톡 털어보아도 그것은 깜짝
놀랄 만치 아무것도 없다. 남이 제 앞에서 춤을 추고 노래를 하나
참으로 좋아할 줄을 모르고 진정으로 웃어줄 줄을 모르는 백치 같
은 감각을 가졌다. 한마디 대답을 하려면 얼굴이 벌게지고 어서
(語序)를 찾을 줄 모르는 둔설(鈍舌)을 가졌다. 조금 괴로우면 싫
어, 조금 맞기만 하여도 통곡을 하는 못된 억병(臆病)이 있다. 이
사람이 이러는 대로 저 사람이 저러는 대로, 동풍 부는 대로 서풍
부는 대로 쓸리고 따라가도 고칠 수 없이 쇠약한 의지가 들어앉았
다. 이것이 사람인가. 이것을 가진 위인이 사람 노릇을 하잔 말인
가. 이까짓 남들 다 하는 것쯤의 학문으로, 남들도 지을 줄 아는
삼시 밥 먹을 때 오른손에 숟가락 잡을 줄 아는 것쯤으로는 벌써
틀렸다. 어림도 없는 허영심이다. 만일 고급 사업가의 각 부인들
이 알면 코웃음을 칠 터이다. 정말 엉뚱한 소리다.

"아이구, 어찌하면 좋은가……"

여기까지 제 몸을 반성한 경희의 생각에는 저를 맏며느리로 데려가려는 김 판사 집도 딱하다. 또 저 같은 천치가 그런 부귀한 댁에서 데려가려면 고래를 숙이고 네네, 소녀를 바치며 얼른 가야 할 것이 당연한 일인데 싫다고 하는 것은 제가 생각하여도 괘씸한 일이다. 그리고 아버지며 어머니며 그 외 여러 친척 할머니 아주머니가 저를 볼 때마다 시집 못 보낼까 보아 걱정들을 하는 것이 당연한 일인 것도 같다.

경희는 이제까지 비녀 쪽 찐 부인들을 보면 매우 불쌍히 생각하였다. '저것이 무엇을 알고 저렇게 어른이 되었나. 남편에게 대한 사랑도 모르고 기계같이 본능적으로만 저렇게 금수와 같이 살아가는구나. 자식을 귀애(貴愛)하는 것은 밥이나 많이 먹이고 고기나 많이 먹일 줄 만 알았지 좋은 학문을 가르칠 줄은 모르는구나. 저것도 사람인가' 하는 교만한 눈으로 보아왔다. 그러나 웬일인지 오늘은 그 부인네들이 모두 장하게 보인다. 설거지하는 시월이 머리에도 비녀가 꽂힌 것이 저보다 훨씬 나은 것도 같이 보인다. 담 사이로 농민의 자식들이 우는 소리가 들리는 것도 저보다 훨씬 나은 딴 세상 같다. 아무리 생각하여도 저는 저 같은 어른이 될 수 없을 것 같고 제 몸으로는 저와 같은 아이를 낳을 수가 없을 것 같다. '저와 같이 이렇게 가기 어려운 시집을 어쩌면 그렇게들 많이 갔고 저와 같이 이렇게 어렵게 자식의 교육을 이리저리 궁구하는 것을 저렇게 쉽게 잘들 살아가누.' 생각을 한즉, 저는 아무것도 아니다. 그 부인들은 자기보다 몇십 배 낫다.

'어떻게 저렇게들 쉽게 비녀로 쪽 찌게 되었나? 어쩌면 저렇게

자식들을 많이 낳아가지고 구순히들 잘 사누. 참 장하다.'

경희는 생각할수록 그네들이 장하다. 그리고 저는 이렇게도 시집가기가 어려운 것이 도무지 이상스럽다. '그 부인네들이 장한가? 내가 장한가? 이 부인네들이 사람일까? 내가 사람일까?' 이 모순이 경희의 깊은 잠을 깨우는 큰 번민이다. '그러면 어찌하여야 장한 사람이 되나' 하는 것이 경희의 머리가 무거워지는 고통이다.

"아이구, 어찌하나. 내가 그렇게 될 줄 알았을까……"

한마디가 늘었다. 동시에 경희의 머리끝이 우쩍 위로 올라간다. 그러곤 경희의 뻔뻔한 얼굴, 넓적한 입, 길쭉한 사지의 형상이 모두 스러지고 조그마한 밀짚 끝에 깜박깜박하는 불꽃같은 무엇이 바람에 떠 있는 것 같다. 방만은 후끈후끈하다. 부지중에 사방 창을 열어젖혔다.

뜨거운 강한 광선이 별안간에 왈칵 대드는 것은 편싸움꾼의 양편이 육모 방망이를 들고 '자……' 하며 대드는 것같이 깜짝 놀랄 만치 강하게 쪼여 들어온다. 오색이 혼잡한 백일홍 활년화(活年花) 위로는 연락부절(連絡不絶)히 호랑나비 노랑나비 오고 가고 한다. 배나무 위의 까치 보금자리에는 까만 새끼 대가리가 들락날락하며, 어미 까치가 먹을 것을 가지고 오는 것을 기다리고 있다. 댑싸리 그늘 밑에는 탑실개[22]가 쓰러져 쿨쿨 자고 있다. 그 배는 불룩하다. 울타리 밑으로 굼벵이 잡으러 다니는 어미 닭의 뒤로는 대여섯 마리의 병아리가 줄줄 따라간다. 경희는 얼빠진 것같이 멀거니 앉아서 보다가 몸을 일부러 움직였다.

저것! 저것은 개다. 저것은 꽃이고 저것은 닭이다. 저것은 배나

무다. 그리고 저기 매달린 것은 배다. 저 하늘에 뜬 것은 까치다. 저것은 항아리고 저것은 절구다.

이렇게 경희는 눈에 보이는 대로 그 명칭을 불러본다. 옆에 놓인 머릿장도 만져본다. 그 위에 개어서 얹은 면주 이불도 쓰다듬어본다.

"그러면 내 명칭은 무엇인가? 사람이지! 꼭 사람이다."

경희는 벽에 걸린 체경(體鏡)에 제 몸을 비추어본다. 입도 벌려보고 눈도 끔쩍여본다. 팔도 들어보고 다리도 내어놓아본다. 분명히 사람 모양이다. 그리고 드러누운 탑실개와 굼벵이 찍으러 나니는 닭과 또 까치와 저를 비교해본다. 저것들은 금수, 즉 하등 동물이라고 동물학에서 배웠다. 그러나 저와 같이 옷을 입고 말을 하고 걸어 다니고 손으로 일하는 것은 만물의 영장인 사람이라고 배웠다. 그러면 저도 이런 귀한 사람이다.

아아, 대답 잘했다. 아버지가 "그리로 시집가면 좋은 옷에 생전 배불리 먹다 죽지 않겠니?" 하실 때에 그 무서운 아버지 앞에서 평생 처음으로 벌벌 떨며 대답하였다. "아버지 안자(顏子)의 말씀에도 일단사(一簞食)와 일표음(一瓢飮)에 낙역재기중(樂亦在其中)이라는 말씀이 없습니까? 먹고만 살다 죽으면 그것은 사람이 아니라 금수이지요. 보리밥이라도 제 노력으로 제 밥을 제가 먹는 것이 사람인 줄 압니다. 조상이 벌어놓은 밥 그것을 그대로 받은 남편의 그 밥을 또 그대로 얻어먹고 있는 것은 우리 집 개나 일반이지요" 하였다. 그렇다. 먹고 죽으면 그것은 하등 동물이다. 더구나 제 손가락 하나 움직이지 않고 조상의 재물을 받아 가지고 제가 만들기는 둘째 쳐놓고 받은 것도 쓸 줄 몰라 술이나 기생에게 쓸데없이 낭비하는, 사람이 아니라 금수와 같이 배 뚜드리다가 죽는 부자들의 가정에는 별별 비참한 일이 많다. 태[23]히 금수와 구별을 할 수도 없는 일이 많다. 그런 자는 사람의 가죽을 잠깐 빌려다가 쓴 것이지 조금도 사람이 아니다. 저 댑싸리 그늘 밑에 드러누우려 하여도 개가 비웃고 그 자리가 아깝다고 할 터이다.

그렇다. 괴로움이 지나면 낙이 있고 울음이 다하면 웃음이 오고 하는 것이 금수와 다른 사람이다. 금수가 능치 못하는 생각을 하고 창조를 해내는 것이 사람이다. 사람이 번 쌀, 사람이 먹고 남은 밥찌꺼기를 바라고 있는 금수. 주면 좋다 하는 금수와 다른 사람은 제 힘으로 찾고 제 실력으로 얻는다. 이것은 조금도 모순이 없는 사람과 금수와의 차별이다. 조금도 의심 없는 진리이다.

경희도 사람이다. 그다음에는 여자다. 그럼 여자라는 것보다 먼저 사람이다. 또 조선 사회의 여자보다 먼저 우주 안 전 인류의 여성이다. 이 철원 김 부인의 딸보다도 먼저 하나님의 딸이다. 여하튼 두말할 것 없이 사람의 형상이다. 그 형상은 잠깐 들쓴운 가죽뿐 아니라 내장의 구조도 확실히 금수가 아니라 사람이다.

오냐, 사람이다. 사람으로 보이지 않는 험한 길을 찾지 않으면 누구더러 찾으라 하리! 산정에 올라서서 내려다보는 것도 사람이 할 것이다. 오냐, 이 팔은 무엇 하자는 팔이고 이 다리는 어디 쓰자는 다리냐?

경희는 두 팔을 번쩍 들었다. 두 다리로 껑충 뛰었다.

빤빤한 햇빛이 스르르 누그러진다. 남치마 빛 같은 하늘빛이 유연히 떠오른 검은 구름에 가린다. 남풍이 곱게 살살 불어 들어온다. 그 바람에는 화분과 향기가 싸여 들어온다. 눈앞에 번개가 번쩍번쩍하고 어깨 위로 우레 소리가 우르르한다. 조금 있으면 여름 소나기가 쏟아질 터이다.

경희의 정신은 황홀하다. 경희의 키는 별안간 이[24] 늘어지듯이 부쩍 늘어진 것 같다. 그리고 목(目)은 전 얼굴을 가리는 것 같다. 그래도 푹 엎드려 합장으로 기도를 올린다.

하나님! 하나님의 딸이 여기 있습니다. 아버지! 내 생명은 많은 축복을 가졌습니다.

보십쇼! 내 눈과 내 귀는 이렇게 활동하지 않습니까?

하나님! 내게 무한한 광영(光榮)과 힘을 내려주십쇼.

내게 있는 힘을 다하여 일하오리다.

상을 주시든지 벌을 내리시든지 마음대로 부리시옵소서.

〔『여자계』 1918년 3월〕

현숙

1

반년 만에 두 사람은 만났다.

남자가 여자에게 초대를 받았으나 원래부터 이러한 기회 오기를 남자는 기다리고 있었다. 물론 동무들의 말, 여러 가지 이야기를 하였다.

지금 대면하고 보니 향기 있는 농후한 뺨, 진달래꽃 같은 입술, 마호가니 맛 같은 따뜻한 숨소리, 오랫동안 잊고 있던 그에게 더없는 흥분을 주었다.

확실히 반년 전 여자는 아니었다. 어떠한 이성에게든지 기욕[1]을 소화할 수 있는 여자의 자태는 한껏 뻗치는 식지(食指)가 거리낌 없이 신출(伸出)함을 기다리고 있는 양이었다.

"……어떻든지 그대의 태도는 재미가 없었어. A상회를 3일 만에 고만둔 것이라든지 카페의 여급이 된 것이라든지……"

"……하루라도 더 있을 수가 없으니까 그렇지, 내게 여급이 적당할 듯하니까 그렇지. 그리고 나는 양화가 K선생 집 모델로 매일 통행하였어. K선생은 참 자모[2]여. 선생의 일을 언제나 귀공에게 말하지. 선생은 늘 나를 불쾌하게 하면서 내가 아니면 아니 될 일이 많아……"

"응 그래, 자 마십시다."

그는 저기 갖다놓은 홍차를 여자에게 주의(注意) 주었다.

"그리고 나는 요사이 금전 등록기가 돼 있어. 간단하고 효과 있는 명쾌한 것, 반응 100퍼센트는 어딘지, 하하하하……"

좀 까부는 듯하여 2, 3차 뜨거운 차를 불면서,

'내게서 반년 동안 떠난 사이 퍽 적막했었지? 인제 고만 내게로 오지' 하는 듯한 표정으로 말끔히 남자의 얼굴을 보았다.

스물셋의 색이 희고 목덜미가 드묵하고[3] 몸에 맞는 의복, 여자와 대면해 있는 남자는 어느 신문사 기자. 아직 아침 9시 조조(早朝) 때, 남대문 스테이션 부근 작은 끽다점[4]이었다.

"나는 오늘 좋은 플랜을 가지고 왔어. 그렇지만 당신이 이전과 같이 무서운 질투를 가져서는 아니 되어요. 벌써 시크가 되지 아니했소?"

"글쎄, 어떨는지! 이번에는 당신이 발을 들여놓지 않는다니 무어나 상관없잖은가."

그는 잠깐 웃었다.

여자의 플랜이라는 것은 끽다점 양점(讓店)[5]이었다. 장소는 종로1정목, 그것을 인계하여 경영하고 싶으나 400원이라는 돈이 있어야 한다. 그리하여 1구(一口) 10원, 유지[6]는 10구 이상을 신청할

사, 피녀[7]가 상의하려고 두 사람뿐의 적당한 밤을 기다린 것이다.

"지금까지 친했던 사람이 좋지 않소, 그래 몇 구나 되었나?"

"25, 6구, 모두 불경기라는 말들만 하니까."

"그래 몇 사람이나 되어?"

남자는 큰 눈을 떴다.

"그러니 말이야, 그것이 신사 계약이어요. 누구나 다 자기 혼자만인 줄 알고 있는 것! 당신이야말로 이것부터 손(損)되는 일은 없으니까. 하하……"

여자는 깔깔 웃는다.

"그러나 당신은 아까 나더러 레지스터[8] 같은 생활을 한다고 했지? 그러니까 예 하면 10구의 남자에게 대하여는 10구 정도, 20구의 남자에 대하여는……"

"머리가 좋지 못해, 그렇게 서비스가 싫으면 최대한도의 구수를 가질 것이지. 그러니 30구만 해. 돈은 2차도 좋아…… 어때? 응?"

"당신의 말을 누가 하는데, 좋은 패트런[9]이 생겼대지? 패트런을 가지는 것은 얼마나 부러운 일인가."

"무어 그렇지도 않아. 부르주아 옹(翁)이 때때로 정자옥(丁子屋)[10] 식당에 가서 점심이나 사줄 뿐이지."

그는 역시 그 옹을 생각하였다, 그 옹에게 말하면 다소 뭉텅이 돈이 생길 듯하여.

여자는 이 플랜을 남자가 승인할 것을 알았다. 그리하여 가지고 있던 여러 편지를 테이블 위에 던졌다.

"거기 러브 레터도 있나?"

남자는 말했다.

"그래 러브 레터도 많지만 문제는 그것이 아니야. 당신더러 답
장을 써달라고 싶어 그래. 요새 나는 순정한 젊은 청년들의 편지
에 대해서 일행 반구(一行半句)도 답이 써지지 않아. 그래 문구를
생각해서 잘 쓰려고 해도 안 돼요. 네? 써주어요! 청해요!"

여자는 거짓말을 아니 했다. 과연 일행 반구도 써지지 않아 금
일까지 답장을 질질 끌어왔다.

그럴 동안에 남자는 편지를 일독하였다. 그 여자와 동숙(同宿)
해 있는 남자의 편지였다.

'당신에 대한 사랑을 말합니다. 벌써 오랫동안 참아왔으나 참
래야 참을 수 없소. 마음에 찬 편지도 금야(今夜) 정하지 않고 내
일을 기다립니다……' 라는 의미였다.

남자는 눈살을 찌푸렸다. 포켓에서 만년필을 뺐다. 동시에 여자
는 속히 핸드백에서 레터 페이퍼를 내놓고 곧 쓰도록 현재 자기
여관 생활을 이야기하였다. 청년은 아랫방에 있고 여자는 그 옆
방, 그리고 그 옆방에는 노시인이 있었다. 청년은 2, 3개월 전에
지방에서 상경하여 선전[11] 출품 준비를 하는 중이니 아무쪼록 입
선되기를 바란다고 써달라 하였다.

기자는 레터 페이퍼의 꺾인 줄을 펴가며 써간다. 과연 추찰[12]이
민첩하였다.

'당신과 같이 나도 당신을 사랑합니다마는 밝으나 어두우나 빵
을 구하기 위하여 바쁩니다. 지금 이 편지를 쓰는 것도 넉넉한 시

간이 없습니다.'

　이렇게 세세하게 그는 여자다운 문자를 써서 편지를 썼다.

　"이것을 청서(淸書)하오."

　"그래 잘되었어. 내 청서할게. 역시 당신은 거짓말쟁이구려."

　"그 거짓말쟁이를 이용하는 당신이 더 거짓말쟁이지."

　여자는 죽죽 답장을 읽었다. 최후에 '친구의 여관에서 당신을
사모하며'라고 했다. 그다음에는……이라고 쓰면 우습겠는데, 그
렇게 일행(一行)을 썼다.

　"이 애, 그런 것을 썼다가는 내가 죽는다."

　"그럴 거 아니야. 이걸로 잘되었어. 그 사람은 이 답장을 호흡
을 크게 하며 보겠지. 심장을 상할 터이지. 그때라고 썼으면 우습
겠지. 맞닥뜨리면[13] 그곳에서 처음으로 호흡을 크게 쉬게 될 것이
지."

　"무얼, 반대로 이기면 심장이 더 동계[14] 하는 것이야."

　"그것은 당신의 육필이니까. 이것은 누구의 대필이라고 생각해
서 신용하지 않을 것이오."

　"그러면 답장을 하지 않는 것이 좋지 아니해? 그것이 된 대로
기분을 잘 표현시킨 것이니까."

　여자는 청년의 뛰는 기분을 생각하면 할수록 결국 반대 방향을
향하고 싶었다. 그리하여 접은 레터 페이퍼를 서양 봉투에 넣었다.

　이렇게도 변할 수 있을까 할 만치 된 남자의 눈은 그의 시계를
내어 보았다.

　"금야, 7시경, 종로 네거리에서 만납시다"

하였다. 두 사람은 섰다.

2

안국정 ○○하숙은 가을 비 흐린 날 어둠침침하였다. 노시인 방
은 발 디딜 곳 없이 고신문 고잡지가 산같이 쌓였다. 시인 자신은
한가운데 책상 대신 행리[15]를 놓고 앉아 3인 동반의 학생을 향하
여 큰 말소리로 이야기하고 앉았다. 지방 고등보통학교 학생 제
복을 입은 학생 3인은 빈궁하고도 유명한 노시인에게 충심껏 경
의를 표하는 어조로,

"반년 전에 선생님께서 지어주신 교가보(校歌譜)가 최근 겨우
되었습니다. S씨의 작곡입니다. 오늘은 저희들이 교우회 대표로
선생님에게 보고하러 왔습니다. 저희는 가서 곧 전교 학생에게
발표하려고 합니다. 선생님 저희들이 불러보겠습니다."

3인은 경의를 다하여 작은 소리로 교가를 불렀다. 노시인은 취
한 얼굴로 둘째 손가락으로 박자를 맞추고 있었다.

그런데 정직하게 말하면 노시인은 타인의 노래를 듣는 것같이
자기가 지은 것을 전혀 잊고 있었다. 그러나 그들의 유창한 노래
에 흥분되어 두세 개소 기억되는 문구가 있었다.

"응! 그것! 그것! 확실히 그것이다!"

노시인은 대머릴 쓰다듬고 고개를 끄덕끄덕했다.

"참 좋은 곡조다. 나는 바이런을 숭배하고 있다. 이 교가에는
바이런의 시 냄새가 난다. 한 번 더 불러주오, 나도 같이 배워봄

시다."

학생들은 노시인의 정열적인 말에 소리가 점점 크게 높게 되었다. 노시인은 우쭐우쭐해졌다. 그때까지 한편 구석에 전연 무시해버렸던 엷고 때 묻은 셔츠 1매의 청년 화가가 벌떡 일어서며,

"선생님 제가 한턱하지요."

찢어진 창문을 열고 넣어 있던 5, 6본[16] 비어를 노시인의 행리 앞에 내놓는다.

"L군, 수고했소, 마셔도 좋지."

노시인은 실눈을 하고 좋아하였다.

"L군, 나중에 군에게 많은 주정을 할 터이야."

노시인은 L군에게 모델에 되어 있었다. 3, 4일간 서로 시간이 맞지 아니하였고, 오늘은 학생을 만나 좋은 기분으로 모델료 비어를 미리 마셔[17]두는 것이다. 물론 L군은 노시인을 기쁘게 하기 위하여 가지고 왔던 비어를 다 내놓았다.

학생들은 노시인의 권고로 한 잔씩 했다. 노시인은 더 놀다 가라고 그들을 붙잡았으나 그들이 간다고 하므로 노시인은 취보(醉步)로 3인을 따라 가도(街道)로 나섰다. L군은 혼자되었다. 어수선히 늘어놓은 고신문은 거칠었다. L은 마시면서,

"……희망에 충만한 청년들이……"

2, 3차 입속으로 되풀이하다가 다시 자기의 희망이 먼 현재의 불행을 느끼게 되었다.

현숙의 반신[18]은…… 왜 현숙의 마음을 좀더 일찍이 추량[19]하지 못하였던고? 그러지 못해서 피녀의 마음을 물었던 것이다. 그리

하여 현숙의 반신은 그같이 저를 번롱(飜弄)하여 보낸 것이 아닌가. 그렇게 생각해볼 때 그는 결코 피녀에 대하여 노할 수 없었다.

'현숙은 현숙이 편지 쓴 대로 매우 바쁘단다. 그러나 현숙의 세평은 매우 나쁘다.' 그는 아픈 가슴으로 때때로 귀에 들려오는 현숙 세평에 대하여 안타까워하였다. 노시인과 현숙과 자기 3인이 이같이 한 여관에서 친신(親身)과 같이 생활해가는 현재는 우연이지만 불편한 적도 있었다. 노시인은 언제든지 술에 취하여 술값이 없으면 며칠이라도 굶었다.

"A가 내게 시를 주었다. 술에 기운을 다 뺏긴 것처럼 말하지만 이렇게 늙어도 피는 아직도 뜨겁다."

50이 넘도록 독신으로 있는 그는 쓸쓸한 표정을 하였다.

현숙은 노시인의 시집을 책점에서 사서 애독한 일이 있으므로 노시인의 신변을 주의하고 돈이 생기면 반드시 술을 사서 부어 권고하므로 적막한 노시인의 생활은 현숙의 호의로 명쾌하게 되었다. 따라서 3인의 생활은 한 사람도 떼어 살 수가 없이 되었다. 금년이야말로 L이 선전에 입선되기를 기대하면서 노시인은 모델이 된 것이다.

"모델 노릇을 누가 하리마는 군에게는 특별히 되지. 그래 매일 술이나 줄 터인가? 내가 훅훅 마시는 것을 그리면 내 기분이 날 것이다."

그리하여 L은 배수의 진을 폈다. 만일 금년에 낙선하면 화필을 던지리라고 생각하였다. 다 읽은 서적과 의복 등을 전당하여 50호 캔버스[20]와 화구와 또 비어 두 다스를 사가지고 온 것이다. 비어

계절도 아니지마는 비어를 보기만 하여도 기분이 흥분되는 까닭이었다.

  1일 두 시간, 비어 세 본, 화제는 'Y 노폐 시인(老廢時人)', 그것은 노시인 자신이 선정한 것이다. 최초 4, 5일간은 규정대로 실행하여 호색이 났다. 노시인은 규정대로 세 본을 마시고 나서,

  "야, 맛있어라"

하고 밖으로 나갔다. 동숙자 3인 중 언제든지 화풍(和風)이 부는 현숙은,

  "네? 선생님, 나는 바느질도 할 줄 알아요. 선생님 의복이 더러웠어요"

말하면서 더러운 방을 들여다보다가 언덕에 부는 바람과 같이 L의 옆으로 뛰어들었다. L은 그 매력에 취하여 다시 둥글둥글 뒹굴었다.

  "나는 조금 아까 당신 방을 열어보았어. 무슨 일기 같은 것을 쓰고 있습디다그려. 다들 그렇게 생각해주지, 응? 그래 내가 한 반신이 퍽 재미있었지? 정말은 감정보다 회계(會計), 회계 그것 말이야…… 응 무엇을 생각해…… 연애의 입구는 회계로부터 시작되는 것이 좋아. 참 나는 지금까지 감정으로 들어가 모든 것을 실패해왔어. 그러므로 당신과 같이 순정스러운 청년에게 대하는 것처럼 어렵고 무서운 것은 없어."

  "나는 다만 현숙 씨와 동숙하고 있는 것으로 만족하고 있소."

  "그러나 L씨, 나는 근일 내로 이 집을 떠나려 해요."

  "……"

"실망하는 표정이구려, 실망해서는 안 되오. 나는 많은 눈물을 지었습니다마는, 실망은 아니 했어요. 인제 내가 선생님과 당신에게 좋은 통지를 해주지. 나는 지금 퍽 재미있는 일을 계획하고 있어요. 나는 또 나가야겠어요. 조금 잊어버릴 일이 있어."

한 번 더 현숙은 목에 내린 머리를 거듭하고[21] 예쁜 눈을 실눈을 하며 거울 앞에서 몸을 꾸미고 있었다.

"오늘 저녁때 돌아올게."

혼잣말로 하고 대문을 나섰다.

3

익조,[22] 노시인은 일찍 눈이 뜨여 담배를 빨고 있으려니 누구의 발소리가 났다. 여자인 듯하여,

"현숙이오?"

하고 물었다. 그러나 현숙은 대답을 아니 하고 자기 방으로 들어갔다.

"또 취했군."

선생은 "무슨 일이 또 있었군" 이렇게 말하며 너무 걱정이 되어 문틈으로 들여다보았다. 선생은 나와 현숙의 방으로 왔다. 현숙은 L이 펴놓아준 자리에 드러누워 천장을 쳐다보며 말한다.

"선생님, 저도 술 마셔도 좋지요? 어찌나 마시고 싶었었는지요⋯⋯ 네? 선생님 저는 어떻게 하여야 좋아요?"

다 말을 그치지 못하고 옆으로 드러누워 훌쩍훌쩍 운다. 현숙은

210

작야(昨夜)부터 오늘 아침까지 생긴 불쾌한 일을 잊으려고 하였다. ……화가 K선생은 현숙과 새로 계약한 것을 파약(破約)하였다. 그것도 피녀의 플랜 배후에 4, 5인의 남자를 상상 않을 수 없었던 이유였다. 그것보다 돌아온 자기 방에 누가 자리를 펴놓아준 것이다.

"고맙습니다! 고맙습니다. 선생님, 내 이 눈물을 기억하라고 말씀해주십쇼."

취하여 괴로운지 외로워서 우는지 노시인은 도무지 알 수 없으나 어떻든 밖으로 나가 세숫대야에 물을 담아다가 현숙의 이마 위에 수건을 축여 얹었다. 현숙은 찬물이 목에 흐른다고 중얼대면 물을 뿌렸다.

"참, 할 줄 몰라서."

노시인은 무참스러워했다.

그럴 때 L이 들어왔다. 이 기이한 현숙의 취태를 한참 서서 보다가 노시인에게 속살거렸다.

"대가(大家) K선생이 어디서 무슨 일이 생겼대요."

"어쩐지 이상해, K가 그럴는지 몰라, 확실한 것을 알아야 하겠군. 여하튼 타락만은 아니 하도록 해야지."

노시인은 엄숙한 표정으로[23] 현숙을 노려보았다.

그 이튿날 오후 노시인은 L과도 상의치 아니하고 사직동에 있는 K 대가 집으로 달려갔다. 노시인은 서서히 말을 꺼내어 현숙의 말을 하였다.

"요즈음 현숙은 매우 변했소. 당신은 여러 가지로 보아 현숙에게 대하여 책임감을 가지지 아니하면 안 되오. 어젯밤은 늦도록 여기서 술을 마시지 아니했소?"

"아니 당신은 무슨 오해를 하신 양 같소."

뚱뚱하고 점잖은 K는 가른 대머리를 불쾌하게 만지면서,

"그 책임이라고 하는 당신의 의미는 대체 무엇이오?"

"그런 것을 내게 물을 것이오?"

"아무래도 당신은 오해한 것 같소. 그 현숙은 여러 화가와 알아서 모델 값 3원, 5원, 10원씩 받는다구요. 나는 전연 모른다고는 할 수 없으나 현숙은 결코 내게만 책임을 지울 것이 아니오. 아니 그렇게 말할 수 없을 것이오."

"그런 변명을 할 것이 아니오. 현숙은 얌전한 여성이오. 그래도 남자이거든 그 여자를 사람다운 길로 인도해주는 것이 어떻소. 오늘 아침에 돌아오는 현숙을 보니 그리로 하여 타락해진 것이라고 생각이 들던 것이오."

"참 이상한 일이오. 내게는 그런 책임이 없어요. 현숙의 배후에는 여러 남자가 있었는데, 곤란받을 리도 없어요. 당신은 나만 책하지만 대체 당신에게 그런 권리가 있소?"

"무엇?"

노시인은 두 뺨이 붉어지며 교의에서 벌떡 일어섰다.

"어떻든 가시오. 돈이면……"

K는 약간 때 묻은 조끼에서 구겨진 지폐를 꺼냈다. 10원짜리였다.

"요새 당신의 시도 뒤진 것이 되어 잘 팔리지 아니하니까 무엇

이 걸려들까 하는 중이구려. 홍홍."

이 말을 들은 노시인은 불과 같이 발분하였다. K가 주는 지폐를 찢어서 책상 위에 던지는 동시에 의자 등을 엎어놓고 문밖으로 나왔다. 노시인의 가슴은 뛰었다.

"현숙이뿐 아니라 나까지 모욕한다. 어디 보자, 대가인 체하는 꼴. 되지 않게…… 남의 처녀를 농락하는 것만이라도 가만있을 수가 없어……"

하며 노기등등하여 가까운 술집에 들어가서 네다섯 시간 동안 마셨다. 나중에 가도로 나온 노시인은 건드렁건드렁 취하였다. 자기 숙소로 돌아올 때는 벌써 밤 12시가 되어 현숙과 L은 다 각각 잠이 들지 못하여 애를 쓰고 있는 때였다. 노시인은 다른 사람의 부축을 받아서 숙소 문턱까지 왔으나 그의 얼굴과 머리는 붕대를 하고 있고 두루마기와 버선은 흙투성이였다. 어느 구렁텅이에 빠진 것을 다행히 건져냈다는 근처 사람의 말이었다. 현숙은 드러누웠던 자리에서 일어나 노시인의 수족을 훔쳐주고 자리에 끌어다 뉘었다. 그럴 동안 노시인은 반 어물거리는 소리로,

"그놈, 그놈도 별놈 아니었구나…… 그놈 예술가의 탈을 벗거든 내가 껍질을 홀딱 벗길 것이다."

그렇게 되풀이하며 저주하는 것을 보고 현숙은 직각적으로 알았다.

'선생은 틀림없이 K선생 집에를 가셨던 거구나' 하고 현숙은 불의에 눈물이 돌아 금할 수 없게 되었다. 현숙은 노시인에게 자리옷을 갈아입히면서 눈물을 씻었다. 웬일인지 흙이 눈에 들어갔

다. 그것은 노시인의 두루마기 자락에 묻었던 것이다. 현숙은 웃었다.

"무엇이 우스워."

노시인은 무거운 취한 눈을 딱 부릅떴다.

"이것 보셔요. 어느 틈에 선생님의 두루마기 자락으로 눈물을 씻었어요. 이것 좀 보셔요. 이렇게 흙이 묻지 않았어요?"

현숙은 대굴대굴 구르며 웃는다. L도 옆에서 조력(助力)하며 싱글싱글 웃었다.

익조에 현숙은 창백한 얼굴로 얼빠진 것같이 창밖을 내다보고 섰다. 그럴 때 마침 노시인은 자리옷 입은 채로 들어와서 아버지 같은 어조로,

"가난이란 참 고생스럽지, 개 같은 놈들에게 머리를 숙여야 하고 싶은 것도 하지 않으면 안 되지. 그래 일을 생각하여 일찍이 잠이 깨었어. 현숙이도 지금부터는 쓸데없는 남자와 오고 가고 해서는 안 되어."

힘을 들여 말한다.

"네? 선생님 저는 고로(苦勞)하지 않아요. 엄벙하고 지내요. 그렇지 않으면 살길이 없지 않아요?"

"응 그렇지."

"그러므로 저는 선생님이 생각하고 계시는 것보다 태연해요…… 나라는 여자는 고마운 일이 아니면 울고 싶지 아니해요. 남이 야속하게 한다고 울지 않아요!"

"응, 우리는 가난뱅이들이니까 울고 싶어야 울지. 울게 되면 얼

214

마라도 가슴이 비워지니까!"

그리하여 노시인은 젊은 여성의 마음을 알아주는 것처럼 미소하였다. 한 번 더 아침잠을 자려고 자기 방으로 돌아갔다. 현숙은 많이 잔 끝이라 그대로 화장을 하러 일어나며,

"얼마나 훌륭한 선생인가" 혼잣말로 아니 할 수 없었다.

'아무 말도 아니 해서 선생들 하는 일이 우스우나 만일 지금 내 생활을 선생이 알 것 같으면…… 나는 쓸데없이 번민하나 선생은 내게 대하여 절망하는지 몰라……'

4

그것은 수일 후 오후였다.

"선생님!"

현숙은 짐짝을 정리하면서,

"저는 끊임없이 희망을 향하여 열심히 걸어가고 있어요. 그러니까 여기서 나가버리더라도 걱정 마셔요. 꼭 수일 내로 축하받을 일이 있으리라고 생각해요."

현숙은 이후에 주소를 알려주마 하고 쓸쩍 이사를 해버렸다.

예상한 일이지마는 L은 정말 실망하였다. 노시인은 술만 먹고 들락날락하여 필경 L의 모델로서는 실패하였다.

매일 현숙의 편지를 기다리고 있는 L에게 주소 성명을 쓰지 아니한 두둑한 편지 한 장이 왔다. 뜯어본즉 두 개의 봉투가 있다. 한 장은 L의 성명이 써 있고 한 장은 아무것도 써 있지 않고 지참

인[24] L군이라고 써 있다.

L은 우선 자기에게 온 것을 뜯어본즉, "현숙에 대한 일로 꼭 한 번 대형(大兄)과 만나고 싶소. 현숙은 형이라면 열정적이오. 명일 오후 3시에 표기처(標記處)로 동봉 편지를 가지고……"라고 썼다.

L은 웬 셈인지 몰랐다. 그러나 물론 이 편지 중에는 현숙의 최근 사정이 숨어 있는 것을 짐작하는 동시에 어쩔 줄을 몰라 익일 오후 3시 전에 지정소로 갔다.

그곳에 가보니 과연 지정한 곳이 있어 문을 두드렸다. 귀를 대고 들으니 인기척이 나면서 미구에 문이 열렸다. 모르는 남자라고 생각하고 있을 때 딱 서는 자는 현숙이었다. 아! 깜짝 놀라 양인은 서로 쳐다보고 섰다.

"아? 당신이었소? 누가 여기를 가르쳐줍디까? 내가 알리지도 아니하였는데 당신이 여기 오니 웬일이오?"

현숙은 불쾌한 기분으로 말하였다. L이 주소 성명 없는 편지로 인하여 왔다고 변명하려고 한 걸음 나설 때에 현숙은 불현듯 문을 닫아버렸다. 그리하여 L은 급하게 그 이상스러운 편지를 현숙의 앞에 던졌다.

문은 닫혔다. 3, 4분간 문 앞에 멀거니 섰다. 불의에 현숙을 이곳에서 만난 것, 현숙이 대단히 노한 것, 웬 셈인지 몰랐다…… 대체 이게 웬일일까…… 현숙은 무슨 오해를 하는 모양, 그렇지 않으면 너무 우정을 무시하는걸…… 한 번 더 문을 두드려보고 비난을 해보려고 하였으나 그는 힘없이 돌아가려고 들떠 섰다. 그럴 때 뒤에서,

"기다리셔요! L씨" 부른다.

L은 뒤를 돌아보지 않았다. 쫓아온 현숙은 L의 손을 붙잡고 방으로 들어갔다.

"여보셔요 L씨, 나는 꼭 3시에 만나자는 사람이 있어서 당신과 이야기할 시간이 없었어요. 그랬더니 알고 보니 그 사람이 당신을 대신 보낸 것이에요. 자 어서 들어오십쇼. 내가 이야기할 것이 많아요."

그리하여 L은 현숙에게 재촉을 받으며 들어섰다. 단칸방에 세간이 놓여 있는 까닭인지 매우 좁아 보였다. 남창에 비치는 여름 기분이 찼다. 현숙은 붉은 저고리에 깜장 치마를 입고 앉아 L에게 옆으로 오라고 하였다. 그 옆에는 등(藤)의자가 놓여 있었다.

"여기는 내 침실 겸 서재예요. 어때요, 조용하고 좋지요? ……아무나 이 방에 부르는 것은 아니에요."

L은 전등을 켜면서 한번 실내를 휘둘러보았다. 노시인의 옆방과 달리 여기는 밝고 정하였다. 보기 좋은 경대가 하나 놓여 있어 거울이 가재(家財)처럼 비치고 있고 대소의 화장병이 정돈하여 있다. L은 어쩐지 이것을 볼 때 기분이 좋지 못하였다.

"여보셔요. 내가 이 편지를 보고 알았어요. 나는 당신이 간 줄 알고 뛰어나갔어요. 참 잘되었어, 당신이 대신 와서. 이 편지가 당신에게 갔었대지? 이 사람은 벌써 나하고 절교한 사람이에요. 이 편지를 좀 읽어보아요 네?"

현숙은 L이 던져준 편지를 그에게 억지로 보였다. 3, 4매의 편지는 구겨졌다. 현숙이 불끈 쥐어 구긴 것 같았다.

나의 현숙 씨!

나는 별안간 영남 지방을 가지 않으면 아니 되게 됐어요. 때때로 상경하지요. 그러나 지금까지 두 사람 사이에 지내던 재미스러운 것은 못 하게 되었소. 더구나 명일 오후 3시에도 가지 못하게 되어 섭섭해요.

그러나 나는 생각하였어요. 현숙 씨의 좋아하는 청년, 사랑하는 청년 L을 생각했습니다. 당신은 L을 사랑하면서 현재 생활에서 그와 접근하는 것을 피하고 있고. 그리하여 나는 현숙 씨와 L군 사이를 가까이 해놓으려고 생각했어요.

현숙 씨!

이만한 권리는 당연히 L에게 있지 않소. 당신을 일로부터 영원히 소유할 수 있는 이것이 L의 기득권이에요. 이 기득권을 실행하는 것이에요. 분명히 현숙 씨는 손뼉을 치며 L의 권리를 기뻐해줄 것이오. 당신도 사람일 것 같으면 이것이 마음에 맞으리라고 상상하고 마음으로부터 미소를 띠게 되었소.

현숙 씨! 이 편지는 그 의미로 내가 가지고 온 것이오. 나는 지금 두 사람을 위하여 만강(滿腔)의 축복을 다하오. 브라보! 브라보!

현숙은 창 앞에서 편지를 읽는 L의 옆에 섰다. 그 점화(點火)한 강한 눈은 문자를 향하여 있는 L의 눈을 멀거니 기대하고 있다. L의 검고 선선한 눈이 일기[25] 경사면(傾斜面)을 쏘는 쾌적한 순간을 생각게 하며 현숙에게 쇄도하였다.

두 사람은 포옹하였다. 벌써 전부터 계기가 예약한 것같이.

"네? 언제 내가 말한 회계의 입구가 이렇게 속히 우리 두 사람을 행복하게 할 줄은 상상도 못 했어요. 우리 둘의 감정은 벌써 충분히 준비되었던 것인데! 그러니까 우리는 지금이야말로 어떻게 감정 과다라도 관계치 않아요. L씨, 나는 인제 L씨라고 부르지 않겠어요. 그 대신 브라보를 불러드리지요. 브라보. 브라보!"

그런데 L의 인후(咽喉)에는 무슨 큰 뭉텅이가 걸려 있었다. 지금까지 알 수 없는 환희였다. 그는 지금 그것을 삼켜버릴 수밖에 없다.

"그리고 당신은 오후 3시에 여기 와주셔요! 언제든지 열쇠는 주인집에 맡겨둘 터이니. 우리 둘이 여기서 살 수는 없어요. 당신은 잘 노선생을 위로해드리세요. 네? 우리가 이렇게 된 것은 당분간 선생에게는 이야기 아니 하는 것이 좋아요. 우리 둘은 반년간 비밀 관계를 가져요. 반년 후 신계약에 대해서는 다시 생각할 필요가 있어요. 그것은 우선 우리가 미리 준비할 필요가 있어요."

"그렇게 말하면 우습지."

L은 쓸쓸한 환희에 떨며 미소하였다.

"그럴 일은 물론 미리 준비할 필요가 없어요."

현숙은 두 팔을 벌려 뜨거운 손을 L에게 향하여 용감히 내밀었다.

[『삼천리(三天里)』1936년 12월]

어머니와 딸

1

"나는 그 잘났다는 여자들 부럽지 않아."

틈만 나면 한운의 방에 와서 '히히 허허' 하는 주인마누라는 오늘 저녁에도 또 한운과 이기봉과 마주 앉아 아랫방에 있는 김 선생 귀에 들리라고 일부러 소리를 크게 하여 말했다.

"왜요?"

이기봉은 주인마누라의 심사를 잘 아는 터라 또 무슨 말인가 하고 들어보기 위하여 이렇게 물었다.

"여자란 것은 침선 방적을 하여 살림을 잘하고 남편의 밥을 먹어야 하는 것이야."

오늘은 갑을병(甲乙丙)과 마주 앉고, 내일은 이로하(イロハ)와 마주 앉게 되고, 때로는 ABC와도 말하게 되는 이 여관집 마누라는 여러 번 좌석에서 신여자 논란이라는 것을 많이 주워 들었다. 그리하여 그중에 이런 말이 제일 머리에 박혔던 것이다.

"왜요? 신여성은 침선 방적을 못 하나요. 남편의 밥보다 자기 밥을 먹으면 더 맛있지."

1년 전에 이혼을 하고 다시 신여성에게 호기심을 두고 있는 이기봉은 이렇게 반항하였다. 이에 대하여 다시 주인마누라는 처음과 같이 강한 어조로 반항할 힘이 없었다.

"들으라고 그랬지."(손가락으로 아랫방을 가리키며.)

한운은 이기봉을 옆을 꾹 찌르며 이렇게 말한다.

"아니, 그런데 아랫방에서는 혼자 밤낮 무엇을 하고 있는 모양이야."

주인마누라의 성미에 맞추어 이렇게 다시 화제를 이기봉은 이었다.

"소설을 쓴다나 무엇을 한다나."

입을 삐죽하는 주인마누라는 무엇을 저주함인지 무슨 의미인지 대체 알 길이 없었다.

"남이 소설을 쓰거니 무엇을 하거니 주인이 그렇게 배가 아플 것이 무엇 있소."

주인마누라는 무엇 말을 할 듯 할 듯 하다가 입을 다문다.

"왜 그래요, 글쎄."

이기봉은 무엇보다 그 주인마누라의 대담히 알은체하는 것이 더 듣고 싶었다.

"여자가 잘나면 못써."

"남자는 잘나면 쓰구요?"

"남자도 너무 잘나면 못쓰지."

"그럼 알맞게 잘나야겠군. 좀 어려운걸."

이기봉은 입맛을 쩍쩍 다신다. 다시 바싹 대앉으며,

"주인, 대체 여자나 남자나 잘나면 못쓴다니 왜 그렇소? 말 좀 들어봅시다."

"내야 무식하니 무얼 알겠소마는 여자가 잘나면 남편에게 순종 치 아니하고 남자가 잘나면 계집 고생시켜."

"그건 꼭 그렇소. 인제 아니까 주인이 큰 철학가요 문학가거든."

한참 비행기를 태웠다. 그리고 그것은 상대자의 인격이 부족할 때 생기는[1] 현실이요, 도회지나 문명국에서는 다소 정돈이 되었 으나 과도기에 있는 미문명국이나 지방에서는 아직도 사실로 있 다는 설명을 하고 싶었으나 알아들을 것 같지 아니하여 고만두고 비행기만 태운 것이었다.

"그 말도 일리가 있는 말이야."

한운은 이렇게 말하며 검은 눈을 끔벅끔벅하고 내려오는 머리 를 한번 쓰다듬었다.

"왜 그렇소? 어디 들어봅시다."

이기봉은 한운의 말에 반색을 하여 대들었다.

"잘난 여자도 이혼하고 잘난 남자도 이혼하는 것은 사실 아니 오?"

"그건 잘나서 그런 것이 아니라 맞지가 않아서 그런 것이지."

"결국 맞지 않는다는 것이 누가 잘났든지 잘나서 그런 것 아니 오?"

"다 진보하려는 사람의 본능에서 생기는 사실이겠지."

자기가 이혼을 한 사실이 있는 이기봉은 대답이 좀 약해졌다. 아직 미성혼 중으로 장래를 꿈꾸고 있는 한운에게는 어디까지 이혼이라는 것을 부정하고 싶었다.

"이혼 안 하면 진보할 수 없나?"

"불만족한 데서 만족을 찾으려니까 그렇지."

"그러면 당초부터 혼자 살지. 자기가 자기를 만족한다면 모르거니와 타인을 상대하여 만족을 구한다는 것은 될 말이 아니야."

"그렇게까지 어렵게 들어가자면 한이 없고 혼자 살잔 말도 못되고 어려운 문제야."

이기봉은 음울해지면서 자기가 지금 무직으로 놀고 있는 것, 어떤 여성이 자기 아내가 되어 자기를 만족히 하여줄까 하는 것을 묵상하고 있다. 이 틈을 타서 주인이 다시 말을 끄집었다.

"글쎄, 그년이 김 선생이 온 뒤로부터 시집을 안 가려고 하고 공부만 더 하겠다니 어쩌겠소?"

"할 수만 있으면 공부를 더 시키는 것이 좋지요."

"공부는 더 해 무엇하겠소. 고등여학교를 했으면 족하지."

"여자도 전문 교육을 받아야 해요. 여자의 일생처럼 위태한 것이 어디 있나요."

"그러기에 잘난 여자가 되지 않는 것이 좋아."

"제 한 몸을 추스를 만한 전문이 없이 불행에 이른다면 부모, 형제, 친구를 괴롭게 하니까 결국 마찬가지야."

"잘나지 않으면 불행에 이르지 않지."

"아니, 그러면 돌쇠 어머니는 어째서 남편과 생이별을 하고 이 여관집 밥 어멈 노릇을 하고 있소?"

"다 팔자소관이니까 그렇지."

주인은 대답할 말이 없어 이렇게 말하였다.

"그렇게 말하면 다 그렇지요."

이기봉은 더 말해야 알아들을 것 같지 아니하여 이렇게 간단히
말해버렸다.

"우리 화투나 합시다."

다 듣기 싫다는 듯이 한운은 책상 서랍에서 화투를 꺼냈다.

"마코³ 내기 화투나 할까?"

"2백 끗에 마코 한 곽씩."

세 사람은 다 각기 들고 앉았다.

2

아침 일찍 주인마누라는 김 선생 방에 들어섰다.

"어서 오십쇼, 이리 따뜻한 데로 내려오십쇼."

김 선생은 쓰던 원고를 집어치우면서 말했다.

"밤낮 무엇을 그리 쓰시고 계시오?"

"무얼, 공연히 장난하고 있지요."

"밤낮 혼자서 고적하지 않아요?"

"무얼요, 졸업을 했어요. 그리고 고적한 것을 이겨 넘기는 공부
를 하고 있습니다."

"수양이 깊으신 어른이란 달라."

"그렇지도 않지요."

"어쩌면 그렇게 공부를 많이 하셨어."

"많이 하긴 무엇을 많이 해요."

"참 여자로 훌륭하시지."

"천만에."

"공부해가지고 다 김 선생같이 되려면 누가 공부를 아니 해요."

"왜요?"

김 선생은 어젯밤 윗방에서 하던 말을 들은 터라 '이 마누라가 무슨 또 변덕이 생겼나' 하고 이렇게 물었다.

"우리네같이 상일을 할까, 곱게 앉아서 글이나 쓰고 신선놀음이지."

"……"

김 선생은 '당신네들이 팔자가 좋소이다' 하고 싶었으나 그러면 말이 길어질 것 같아 아무 대답을 아니 하였다.

"그렇게 소설을 써서 잡지사에 보내면 얼마나 주나요?"

"심심하니까 쓰고 있지요."

150원 현상 소설을 쓰고 있단 말을 아니 하였다.

"그래도 들으니까 돈을 많이 버신다던데."

"거짓말이지요."

과거에 현상 소설에 몇 번 당선하여 수백 원 번 것, 신문지상 장편소설에 수백 원 번 것, 매삭 잡지에 투고 원고로 받는 것 적지 않으나 자기 자랑 같아 말하지 아니했다.

"이렇게 여행 다니시는 것은 많이 버셨기에 하시지?"

"네, 저금통장에 수천 원쯤 있지요."

형사가 힐문하듯이 묻는 이 말에 대하여 귀찮은 듯이 속이 시원하라고 이렇게 대답하였다. 본래 김 선생은 돈 말이라면 머리를 절절 흔드는 사람이다.

"어이구머니나 저런."

"밥값 떼일까 봐 걱정은 마십쇼."

"원 천만에. 그런데 김 선생."

"네."

"이렇게 여관에 계시면 비용이 많이 들지 않아요?"

"그거야 내가 알아채서 할 일이지요."

"저기 방 하나를 말해놓았는데."

"그러면 나더러 나가달라는 말씀이오?"

"방 하나를 얻어서 밥 지어 먹으면 얼마 들지 않을 것이 아니에요. 경세 시대에 경세를 해야지."

"고맙습니다마는 주인으로 앉아서 손에 대한 그런 걱정까지 할 필요는 없겠지요."

김 선생의 얼굴에는 노기가 좀 띠었다. 주인은 미안히 여기면서,

"다 형제같이 생각을 하니까 그렇지요."

"남과 똑같이 밥값을 내고 있는데 나가라 들어가거라 할 필요가 있소?"

"……"

"나는 다른 데로 옮기지 않겠소. 나는 본래 한곳에 자리를 정하면 꽉 박혀 있는 성미요."

자기가 지금 겨우 자리를 잡고 침착히 쓰고 있는 창작이 자리를 뜨면 또 얼마간 글을 못 쓸 것을 잘 아는 김 선생은 다소 불쾌를 느꼈으나 이렇게 말했다.

　"대체 날더러 나가라는 까닭은 무엇이오? 좀 알고나 봅시다."

　"낸들 손님에게 그런 말을 하는 것이 실례되는 줄 알면서도 그랬지요."

　"무슨 까닭이에요?"

　"아니 글쎄 말이에요. 근묵자흑[4]으로 선생이 온 후로는 우리 영애란 년이 시집 안 가겠다, 공부를 더 하겠다니 대체 여자가 공부를 더 해 무엇한답디까?"

　"그러면 학비를 대실 수는 있나요?"

　"돈도 없거니와 돈이 있어도 안 시켜요."

　"그건 왜요?"

　"여자가 남편의 밥 먹으면 고만이지요."

　"남편의 밥 먹다가 남편의 밥 못 먹게 되면 어쩌나요?"

　"잘난 여자나 그렇지요."

　"못난 여자가 그렇게 되면 어쩌나요?"

　"그러지 않을 데로 시집을 보내지요."

　"누구는 처음부터 그렇게 시집을 간답니까?"

　"여자가 더 배우면 무얼 해요?"

　"더 배울수록 좋지요, 많이 아는 것밖에 있나요."

　"많이 알면 무얼 해요. 자식 낳고 살림하면 고만인걸요."

　"그야 그렇지요만 횡포한 남자만 믿고 살 세상이 못 됩니다."

"김 선생은 저런 말을 늘 우리 영애란 년에게 해 들리니까 안됐지요."

"내가 그 애에게 말한 적은 없습니다만 말하자면 그렇단 말이지요."

"그러면 그년이 왜 시집을 안 가겠다고 하우?"

"그야 내가 알 리 있소? 저도 무슨 생각이 있어서 그러는 것이지. 내게 떠미실⁵ 일은 아니고 날더러 나가랄 것도 아니오."

"글쎄 김 선생, 한운이 같은 유망한 청년을 놓치면 또 어디 가구해본단 말이오?"

"구하면 또 있지요."

"글쎄 내가 한번 가보았었구려."

"한운 씨 집을요?"

"네!"

"어때요?"

"나락 섬이 쌓이고 나무를 바리로 해 쌓고 아버지는 학자고, 형제 화목하겠다, 양반 지체 좋겠다, 당자 얌전하겠다, 더 고를 수있겠소?"

"저더러 그랬나요?"

"그랬구말구요."

"무어래요."

"싫다지."

"왜 싫대요."

"그것은 나보다 김 선생이 더 잘 알 것이오."

228

"어머니에게 못 하는 말을 내게다 할라구요."

"무식한 에미에게 무슨 말을 하겠소? 김 선생은 다 한통이니까 말이지."

"내게 떠미시지[6] 말고 따님을 잘 달래시오."

"그년이 내 말을 듣나. 다시 말하면 내가 사람이 아니오."

"무엇이든 내게 말할 필요야 있겠소."

"내 딸은 김 선생이 버려놓넌다[7]."

주인은 최후의 말을 던지고 일어선다. 김 선생은 그의 치맛자락을 잡아당기며,

"아니 그게 무슨 말이오, 과연 그렇다면 내 다른 곳으로 가리다."

"……"

"그러지 말고 영애를 달래서 저 좋아하는 사람이 있느냐고 물어보시오."

"그 애는 그렇게 연애나 하는 년이 아니오"

하고 문을 탁 닫고 나간다.

김 선생은 혼자 앉아서 멍하니 천장을 바라보았다. 우습기도 하고 재미나기도 하고 분하기도 하다. 그러나 자기 딸이 머리에 떠올랐다. 저 모녀와 같이 내 마음에 드는데 제가 싫다면 어쩌나 하고 생각해보았다. 불의의 액운에 당한 것을 자기 과거 모든 액운 프로그램 중에 넣었다.

'더 있어서 사건 진행하는 것을 구경할까?'

하다가,

'에라, 다 귀찮아, 또 무슨 액운에 들지 아나'
하고 이 여관을 떠나기로 하고 흐트러진 짐을 보았다.

3

"선생님"

하고 영애가 들어온다. 그 눈에는 눈물 흐른 흔적이 있다.

"어서 들어와."

"선생님"

하고 영애는 김 선생 무릎에 푹 엎드렸다. 그 어깨는 들썩들썩하였다.

"울지 말고 다 말을 해."

"……"

"영애."

"네."

영애는 일어나 앉으며 주르르 흐른 눈물을 치맛자락으로 씻는다.

"어떤 사람과 약속해놓은 일이 있는가?"

"없어요."

"글쎄, 나도 보기에 없는 것 같은데."

"없어요."

"그러면 어머니가 좋은 사람 구해놓고 시집가라는데 왜 싫대, 응?"

"싫어요."

"시집가기가 싫단 말인가, 한운 그 사람이 싫단 말인가?"

"시집가기도 싫고, 그 사람도 싫어요."

"그러면 어떻게 할 작정이야?"

"죽었으면."

"정 죽어야 할 일이면 죽기도 하는 것이지."

"선생님."

"응?"

"저는 공부를 더 하고 싶어요."

"돈 있어?"

"고학이라도 해서."

"그렇게 맘대로 되나?"

"아이구, 죽었으면."

"죽는 것은 남하고 의논하는 것이 아니야."

"아이구, 선생님."

영애 눈에는 다시 눈물이 글썽글썽한다.

"어머니가 학비 주실 능력이 없으신가?"

"없어요!"

"다른 친척 중에는 학비 줄 사람이 없나?"

"없어요!"

"재주를 보면 아까운데."

"누가 좀 대주었으면, 졸업하고 벌어 갚게."

"벌어 갚을지 못 갚을지 그건 모를 말이구, 누가 그런 고마운 사람이 있나."

"선생님, 그럴 사람이 없을까?"

"내라도 돈이 있으면 대어주겠구만, 돈이 있어야지."

"부자 사람들 돈 나 좀 주지."

"공부를 하면 무엇을 전문하겠어?"

"문학이요."

"문학? 좋지."

"어렵지요?"

"어렵기야 어렵지만 잘만 하면 좋지. 영애는 독서를 많이 해서 문학을 하면 좋을 터야. 사람은 개인으로 사는 동시에 사회적으로 사는 것이 사는 맛이 있으니까. 좋은 창작을 발표하여 사회적으로 한 사람이 된다면 더 기쁜 것이 없는 것이야."

"아이구 죽겠다."

"그렇게 망상 말고 가깝고 쉬운 길을 취해."

"무슨 길이요?"

"돈 없어서 공부 못 하게 되니 시집가야 할 것이 아닌가."

"싫어요."

"아마 한운이 싫지?"

"네. 싫어요."

"왜 어때서?"

"낫테나이노데쇼(사람이 덜 되었어요)."[8]

"그래도 어머니는 꼭 맘에 들어 하시는데."

"한 사람 노릇은 할지 모르나 사회적 인물은 못 되고."

"한 사람 노릇 하면 고만이지."

"선생님 지금 무엇이라고 하셨어요?"

"한 사람 노릇 하면 즉 사회적 인물이지."

"그러면 너도 나도 다 그렇게요?"

"그런 것도 아니지만."

"난 그 사람이 싫어요."

"왜 그래, 나 보기에는 좋던데."

"이쿠츠나이오토코(의지가 박약한 남자)[9]예요."

"좀 어리긴 어려."

"모노니낫테나이(사람이 안 되어 있음)[10]한걸."

"그러면 어머니더러 다른 사람을 구해달라지."

"싫어요."

"이것도 싫고 저것도 다 싫으면 어떻게 해?"

"죽고만 싶어요."

"그것도 공상. 어서 속히 좌우간 결정을 해야 오치크(안정)[11]해지지. 곁에 사람까지 이라이라(초조)[12]해지는구면."

"어이구머니, 어머니가 내려오시네."

영애는 허둥지둥 일어난다.

"어서 가봐. 나하고 무슨 의논이나 한 줄 아시겠구면."

"제가 이 방에 오는 것을 제일 싫어하십니다."

"그러게 말이지."

"선생님 또 올게요."

영애는 속히 나간다.

4

"이년, 이때 자빠져 자니."

주인마누라는 영애 혼자 누워 자는 방으로 들어가자마자 이불을 잡아 벗기고 잡아서 뚜드리고 소리를 높여 외친다.

"이년, 한나절까지 자빠져 자고 해다 주는 밥 먹고, 밤낮 책만 들여다보면 옷이 나니, 밥이 나니? 이년 보기 싫다. 어디로 가버려라."

"아이구 아이구 어머니, 잘못했어요."

"이년, 너같이 잘난 년이 잘못한 것은 무엇 있겠니?"

"……"

"이년, 너같이 잘난 년은 나는 보기 싫다. 썩 어디로 가버려라."

"어디로 가요?"

"아무 데로나 가지. 너 연애하는 서방에게 가렴."

"어머니도 망령이시지."

"너 좋아하는 데가 있으니까 시집을 안 간다지."

"없어요."

"이년, 나는 너를 사람 되라고 고등여학교까지 공부를 시켰더니 지금 당해서는 후회막급이다."

"……"

"이년, 에미 말 듣지 않는 자식 무엇에 쓰겠니. 심청이는 제 몸을 팔아서 그 아버지 눈을 띄우지 아니했니. 나와 너는 아무 상관 없는 사이다. 오늘 지금이라도 곧 나가거라."

또 뚜드린다.

"아야 아야."

"이년, 죽든가 나가버리든지 해라. 꼴 보기 싫다."

"아야. 다시는 안 그래요."

"나가라니까 다시는 안 그런단 말이 무슨 말이야."

이때 듣다 못하여 김 선생이 문을 열고,

"여보셔요, 여보셔요, 이리 좀 오셔요."

5

어느 날 저녁밥 뒤다. 한운이 김 선생 방으로 들어오며,

"심심해서 좀 놀러 왔습니다."

"잘 오셨습니다. 앉으십쇼."

"낮에는 사무실에 가서 바쁘게 지내다가 밤이면 심심해요."

"사무는 무엇 보십니까."

"농림에 대한 것이지요."

"참, 농림학교 출신이시지."

"네."

"도청 근무시지요?"

"네."

"바쁘셔요?"

"네, 상당히 바쁩니다."

"인제 장가를 들어 가정을 가지셔야겠구먼."

"내 생각 같아서는 일생을 독신으로 지냈으면 좋겠는데, 어디 부모 형제가 가만두어야지요."

"왜 그래요. 부부의 낙이 인생의 제일인데."

"그럴까요? 독신보다 귀찮을 것 같은데요."

"귀찮은 가운데 재미가 있거든요."

"왜 조물주가 남자 여자를 내었는지 모르겠어요."

"그 남자 여자가 있기에 기기묘묘한 세상이 생겼지요."

"혼자 사는 것이 제일 편할 것 같아요."

"그래도 남녀가 합해야 생활 통일이 되고 인격 통일이 되는 걸 어째요."

"그럴까요?"

"그렇지요. 독신자에게는 침착성이 없는걸 어쩌구."

"그건 그런가 봐요. 고적하긴 해요."

"어서 장가를 드시오."

"그렇게 쉽게 되나요?"

"영애와는 어찌 되는 모양이오?"

"모르지요."

"영애와 안 되면 다른 곳이라도 구혼해야지."

김 선생은 그 맘이 어떤 것을 알기 위하여 이렇게 물었다.

"다른 데 구혼하려면 벌써 했게요."

"그러면 꼭 영애하고 하겠소?"

"……"

"지성 즉 감신[13]으로 백 도까지 열을 내보구려. 하고자 해서 안

236

되는 일이 어디 있겠소?"

"공부하겠다는걸요."

"학비가 있어야지."

"내가 좀 대고, 자기 어머니가 좀 대고 하면 되지 않겠어요?"

"정말이오? 주인더러 그 말을 해보았소?"

"공부는 절대로 아니 시킨다니까요."

"한운 씨가 꼭 마음에 드시는 모양이지."

"그 어머니가 마음에 들면 무엇하나요, 당자끼리 문제지요."

아직 까맣게 알지 못하고 있는 한운은 이렇게 말한다.

"만일 영애가 한 공과 혼인을 아니 하겠다면 어째요."

다소간이라도 눈치를 채라고 이렇게 말했다.

"……"

"그 말은 고만두고 레코드나 틉시다."

김 선생은 남의 일에 구설이 무서워서 말을 잘랐다.

"양곡[14]을 좀 들어볼까요."

한운도 더 말하고 싶지 아니하여 축음기를 넣는다.

"저것이나 하시지요."

카르멘, 파우스트, 햄릿, 마르세유. 우렁차게도 하는 소리가 끝날 때마다 이기봉의 방에서는 영애의 가냘픈 웃음소리가 새어 들어왔다. 한운은 유심히 귀를 기울였으나 그 나타나는 표정은 아무렇지도 아니하였다. 공연히 마음을 졸이고 마주 앉아 있는 김 선생은,

"아아, 천진난만한 청년이여"

하였다.

〔『삼천리』 1937년 10월〕

김
일
엽

청상(靑孀)의 생활
—희생된 일생

자각(自覺)

청상靑孀의 생활
— 희생된 일생

주간 김 선생 —

써 보내라시던 것을 변변치 못하나마 이제 써 보냅니다. 나의 지난 생활은 전혀 감상적이요, 눈물의 역사요, 느낌 많은 과거이 니까 나는 늘 — 내 소경사[1]를 하나 그려보고 싶었어요. 그리고 나는 이미 이울어진[2] 늙은 몸이니까 — 아무 흥허물이 없겠기로 나의 경험한 바를 하나도 빼지도 않고, 숨기지도 않고, 사실 그대 로 아무도 모르던 비밀까지도, 『신여자』를 위하여 공개함입니다.

꽃의 전성시대도 어느덧 그리운 과거로 사라져버리고 녹음이 우거진 곳에 여름을 즐기는 새소리가 인생을 조소하는 듯 사람의 감회를 자아내나이다.

아아! 인생의 봄도 풀의 꽃같이 덧없이 이울어지는 진리를 다 시금 느끼지 않을 수 없나이다.

나도 몇 해 전에는 아름다운 꽃같이 이쁘고 자라는 과실나무같이 양양한 장래를 바랐었건마는 어느덧 40여 세의 노경[3]에 이르게 된 것을 생각하니 다시금 회고의 눈물을 금할 수 없나이다.

더군다나 나는 가장 즐겁고 자랑할 만한 아깝고 귀한 청춘 시대를 너무도 무의식하게 적막하고 외롭고 애달프고 섧게 지난 생각을 하면 새삼스럽게 우리 사회가 원망스럽고 우리 부모가 야속함을 느끼지 않을 수 없나이다.

그러나 우리 사회에서는 나로 하여금 세상의 기꺼움도 모르고 인정의 따뜻한 맛을 보지 못하고 무미하고 쓸쓸스럽게 늙어오게 한 대신에 청상[4]으로 수절하여온— 갸륵한 정절 부인이라는 미명을 나에게 주었나이다.

그것으로 나도 한동안은 다소간 만족을 느낀 일도 있고 소위 실절[5]하였다는 여자들을 비웃고 타매[6]한 일도 없지 아니하였나이다.

그러나 내가 지금까지 정절을 지켜왔다는 것은 나 자신이 무슨 뜻이 있고 자각이 있어 그런 것도 아니요, 망부[7]의 정을 못 잊어 그런 것도 아니요, 망부만 한 인재를 다시 얻지 못하여 그런 것도 아니요, 또한 국가와 사회를 위하여 큰— 사업이나 목적을 관철하려고 독신 생활을 하여온 것도 물론 못 됩니다. 다만 남자들이 만들어놓은— 우리 사회의 인습 도덕과 까다로운 풍속이 나로 하여금 수절을 하지 아니치 못하게 함입니다.

그러면 내가 원치 않은 정절을 지키노라고 인생의 본능적인 성욕을 누르고 자연히 솟아오르는 사랑의 샘을 억지로 틀어막으며 허위로 신성하다는 생활을 한 것은 그 이면이야말로 진실로 눈물 나고 애처롭고 참담한 것입니다. 오늘 우리 조선 사회의 반면에 아직도 나의 과거와 같은 비운에 눈물겨운 생활을 계속하는 불쌍하고 가련한 여자를 몇천 몇만으로 헤아리지 못할 것입니다.

그런고로 지난 나의 반생의 가엾고 아깝고 서러움에 지난 짤막한 눈물의 역사를 독자 여러분에게 소개하여 만 분의 일이라도 사회의 반성을 촉(促)하고 조금이라도 여자 자신의 깨달음이 있다 하면 나의 집필한 목적은 이미 달하였다고 자족할 것입니다.

나는 경성에서도 문벌이나 재산으로 손을 꼽는 김 참판의 막내 딸입니다. 그래서 갓 나서부터 금의옥식[8]에 싸여서 모든 사람의 칭찬과 뭇 이웃의 부러움의 초점이 되어 왕궁 후원의 향미(香美)를 독점한 사랑다운 꽃같이 호화롭고 귀엽게 자랐나이다.

그때에 나는 세상에 사무친 모든 근심과 슬픔을 도무지 헤아릴 길이 없었나이다.

이렇게 덧없는 즐거움과 만족한 꿈이 무르녹을 사이에 흐르는 세월은 나로 하여금 어느덧 16세의 봄을 맞게 하였나이다.

이때에 나의 부모는 내 두 형님이 시집 잘못 가서, 아니 남편 잘못 만나서 밤낮 속을 썩이고 애를 태우는 양이 애처롭고 한이 되셔서 사랑하는 막내딸— 나는 아무쪼록 잘 고르고 잘 가리어서 좋은 데로 시집가서 내외 금슬 있게 지내는 것을 보시면 원이 없겠다고 하셔서, 그 많이 다니는 매파들의 감언이설을 죄—다 물리치시더니 인연이랄는지 업원이랄는지 모르지만 아버지의 친구 되는 이 감역(監役)의 미쁜[9] 소개라 하여 남촌(南村) 사는 서 승지의 셋째 아들과 나와 약혼이 된 모양이더이다. 그때에 장래 부부가 되어 백 년을 동거할 우리 두 사람은 혼인은 왜 하는지 부부란 무슨 의미인지도 모르고 또한 이후에 닥쳐올 비희(悲喜)도 예측할 줄을 전혀 몰랐었나이다. 다만 부모의 명은 무엇이든지 잠자코 순종할 것인 줄을 알았을 뿐이었나이다. 물론 양가 부모는 우리 두 사람의 의향을 들으려고도 아니 하였나이다. 그 후로 사주를 보내느니 택일을 하느니 봉치[10]를 받았느니 하더니 내가 16세가 얼마 남지 아니한 눈보라 치고 쌀쌀한 섣달 보름날이 나의 혼인이라 하더이다.

사람 많이 모여서 수선거리고 기름 냄새며 머리 아프던 그날에 나는 구식 신부의 차림 차림을 갖추 갖추 차리고 유모와 곁시[11]에게 끌려다니며 거북하고 괴롭고 불안한 하루를 보내었나이다.

혼인날은 사람이 일생에 한 번 만나는 제일 기껍고 즐거운 날이라건마는 오직 나는 일생에 가장 귀찮고 성가시고 신신[12]치 않은 날로 생각되더이다. 아마 미래가 불길한 것을 내 영(靈)이 먼저 헤아린 연고인지도 모릅니다.

그날 저녁에는 중매의 인도로 소위 신방에를 들어갔나이다.

나는 위험하고 무서운 곳에 가는 듯한 감정을 가지고 신방에 들어섰나이다. 그리고 감히 나는 신랑을 바라볼 용기도 없었나이다. 다만 관념된바 어느 새색시라니 의례히 눈을 내리깔고 아미를 숙이고 중매가 가르쳐준 대로 손 한번 움직이지 않고 조심스럽게 앉아서 두근두근하는 가슴을 껴안고 거북살스러운 숨소리를 낮추느라 애쓸 따름이었나이다. 곁― 시선에 희미히 비치는 신랑은 아주 어리고 철없는 선머슴 아이 모양이어서 신부의 미추(美醜)와 태도를 살피고 헤아릴 지각이 있을 것 같지도 아니하더이다.

다만 고개를 숙이고 코를 훌쩍훌쩍하며 앉은 자리가 편치 않은 듯이 부스럭부스럭 소리를 내며 무릎을 세웠다 놓았다 하며 앉았더이다. 나는 속으로 '저것이 신랑이야!' 하는 시원치 않은 생각이 저절로 나더이다. 첫날밤에는 신랑이 신부의 옷을 벗긴다는 말을 기왕 들었나이다. 그래서 혼자 속으로 '아이고! 나이는 어려서 철없어 보이지만 그래도 알지 못하던 사나이 손으로……' 마음이 조마조마하면서도 한편으로 그리하기를 기다리고 있었나이다. 그러나 신랑 편에서는 아무 소식이 없더이다. 밤은 점점 깊어가는데 안방과 건넌방 행랑에서 수선수선하고 지껄이던 소리도 뚝— 끊어지고 만뢰(萬籟)[13]가 죽은 듯이 고요한데 손님으로온— 부녀(婦女) 중 한 사람이 창밖에서 숨소리를 죽이고 신방을 엿보고 있는 모양인데 이윽고 신랑이 자기의 외관을 벗는지 부스럭부스럭하더니 조금 있다가 곁에서 식식 천진스러운 어린아이의 잠자는 숨소리가 들릴 뿐이더이다.

아하 여러분이시여, 웃지 마십시오— 어린아이의 잠자는 콧소리는 신랑이 종일 사람들에게 부대끼다가 피곤함을 못 이겨 신부의 옷 벗기는 것도 잊어버리고 펴놓은 자리 위에 그대로 쓰러져 자는 것이더이다.

약혼되었다던 때에 대고모님이 "신랑이 나이 너무 어려서…… 이제야 열두 살이래— 그래도 숙성하던걸" 하시던 말은 들었지만 그래도 그렇게까지 철부지인 줄은 뜻하지 아니하였나이다.

나도 그때 부모 앞에서 응석하던 때가 엊그제였지만 암만 어릴 때도 이런 시스러운[14] 남의 집에 와서 철모르고 그렇게 쓰러져 잠만 잘 것 같지는 아니하더이다.

그때에 나는 어째 그런지도 모르게 공연히 한심하고 심란한 생각에 가슴이 무거워져서 부지중 후— 한숨을 쉬었나이다.

그날 그때까지도 아무 언짢은 것이란 구경도 못 하던 나는 그날 저녁부터 비로소— 처음 신산스러운 느낌을 맛보았나이다. 그리고 동지섣달 긴긴 밤이라고는 하지만 그날 밤은 왜 그리 길고 지루[15]한지 모르겠더이다.

나는 이 생각 저 궁리로 고생고생 졸립지도 아니하는데 이윽고 멀리서 첫닭 우는 소리가 들리자 이 방 저 방에서 자명종이 새로 2시를 땅— 땅— 치더이다.

나는 속으로 아직 밝을랑이 멀었구나 하고 생각하니 암만해도 다리가 저리고 몸이 거북하고 곤해서 견딜 수가 없는 고로 몸을 움직여 병풍 앞으로 가서 거기 기대어 앉아서 허리를 좀— 펴고 다리를 뻗었나이다.

신랑은 몸부림하듯 팔과 다리를 함부로 턱턱 내던지며 굴러다니며 여전히 곤히 자는데 그럭저럭 그 긴긴 밤이 새어 창살이 훤하게 되었을 때 나는 미닫이를 가만히 열고 어머니 방으로 들어갔나이다.

벽장에서 무엇을 꺼내려다가 문 여는 소리에 흘끗 돌아보시는 어머니는 나의 수식(首飾)[16]이며 의복이 감쪽같으므로 무안한 듯한 기색으로 "신랑이 나이 너무 어려서…… 어서 새아씨 성적(成

赤)¹⁷ 고쳐드리게" 하시며 수모를 바라보시더이다. 방 안에 앉았던 손님들은 "그러믄요. 열두 살에 무얼 알겠어요" 하고 일제히 어머니에게 동정하더이다.

아아— 이것이 무슨 사람이 하는 경사로운 혼인이리까? 나는 밤새도록 눈 한번 붙여보지 못하고 그 긴긴 밤을 꼭 배겨[18] 새고 나니 그날 아침에는 머리가 아프고 정신이 띵하여 괴롭기 한량없더이다. 그리고 그날 아침에 해가 미닫이에 반이나 비칠 때에 일어난 신랑이 얼굴 한쪽에 분홍 물을 벌겋게 칠하고 분홍 저고리 소매가 죄다 얼룩이 져가지고 주먹으로 눈을 비비며 나오는 꼴을 본— 하인들은 웃음을 못 참아 구석구석 모여 서서 수군거리며 낄낄대더이다.

그나 그뿐인가요. 신랑이 나이도 어리지만 성미가 부끄럼 없고 덤벙대는 아이여서 장가와서 3일을 치르는 동안에 한번은 장난하다가 개천에 가 빠져서 버선과 신발을 죄다 버려가지고 들어와서 나의 얼굴에 모닥불을 붓는 듯이 부끄럼을 주고 또 한번은 내 조카 일곱 살 먹은 것을 가지고 어떻게 못살게 굴었는지 아이가 새 아저씨 보라고 소리를 지르며 울더이다. 그러니 나도 그때 아무 지각은 없었지만 그래도 신부인 나의 부끄럼과 미안함이 과연 어떠하였으리까?

아아— 글쎄 어쩌자고— 장성한 사람이라야 할 혼인을 이렇게 어리고 철없는 것을 시켜 이러한 희비극을 일어나게 합니까? 그리고 우리 사회가 왜 이러한 악습을 묵허[19]하는지 나는 암만해도 알 수 없더이다.

그럭저럭 3일을 치른 후에 시집가서 시부모에게 봉효(奉孝)하고 군자[20]에게 승순(承順)하여 부모에게 욕 돌리지 말라는 어머니의 교훈을 눈물로 들으며 우리 부모가 자녀의 혼인은 마지막이라는 조건하에서 주신 많은 세간, 의복, 패물을 얻어가지고 시집에를 갔나이다.

　시집에도 살림 범절이라든지 시부모의 사랑이라든지 남녀 하인의 거행이 우리 집만 못지는 아니하더이다.

　그러나 나는 어떤 셈인지 갑자기 낙원에서 외로운 섬에 귀양살이 온 것같이 실망되어 공연히 적막하고 신산스러운 회포를 금할 수 없었나이다.

　그리고 그때에 나는 아직 이성을 그리워할 만한 철이 나지도 아니하였지마는 소위 신랑은 저의 어머니 품에서 젖을 주무르고 응석하는 어린아이라 내 방에는 들어오지도 아니하려거니와 시부모가 들여보내지도 아니하더이다.

　그러니 자연 나는 쓸쓸하고 넓은 공방을 혼자 지키며 흐르는 세월에 몸을 맡겨 시름없이 날을 보내고 달을 지낼 뿐이었나이다.

　그리고 날마다 밤마다 친정 부모 형제를 그리는 눈물이 마를 사이가 없었나이다.

　덧없는 세월은 어느덧 시집와서 이듬해 여름을 맞게 되었나이다. 비가 부슬부슬 오는 어떤 날 저녁쯤 되어 사랑에서 글 읽던 신랑이 풀이 죽어서 안으로 들어오며 힘없이 "어머니" 하며 마루 위로 올라서는데, 시어머니가 마주 나오시며 "글 안 읽고 왜 들어오니?" 하시며 의심스러운 듯한 눈으로 신랑을 바라보는데 신랑은 어리광스러운 목소리로 "머리가 아프고 추워" 하면서 눈물이 글썽글썽하며 저의 어머니 가슴에 가 넘어지듯이 안기더이다. 문 틈으로 엿보고 있던 나는 다시 힘없이 나오는 한숨과 함께 애달픈 탄식이 저절로 나오더이다.

'솔 심어 언제 정자 보랴' 하는 격으로 저것이 언제나 자라 남편 구실을 하여볼까 하는 한심스러운 생각에 가슴이 다시 막막하여 지더이다.

그러나 이때에는 그래도 한 줄기 서광이 아직까지 꺼지지 아니 한 때요, 희미하나마 희망의 길이 아직 앞에 있을 때였나이다.

아아— 어찌 뜻하였으리까! 그나마도 나의 창창한 전정(前程) 을 맡기었던 나의 장래 남편이 의외의 병으로 의외에 죽을 줄 을……

신랑은 열병이라는 급한 병이 들어 닷새 만에 열네 살이라는 잠 시의 자취를 이 세상에 머무르고 그만 영원한 침묵에 들었나이다.

아아— 그때에 나의 실망과 시부모의 낙담과 친정 부모의 놀람 이 과연 어떠하였사오리까?

이때에 나는 죽는 남편에게 무슨 정이 그리 두텁고 사랑이 깊었 사오리까마는 남편은 소천(小天)이라 귀중한 줄을 알고 여인이 상 부(喪夫)²¹를 하면 천붕지탁(天崩地坼)²²을 당하여 운명은 이미 깨 어진다는 끝 가는 생각으로 정신없이 식칼로 왼손 무명지를 끊어 행여나 살아날까 하고 숨이 지려는 남편의 입에 흘려 넣었나이다.

그러나 잠시 숨을 돌렸다가 그만 길게 길게 잠이 들고 말았나 이다.

의약과 성의는 부족하지 아니하였건마는 이미 천명이라 어쩔 수 없더이다.

이때부터 나는 이구(二九)²³의 꽃다운 나이로 미망인의 청승스러운 거상²⁴ 옷을 입고 꽃이 웃고 나비가 춤추는 이 아름다운 세상에서 뭇―사람은 다―즐거움에 겨워 노래 부르건마는 오직 나혼자는 여름날 겨울밤에 하염없는 눈물과 한숨으로 벗을 삼아 적막하고 신산스럽고 쓸쓸한 과부의 살림을 계속할 뿐이었나이다.

그리고 시부모 시하(侍下)에서 몸을 졸이고 지내면서 울고 싶어도 울지도 못하고 서러워도 설운 기색을 못 보이고 지냈나이다.

더욱이 한 달에 두 번씩 만나는 삭망(朔望)²⁵ 날이나 한 해 한 번 당하는 기일에는 울음이 목구녕까지 치받쳐도 어른들도 계시지만 '설워하는 과부 시집가느니 어쩌니' 하는 소리가 수치스러워서 다만 조그마한 심장이 터질 듯한 서러운 가슴을 부둥키고 속으로만 느껴 울 뿐이었나이다.

아아― 이때에 나의 신세는 비(譬)컨대²⁶ 연기를 짜는 듯한 봄비에 해죽이²⁷ 피어오르는 한 가지 월계화가 모진 바람이 급히 불어 애처롭게 꺾어짐 같았나이다.

그때의 조선 여자들은 전부 남자들의 부속물이요 따라지²⁸ 목숨에 지나지 아니한 고로, 상부한 여자는 아무 여망(餘望)²⁹이 없는 줄로 주위의 다른 사람들도 그렇게 인정하고 자기도 그렇게 절망되어버린 물건으로 자처하였나이다. 그때 여자는 사회에서 아무 할 일도 없고 또한 개가하는 여자는 신분이 떨어지고 그 자녀도 청환(淸宦)³⁰을 불허하였습니다. 그런고로 나는 그때에 독신으로 사람답게 무엇을 하여보리라는 생의(生意)는 내어보지도 못하고 다만 바야흐로 무르녹는 청춘 시대인 고로 다른 동물과 다름없이 천품(天稟)인 성욕만 발달되어 이성을 간절히 그리게 되었나이다.

그러나 나는 다른 이성을 만날 기회도 없었지만 이미 뇌에 관념된 바가 있는 고로 감히 다른 이성을 사모할 생의도 못 하였나이다.

다만 어리고 철없던 그 신랑을 슬피 사모하고 날마다 밤마다 비애롭고 서러운 눈물을 흘릴 뿐이었나이다.

죽을 때까지 어머니 아버지나 부르고 자기 아내인 나는 지나가는 손처럼 알던 그 어린 신랑을 그래도 못 잊어서 눈물을 흘리며 유유(悠悠)[31]한 세월을 보내는 나의 신세야말로 진정 애처로웠나이다.

그런고로 혼자 한가로이 앉았을 때나 아무도 없는 방에 홀로 시름없이 누웠을 때 곰곰이 생각하면 나의 멀고 먼— 앞길은 아주 캄캄하고 막막하여 아무 희망이 없었나이다.

그래서 이때에 나는 아주 염세주의가 되어 세상이 모두가 귀찮고 시들스러울 뿐이더이다.

어떤 때 마음이 몹시 상할 때는 시침이 돌아가느라 째깍째깍하는 시침 소리까지도 얄밉고 창밖으로 지나가는 바람 소리도 신산스럽고 잉잉하고 날아다니는 파리 소리에도 화가 나고 문간에서 떠드는 어린아이들의 소리도 시끄럽고 번쩍거리는 세간의 장식까지도 보기 싫고 죽죽이[32] 쌓인 비단옷도 시들스럽고 아주 눈에 보이는 것 귀에 들리는 것이 다— 신신치 않고 성가셔서 공연히 성을 내고 쓸데없이 화를 낼 때도 많았나이다.

친절하고 싹싹하다던 나의 성미는 아주 변하여 냉정하고 맛없는 사람이 되어버렸나이다.

좋은 것을 보나 언짢은 것을 보나— 하니 그저 그런가 보다 하고 있을 따름이었나이다.

밤낮 무슨 일에 낙망되고 실심한 사람처럼 수심이 가득한 얼굴을 기울이고 멀거니 앉아서 무엇을 생각하고 궁리하고만 있었나이다.

지금은 신랑이 몇 살이니까 살았으면 얼마나 컸으려니, 지금은 살았으면 제법 남편 노릇을 하였을 것을, 지금은 전에 내가 혹 손목을 붙잡으면 뿌리치고 쳐다보고 웃으면 얼굴이 벌게서 무안한 웃음을 띠고 고개를 숙이고 달아나던 때와 달랐을 것을. 만일 내가 이제 죽어 남편을 따라가면 어찌 될까…… 그러나 죽은 혼이라도 살았을 때같이 아무 철이 안 났으면 어떻게…… 그러나 전생 인연이면 저승에 가서야 재미있게 살아볼 터이지…… 이렇게 생각하면 남편의 혼이 생시와 같이 어느 별당 같은 깨끗하고 묘한 방에 초립 쓰고 분홍 두루마기 입고 앉았는 모양이 눈에 선—하게 보이는 것 같더이다.

아아— 내가 이 자리에서 이 세상 신신치 않고, 서러운 꼴을 보지 말고, 그만 깜빡 죽어서 죽은 혼이라도 훨훨 날아 따라가서…… 외롭고 쓸쓸한 빈방에서 장장 세월을 이런 헛된 공상, 덧없는 꿈속에서 헤매일 뿐이었나이다.

그때에 나는 어느 날 어느 시에나, 어느 곳에서나, 무슨 일을 할 때나 누구와 이야기할 때나, 도무지 적막과 비애의 마(魔)는 순간이라도 떠나지 아니하더이다.

이때에도 남들은 경사라고 떠드는 일이 많이 있더이다. 그러나 나는 모두가 시원치 않고 시들할 뿐이고, 더욱이 누가 약혼하였느니, 시집을 가느니 하는 소리를 들으면 마음이 공연히 신산스러워지더이다.

이렇게 적막의 비애가 고도에 달하고 보니 아무 정도 들지 않고 아무 못 잊을 만한 흔적도 없이 무정하게 타계로 가버린 남편을 그리는 정으로만은 도저히 생활을 계속할 듯하지가 못하더이다.

그리고 죽은 남편 외에 나와 같이 살아 있는 그― 누구가 그리운 듯하더이다.

또한 내게는 무슨 큰― 결함이 있어서 반드시 그것을 채워야만 내가 완전한 생명 있는 사람이 될 것 같더이다.

그리고 내가 있는 곳이나 내가 가는 곳이나 내 마음속에는 사시(四時)로 냉랭한 겨울바람이 불어서 나의 영(靈)과 육(肉)은 따뜻한 무엇의 품에 안기지 못하면 반드시 얼어 죽을 듯한 느낌이 늘― 내 온― 정신을 지배하고 있더이다.

그리고 나는 재색이 남만 못지않다는 자신이 없지 아니하였나이다.

그래서 아침 햇빛이 불그레하게 미닫이에 비칠 때 세수하고 경대 앞에 앉아서 윤이 흐르는 까만― 머리에 옥수(玉手)로 빗질하는 양이 내가 스스로 퍽― 이쁘다고 생각하여 아― 한창 피어오르는 꽃봉오리 같은 내가……

아아— 인적이 이르지 않은 깊은 산곡(山谷)에 저절로 피었다가 몹쓸게 불어오는 거센 바람에 속절없이 떨어져버리는 아까운 백합화 같은 내 신세 하고는 다시 설운 눈물이 핑 도는 때가 많았나이다.

어떤 때는 차고 쓸쓸한 자리에 외로이 누워서 내가 내— 가슴에 안긴 탐스러운 두 젖을 두 손으로 부둥키고 아아— 이것은 어찌하여 귀여운 어린아이에게 영원히 빨려보지 못할 것인가…… 아아— 청춘의 아름다운 이 몸은 어찌하여 영원히 따뜻한 이성의 품에 안겨보지 못하고 속절없이 늙어버리나? 하며 다시 하염없는 한숨이 자연히 나오더이다.

이때에 나는 물질로는 아무 부족이 없었나이다. 그러니까 자연 나의 정신상 비애와 적막의 씨는 흐르는 세월과 함께 더욱더욱 크게 장성할 뿐이더이다.

그런 중에 이때에 나의 마음을 더욱 상하게 하는 것은 우리 둘째 동서 내외가 원앙의 짝같이 서로 정답고 사랑스럽게 지내는 양이었나이다. 더욱이 그 둘 사이에는 귀여운 옥동자가 있어서 밤낮으로 내외가 마주 앉아 무릎에 앉혀놓고 어린것의 천진스러운 재롱에 깔깔깔깔 웃는 소리가 이따금 이따금 쓸쓸스러운 내 방에까지 전하여 오더이다.

아아— 같은 사람으로 같은 집안에서 어찌하여 저편은 저렇듯 행운을 즐기고, 이편은 이렇듯 불행에 울게 되었는가 하여 애달프고 부러운— 심서(心緖)[33]가 더욱 내 가슴을 쓰리게 하더이다.

254

이때에 나는 물질에 그리울 것이 없고 육신에 아무 노력할 것이나 걱정이 없으니 자연 정신의 결함만 더욱 뚜렷이 크게 보일 뿐이었나이다. 그래서 그때 생각에는 부부간 애정만 있으면 서로 손목 잡고 다니며 빌어먹어도 원이 없을 듯하더이다. 그런고로 하루는 걸인 내외가 후원 담 밑— 양지에 앉아 웃음 섞인 이야기로 서로 위로하는 꼴을 보고 나의 신세에 비하여 오히려 그들의 처지가 부러웠나이다.

이렇듯 붙일 길이 없는 마음, 하소연할 데 없는 회포를 친정에나 가면 좀— 위로를 얻을까 하고 혹 친정에를 다니러 갔나이다.

나를 보시는 부모는 애달프고 가엾은 표정을 띠시고 망연히 눈물을 지으시고 오래간만에 만나는 오라버니나 형님들도 서(徐)집[34] 왔느냐고 심심하게 인사할 뿐이더이다. 그러니 친정에를 간들 무슨 위로될 것이 있고 재미 붙일 데가 있사오리까?

그래서 친정에 가서는 아무쪼록 좋은 낯으로 쾌활하게 행동을 가지려 하였으나 친정에서도 이렇게 쓸쓸한 태도만 보일 뿐 아니라, 원래 마음이 신산스러우니까 자연 후— 하고 땅이 꺼질 듯한 한숨만 나올 따름이더이다.

이런 꼴을 보시는 어머니께서는 속으로 가슴이 미어지는[35] 듯 끝없이 불쌍히 여기면서도 겉으로는 무정한 듯이 성가신 듯이 "어서 내가 죽어— 이런 꼴— 저런 꼴 아니 보았으면…… 좋든 언짢든, 너의 시집에 가 있어라. 출가외인이라니" 하시더이다.

이런 소리를 듣는 나는 시집에서나 친정에서나 다— 천더기 노릇을 하나 하는 생각에 다시 야속하고 서러운 눈물을 억제할 수 없었나이다. 아아— 하늘에는 별이 있고 땅에는 꽃이 있고 사람에게는 기쁨이 있다 하지마는 위로를 받을 데도 없고 사랑하여주는 이도 없는 이 몸은 기쁨이란 그림자도 없었나이다. 오직 거친 들에 홀로 내친 바 된 외로운 바윗돌같이 차고 적막할 뿐이었나이다.

이때에 나는 꽃 아침 달밤에 얼마나 애달픈 눈물을 흘렸으며 봄바람 가을비에 얼마나 신산스러운 한숨을 쉬었사오리까?

그때에 나의 눈물이 마르지 아니하고 웅덩이에 물 고이듯 고여 있었다 하면 나의 자리는 눈물에 떴을 것이요, 나의 한숨이 발산되지 아니하고 풍침(風枕)³⁶의 바람처럼 모여 있었다 하면 내 방에는 차고 쓸쓸한 기운이 가득하여 내 몸은 냉각되었을 것입니다.

이렇듯 애절 비절 한 생활을 길게 계속한다 하면 나는 이 약한 몸이 견디어날 것 같지 아니하더이다.

그래서 어떤 때는 모든 부끄러움과 염치를 무릅쓰고 어머니께 여쭈어서 서모(庶母)³⁷니 가지기³⁸니 하는 소리를 들을망정 마땅한 데 개가(改嫁)라도 잘 가보자는 생각도 한두 번이 아니었고 또 한 어떤 남자가 있어 나를 참으로 사랑하고 동정한다 하면 담을 넘어서라도 따라나설 것 같기도 하더이다.

그러나 나는 정조의 관념이 이미 깊었고 또한 여자의 약한 마음이라 무서운 부형의 완고한 뜻을 생각하고는— 차마 실행은 못하였나이다.

그런고로 상하고 아픈 것은 내 마음뿐이었나이다. 나는 구만리장천(九萬里長天) 같은 캄캄하고 아득한 멀고 먼— 앞길을 생각하

고 답답하고 한심하여 고만 이 작은 몸을 한강수 깊은 물에 풍덩
실 빠쳐서 이 세상에서 보이는 모든 설움과 고통을 잊었으면……
하는 때도 하루에도 몇 번인지 몰랐나이다.

　이렇게 나는 어디서든지 어느 때든지 슬프고 외로우니까 자연
히 시친(媤親) 양가의 어른들에게 미안하고 거북하고 애처로운
심회를 돋울 뿐이었나이다.

　내 한 몸뚱이가 시집에는 큰— 짐이요, 친정에는 큰— 근심 덩
어리였나이다.

　그래서 나는 이 넓은 천지에 이 조그만 몸뚱이 하나를 용납할
곳이 없는 듯한 비애가 더욱 내 창자를 끊었나이다.

　이렇게 내 몸이 섧게 되니까 세상 사람은 모두 다— 내게 냉정
하고 야속하게만 구는 것 같은 데다가 더욱이 시어머니나 동서 되
는 이들은 내가 시집 안 가고 수절하고 있는 것을 오히려 밉살스
럽게 귀찮게 여기는 모양이더이다.

　하루는 몸이 아파서 내 방에 가 외로이 누웠는데 건넌방 툇마
루에 시어머니와 맏동서가 마주 앉아서 "남이라고 과부 되어 수
절하고 살라고. 밤낮 자빠져서 무슨 떠—센³⁹가?" 하는 시어머니
말에 동서는 덩달아 "그렇습지요. 정— 그렇게 못 견디겠으면 팔
자라도 고쳐 가지 왜 밤낮 얼굴에 수심만 띠고 있어서 집안사람
들까지 거북살스럽게 굴까요? 어쨌든 청승꾸러기여요. 오죽 박
복하면 다홍치마 속에서 과부가 될라고요." 이런 말을 주고받고
하더이다.

　이런 눈치 저런 눈치 모르지는 아니하였지마는, 이런 말을 직접

내 귀로 들으니 가뜩이나 상하고 아프고 서럽던 나의 마음이 과연 어떠하였으리까?

마음이 상하나 누가 동정하여주는 이도 없고 몸이 아파도 누가 알아주는 이도 없는 가련하고 불쌍한 이 몸에 이렇듯 무정하고 애매[40]한 말까지 듣게 되는 나는 다시 하염없이 흐르는 뜨거운 눈물에 억울하고 온 심사(心思)를 사를 뿐이었나이다.

그때에 내가 그러한 설움을 받으며 또한 그렇듯 이성을 그리고 적막을 느끼면서도 차마 개가할 엄두를 못 낸 것은 다만 두 가지 조건이었나이다. 첫째는 온— 정신이 구습에만 젖은 시아버님께서는 여자는 정절(오해된 정절) 외에는 생명도 없다는 주견(主見)하에서 내가 과부 된 후로는 나 들으라고 옛적에 있던 모든 열녀의 행적을 어디까지 포창(襃彰)[41]하여 말씀하시고 또한 실절된 여자의 예를 들어 그들을 여지없이 타매하고 공격하시며 따라서 나의 수절하는 것을 깊이 동정하시고 가상히 여기사 모든 일에 특별한 사랑과 후대를 하심이요,

둘째는 나의 목전에 큰— 전감(前鑑)[42]이 놓여 있으니 그것은 내— 친정으로 사촌 형 되는 이도 소년 과부로 수절하다가 고독의 비애를 못 이김이던지 우리 집 사랑에 다니던 문객하고 어떻게 연애가 되어서 슬그머니 나가서 둘이 같이 사는데 그때 자녀를 4남매나 낳고 아주 원만한 가정을 이루고 사는데도 우리의 온— 집안사람이 그를 대면도 아니 하고 점잖은 집안에 가문을 더럽혔다고 그를 아주 버린 사람으로 인정하는 것도 본 까닭입니다. 그런고로 그때 나는 이럴 수도 없고 저럴 수도 없이 그저 마음만 상

하고 속만 타서 화풀이할 데는 없고 공연히 친정에 가서 친정어머니 앞에서 푸념을 하고 원망을 하는 때가 많았나이다.

가뜩이나 내 신세를 뼈가 저리고 가슴이 아프도록 애처롭게 불쌍하게 여기시는 어머니는 망연히 눈물을 흘리시며 "그러니 어쩌잔 말이냐…… 이미 네 팔자인 것을……" 하시면서도 속으로는 합당한 데 시집이라도 보냈으면 하는 눈치도 보이더이다.

그러나 그저 맹목적으로 썩은 구도덕만 숭배하여 여자는 어쨌든 두 번 시집가지 말아야 사람이라고 주장하는 나의 부형 앞에서는 어찌하는 수가 없었습니다.

아아— 우리 사회의 습관이야말로 참 불공평하고 불합리하고 부도덕하지요. 어찌하여 남자는 몇 번을 장가들어도 무방하고 여자는 불경이부(不更二夫)[43]라 하고 개가를 불허하여 이와 같이 당자에게 다시없는 불행을 만들고 시친 양가에 이렇듯 누를 끼치게 하리이까? 그리고 우리 사회의 반면에 음분(淫奔)[44]의 부녀와 자살하는 여자가 비교적 많은 것도 이 까닭이 아닙니까? 만일 자신이 깨달음이 있어 구태여 개가할 필요가 없다고 생각한다든지 그렇지 아니하면 국가와 사회로 상대를 삼아 일생을 거기 공헌하기로 결심한 사람이면 물론 가상(佳賞)하고 동정할 만하겠지요.

그러나 그때의 여자는 사회와 국가에 대하여 아무 책임이 없는 때였고, 더욱 나는 감수성이 부(富)하고 정에 날카로웠나이다.

그런고로 나에게는 이렇게 독신으로 지내는 것이 한 큰— 고통이고 비애였나이다. 그리고 사람은 호기심 많은 동물인 고로 남이 못 하게 구속하는 중에서 더욱 얻으려고 애쓰게 되는 것이 상정입니다. 그런고로 나도 주위의 속박 밑에서 더욱 이성이 그리워지더이다. 이렇게 적막과 고독에 헤매는 동안에 한서(寒暑)[45]가 바뀌고 춘추가 지나서 세월은 몇 번인지 갔건마는 나에게는 영원히 즐거웁고 따뜻한 행복의 봄이 오지 아니하였나이다.

아아― 이때에 나에게는 눈 위에 서리를 더하는 셈으로 더욱 애를 태울 사건이 하나 더 생겼나이다.

이때에 나는 신산스럽고 쓸쓸한 과부의 생활을 계속하여온 지가 어느덧 5년이 지나서 스물셋 되던 가을이 되었나이다.

누구나 다 가을은 쓸쓸하다고 말하지마는 나는 더욱 쓸쓸하고 수심스럽게 가을을 맞지 않을 수 없었나이다. 그중 청명하던 어느 날 저녁은 쓸쓸하고 적적한 빈방에 수심을 띤― 등잔불을 대하여 나 혼자 시름없이 앉았었나이다.

밤에는 의례히 낮보다도 더― 구슬프고 쓸쓸하게 지내었지만 그날 밤은 어째 그런지 더욱 심회를 정(定)치 못하여 하는데 멀리서 바람결을 좇아 처량하게 들리는 단소 소리가 청승스럽게 나의 고막을 울리더이다.

이때에 가뜩이나 비회(悲懷)[46]가 넘치던 나의 가슴에는 더욱 형용할 수 없는 일종 이상한 감회가 솟아올라서 두 뺨에는 뜨거운 눈물이 소리 없이 흐르고 신경은 몹시 흥분되어 도무지 방에 그대로 앉았을 수가 없더이다. 그래서 부지중에 미닫이를 열고 뜰에 내려섰나이다.

월색(月色)은 뜰에 가득하고 낙엽은 금풍(金風)[47]에 날리는데 나는 가을밤― 쌀쌀한 기운에 몸을 떨면서 뒷동산으로 통한 협문

(夾門)⁴⁸을 슬며시 열고 발 가는 대로 한 걸음 한 걸음 걸어가는데 낙엽의 밟히는 소리가 버석버석 나더이다.

후원에는 무서울 만치 사면이 적적하고 쓸쓸한데 달빛에 어린 단풍 든— 각색 수목이 그림같이 어둑어둑하게 널려 있는데 처처(凄凄)히⁴⁹ 들리는 벌레 소리가 명상에 잠긴 만유(萬有)를 가만가만히 깨울 뿐이더이다.

나는 이곳에서도 위로될 듯한 무엇을 발견할 수는 없었나이다. 다만 차고 쓸쓸한 가을바람이 약한 내 몸을 침노하여 부지중 몸을 바르르 떨게 할 따름이더이다.

아무 데 가도 적막 외에는 따르지 않는 나는 그렇게 달 밝고 인적 없는 곳에서는 더한층 비애만 느껴지는 고로, 그만 저편 언덕 길로 해서 돌아오려고 하는데 마침 왼손 편 육모정⁵⁰ 곁으로부터 사람의 발자취 소리가 버석버석 들리더이다.

그래서 깜짝 놀라 고개를 돌려 발자국 소리 나는 편을 바라보았나이다. 소창옷⁵¹ 입고 정자관 쓴 두 사람의 남자가 앞서거니 뒤서거니 무슨 이야기를 조용히 하며 휘적휘적 걸어 내려오더이다. 뒤에 오는 이는 나의 둘째 시아주버니가 분명하지만— 앞에 오는 키 좀— 크고 얼굴 희게 생긴 젊은 남자는 누구인지 모르겠더이다. 그러나 그의 시선이 나의 시선에 마주치는 순간에 나의 영(靈)은 어쩐 셈인지 무인지경(無人之境)에서 친지(親知)의 인(人)을 만난 것처럼 깜짝 놀라도록 반가워하는 것 같더이다. 그러나 의외의 사람들을 만난다는 부끄러운 김에 걸음을 빨리하여 급히 내 방으로 돌아왔나이다.

넘어지듯이 아랫목에 주저앉으며 두근두근하는 가슴을 진정하고 높은 숨소리를 낮추며 '망신했다. 젊은 여편네가 무엇하러 밤에 혼자 동산에를 올라왔었을까 하고 그들이 의심하였겠다' 속으로 이렇게 중얼거리며 우두커니 혼자 앉았다가 몸이 으스스 추움을 감(感)한 나는 미닫이를 닫치고 불을 끄고 펴놓았던 자리에 옷을 입은 채 드러누웠나이다. 미닫이로 새어 들어오는 희미한 달빛이 베개 위에 놓여 있는 내 머리를 힘없이 비추는데 나는 이 생각 저 생각으로 잠이 졸연히[52] 오지 아니하더이다. 시아주버니와 같이 동산에서 거닐던 그가 누구일까? 친한 친구인가 혹은 처가댁으로 누구 되는 이일까? 달빛에 비치는 그의 얼굴은 참으로 장부답게 잘도 생겼더라…… 그리고 그의 풍채를 잠깐 보아도 젊은 이로는 드물게 볼 점잖고도 쾌활한 청년다운 청년이었다…… 혼자 이렇게 생각하니 어쩐 셈인지 그가 한없이 사랑스럽고 정다운 것 같더이다.

그리고 그 후부터는 늘— 낮같이 밝은 달빛에서 시원스럽고 광채 있는 눈에 좀— 놀란 듯한 표정을 띠고 바라보던 그 미남자가 눈에 아련히 밟혀서 잊을 수가 없더이다. 그러나 나는 그날 그때까지 여자로서 부모가 정하여주지 않은 다른 남자를 사모함을 생의도 못 하던 터인 고로 오히려 내가 내— 마음을 이상스럽다고 의심하였나이다.

그러나 내 뇌에 박힌 그의 사진은 나날이 선명하여갈 따름이더이다. 그래서 내 영의 눈은 아름답고 사랑이 넘치는 그의 얼굴을 자연히 아니 바라볼 수는 없게 되는 모양이더이다.

그 후 며칠이 지났는데 빨래 징근다[53]고 안마루에 앉아서 지껄이는 하녀의 말을 듣건대 그때 월하(月下)에서 보았던 그 정다운 남자가 내 둘째 동서의 남동생이던 것이 분명하더이다. 그때에 무심히 듣는 체하는 내 마음속에 무슨 이상스러운 파동이 일어 공연히 가슴이 울렁울렁한 것 같더이다. 그리고 알고 보니 그의 얼굴이 내 둘째 동서와 비슷하던 것이 새로이 기억되더이다.

내 둘째 동서는 재색이 겸비하고 또한 부덕(婦德)이 있어 과연 희귀한 숙녀였나이다. 그래서 내가 가장 흠경(欽敬)[54]하고 또한 서로 친친히 지내던 바였나이다.

그리고 그는 자기 집안 자랑을 과히 하려고는 아니 하는 이지마는 자기의 동생 되는(내가 동산에서 본) 이의 칭찬은 대단히 하던 터였나이다. 그래서 나도 그 동생을 보지는 못하였으나 인격과 재질이 비상한 유망한 청년인 줄로 경모(敬慕)[55]해오던 터였나이다.

그런고로 그를 연모하는 정은 날이 지나고 달이 더할수록 더욱더욱 뜨거워지더이다.

그러나 수절하는 과부로 외간 남자를 그리게 됨이 내가 스스로 부끄럽고 미안한 듯도 하고 죄인 듯도 하더이다. 이것은 어렸을 때부터 받은 부모의 교훈과 사회의 풍속이 내 뇌에 깊이 관념된 까닭이었나이다. 그리고 주위의 사정이 절대로 허락지 않을 줄을 확실히 헤아림이외다. 그래서 이미 꺾지 못할 꽃을 바라보면 무엇하랴 하는 생각으로 그를 연모하는 정을 스스로 꾸짖어서 소멸시키려 몹시 번뇌하였나이다.

그러나 마음속에는 나도 모를 무슨 진리가 잠겨 있는지 ― 억제하려면 억제하려는 그것이 꾸짖으면 꾸짖는 그것이 한 가지씩 초민(焦悶)[56]의 씨를 더할 따름이요, 그를 상사(相思)하는 정은 맹렬하게 붙는 화세(火勢)와 같이 더욱더욱 일어날 뿐이더이다.

그러나 나는 어떻게 하든지 그 생각을 잊어버리고 그 자리를 떠나보려고 굳고 단단한 결심을 품고 유형(有形)한 무엇을 대항하는 듯이 머리를 흔들며 손을 떨치고 냉정한 태도로 벌떡— 일어나서 딴— 데로 가서 딴— 일을 하고 딴— 생각을 하려면 얄미운 연마(戀魔)는 안타깝게도 애처롭게도 착착 달라붙어서 호리(毫厘)의 상거(相距)[57]도 수예(須臾)의 간(間)[58]이라도 떠나지 아니하여 나의 온 정신 온— 마음이 마침내 그만 그것에게 포로가 되고 말 뿐이더이다.

단념은 정신상 일종의 자살입니다. 정신상 자살은 육체의 어떠한 부분을 빼내는 것보다도 오히려 어려운 것이더이다. 아니 육신을 자살할지언정 정신 작용을 막는 수는 없더이다. 그리고 정신 작용은 제한을 시키려 할수록 도리어 반동력이 생겨서 한갓 그 세력을 팽창시키는 데 도움이 될 따름이더이다. 그런고로 내가 그를 잊어버리려고 고민하는 사이에 연모의 정은 나날이 10도 20도 점점 고도에 달하여 어느덧 백열(白熱)[59]에 이르렀나이다. 따라서 남에게 비난받을 염려, 내 스스로 미안한 것, 주위의 사정 불허(不許), 이런 생각도 차차 희박해지더이다.

그러니 그때 내가 어느 날 어느 때인들— 그를 잊을 수가 있었사오리까마는 다른 때보다도 제일 밤에 자려고 고적히 자리에 누우면 모든 정신이 집중되는 때인 고로 더욱 그의 생각이 안타깝도록 간절하더이다. 그래서 뭉클한 가슴을 손바닥으로 문지르며 "아이고 아이고" 신음하는 소리를 발하며 전전반측(輾轉反側)하다가 어떻게 어떻게 하여서 잠이 들더라도 모든 인식이 마지막 끊어질 그 순간에까지 그를 생각하다가야 비로소 잠이 들게 되더이다. 그리고 몽롱한 꿈속에서도 반드시 그를 보게 되더이다. 그리고 잠은 짧은 죽음이라 하여 잠든 동안은 일체가 모두 잊어버려지건마는 오직 그를 연모하는 정만은 가장 정성스럽게 경건하게 깨어서 내 영을 지키고 있는 것 같더이다. 그래서 자다가라도 어떻게 하여서 잠깐이라도 정신이 도는 때는 무슨 생각보다도 가장 먼저 그를 상사하는 정이 번개같이 내 뇌에 감촉되더이다. 그리고 아무 의식도 없이 잠들었다가 깨인 그사이에는 다른 잡념이 생기지 않는 때인 고로, 그 연정도 가장 신성하고 순결하고 참된 것 같더이다. 빈 내 가슴의 무형(無形)한 그 연인을 상상으로 껴안은 그때는 아무 다른 염려 없이 그저 사랑스럽고 정답고 친한 생각이 달콤하다고 할지 새콤하다고 할지 형용할 수 없는 상긋한 감상을 줄 뿐이더이다.

그리고 이른 아침 — 내가 깰 때가 아직도 먼 때에, 나의 영이 희미한 꿈속을 헤맬 때도 그를 사모하는 정은 하루도 거르지 않고 부지런하게 일찍이 내 뇌의 문을 두드리더이다. 나는 깜짝 놀라 깨듯 말 듯 그 연정을 맞아 반갑게 즐겁게 재미있게 대접하는 동안에 어느덧 공무(公務)를 띠고 세상에 나오는 햇빛이 환—하게 창에 비치이더이다. 나는 할 수 없이 그 연모의 정을 껴안은 채 무거운 몸을 움직여 일어났나이다. 그러고 날마다 해가 다하도록 그 연정으로 더불어 울고 웃고 하면서 세월을 헛되게 보낼 따름이었나이다.

그때에 나는 그를 그리는 생각이 그날그날의 생명을 계속하는 유일한 원료였나이다. 또한 그때 나의 생활의 전체였나이다. 내가 한마디 말을 할 때나 한 발자국 냅뜰 때나 한 손가락 놀릴 때나 한 물건을 접할 때나 한 가지 일을 당할 때나 도무지 그를 연모하는 정은 순간이라도 떠나지 아니하더이다. 그리고 내가 만일 몇천 리 몇만 리를 떠난다 하더라도 어떠한 처참한 경우를 당하더라도 또한 어떠한 우환을 만나더라도 그를 상사하는 정은 결코 잠시라도 나를 떠날 것 같지 아니하더이다. 그리고 만일 내가 그때에 임종시(臨終時)가 이르렀었더라도 최후! 최후! 가장 최후 생명이 끊어질 그 찰나에까지 그를 생각하는 마음은 따를 것 같더이다. 또한 죽어 저생에 가서라도 이생의 기억이 추호라도 남아 있다 하면 반드시 그의 생각 외에 다른 것은 없을 것 같더이다.

그러나 그러나 그렇듯 간절하고 곡진한 정회를 그에게 알릴 길은 아주 망연(茫然)[60]하였나이다.

깊고 깊은 규중에 갇힌 이 몸이 무슨 수로 산 너머 구름 밖 멀고 먼— 시골에 있는 그에게 내 뜻을 알려줄 수가 있었사오리까? 아아— 10년 공든 탑이 하루아침에 무너지는 셈으로— 혼자 천만 가지 공상으로 사랑의 층계를 밟아 거진 목적지에 달할 듯하다가 문득— 그 생각을 하면 그만 가슴이 내려앉고 손맥이 풀리더이다.

이렇게 마음 붙일 길이 없고 정신이 어지러워서 애를 태우다가는 행여나 동서의 방에나 가면 무슨 반가운 소식이 있을까 하여…… 일없이 가끔 찾아가서 이런 말 저런 말 끝에 그의 동생의 이야기를 물으면 내 속을 모르는 그는 묻는 말대답이나 간신히 하고는 다시 무슨 신기한 말을 들려주지는 아니하더이다. 그런고로 나는 남모르게 내 가슴만 태울 대로 태우고 있을 뿐이었나이다.

그리고 그때 생각에는 내가 만일 그를 영원히 다시 만나지 못한다 하면 나의 영과 육은 활활 타는 번민의 불에 속절없이 녹아버리고 말 것 같더이다.

그런고로 그때 생각에는 내게 있는 무엇이라도 희생하여 연인의 따뜻하고 간절한 위로의 말 한마디만 들었으면 원이 없을 듯하더이다.

그래서 모든 부끄러움과 염치를 무릅쓰고 담을 넘고 개천을 뛰어서라도 그를 찾아가서 그의 품에 가 푹 안겨서 내 가슴의 사무친 한을 유감없이 하소연해보고도 싶고 내 심장에서 펄펄 끓는 뜨거운 정회를 혈서로 길게 길게 적어서 훨훨 나는 기러기 편에 부쳐 보냈으면……, 하는 생각이 하루에도 스물네 번씩 나더이다. 아아— 이것은 헛생각뿐이요 도저히 이룰 수는 없는 일이었나이다. 그래서 또다시 이러느니 저러느니 하여도 모두 헛번민에 지나지 아니하는 것이요, '제일 쉬운 방침은 가깝게 있는 동서에게 넌지시 말을 건네가지고 어떻게 선후책을 청구하여봄이 가하다' 이렇게 혼자 생각하고 벼르고 벼르다가 어떤 때는 큰 모험의 길을 떠나는 듯한 굳센 결심을 가지고 동서의 방에를 갔으나 동서를 마치[61] 대하게 되면 두근두근하는 가슴과 함께 말문은 그만 꼭— 닫혀버리고 말 뿐이더이다. 이같이 하기도 실상은 한두 번이 아니었나이다. 그러나 마침내 실행치는 못하였나이다. 그리고 어떤 때 정말 속이 몹시 답답할 때는 편지를 써야 전할 도리도 없건마는 생각나는 대로 상사의 정을 말도 잘 되지 않게 끄적이다가는 또한 스스로 무슨 생각을 하고는 부끄러운 듯이 화나는 듯이 북북 찢어버리기도 하였나이다. 이렇게 번뇌되고 우울한 심사를 진정할 수가 없어서 어떤 때는 공연히 마루로 뜰로 왔다 갔다 하기도 하였나이다. 그러는 동안에는 나는 평생에 노래란 무엇인지도 몰랐건만 그때 내 가슴속에 있는 감회는 가끔 무슨 비장한 노래를 부르고 싶어 못 견디어 하는 것 같기도 하더이다. 이렇듯 애를 태우고 뇌를 썩히는 동안에 자연히 나의 신경은 과민된 모양이었나이다.

그래서 공연히 노하고 미워하고 슬퍼하게 되더이다. 그런고로 그때 우리 집에 있던 하인들은 변변치 못한 일에 꾸지람과 나무람을 듣고 속으로 원심(怨心)을 품은 듯도 하였나이다. 그리고 좀─ 정답고 친절히 지내던 사람까지도 다 냉정하고 범연(泛然)[62]하여져서 ─ 그런 사람이 내 방에 들어와서 오래 이야기하는 것까지도 성가시고, 누구와 더불어 말하기도 싫고, 이야기책 같은 것도 보기 싫고, 바느질도 손에 걸리지 않고, 평소에 사랑하던 화초도 별로 신기하게 보이지 않고, 또한 그나마도 재미 붙여서 만지고 닦아내서 먼지 떨던 세간이나 기명(器皿)도 돌아볼 여념이 생기지 아니하더이다.

그리고 그─ 연인을 그리는 열정이 나의 전 영(靈)을 점령한 고로 내가 웃고 말하고 먹고 수족 놀리는 것은 제 본능대로 기계적으로 행할 뿐이었나이다. 그리고 밤낮으로 멀거니— 우두커니 앉아 정신병자 모양으로 무심히 피어오르는 구름 떨기를 바라보고 공연히 한없는 한숨을 발하며 뜻 없이 떨어지는 낙엽의 소리를 듣고 망연히 속절없는 눈물을 지을 뿐이었나이다.

그러나 그러나 내가 아무리 그를 생각한들 무엇하며 또한 그가 설사 내 마음을 알아준다 한들 무슨 소용이 있었사오리까?

아아— 그와 나와는 영원히 서로 만날 가망이 없는 위험한 길에 섰나이다.

만일 그때에 그와 나와 손목을 잡게 되었던들— 우리 두 사람은 썩은 구습에만 물든 부모와 친척의 비난과 공격의 구렁에 빠져서 신세를 망쳤을 것입니다.

그때에도 그런 줄 저런 줄 번연히[63] 알고도 사랑의 줄에 얽매여 내가 나를 어쩌지 못하는 나의 초민과 곤란은 과연 형언할 수 없었나이다.

아아— 사랑의 길을 밟을 수도 없고 그렇다고 그를 잊을 수는 더욱이 없으니…… 나는 아프고 쓰린 가슴을 껴안고 얼굴을 찡그리고 몸을 비틀며 "아이고, 어찌할까. 진퇴가 양난한 내 신세……" 하고 신음하는 때가 수가 없었나이다.

그때 나는 조물주를 원망하고, 인생을 저주하였나이다. 어찌하여 인생에 애정이라는 기묘한 씨를 심어놓은 이상, 애정의 나무가 마음대로 자라고 크도록 우로(雨露)는 내려주시지 않고 모처럼 움이 돋는 어린 사랑의 싹을 몹쓸 햇볕과 거친 바람을 불게 하여 그만 말라버리게 하시느냐고요. 저간에 과부의 생활이 적막하니 외로우니 하였었지마는 오히려 그렇듯 아프고 쓰리지는 아니하였나이다.

그에게 내 뜻을 알려가지고 내 뜻을 받아주고 아니 하는 여부는 물론 모를 것입니다. 그러나 나의 그렇듯 참되고 간절하고 애달픈 정회를 상대편에 알려보지도 못하는 내 심사가 과연 어떠하였겠습니까?

참 세상에 가득한 모든 비애와 고통 중에 가장 알뜰한 고통은 열렬히 사랑하는 연인에게 제 속에서 부글부글 끓는 열정을 알려주지 못하는 그때일 것이더이다.

그런고로 그때에 나는 이 좁은 가슴이 터질 듯이 아프고 괴로움을 진정 ─ 견딜 수가 없었나이다. 그래서 사랑을 이루지 못함이 이미 정한 운명일 바에는 차라리 치마끈으로 목을 매어서 나의 감각을 끊어서라도 하루바삐 그 고통을 면하고 싶은 생각도 없지 아니하였나이다.

그러나 실낱같은 목숨이지만 그렇게 쉽게 끊어버릴 수도 없더이다. 그리고 다만 고통만 고통대로 계속될 뿐이더이다.

아아─ 그때에는 아무리 하여도 이 고통을 면하고 사랑의 길을 밟을 다른 무슨 도리는 절대로 나서지 아니하였나이다.

그때로 말하면 여자의 얼굴만 모르는 남자에게 보여도 오히려 수치라 하였거든 하물며 규중에 있는 과부의 몸으로 차라리 목숨을 끊을지언정 감히 당돌하게 알지도 못하던 남자에게 정찰(情札)[64]을 보내거나 정회(情懷)를 토로할 수가 있었사오리까?

그리고 나의 정조관보다도, 가법(家法)의 엄중함보다도, 남의

270

비난을 꺼리는 것보다도, 제일 상대편의 의향을 전혀 모르고 어찌 여자 된 내가 먼저 품은 마음을 발표할 용기가 있었사오리까?

그런고로 나는 길고 긴ー 세월을 남모르게 태우는 가슴, 썩이는 속을 하염없는 한숨으로 살 뿐이었나이다. 그래놓으니 가뜩이나 핏기 없고 해쓱하던 내 얼굴은 더욱 차마 보지 못하도록 몹시 상하였던 모양이어요. 그래서 만나는 사람마다 어디를 몹시 앓고 났느냐? 어디가 편치 않으냐 하는 묻는 소리도 성가심도 많이 받았나이다.

그리고 그 후에 동서에게 들으니 내가 그렇게 못 잊어하던 그의 동생은 멀고 먼ー 경성(鏡城)이라는 고을에 군수로 부임하여 명관(名官)이라는 백성의 송덕(頌德) 속에서 행정 관리가 되어 있다 하더이다. 그러나 그 뒤에 내게 가장 친절히 굴고 또한 내가 제일 경애하던 동서조차 불행히 해산ー 후더침[65]으로 다시 돌아오지 못할 길을 떠나버렸나이다. 그런고로 내가 그렇듯 열정적으로 사모하던 그의 동생도 우리 집에 다시 올 일이 없었나이다. 그러고 보니 그의 소식을 다시 들을 길이 영원히 막혀버렸나이다. 그의 소식을 들은들 무슨 신기하고 기꺼울 일이 있었사오리까마는 부칠 길이 없는 내 마음은 아쉬우나마 그의 소식이라도 좀ー 들었으면 적이ー 위로가 될 듯하더이다. 그러나 야속할사! 불공평한 운명의 신은 그의 소식조차 끝끝내 들려주지 아니하더이다. 그러나 생각건대 명철하고 천재 있는 그는 아마도 성은을 입어 벼슬이 해마다 승급되어 국가의 주석(柱石)[66]의 신(臣)이 되었으리라고 생각하였나이다.

그러나 나는 몇 달이 지나고 몇 해가 지나도록 비 오고 구중중한 여름날이나 서리 오고 이슬 깊은 가을밤에 얼마나 그를 생각하는 심회가 간절하였는지 몰랐나이다. 그러나 사랑의 상대자 되는 그는 내가 그렇게 안타깝게 자기를 사모하던 줄은 꿈에도 생각지 못하였을 것입니다. 그 뒤로 아무리 하여도 그를 만날 수가 없을 것을 깨달은— 나는 실연자(失戀者)의 예투(例套)[67]로 세상을 비관하고 인정을 냉랭타 하여 아무도 없는 쓸쓸하고 적적한 내 방에서 사서오경(四書五經)과 기타 서적에 마음을 붙여 눈 쌓인 겨울밤에 글 읽기로 밤이 든 줄을 잊으며 소슬한 금풍이 오동잎을 떨어뜨리고 교교(皎皎)[68]한 월색이 미닫이에 허리를 굽힐 때 한시(漢詩)를 지어보노라 닭 우는 소리를 못 들으며 유유한 세월에 몸을 맡겨 봄을 맞고 겨울을 보낼 따름이었나이다.

아아! 이것이 무슨— 악마의 작희(作戱)[69]일까요? 어찌하여 영원히 만나지 못할 애인을 유성처럼 내 눈에 잠깐— 띄게 하여서 나의 가슴에 몇십 년 몇백 년이 지나도 낫지 못할 아프고 쑤시는 상처를 내고 다시 만나지 못하게 하였으리까? 어쨌든 내 동서의 동생 되는 그 사람은 내게 큰— 치명상을 주고 큰 타격을 준— 업원의 사람이었나이다. 내가 청상과부로 40여 년을 외롭고 섧게 지내었지마는 그때 그를 연모하던 때같이 아프고 쓰린 경험을 다시는 당해보지 못하였나이다.

그런고로 지금도 그때 그 일이 억제할 수 없는 원한을 안고 때때로 내 기억에 나타나서 새삼스럽게 무심하던 내 마음에 슬픔을 자아낼 때도 없지 아니합니다.

아아! 완고하고 고집 센― 부모의 숭배하는 인습도덕에 희생된 나의 과거는 참으로 헛되고 헛되고 또 헛되었나이다. 여자로 나서 남의 아내 노릇도 못 해보고, 남의 어머니 노릇도 못 해보고, 사람으로 나서 사람다운 대우도 못 받고, 사람의 의무도 몰랐고, 사회의 인원(人員)이 되어 또 사회에서는 나의 존재를 몰랐고, 나도 사회에 대한 책임이 무엇인지도 모르고, 또한 봄이 오는지 겨울이 되었는지도 모르고, 다만 안방구석에서 밥벌레 노릇만 하다가 피가 끓고 정력이 솟아오르는 하염[70]이 있을 청춘 시대를 아무 의식 없이 아무 한 것도 없이 다시 못 만날 과거로 보내버리고― 이제 근 50세에 노년을 당하여 신경은 무디고 감정은 둔해져서 꽃을 보아도 이쁜 줄을 모르고 기쁜 일을 만나도 즐길 줄을 모르는 아주 냉회(冷灰)[71] 같은 노폐물이 되어버렸나이다.

초로(草露)[72] 같은 우리 인생은 생명이 있을 그 찰나를 행복스럽게 의미 있게 지내라는 것이 조물주 본의가 아니리까? 그런데 나는 어찌하여 일생을 나 자신의 즐거움도 맛보지 못하고 또한 사회와 국가에 대하여 아무 하염이 없이 그저 배고프면 밥 먹고 졸리면 자는 하등 동물적 생활을 하다가 이렇게 늙어 쓸데없는 물건이 되어버렸으리까?

그것은 나― 자신이 몰각(沒覺)하고 무지한 죄보다도 먼저 우리 사회의 불찰, 우리 부모의 부도덕한 책임이 더 크다고 생각합니다.

그러나 오늘 우리 사회의 현상을 보면 부모의 완고한 고집에 희생되어 나의 과거 같은 불우의 운명에 울고 있는 불쌍한 여성이 아직도 많이 있는 한편에 그대로 굳세게 밀려오는 세계 사조는 어쩌는 수 없어서 그렇듯 굳게 닫혔던 금고의 문이 방긋이— 열리자 자각 있는 여자들이 용맹스럽게 뛰어나와서, 여자 사회를 개혁하자는 등 우리도 사람인 이상 당당한 인권을 가지고 국가와 사회를 위하여 일을 하여보자는 등 떠들며 자기들의 몸이 부서지는지 깨어지는지도 모르고 희생적 사업을 경영하고 있는 여자들이 날로 더하고 달로 늘어감을 기뻐하나이다.

공자께서도 후생(後生)이 가외(可畏)[73]라고는 하셨지만, 내 딸뻘밖에 못 되는 어린 여자들의 각성이 그렇듯— 촉진함을 본— 나는 못내 감탄하여 부지중 더운 눈물이 두 뺨을 적십니다. 그리고 나도 좀— 이 세상에를 더디 나왔더라면 하는 부러운 생각도 없지 아니합니다.

그대들은 교육받은 연한에 비하여 해방된 시일에 비하여 학문과 지식과 사업열이 참으로 초월하고 우승함을 충심으로 축(祝)합니다.

그러나 한편으로 지금 나와 같은 구식 여자가 영원히 밝아— 보지 못할 그 어둡고 침침한 눈을 가지고도 자기는 그래도 보는 체하고 '학교 색시가 어떠니, 공부한 여학생이 어쩌느니' 하는 것을 보면 한심스럽고 우스워서 '그러면 그전— 우리들처럼 사나이의 절제 밑에서 밥이나 빌어먹느라고 그저 네네 하고 안방구석에만 틀어박혀 있지 않는다고 걱정이오?' 하고 공박하고 부끄러움을 주고 싶더이다.

그러나 그대네들은 이 모든 비난과 공격 아래에 자기들의 몸을 희생해가며 자기들의 사명을 이행하려 한다지요?

나는 이러한 광경을 보고 우리의 국가와 사회를 위하여 다시없는 다행이라고 생각하오며 아울러 나의 귀와 눈이 행복이라 합니다.

그리고 나는 그대들의 그렇듯 아름답고 기특한 마음에 무한히 동정하고 찬성하는 동시에 늦었지마는 이제부터라도 여생을— 마음으로나 정신으로라도 그대들의 뒤로 좀— 응원이라도 해줄까 하고 지금도 밤낮 돋보기안경을 쓰고 책상 앞에 앉아서 내 양자〔미국에서 유학하고 온 시질(媤姪)[74]〕에게 무엇을 배우고 있는 중입니다.

〔『신여자』1920년 6월〕

* 1920년 6월 『신여자』 제4호에 실린 작품으로 작가가 김편주(金扁舟)라고 되어 있다. 그러나 김일엽의 필명인 일엽, 한잎, 편주(片舟)를 연상시키는 데다가 "주간 김 선생" 등 편집인들을 강하게 의식하는 점, 작품 내에서 편집인들을 비롯한 신여성들을 강하게 예찬하는 점 등에서 김일엽일 가능성이 농후하다. 게다가 그 당시 투고받은 원고가 거의 전무했다는 점도 이를 뒷받침한다. 1958년 2월 『신태양』 제7권 제2호에 실린 「『폐허』 동인 시절」에서 변영로가 김일엽이 「청상과부의 서름」이란 작품을 쓴 것으로 회고하고 있는 점도 이에 신빙성을 더한다. 이 작품에 대해 『신여자』 해당 잡지 맨 뒤의 「편집실에서」에는 다음과 같은 소개말이 있다. "김편주 여사의 청상 생활은 여사가 스스로 지내신 일을 아무 숨김 없이 그 유려한 붓으로 쓰신 것이오니 이는 우리 사회에 흔히 있는 일이요, 또 몇천 년을 두고 우리 여자가 그 혹독한 인습에 비참한 희생이 되면서도 말도 못 하던 것이올시다. 이를 여러분께서는 읽으시고 어떻게 생각하실는지요? 이를 우리 여자보다 남자에게 보이고 싶습니다."

자각 自覺

하도 의외이고도 허망한 일이어서 차라리 입을 다물려고 하였
지만…… 동무가 굳이 물으시니 사실대로 적어볼까 하나이다.

그가 처음 일본을 떠나던 때는 재작년 이맘때였는데 날짜까지
도 잊히지 아니합니다.

입학 준비인가 한다고 개학 일자보다 몇 달 앞서서 일본으로 들
어가려던 일이 그의 아버지 생신을 지나서 떠나려다가 그가 또 감
기에 걸리고 하여서 12월 그믐께가 되어서야 떠나게 되었나이다.

떠나기 전날 밤은 그의 친구들이 송별회를 하느니 어쩌느니 하
노라고 그는 새로 2시나 되어서 먹지도 못하던 술을 다 마셨는지
얼굴이 벌게서 열적은 웃음을 띠고 들어와서는 "왜 이때까지 안
자우? 밤이 퍽 늦었는데……" 하고는 모자와 두루마기만 벗어 던
지고는 깔아놓은 자리 속으로 그냥 들어갔었나이다.

자리에 누운 그는 붉은 내 눈을 쳐다보더니 자기도 처연한 빛을

띠며 "인제 옷 벗고 어서 이리 드러누우—" 하며 그는 누운 채로 손을 내밀어 내 저고리 고름을 끄르더이다.

나는 참던 울음이 다시 터져서 그만 그에게 엎드려 흑흑 느끼었나이다.

그는 반쯤 일어나서 "왜 이리 우우— 남 좋은 공부 하러 가는데…… 그리고 내가 집에 있어야 당신에게 무슨 도움이 되겠소. 마음으로 암만 동정한대야 무슨 소용이오. 내가 어서 공부를 마치고 돌아와야 내가 번— 돈으로 당신을 먹이고 입히고 할 터이고. 그리고 또 이 복잡하고 귀찮고 부자유한 이 가정에서 당신을 구원해낼 수도 있지 않소? 그러니 한 3, 4년만 눈 딱 감고 참아주구려. 자 어서 이리 드러누워요" 하고 힘 있게 나를 껴안더이다.

그날 저녁은 이별의 설움보다도 뼛속까지 느껴지는 그의 따뜻한 정이 더욱 나에게 그치려야 그칠 수 없는 눈물을 자아내었나이다. 어쨌든 그날 저녁은 이별의 애처로움과 사랑의 속살거림과 희망의 이야기로 그만 밤을 새우고 말았나이다.

그 이튿날 아침에는 마지막으로 좀더 같이 누워 있자는 그의 붙잡음도 뿌리치고 일찍이 일어나서 일본 가면 조선 음식을 구경 못하게 될 것을 생각하고 정성껏 아침을 차려 시간이 늦을까 하여 급급히 상을 내어 보냈나이다.

마음껏 먹고자 하고 차려 간 조반상에 별로 없어진 것이 없이 나왔을 때 퍽 섭섭하였으나 시간이 바빠서 그랬나 보다 하고 말았었나이다.

그이 떠나보낼 준비는 부모의 허락을 받기 전부터 내가 혼자서 하고 있었나이다.

객지에 난 몸으로 아쉬운 것이 많을 것을 생각하고 내 힘으로 내 정성으로 미칠 일은 무엇이나 다— 하려 하였나이다.

그리하여 의례히 장만하여야 할 것은 물론이고 일본은 온돌이 없어 춥다는 말을 듣고 뜨뜻하게 할 것은 그가 필요치 않다는 것까지 다 장만하였나이다. 그리고 조선 음식을 여러 가지 만들어서 새지 않는 그릇에 넣어 그의 짐에 넣어놓았나이다.

짐을 다 내어 싣고 그의 아버지 그의 친구 모두 나섰는데 나는 나갈 수도 없고 혼자 내 방 모퉁이에서 울고 있는데 그가 "뭐— 잊어버린 것 있는데……" 하며 퉁퉁 방문 앞으로 오더이다. 내가 얼른 눈물을 거두고 "뭘— 잊었수?" 하니까 그는 싱그레 웃으며 "잊어버리긴 무얼 잊어버려, 당신 한 번 더 보려고 들어왔지. 자 한번 악수나 합시다— 그리고 나 없는 동안에도 내 맘 하나만 믿고 모든 것을 참아주우—" 하며 내 손을 힘 있게 흔들고는 다시 나가더이다.

사람들 없는 사이에 나는 뒷문으로 빠져나가서 이웃집 담 모퉁이에 숨어 서서 그의 가는 뒷모양이라도 한 번 더 바라보려 하였나이다.

눈은 부슬부슬 떨어져 쓸면 또 깔리고 또 깔리고 하여서 사람의 발자국을 메우는데 그는 자기와 제일 친하다고 늘 말하던 K라는 이와 함께 골고루 깔린 눈길에 새로 발자국을 내며 터벅터벅 걸어가는데 그를 몹시 따르는 집에서 기르는 개가 자꾸 그의 뒤를 따라가더이다.

그는 친구와 무슨 이야기를 그리 하는지 개가 따라가는 줄 모르고 돌아보지도 않고, 그냥 가고만 있더이다. 시누이가 개를 자꾸 부르면 개는 힐끗 돌아보고는 따라가고 따라가고 하더이다. 나중에는 그가 돌멩이를 던져 개를 쫓더이다. 나는 쫓겨서 타달거리고 돌아오는 개가 얼마나 불쌍한지 개를 꺼안고 실컷 울고 싶었나이다. 그리고 그가 집들 많은 틈으로 없어진 뒤에 나는 답답하고 무거운 가슴을 안고 그래도 시어머니가 찾지나 않나 하고 빨리 집으로 돌아왔나이다. 텅— 빈 듯 집 안은 왜 그렇게 구중중하게 늘어놓았는지 모르겠으나 일이 손에 걸리지 않는 고로 방에 들어가서 얼빠진 사람 모양으로 우두커니 앉았는데 "애! 어디 갔니? 집 안이 이렇게 지저분한데 치울 줄 모르고……" 하는 째지는 듯한 시어머니 소리에 소스라쳐 놀라서 얼른 일어나서 치우는 것처럼 하고는 다시 방으로 들어가서는 다시 그를 생각하기 시작하였나이다.

겨울이 되어 문을 닫고 있게 된 것이 어떻게 다행한지 몰랐나이다. 일을 하는지 잠을 자는지 들여다보는 이도 없이 암만이라도 멀거니 앉아서 그를 생각할 수가 있는 까닭이었나이다. 결혼 당초부터 그가 졸업하고 나와 사회적으로 지위를 얻고 경제적으로 완전히 독립이 되어 아름다운 새 가정을 이룰 그때까지를 죽— 그려보았나이다.

그러고는 다시 나의 영은 지금의 그를 따라 차를 타고 배를 타고 물을 건너고 산을 넘어가는 것이었나이다.

어쩌든지 먹지도 말고 일도 하지 말고 움직이지도 말고 꼭 그대로 앉아서 그를 따라가는 영에게 장해가 되지 않았으면 하지만 말썽부리는 시어머니가 있고 내가 밥 지어 바쳐야 먹는 다른 식구가 많아서 가만히 앉아 있을 수가 없는 것이 성가셨나이다.

영을 떠나보면 육신이 기계적으로 하는 일이 어찌 변변히 될 리가 있습니까. 시부모 옷을 제때 못 지어놓고 반찬을 간 맞게 못 하여 날마다 몇 차례씩 시어머니께 야단만 맞고 그릇 깨뜨려 시어머니 몰래 개천에 버리기 같은 일이 많았나이다.

다만 그를 생각하는 것이 그때 나의 생활의 전체였나이다. 자나 깨나 앉으나 서나 그의 생각뿐만이었나이다.

그가 좋아하던 음식을 만들 때나 수천 리 타국인 일본과 조선이 어찌 기후가 똑같을 수가 있사오리까마는 겨울의 일기가 추워도 그가 객지에서 추워할 것이 염려요, 여름에 비가 와도 그가 학교 가기 고생되겠다는 걱정이었나이다. 그의 친구가 찾아올 때는 더욱 애처롭도록 그가 그리웠나이다. 옷 그릇을 뒤지다가라도 그의 옷이 보이면 반가워서 한 번 더 쓰다듬어보았나이다. 그리고 일본 유학이라는 말만 들어도 무심치가 않고 일본 갔다 온 사람이라면 공연히 반가워서 문틈으로라도 한 번 더 내다보아졌나이다. 그리고 시부모가 그에게 돈을 부쳐주었나? 그가 요구하였다는 것을 보내주었나? 하는 일을 애가 쓰이도록 알고 싶었나이다.

그를 생각하기에 밤을 새우다가 새벽녘에 겨우 잠이 들었다가 시어머니 부르는 소리에 일어나서는 연자질하는 나귀같이 시어머니 책망의 재촉과 눈살의 칼을 맞으며 또 종일 일을 하지 않으면 아니 되었나이다. 그러나 겉으로나마 힘껏 복종하고 참고 일을 하며 몸이 아무리 피곤하고 괴로워도 한번 누워보지도 않건마는 시어머니 부르는 소리에 대답만 더디 하여도 서방 없이 지내는 떠세라고 야단야단을 하며 "시체 것들은 서방 계집이 밤낮 붙어 앉았어야 되는 줄 알더라. 우리네들은 젊었을 때 남편이 벼슬살러 시골을 가든지 작은집을 얻어 몇십 년을 나가 살든지 시부모 곱게 섬기고 시집살이 잘하였다"는 말을 저 소리 또 나온다 하도록 늘 하였나이다.

시집살이하던 이야기를 어찌 다 하겠나이까. 좁쌀 한 섬으로 산을 놓아도 못다 계산하겠나이다.

아— 동무여— 정신은 사람 그리워하기에 초조하고 육신은 부림을 받기에 고되고 마음은 시어머니에게 쪼들리게 되는 그때 나의 고통이 과연 어떠하였겠나이까.

본래 살이 많지 못하던 나는 그만 서리 맞은 국화잎같이 시들어졌나이다.

그러나 그렇듯 한 고통 중에도 단번에 즐거움을 주고 활기를 주는 것은 그에게서 오는 편지였나이다. 부모 시하 사람이라 직접하지도 못하고 누이동생 이름 쓰인 봉함 속에 편지를 넣어 보내었나이다. 빈정거리는 듯한 웃음을 띠고 "난— 언니— 좋아할 것 가져왔지이—" 하며 까부는 시누에게서 편지를 받아서는 부끄러워서 바느질고리 옆에다 그냥 놓아두었나이다.

시누가 악의가 섞인 농담을 몇 마디 하다가는 그만 나가버리면 나는 곧 편지를 뜯었나이다.

그는 문학을 좋아하고 재주가 있고 편지도 별스럽게 정답고 재미있고 고맙게 써 보냈었나이다. 그리고 자상하게도 자기 지내는 일동일정과 자기가 가는 곳의 경치 같은 것을 하나도 빼지 않고 적어 보내었나이다. 그때 내 생각에는 세상에는 그와 같이 다정하고 편지 잘 쓰는 이는 없을 것 같았나이다.

그리고 그때 그의 편지 중에도 제일 내게 힘을 주고 용기를 내는 것은 가끔 이러한 의미의 편지를 보냄이었나이다.

나의 사랑하는 아내여! 아무 이해와 동정이 없는 나의 부모 형제를 섬기기에 뼛골이 빠지도록 애쓰는 낭신에게 과연 무엇이라 말을 하리까. 미안하다 할까요 고맙다 할까요. 그저 할 말은 '당신을 위하여 쉬지 않고 배웁니다. 당신을 위하여 꾸준히 수양하고 있습니다' 할 뿐입니다. 그러나 그리운 아내여— 웃지 마소서. 당신이 정말 보고 싶을 때는 '공부를 며칠만 쉬고라도……' 하고 생각하는 때가 한두 번이 아니었나이다. 어쨌든 나도 당신 못지않게 희생적 정신을 가진 것만 알아주소서. 그리고 당신의 편지가 지금 나의 적막한 생활의 생명수임을 잊지 마소서!

참말 그때는 일주일에 세 번이나 네 번 오는 그의 편지만 아니면 목을 매어서라도 강물에 빠져서라도 죽었을는지 몰랐나이다.

그의 편지가 올 날 안 오면 그날은 자연 어깨가 축 늘어지고 공연히 맥이 탁 풀려서 견딜 수 없으리만치 되었나이다.

어쨌든 그가 없는 그때는 그에게서 편지가 오고 아니 오는 것으로 나에게는 희망과 낙망과 반가움과 섭섭함이[1] 정해졌나이다.

그리고 여름이 되면 짧은 동안이지만 그가 귀국하여 우리 두 사람에게는 더할 수 없이 달고 즐거운 밤과 낮이 되었나이다.

그를 위하여 곱게 곱게 지어두었던 조선 옷을 입히면 시원하고 편하다 하고 슬슬 만져보는 것이나 그를 위하여 아끼고 간직해두었던 과자나 과일을 그가 고맙게 맛있게 먹는 것을 보는 것도 작은 기쁨은 아니었나이다.

그와 앉아 놀던 곳이거니 하고 혼자 올라가보고 한숨 쉬던 뒤껼 느티나무 밑에 둘이 서서 많이 올라가서 정다운 이야기로 밤 시간을 보낼 때도 있었나이다. 그때에 선물로 그가 갖다준 시어머니도 시누도 모르는 비밀의 귀중품은 몇 가지씩 내 장롱 속에 감추어졌나이다.

그때도 그의 친구 중에 구식 여자라고 무단히 본처와 이혼한다는 말을 가끔 들었건마는 '공연히 그럴 리는 없겠지. 무슨 까닭이 있는지 누가 알어……' 하고 속으로 생각할 뿐이었나이다.

어쨌든 나는 춘하가 바뀌는 변절의 괴변은 있을지언정 그의 마음이야 어떠랴 하였나이다. 그러니 내가 그를 추맥[2]하는 일 같은 일은 더구나 없었을 것이었나이다. 그러나 그는 혼자서 이런 말을 하였나이다.

자기 친구 중에는 여학생을 부러워하지 않는 이가 없는 모양이나 자기는 허영심이 많고 아는 것도 없이 건방지고 고생을 견디지 못하는 여학생들에게 결코 마음이 쏠리지 않는다고 하며 자기 아내인 나는 신식 학교는 아니 다녔더라도 여학생만 못지않게 하는 것이 있고 이해가 있다고 하며 더할 수 없이 나를 만족해하고 내게만 단순한 정을 주는 듯하였나이다.

그래서 친척들 가운데도 품행이 방정하다고 칭찬받고 나는 내 동무들의 부러움의 대상이 되었나이다.

그러니 나 자신이야 남편을 얼마나 만족해하고 고마워하였겠나이까…… 그래서 나를 그만큼 사랑하는 보람이 있게 하려고 원망스러운 시집 식구를 정성껏 위하고 섬기고 또 그의 말 한마디라도 알아듣도록 되어볼까 하고 학교에서 배운다는 책들을 사다 놓고 틈틈이 열심으로 배웠나이다.

그때는 시집살이에 고생은 무던히 겪으면서도 그래도 그렇게 희망 많고 긴장된 세월이 2년은 계속되었나이다.

그러나 어찌 뜻하였으리까. 한 달이 하루같이, 1년이 한 달같이 세월이 어서어서 지나서 그가 졸업하고 금의환향할 기쁜 때를 손을 꼽아 기다렸나이다. 그러나 기다리던 졸업의 시일은 오기도 전에 그때 내게는 사형 선고 같은 놀라운 기별이 왔나이다.

10년 공 든 탑이 하루아침에 무너진다는 셈으로 내가 출가한 지 6, 7년 동안 쌓아놓은 공은 하루아침에 그만 산산이 부서지고 말았나이다.

동무여 오랫동안 편지를 끊었나이다. 지금은 내 심리와 생활이 아주 일변하였나이다. 지금 생각 같아서는 전에 적은 말이 그같이 장황히 늘어놓을 가치조차 없는 것이었나이다. 그러나 요령을 알게 하기 위하여 전에 말을 계속합니다.

그때 내게는 불행이 거듭하노라고 임신 8개월이나 되었나이다.

몸은 무겁고 괴로워서 그전에 참고 견뎌가던 시집살이의 모든 고통이 더욱 절실히 느껴져서 짜증만 더럭더럭 나서 부엌 모퉁에서 머리를 혼자 잡아 뜯으며 애쓸 때도 많았고 남 다 자는 밤에 홀로 누워서 사족이 쑤시는 몸을 비틀며 느껴 울기도 여러 번 하던 때였나이다. 더구나 야각³하게 몹시 무엇이 먹고 싶을 때의 고통도 눈물을 흘리며 견뎌가던 때였나이다. 그러면서도 남편과 같이 살게 될 때는…… 하고 유일의 희망을 두었나이다. 그런데 어쩐 셈인지 그에게서는 여러 달을 두고 편지조차 끊기었나이다. 별별 생각을 다 하면서도 그래도 오늘이나 내일이나 하고 하루같이 기다리고만 있었나이다.

그렇게 기다리던 편지는 오기는 왔었나이다. 그러나 그 편지 내용은 그전과는 전연 반대의 사연이었나이다. 말하자면 절연장이었나이다.

가뜩이나 신경이 예민하고 몸이 극도로 약해졌던 내가 과연 얼마나 놀라고 슬퍼하였으리까. 그때 기절하지 않은 것이 이상하였나이다.

그 편지의 의미는 대개 이러하였나이다.

그대와의 혼인은 전연 부모의 의사로만 성립된 것으로 내게는 책임이 없으며 지금까지 부부 관계를 계속해온 것은 인습에 눌리고 인정에 끌렸던 것이니 미안하지만 나를 생각지 말고 그대의 전정을 스스로 질정⁴하라는 것이었나이다.

그리고 이어서 이러한 소문을 들었나이다. 그가 일본 유학하는 자기보다도 나이 많은 어떤 노처녀와 연애를 한다는데 그가 그 처녀 앞에서는 자기에게 이름만의 아내가 있지만 애정이 본래부터 생기지를 않아서 번민하다가 그 처녀를 보고 비로소 사랑이라는 것을 알았노라고 속살거린다 하더이다. 그리고 그 여자는 구식 여자인 나는 덮어놓고 무식하고 못나고 속없는 여자로 아는 모양이라 하더이다.

분노와 원한이 앞을 서지마는 입을 악물고 정신을 차렸나이다.

이미 세상을 알고 인심을 헤아린 이상 한시라도 머뭇거리고 있을 수가 없다 하고 단연히 한술 더 뜨는 답장을 쓰기로 하였나이다.

주신 편지의 의미는 잘 알았나이다. 먼저 그런 편지 주심이 얼마나 다행한지 모르겠나이다. 여자의 몸이라 그래도 환경을 벗어나지 못해서 이상에 안 맞는 남편과 억지로 지내면서도 남다른 고생을 겪지 않으면 안 되는 자신 불행을 언제나 한탄하고 있었나이다.

아이는 남녀 간 낳는 대로 돌려보내겠나이다. 나는 아이를 데리고는 전정을 개척하는 데 거리끼는 일이 많을까 함이외다. 그러나 아이의 행복을 누구보다도 제일 간절히 바라는 사람이 이 세상에 또 하나 있음을 아이에게 일러주소서. 이만.

6월 18일 임순실(任淳實)은

곧 나의 행장을 수습해가지고 떠나려 하였으나 의리보다도 인정보다도 체면을 존중히 여기는 시부모의 엄절한 만류로 행장은 그대로 두고 몸만 억지로 떠나 친정으로 왔나이다.

동무여 내가 이렇게 한 일을 듣고 내가 남편을 깊이 사랑하지 않았던 것이 아닐까 하고 의심하리다마는 내 속이 아무리 쓰리더라도 자기 인격을 더럽히면서 치근치근하고 사랑을 받으려 애쓰기는 결코 싫음이었나이다.

친정에서는 큰 변이나 난 것처럼 야단이 있었지만 나는 조용하고 침착하게 전후 사실을 자세자세 설명하였나이다. 그리고 해산이나 한 후에는 공부를 할 결심이라 하였나이다.

아버지는 그래도 옛날 예의와 도덕을 늘어놓고 귀밑머리 맞푼 남편을 떠난 여자는 이미 버린 여자라고 준절히 타이르더이다.

그러나 이미 결심이 있는 나는 귀로만 들을 뿐이었나이다.

더구나 어머니는 나만큼 구식이면서도 완고하지 않고 적이 이해가 있어서 아버지에게 "자식이 많기를 한가. 계집애라는 하나 있는 것을 공부도 안 시키고 자기가 끼고 가르칩네 하다가 그냥 시집을 보내어 오늘 이 모양을 만들어놓고도 지금도 공부를 안 시키려느냐" 하고 야단야단을 쳐서 겨우 나는 학교에를 다니게 되었나이다.

그때가 벌써 3년이나 지났나이다. 나는 오는 봄에는 졸업이라 합니다. 독한 결심을 가지고 하는 공부라 성적은 매우 좋은 편입니다. 이제는 옛날 남편 시집살이 모두 시들해서 언제 꾼 꿈인가 하게 생각됩니다.

그러나 어린것의 소식을 들을 때마다 가슴이 뭉클하오이다. 지금 네 살인데 총명하고 잘생긴 아이로 말도 썩 잘한다 합니다.

어떤 때는 몹시도 어린것이 보고 싶어서 그 집 문간에라도 몰래 가서 그것의 얼굴이라도 잠깐 보고 올까 생각할 때도 있지마는 스스로 억제합니다. 보고 싶다고 한 번 만나면 두 번 만나고 싶고 두 번 만나면 자주 만나고 싶고 자주 만나면 아주 곁에다 두고 떠나지 않게 되기를 바라게 될 것입니다. 그렇게만 되면 아이 아버지와 또 인연이 맺어지고 인연이 맺어진다면 내 자존심과 인격은 여지없이 깨어질 것입니다.

나는 자식의 사랑으로 인하여 내 전 생활을 희생할 수는 절대로 없나이다. 자식의 생활과 나의 생활을 한데 섞어놓고 헤맬 수는 없나이다. 물론 남의 부모가 되어 자식을 기르고 교육시켜서 한 개 완전한 사람을 만드는 것이 당연한 직무이겠지요. 그러나 부모의 한 사람인 아이의 아버지가 아이의 양육을 넉넉히 할 수 있음에도 불구하고 여지없는 모욕을 당하면서 자식 때문에 할 수는 없나이다.

그러니까 아이가 자라서 어미라고 찾으면 만나고 아니 찾으면 그만일 것입니다.

나의 자존심을 위하여 인격을 위하여 단연한 행동을 취하기는 하였건만 몇 해를 두고 절기를 따라 때를 따라 남모르게 고민을 무던히도 하고 있었나이다. 내 글을 읽고 동무도 짐작하였으리다마는 처음 그때 동무에게 편지할 때에도 정직하게 말하면 그에게 대한 미련이 없다고는 하지 못할 때였나이다. 그래서 그와 정답게 재미있게 지내던 이야기를 중언부언 늘어놓았나이다. 그러나 그것이 언제 사라져버린 꿈같이 생각될 지금에 와서는 동무에게 다시 편지 쓸 흥미가 없어서 오랫동안 소식을 끊었나이다.

어쨌든 지금 생각하니 내가 이상하는 이성은 그이와 같은 이는 아니었나이다. 남성답지 못하고 줏대가 없고 여자를 사랑하기는 하지만 인격적으로 대하지 아니하고 이왕 상당한 아내를 둔 이상 절대로 정조를 지켜야 하겠다는 자각이 없는 그이였나이다.

내가 처음에 그를 사랑한 것은 이성이라고는 도무지 접촉해보지 못하다가 부모의 명령으로 눈감고 시집을 가서 친절하게 구는 이성을 대하니 자연 정다워진 데 지나지 않는 것이었나이다.

그가 처음 내가 나온 후에도 사과 편지를 보내고 다시 오라고 몇 번 했지만 작년 가을부터는 사람을 보내고 자기가 몇 번 오고 해서 복연⁵을 간청합니다. 그때마다 나는 흔연히 대접하고 좋게 거절을 하였나이다. 그러나 또다시 편지로 몇 번인지 같은 말을 써 보냈더이다. 답장도 하기 싫어서 내버려두었다가 하도 성가시게 굴기에 이러한 의미의 편지를 하였나이다.

나를 끈에 맨 돌멩인 줄 아느냐. 오라면 오고 가라면 가게…… 백 계집을 하다가도 10년을 박대하다가도 손길 한 번만 붙잡으면 헤헤 웃어버리는 속없는 여자로 아느냐.

죽어도 이 집 귀신이 된다고, 욕하고 때리는 무정한 남편을 비싯비싯 따라다니는 비루한 여자인 줄 아느냐. 열 번 죽어도 구차한 꼴을 보지 않는 성질을 알면서 다시 갈 줄 바라는 그대가 생각이 없지 않은가 하다고……

그 후에는 내게 직접 무슨 말을 건네지는 못하고 혼자서 열광을 한다고 하는 소문을 들었나이다. 아무려나 그것은 문제 될 것이 없나이다.

이왕 사람이 아닌 노예의 생활에서 벗어났으니 인제는 한 개 완

전한 사람이 되어 값있고 뜻있는 생활을 해야겠나이다. 그리고
사람으로 알아주는 사람을 찾으려나이다.

〔『동아일보』 1926년 6월 19~26일〕

이선희

계산서
매소부(賣笑婦)
탕자(蕩子)

계산서

아뿔사[1] 또 밤이 오나 보다. 바람이 모래알을 몰아다가 내 방문 창호지 위에 탁— 뿜고 내뺀다.

나는 밤이 무서워 견딜 수 없다. 문틈으로 흉악한 눈이 엿보는 것만 같아서 보자기를 쳐놓았건만 마음이 놓이지 않는다.

내가 집을 떠난 지가 벌써 일곱째의 밤— 앞으로 몇 조각의 밤을 더 누릴 목숨인지 모르거니와 밤의 펄럭이는 휘장 속에서 불길한 까마귀와 같이 떨고 있다.

*

내가 시방 와 있는 이 땅의 이름을 무엇이라고 하노? 아마 지도를 펴놓고 보면 어디이고 한 점 찍어놓았으련만 지금 내게는 그런 것이 대수가 아니다.

두만강을 끼고 며칠이고 왔다. 두만강의 돌들은 검은 개흙을 뒤집어쓰고 누런 강물 밑에 말없이 엎드려 있었다. 강을 건너면 거기는 오랑캐의 땅으로 산은 민펀펀[2]이요 흙은 고약과 같이 검누르다.

나는 이 검누른 벌판으로 호로마차[3]를 달린다. 짚을 깔아 자리를 만든 마차 속에서 호인[4] 차부의 혼자 중얼거리는 소리를 들을 때 나는 세상에 살아 있는가 싶지 않았다. 대체 사람의 두뇌란 어떻게 옹졸한 것인지 — 서울의 다가(茶街)를 헤엄치며 이 광야의 바람 소리를 곁들여 들을 수 있는 것은 오직 천재의 요술일 뿐이다.

하늘을 뚜껑으로 삼고 서글픈 바람만이 몸부림치는 이 광대무변한 들을 도심의 향락을 주무르며 생각할 수 있기엔 우리의 뇌장[5]이 너무도 작다.

나는 이 땅 위에 끝이 없이 마차 바큇자국을 내며 갔다. 이것은 정녕 꿈도 아니요, 현실인 것이 가끔 가다가 노정표가 엄연히 꽂혀 있어 이것도 한낮의 완전한 국토인 것을 말하는 것이다.

5리를 가다가 혹 10리를 지나서 몇 채씩 호인의 집들이 있다. 집들은 크고 육중한데 창문은 하나나 혹 둘이 그 넓은 벽에 조그맣게 뚫렸다. 마적과 바람을 막기엔 적당하다고 생각했다. 어둡고 우중충한 그 속엔 아편 냄새와 도야지 기름과 수박씨가 있을 것이다.

아직도 원시 형태를 그대로 뒤집어쓰고 있는 호인들은 전혀 진때[6]투성이다. 소매 긴 검은 손이 진때로 번들번들하게 절어서 가

죽처럼 뻣뻣해서 좀처럼 해어질 것 같지 않다.

호인의 부락에 이르면 옥수수와 감자가 산더미같이 쌓여 있고 조 이삭이 허리를 두르고도 남을 만치 길다. 울타리도 없는 마당에 베개통만큼한 감자를 도야지 떼가 파먹고 돌아간다.

대륙의 태양은 동아줄 같은 광선을 쏟는다. 내가 마신 두어 종지의 멀건 좁쌀 미음물이 4, 5일 동안의 영양 가치를 가지지 못했다는 것보다도 마음의 썩어 들어가는 암증이 내 육체를 넘어뜨리고 말았다.

나와 동행하던 그 마나님과 그 아들은 내 좋은 길동무였다. 나는 내 아버지를 찾아가는 길이라고 엉터리로 꾸며댔으나 그들은 한번 귓속으로 굴러 들어간 말은 다시 의심할 줄 모르는 듯이 그대로 믿어주었다.

사람들의 말에 의지하면 나를 마차 속에서 안아 내릴 때 같아서는 다시 회생될 것 같지 않더라고 한다.

머리가 휑뎅그레한 것이 맴을 돌고 난 것 같다. 차차 의식이 회복되어가는 모양이다. 나는 내 이 몽롱한 의식 속에 오히려 더 강하게 두드러진 기억의 줄을 더듬으면 능히 일곱 밤 전의 이야기를 주울 수 있는 것을 심히 다행으로 생각한다.

내가 그 친절한 노파의 주선으로 이 부락에 머무른 것도 벌써 하룻밤 하룻낮이다. 나는 여기가 어디인지 알 턱이 없다. 지금 내게 지리적 상식이 무슨 의미를 가질 것이랴. 오직 이 황막한 벌판에 암흑이 가로누워 있으면 그것만으로 족하다.

이 부락엔 대다수의 호인과 약간의 우리 동포들이 살고 있고 그

가운데 어디서 흘러왔는지 모르는 두어 가족의 백계노인[7]이 있다.

나는 이왕이면 좀더 여러 가지의 생활을 씹어보려고 그중에 빵 장사 하는 백계노인의 집에 유숙하기로 했다.

내 방은 삼면이 흙벽으로 되고 바닥은 마루를 깔지 않고 맨봉 당[8]으로 되었다. 그리고 앞문에는 휘장을 치고 드나들게 되었다.

카―차 차이콥스키― 토네치카― 내 신세와 같이 영원한 거지 들이다. 어깨와 몸이 한데 꼭 달라붙은 호박 같은 마나님은 검은 숄을 두르고 머리엔 차 빛의 수건을 썼다.

벌써 램프에 기름을 두 번이나 넣었는데 또 거의 졸아든 모양이 다. 벽에 대어놓은 나무 침대 위에 헌 담요가 너무도 초라하여 영 하 20도의 한기를 막아줄 성싶지 않다.

스토―브 위에 사모발[9]이 끓는다. 맞은편 벽에 어떤 제정 시대 장교의 초상화가 거미줄 속에 궁기가 끼어 매달려 있다. 나는 어 서 내 의무인 긴― 이야기를 쓰기로 하자.

나는 내 남편이 자동차에 치이거나 혹여 뜀박질하는 말발굽에 채여서라도 다리 하나가 없어지기를 바랐다.

그 이유란 지금으로부터 일곱 달 전에 내가 다리 하나를 잃고 훌륭히 절름발이란 이름을 가지고 들어앉게 된 까닭이다.

나는 다리가 하나인데 만일 내 남편이 다리가 둘이 되면 필경 우리 사이의 균형은 허물어지고 말 것이다. 균형을 잃은 것은 언 제든지 완전한 것이 아니다.

*

    나와 내 남편이 살던 집의 동네 이름과 번지수를 아는 사람은 우리의 많은 지기와 친구 사이에 하나도 없었다.

    문 앞에 명함 한 장이 붙어 있지만 일곱 간 집에서도 우리 방은 옆으로 꼭 박힌 구석방이었다.

    우리의 식구로는 내 남편과 나와 그리고 인형까지 도합 세 식구였다. 내 남편은 김이라고 하고 나는 봉이라고 하고, 또 인형은 앨리스라고 하고 이렇게 우리는 세 개의 성과 세 개의 이름을 가지고 한 가족을 이루었다. 우리의 살림살이는 그 두부모와 같은 구석방에서 어릿광대와 같이 유쾌했다.

    나는 대단히 헤프고 미욱한 주부였다. 쌀값보다 과자 값이 더 많고 일상 사들인다는 물건은 쓸 만한 것보다 장난감이 더 많은 형편이었다.

    그러므로 우리는 우리의 가정을 가리켜 자칭, 모조 가정(模造家庭) 혹은 소형 가정(小形家庭)이라고 불렀다.

    그러나 세월은 오래지 않아 우리에게 별다른 약속을 가져왔다. 그것이란 얼마만 있으면 내가 조그만 애기의 엄마가 된다는 것이다.

    나는 이 엄마가 된다는 새로운 사실을 하느님이 베푸신 이적이라고 생각한 일도 없고 우리의 생을 무한히 연장시키는 것이라고 해석한 적도 없다.

    다만 우리는 좀더 바쁘고 좀더 부지런해졌다. 우선 집부터 넓은

데로 옮기고 도배를 하고 못을 박고 간장 고추장을 담그고 마늘장
아찌 조기젓들을 절이고 홑이불을 빨고 남치마 주름을 잡고 버선
볼을 받아서 차곡차곡[10] 쌓아두었다.

그는 서방님 나는 아씨— 우리는 더 뜨내기 장난꾼들이 아니고
틀지고 점잖은 양주요 사무에 충실한 월급쟁이요 허리띠를 졸라
매고 돈을 저축하는 무던하고 든든한 살림꾼들이었다.

여기까지 써놓고 보니 이것은 혹 우리 이야기의 서문이 될는지
도 모르겠다. 어쨌든 그 후에 우리는 우리가 생각했던 것보다 엄
청나게 다른 운명을 맞고야 말았다.

그 엄청나게 다른 운명이란 내가 조그만 애기의 엄마가 되는 대
신에 한쪽 다리를 잃고 절름발이가 되었다는 것이다.

의사의 손에 쥐인 가위와 집게와 침으로 애기를 꺼내고 나는 취
후[11]의 고통과 함께 정신을 잃고 말았다.

내가 다시 눈을 뜨고 그리고 눈알을 옆으로 굴려서 희미하게나
마 곁의 사람의 얼굴을 알아보기까지는 실로 두 달이란 세월이 흘
렀다.

고슴도치처럼 수염이 무성한 남편은 내 눈알이 좌우로 구르는
것을 보자 외마디소리를 지르며 내 이불자락에 얼굴을 대고 마구
비볐다. 미상불 기뻤던 것이다.

나는 날마다 츤의[12]를 거두고 내 왼쪽 다리를 만져보았다. 탄
력을 잃고 흐느적흐느적해진 것을 넓적다리에서부터 발끝까지
쭉— 훑어보고 그리고 그 발랄하던 생명이 어디로 빠져 달아났나
찾아보았다.

침울한 날이 흘렀다.

다락 속에선 쥐들이 덜그럭거린다.

내 손끝에서 길이 들고 기름기가 돌던 방세간이며 마루에 놓인 것은 부옇게 먼지를 뒤집어쓰고 청승을 떨었다.

지금 내가 있는 이 방은 너무 덩그렇고 컴컴해서 운동이 부족한 내게는 견딜 수 없이 춥고 불친절하다.

나는 아랫목에 츤의를 두르고 앉아서 하루 종일을 보냈다. 어떤 때는 하도 심심해서 식모를 불러들여 하다못해 옛날이야기라도 하라고 졸랐다.

이 식모는 내 좋은 반려였다. 내가 공연히 짜증을 내고 화풀이를 하면 그는 가만히 내 눈물을 씻기고 길게 한숨을 쉬었다.

나는 날마다 내 나들이옷을 꺼내 보는 것이 큰일이었다. 다리미에 불을 담아달라고 해서 다시 다려서는 쭉― 내걸어놓았다가는 다시 개켜놓고 했다.

나는 점점 성미가 고약해갔다. 내가 앉은 맞은편 벽의 도배지의 무늬가 보기 싫어 거기에다가 검은 휘장을 쳤다. 그뿐만 아니라 방 안을 온통 도깨비 사당을 만들어놓았다.

그림이란 그림은 모조리 갖다가 벽이 보이지 않게 붙여놓고 기둥마다엔 조각 인형, 거울 같은 바이올린, 나중에는 고무로 만든 개까지 달아매놓았다.

이렇게 요란스럽게 꾸며놓았다가도 금시로 죄다 치워달라고 야단을 했다. 식모는 아주 익숙해져서 내 말이 떨어지기가 무섭게 제꺽제꺽 해놓는 품이 훌륭한 내 조수다.

이렇게 수선을 피우고 난 다음에 나는 반드시 울었다. 눈을 딱 감고 누웠으면 감은 눈 밑으로 눈물이 샘솟듯 했다. 사람에게 눈물이 이렇게 많아서 품절이 되지 않는 것은 아주 다행한 일이다.

어느 날 밤 밖에서 돌아온 남편은 내게 외투 한 벌을 사다 주었다. 이것은 작년 겨울부터 한 벌 장만하려고 나는 조르고 그는 애를 쓰던 것이다.

외투를 내 앞에 펴놓을 때 나는 오래간만에 마음이 움씰해지고 좋았다. 이 새로운 물품이 풍기는 코 안이 싸—한 신선한 냄새도 좋았거니와 내 병치레에 저금한 것은 물론 있는 것은 모조리 없애버린 옹색한 처지에 그래도 그 한 벌을 사 들고 들어온 그의 정성이 나를 다소간 기쁘게 했던 것이다.

전 같으면야 기다릴 새도 없이 입어보고 맘에 드느니 안 드느니 하고 수다를 떨었을 것이나 그러한 것은 지나간 이야기고 지금은 아니다.

그는 나를 부축해가며 겨우 외투를 내 몸에 꼈다. 그러곤 우리는 거울 앞으로 갔다. 두 사람의 모양이 거울 속에 박혔을 때 두 사람은 함께 놀랐다.

너무도 초췌한 내 모양과 너무도 두드러지게 완전한 그의 모양이 두 사람 가슴에 똑같이 비수를 박는 것처럼 선뜻한 아픔을 주었다.

나는 거울 속을 한참 노리고 서서 내 무섭게 커진 눈과 광대뼈가 내비친 노란 얼굴을 바라보다가 외투 소매를 부드득하고 물어뜯었다. 나는 성난 짐승과 같이 내 등 뒤에 붙어 서 있는 그를 떼밀고 외투를 벗어 방바닥에 동댕이를 쳤다.

"죽은 것보다는 낫지 않소?"

남편은 이 말을 입버릇처럼 내세워가지고 나를 달래려 들었다. 그러나 지금 내게 어디가 죽은 것보다 나은 데가 있는지 나는 알지 못했다.

'죽은 것보다 낫지 않소?'는 결국 나를 속이는 엄청난 사기술이었다.

나는 날로 말이 없어져갔다. 하루 종일 말 한마디 없이 처네[13]를 두르고 앉아 있기도 했다.

너무도 큰 실망과 큰 괴로움은 내 불구된 육체를 타고 파선한 배와 같이 밑으로 가라앉으려고만 했다. 이리하여 말이라는 마음의 표현을 거절했던 것이다.

나는 내 몸에서 다리 하나를 잃고 보니 도시 마음에 버텨 나갈 아무것도 없었다. 공연히 의붓자식처럼 눈치만 보이고 기운이 줄어들었다.

나는 오랫동안 화장하기를 잊었다. 뿐만 아니라 그 여러 가지 화장품이 어느 구석에 흐트러져 있는지도 알기가 귀찮았다.

나는 내 화장품을 남에게 보이기를 아주 싫어하는 성미였다. 그리고 화장품에 쓰는 돈이 제일 아깝지 않고, 마음에 흐뭇했다.

어느 날 이웃집 복희라는 철나지 않은 계집애가 놀러 왔다가 내 화장품 한 개를 집어 갔다고 식모가 야단이다. 아마 떠드는 말을 들어보니 내가 마지막으로 사들인 코티 입술연지를 가져간 모양이다.

나는 파랗게 질리는 대신에 앉았던 자리에서 벽에 머리를 기대고 길― 게 하품을 했다.

　내가 내 화장품을 무시한다는 것은 내 작은 인생을 통틀어 초개시한다는 것이나 다름없다― 이쯤 해두더라도 과히 어그러지지 않는 한낱 부녀자의 철학이 됨 직도 하다.

　남편은 여전히 저녁이면 빈대떡을 사 들고 들어오는 극히 선량하고 친절한 가장이었다. 그는 이렇게 불쌍하게 병신이 된 나도 결코 한평생 아내로 두기를 주저하지 않을 것이다. 나는 그런 것쯤이야 믿고 안 믿고의 여부도 없다고 생각했다.

　어느 날 밤― 12시도 넘어서 꽤 이슥한 때였다. 나는 자리옷을 바꿔 입다 말고 남편에게 어리광 비슷이 이렇게 말했다.

　"우리 밖에 좀 나갔다 올까? 나 찻집에 가본 지두 참 오래네."

　이것은 정말 내가 나가자는 것이 아니고 하도 심심하니까 그저 해보는 소리였다.

　그런데 남편은 이것에 예상 이외로 너무 진실하게 대답을 해버렸다. 그러곤 대단히 서글픈 웃음을 보여주었다.

　"지금이 어느 때라고 나가오? 그리고 나간댔다 괜히 몸만 괴로웠지 소용 있소?"

　말이야 옳은 말이니 내가 그 말을 탄하는 게 아니라, 그 말을 할 때 남편의 입가로 실뱀같이 지나간 그 웃음이었다.

　'그러면 남편도 내가 다리 하나 병신 된 것을 슬퍼하나?'

　나는 내 남편이 나를 위해서 내가 병신된 것을 슬퍼하는 줄만 알았지 자기 자신을 위해서 슬퍼하리라고는 정말 생각지 못

했다.

이러한 것을 눈치라고 하나 보다.

하면—

나는 날마다 남편에 대한 눈치가 늘어갔다고나 할까.

제비같이 쏘다니던 그 좋은 바깥세상은 어디로 갔노. 제비같이 쏘다니던 그 좋은 바깥세상을 잃었어도 나는 아직도 고독을 모르고 또 내가 앉은 자리가 좁다고 불편을 느껴보지 못했다.

그것은 모든 것을 삼켜버린 내 마음의 바다 위에 오직 하나의 섬이 있었으니—

혹 영원히 적의 침략을 받지 아니할 피난처— 느긋한 해초의 향기를 풍기는 햇빛의 복지— 길들지 않은 남양의 새와 같은 내가 마음껏 재주를 부릴 수 있는 무인도—

이러한 섬이 곧 나의 남편이라고 생각했다. 이 섬에서 내가 다리 하나쯤을 잃었다고 그 자유로운 영토가 줄어들 리가 있을까. 타조와 같이 활발한 내 즐거운 장난을 거절할 이유가 될 것인가.

우리의 마음 가운데는 똑같이 어둠이 왔다. 그 어둠은 도적과 같이 왔다. 이러한 것은 눈으로 보아서 아는 것이 아니라 눈치로 올가미질해서 잡는 것이다.

그와 나는 이 도적과 같이 임한 어둠을 가운데 두고, 오랫동안 술래잡기를 했다. 진실로 우리의 애정은 완전한 것이 아니다. 대단히 싱거운 수작 같으나 이것을 몸소 찍어 맛을 본 남자나 여자에게 있어서는 실로 깜짝 놀라고야 말 진리가 될 것이다.

나는 차차 남편에게 미안을 느꼈다. 그리고 늘상 빚을 진 것같이 마음이 무겁고 께름칙했다.

남편은 여전히 나를 위무하기에 애를 썼으나 피차에 어림없는 실패였다.

"다리 하나가 무슨 상관이오. 아직 우리에게는 세 개의 다리가 더 있지 않소?"

그러나 이것은 멀쩡한 거짓말이었다. 세 개의 다리는 늘 네 개의 다리보다 못하다는 것을 나보다도 그 자신이 먼저 깨달은 바이리라. 되풀이하거니와—

나는 날마다 그가 자동차에 치이거나 혹여 뜀박질하는 말발굽에 채여서라도 다리 하나가 없어지기를 바랐다.

우리는 가끔 모조 가정 시대를 회상하고 그리고 그때에 쓰던 말들을 복습해보았다. 이 말이란 우리의 날개 돋친 생각을 끌고 다니던 짖궂은 장난꾼이었다.

첫째, 우리에게는 우리가 아닌 다른 사람으로서 통여 무슨 소린지 알아먹을 수 없는 야릇한 단골말이 많았다. 그중에도 내게 대한 여러 가지 애칭은 실로 장황한 설명을 요한다.

있쩐짜이, 뽀르대, 곰이, 애그맹이, 빼뚤이, 강아지 등등이다.

'있쩐짜이(일 전짜리).'

이것은 우리가 어느 시골 정거장을 지나다가 지은 이름이다. 그 적에 차를 기다리던 손님이 우리서껀 도합 4, 5인밖에 안 되었는데 조그마한 대합실 바깥벽에 아침 햇빛이 똬리를 틀고 있고 그 옆에는 사과 장수 늙은 할미가 과일 함지박을 앞에 놓고 우들우들

떨고 앉았다.

그 사과 중에 맨 꼭대기에 놓인 사과 한 알이 가장 작고, 한편 모서리가 찌부러지고 빨갛고 보삭한 얼굴을 반짝 쳐들고 우리를 말끄러미 쳐다본다.

"형 — 저 쬐꼬만 애기 능금이 재없이[14] 당신 모습을 닮았구려."

우리는 즐겁게 웃었다. 그러곤 노파 앞으로 다가서며 흥정을 붙였다.

"일 전을 냅세."

노파의 희망대로 일 전 한 푼을 주고 그 작고 귀엽고, 가엽고 꼼꼼하고 영리해 보이는 애기 능금을 샀다. 이때부터 나는 '있쩐짜이'가 된 것이다.

뽀르대 — 이것은 우리가 어느 항구에서 배를 기다리고 있노라니 — 산더미같이 육중한 기선이 커다란 몸뚱이를 천길 바닷속에 철렁 박고 앉은 그 옆으로 쪽박같이 작은 뽀르대 — 똑딱선이 꼬리를 흔들며 기선의 겨드랑이를 간질이며 돌아다니는 꼴을 보고 그가 지어준 이름이다.

곰이. 이것은 우리가 모조 가정의 신접살이를 차리던 그해 봄 어느 공일 날 동물원에 놀러 갔다가 철창 속에서 염치 없이 뒹구는 곰의 그 유들유들하고 뱃심 좋은 모양을 보고 지어준 이름이다.

미상불 이름을 붙이자면 바로 옆댕이 쇠 그물 속에서 제비처럼 팔랑거리는 구모사루[15](거미원숭이) 해당하련만두 하필 동에도 서에도 닿지 않는 곰에게다 나를 겨눈단 말인가? 나중에 알고 보니깐 내 성미가 너무 팔랑대는 축인즉 그 곰 뻔으로 마음이 너그럽고 호탕하고 무게 있으라는 교훈 애칭이었다.

이렇게 그는 어떠한 사물을 대하든지 그중에서 가장 귀염성스
럽고 재롱스럽고 얌전하고 알뜰한 것을 발견할 때마다 다짜고짜
거기다 나를 비교하는 버릇이 있었다.

이렇게 나는 그로부터 새록새록이 수많은 새 이름을 지어 받을
때마다 그가 진심으로 나를 아껴주는 고마움을 감사했다.

이러한 애칭이야말로 우리에게 있어 가장 쓸모 있고 보람 있는
끔찍한 재물일 거요, 두 사람 사이에 손때 묻은 장난감과 같이 앙
그러진 살림살이를 낱낱이 적어놓은 기념비일 것이다.

그러나 이러한 되풀이는 우리의 사이를 무한정 어색하게 만들
었고 뚜렷한 거리를 보여주었다.

*

남편과 새 넥타이—

나는 아직도 이 '남편과 새 넥타이'에 대해서는 확실한 증거를
잡지 못했거니와 어쨌든 그 새 넥타이는 우리의 마지막 운명을 두
개로 뻐개는 좋은 쐐—기였다.

그 불길한 넥타이의 복잡한 빛깔과 무늬는 지금도 내 눈에 박혀
있어 나를 괴롭게 하는데 이렇듯 무서운 넥타이를 내 손으로 장만
했다는 것은 세상에 비극이 있다는 증거일 것이다.

내 몸이 아직 성했을 때 그 넥타이를 사들이고는 아직 한 번도 매어보지 못하고 그냥 갑 속에 들어 있는 채 잊어버리고 말았다. 내가 앓느라고 집안이 뒤집히는 통에 언제 그런 것을 생각할 여지가 있으랴.

어느 날 밤에 나는 오래간만에 마음의 주름을 펴고 제법 곁의 사람과 웃으며 이야기도 하고 또 우리 집 살림꾼 식모가 장보러 갈 때 낄 헌 장갑을 깁고 앉아서 그가 돌아오기를 기다렸다.

조금 늦게야 남편은 돌아왔다. 전처럼 손에 사과 봉지를 들지 않았거니와 잡담 제하고 건넌방에 가서 그 새 넥타이를 매고 있는 것이다.

내 칼날같이 파란 눈초리는 그 새 넥타이와 그 새 넥타이를 매고 있는 두 개의 손길을 훑었다. 어쩐지 가슴이 덜컥 내려앉고 불길한 예감이 떠올랐던 것이다.

'밤에 남편이 새 넥타이를 맨다? 무슨 까닭일까. 그리고 왜 그다지 정신 나간 사람처럼 황급히 서두를까. 들어올 때만 해도 구두 한 짝이 잘 빠지지 않는다고 그냥 털어서 마당 한복판에 팽개치지 않았는가. 그처럼 눈을 내려깔고 내 얼굴을 꺼리는 것은 무슨 곡절일까. 누구에게 보이려고 저 야단일까. 별다른 대상이 없어가지고는 저와 같은 몸치장이 되지 않는 법인데!'

각막과 수정체로 된 우리의 두 개의 눈이란 얼마나 무디고 둔한 무기인지 내 눈은 기어이 그 넥타이 매는 손이 가지고 있을 듯한 비밀을 찾을 길이 없었다. 나는 괴로웠다.

의심은 도둑고양이와 같다. 이 도둑고양이가 쫓아다니는 한 우리의 애정은 완전한 것이 아니다.

　그 새 넥타이를 맨 남편이 이 밤에 내가 아닌 다른 여인에게 좀 더 많은 호감을 사려고 온갖 지혜를 짜내지 않으리라고 누가 보장할 것인가.

　그는 두어 마디 다녀온다는 말을 마치고 전에 없이 급하게 나가버렸다. 나는 나도 모르게 벌떡 일어나려고 했으나 다리가 말을 듣지 않아 그냥 벽에다 몸을 기대버렸다.

　도둑고양이와 같은 의심은 내 모든 것을 무시하고 나를 미치게 했다. 내 모든 교양이 애써 쌓아오던 자존심과 체면 그리고 그와 나 사이에 굳게 받들던 믿음을 무시하고 끝끝내 이러한 결론을 만들고야 말았다.

　'남편은 새 넥타이를 매고 두 다리가 성한 계집을 찾아갔다.'

　얼마나 비밀하고 우스운 생각이랴. 그러나 나는 그 밤에 그렇게 생각해 마지않았으며 지금도 오히려 이것을 믿고 남음이 있는 바다.

　나는 외투를 입고 바깥에 나섰다. 눈이 푹푹 빠지는 밤이다. 흥분으로 말미암아 아무것도 몰랐으나 노파의 걱정하는 소리가 어설프게 들렸다.

　"아이, 큰일나셨네. 눈이 이렇게 오시는데 저 지경을 하고 어디로 가신담."

　나는 행길에 나서서 쏜살같이 달리고 싶었으나 절룩거리는 내

다리는 나를 여지없이 학대했다. 실상 이러한 것은 내게 다시 구할 수 없는 실망과 슬픔을 더했고 또 내 마지막 날을 분명히 선고한 것이다.

나는 길바닥을 거의 톱질하듯 걷다가 가로수 등걸을 두 손으로 붙잡고 숨을 돌렸다. 일찍이 그처럼 유쾌히 헤엄치던 이 거리를 지금 나는 무디게 톱질하는 것이다.

나는 집으로 돌아가기를 생각했다. 너무도 무모한 내 꼴을 두 번 다시 생각하기도 싫었다. 분노가 사라진 뒤 재와 같이 싸늘하게 식었다. 집에 이르렀을 때는 온몸이 땀에 떴으면서도 아래윗니를 딱딱 마주치며 떨었다.

나는 오랫동안 방바닥에 더퍼리고[16] 앉아 있었다. 내 길지 않은 인생에서 나는 언제나 가장 교만했다. 내가 제일 예쁘고 내가 제일 귀염을 받고 내가 제일 재주가 많고. 그러나 지금은 싸우기도 전에 져버리고 마는 나이다. 내 한쪽 다리가 내 몸뚱이를 받칠 수 없는 것과 같이 내 마음에도 버티어 나갈 아무것도 없다.

이쯤 되고 보면 내 목숨 또는 우리의 생활은 파산인 것이다. 나는 어떤 의미로나 이 이상 더 견디어 나갈 도리가 없다.

하면 나는 인제 우리 생활의 총결산을 가장 정직하게 계산하지 않으면 아니 될 것이다.

무릇 한 개의 부부 생활이 해소되는 때는 그 아내 된 자가 그 남편 된 자에게 변상해서 받아야 할 것이 있다.

혹 어떤 아내가 위자료 2천 원을 청구하면 재판소에서는 훨씬 깎아서 5백 원의 판결을 내린다.

나는 무엇을 받아야 할까. 이것은 내게 불구자란 약점이 생길 때부터 생각해온 문제다.

나는 내 남편도 나와 같이 다리 하나가 병신 되기를 바랐다. 남편의 다리 하나— 그러나 다시 생각해보면 다리 하나쯤으로는 엄청나게 부족하다. 내가 받아야 할 것은 그의 목숨 그것뿐이라고 생각한다. 생명을 받아야 겨우 수지가 맞을 것 같다. 이것은 내 계산서뿐만 아니라 모든 아내 된 자의 계산서일 것이다.

*

밤이 어지간히 깊어진 모양이다. 스토—브에 불이 꺼진 지 오래여서 추워서 견딜 수 없다. 아무리 잠이 아니 와도 저 나무 침대 속으로 들어가야 할까 보다. 집을 떠나 일곱의 밤을 뜬눈으로 새워도 조금도 피로를 모르겠다. 기적이란 아마 이따위겠지.

나는 아직 살인을 하지 않은 채 이곳으로 왔다. 받을 것을 다 못 받고 그대로 주저앉는 것이 모든 아내 된 자의 약점이요, 애교인 모양이다.

나는 얼마 동안 이곳에 더 머무를 것이다. 내 계산서를 완전히 청산할 때까지 이 땅에 더 있을 것이다.

이 땅은 마적이 있어서 좋고 돼지가 죽은 아이 시체를 물고

뜯어먹는다는 이야기가 있어서 좋고 죽음 같은 고독이 있어서
좋다.

〔『조광』 1937년 3월〕

매소부 賣笑婦

채금이는 발뒤축에 댄 버선목을 잡아다려[1] 다시 신으며 머리를 빗으려고 경대 앞으로 다가앉았다.

얼굴이 하도 꺼칠한 것 같아서 쪽집게로 눈썹의 잔털을 뽑으며 거울 속을 들여다보니 어젯밤 술을 과히 마신 탓도 있겠지만 두 눈이 퀭하고 입술이 말라들고 더구나 눈꼬리 옆으로 잔티가 까맣게 내솟아 볼 수 없이 못 되었다.

"내가 왜 이다지 꼴이 틀려간담."

그는 가볍게 한숨을 쉬었다. 그러곤 머리를 빗어 쪽을 찌려고 두 팔을 들어 뒤통수로 가져가니 치마가 쭉 흘러내리면서 허리께가 드러나는데 하릴없이 양편 갈빗대가 미친개 배때기같이 앙상하게 보인다.

채금인 제 꼴을 제가 보기에도 싫어서 얼른 옷을 치켜 올려 입고 얼굴에 크림[2]을 또닥 바르고 퍼프에 가루분을 묻혀 콧잔등 위

312

에 한번 쓱 문대놓고는 우두커니[3] 거울 속을 들여다보고 앉았다.

본래 엷은 눈꺼풀에 눈자위가 약간 푸른빛을 띠니까 눈만 더 무섭게 커 보이고 코와 입이 더구나 꼭 맺혀 보였다. 채금인 귀밑머리를 다시 한번 매만지고는 경대를 윗목으로 휙 돌려놓았다.

기생— 이 동네에서 채금이를 기생이라고 한다. 그러나 제법 옳은 기생도 못 되고 그저 이렇게 자기 집에서 손님을 맞는 기생이다. 그러나 그의 기품 있게 아름다운 얼굴이라든지 좀 방만한 듯하면서도 가을 물속처럼 맑고 총명한 그의 성품이 그러한 천한 계집으로 보기엔 너무도 귀인 티가 있었다.

무릇 이러한 계집들이 으레 하는 전례대로 채금이도 제 친정집 식구를 벌어 먹이는 무거운 짐을 지고 있다.

자기 어머니, 손아래 오라비 내외, 어린 조카, 또 자기……

생각해보면 채금이가 이 식구를 벌어 먹이기는 지금이 꼭 10년 하고 또 3년이 되었다. 자기가 열여섯 살부터 벌기를 시작하여 지금 스물여덟이 됐으니까.

그러한데 채금인 13년 동안 이 노릇에 몸이 몹시 지친 탓인지 성미가 아주 고약스럽게 되어서 매사에 참을성이 없고 집안 식구들하고도 사흘이 멀다 하고 싸운다. 싸우기만 하면 딱딱 까무러쳐가면서 기승을 피운다.

본래 아이 적엔 연하고 예쁘기가 제비 같다고 일컬음 받았건만.

그저께 밤 싸움만 해도 웬만치 해두었으면 좋았겠는 걸 양편이 맞장구를 치다 보니 온 집안이 떠들썩했고 더구나 채금이는 전에 없이 심정이 상하고 기운이 꺾였다.

그저께 다 저녁때가 되어 전에 채금에게 다니던 정 주사란 사람이 손님 대여섯을 꽁무니에 달고 찾아왔다.

"채금 아씨 있는가."

"어서 오셔요."

"허허 — 이거 또 왜 암상이 났담. 허리는 점점 가늘어들구."

정 주사는 연방 입심을 부리며 채금이 귀를 끌어다가 무에라고 쑤군쑤군한다.

"그래 자네 용돈 냥이나 보태 쓰면 좋잖어. 뭐 노름으로 하는 건 아니니까. 내가 이렇게 자넬 알뜰히 생각하는 거나 알라구. 자— 어서들 들어가십시다. 흥, 우리 채금인 아무 때 봐도 장안에선 제일 예쁘단 말야. 그래도 요 성미 하나가…… 하하."

"들어들 오셔요. 방이 누추합니다만."

이 정 주사가 몰아가지고 온 친구들은 마짱[4]패들인데 채금이 집에서 마짱도 하고 술도 먹겠다는 것이다.

그치들은 우르르 방으로 몰려들더니 마짱판을 가운데 놓고 네다섯이 쭉 들어앉으니 방 안이 가득하다. 채금인 자리도 비좁고 해서 살그머니 마루로 나와버렸다.

한창 노름이 어우러질 때 들여다보니 다섯 사람이 하나같이 비계 붙은 목덜미를 잔뜩 어깨 속에 움츠려 박고 두 손은 사타구니에 몰아넣은 채 말판에 독을 들이고 있다.

노름이 아니라더니 가끔 시퍼런 지전이 왔다 갔다 하고 그럴 때마다 그들의 그 두꺼운 얼굴 가죽이 씰룩씰룩 경련을 일으킨다.

최 주사란 사람은 돈푼이나 잃더니 공연히 새끼손가락으로 콧

구멍만 쑤시고 앉았고 허 무엇이란 작자는 소복이 돋은 윗수염을
토끼처럼 오물오물 놀리고 있다.

"요리 배달해 왔습니다."

"어멈— 여기에 나와 상 좀 봐. 그리고 이 방에 불을 좀더 때요.
자— 인젠 이건 저리 좀 비켜놓고 무엇을 좀 잡수십시다. 조금만
더 있다간 모두들 정말 돌아가시겠어요. 아이 뜨거. 아규 호호."

채금이가 신선로 그릇을 들어서 옮기다가 손을 데이고 엄살을
하는 바람에 모두들 정신을 솟구쳐 겨우 물러났다.

"자— 사이 상⁵부텀 먼저 드슈."

"우선 채금이 소리나 한마디 하라구."

이렇게 술 먹기가 시작되어서 몇 순배 돌아 얼큰들 했을 때는
행티⁶들이 말씀이 아니다.

"술이 좀 덜 따끈한걸. 난 찬술을 먹으면 되살아 올라서…… 술
은 알맞게 데워야 진짜 맛이 나는 법야."

"더 데워오죠. 이리 주셔요."

"난 요즘 술을 기하는데…… 약을 좀 먹는다니까 술 먹고 들어
가면 마누라가 약탕관을 도끼로 부순다고 지랄하는 통에 아주 서
캐가 떨어질 지경이야. 엥."

"어— 졸린다. 채금이 이리 좀 와. 자네 무릎 베고 좀 자려네.
밤을 새웠더니 골치가 쑤셔서 사람 죽겠네."

"그런 미친 소리 듣지 말고 나 냉수나 한 그릇 주소."

"하 봐— 부엌에 누가 있어? 냉수 한 그릇만 가져와."

그런데 부엌엔 어멈이 어디 갔는지 분홍치마 입은 오라비댁이

냉수 그릇을 받쳐 들고 머뭇거리다가 얼른 건넌방 앞에 와서 내미는 것을 마침 문 옆에 앉았던 손님이 덥석 받았다.

바로 이때다. 대문 소리가 덜컥 나며 누런 공장복을 입은 오라비가 저녁 먹으러 돌아온다. 중문 안에 들어서자 자기 아내가 건넌방 문 앞에서 어물거리는 것을 보고 얼굴을 찡그리며 안으로 획 들어가버렸다.

"아, 어멈이 없으면 나와서 가져가라고는 못 해? 거기가 어디라고 그 앞에 가서 어물거리는 거야. 내 얼굴에 흙칠을 해도 분수가 있지."

안방에서 오라비 내외가 필시 이 손님 까닭에 싸우는 눈치를 알자 채금인 입술을 오므려 물었다.

그럭저럭 10시가 좀 넘었을 때 밤을 샐 줄 알았던 손님들은 가려고들 일어선다. 채금인 곤하던 김에 어찌 시원한지 모르겠다.

*

"왜들 그래? 무에 또 잘못됐담. 대체 이 집 식구들은 탈도 잘 잡으니까."

"잘못되지 않으면 그게 무슨 꼴이유. 무얼 내갈 게 있으면 어멈을 시키든지 어멈이 없으면 온 다음에는 못 해서 사내들 있는데 파닥지[7]를 들고 나간단 말요."

오라비는 얼굴이 시뻘게서 안방 문에 떡 버티고 섰다. 이 사람은 본래 기생오라비라고 하기는 천부당만부당하다. 타고난 천성

316

이 몹시 진실하고 엄격하여 이러한 집안에서 치여난 티라고는 조금도 없을 뿐만 아니라 남달리 준수하고 깨끗한 품이 장래 밥술이나 좋이 따르리라고 남들이 칭찬할 쯤 되었다.

그런데 이 사람은 본래부터 자기 누이의 이러한 생활을 눈을 딱 감고 모르는 척하는 것이 그의 배짱이다.

자기 누이의 신세가 불쌍하다든지 어떻게 옳은 살림을 했으면 좋겠다든지 이런 생각보다도 그는 자기만의 체면을 생각하여 견딜 수 없이 부끄럽고 난처하였다.

그래서 그는 좀체로 채금이를 누이라고 부르지 않았고 좋은 일이고 궂은일이고 간에 통 모르는 척하지만 어쨌든 그 누이 덕에 자기 집 자식까지 잘 먹고 잘 지내는 것만은 사실이다.

"얘 지금 세상에 무슨 내외가 그리 장하냐. 그만 심부름도 하지 않고 밥이 입으로 들어가니?"

"내외가 장하지 않으면 그렇고 그런 뭇 잡놈들 앞에 얼굴 자랑을 해야 옳단 말요. 난 죽으면 죽었지 그렇게는 못 하겠소."

"원 별소리가 다 많구나. 뭇 잡놈들이 네 계집을 잡아먹었단 말이냐. 너처럼 도저해서야 어디 사람이 살겠니. 너무 그러지 않아도 너희가 점잖은 줄은 세상이 다 안다."

이때 마침 그 어머니가 어디 갔다가 들어와서 또 싸우는 것을 보고 마루 끝에 가 털썩 주저앉는다.

"좀 그만들 둬라. 밤낮 싸우는 통에 이젠 아주 입에서 신물이 난다. 그 부처같이 순한 오라비 하나를 밤낮없이 달달 볶으니⋯⋯ 이러구야 어디 사람이 살겠니."

"어머닌 왜 또 나서는 거유. 이건 내가 입만 벙끗 벌리면 모두 한편이 돼가지구 떼싸움[8]을 하려 드는구려. 내외가 무슨 오라질 내외야. 계집만 그리 중하거든 이고 다니려무나."

"넌 참 답답한 소리도 한다. 어째서 젊은 여편네가 내외를 않는단 말이냐. 어느 드러내놓은 계집도 아니고 여염집 여편네가 내외를 않고 아무 데나 막 나서야 옳으냐. 우리가 없으니까 그렇지 며느리라고 하나 있는 걸 왜 함부로 굴리겠니?"

'와지끈 탕.'

채금이가 벌떡 일어나며 방 안의 사기 요강을 집어서 마당에 내던졌다. 요강이 산산이 깨어지면서 오줌이 와르르 마당으로 하나 쏟아진다.

"다 듣기 싫어. 내가 이놈의 집을 나가야지. 안 나가는 것두 사람 년 아냐. 어디 내가 나간 다음 살아들 보라구. 저 늙은인 또 밥 바가지나 들고 나서서 밥 얻으러나 댕기지. 그리고 나무도 주워다 때고…… 홍 엊그제까지 밥 바가지 들던 걸 벌써 잊었군그래."

이것은 그 어머니가 아주 젊어 스물다섯에 과부가 돼가지고 아이들하고 어찌할 수 없이 한때 정말 밥 얻으러 다닌 것을 말함인데 지금 이렇게 남부럽지 않게 차리고 사는 판에 그 어머니에겐 천하에 질색할 소리다.

"저년이 나중엔 못 할 말이 없구나. 그래 빌어먹었다 빌어먹었어. 내가 밥 바가질 들고 문전마다 빌어먹은 것은 장안이 다 아는 노릇이다. 빌어만 먹었겠니? 별의별 짓을 다 했지. 그래두 도적질하고 서방질만은 안 했다. 이년아 그래 에미가 너희들을 데리고 수절하며 빌어먹이지 않고 의붓아비 밥을 먹였으면 좋을 뻔했구나. 저런 개가 뜯어갈 년. 어느 옛날 소리를 지금 꺼내가지고 남다 듣게 야단이야."

어머닌 골이 난 김에 그만 안 해도 좋을 말까지 해버렸다.

"어머니 그런 건 뭐 부끄러운 일이 아니어요. 없는 사람이 그렇지 별수 있소. 추우신데 어서 방으로 들어오세요."

채금이는 모든 여자를 깔보고 무시한다. 그중에도 남의 아내, 점잖다는 여염집 여편네들은 파닥지라도 할퀴어주고 싶도록 미워한다. 만일 자기에게 다니는 어느 놈의 계집이 제 서방을 찾아서 이 집 문전에 발만 들여놔 봐— 가랑이를 찢어서 내쫓으리.

그러나 지금 채금이가 그렇게 경멸하고 미워하는 남의 조강지처 된 자랑을 그 어머니 입에서 먼저 듣는 것이 아니냐.

"별짓을 다 했어도 서방질만은 안 했다."

그저께 밤 싸운 것이 아직도 가시지를 않고 이렇게 가슴에 몽깃하고 남아 있는 것은 실상 이 말 한마디 때문인지도 모르겠다.

*

겨울 저녁이 산산하고 싸늘해온다. 채금인 이런 저녁때가 되면 흔히 슬퍼하는 버릇을 배웠다.

오입쟁이들이 피우다 남긴 담배꽁초가 놋재떨이에 수북하게 쌓이고 자개 박은 의걸이² 유리에 저녁 햇빛이 벌겋게 가로 흘러 그해 줄기 속에 무수한 먼지가 날리는 때면 그는 항용 혼자 있기를 즐겨 한다.

지금도 머리를 다 빗고 아랫목에 깔아놓은 요 밑에 발을 집어넣고 파랗게 맑은 창문을 바라보노라니 어쩐지 가슴이 터지는 듯 아픈데 손은 거의 습관처럼 윗목에 흩어져 있는 화투장을 끌어다가 패를 떼고 있다.

'내가 지금 죽어보면 어떨까.'

손에 든 화투장이 빠지는 줄도 모르고 채금인 놀란 사람처럼 가슴이 뜨끔했다.

'참 죽어보면 썩 좋겠다.'

이건 아주 용한 생각이다. 지금 채금에게 있어서 그의 낡아빠지고 해어진 몸뚱이나 마음에 이보다 더 꼭 들어맞는 말이 있을 리가 없다.

'내가 죽는다면 어떻게 된다? 뭐 별게 아니지. 이렇게 눈을 감으면 죽는 게고 이렇게 눈을 뜨면 사는 게니까.'

채금인 눈을 질끈 감아보았다. 몸이 노그라져서 방바닥에 착 달라붙더니 점점 방바닥에 제 몸뚱이가 빨려들어 아주 삼켜버려서 나중엔 이 방 속이 무덤이 되는 것같이 생각된다.

'이렇게 기운이 가라앉도록 내가 살았구나. 이제 내게 남은 건 이 죽어보는 재미, 이것 하나밖에 없다.'

채금인 제법 죽는 체라도 할 것 같은 생각을 해보니 한결 주체스럽던 제 몸이 홀가분해지고 일이 바로 되는 성 싶은데 또 무얼 그리 어려운 일도 아닐 게다. 그저 한 15분 동안이면 쉽게 해치울 수 있는 일이다.

'그런데 말이지. 내가 이제 죽을 텐데 나 혼자 죽기는 너무 야속스럽고…… 내가 오늘날까지 내 몸을 내어맡겼던 수없는 사내 그것들 가운데서 어느 놈이고 하나 같이 데리고 가야 옳지 않은가? 그럼 누굴 찾는다? 나와 같이 정사해줄 사람― 그런 사람이 내게 있다구.'

채금인 10년하고 또 3년 동안을 상대해온 사내들을 제 생각이 자라는 데까지 모조리 뒤져내어 물색해본다.

그런데 이렇게 채금이가 생각해낸 사람 가운데는 별의별 녀석이 다 들어 있는 것은 무리가 아니나 그 어느 한 놈의 얼굴도 똑똑히 기억할 수 없는 것은 답답하다.

더구나 그 숱한 놈들이 어느 곳에 사는지 주소를 물어둔 일은 더욱 없어서 마치 바람에 날려 보낸 것처럼 아득하다.

물론 그 가운데는 채금이 때문에 제 아들한테 감금을 당하다시피 하면서도 논을 팔고 밭을 팔던 위인도 많았으나 도대체 그따위 물건들을 데리고 죽는 이야기를 할 거면 차라리 초저녁부터 이불을 뒤집어쓰고 일찌감치 자는 것이 낫겠다고 생각했다.

"흥 망할 녀석들."

채금인 노름이 정말이 된다고, 처음엔 장난삼아 해본 이 죽는다는 생각이 이제는 꼭 갚아야 할 빚처럼 졸려대는 데는 어찌할 수가 없다.

"이석도."

옳지. 그 사람을 찾아가자. 그는 채금이에게 밤을 새워가며 카투―사[10]의 이야기를 해준 사나이다.

그런데 그 사람은 지금 폐병으로 다 죽게 됐다지? 그러면 더욱 좋다. 사실 숭어 새끼같이 살아서 펄펄 뛰는 놈이야 언제 잡아서 죽게 만든단 말이냐.

버러지가 가슴을 다 파먹고 남긴 껍데기 그 사나이와 이렇게 눈 가장자리가 퍼렇게 썩어 들어가는 매소부 채금이와는 과히 틀리지 않는 짝이 될 것만 같다.

채금이는 시외에 있다는 그 사나이를 찾아서 나섰다. 전차 종점에서 내려서도 여우 목도리 꼬리를 회회 내저으며 한참 늘어지게 걸었다.

네거리 옆에 조그마한 담배 가게 앞에 왔을 땐 벌써 밤이 8시나 되었고 가게 앞에다 벌려놓은 쪼무래기 사과와 연감이 추워서 발발 떨고 있는 것 같다. 가게 뒷길로 들어서서 백양나무가 길 양편으로 쭉— 늘어진 사이로 빠져나오면 거기가 바로 그 사나이의 집이다.

과히 크지 않은 대문 두 짝이 똑같이 닫혀져 있다. 싹— 하고 성냥을 그어서 문패를 본 지 오래건만 채금인 얼른 대문을 열지 못한다.

물론 사나이가 혼자 유하는 하숙방이라면 머뭇거릴 까닭이 없겠으나 이 대문 안에 있는 것은 분명히 그 사나이의 가정이다. 아내가 있고 자식이 있고— 이러한 한 가정의 문지방을 과연 채금이가 넘어설 수 있을지 채금이 스스로도 몰랐다.

삐걱하고 왈칵 열리는 대문 소리가 채금이 귀엔 유달리 요란스러워서 온몸의 신경이 바짝 오그라드는 듯하다.

"저— 말씀 좀 물읍시다. 예가 이 선생 댁입니까?"

그의 아내인 듯한 젊은 아낙네가 들어오라는 대로 안방에 들어가니 과연 그 사나이가 아랫목에 자리를 하고 아주 몸져 드러누워 앓는 모양이다.

"몹시 편찮으셔요?"

"이거 채금이가……"

"이 앞으로 지나다가 편찮으시단 말씀을 들었기에……"

"음— 여보 이 타구[11]에 소독약을 좀 갈아주고 나 미음 먹을 채비를 좀 해줘. 그리고 인제 미음을 먹을 테니깐 식전 약을 먹어야지."

그 사나이는 자기 아내에게 수선스럽게 여러 가지를 시키며 자기는 체온계를 꺼내서 옆구리에 끼고 또 무슨 포도즙 같은 것도 마시고 있다.

채금인 한 사나이의 그렇게까지 냉정하고 무심한 얼굴을 일찍이 본 일이 없다. 더구나 그 사나이는 수척한 얼굴에나마 어딘가 몹시 불쾌하고 노기까지 띤 눈치가 보인다.

'남의 집엘 뭣하러 함부로 찾아다닌담. 지각없는 계집이로군.'

사내는 반드시 속으로 이렇게 채금이를 나무라는 것이다.

여기는 채금의 집, 채금의 방 속이 아닌 까닭에 아무도 이 계집에겐 상관이 없고 더구나 엄격한 남의 가정에서는 이러한 계집은 조금도 용납할 수 없는 딴 세상 사람인 것이다.

"솥에 물이 따끈한데 손 좀 씻으실까요? 그리고 어서 미음도 잡숫고."

시퍼런 옥색 치마에 뻘건 분홍 저고리를 입은 아무렇게나 막 생긴 이 촌 여편네가 제법 제 남편 곁에 턱 버티고 앉아서 시중을 드는 것이다. 그는 그 남편 앞에서 한없이 평안하다.

　산골 바위 틈에서 나오는 샘물처럼 맑고 시원한 이 여인이 채금이는 부러운 것처럼 생각된다.

　"내가 여길 뭣하러 왔을까."

　채금이는 자기 방 속에서 하던 생각이 어떻게 다른가를 이제 새삼스럽게 깨닫지 않을 수 없었다.

　차라리 사람의 힘으로 할 수 있는 일이라면 저렇게 살려고 애쓰는 저 사나이에게 채금이는 제 목숨을 뭉텅 잘라서 던져주고 이 방을 튀어 나가고 싶은 것밖에 없다.

*

　채금이는 다시 백양나무가 도깨비처럼 쭉— 둘러선 사이로 나왔다.

　'여자로 태어나서는 남의 아내가 되고 정절 부인이 되는 것이 제일 유복한 팔자인가 보다. 지금 그 촌 여편네가 그렇고 우리 오라범댁이 그렇고, 또 내 어머니가 그렇다. 나는 다만 우리 집 내 방 안에서만 뭇 사나이들에게 잠시 사랑을 받는 체하다가 날이 밝으면 그 사나이들은 아무런 인사도 없이 가버리는 것이다. 생각하면 한스러운 일이 아니랄 수 없다.'

　"에그머니."

서투른 길이고 마음도 무너진 탓인지 채금이는 길가 돌부리에
채여서 넘어졌다. 잠시 그 자리에 주저앉은 채 멀리 앞을 내다보
니 밤이 몹시 캄캄하다.

〔『여성』 1938년 1월〕

탕자 蕩子

"그만두지요."

나는 맨발로 바닷가를 걸으면서 뱃사람에게 이렇게 말했다.

"그래두 그 등대가 참 좋습네다. 옛날엔 거기에 마귀할미가 살고 먹으면 장생불사한다는 새알이 있었는데 그걸 주우러 들어가면 그만 풍랑이 일어나서 들어는 가도 나오지는 못했다거든요."

"그런 델 갔다가 나도 죽으라구요."

"지금이야 그럴 리가 있습니까. 현재 등대지기 내지인들도 살고 있는데요."

*

나는 이번에 생전 처음으로 혼자 여행이라고 떠나보았다. 이 여행을 떠나게 된 동기란 또 여간 야릇한 게 아니다.

우리 옆집 각시의 시아주버니란 이가 시골에서 왔는데 그는 섬에 산다면서 미역과 해삼을 가지고 와서 우리 집에도 두어 꼭지 먹어보라고 내왔다.

그는 그 섬 간이 소학교 선생으로 소학교 선생 노릇을 17년간이나 하고 지금은 그 섬에서 유일한 문화 운동자로 말끝마다 유식한 문자를 많이 쓴다.

"우리 섬에선 새벽 4시 반이면 기상나팔을 불고 자식은 남녀를 물론하고 학교에 와서 의무교육을 받습니다."

40이 벌써 넘은 이 문화 운동자― 그는 넓적한 얼굴에 실눈을 뜨고 항상 분투노력하는 태도로 있어 얼핏 보기에 이상한 데가 많다.

아주 여름도 다 지나 인제는 바다로 갔던 피서객들도 돌아오게 된 9월 초생에 나는 한번 큰맘을 먹고 이 간이 소학교 선생을 따라 알지도 못하는 섬으로 갔다.

막상 섬에 갔을 때 그 섬은 땅보다도 시꺼먼 바위가 많고 잡초가 우거져 길이라고 보이지 않는데 게다가 사방에 돼지 똥이 흩어져 사람 살 곳은 아니다.

나는 너무도 을씨년스럽고 마음이 붙지 않아 겨우 이틀 밤을 자고 그다음 날 곧 다시 서울로 돌아오기로 했다.

그러고 보니 그 간이 소학교 선생이 퍽이나 미안한 모양인지 자꾸 여기 등대가 참 훌륭한 게 있으니 그거나마 구경하고 가라고 떠든다.

나는 인제 바다고 섬이고 더 볼 흥미도 없거니와 '등대'란 말이

지독히 고독해서 굳이 그런 것을 볼 생각이 없었다.

"한번 구경하십시오."

몇 번이나 간절히 권하기 때문에 그럼 아무렇게나 하자고 나는 배를 탔다. 그리고 그 간이 소학교 선생은 육지까지 나를 배웅해 준다고 따라나서고 그 외에도 섬사람 7, 8인이 더 있었다.

주먹만 한 발동선이 섬을 떠날 때는 한낮이 지날 때였다. 뱃사람들은 먹는 게 세상에 제일 좋은 노릇이라 하면서 얼마 안 가서부터 조기 회를 먹노라 쩝쩝거리며 숟가락이 쉴 새 없다.

나도 되도록 그 탈 없는 사람들의 후의를 받들어 웃기도 하고 떠들기도 하는데 그들이 서울 창가 한마디 들었으면 좋겠대서 나는 또 창가 한마디를 했다.

배는 바다를 가르며 상어 새끼처럼 달아난다. 차츰 수심이 극히 깊어 자드레한 섬은 씨도 없고 마치 대양 가운데로 나온 것같이 그냥 망망할 뿐이다.

우리 배가 이렇게 거의 한 시간이나 갔을 때 인제 등대 가까이 왔다고 한다. 조금 있다가 정말 바다 가운데 큰 기둥 하나 선 것 같은 것이 보인다.

나는 뱃머리에 나서서 그 기둥 같은 것을 바라보면서 등대엔 늙은 할아버지가 어린 딸 하나를 데리고 사는데— 이런 이야기를 생각했다.

배는 삽시간에 등대 있는 섬 밑뿌리에까지 왔다. 문득 보니 큰 지우산 같은 '해파리'가 너울너울 떠온다. 이놈은 청포묵처럼 맑고 흐물흐물한 것인데 그래도 파선한 어부들을 만나기만 하면 몸뚱이를 통째로 녹여낸다고 한다.

여기는 바다 빛이 어찌도 푸른지 내 흰 치맛자락을 담그면 금세 파랗게 야청옥색[1]이 들 것 같다. 섬 꼭대기는 고개를 잔뜩 젖혀야 보일지 말지 치높다.

"인제 다 왔습니다. 여기엔 내지인 가족이 살고 있지요."

굴 딱지 붙은 큰 바위 옆엔 사공도 없는 빈 배 한 척이 매여 있는데 돛대엔 큰 생선들을 배를 갈라 무수히 꿰어 말린다. 나는 언뜻 해적선에서 모반하는 놈을 목을 매어 달아 말리는 것을 생각하고 어쩐지 이 무인절도의 빈 배가 끔찍이 무시무시했다.

우리 일행은 섬에 내렸다. 내려서 보니 우선 맨 밑에서부터 그 높은 꼭대기까지 흰 돌로 층층대를 쌓은 것이 이상스러웠다.

"한 5천 년 후 이게 폐허가 된 담에 한번 와봐야지."

나는 혼자 이렇게 중얼거리며 여기엔 무슨 옛날 로맨스라도 있을 성싶게 생각되었다.

순박한 사람들은 제가끔 떠들며 그 커다란 발로 덥석덥석 힘 안 들이고 올라간다. 나는 맨발에 구두만 신은 채 두리번두리번하면서 올라가는데 돌층대 좌우로는 그 소위 기화요초가 무성하게 들어섰다. 그중에도 불빛 꽃판[2]에 자줏빛 술을 드리운 나리꽃이 전면을 쭉 덮고 말았다.

나는 어쩐지 건드려놓은 대합조개처럼 입이 꼭 다물어져 다시는 열기가 싫었다. 요행 다른 사람들이 앞서가고 나 혼자 남았기에 돌층대에 걸터앉아 우두커니[3] 그 기화요초가 바람에 흔들리는 것을 바라보았다.

앞서간 사람들은 벌써 맨 꼭대기까지 올라가서 나를 부르노라 고래고래 소리를 지른다. 나는 못 들은 척하다가 다시 일어나 걷기를 시작했다.

얼마 올라가다 보니 거기엔 또 동백나무들이 꽉 들어섰다. 짙은 초록색 잎새는 뼈와 같이 딱딱한데 새알보담 큰 동백 열매가 잦아지게 열렸다.

"동백나무."

줄을 지어 선 동백나무 밑으로는 요 포대기만 한 검은 그늘이 길게 퍼져 있다.

나는 뚱딴지같이 이 동백나무를 보자 동백꽃을 사랑했다는 마르그리트 고티에[4]의 그 슬픈 이야기가 생각나서 무슨 불길한 예감이 들었다.

이 동백나무와 칡넝쿨이 얽힌 사이로 자꾸 올라가니 이윽고 맨 꼭대기에까지 이르렀다. 그 위엔 소반같이 평평한 땅인데 거기엔 눈이 부시게 흰 성(城) 같은 것이 있었다.

등대도 희고 돌담도 희고 등대지기의 집도 희고— 모두가 하얘서 눈이 아팠다. 더구나 그 돌담에 비친 햇빛을 손가락으로 문혀 보면 사뭇 노란 금빛이 덕지덕지[5] 묻어날 것만 같았다.

누구나 하는 버릇같이 나는 그 흰빛에 저절로 두 눈을 가늘게 뜨고 여전히 두리번거리면서 혼자 놀았다.

이때— 문득 저쪽 담 옆에 웬 사람 하나가 서서 나를 보는 것이 띄었다. 나는 깜짝 놀랐다. 이 무인도에 나 혼자거니 나 혼자 두리번거리거니 했는데 의외의 한 사람이 내 그 무심한 행동을 보았을 것을 생각하니 얼굴이 화끈했다.

'망할 녀석.'

나는 괜히 괘씸한 생각을 하면서 그만 뺙 돌아서버렸다. 깎은 듯한 절벽이 바로 발아래 떨어져 남빛 바다가 무궁하다.

"들어오시지요."

그 사람은 등 뒤에서 이렇게 말을 건다. 나는 마지못해 다시 돌아서면서 머리만 끄떡해서 인사를 했다.

"……"

그 사람은 얼굴이 희다 못해 창백하고 머리는 긴데 그 표정이란 처참하리만치 날카롭다. 나는 이런 섬 중에 저 젊은 사람은 어쩐 까닭인가 하고 잠시 기이했다.

이때 마침 먼저 들어갔던 그 간이 소학교 선생이 덜덜거리며 나온다.

"아 왜 아직 안 들어오시는 거예요. 하 고노가다와[6]……"

곧 돌려대고 그 젊은 사람과 나를 인사를 시킨다. 우리는 다시 허리를 굽혀 인사를 하면서도 피차의 성명은 무엇이라 대지 않았다. 잠깐 몇십 분 혹은 몇백 분, 그동안을 만났다 헤어질 사람끼리 이름은 수고롭게 알아서 무엇하랴. 이리하여 그 불행한 이름을 알 기회는 영영 가버리고 말았다.

"어서 등대에 올라가 구경하십쇼. 여기 온 최대 목적이 등대 구경인데 왜 아직 밖에 계시냐 말예요."

우리는 등대 옆 자그마한 사무실로 들어갔다. 사무실 안엔 테이블을 두어 개 놓고 벌써 우리 일행은 그 최대의 목적인 등대 구경을 마치고 제가끔 의자를 차지하고 앉아 혀도 돌아가지 않는 국어로 제 잘났다 떠들어댄다.

나는 또다시 사무실 안에 있는 등대지기 두 사람하고 인사를 했다. 그 두 사람은 일견 외모나 행동거지가 비슷해서 얼핏 가려보기 어렵다.

얼굴은 검고 기름한데 이마가 덜컥[7] 들어가고 아래턱이 나와서 웃을 때마다 시뻘건 잇몸이 드러난다.

그들은 벙어리는 아닌데 웬일인지 말 한마디 못 하고 그저 '헤'거나 '하다'거나 이런 소리를 하면서 히죽히죽 웃기만 한다. 어딘지 보통 사람이 아니고 못난이 같은 구석이 있다.

"등대 구경하시지요."

그 젊은 사람은 뭐가 못마땅한지 약간 골을 지으면서 나를 돌아다본다.

"제가 안내할 테니 따라오십시오."

나는 약간 주저하다가 그냥 따라 일어섰다. 그는 사무실 뒷벽으로 난 문의 손잡이를 틀었다. 이것은 등대로 통하는 단 하나의 문이다.

그 뒷문으로 나오면 거기는 곧 등대 맨 밑층인데 우선 등대 속은 앞이 잘 보이지 않으리만치 컴컴하다. 그리고 돼지순대처럼 둥글고 좁은데 속이 빙글빙글 틀려서[8] 올라갔다.

마침 저쪽 손거울만 한 동그란 창에서 저녁 햇빛 두어 오리가 쏘아 들어오지 않았다면 꽤 더듬어야 할 뻔했다.

"처음 보시는 분은 현기증이 나십니다."

좁은 속이 돼서 그런지 그의 말소리가 유난스레 두런두런 울린다. 구석구석에 생쥐라도 들끓을 것 같고 그 속의 공기는 압착이 돼 있는 것처럼 숨이 가쁘다.

우리는 아무 말도 없이 그는 앞서고 나는 뒤에 서서 조심조심한 층계 두 층계 올라갔다. 그는 올라가다가 휙 돌아서면서 내게 어지럽지 않으냐고 묻는다.

나는 말은 않고 그냥 머리를 가로 흔들어 보였다. 이 등대 속에선 말이 도무지 적당치가 못해서 말소리가 나면 그것은 딴 물건같이 서투르다.

하늘의 별을 딸 것처럼 자꾸자꾸 올라가니 거기엔 정작 불이 켜지는 등대의 맷방석만 한 렌즈가 번쩍인다. 그런데 둥그렇고 굵게 누비질해놓은 것 같은 유리알은 조각조각 금이 지고 깨어졌다.

"이것은 사람이 깨뜨린 게 아니라 겨울이 되면 자연 이렇게 터집니다. 이 밑의 것은 수은판이고."

이윽고 그는 큰 램프 속에다 불을 켜댔다. 불은 심지에 확 붙으면서 흡사 황금 꽃송이같이 타오른다. 누비질한 것 같은 유리알은 밝다 못해 흰빛을 쏟는다.

"폭풍우 치는 밤바다의 어둠을 구경하신 일이 있습니까?' 그런 밤이면 우리는 이 등대를 한 여인처럼 생각하지요. 숭고하고 아름답고 자애 깊은 여인. 그리하여 맘에 안위를 얻습니다. 눈이 아프십니까. 끌까요."

불을 끄고 나니 우리는 아까보다 훨씬 더 짙은 저녁을 느꼈다. 바로 우리가 서 있는 옆으로 사람 하나가 겨우 비비고 나갈 만한 작은 문이 있고 그 문으로 나가면 거기엔 등대 맨 꼭대기 층인데 가생이[10]로 좁디좁은 난간이 등대 모양을 따라 둥글게 놓여 있다.

"이리로 나오실까요."

나도 나갔다. 풀로 붙여놓은 것 같은 이 좁은 난간에 서서 아래를 굽어보니 그냥 몇천 길인지 망망한 바다가 검은 지옥같이 흐물거린다.

"우리는 여기서 여러 가지 신호(信號)를 받습니다. 우리 배는 지금 어디에서 위험을 당하고 있다. 혹은 어느 날 몇 시 몇 분에 그리로 통과한다— 이러한 여러 가지지요. 그러면 우리는 거기에 적당한 기(旗)를 내어 답니다."

그는 말을 끊고 한참 그대로 서 있다.

"가장 훌륭한 분이 지나갈 때는 흰 기를 답니다. 환영하는 뜻으로요. 이번 여러분이 돌아가실 때에도 그 흰 기를 달아드릴까요."

"……"

"우리는 극도의 정신주의자가 됩니다. 아까 사무실에서 보시던 사람들 어때요. 그들은 차츰 말하는 것을 잊어버리고 말더군요. 본래부터 그런 천치들은 아니었지요. 이러한 고독을 다소나마 짐작하실 수 있습니까. 오늘은 몹시 유쾌하군요."

이 사람이 오래간만에 사람들 구경을 하더니만 그만 미치는 것이나 아닌가고 의심하리만치 그는 흥분해서 있다.

"어느 날 밤 바람이 몹시 부는데 나는 자정 너머까지 돌층대에 나와 앉았다가 거의 발작적으로 두 발을 탕탕 구르며 와아 하고 소리를 냅다 지르지 않았겠어요. 그랬더니 초저녁부터 자던 아까 그 사람들이 무슨 큰일이나 난 줄 알고 엉겁결에 몽둥이를 들고 나왔겠죠. 하하."

그는 그 신경질인 체질에 어울리지 않게 커다랗게 웃는데 어쨌든 이러한 장소에서 이러한 큰 웃음이나 과도한 이야기는 하나같이 어떤 위험성을 느끼게 한다.

"이런 데서 한번 떨어져보실 생각은 없으십니까. 높은 데 올라오면 누구나 한번 떨어져보고픈 충동을 느끼지요. 지금 내가 여기서 떨어진다면 허공에다 굉장한 일직선을 그으면서…… 그러나 바다에 다 떨어지기 전에 벌써 의식은 잊어버릴 겝니다. 어떻습니까. 한번 구경하시렵니까. 나는 늘 내가 떨어질 땐 나 혼자만 말고 누가 한 사람 꼭 곁에서 구경해주기를 바라는데 이것이 아마 내 마지막 허영일 겝니다. 현기증이 안 나십니까."

이런 이야기를 듣다가 눈결에 보니 그가 한 손으로 난간을 척 짚는 것 같더니 이상스러운 자세를 취하는 것 같다. 나는 순간 눈앞이 아뜩해지며 나도 모르게 등대 안으로 뛰어 들어갔다. 그러자 '텅' 하고 무엇이 등대 벽에 부딪는 소리가 난다.

나는 소리를 지를까 그냥 뛰어 내려갈까 어쩔 줄을 모르고 있는 판에 천행으로 밑에서 퉁퉁 소리가 나며 그 간이 소학교 선생이 올라온다.

"웬일들이셔요. 암만 기다려야 내려오셔야지."

나는 너무 급해서 그냥 바깥을 손질하며 말을 못 했다. 그는 무엇을 직각했는지 황급히 그 좁은 문으로 나간다. 나도 그제야 머리만 내밀고 보니 요행 그는 아직도 그 난간에 있고 바다로 떨어지지 않았다. 또 혹시 내 착각이었는지도 모른다.

등대의 사람은 십자가에 못 박힌 모양으로 두 팔을 벌려 뒤로 벽을 감고 머리도 벽에 기댄 채 두 눈을 딱 감고 있다.

"왜 이러시오. 내려갑시다."

"에? 미안합니다. 아무것도 아니에요. 이분은 어디로 갔습니까?"

이윽고 두 사람이 들어오는 것을 보자 나는 치맛자락을 걷어들고 쏜살같이 달려 내려왔다.

이제 우리는 이 등대를 떠나야 할 때가 왔다. 그래서 우리 일행은 제가끔 돌아다니며 고맙다느니 잘 구경하고 간다느니 인사를 하느라 떠든다. 나도 가서 인사를 했다. 그 다른 두 사람은 여전히 '헤'거나 '하아'로 답례를 하면서 못나게 웃기만 한다.

내가 그 사람에게도 그냥 지날 수가 없어 앞에 가 섰을 때 그는 나를 정수리가 따가우리만치 쏘아보고 있다.

"가겠습니다."

"……"

나는 한마디 내던지고는 누구보담도 먼저 등대를 내려오기 시작했다. 그 흰빛이 눈이 부시는 옛 성과 같은 등대 — 동백나무 밑으로 난 층층대엔 다시 올 리 없는 우리의 발자취가 어지럽게 밟힌다.

처음 내려올 때는 나무가 가리고 칡넝쿨이 얽혀 보이지 않다가 중축쯤 내려오니 그제는 다시 아래위 사람들이 서로 보이게 되었다. 여럿은 손을 흔들고 소리를 질러 이 무인절도를 소란스럽게

336

하는데 오직 그 사람만은 팔짱을 낀 채 우두커니 서서 아래를 내려다본다.

우리가 밑에까지 내려왔을 때 배에선 또 전복 회를 치고 더운밥을 지었다. 뱃사람들은 틈 있는 대로 먹는 게 제일 즐겁다고 아까도 들은 말을 또다시 들려준다.

"어서 진지 드십시오."

"네."

나는 밥 보시기를 한 손에 들고 또 한 손엔 젓가락을 든 채 멍하니 미역들이 돌부리에 붙어 너울거리는 것을 바라보았다.

이럭저럭 등대 밑에서 거의 한 시간이나 지냈다. 인제는 해가 아주 넘어가 멀리 바다 테두리가 풋남빛으로 흐려 있을 뿐, 뱃사람들은 어서 떠나자고 재촉이다.

이어 배가 떠나서 섬부리[11]를 떨어졌을 때 등대는 다시 보인다. 거기엔 아직도 그가 산 위에 동굿[12]처럼 꽂혀 있다. 마치 소돔성이 유황불 속에 멸망할 때 신의 계시를 저버리고 뒤를 돌아보다 소금 기둥이 된 가나안의 여인처럼.

배는 자꾸 달아난다. 나는 아까 본 선장의 망원경 생각이 나서 뱃머리에 의지한 채 한 손을 내밀어 그것을 좀 달라고 했다. 초점을 맞추는 법도 모르고 그저 급하게 눈에 갖다 대었다. 갑자기 등대 위 그 사람의 얼굴이 내 눈앞으로 콱 달려든다. 나는 어뭇드리해서[13] 망원경을 무릎 위에 내려놓았다.

불행히 다른 섬 하나 가리지 않고 빤한 외줄기 물길은 작별을 짓기에 피곤하다. 등대는 마침내 바다 위에 한 점을 찍어놓았다가 이어 소멸되고 말았다.

배가 거기에 조그마한 나루에 닿았을 때는 벌써 저녁 설거지들이 끝날 무렵이다. 여기서 나는 한 시각을 지체치 못하고 자동차로 읍에까지 가서 그날 밤 8시 몇 분 차로 서울로 와야 하는 것이다.

"난 오늘 밤 여기서 묵었으면 좋겠는데요."

"여기 어디 유숙하실 만한 처소가 있어얍죠. 하룻밤도 못 견디십니다. 그럼 읍에 가서 유하십시다."

"아니 여기에 있겠어요."

나는 두말할 것 없이 딱 잡아떼었다. 웬만한 고집으로는 그들의 권유를 물리치기 힘들 것을 알고 나는 아주 결사적으로 덤벼들었다. 그 간이 소학교 선생은 혀를 쯧쯧 차며 성미도 고약하다고 속으로 나무랐을지도 모른다. 그러나 사실 나는 그 저녁 한 발짝도 더 육지로 나갈 수가 없었다.

이렇게 해서 그 밤 이 마을에서 묵기로 했다. 나는 이내 해녀들 자는 방으로 인도되었는데 그들은 한 칸 남짓한 방에 5, 6인이 벌써 잠에 곯아떨어져 있다.

맨폭[14] 속곳 바람에 헌 치마 조각을 두른 그들의 몸뚱이는 인어처럼 그렇게 아름다운 것도 못 되고 다만 과도한 노동에 팔다리가 쑤시는지 다리로 벽을 쾅쾅 차는 자에 이를 부득부득 가는 사람에 소금물에 전[15] 머리에선 씁쓸한 냄새가 나서 속이 뒤집힌다.

특별히 구해온 목침은 때가 반들반들해서 나는 손수건을 꺼내 덮고 누웠다. 밤은 얼마나 깊었는지 마을엔 기침 소리 한마디 없고 다만 울타리 밑에서 물결이 철썩이고 있을 뿐이다.

나는 잠을 이룰 리 없다. 목침에 이마를 대고 엎드려서 물결 소리를 들으며 마음으론 몇 번이나 밖에 나가 등대의 불이 켜진 것을 보고 싶었으나 쉽사리 일어나지 못했다. 얼마를 엎드렸던지 이마엔 목침 자국이 쑥 들어가고 어찔어찔 현기증이 난다.

마침내 나는 어두운 중에 문지방을 더듬었다. 그러곤 다른 사람들이 깰까 봐 앉아서 뭉기적뭉기적 툇마루로 나왔다.

산뜻한 새벽 기운이 얼굴에 망사처럼 씌운다. 나는 조개껍데기를 어석어석 밟으면서 바닷가로 나갔다.

등대엔 불이 켜졌다.

캄캄한 밤바다엔 기둥 같은 섬도 보이지 않고 다만 등대의 불빛만 부챗살처럼 펴졌다 가둬졌다 뱃길을 인도하는데 나는 물결이 들어와 내 구두를 적시는 것도 모르고 두 눈을 모아 등대를 바라보았다.

아직도 그 젊은 염세주의자가 섬 꼭지에 서 있는 것 같다. 손벽[16] 같은 붉은 별이 등대의 불빛과 나란히 밝혀 있는 곳에……

나는 한 팔을 번쩍 들어봤다. 그 사람이 아직도 그 자리에 서 있는 것 같아서 한번 신호를 해본 것이다. 그러나 밤중에 넓은 바닷가에 서서 내 팔이 혼자 움직이는 것을 깨닫자 나는 내 멋에 어떻게 놀랐는지 모른다.

이렇게 얼마를 서 있었던지 바다의 단조한 적막이란 견딜 수 없이 피곤하다. 그러더니 갑자기 머릿속이 선뜻하며 나는 물결 위에 무슨 파선한 사람의 송장이라도 떠 들어오는 것 같은 착각을 느끼고 그만 그 자리에 푹 주저앉고 말았다. 기어이 이 지경까지 되고야 방으로 돌아왔다.

나는 방으로 돌아와서도 아무렇게나 해녀들 틈에 두 다리를 쭉 뻗고 벽에 기대앉아 있었다. 어두운 방 속에서 어떠한 현실에도 닿지 않는 생활과는 동떨어져서 아무런 이해 상관도 없는 슬픔을 뼈가 무너지도록 느껴 마지않았다.

"김이 만일 지금의 나를 본다면……"

그의 얼굴이 유황으로 그린 것처럼 내 맘눈에 환히 비친다. 나는 잠시 가슴이 뜨끔했다.

그 단정하고 진실한 청년 학자, 대학의 조교수— 그는 아무 데도 흠 잡을 데 없는 내 약혼자다.

"김이 만일 이것을 안다면……"

나는 몹시 미안한 생각이 들었다. 내가 이렇게 잠을 못 자고 날치는 것을 본다면 그가 얼마나 괘씸해할 것인가. 이 정도의 생각쯤은 어떠한 범부범부(凡夫凡婦) 사이에도 있는 것이다.

나는 잡념을 없애려고 윗목에 새우처럼 꼬부리고 누워버렸다. 그러나 웬만한 범부의 양심쯤으로는 등대의 그 사람의 모습을 지워버릴 수가 없는 것이 민망했다.

"아무 이해 상관도 없는 슬픔."

나는 오랫동안 궁리해보았다. 김의 그 건전하고 진실한 생활과 태도가 거죽이라면 등대의 염세주의자의 슬픔은 안이 되고…… 나는 지금 그 안을 추구해 마지않는 것일까.

"사람은 떡으로만 살 것이 아니라……"

진실로 사람은 떡으로만 살 것이 아니라 이렇게 아무짝에도 쓸데없는 슬픔으로도 사는 시간이 있는 것을 어찌할 수가 없었다.

나는 지금 모든 것을 잊고 오직 등대의 생각으로 미칠 지경이다. 이 증세가 오래오래 검은 머리 파뿌리 될 때까지 계속될 리는 만무하나 지금에는 정말같이만 생각되고 그리고 이것은 김에게도 있을 수 있고 또 내게도 있을 수 있는 생활처럼도 생각된다.

물결은 여전히 쏴쏴거리고 해녀들은 꿈을 꾸는지 돌아누우며 낑낑댄다.

*

이튿날 아침 귓결에 듣자니 짐 실은 목선이 인천으로 간다고 한다. 나는 언뜻 반가운 생각이 나서 밖으로 나가 배 주인에게 나도 그 배를 타고 인천으로 해서 서울로 가겠노라 했다.

그때 조반을 먹던 그 간이 소학교 선생이 질겁을 해 나오며 내게 눈짓을 한다. 풍랑도 무섭고 까딱하다가는 무진 고생을 할 테니 아예 그런 생각은 말고 이따가 자동차로 해서 육로로 가라는 것이다.

나는 여기서 또 한 고비[17] 미련한 채 떼를 쓰지 않으면 안 되게 되었다. 가다가 물에 빠져 죽어도 좋고 아무렇게 해도 좋으니 실어다 달라고 무슨 큰일이나 난 것처럼 서둘렀다.

큰 목선은 불그레한 감물 들인 돛을 높이 달았다. 배가 나루를 떠나 큰 바다로 나왔을 땐 한나절의 바다는 희멀끔해서 지리하고 심심하다.

마음이 몹시 초조하다. 사람이 이 지경이라면 전후 분별이 없어지는 모양인지 내 딴엔 무슨 큰 음모나 하는 것처럼 긴장했다.

"이거 보셔요. 이 배를 저 등대 있는 섬으로 해서 돌려 가주십시오."

"에? 등대라니요?"

처음엔 시퍼런 얼굴이 깜짝 놀라더니 그담에야 내 말을 알아듣고 하도 어처구니가 없는지 허허 웃기만 한다.

그 등대 있는 섬은 동쪽에 있고 우리 배는 바로 서쪽으로만 가는데 하늘이 두 쪽이 난대도 그리로 들어가는 물길은 없다고 한다.

내게 그다지도 중대한 일이 이 사공들에겐 이렇게 뚱딴지같은 소리로밖에 안 들리는데 또 비단 이 사공들뿐 아니라 나 이외의 사람은 누구나 그게 얼마나 쓸데없고 가당치않은 소리인 것을 잘 알 것이다.

"그게 뭐 어려워요. 잠깐 들러 가면 될 텐데."

딴은 짐을 싣고 인천으로 돈벌이하러 가는 배가 무슨 턱에 장난이나 하듯이 길도 아닌 데를 들러 갈 리 있으랴.

나는 떼를 쓰는 아이가 발버둥을 치면서 억지로 어른에게 업혀 오듯이 기어이 등대엔 못 들르고 이 큰 목선에 업혀서 자꾸 서쪽으로만 가는 것이다. 목선은 미련한 고래처럼 나를 업고 잘도 달아난다.

*

   기차로 오기보담 시간이 곱절은 들어서 오후 6시나 돼서야 인
천에 당도했다. 항구엔 수없는 발동선과 목선이 닥지닥지 들러붙
어 물 밑엔 기름이 둥둥 뜬다. 요란한 기계 소리, 아우성치는 사
람의 범벅 덩이, 산더미 같은 짐들 사이로 해서 나는 잔교(棧橋)
에 내리지 않으면 안 되게 되었다.

   한 손에 가방을 들고 또 한 손엔 파라솔을 들고 간신히 기어 내
렸다. 양쪽 다리가 후들후들 떨리고 속이 매스꺼워 한자리에 우
두커니 서 있노라니 한 발자국도 더 육지로 나가고 싶은 생각이
없다.

   이때 내 맞은편 배에서 불이 확 켜진다. 흰 바탕에 검은 줄 진
셔츠를 입은 젊은 뱃사람이 자빠져 누웠다가 벌떡 일어나면서 불
을 커다란 램프에 켜대는 것이 그 불빛 속에 환히 보인다.

   램프 불은 물결 때문인지 약간 흔들거리면서 그 바가지 속만 한
작은 선실을 비추는데 앞에는 무엇을 깎다 둔 것인지 끝이 뾰족하
고 날이 시퍼런 식도가 번쩍 하고 놓여 있다.

   나는 두 눈이 퀭해서 그 흔들리는 선실 속을 들여다보았다. 아
직 회개할 때가 되지 못한 탕자와 같이 육지로 돌아갈 줄 모르면
서 가방 고리만 점점 더 꼭 감아쥐었다.

[『문장』 1940년 1월]

임
순
득

일요일
이름 짓기
딸과 어머니와

일요일

    C신문사 타이피스트인 강혜영이는 모처럼 노는 일요일을 어떻게 보낼까 하고 궁리하였다. 아침부터 전부 차지한 시간을 주체 못 하는 것 같은 자기를 돌아보고 책상머리 거울에 비치는 포즈가 마음을 보글보글 끓게 하였다. 아무 데도 나가지 말고 요즈음 읽기 시작한 에렌부르크[1]의 소설이나 마저 읽을까? 성북동에 나가서 스케치나 한 장 그려볼까? 원남동 사촌 동생이나 데리고 서점이나 돌아다녀볼까? 두루 생각하다가 문득 수일 전에 하루 결근하고 형무소에서 취하여 온 윤호의 헌 옷을 빨기로 작정하였다. 그래 그는 부리나케 일어나서 앞치마를 걸치고 빨래를 시작하였다. 톱톱하게[2] 땟물에 젖은 비누 거품이 빨래판자 고랑에 자꾸만 밀려나감을 보고 혜영이는 그 어두운 방의 갖은 오욕이 무수한 때의 미분자가 되어서 옷 틈[3]에 박혀 있던 것이로구나 하는 생각에 마음이 오쓱오쓱 떨리는 듯해지고는 마침내 어쩌면 값싼 비누 냄

새가 곧 윤호의 체취인 듯도 하였다.

빨래를 거의 빨아갈 즈음에 B유치원 보모로 있는 여학교 때의 동창인 M과 P가 청량리로 산보 가지 않겠느냐고 찾아왔다. 혜영이는 나가기 싫다는 이유로 간단히 거절하고 빨래를 해서 줄에 널었다. M은 넣어놓은 빨래를 만져보고는,

"웬 게 모두 남자 옷이야, 옳아 옳아 너도 디오니소스가 되었구나."

마치 '너도 내해야⁴ 육체의 욕망 앞에는 지고 말았구나. 나를 그처럼 모멸하더니 기어이 나의 길을 따랐구나' 하는 듯이 확신 있는 조소를 입 가장자리에 띠며 혜영이와 P를 번갈아 보고 있다.

"앤 무슨 소릴 그렇게 해."

P는 M을 나무라듯이 흘겨보았다. 그러나 혜영이는 언젠가 P가 조용히 속살을 털어놓았을 때 하던 말― 청춘을 괴롭게 지내는 것은 어떤 경우라도 무의미한 일이라고 하던 말이 생각났다.

"그런데 대관절 가레⁵ 씨는 누구야? 언제부터 아무도 몰래 데끼루⁶ 했니?"

"앤 무슨 소릴 또 그렇게 해. 그것 윤호 씨의 옷이 아니고 무에냐."

"오! 참 그렇던가. ……그까짓 건 세탁장이에게 맡기지 이렇게 좋은 날 품 팔아가며 빨 게 무어람!"

"그게 더 정성인 줄 넌 모르니?"

"허긴 그렇기도 하지. 그렇지만……"

아마 M은 그것은 낡은 이데올로기라고 말하고 싶었으리라고

혜영이는 그 뒤에도 생각하였다.

이렇게 그들은 서로 주고받고 하다가 밖에서 누가 기다리고 있다고 그냥 가버렸다. 혜영이는 불쾌하였다.

혜영이는 생각하였다. 소금쟁이는 수면 위에서 잠시라도 유쾌한 맴돌이를 그쳐서는 안 된다는 듯이 돌고만 있다. 소금쟁이는 흐르는 물 위에서는 결코 돌지 않는다. 거울같이 잔잔한 물이겠지만 생동하는 물결 있는 흐르는 물 위에서는 그 쾌활하고 만족할 수 있는 맴돌이를 못 한다. 물의 깊이를 모른다. 흐름의 정신과 육체를 모른다. 안정된 평면이 현존하면 그만이다. 소금쟁이의 의욕이란 안온한 순간에 대한 욕심뿐이다. 아아 소금쟁이들이여! M이나 P나 소금쟁이의 종족이 아닌가? 이 일요일의 흠 없는 향락을 탓하는 것이 아니라 그들의 소금쟁이인 생활에서 계획된 이날의 산보가 미움과 경멸을 무럭무럭 일으키게 하는 것이었다.

그러나 아닌 게 아니라 혜영이 자신이 생각해보아도 이렇게 좋은 날 집에 들어앉아서 헌 옷을 빨고 있는 모양은 초라하고 쓸쓸한 것이었다. 하늘을 우러러보면 정말 가을인 듯싶었다. 비 개인 뒤의 하늘이 씻은 듯이 깨끗하고 맑고 푸르고 높고 어쩌면 밑 없는 깊이를 들여다보는 것 같기도 하였다. 이러한 날 단 한 번이라도 좋으니 윤호와 함께 교외의 한가한 논두렁길을 거닐어보았으면 얼마나 좋을까? 그녀는 혼자 입속으로 중얼거리며 끝없이 푸른 하늘을 한참이나 바라보다가 다시 빨래를 빨기 시작하였다. 윤호의 셔츠를 비누 묻은 손으로 이리 뒤척 저리 뒤척하면서, 어둠침침한 감방[7]에 혼자 앉아서 책을 읽다 멍하니 앉아 있지나 않는가? 비친다 하여도 아마 마음껏 내다볼 수 없지나 않은가? 이런 생각을 하면 할수록 윤호가 못 견디게 그립고 보고 싶고 눈물이 핑 돌기까지 하였다.

혜영이는 빨래를 다 빨고 툇마루에 걸터앉았다.

가을 맛을 머금은 햇볕의 자릿자릿한 자극이 엷은 옷 속으로 숨어들었다. 책을 들었으나 눈이 헛갈리고 말았다. 햇빛에 상한 눈에는 펴놓은 글자가 파랗게 꿈틀거렸다. 가슴츠레하게 뜬 눈썹 사이로 오색이 영롱한 광선이 무수히 뒤헝클었다. 일종의 도취와 같이 의식이 물러난 듯하고 무엇인가 눈앞에 아른아른하는 것 같았다. 똑바로 보면 시각이 퍼져버리고 어렴풋한 얼굴이 윤곽을 지을 듯 지을 듯하였다. 누굴까 하고 혜영이는 의식을 가다듬어 보려고 하고는 스스로 얼굴이 후틋해[8]오는 것을 느꼈다. 윤호? 아냐 아냐 하는 듯이 고개를 흔들고 앉은자리를 휘휘 둘러보며 일어서버렸다. 가슴이 조그만 비둘기같이 두근두근하였다.

'윤호 씨, 나는 윤호 씨의 환영을 보았구나.' 아무도 모르는 가슴을 혼자 포근하게 들여다볼 수도 없는 자기를, 끝없이 안쓰럽게 여겨지기도 하였다. 그러나 무엇인가 치밀리는 힘을 혜영이는 또한 느끼지 않을 수 없었다. '에라, 단숨에 인왕산 꼭대기라도 올라가서 윤호가 있는 빨간 벽돌집이나마 바라보다 올까 보다' 하다가도, '그러면 또 무얼 하랴' 하고 살그머니 도로 자리에 주저앉았다.

이 마음 저 마음이 시소를 하였다. '아아 거리를 쏘다닐까 보다.' 그러나 혜영이는 바로 새하얀 웃음으로 경멸할 만한 남의 생

350

각인 것같이 문질러버렸다. 될 수만 있으면 그 고생을 나누어 하고 싶으리 만치 아끼는 윤호를 그런 곳에 남겨놓고 자기 혼자 계절의 변화를 즐길 만한 마음은 추호도 움직이지 않았다. 더구나 윤호는 그의 생활의 표식이었다. 지금 극도로 얽매인 윤호의 일생을 흔히 말하듯이 생활이 아니고 희생이라고 한다 하여도 혜영이의 생활 감정의 초절[9]인 것을 진심으로 느끼는 것이었다. 그렇기에 그의 사소한 심신의 움직임은 늘 윤호와 결합되지 않을 수 없었다. 그 위에다 윤호라는 이름만에서도 혜영이는 마음의 매를 받았다. 그러나 그것은 혜영이에게 윤호와 대등한 인격으로서 깎임이 아니라는 확신이 있기 때문에 실상 이러한 감정은 거리낌 없이 자기에게 허락할 수 있었다. 내가 무엇인가, 나에게 생활이 있는가, 이렇게 그는 윤호를 중심으로 하고 각양각색의 동심원을 그리는 것이었다.

혜영이는 푸른 하늘을 바라다보면 아마 세상이 허무한 것 같기도 하면서인지 긴 한숨이 풍겨 나왔다. 값싼 감상이거니 하고 돌이켜 생각하고 그에게는 마음을 가라앉히는 유일한 약— 책을 읽기 시작하였다.

오정이 좀 지나서 R여전에 다니는 한 고향 동무 S가 찾아왔다.

"점심 안 먹었지? 나가. 나 돈 있어."

혜영이는 요새 입맛을 잃어서 잘 먹지 못하니 갈 마음이 없다고 거절을 했다.

"그럼 차나 마시러 안 갈 테야? 이렇게 좋은 날 어쩌면 하숙에 붙어 있어."

"난 왜들 찻집에 다니는지 그 심리를 모르겠어."

S는 시름없이 마루에 걸터앉았다.

"아아 어데를 가든지 우울하구나! 먼 항해의 길이나 끝없이 떠났으면"

하고 세리프를 외듯이 S는 혼자 중얼거렸다.

둘이는 제각기 돌과 같은 서러움을 안은 듯이 무거운 침묵에 잠겨 있었다. 서로 가슴속을 엿볼 수 있는 듯하면서도 꼭 다문 조개처럼 굳게 입술들을 다물고 있었다. 서로의 우정이 오랫동안 변함없을 믿음이 무거운 침묵 속에는 스스로 숨어 있으리라 하는 안심에도 불구하고 모처럼 일요일에 가벼운 기분으로 차 한잔 마시러 가는 마음을 안 주는 '때'의 무게에 대하여 조그마한 반항인 것을 그들은 또한 절실히 느끼는 것이었다.

좁은 마당에 겸손하게도 가늘게 가로놓였던 빨래 넌 그림자가 어느새 폭을 넓혔다. S는 파라솔을 활짝 펴 들고 서서 망설거리다가는 사뿐사뿐 돌아가버렸다.

저녁을 일찍 먹은 혜영이는 겨우 하루를 넘긴 안도와 슬픔을 느끼며 들창문을 열어젖히고 고랫재[10] 냄새가 배어 있는 골목길을 우두커니 내다보았다. 어린애들이 와 와 소리를 치며 떼로 몰려다닌다. 그러나 노래 부르는 아이는 하나도 없었다. 노래도 없는 어린이들이로구나 하고 입속으로 중얼거려보고는 그것이 한없는 민족의 비애를 예감케 하는 것 같은 과장된 생각이 제쳐도 제쳐도 끈적끈적 달라붙었다. 혜영이는 이럴 때 누구나 찾아주었으면 하고 기다려지는 자신을 돌보았다. 누군지 저편에서 손짓을 하며 걸어왔다. 그는 윤호의 친우였던(앞으로도 그들은 친우일는지 모르지만) 지금 주간 신문의 편집을 맡아보는 H였다.

"호오(H는 다른 나라의 감탄사를 우리나라에 수입할 필요가 있다고 주장하는 사람이었다) 왜 그리 서글프게 하고 섰습니까? 백마 우짖는 가을 하늘에 외로운 코스모스……"

H는 혜영이의 어설픈 웃음을 보고는 바로 쾌활한 얼굴을 가다듬어버렸다. 그는 창 밑에 선 채 머뭇머뭇하다가 W극장에「유령」을 보러 가기를 권하였다.

"평판은 좋잖아도 크레르11의 작품이니까요."

"제가 언제 구경 가던가요?"

혜영이는 이 대답이 결코 자기가 하고자 하는 것이 아닌 것을 잘 알았다. 그러나 H와 같이 진실한 생활 태도에서 물러난 사람들이 할 수 없다는 듯이 마음에 대한 변호의 여지를 조금씩은 남겨놓고 또 달리 생활이 세워질 것같이 믿으려 하면서 이대로의 사회 형태의 문화적 기분만을 해면처럼 설불리 흡수하려는 꼴에 일종의 반발을 억제할 수 없기 때문이었다. 그러면서도 혜영이는 이러한 나 자신은 무엇인가 하고 의심할 때 어지간히 삐뚤어진 자기의 마음을 저주12하고 싶었고 자기가 몹시 얄미워 보였다. 이것도 저것도 모두가 목에 잠긴 가래침을 내뱉듯이 뱉어버리고 싶었다. '그것은 하늘을 향하여 침 뱉는 꼴과 무엇이 다르랴. 도로 내 얼굴에 떨어질 것을……' 이렇게 입속으로 중얼거려보지만 혜영이는 눈앞에 보고 있는 H— 윤호의 친우이기 때문에 더욱 H가 몹시 보기 싫었다.

H는 혜영이의 너무나 냉담스러운 대답에 멋쩍은 듯이 선웃음을 치며, "구경 가는 게 그렇게 못마땅한 짓인가요?" 하고 조심스러운 어조로 말하였다. 혜영이는 아무 말도 하지 않고 픽, 웃기만 하였다. 자기의 서글피 웃는 웃음 속에는 '겨 묻은 개 똥 묻은 개'의 비유가 섞여 있는 초조를 느꼈다.

연거푸 담배를 피우다가 돌아서서 끄덕끄덕 가버리는 H의 뒷모양이 사라진 뒤에도 혜영이는 들창 밖 좁은 골목을 멍하니 들여다보았다.

점점 어둠이 깊어졌다. 거미줄로 더럽혀진 기둥이 외로이 서 있는 것을 보고 혜영이는 깊은 바다 밑에서 호젓이 인광(燐光)을 가진 물고기를 만나면 저럴까 하는 생각이 들었다.

혜영이는 언뜻 시골에서 조그마한 가게를 하고 있는 그의 오빠의 편지가 생각났다.

……나는 한산한 가게 머리에 앉아서 밤이면 갈피 없는 눈으로 별도 안 보이는 캄캄한 하늘을 들여다본다. 황량한 시골 조그마한 읍의 저녁을, 무엇이나 소리 들릴까 하고 무엇이나 발소리가 들릴까 하고. 저 하늘에서 먼 나라의 요란한 음향과 폭풍과 멀리는 해조음(海潮音)이 행여 날아 내릴까 하고.

혜영아, 하이네의 카민 위에 놓아둔 조개도 들물[13]이 밀려오는 해안의 시각에는 거품을 내어 사락사락 움직이기 시작한다 하였다. 이것은 하이네의 시적으로 형상된 말이겠지만 그러나 내가, 젊은 이 내가 장식용의 정물만도 못하지……? 누구나 입 밖으로 소리 내어서 그렇게 불러주지는 않지만 캄캄한 어둠은 갈피 없는 눈으로 들여다보면 그렇게 생각되어진다……

혜영이는 오빠의 편지를 몇 번이고 되풀어 생각하였다. 처음 그 편지를 받았을 때는 막연한 슬픔 이외의 별다른 것을 느끼지 못하였으나 오늘 밤 혜영이의 머리에 되살아온 그 편지는 마음을 다시금 쑤셨다. 또렷하면서도 역시 늘 막연하게 가슴에 웅크리던 어느 기대를 오빠의 글 속에서 똑 그대로의 공감이 표현된 쓰라린 슬픔에 자기의 마음이 생것으로 부딪치는 것 같았다.

……입을 달싹달싹하면서 한참 동안이나 창밖을 내다보았다.

혜영이는 자리를 깔고 누웠다. 마치 자기의 깊은 비애를 잊게 하는 것은 잠자는 것뿐이라는 듯이.

베개 밑에서 귀뚜라미가 찌릉찌릉 울었다. 이불을 덮었으나 오슬오슬 추운 것 같았다. 따뜻한 고향 집 아랫목도 뒷동산에 익어가는 감나무도 어린 동생들도 어머니도 이런 생각 저런 생각에 끼어서 그리워왔다. 그러나 윤호가 이러한 밤 아직도 홑이불로 얼마나 추울까 하는 생각에 문득 부딪치고는 그만 그의 생각이 온 마음을 차지하기 시작하였다. 그는 별안간 벌떡 일어나서 옷을 갈아입고 거리로 나갔다. 털실 가게에 가서 코발트색 비하이브 한 폰드를 그전부터 원이던 책장을 사려고 모아두었던 8원 가운데에서 사게 되었다. 집에 돌아오는 길로 밤늦게까지 앉아서 대

바늘을 움직였다. 한 오라기 한 구멍을 얽을 때마다 윤호에게 보내는 자기의 마음이 얽히는 것을 느꼈다. 더욱이 윤호가 언젠가 "내 마음대로 옷 빛깔을 해 입어도 괜찮다면 코발트색으로 해 입고 싶소. 활짝 개인 하늘빛으로 내 몸을 꾸미고 싶고 더구나 이러한 곳에 있으면 무한히 광대한 것의 색채를 내 몸에 감고 있다는 것이나마 늘 느끼고 싶소" 하던 그의 말이 더 훨씬 무수한 말과 어울려 되살아왔다. 혜영이는 팔 한 짝을 마치고 자리에 누워 잠이 들 때까지 알지 못할 기쁨이 가슴에 벅찼다.

  그날 밤에 혜영이는 짜다 만 팔 한 짝의 스웨터를 두루마기 위에 입은 윤호를 안았다. 그 모양이 너무 우스워서 깔깔깔 꿈속에서도 웃기까지 하였다.

〔『조선문학』 1937년 2월〕

이름 짓기

    만 1년 만에 사촌 동생한테서 받은 편지는 매우 간단한 내용이었다. 곧 아기가 태어나니까 약속대로 아이의 이름을 지어달라고. 태어날 아이의 성별은 모르니까 남자아이와 여자아이의 이름을 하나씩 지어달라고. 단지 그것뿐이었다.

    어린 사촌 동생이 벌써 아이 아버지가 된다는 생각에 감개무량하기도 하고 왠지 신기한 생각이 들기도 하고 기쁘기도 했다.

    그러나 약속대로 이름을 지어달라는 그 약속이라는 말에서 거의 잊고 있었던 여러 가지가 생각나는 것이었다.

    사촌 동생의 결혼식이 있었던 지난가을, 나는 동경에 있었기 때문에 경성에서 있었던 결혼식에는 참석할 수 없었다. 축전을 보냈지만 사촌에게 굉장히 미안한 느낌이었으며 나 자신도 뭔가 부족하다는 생각이 들었다.

    얼마 후 사촌 동생에게서, 간단한 내 축전이 결혼식장에서 읽은 누구의 긴 축사보다도 기뻤다는 진심 어린 답례를 받자 사촌 동생 뿐 아니라 그 아내가 되는 사람에게까지 더욱 미안한 기분이었다.

사촌 동생은, 남자 형제들 틈에서 자란 탓에 자상한 구석도 없는 나를 좋은 사촌 누나라고 믿을 정도의 페미니스트였다.

사촌 동생은 아주 약하고 소극적인 성격이었지만 좋은 반려자를 만나 아름다운 자신들의 생활을 쌓아갈 만한 성실과 교양을 가지고 있었다. 나는 그런 생각을 하며 사촌의 청춘을 축하하고 싶은 생각과 동시에 그 청춘 뒤로 이어질 그의 인생을 생각하며 사촌의 신부가 모든 점에서 좋은 여자이기를 바라지 않을 수 없었다.

나는 신혼의 사촌 부부에게 뭔가 축하를 해주고 싶었다. 아무리 해도 적당한 것이 생각나지 않아 가마쿠라에 있는 K선생님을 찾아가 상담을 했다. 미술사를 연구하는 K선생님처럼 풍부한 식견을 가진 사람은 나 같은 보통 사람들은 미처 생각하지 못하는 평범한 일상 생활용품 중에서 의외로 좋은 선물을 발견할 것만 같았기 때문이었다.

K선생님은 백발을 끄덕이면서 내가 찾아온 이유를 듣고 있다가,

"그 아내라는 사람은 어떤 사람입니까? 무슨 학문이라거나 음악이나 그림 같은 것에 흥미를 가지고 있는 사람이에요?"
라고 물었다.

나는 그 사람에 대해 전혀 모르고 있다는 것을 말씀드리고 "좋은 사람이기를 바라고 그렇게 믿고 있습니다"라고 대답했다.

"좋은 사람이라…… 어렵지만 참 좋은 말이군요. 당신의 말을

듣고 있으려니 좋은 걸 보여주고 싶어지는군."

그렇게 말씀하시며 K선생님은 일어나 장롱 속에서 족자(簇子)를 하나 꺼내 눈앞에 펼쳐 보였다. 탁본한 관음상이었다.

"선이 아름답지요? 이건 대동(大同)¹ 것인데 경주의 그것과는 다른 아름다움이 있는 것 같아요. 이걸 사촌에게 주시지요. 신부가 주로 생활하는 안방에 걸어놓고 아침저녁으로 보며 생활을 하다 보면 좋은 2세가 태어나요. 선(善)과 미(美)를 갖춘 2세가…… 그럼 고모가 되는 당신이 이름을 지어주면 되지요."

K선생은 온화한 얼굴로 그렇게 말하며 족자를 내게 건넸다.

나는 몇 번 사양했으나 K선생님은 내게 가져가라고 자꾸 권하셨다.

"당신이 당신 나라에 돌아갈 때 송별 선물로 드리려고 생각했어요. 어차피 당신 거니까 그렇게 사양하지 마세요."

옆에서 차를 준비하고 있던 K선생님의 사모님도 그렇게 말씀하셨다.

나는 고맙게 받기로 했다.

이렇게 해서 나는 생각지도 않은 관음상 그림을 사촌 동생 부부에게 선물하면서 K선생님의 말대로 이름을 지어주겠다고 덧붙였던 것이다.

그 후에 사촌에게 편지를 받았다. 관음상에 대한 감사 편지라고 생각하고 무심코 읽어보는데,

"……아내는 커피 잔 세트를 훨씬 반가워하는 여자여서 귀중한 관음상은 돼지에게 진주 격입니다. 그러나 관음상은 제 서재에

소중히 걸어놓았습니다. 누님을 가까이 느낄 수 있는 것만 같아 너무 좋습니다……"

편지가 거기서 끝났다면 좋았겠지만 계속 이어져 다음과 같이 쓰여 있었다.

"플로베르는 어렸을 때 좋아하는 여자아이에게 자신의 가슴속에서 두근거리며 고동치는 심장을 주고 싶었다고 했습니다. 제가 플로베르의 흉내를 내는 것은 아니지만 지금 어른이 되어서도 사촌 누님께만큼은 제게 가장 중요한 두 귀를 그대로 드리고 싶습니다."

(말하는 걸 잊었지만 사촌 동생은 음악을 하는 사람이었다.)

"관음상에 대한 답례는 되지 않겠지만 제 기억 속에는 어렸을 때 제 귀를 쓰다듬으며 귀여워해주시던 누님이 아직 그대로 살아 있습니다. 이럴 때는 유난히 클로즈업되는군요. 저는 지금도 누님의 그 손을, 그 소리를 느낍니다.

'정말 도톰하고 귀여운 귀야. 귓불을 정말 깨물어 먹고 싶어. 아마 오디보다 맛있을 거야.' 이런 소리를 하면서 누님은 조용히 언제까지나 제 귀를 쓰다듬는 것이었습니다. 누님은 잊으셨겠지만 저는 지금도 선명히 기억하고 있습니다. 실은 제 귀를 깨물어 먹어주길 얼마나 바랐는지 모릅니다.

제 귀는 누님께 칭찬을 받았기 때문에 청각이 유난히 발달하게 된 것은 아닐는지요. 그렇다면 제가 음악의 길로 들어선 것도 실은 그 누군가의 덕이지요. 그것만으로도 저는 큰 은혜를 입은 것이며 지금도 그 누군가의 뭔가를 끊임없이 갈구하고 있습니다.

저의 부당한 욕심이라는 것은 잘 알고 있습니다만 제 자신도 어찌할 수 없는 마음입니다.

이런 제 마음이 누님으로부터 영원히 버림을 받는 원인이 될 수도 있겠지요. 이런 부담을 안고서도 침묵하지 못하는 저를 부디 꾸짖지 말아주세요.

저는 곧 시골 중학교 음악 교사로 부임합니다만 아내를 가진 제 자신의 생활에 전혀 보람을 느끼지 못하고 있습니다.

저는 어렸을 때부터 오직 하나 제 인생에 바라는 것이 있었지만 이도 어느 틈엔지 묻어버렸습니다.

요즘 저는 빛이 없다고 할까, 뭔가 말할 수 없는 어두운 안타까움에 무기력한 하루하루를 보내고 있습니다. 스물넷의 젊은 나이에 염세주의자가 되다니 하면서 나름대로 분발해보지만 어찌해볼 수 없는 상태입니다. 음악이라는 것도 하나의 타성으로 친근감은 느끼지만 음악 그 자체의 경지에 몰입할 정도로 강렬한 예술혼으로는 이어지지 않는군요.

도대체 저는 어떻게 되는 걸까요?

누님! 제발 저를 도와주세요. 누님이 계속 지켜보고 그렇게 도와주세요. 그렇지 않다면, 지켜봐주시는 것만으로는 아무것도 할 수가 없습니다. 그것만으로는 저는 일어설 수가 없습니다. 제가 일어설 수 있을까요? 저는 저는……"

점점 혼란스러워지는 필체로 해서 마지막에는 도저히 알아볼 수 없을 정도였다.

나는 그에게 관음상을 보낸 것을 깊이 후회했다. 혹시 그것을 보낸 것이 원인이 되어 젊은 부부 사이에 델리케이트한 심리적인 마찰이 생기지 않았나 상상하는 것이었다.

사촌이 그 결혼을 비관적으로 보게 된 근본적인 원인을 생각해 보았지만 그것은 오히려 나의 마음을 어둡게 할 뿐이었다.

커피 세트를 사랑할 줄 아는 여인의 솔직한 생활 감정을 어째서 부드럽게 격려하고 높이려고 하지 않는 걸까…… 나는 사촌을 비난할 수는 없었다. 제삼자의 입장에서 행하는 일방적인 나의 비난을 견디기에는 사촌이 너무나 이상주의자였기 때문이다.

나는 어떻게 해야 좋을까? 아무리 세련된 누나가 되어 생각해 보아도 어떻게 해야 할지 당황스러웠다.

그때 내 마음과 가장 가까운 감정은 왠지 K선생님에게 죄송하다는 느낌이었다. K선생님의 아름다운 마음 씀씀이도 그 마음이 일단 현실화하자 이렇게 순수함을 계속 지니지 못하게 되었다. 아니 오히려 사촌 부부가 처한 현실적인 위치를 하나의 불행으로 보여주는 증거 역할밖에 되지 않았다.

나는 사촌에게 침묵할 수밖에 없었다. 그렇지만 사촌끼리의 상식적인 윤리관으로 그를 비난할 마음은 전혀 없었다.

젊은 영혼들이 정상적인 배출구를 찾지 못하고 왜곡된 형태로 어두운 고민에 빠지는 것은 우리 주위에서 많이 볼 수 있는 비극이었다. 사촌도 그 희생자 중의 하나라고 한다면 과장일까?

사촌의 음악에 대한 회의가 언젠가는 음악 이외에는 자신의 길이 없다는 것을 깨닫는 하나의 과정이라고 생각하고 싶은 것은 낙관주의도 아니고 역설도 아니었다. 오히려 내게 허용된 사촌에 대한 최대한의 애정이었다. 그러나 나는 그런 의미를 써 보내는 것도 주저했다.

그 후, 사촌이 진주의 중학교에 부임했다는 것을 전해 들었다. 나는 그해 봄에 건강이 나빠져 고향에 돌아왔는데 사촌의 동정에 대해서는 친척을 통해 가끔씩 전해 들었을 뿐이었다.

얼마 전에 사촌이 그동안 월급을 저축하여 선배에게 중고 피아노를 샀다는 소식을 전해 들었지만 아내가 임신을 했다는 소식은 없었다.

그래서 내 스스로 약속했던바 아이의 대모가 되는 건도 자연히 잊어버리고 오늘에 이르렀던 것이다.

나는 하루 종일 사전을 꺼내 여러 가지 한자를 음미하고 이를 두 개로 조합하여보고 발음을 해보고 인명이 많이 나오는 중국 책을 이것저것 찾아보기도 하면서 좋은 이름을 지으려고 했지만 좀처럼 쉽지 않았다.

소용도 없는 한자를 종이에 엄청나게 많이 써놓은 채로 나는 어느 틈에 다른 생각에 빠지는 것이었다.

사촌은 어떤 내면 생활을 하고 오늘날 아버지가 되려고 하는 걸까?

나는 사촌에게 소식도 전하지 않고 지낸 1년이 부끄러웠다.

그런 편지를 보낸 후 내가 이렇게 오랫동안 침묵한 것을 보고 사촌은 젊은 사람답게 수치스러운 감정을 참을 수 없었을 것이다. 그런데도 구애받지 않고 솔직하게 아이의 명명을 부탁한 것을 보고 오랫동안 보지 못한 사촌이 친근하게 느껴졌다.

2, 3일이 지나도 아이의 이름이 떠오르지 않아 나는 점점 초조해졌다.

고민한 끝에 만나본 적은 없지만 고전에 조예가 깊은 홍명희(洪命熹) 선생님을 찾아가 작명을 부탁해볼까라는 생각까지 했지만 차마 그러지도 못하고 있던 어느 날, 고려아(高呂娥)라는 소설을 쓰는 친구가 놀러 왔다.

이런저런 이야기를 하다가 나는 아기 이름을 짓는 것을 상담해보았다. 고려아는 잠시 뭔가를 생각하다가,

"발자크는 구두 가게 이름을 만드는 데에도 며칠 동안 파리 시내의 간판을 보고 다녔다고 하잖아. 하물며 사람 이름을 짓는 데는 오죽하겠어?"

"그러니까 이렇게 부탁하잖아. 소설을 쓰는 사람이니까 나보다는 여러 가지로 경험이 있을 거 아냐."

"만약 여자아이라면 지금 생각하고 있는 작품의 여주인공 이름을 빌려줄까?"

려아의 그 말에 나는 갑자기 기운이 나서 말했다.

"빌려주다니? 그런 섭섭한 소리 하지 말고 그냥 줘."

"그렇지만 맘에 들지 않을지도 모르잖아."

"그렇게 거만 떨지 말고."

"그렇지만……"

려아는 그렇게 말하며 좀처럼 가르쳐주지 않았다.

"그 여주인공은 행복한 사람이야?"

나는 그렇게 물었다.

"통속적인 의미로?"

"물론."

"행복하지 않아. 좋은 의미로 굉장히 여성스럽지만 거기에 안주하지 못하고 자신의 운명을 뒤집어놓을 정도니까……"

려아는 마치 살아 있는 인간이라도 되듯이 실감나게 말하는 것이었다.

"그렇게 마조히스트야?"

내가 그렇게 말하자 고려아는 한심하다는 듯이 나를 쳐다보는 것이었다. 나는 나의 쓸데없는 말이 부끄러웠다.

"미안해. 농담이야. 네 그 히로인이 살고 있는 시대는?"

"현대."

려아는 솔직하게 대답해주었다.

"출생지는?"

"네, 조선입니다. 검사님."

"무슨 소리야? 조선의 어디냐고 묻잖아!"

"그녀가 자립하기에 가장 조건이 나쁜 환경입니다."

"흠, 그녀가 자립하기에 가장 조건이 나쁜 환경이라…… 이 검사님은 기억력이 나빠서……자, 그럼 그녀의 이름은?"

"호호호…… 유도 신문에 넘어갔네……"

그러고 우리 둘은 한참 동안 웃었다.

려아는 계속 웃으면서 종이에 '신혜원(愼蕙媛)'이라고 써서 내게 보여주었다.

나는 그 옆에 '임혜원(任蕙媛)'이라고 써보았다.

"혜원, 임혜원."

나는 입속으로 중얼거리고 려아에게 말했다.

"혜라는 글자는 획수가 많으니 풀 초를 떼면 어떨까?"

그러자 려아는 풀 초를 뗀 '혜(惠)'는 흔하지만 '혜(蕙)'는 『초사(楚辭)』에 나오는 향기로운 풀의 이름으로 굴원(屈原)이 이 풀로 자신의 절개를 상징화한 것이라고 설명해주었다.

"혜원, 혜원, 임혜원."

나는 입속으로 세 번을 중얼거려보았다.

좋은 이름이라는 생각이 들었다.

그윽하고 향기가 있는 이름 같았다.

"내가 만약 남자라면 이 이름만으로 반년 정도는 사랑에 빠지겠다."

내가 농담을 하자,

"겨우 반년? 나라면 평생이다."

려아는 소녀처럼 얼굴을 붉히는 것이었다.

"자기 히로인에게 그렇게 반해서 어쩌려고?"

내가 놀리자,

"어쩌자는 게 아냐. 나 자신이 소설 속 인물의 운명을 한밤중에 생각하고 혼자 울 때도 있고 때로는 하늘을 날 것만 같을 때도 있는걸. 그게 바로 내 생활 속에 녹아들어야 내 일상생활의 모든 동작과 몸의 오르가슴을 유지하는 데 편리하거든."

"너는 속 편하겠다."

"속이 안 편한 사람은 어쩌는데?"

"어쩌기는? 당신같이 자기 소설에 푹 빠진 사람을 곁에서 보면서 즐기는 거지."

"나쁘다!"

"나쁜 친구라서 미안해용!"

"끝까지 약을 올리네."

"네가 왔으니까 약을 올리지. 그렇지 않으면 하루 종일……"

"하루 종일 어떻게 되는데?"

"한가하게 남산이나 쳐다보고 있지."²

"또, 또, 또 얼버무린다. 너는 너에 대해서는 전혀 말하지 않아."

"나에 대해서 말하다는 것은 하소연뿐이야. 그게 지금 내 오르가슴이니까."

"말 싫다. 오르가슴이라고 비꼬지 말아."

려아는 내 손끝을 꼬집고는,

"넌 하소연하는 것이 부끄럽지? 하소연은 많이 할수록 좋은 거야. 우리에게 하소연을 빼봐. 아니 억제해봐. 자폭하고 말걸? 친한 친구가 있어 서로 끊임없이 하소연하고 서로 위로하고 위로받는 것에서 바로 불심(佛心)이 생기고 그럼으로써 세상이 살기 좋은 곳이 되는 건지도 몰라."

"호? 하소연 속에서 불심이 생긴다고? 불심은 보리수 그늘에서 생기는 건 줄 알았는데?"

"도대체 언제까지 그렇게 장난만 할 거야? 자 빨리 하소연해봐.

하소연······"

고려아는 내게 빨리 하소연을 하라고 재촉했다.

"정말 어쩔 수 없는 사람이네. 하소연해봤자 소용도 없는걸······"

"그렇게 세상 포기한 사람처럼 말하지 마."

"누가 세상을 포기했다고 그래? 난 너하고 이렇게 수다를 떨지 않을 때에도 즐겁고, 배가 고프면 식욕을 느끼고, 피곤하면 졸리고, 할 수만 있다면 푹신푹신한 솜이불 위에서 자고 싶고, 지금 맛있는 슈크림과 비프 스테이크를 먹고 싶고, 순모 스웨터를 입고 싶은, 순하고 착한 민초의 하나야. 세상을 도무지 포기할 수 없는 사람이라고."

우리는 잠시 이런저런 이야기를 하다가 입을 다물어버렸다. 말이 없어지자, 특히나 친구하고 둘이 있으면서 할 말이 없어지자 분위기가 무거워졌다.

나는 쓸데없는 소리를 그만두고 다시 이름 짓는 것을 화제로 삼았다.

"이왕 이렇게 된 거, 남자아이 이름도 생각해주지 않을래?"

"남자 이름은 굉장히 어려워."

려아는 고개를 갸웃거렸다.

"신혜원이라는 네 히로인에게는 형제나 사랑하는 사람이나 친한 남성이 있을 거 아냐. 그런 사람들 이름은 전부 뭐라고 부르니?"

"그녀는 말야, 형제도 없고 거의 고아나 다름없는 고독한 사람이야. 그리고 사랑하는 사람이 좀처럼 나타나지 않는 거야. 적어

도 신격화되지 않은 모세(毛世)와 거만하지 않은 굴원(屈原)을 반
씩 합한 것 같은 성숙한 인격이 아니면 결코 사랑할 수 없는 사람
이거든."

"만약 그런 사람이 나타나지 않는다면?"

"타협은 하지 않을 거야."

려아는 아무렇지 않다는 듯이 말했다.

나는 속으로 정말 그런 여자가 실재할까?라는 것을 생각하면서
종이 위에 모세와 굴원이라고 쓰고 두 사람의 이름에서 한 자씩
불러 모굴(毛屈)이라고 써서 려아에게 이런 이름은 어떨까 하며
보여주었다.

"호호호…… 아무리 그래도 그렇지. 모굴은 너무 그로테스크하
다. 호호호……"

려아는 참지 못하겠다는 듯이 소리를 내며 웃었다.

"그럼 아래 자를 하나씩 빌려서 '세원(世原)'이라고 하자"
라고 내가 말하자 려아는 활자의 아름다움도 없고 발음도 좋지 않
다고 까탈을 피웠다.

난 먹을 갈아 붓에 듬뿍 묻혀 종이 위에 썼다.

여아 : 임혜원(任蕙媛)

남아 : 임세원(任世原)

내 글씨이지만 그렇게 나쁘지 않았고 여자아이 이름도 남자아
이 이름도 훌륭해 보였다.

내가 하는 짓을 옆에서 보고 있던 려아는 종이에 쓰니 남자아이의 '임세원'도 품격이 있어 보인다며 신기하다는 얼굴을 했다.

"어떻게 할까?"

그래도 나는 주저했다.

"그렇게 정하자."

"성의 없어 보여 좀 마음에 걸려."

"전혀. 우리는 좋은 사람만을 염두에 두고 명명을 했잖아. 마음에 거리낄 일 전혀 없어."

그러나 나는 2, 3일 더 생각해보고 사촌에게 알리기로 했다.

바로 집에 돌아간다는 려아를 따라 나도 오랜만에 거리로 나갔다.

어느 호텔 식당에서 저녁을 먹은 다음 우리는 멍하니 거리의 불빛들을 바라보았다. 이럴 때에는 쓸데없는 수다조차 나오지 않았다.

가을의 밤거리에는 짙은 안개가 끼어 있었다.

누구의 소설인지 기억도 나지 않지만 이런 밤에는 젊은 여자가 파란 망토를 걸치고 거리를 방황하는 것이 좋을 거라는 생각을 하기도 했다. 여자의 얼굴은 도스토옙스키의 소녀처럼 맑은 천사라도 괜찮고 마리네 디트리히처럼 퇴폐적인 여자도 좋겠다는 생각이 들었다. 아니 모딜리아니의 여자가 좋겠다. 우리도 지나가면서 놀릴 수 있는 건 별로 재미없을 것도 같다. 에섹스를 포기하지 못하는 엘리자베스 여왕이 진한 화장을 지우고 미치광이 노파로 변해 이 동양의 조선 밤거리를 헤매는 것이 더 재미있을 것 같다…… 그러나 그것도 역시 재미가 없다. 석굴암의 관음보살이 내려와 기다란 가사를 질질 끌며 조선의 젊은 햄릿인 마의 태자와 어깨를 나란히 하고 산보한다면 이런 가을밤도 괜찮을 것 같다는 생각을 했다. 그러면 꿈처럼 흐릿하게 보이는 고풍스러운 덕수궁 건물 안에서 우아한 음악 소리가 들리는 것이다……

내가 이런 상상을 하고 있는데,

"인류사에서 사과에 관한 네 가지 이야기가 있어. 알고 있니?"

라며 려아가 갑작스레 엉뚱한 말을 꺼냈다.

그녀는 디저트로 나온 딜리셔스를 소중한 듯이 양손으로 감싸고 있었다.

"사과? 사과라면 트로이 전쟁과 관계가 있지. 그리고 뉴턴도. 시대가 시대지만 낙원에서 아담이 쫓겨난 거. 또 있단 말야? 하나는 뭔데?"

나는 세 손가락밖에 꼽을 수가 없었다.

"또 하나는 말이지, 고려아 편찬의 인류사에 상세하게 설명하고 있어. 대략 설명해줄까?"

려아는 그렇게 말하며 조금 사이를 두었다가,

"스피노자를 좋아하는 사람을 좋아하는 여자가 있었어. 그녀는 그가 극명하게 설명해준 범신론(汎神論)에 대해서는 거의 잊었지만 다음과 같은 것은 선명하게 기억하고 있는 거야. ……스피노자는 렌즈를 닦았습니다. 죽은 날은 일요일이었습니다. 죽기 전에 그는 하인에게 말해 닭을 한 마리 잡았습니다. ……여자가 사과를 깎고 있을 때 그 옆에는 젊은 철학도가 그런 이야기를 하는 거야. ……스피노자의 생애는 꼭 파란 가을 하늘 같았습니다……"

"그건 아까 그 히로인이니?"

도대체 종잡을 수 없는 려아의 이야기에 흥미를 느끼며 그녀를 뚫어지게 바라보고 있는데 려아는 내 질문에 대답하지 않고,

"이런 가을밤에는 슈니츨러[3]의 소설이라도 읽는 게 좋겠다"

라며 아름다운 속눈썹을 슬프다는 듯이 깜빡거리는 것이었다.

나까지 덩달아 슬퍼졌지만 바로 이어서 그런 나 자신에 대해 혐오감을 느꼈다.

"그만두는 것이 좋겠다."

나는 려아에게 말했다.

"뭘?"

"여류 작가적인 모든 취미와 제스처 말야!"

"지독한 독설이네."

"그렇잖아. 파란 가을 하늘과 같은 생애라니 너무 웃기잖아. 스피노자를 그렇게 표현한 젊은 철학도의 말을 아름다운 시구라도 되는 것처럼 말하는 너 자신이 소위 여류 작가들이 좋아하는 여자 주인공 그대로야.

과연 파란 가을 하늘과 같은 인간의 생애가 있을까? 그렇게 지상성이 없는…… 인간의 생애는 오히려 여름 하늘 같잖아. 흐리기도 하고 개이기도 하고 뭉게뭉게 뭉게구름이 피어오르기도 하고 무거운 납처럼 가라앉은 하늘이 되기도 하고…… 우리는 복잡한 인간 세상에 살고 있잖아."

"넌 포에지가 결핍되어 있어."

려아는 좀 기분이 상한 듯이 말했다.

"려아, 너는 지금 억지를 부리고 있어. 나한테 포에지가 있고 없고가 문제가 아니잖아. 난 그저 괜찮은 여자들이 이미 유물이 되어버린 과거의 애정 관계에 대해 언제까지나 소중하고 아련한 생각을 품는 바로 그 포즈가 여자 스스로를 비참하게 하는 게 안타까울 뿐이야. 허세라도 좋으니까 어째서 어깨를 펴고 의연하게 여자의 생활을 고집하려고 하지 않는 거야? 흔히 말하는 여자의 프라이드라는 것이 바로 그거 아냐? 내가 말하고 싶은 건 바로 이거야. 그걸 안다면 포에지의 가을 하늘이라도, 고치 속의 누에라도 상관없어."

잠시 묵묵히 있던 려아는 내 생각 탓인지 얼굴을 붉히며 고개를 숙인 채 이렇게 말했다.

"난 너한테 어리광을 부리고 싶었을 뿐이야. 넌 그걸 미소 지으며 받아들일 아량이 없었던 거야. 결국에는 자기변명이겠지만."

"내가 아니라 너 자신한테 어리광을 부리고 싶었던 거 아냐? 여자는 자신의 슬픔이라거나 그 비슷한 것에 어리광을 부리니까. 이게 여자가 가지고 있는 가장 싫은 속성이야."

"그걸 좀 너그럽게 봐주면 될 걸…… 가시처럼 찌르는 것만이 전부는 아니잖아. 넌 내 친구잖아."

려아의 목소리는 뭐라 말할 수 없이 가라앉아 있었다.

'넌 내 친구잖아'라는 려아의 말을 속으로 중얼거리며 지금까지 큰소리쳤던 나 자신의 독설이 조잡하고 경박하게 느껴졌다. 왠지 부끄러워진 나는 일부러 농담처럼 말했다.

"포에지와 아랑이 결핍되어 죄송하군요."

"천만에요."

려아는 부드럽게 나를 바라보았다. 그러곤 다시 말을 이었다.

"아까 네 말, 여자가 오만하게 어깨를 편다는 말 말야. 굉장히 좋은 충고였어. 내 약점을 찌르는 말이어서 오히려 속이 후련했어."

"또 시작이다."

"뭐가?"

"네 십팔번의 마·조·히·즘."

갑자기 려아가 얼굴을 찡그리며,

"나 감시하는 거 그만해. 난 네 옆에 있으면 유난히 초라해져. 너란 사람은 조용한 것 같으면서도 도무지 틈이 없단 말야. 하루 종일 한가롭게 남산만 바라볼 수 있는 사람이잖아."

그렇게 말하고는 정말 싫다는 듯이 나를 향해 손사래를 치는 것이었다.

순간 나도 가슴이 찔리는 것만 같았다.

나는 아무렇지도 않은 듯이 식은 커피 잔을 끌어당기며 생각했다.

아무것도 모르면서 부주의하게 말을 흘리는 것은 수양이 부족해서라고 하더라도, 젊은 내가 하루 종일 한가롭게 남산을 보아서도 안 되는데, 상대방에게 초라한 느낌을 주는 것은 뭘까?

결국 내가 부덕해서이다…… 일단 생각이 여기에 미치자 나 자신이 한심해졌다.

나는 마음속으로 려아에게 사과하면서 그녀와 함께 자리에서 일어났다.

려아와 헤어져 혼자 버스가 끊긴 원남동의 조용한 도로를 지나 큰길로 나왔다.

나는 걸으면서 아까 호텔 식당에서 려아와 함께했던 말을 다시 반추해보았다. 그리고 아량이라는 말에서 갑자기 사촌 동생에 대해 1년이 넘도록 소식을 전하지 않은 것이 바로 그 증거가 아닐까 하는 생각이 들었다. 이러한 반성으로 점점 나는 우울해졌고 사촌 동생의 일을 곰곰이 생각하게 되었다. 이런 밤, 사촌은 먼 시골 마을의 생활에 쫓기면서 중고로 산 피아노 앞에서 번뇌와 슬픔, 분노를 달래기 위해 밤새 건반을 두드리고 있을 것만 같았다. 그러자 영화에서 본 불행하고 고독하며 가난한 음악가의 모습이 뇌리를 스치는 것이었다.

"그럴 리가 없어. 사촌은 충분히 행복해. 젊은 아내가 있는 가정이 있고, 청소년을 상대하는 음악이라는 일이 있고, 피아노가 있잖아. 이건 내 감상일 뿐이야."

나는 일부러 나 자신의 어두운 상상을 지우려고 했지만 어디선지 피아노 소리가 들려오는 것만 같은 느낌에 몇 번이나 내 발걸음 소리에 귀를 기울였던 것이다.

집에 돌아오자 뜻밖에도 사촌에게서 딸을 낳았다는 전보가 도착해 있었다.

전보를 손에 들자 눈물이 핑 돌았다.

누가 뭐라고 해도 너무 기뻤다.

'임혜원'이라는 이름을 보내야지. 려아에게 배운 것이지만 '혜(蕙)'라는 글자를 자세하게 설명하는 것 잊지 말고 써 보내야지.

설사 고려아의 히로인처럼 혜원이라는 이름을 가진 사람이 힘든 여자가 되어도 좋다고 생각했다.

아버지가 치는 피아노에 귀를 기울일 줄 아는 총명한 여자아이로 자란다면 좋을 것이다.

나는 사촌에게 1년 만에 긴 편지를 썼다.

어머니가 된 아내에게 아직도 불평을 터뜨리는 것은 아니냐고 쓰려다가 그만두었다. 그 대신, 산후의 아내에게 하얀 도라지 백근과 어린 닭 한 마리를 같이 끓여 아이의 일곱이레[4]가 지날 때까지 서너 번 마시게 하라고 썼다. 이런 말을 쓰고 있으니 왠지 안심이 되었다.

'갑자기 아량이 생겼나?'

나는 서글프게 자조하면서 편지를 봉했다.

밤이 깊어진 모양이었다.

창문을 열고 보니 원뢰(遠雷)를 품고 있는 것 같은 밤하늘에서 비가 떨어지고 있었다.

어두운 창밖의 빗자국을 바라보면서 나는 혼잣말을 했다.

"……그래. 난 진짜 대모는 아냐. 아이의 대모는 고려아야. 관음상도 K선생님의 선물이고…… 그러고 보니 나는 사촌 동생 부부에게 뭐 하나 나의 머리로 진심을 표현한 적이 없어."

그러곤 이런 생각을 했다.

'……혜원이라는 아이의 백일에는 이런 선물을 가지고 진주에 있는 사촌 집에 가야지. 순면으로 진홍과 녹색의 이불을 만들어 네 귀퉁이에 수를 놓아야지. 이거야말로 나의 훌륭한 창안이잖아. ……혜원이는 그 이불을 덮고 착한 아이로 자랄 거야. 그건 그렇고 '혜(蕙)'라는 향초는 어떤 형태를 하고 있을까? 혹시 상상의 풀꽃일지도 모르지……'

내일은 빨리 도서관에 가서 식물도감을 찾아봐야지. 돌아오는 길에 사과를 사 가지고 려아에게 들러서 이름을 지어준 것에 감사를 해야겠다는 생각을 했다. 간 김에 려아와 함께 사과를 깎아 먹으면서 스피노자의 이야기를 들어줘야겠다고 생각했다. 그녀의 슬픔을 들어주지 않으면 왠지 평생 동안 책임감을 느낄 것만 같았기 때문이다.

'넌 내 친구잖아.'

얼마나 정이 넘치는 말인가!

진주에서 돌아와서는 가마쿠라의 K선생님에게 다시 한번 관음상에 대해 감사하다고 전하고 임혜원의 백일 기념사진을 한 장 보내면 어떨까 하는 생각이 들었다.

비는 점점 거세졌다.

나는 쏟아지는 빗소리를 들으며 사촌이 아이를 위해 자장가를 작곡하고 있기를 바랐다. 그 말을 추신으로 쓰려고 다시 책상 앞에 앉았다.

나는 그날 밤, 빗소리에 상관없이 잠이 들 수 있다면, 혜초(蕙草) 그늘에서 부드럽게 손짓하는 관음보살의 꿈을 꾸길 바라며,

사촌에게 보내는 편지에 펜을 움직였다.

(임오 10월)

〔『문화조선(文化朝鮮)』 1942년 12월〕

＊ 이 작품을 처음 번역하면서 제목 '名付親'을 '대모(代母)'로 했다. 그런데 당시의 시대적 상황, 소설의 내용 등을 고려하면 '名付親'을 천주교 용어인 대모보다는 그 뜻을 살려 '이름 짓기'로 옮기는 것이 더 적절해 보인다. 처음 번역할 때 좀더 신중했어야 한다고 반성하면서 이제라도 '이름 짓기'로 바꿔 사용하고자 한다. 독자 여러분의 혜량 바란다.

딸과 어머니와

    어머니는 이 근래 아들 현두 때문에 실없이 애가 탔다. 장가를 보내야겠는데 당자는 그런 생의[1]도 안 하는 것 같고 또 마땅한 자리가 나서지를 않는 것이다. 누가 보아도 신랑감으로는 현두만 한 사람도 드물다고 어머니는 생각한다. 사람 된 품이 듬직하고 외양도 끌끌하다. 학식도 전에야 성세가 부쳐서[2] 별로 못 가르쳤으나 해방 후에는 정치 학교며 간부 학교 골고루 거쳐 나왔다.

    이웃 간에서들은 속도 모르고 너무 고르는 탓이라고 빈정대나[3] 아닌 게 아니라 맏딸 현순의 일로 크게 데고 난 참이라 혼사만큼은 아무리 때가 있다 하더라도 신중히 골라야 할 것이라고 믿는다.

    왜정 말기 정신대 바람에 싫다는 현순을 부랴부랴 치운다는 게 징병 징용감을 빼놓고 보니 깨끗한 자리가 못 되었다. 아무리 다급한 김의 일이라 할지라도 술망나니 놀량패의 사위란 자에게 걸핏하면 눈언저리에 먹통을 앵기우는[4] 것을 볼 때면 차라리 딸이

눈앞에서 없어지기를 바랐다. 그러던 것이 얼마 안 되어 딸 대신
에 사위가 없어지고 만 것이다. 심한 주란⁵ 끝에 저도 모르는 개
죽음을 한 것이다. 중간에 걸리는 것도 없어 몸 가벼이 돌아온 딸
을 보고 어머니는 불행 중 다행이란 너를 두고 이르는 말이라고
몇 번이고 되뇌었다. 그러나 한편 젊은 것의 신세를 그르쳐준 듯
싶어 애처로운 것이었다. 해방 후로는 제대로 자립하여 딴생각도
없는 듯 새로운 사회생활에 열중해 있지만 언제까지 지금 마음 같
을 수도 없을 것이며 세월이 잠시인데 아침저녁으로 허리에 찬바
람이라도 감돌 나이에 이르면 서로 사람이 의지할 데가 있어야 하
지 않는가. 어머니의 마음은 한시도 구름이 가실 날이 없는 것이
다. 그러니까 딸 듣는 데서는 아들의 혼인 말도 버젓이 못 꺼내는
어머니는 차라리 현두가 시속 젊은이들처럼 연애라도 하여서 며
느리를 보았으면 하기도 한다. 그렇다고 아들을 찾아오는 여자란
별로 없고 드나드는 딸의 친구들을 보면 나이가 동뜨거나 아니면
벌써 상대가 정해져 있거나 이편 딸처럼 한 번 불행을 겪은 사람
이거나 하였다.

아들이 여러 날 지방 출장이나 갔다 돌아온 때면 어머니는 가방
에서 내놓는 헌 빨래를 주섬주섬 챙기면서,

"아이구 이 수발도 힘이 부쳐야 해먹지, 이젠 근력도 오늘 다르
고 내일 다르니……"

하고 중얼거리건만 젊은 것들은 자기들끼리 주고받는 이야기가
많아서 들은 성도 아니 한다.

한번은 딸도 무슨 회의가 있다고 나간 때였다. 어머니는 단단히

마음먹고 아들이 무슨 보고서를 쓰노라 밤늦게까지 앉아 있는 책상머리에서 버선을 깁는다고 돋보기를 쓰고서는 바늘귀가 안 뵌다고 자꾸 아들에게 실바람[6]을 내밀었다.

"두어 두시지 않고, 누나보고 꼬매라면 되잖아요."

"네 뉘가 언제 그럴 틈 있다더냐?"

"인제 어머니도 그런 것 신을라 마시고 양말을 신으세요. 저 배급 나온 것 있지 않아요?"

"듣기도 싫다. 그래 기껏해야 늙은 어미 생각한단 소리가 그따위냐?"

"갑자기 왜 이러십니까. 허 참 어머님도."

"남들은 내 나이에 손주를 몇씩 보고 있어. 이런 때도 무릎 아래 토실토실 기어 다니는 게 있으면 이런 청승 안 떨지."

"하하…… 그럼 어머니 우선 강아지 새끼나 한 마리 기르십시다."

겉으로 웃긴 하였으나 실상 현두는 가슴이 뜨끔하였다. 늙으신 삭신에 집안일을 도맡아 하시는 것도 송구스러운 일이거니와 온종일 비다시피 한 집에 혼자 계시게 하는 것을 생각하면 항상 민망함을 참지 못하였던 것이다.

"현순이도 미쳤지. 동생 하나 있는 것 짝 지어줄 생각은 않고 밤낮 무에 그리 신바람이 나서 싸대는지."

앵돌아진 어머니는 평소에 안 하시던 일로 그 자리에 없는 딸까지 나무랐하였다.

"누나야 뭐 어쨌습니까. 미처 어머니한테 여쭙지 못했지만 이야기 중인 사람이 있어요."

현두는 마침 잘되었다고 말허두를 꺼내었다. 실상인즉 언제 알려도 알려야 할 일이었으나 어머니의 성질을 잘 아는 터라 사실대로 직고를 하기에는 좀 자신이 없었던 것이다.

약간 놀란 어머니의 얼굴에는 갑자기 생기가 돌았으나 여직 마음을 옹송그린 참이라 면괴함을 감추려는 듯,

"그래서……?"

할 뿐이었다.

"아직 공부 중이기도 해서 한 1년 기다려야겠어요."

"온 그럼 진즉 말을 할 게지."

그제야 웃음까지 짓는 것이었으나 한편 아들이 야속기도 하였다.

"네 뉘도 알겠구나."

"사람만 알지 그것까지는 모를 것입니다."

"아니 누군데?"

"차차 이야기하지요."

"1년쯤이야 못 기다리겠느냐마는 그전에 날 한번 봬주어야 하잖니?"

그러나 아들은 웃기만 하였다.

"허기사 네가 고른 사람이라면 나도 마음 놓겠다만…… 인젠 네 뉘가 걱정이다."

"그러게나 말입니다."

그다음부터 어머니는 곧잘 새 며느리 될 처녀를 상상해보는 즐거움이 이만저만이 아니었다. 더러 현순이 없는 틈을 타서,

"네 뉘 없는 데서 한번 만나게 해라"

하곤 한다.

현두가 혼인을 1년 후로 미루는 것도 누이에게 안되어서만 그러는 줄 짐작되는 어머니는 될 수 있는 대로 아들의 혼사에 대해서는 딸 앞에서는 닿지 않으려고 하였다. 그래서 현두에게 의중(意中)의 사람이 있다는 말도 하지 않고 어머니는 무슨 비밀처럼 딸 몰래 새 며느리 맞이할 준비를 하였다. 마음먹고 혼숫감을 골라서 떠 들이기도 하고 길을 가다가도 언제 섰는지도 모르게 은방진열장을 들여다보고 주먹구구를 대보는 것이었다.

그러나 항상 어머니 마음에 걸리는 것은 딸의 일이었다. 일단 아들을 마음 놓고 나니 더욱 딸 일이 답답한 것이다. 적당한 후처 자리라도 진작 자리 잡아주었으면 하고 바라는 것이었다. 그러는가 하면 이왕이면 초혼 자리를 만나 묵은 시름 씻은 듯이 잊고 살도록 되었으면 하고 어머니는 안 그려보는 꿈이 없었다.

"뭐 내 딸이 어데가 어쨌단 말인가. 다 세상 따라 남의 총중에 나가서 안 빠지고 일도 하겠다……"

이렇게 어머니는 이녁 딸에게 한하여서 자신만만하고 더욱이 지극히 소박한 진보적인 사상을 가져 일체의 인습도 뛰어넘게 되는 것이었다.

"얘야, 더러 혁명 운동 한 사람들 중에는 늦게 초혼 자리도 있다더구나. 혹 마음 쏠리는 데라도 없니?"

어머니는 은근히 딸의 의향을 떠보며 재혼을 권하는 것이었다.

"저야 뭐가 급해요? 어서 며느리나 보시도록 하세요."

"그래도 네 꼴이 그래서야 어디……"

"고부끼리 오붓하지 못하실까 봐서……그렇다면 전 합숙에 들어갈게요."

딸은 농 삼아 한 말인데 어머니는 펄쩍 뛰었다.

"저 말하는 것 좀 봐. 생사람 잡겠네. 열 손구락 찍어 안 아픈 손구락이 어디 있다구. 너도 얼른 짝을 만나 어미 구실을 해봐야 아느니라."

"그러기에 누가 어머니 마음 모르는 줄 아세요. 제 일은 제가 알아서 할 테니 걱정 마세요."

흐린 여름날이 진종일 찌는 듯하다가 저녁때가 되면서 서기[7]가 좀 가시는 듯하였다. 어머니는 아침에 벗어놓고 나간 아들의 양복을 빨 양으로 이리저리 뒤적이는데 윗저고리 수첩 속에서 사진 한 장이 떨어졌다. 무심코 주워보니 여자 사진이다. 다시 보니 다른 사람 아닌 연경이었다.

"아니 이런 일이라니!"

어머니는 기절하듯 방바닥을 쳤으나 여간 기가 막혀 소리도 안 나왔다.

이렇게 졸지에 마음에 큰 타격을 받아보기란 일찍이 청상에 남편의 주검을 앞에 놓고도 잘 없었던 것만 같다.

알고 보니 이 사진을 품에 안고 다니며 1년 후에 혼인을 하겠다느니, 자세한 이야기는 차차 하겠느니 능청을 피웠단 말인가?

어머니는 분하고 치가 떨렸다.

요즈음 무슨 법률 학교인지 다닌다고 공부에 바빠서 통 보이지 않는 연경이니 현두가 말한 의중의 사람이란 바로 이 몰골이 분명한 것이다. 믿는 나무 고목이 핀다고 또 열 길 물속은 짐작해도 이편이 난 자식 속을 이다지도 몰랐던가. 이 억울함을 어느 뉘게 하소할 수도 없고 천지가 까맣게 쪼그라드는 것 같은 말할 수 없는 공허감을 느꼈다. 금방같이 자식에 대한 사랑도, 긍지도 물러나고 사진 속의 계집이 한없이 요망스러워 낯바대기를 박박 긁어 내동댕이치고 돌아앉아버렸다. 한철 먹는 젓갈도 펄펄 뛰는 생물째로 절여[8]두어야 제맛인데 이건 평생 보아야 할 외며느리가 남의 헌 계집이고야 말이 되는가. 필시 숫된 아들이 속은 것만 같다.

　"에라 이 등신 같은 녀석!"

하고 호통을 치며 이 양복 입고 그 계집과 안동하여[9] 어데고 싸댔을 생각까지 겹쳐 오매 혼자서 깔끔히 늙어온 과수의 본능으로,

　"에이 치사해!"

하고 침이라도 뱉을 듯 발길로 걷어차는 것만으로도 부족하여 바짓가랑이[10]를 와락 잡아 째며,

　"내 집엔 못 들여놓지. 못 들여놔!"

하고 안간힘을 썼다.

　"아니 어머니 웬일이세요?"

　언제 들어왔는지 현순이가 눈이 휘둥그레 해서 서 있다.

　"온통 옷을 다 찢고, 현두 애끼는 백세루[11] 양복을……"

　현순은 무슨 영문인지를 몰라 돌아가며 방을 치우다가 찢긴 옷자락 밑에서 할퀸 동무의 사진을 주워 들었다.

"오라 더럽다. 그 간나 사진 당장 아궁이에 집어넣어!"

"대체 웬 망령이세요?"

"냉큼 못 갖다 넣겠니? 그래 너희들 하는 일이 요 뿐새냐?"

어머니는 딸의 팔회목[12]을 잡고 사진을 나꿔채려고 버둥거렸다. 그 서슬에 비녀가 빠져 반백의 머리가 흐트러진 모양은 낯선 노파처럼 스스롭게[13]만 느껴졌다. 새삼스레 어머니와의 사이에 어느 거리가 생기고 있음을 발견하였다.

"에그 이 일을 어찌하나."

현순의 가슴은 약간 설렜다. 그래도 딸은 어머니를 믿고 싶었다. 동네 사람들은 어머니를 두고 인민반의 열성분자라고 말하듯 사실 당신도 자식들의 낯을 봐서라도 남에게 뒤져서는 안 된다고 새로운 생각을 받아들이기에 앞장서는 편이다. 단지 어머니의 이해가 고르지 못한 탓이려니 딸은 애써 대수롭잖게 여기려면서도 이미 느끼고야 만 거리감은 부정할 수 없어 마음이 괴로웠다. 어떻게 해서라도 이것을 메꾸지 않는다면 이는 어머니에 대한 도리도 아니려니와 아우나 연경의 일도 낭패인 것이다.

젊은 딸은 마치 어려운 고비에 막다른 길라잡이 모양 한동안 이마에 손을 얹고 눈을 멀리 들었다.

"내가 수절하고 저희 오뉘 길러낼 젠 버젓한 세상 보고파 그랬지, 왜 어쩐다고 멀쩡한 자식 헌 짝을 맞춰줄까."

넋두리처럼 외우는 골똘한 어머니의 심정은 당장이라도 아들에게 달려가, '이 자식아, 어미 대접이 이럴 수가 있느냐'고 멱살을 쥐고 싱갱이라도 치고 싶도록 울화가 치미는 것이었다. 비록 구차한 살림일망정 단 하나의 아들이고 보니 매 생일마다 새 바가지, 새 조리 기명 일습을 갖추어 오복을 빌어왔거늘, 허구[14] 많은 사람 중에 그 배필이 이미 출가한 헌 사람이라면 금 간 그릇 보듯 속인들 좀 짠할 것이며 그 께름함을 어찌 참는단 말인가.

머리를 걷어 올리는 어머니의 손은 자꾸 떨려 비녀가 도로 떨어진다. 딸은 어머니의 등 뒤로 다가앉아 사뿐 어깨 위에 손을 얹었다.

"좀 진정하세요, 어머니."

"오라, 놔라."

어머니는 매정스럽도록 두 팔을 가로 흔들었다. 그 파닥거리는 품이 아이들이 떼를 쓸 때와도 같이 매련 없어[15] 현순은 저절로 웃음까지 나왔다.

"글쎄 어쩌자구 이러세요. 어머니가 제 기운을 당해내시겠어요?"

그제야 현순은 앞으로 돌아와서 어머니의 두 손을 모아서 꼭 쥐었다.

"어머니 말씀대로 하면 저도 쓰레기통 참례나 해야겠어요. 연경이처럼 헌 것이긴 매일반 아니에요?"

웃으며 말했건만 금세 어머니의 안색이 달라진다. 딸에게 손목을 잡힌 채 차차 해쓱하게 빛을 잃고 싸늘하게 굳어져가는 표정에는 마음의 당황을 감추려는 것을 역력히 읽을 수 있다. 그러나 현순은 이런 때에 알아듣기 쉽게 말해두는 것은 좋으리라 생각하고 좀 과한 듯싶었으나,

"제가 만일 누구에게 사진을 주었다가 이런 봉변을 당하면 장히 어머니 마음 좋으실 테지"

하고 입을 쫑끗 하였다.

"온 세상에, 입 좀 못 다무니?"

어머니는 두 귀라도 막고 싶은 듯 손을 홱 뿌리치고 딸에게서 나앉았다. 아물지도 않은 상처 딱지를 건드리는 것처럼 딸의 말은 미처 생각지도 못한 이녁 앞에 가로놓인 설움에 닿아 고만 가슴이 쓰라려오는 것이다. 연경이를 두둔하는[16] 줄만 알고 있던 소리는 마디마디 제 신세 한탄이로구나. 자식 둔 부모 막말을 못 하지 싶어 차차 어머니의 마음은 삭아오는 것이다.

"대체 연경이가 어떻다고 저러시는지 몰라. 오래잖어 판검사 되어 얼마나 보람 있게 살 게라구."

현순은 눈앞에 동그마니 돌아앉은 어머니가 밝은 아우들의 생애에 있어서 만일 장해의 화신이라면 어머니를 변생(變生)케 하는 새로운 생명을 불어넣어야만 할 것이라고 생각한다.

일찍이 그에 대하여 조용히 이야기한 적은 없으나 현두가 연경을 어떻게 그의 마음속의 가장 좋은 자리에 살리고 있는 것쯤은 잘 알고 있다.

어머니의 성민지라 유독 사내아이인 현두에게 한해서는 엄격하였다. '홀어미 자식 호레스럽단[17] 소리 들렸단 봐라' 하고 웬만한 일에도 잡도리했다. 그렇게 자란 현두인지라 자연 소극적인 성격은 연경의 그 유다른 적극성과 강인한 자주성을 답답한 마음 신선한 공기를 찾듯 갈구하여 마지않았다. 더구나 해방 후로 하늘만 보고 뻗어가는 청대처럼 자기 성장을 하는 연경을 볼 때 현두는 자기에 대한 불만을 마치 그녀가 상쇄(相殺)나 해주는 것 같아 기쁘고 만족스러운 것이었다. 반드시 그와 함께 청춘을 같이할 때 두 사람의 힘은 얼마나 커질 것이며 자기는 자기대로 얼마나 또 새 기름 부은 기계처럼 신이 나서 속한 마력을 낼 것인가 하고, 그의 젊은 꿈은 연경에 대한 자력(磁力)으로써 부풀어 오를 대로 오른 것이었다. 이러한 아우의 새로운 인생을 위해서, 또 동무 연경의 입때까지의 쓰라린 과거에 대한 보상으로서도, 그들의 결합은 꼭 성취시켜야만 할 것이라고 현순은 생각한다. 지금도 현순은 먼 지난날의 일이지만 전구(電球) 공작소에 다닌다는 연경을 오랜만에 목욕탕에서 만났을 때의 일을 잊지 못한다. 현기증이 나서 여윈 몸을 가누지 못하여 자꾸만 현순을 붙들고 식은땀을 흘렸던 것이다.

"왜 언제는 그 앨 데려다 우리 형제처럼 기르려고까지 하셨다면서……"

아닌 게 아니라 어머니도 연경이 생각은 못 잊는 것이다. 그렇다. 날품팔이꾼이었던 그의 아버지가 얻어온 돌림병에 그의 어머니가 대신 죽었을 때 동생을 업고 어린것이 애처롭게 울며 지게 관 뒤에 따라갈 때 차마 울타리 새로 넘겨다만 볼 수 없어 어머니는 남들이 꺼리는 죽음이었건만 외로운 호상을 하였고 조금만 심이 편다면 함께 데려다 기르고 싶었던 것이다. 그 뒤 뉘 집 곁방살이로 떠나간 그들 부녀를 어느 공사 마당에서 보았을 때 연경은 재강아지가 되어 흙체질을 하는 것이었다. 먼지 속에 눈만 반짝이는 어린것은 고달픈 홀아버지를 돕기에 물불을 모르는 것이었으나 해낮이 되면 빈속에 냉수만 들이켜다 불볕 아래 쓰러지는 것이었다. 그 후로도 연경은 많은 어려운 집 자녀들이 그러하듯 생활의 혈로를 뚫기에 못 겪을 갖은 고비를 겪었거니와 그 어느 곳 하나가 원망을 세상에 할지언정 나무람 할 것이란 없는 것이다. 그러다가 마침내 그의 아버지마저 병석에 눕게 되자 단지 동생들을 건사하기 위하여 어떤 늙은 기업주의 후처로 들어갔던 것이다. 나이가 동떨어지기가 손부(孫婦)뻘이었다.

"아모려나 아슬아슬하게도 살아들 왔지"

하고 중얼거리는 어머니는 지금 자기가 무슨 생각을 하게 되었는지 아까 이 연경의 사진을 가지고 몸부림치던 일이 같은 자기 같지 않았다.

"누가 아니래요."

이렇게 대꾸하는 현순은 또 현순대로 해방 이듬해 정월 평양서 열린 육도(六道) 여성대회에서 몇 해 만엔가 연경을 만났을 때의 일을 생각하였다.

"언니, 가난이 웬수 아니면 내가 왜 이렇게 되었겠수"

하고 목이 메던 그…… 되게 열병을 치르고 난 사람처럼 한 움큼[18]도 못 되게 성근 머리털을 목도리로 흠싹 싸는 그는 죽지 꺾인 날짐승처럼 처량하기도 하였다.

비록 불합리한 결혼인 줄 번연히 알면서도 그래도 당초에는 육친을 위해서라는 일종의 착각에서 오는 흥분된 영웅심까지 동반하였던 것이나 일단 들어가놓고 보니 숱한 물력(物力)은 연경으로 하여금 길들인 암고양이가 될 것을 강요하는 세계에 지나지 않았다. 그러나 어려서부터 세파에 시달리는 동안 본능처럼 그에게 따르는 것은 자주적인 정신이었다. 뿐만 아니라 한 사람의 여성으로서의 무참한 청춘의 울분이 서렸다. 차라리 눈앞의 곤욕을 당할지언정 뒤채어보고 싶은 그는 하찮은 일에도 고이 체념할 수 없었다.

"늙고 무지한 게 제 말 안 들으면 두 말 끝엔 완력이구려. 정말 이 이상 머리채를 휘둘렀다간 내가 구신이 되고 말까 봐."

그날 오후의 토론에 들어가 누구보다도 열렬히 연경은 여성의 인권 옹호를 부르짖어 만장 부녀자의 폐부를 찔렀었다.

그 이튿날로 연경은 입은 그대로 그 집을 뛰쳐나왔던 것이다.

"우리 조선이 일제의 철쇄를 벗어났는데 난들 왜 해방 못 하겠수."

억한 심정에 가까스로 웃음을 짓는 연경의 손을 맞잡고 현순은 얼마나 굳은 우의(友誼)를 다짐했던가. 이제 그러한 연경을 어느 누가 한길을 막아놓고 물어본들 비웃을 사람이 있을 것인가. 또 그러한 연경이가 행복하지 않으면 대체 뉘게 그 권리가 있단 말인가. 그리고 그의 행복이 어찌 곧 현순 자신의 것과 구별된단 말인가. 오늘 민주 개혁의 밝은 현실 앞에서 연경이 같은 여자가 한 사람의 지어미로서의 자격을 다투는 마당에서 햅쌀의 뉘처럼 튕김을 받아야 할 아무런 죄과가 있을 리 없다. 오히려 그 죄과는 튕기는 편의 우매함에 돌릴 수밖에 없는 것이다.

현순은 어머니 무릎 앞에 바싹 다가 대었다.

"그래도 그런 말씀 하시겠어요?"

"……"

"네, 어머니?"

현순은 어머니의 대답을 듣기 전에는 물러나지 않겠다는 듯이 두 손을 깍지 끼고서 조용히 기다리고 있었다.

어머니의 여윈 가슴은 발딱거리는 잦은 숨소리뿐 좀처럼 말이 없다.

"그럴 바허군 다신 절 보고도 재혼하라고 마세요."

그제야 어머니의 긴 한숨이다.

"매친 것, 그럼 외도토리처럼 혼자 늙어 죽을 텐가?"

거지반 입안에서 하는 소리다. 눈앞의 딸을 보니 진심인즉 헌 것이고 새것이고 사람 추세[19]할 것이 못 되었다. 다만 하나, 마마 자국처럼 어머니의 낡은 생각 가운데 그런 기성관념이 의미 없이 남아 있었을 따름이다.

"난들, 떼어놓고 연경일 생각하면 흠 잡을 건덕지도 없다" 하는 어머니는 해방 후 연경이가 새 세상 좋은 일 한다고 제 일신도 안 돌아보고 어느 남자에 지지 않게 부지런하던 모습이며, 더욱이 저녁으로 놀러 오면 자기를 붙들고 늦도록 글 배워준다고 차라리 자식들보다 극성으로 재량[20]을 떨던 일까지 떠오르는 것이었다.

"단지 현두가 입때껏 있다 그렇게 되니 말이지. 것두 저희들 연분이라면 할 수 없다고도 하겠지만 어디 사람의 마음이란 그런가 말이다."

수굿한²¹ 어머니의 말은 그저 그렇단 술회일 뿐 이제는 오히려 딸의 무슨 말을 기다리는 것 같았다.

"온 연분이랄 게, 성격이 맞고 사상이 일치해, 서로 이상이 같어, 건강하겠다, 연분도 다 시대 따라간답니다"
하고 현순은 호호 웃었다.

"사실 연경일 두고 현두 혼자서 애가 닳지. 그 애야 공부 욕심에 눈코 뜰 새 없답니다. 그 사진도 제게 있는 걸 가져간 거예요. 좀 자세 알기나 하시고 화를 내시잖고."

"그러기 내 당초부터 현두가 괘씸탄 말이다. 나도 연경일 두고 한 번이라도 그런 생각을 해봤어야 말이지."

"또 저러시네. 괘씸한가 안 한가 이다음 반상회 때라도 한번 공개 토론에 부쳐보세요. 평소의 어머니답지 않다고 모두 웃지들 않나."

한동안 장죽에 담배를 붙여 물고 있던 어머니는 천천히 입을 열었다.

"허기사 남이 그런 소리 하면 나도 아마 봉건이라고 할라……다 제 앞의 일은 등잔 밑이 어둡다고 한 벌 씌어 안 뵈니라"
하고 피식이 웃으며 다시 장죽을 문다.

내뿜는 연기가 옆에서 보기도 시원스러웠다.

"어머니, 오늘 톡톡히 사상 검토 받으셨지? 인제 연경이 오면 자아비판 하실 일이 큰일이야."

"몰라! ……현두가 양복을 찾으면 어쩌니?"
하고 열적은 듯이 딴청을 하였다.

"쥐가 쏠았다고나 하지요."

"아서 재수 없단다, 그런 소리."

"그보다도 사진을 찾지 않겠어요?"

현순은 고개를 움찔했으나 어머니는 대롱 털던 손을 잠시 멈추며,

"인제라도 가서 네가 다시 한 장 얻어오려무나"

하였다.

"참 그러기라도 해야지."

"친허다구 오늘 얘긴 입 밖에 내는 법 아니다."

어머니도 딸을 따라 일어나 사방 문을 열어젖히며 후련하게 소낙비나 한줄금 지나갔으면 좋겠다고 낮은 하늘을 내다보았다.

"오늘 날씨가 무더워서 괜히 어머니가 망령을 피우셨지."

딸은 대야에 냉수를 가득 떠다 마루 위에 올려놓았다.

"자, 개운하게 세수나 하세요."

그러고 밖으로 나가는 현순을 어머니는 갑자기 불렀다.

"웬만하면 같이 데리고 오렴!"

〔『문학예술』1949년 12월〕

김명순 | 의심의 소녀

1 **동안(東岸)** 동편 기슭.

2 **경언(京言)** 서울말.

3 **토지어(土地語)** 지역 말씨. 방언.

4 **은행피** 은행 껍질.

5 **눈꺼풀** 원문은 '눈겁.'

6 **온정(穩靜)** 편안하고 고요함.

7 **도(都)** 도시.

8 **비(鄙)** 마을. 시골.

9 **연연(涓涓)** 물이 졸졸 흐르는 모양.

10 **세파(細波)** 가는 물결.

11 **이른 아침** 원문은 '이슬 아참.'

12 **순인** 여름 비단.

13 **강안(江岸)** 강기슭.

14 **석향(夕餉)** 저녁밥.

15 **제등(提燈)** 자루가 있어서 들고 다닐 수 있는 등.

16 **행담(行擔)** 길 가는 데에 가지고 다니는 작은 상자. 흔히 싸리나 버들 따위를

걸어 만든다.

17 **물아래** 하류.

18 **선인(船人)** 뱃사공.

19 **여중(旅中)** 여행 중.

20 **차박차박** 좀 힘 있게 발소리를 내며 빠르게 걷는 모양.

21 **양금(洋琴)** 채로 줄을 쳐서 소리를 내는 현악기의 하나. 사다리꼴의 오동나무 겹 널빤지에 받침을 세우고 놋쇠로 만든 줄을 열네 개 매어 대나무로 만든 채로 쳐서 소리를 낸다. 금속성의 맑은 음색을 지녀 현악 영산회상과 같은 관현악 또는 단소와의 병주(並奏) 따위에 쓰인다. 조선 영조 때 아라비아에서 청나라를 거쳐 우리나라에 들어왔다.

22 **그러께** 재작년.

23 **기출(己出)** 자기가 낳은.

24 **옥여(玉輿)** 화려한 가마.

25 **농화(弄花)에 교(巧)하고 사적(射的)에 묘(妙)하다** 꽃을 희롱하고 과녁을 맞히는 솜씨가 교묘하다. 즉 여자를 유혹하고 마음을 얻는 데 재주가 있다는 뜻.

26 **별업(別業)** 별장.

27 **나머지** 원문은 '남저지.'

김명순 | 선례

1 **기릉(箕陵)** 평양의 기자릉(箕子陵).

2 **체두리(體－－)** 몸체의 둘레.

3 **석경(夕景)** 저녁 풍경.

4 **눈찌** 눈길. 눈매.

5 **느꾸다** 늦추다.

6 **모은** 원문은 '모둔.'

7 **표현패** 표현주의.

8 **부세회(浮世繪)** 우키요에. 일본 무로마치 시대부터 에도 시대 말기에 서민 생활을 기조로 제작된 회화의 한 양식.

9 **냅디다** 기운차게 앞질러 디디다.

10 **빠치다** 빠뜨리다.

11 **바레숑** 바리아시옹(variation). 변화, 변주를 뜻하는 프랑스어.

12 **이미데숑** 이마지나시옹(imagination). 창의력, 상상력을 뜻하는 프랑스어.

13 **완전히** 원문은 '전혀.'

14 **나중** 원문은 '내종.'

15 **상령(霜翎)** 서리같이 흰 빛깔의 날개.

16 **엇비듬하게** 원문은 '엇비스럭이.'

17 **시원** 원문은 '시연.' 이하 원문의 '시연'은 모두 '시원'으로 고쳤음.

18 **재릿하다** 딱하고 애가 타서 가슴이 갑갑할 정도로 마음이 아프다.

19 **벌불** 아궁이에 불을 땔 때 아궁이 밖으로 내뻗치는 불.

20 **쌔이다** 싸이다.

21 **이윽히** '얼마 동안'의 뜻인 듯.

22 **조다** 정 따위로 쪼아 울퉁불퉁한 것을 고르게 다듬다.

23 **군색하다(窘塞——)** 필요한 것이 없거나 모자라서 딱하고 옹색하다.

24 **무미한** 재미없는.

25 **손탁** 손아귀.

26 **얼만한** 웬만한.

27 **기홀병원** 미국 파송 의료 선교사 홀의 부인 로제타 홀이 남편을 기려 1894년 평양에 세운 병원. 평양기독교병원으로 널리 알려졌다.

28 **유혹** 원문은 '유혁.'

김명순 I 돌아다볼 때

1 **간단(間斷)** 잠시 그치거나 끊어짐.

2 **창전리** 평양의 지명.

3 **웅숭그리다** 춥거나 두려워 몸을 궁상맞게 몹시 웅그리다.

4 **길나들이** 먼 길을 가는 나들이.

5 **쓸쓸한** 원문은 '쓸쓸스런.'

6 **표리(表裏)** 겉과 속. '표리가 있다'는 겉으로 하는 말과 행동이 속마음과 다르
   다는 뜻.

7 **살치다** 잘못되었거나 못 쓰게 된 글이나 문서 따위에서 'X' 자 모양의 줄을
   그어 못 쓴다는 뜻을 나타낸다. 원문은 '사라처.'

8 **쌀쌀스러운** 원문은 '쓸쓸스러운.'

9 **등걸잠** 옷을 입은 채 아무것도 덮지 않고 아무 데나 쓰러져 자는 잠.

10 **흥겨운** 원문은 '흥크러운.'

11 **여름** 열매.

12 **무색하여** 원문은 '뭇새여.'

13 **하우프트만(Gerhart Hauptmann, 1862~1946)** 독일의 자연주의 문학을 대표하
   는 희곡 작가로 『외로운 사람들*Einsame Menschen*』(1891)에서는 삼각관계
   로 고민하는 무력한 남편을 묘사하였고, 직공(織工)들의 반란을 다룬 군중극
   『직조공들*Die Weber*』(1892)로 극작가로서의 지위를 확립하였다. 1912년 노
   벨문학상을 받았다.

14 **검은 보석을 단 듯이** 검은 보석이란 두 눈을 가리킨다. 신문 발표본에 "검은
   보석을 단 시원스러운 해쓱한 얼굴"이란 표현이 있다.

15 **민들레** 원문은 '멈둘레.'

16 **말전주** 남의 말을 좋지 않게 전하여 사람들 사이의 이간을 조성하는 것.

17 **낙종(諾從)** 마음속으로 받아들여 진심으로 따라 좇음.

18 **다나이드(La Danaïde)** 로댕의 1889년 작품으로 지옥에서 밑 빠진 독에 물을
   채우는 형벌을 받고 있는 여인의 뒷모습을 조각한 것.

김명순 | 탄실이와 주영이

1 『조선일보』(1924. 6. 14~7. 15)에 28회 연재. 발표 당시 1924년 7월 9일과 7월
   12일 연재분에 24회라고 두 번 표시하는 바람에 1924년 7월 15일분을 27회
   로 표시했으나 실제로는 28회. 1924년 7월 16일 신문부터는 아무 예고 없
   이 더 이상 실리지 않아서 '미완'이다. 그동안은 중간중간 결락된 상태로 알
   려졌으나 이번에 연재된 전체 28회분을 실었다.

2 1924년 6월 14일 자 수록분.

3 다붙다 사이가 뜨지 않게 바싹 다가붙다.

4 쇠침(衰沈)하다 쇠하여 가라앉다.

5 산동주(山東紬) 중국 산동 지방에서 나는 명주. 산(山)누에 실로 짜고 빛깔이 누르스름하며 조금 두껍다.

6 오리 가늘고 긴 조각. 여기서는 전차에 달려 있는 손잡이.

7 1924년 6월 15일 자 수록분.

8 영매(令妹) 남의 손아래 누이를 높여 이르는 말.

9 가웃 앞말이 가리키는 단위에 그 절반 정도를 더 보태는 뜻을 더하는 접미사. '두 번가웃'은 '두 번 반' 정도.

10 1924년 6월 16일 자 수록분.

11 풀 세찬 기세나 활발한 기운.

12 표독(慓毒) 사납고 독살스러움. 원문은 '패독.'

13 도적이 발치다 원문대로. '도둑이 제 발 저리다'의 뜻인 듯.

14 1924년 6월 17일 자 수록분.

15 돌려 원문은 '돌라.'

16 원문은 '내남직할 것 없이.'

17 군 입내 입에서 나는 군내. 오랫동안 입을 다물고 있을 때 나는 냄새.

18 하네 원문은 '하세'이나 문맥을 살펴서 바로잡았다.

19 원문은 '유혁.'

20 1924년 6월 19일 자 수록분.

21 병목(並木) 나미키. 주영이가 일본에서 만난 기병소위 나미키 아키오를 가리킴.

22 아오야마〔靑山〕.

23 원문은 '악하니까'인데 문맥에 맞게 고쳤다.

24 1924년 6월 20일 자 수록분.

25 갑오난리 1894년의 청일전쟁.

26 체 일정한 격식이나 모양새. 본새.

27 달아오다 달려오다.

28 괄호 속은 작가의 것. **내항** '내행(內行),' 부녀자가 여행길에 오르는 것, 또는

그 부녀자를 가리킴. 보통 지방에 벼슬 살러 갈 때 본처는 본가에 두고 첩을 데려가는 경우가 많았기에 김명순이 이렇게 주를 단 것으로 보임.

29 **질구(質舊)하다** 수수하고 예스럽다.

30 **짚세기** 짚신.

31 1924년 6월 22일 자 수록분.

32 원문은 '꽂혔다.'

33 **맛갑다** '알맞다'의 옛말.

34 1924년 6월 23일 자 수록분.

35 **들입다** 세차게, 마구.

36 **일로전쟁** 러일전쟁(1904. 2~1905. 9).

37 1924년 6월 24일 자 수록분.

38 **연대서** 연달아서.

39 **편친(偏親)** 홀어머니.

40 **방망잇돌** '다듬잇돌'을 가리키는 것으로 보인다.

41 1924년 6월 25일 자 수록분.

42 **탐정** 여기서는 염탐꾼, 스파이.

43 **고석(古石)** 이끼가 낀 오래된 돌. 괴상하게 생긴 돌.

44 원문은 '점잖지 않지 못하게.'

45 1924년 6월 26일 자 수록분.

46 원문은 '댁'이나 문맥에 맞게 '모친'으로 바꾸었다.

47 1924년 6월 27일 자 수록분.

48 **고의로운** '일부러 짓는' 정도의 뜻인 듯.

49 **암수** 남모르게 품은 수심.

50 1924년 6월 28일 자 수록분.

51 **자가웃** 한 자 반쯤 되는 길이.

52 **동대(同隊)** 같은 무리.

53 **유두분면(油頭粉面)** 기름을 바른 머리와 분칠한 얼굴.

54 1924년 6월 29일 자 수록분.

55 **잔물** 잔물결.

56 원문은 '나무색이(풀엄).' '나무새기'는 나물, 남새. '풀 움'은 풀에서 새로 돋아나는 싹.

57 **농림학교(農林學校)** 일제강점기 농업과 임업에 관한 지식과 기술을 가르치던 실업학교.

58 **명주가락** 명주실을 자을 때 쇠꼬챙이에 감긴 실뭉당이.

59 **돌띠** 돌을 맞은 아기의 허리에 매어주는 띠. 수명장수를 기원하는 뜻에서 한 바퀴 돌려 맬 수 있도록 길게 만든다.

60 1924년 6월 30일 자 수록분.

61 **치도(治道)하다** 길닦이하다.

62 **애련당(愛蓮堂)** 평양시 중구역 대동문동 애련골에 있는 옛 당. 일제가 반출해 지금은 터만 남아 있다고 한다.

63 **못자리** 볍씨를 뿌리어 모를 기르는 곳.

64 1924년 7월 1일 자 수록분.

65 원문대로. '침울한'의 뜻인 듯.

66 1924년 7월 2일 자 수록분.

67 **싱크럽다** '시끄럽다'의 방언.

68 1924년 7월 3일 자 수록분.

69 **변리(邊利)** 사채의 불린 이자.

70 **늠늠하다** 성격이 너그럽고 활달하다.

71 1924년 7월 4일 자 수록분.

72 '진명여학교'로 보임. 북장동은 종로구 통의동·효자동·창성동에 걸쳐 있던 마을이고, 진명여학교가 창성동에 있었다. 김명순은 평양에서 서울로 가 진명여학교에 다녔다.

73 1924년 7월 5일 자 수록분.

74 **해우채** 기생, 창기 등과 관계를 가지고 그 대가로 주는 돈.

75 **유탕비(遊蕩費)** 기분 내키는 대로 음탕하게 노는 데 드는 비용.

76 1924년 7월 6일 자 수록분.

77 **징신** 조선 시대 비가 와 땅이 질 때 신는 가죽신. 원문은 '증신.'

78 **홍바지 청바지만 입고** 홍색, 청색의 죄수복을 입고.

79 융희(隆熙) 대한제국의 마지막 연호(1907~1910).

80 원문은 '주는'인데 문맥에 맞게 바로잡았다.

81 1924년 7월 7일 자 수록분.

82 1924년 7월 8일 자 수록분.

83 시상판(屍牀板) 입관하기 전에 시신을 얹어놓는 널.

84 츠마미(つまみ) 수예 세공의 하나.

85 1924년 7월 9일 자 수록분.

86 보수(報酬) 어떤 일에 대해 보답을 함. 또는 그 보답.

87 원문은 '4호'이나 문맥에 따라 바로잡았다.

88 원문은 '구쓰.'

89 1924년 7월 12일 자 수록분. 연재 당시 횟수를 24라고 한 번 더 기록하는 오류로 해서 그 이후의 연재 횟수도 다 틀리게 되었다. 여기서는 이후 횟수를 바로잡는다.

90 살눈썹 속눈썹.

91 원문은 '만든.'

92 1924년 7월 13일 자 수록분.

93 오지동이 오지그릇. 잿물을 발라 구운 그릇.

94 못쪽한 원문대로.

95 원문은 '인정으로'이나 문맥에 맞게 바로잡았다.

96 1924년 7월 14일 자 수록분.

97 원문에는 '생각이라'로 되어 있음.

98 원문은 '껍데기.'

99 원문대로. **버리다** 당하였던 일이 잊히지 않고 오랫동안 머리에 남다.

100 원문대로.

101 원문대로.

102 1924년 7월 15일 자 수록분.

103 아자부(あざぶ, 麻布). 도쿄 인근의 지명.

104 나쎄 '나이'를 속되게 이르는 말.

105 늘진늘진하다 늘어나 있다, 길다는 뜻인 듯.

나혜석 | 경희

1 **이 철원(李 鐵原)** 전에 철원 군수 벼슬한 사람. 성에 벼슬살이 한 고을 이름을 붙여 부른 것.

2 **칙으린다** 원문대로. '숙이다' '움츠리다'의 뜻인 듯.

3 **고을을 가다** 벼슬을 하다.

4 **말씀이 꼭 나올 줄 알았다** 원문은 '말씀과 같이 꼭 이 마님도 할 줄 알았다'인데 문맥을 고려하여 바로잡음.

5 **의사(意思)** 무엇을 하고자 하는 생각.

6 **자연 월급 말까지 하게 된 것은 부지중에 여기까지 말한 것이었다** 원문은 '한 것이 자연 월급 말까지 하게 된 것은 부지중에 여기까지 말하였다'인데 문맥을 고려하여 바로잡음.

7 **썼는지** 원문은 '쓰던 것'이나 문맥을 고려하여 바로잡음.

8 **함지** 나무로 짜서 네모지게 만든 그릇. 함지박.

9 **면주(綿紬)** 명주(明紬).

10 **장수** 원문은 '장사.' 이하 같음.

11 **생삼팔(生三八)** 생명주실로 짠 삼팔주(명주의 한 종류).

12 **소년** 원문은 '노년'인데 문맥을 고려하여 바로잡음.

13 **죽을 쑤어놓으며** 원문은 '죽을 쑤어노으나'인데 문맥을 고려하여 바로잡음.

14 **뚜덩** 원문대로. 뚜껑.

15 **설음질** 설거지.

16 **센지** 원문은 '시운지.'

17 **하는 것이고** 원문은 '하고'인데 문맥을 고려하여 바로잡음.

18 **탄평으로** 평탄하게.

19 **천동(賤童)** 천덕꾸러기.

20 **스탈 부인(Madame de Staël, 1766~1817)** 프랑스의 비평가. 소설가.

21 **허스트(Emmeline Pankhurst, 1858~1928)** 영국의 여성참정권 운동의 대표적 인물. 원문은 '횟드.'

22 **탑실개** 원문대로. 우리나라의 토종개로 털이 긴 삽살개의 일종인 듯.

23 **태(殆)** 거의.

24 이(飴) 엿.

나혜석 | 현숙

1 기욕(嗜慾) 하고 싶은 일을 하며 즐기는 일. 또는 그러고 싶은 마음.

2 자모 원문대로. 자모(自侮: 스스로 자신을 업신여김)의 뜻인 듯.

3 드묵하다 듬직하다, 묵직하다의 뜻인 듯.

4 끽다점 다방. 차 마시는 가게.

5 양점(讓店) 가게를 양도받음.

6 유지(有志) 뜻 있는 사람.

7 피녀(彼女) 그녀.

8 레지스터 금전 등록기.

9 패트런(Patron) 예술·자선사업 등의 후원자.

10 정자옥(丁子屋) 조지아 백화점.

11 선전(鮮展) 조선미술전람회.

12 추찰(推察) 미루어 헤아리다.

13 맞닥뜨리면 원문은 '딱닥드리면.'

14 동계(動悸) 심장의 고동이 심하여 가슴이 울렁거림.

15 행리(行李) 짐 보따리.

16 본(本) 병의 일본말.

17 마셔 원문은 '사서'인데 문맥을 고려하여 바로잡음.

18 반신(返信) 답신.

19 추량(推量) 미리 헤아리다.

20 캔버스 원문은 '림파스.'

21 거듭하다 고치다.

22 익조(翌朝) 다음 날 아침.

23 표정으로 원문은 '표정로.'

24 지참인(持參人) 무엇을 가지고서 모임에 참여하는 사람.

25 일기(一氣) 한 호흡. 또는 그만큼의 짧은 시간이나 동작.

나혜석 | 어머니와 딸

1   **생기는** 원문은 '남기는.'

2   **하겠다** 원문은 '해지라.'

3   **마코** 담배 상표.

4   **근묵자흑(近墨者黑)** 먹을 가까이 하는 사람은 검어지기 쉽다.

5   **떠미실** 원문은 '때실.'

6   **떠미시지** 원문은 '떼시지.'

7   **버려놈넨다** 원문대로. 버려놓습니다.

8   **낫테나이노데쇼(사람이 덜 되었어요)** 원문은 'ナツテイナイノデ スヨ.'

9   **이쿠츠나이오토코(의지가 박약한 남자)** 원문은 'イクチナイオトコ.'

10 **모노니낫테나이(사람이 안 되어 있음)** 원문은 'モノニナツテイナイ.'

11 **오치크(안정)** 원문은 'オチツク.'

12 **이라이라(초조)** 원문은 'イライラ.'

13 **지성 즉 감신(至誠則感神)** 성이 지극하면 신도 감응한다는 뜻.

14 **양곡(洋曲)** 서양 음악.

김일엽 | 청상의 생활

1   **소경사(所經事)** 겪어 지내온 일.

2   **이울다** 꽃이나 잎이 시들다.

3   **노경(老境)** 늘그막.

4   **청상(靑孀)** 청상과부.

5   **실절(失節)** 절개를 지키지 못함.

6   **타매(唾罵)** 침을 뱉고 꾸짖음.

7   **망부(亡夫)** 죽은 남편.

8   **금의옥식(錦衣玉食)** 비단옷과 흰쌀밥이라는 뜻으로, 사치스러운 생활을 이르
    는 말.

9   **미쁘다** 믿음성이 있다. 원문은 '밋버운.'

10 **봉치** 혼인 전에 신랑 집에서 신부 집으로 보내는 채단(采緞)과 예장(禮狀). 봉

채(封采).

11 **곁시** 수모를 따라다니면서 수모가 하는 일을 배우는 사람. '수모'란 전통 혼례에서 신부 단장 같은 일을 곁에서 돕는 여자.

12 **신신(新新)** 마음에 들게 시원스럽다.

13 **만뢰(萬籟)** 자연계에서 나는 온갖 소리.

14 **시스럽다** 스스럽다. 수줍고 부끄럽다.

15 **지루** 원문은 '至難'인데 '至離'의 오식으로 본다.

16 **수식(首飾)** 여자 머리의 장식품.

17 **성적(成赤)** 혼인날 신부가 얼굴에 분을 바르고 연지를 찍는 일. 원문은 '성짓.'

18 **배기다** 참기 어려운 일을 잘 참고 견디다.

19 **묵허(默許)** 묵인.

20 **군자(君子)** 남편.

21 **상부(喪夫)** 남편이 죽음.

22 **천붕지탁(天崩地坼)** 하늘이 무너지고 땅이 터짐.

23 **이구** 열여덟.

24 **거상(居喪)** 상중에 있음.

25 **삭망(朔望)** 상중에 있는 집에서 매달 초하룻날과 보름날 아침에 지내는 제사.

26 **비(譬)컨대** 비유컨대.

27 **해죽이** 만족스러운 듯이 귀엽게 살짝 한번 웃는 모양.

28 **따라지** 보잘것없거나 하찮은 처지에 놓인 사람이나 물건을 속되게 이르는 말.

29 **여망(餘望)** 아직 남은 희망.

30 **청환(淸宦)** 조선 시대에 학식과 문벌이 높은 사람에게 시키던 규장각, 홍문관 등의 벼슬.

31 **유유(悠悠)** 움직임이 분주하지 않고 느림.

32 **죽죽이** 옷이 켜켜이 쌓여 있는 모습을 묘사하는 부사어. '죽'은 옷 열 벌을 묶어 세는 단위.

33 **심서(心緖)** 마음속에 품고 있는 생각이나 느낌.

34 **서(徐)집** 서씨 집안으로 시집간 여자를 부르는 말. 이 소설의 화자는 서 승지의 셋째 아들에게 시집을 갔다.

35 **미어지는** 원문은 '무여지는.'

36 **풍침(風枕)** 공기를 불어 넣어서 베는 베개.

37 **서모(庶母)** 아버지의 첩.

38 **가지기** 정식 혼인을 하지 않고 다른 남자와 사는 과부나 이혼녀. 가직(家直). 원문은 '가딕이.'

39 **떠세** 재물이나 힘, 명분 등을 내세워 젠체하고 억지를 씀. 또는 그런 짓.

40 **애매** 원문은 '순매(瞬昧)'이나 오식으로 보임.

41 **포창(褒彰)** 찬양하여 내세움.

42 **전감(前鑑)** 거울로 삼을 만한 지난날의 경험이나 사실.

43 **불경이부(不更二夫)** 정절을 굳게 지켜 두 남편을 섬기지 아니함.

44 **음분(淫奔)** 음란하고 방탕한 짓을 함.

45 **한서(寒暑)** 추위와 더위. 겨울과 여름.

46 **비회(悲懷)** 슬픈 생각.

47 **금풍(金風)** 가을바람. 오행에 따르면 가을은 금(金)에 해당한다는 데에서 이르는 말이다.

48 **협문(夾門)** 작은 문.

49 **처처(凄凄)히** 찬 기운이 있고 쓸쓸하게.

50 **육모정** 육각형 모양으로 지은 정자.

51 **소창옷(小氅−)** 예전에, 중치막 밑에 입던 웃옷의 하나. 두루마기와 같은데 소매가 좁고 무가 없다.

52 **졸연히** 까다롭거나 힘들이지 않고 쉽게.

53 **징그다** 옷의 해지기 쉬운 부분이 쉽게 해어지지 않도록 다른 천을 대고 듬성듬성 꿰매다.

54 **흠경(欽敬)** 기뻐하며 존경함.

55 **경모(敬慕)** 존경하고 사모함.

56 **초민(焦悶)** 속이 타도록 하는 고민.

57 **호리(毫釐)의 상거(相距)** 아주 가까운 거리. '호리'는 자나 저울의 눈금.

58 **수예(須臾)의 간(間)** 아주 짧은 시간.

59 **백열(白熱)** 기운이나 열정이 최고 상태에 달함.

60 망연(茫然) 아득함.

61 마치 맞추어. 알맞게.

62 범연(泛然) 차근차근한 맛이 없고 데면데면함.

63 번연히 뻔히.

64 정찰(情札) 따뜻한 정이 담긴 편지. 연애편지.

65 후더침 아이를 낳은 뒤에 조리를 제대로 하지 못하여 생기는 여러 가지 병. 산후더침.

66 주석(柱石) 기둥과 주춧돌. 가장 중요한 역할을 하는 사람.

67 예투(例套) 늘 하는 버릇.

68 교교(皎皎) 매우 맑고 밝음.

69 작희(作戲) 방해를 놓음.

70 하염 원문대로. '함' '행함'의 뜻인 듯.

71 냉회(冷灰) 불기운이 전혀 없는 차가워진 재.

72 초로(草露) 풀잎에 맺힌 이슬.

73 후생(後生)이 가외(可畏) 자신보다 나중에 태어난 젊은 사람이 두렵다. 『논어』 제9편 「자한(子罕)」 제22장에 나오는 구절이다.

74 시질(媤侄) 시댁 조카.

김일엽 | 자각

1 섭섭함이 원문은 '섭섭함을.'

2 추맥(推脈) 눈에 보이지 않는 것의 맥락을 추측한다는 뜻인 듯.

3 야각 밤의 길이의 각수(刻數)를 이르는 말. 늦은 밤.

4 질정(質定) 스스로 따져서 바로잡음.

5 복연(復緣) 인연을 끊고 있다가 다시 원래의 관계로 돌아감.

이선희 | 계산서

1 아뿔사 원문은 '어플사.'

2 **민편편** 표면이 높낮이가 없이 매우 평평하고 너르다.

3 **호로마차** 천으로 덮개를 한 마차. 포장마차. '호로(ほろ, 幌)'는 마차나 인력거의 천으로 된 덮개를 가리킴.

4 **호인(胡人)** 중국인.

5 **뇌장(腦漿)** 뇌. 뇌 척수액.

6 **진때** 찌든 때.

7 **백계노인(百系露人)** 백계 러시아인. 1917년 러시아혁명 때 혁명을 반대한 러시아인의 한 파(派). 혁명 당시에 좌익적(左翼的) 혁명파가 붉은색을 그들의 상징으로 삼고 적위군(赤衛軍)을 조직한 데 대해, 보수적 반혁명파는 백색(白色)을 상징으로 하여 그들의 군대를 백위군(白衛軍)이라 자칭한 데서 연유한다.

8 **맨봉당** 아무것도 깔지 않은 봉당. 봉당은 안방과 건넌방 사이의 마루를 놓을 자리에 마루를 놓지 아니하고 흙바닥 그대로 둔 곳.

9 **사모발** 사모바르(samovar). 러시아 전래의 특유한 주전자. 구리, 은, 주석 따위로 만드는데 중앙에 상하로 통하는 관이 있어 그 속에 숯불을 넣어 물을 끓인다.

10 **차곡차곡** 원문은 '차국차국.'

11 **취후** 마취 후.

12 **츤의(襯衣)** 살갗에 직접 닿는 속옷.

13 **처네** 이불 밑에 덧덮는 얇고 작은 이불. 겹으로 된 것도 있고 솜을 얇게 둔 것도 있다.

14 **재없다** 영락없다. 사정없다.

15 **구모사루(クモザル)** 거미.

16 **더퍼리다** '퍼더버리다'의 뜻인 듯. (주로 '퍼더버리고 앉다' 구성으로 쓰여) 팔다리를 아무렇게나 편하게 뻗다.

이선희 | 매소부

1 **잡아다리다** 잡아당기다.

2 **크림** 원문은 '구리무.'

3 우두커니 원문은 '우두머니.'

4 마짱 마작(麻雀)을 가리키는 듯.

5 사이 상 최 씨.

6 행티 행짜를 부리는 버릇. 행투.

7 파닥지 '얼굴' '낯'을 낮추어 하는 말.

8 떼싸움 패싸움.

9 의걸이 옷장.

10 카투사 톨스토이 소설 『부활』의 여주인공 이름.

11 타구 침이나 가래를 뱉는 그릇.

이선희 | 탕자

1 야청욱색 '야청'은 검은빛을 띤 푸른빛. 그 비슷한 색일 듯.

2 꽃판 해바라기와 같이 둥글넓적하게 생긴 꽃의 가운데 부분.

3 우두커니 원문은 '우두머니.'

4 고티에 원문은 '말그리트 고오체.' 프랑스 작가 뒤마 피스의 소설 『춘희』의 여주인공 이름.

5 덕지덕지 원문은 '적찌적찌.'

6 하 고노가다와(はあ、この方は) 아하, 이분은……

7 덜컥 원문은 '즐컥.'

8 틀다 방향이 꼬이게 돌리다.

9 있습니까? 원문은 '있읍니다'인데 문맥을 고려하여 바로잡음.

10 가생이 가장자리.

11 섬부리 섬의 삐죽 나온 귀퉁이.

12 동굿 동곳 혹은 비녀.

13 어뭇드리하다 어지럽다, 어질어질하다는 뜻인 듯.

14 맨폭 '만폭(滿幅)' '방에 가득 찬' 정도의 뜻인 듯.

15 전 원문은 '겨른.'

16 손벽 원문대로.

17　고비 원문은 '고피.'

임순득 | 일요일

1　일리야 에렌부르크(Il'ya Grigor'evich Erenburg, 1891~1967) 우크라이나의 소설가이자 시인이며 평론가. 작품에는 자본주의 사회를 풍자한 『트러스트 DE』(1923)를 비롯해 풍자적·문명비평적 소설이 많다. 제2차 세계대전 당시 신문사의 종군기자로 반파시즘 에세이를 썼고 대전 후 평화운동가로 활약하여 세계평화평의회의 간부를 지내기도 했다.

2　톱톱하다 텁텁하다. 마음이 개운하지 못하고 무겁고 답답하다.

3　옷 틈 원문은 '옷풍틈.'

4　내해야 '나처럼'의 뜻인 듯. '내해'는 '내가' 혹은 '내 것'의 고어.

5　가레(かれ) '그 남자.'

6　데끼루(できる) '되다, 만들어지다.'

7　감방 원문은 '감광.'

8　후툿하다 조금 더운 듯한 느낌이 있다.

9　초절(超絶) 다른 것에 비하여 유별나게 뛰어남. 또는 철학에서 초자연적인 절대적 존재.

10　고랫재 방 구들장 밑에 쌓인 재.

11　르네 클레르(René Clair, 1898~1981) 프랑스의 영화감독. 「파리의 지붕 밑」으로 흥행에 성공한 후 「백만장자」 「파리 축제」 등의 걸작을 만들었다. 이후 「자유를 우리에게」 「최후의 억만장자」 「분꽃」 외 다양한 작품 활동을 했다. 여기서 언급되는 영화 「유령」은 클레르가 영국으로 건너가서 미국 문명을 비꼬아서 그린 「유령은 서쪽으로 간다The Ghost Goes West」(1935)를 가리키는 것 같다.

12　저주 원문은 '쟝주.'

13　들물 밀물.

임순득 | 이름 짓기

1 **대동** 평양 지역.

2 **한가하게 남산이나 쳐다보고 있지** 도연명의 시 「음주(飲酒) 5」의 한 구절 '유연 견남산(悠然見南山)'을 인용한 것이다. "동쪽 울타리 아래 국화를 들고 한가 롭게 남산을 바라본다(采菊東籬下悠然見南山)"라고 하는 이 구절은 고래로 어 지러운 세상을 피해 사는 고상한 선비의 자세를 상징하는 구절이 되었다. 먼 곳으로 은거하지 않고 사람들 사는 곳에 섞여 있으면서도 마음속으로 거리 를 유지하며 사는 방식을 가리킨다. 일종의 '내적 망명' 상태다.

3 **아르투어 슈니츨러(Arthur Schnitzler, 1862~1931)** 오스트리아의 극작가, 소설 가. 20세기 전환기의 오스트리아 빈의 부르주아 계층의 삶을 해부한 심리극 으로 유명하다.

4 **일곱이레(七七日)** 아기 낳은 지 49일 되는 날. 이날까지 산모와 아이를 보살펴 주며 바깥사람의 출입을 삼간다.

임순득 | 딸과 어머니와

1 **생의** 어떤 일을 하려고 마음을 먹음.

2 **성세가 부치다** 명성과 위세가 모자라다.

3 **빈정대나** 원문은 '빈중대나.'

4 **먹통을 앵기우다** 얻어맞아서 눈 언저리에 멍이 들다. '앵김을 당하다'라는 뜻 으로 썼다고 봄.

5 **주란(酒亂)** 습관적으로 술에 취하여 날뛰는 일.

6 **실바람** 원문대로. '실과 바늘'의 뜻인 듯.

7 **서기(暑氣)** 더운 기운.

8 **절여** 원문은 '절궈.'

9 **안동(眼同)하다** 사람을 데리고 함께 가거나 물건을 지니고 가다.

10 **바짓가랑이** 원문은 '바지가래.'

11 **백세루** 흰색으로 된 세루 천. 세루란 서지(serge). 서지는 바탕이 올차고 내구 성이 있어 학생복 따위에 사용되는 모직물.

12　**팔회목** 손과 팔이 잇닿은 자리의 잘룩한 부분. 손목.

13　**스스롭게** 서먹서먹하게.

14　**허구(許久)하다** 날, 세월 따위가 매우 오래다.

15　**매련 없다** '매련'은 터무니없는 고집을 부릴 정도로 어리석고 둔함. '매련 없다'는 '매련하다'와 같은 뜻으로 쓰인 듯.

16　**두둔하는** 원문은 '두던하는.'

17　**호레스럽다** 후레스럽다. '후레'는 '후레자식'의 후레. 후레자식: [아버지가 없어서] 배운 데 없이 제풀로 막되게 자라 교양이나 버릇이 없는 사람을 낮잡아 이르는 말.

18　**움큼** 원문은 '오큼.'

19　**추세** 세력 있는 사람에게 붙좇아서 따름.

20　**재량(才量)** 재주와 도량. 참고로 쓸데없는 짓이지만 솜씨가 재주 있어 보인다는 뜻으로서, 충청도·전라도 지방에서 많이 쓰이는 말로 '재양스럽다'는 말이 있다고 한다. 여기서는 '재양스럽다'의 뜻인 듯.

21　**수굿하다** 흥분이 가라앉았다.

근대 여성 작가의 목소리
─ 선언, 고발, 주장 그리고 계산과 성찰[1]

이상경

1. 한국 근대 여성 작가의 계보

'근대' '여성' 문학이라 할 때 그 작품에는 '모성'이라는 기존의 윤리(가부장제에서 여성에게 요구하는 자질)에 대항하는 '여성'이라는 각성한 주체의 요구(여성 자신의 욕망과 선택 가능성 등)가 들어 있어야 한다. 근대국가는 여성에게 처음으로 '국민'의 어머니이며 '국민'의 아내가 될 것을 요구했다. '삼종지도'가 아닌 '현모양처'는 국민국가가 여성에게 부여한 공적 역할이었다. 그런

---

1 이 글의 제1절, 2절, 3절, 6절은 필자가 이미 썼던 논문이나 책을 참고한 것이고 (「1930년대의 신여성과 여성작가의 계보 연구」, 『여성문학연구』 제12권, 한국여성문학회, 2004. 12; 「김명순의 소설 「탄실이와 주영이」 연구─텍스트 보완과 작품의 맥락을 중심으로」, 『현대소설연구』 제80호, 한국현대소설학회, 2020. 12; 『인간으로 살고 싶다─영원한 신여성 나혜석』, 한길사, 2000; 『임순득, 대안적 여성 주체를 향하여』, 소명출판, 2009), 제4절과 5절은 이번에 새로 쓴 것이다.

데 공적 영역으로 나오게 된 여성들은 곧 어머니이거나 아내라는 남성 중심 체계 속의 존재에서 벗어나 독자성을 가진 개인이고자 했다. 일제강점기의 신여성들은 이것을 추구했다.

여성에게 강요되거나 내면화된 어머니와 아내의 역할에 맞서 인간으로서의 욕망에 충실하게 자신의 운명을 선택하고자 하는 근대 여성의 목소리로서 여성문학은 남성 중심 가부장제의 불합리함과 그에 기반한 가족 구조의 불안정성을 폭로하고 새로운 가족 관계를 모색했으며, 개인으로서 여성의 자유로운 선택을 가로막는 각종 질곡에 저항해왔다. 여성들이 어떤 전략으로 남성 중심의 사회구조에 저항하는가, 그런 저항을 통해 여성들은 어떤 새로운 삶을 모색하는가에 대한 탐색은 여성문학의 중요한 영역이다.

그런 점에서 여성문학이 추구하는 여성성이란 여성이 처한 현실에서 모성과의 갈등을 얼마나 깊이 파고들어 정면에서 대면하였는가, 그리고 그것을 통해 기존에 틀 지워져 있는 여성성이나 모성을 해체하거나 개념을 바꿈으로써 여성의 자유로운 선택을 가능하게 하는 데 어떻게, 얼마나 기여하였는가 하는 것에 의해 평가될 것이다. 이때 여성의 삶의 조건을 성찰하는 것에서 동시대를 살아가는 다른 사회적 약자, 소수자의 삶의 조건을 성찰하는 데로 시선을 넓혀야 진정성을 가질 수 있다. 나아가 식민지하라는 특수성 속에서 보면, 근본적으로 자율적 여성 주체를 추구하면서 가부장적 가족에 대한 비판을 할수록 식민주의에 대한 저항 또한 확고하게 드러난다.

일제강점기에 여학교, 여고보 같은 중등 정도 이상의 신교육을
받고 개성에 눈뜬 근대적 인간으로서 신여성이 현실에서 추구한
것을 한마디로 말한다면, 봉건적 가부장제에서 벗어나는 것이다.
인습이 지배하는 가족의 억압에서 벗어나 자유로운 연애를 통해
배우자를 만나는 것, 각종 경제적 예속에서 벗어나 자유로운 개
인으로 살아가는 것이다. 그런데 여성이 봉건적 공동체를 벗어나
개성을 찾아 나서는 길은 많은 경우 가출, 자살, 일탈 등으로 귀
결되었다. 그 길은 입센의 희곡『인형의 집』에서 집을 떠난 노라
처럼 방황하다가 백기를 들고 귀가하거나 연애와 결혼 과정의 갈
등으로 자살하거나 병들어 죽거나 또는 궁핍에 내몰려 매춘으로
살아가는 패배의 길이었다. 그럼에도 다른 한편에는 여성 자신의
힘을 믿으면서 공동체의 인습에 저항하고 새로운 공동체를 지향
하는 노력이 있었다. 그러려면 성적·경제적 해방을 동시에 추구
해야 했는데 그것은 쉽지 않은 과제였다. 여기에 식민지라는 조
건 속에서 민족의 해방은 더 큰 과제이기도 했다.

여성 작가의 작품은 신여성의 이러한 꿈과 현실을 보여준다. 당
시 각종 지면에 이름을 올린 신여성 중 문학 분야에서 활동한 이
들만이 연애와 결혼을 둘러싼 일화 수준의 보도 기사를 넘어서서
좀더 체계적이고 지속적으로 자신의 생각을 표현하는 글을 남길
수 있었기 때문이다.

여기서는 일제강점기에 활동했던 여성 작가를 1910년대 말에
등장하여 성적 억압으로부터의 자유를 추구한 제1세대, 1920년대
중반에서 1930년대 초에 등장하여 개인적인 자유주의만으로는 여

성의 해방이 어렵다고 하면서 여성의 해방은 계급의 해방으로부터 가능하다고 생각하는 데서 출발한 제2세대, 그리고 1930년대 중반에 등장하여 여성 개인의 자각이나 계급적 해방도 식민지라고 하는 조건에서는 쉽지 않다고 생각하게 된 제3세대로 범주화해서 살펴보고자 한다.

제1세대 작가인 김명순(金明淳, 1896~1951?), 나혜석(羅蕙錫, 1896~1948), 김일엽(金一葉, 1896~1971)은 모두 1896년생으로 1910년대에 여학교를 다녔다. 근대 계몽기에 설립된 각종 학교와 일제가 식민지 통치를 시작하면서 설립한 공립 보통학교 등을 거친 일부 여성들은 중등교육을 받을 수 있게 되었고, 이들 중 일부는 외국 유학길에 오르기도 했다. 1910년대에 여학교를 다닌 많은 여학생이 3·1운동에 참여했으며, 3·1운동 이후 1920년대에 성인이 되어 대중 앞에 나서서 사회적 활동을 시작했다. 1920년대 초반의 근대 교육을 받은 신여성들은 개인적 주체를 세우는 것이 곧 사회적 자아를 세우는 것이라고 생각했다. 실제로 중등교육을 받은 뒤 '신여성'에 대한 기대를 안고 학교 밖으로 나온 이들은 무엇보다도 먼저 결혼 문제에 직면하게 되었다. 신여성은 조혼과 자유연애의 과도기에 처한 희생양들이었다. 또한 신여성은 남성의 지배에서 벗어나 진실로 해방을 얻기 위해서는 경제적으로 자립해야 한다는 생각을 갖기 시작했으나 그 생각을 현실화시킬 직업을 가질 수가 없었다. 겨우 일자리를 얻는다 해도 그것은 경제적 자립을 보장할 만하지 않았다. 이렇게 신여성들은 결혼이든 취업이든 뜻대로 되지 않는 상황에서 개인적으로 그 해결을 모색해야

했다. 성공적인 결혼은 나머지 문제를 해결해주는 것처럼 보였다. 그래서 연애와 결혼은 신여성들에게 가장 중요한 화두가 되었다. 그런데 이들 신여성의 연애와 결혼의 대상으로 간주된 '신남성'들은 신여성을 결혼의 상대로 상정하고 동경하면서도 한편으로는 그들의 자기주장이 가부장제에서 남성들이 누리는 특권에 위협이 될지도 모른다는 생각으로 두려워했고, 조혼 등과 같은 기존의 관습에서 벗어나기도 쉽지 않았다. 이런 상황에서 신여성의 연애와 결혼이라는 개인적 문제는 곧 사회의 풍속이나 관습에 도전하는 사회적 실천이 되었다. 그런 점에서 봉건적 가부장제에 맞서 여성 개성을 내세우는 문제, 그중에서도 연애, 결혼, 정조 등 여성의 성적 자기 결정권에 관련된 문제에 관심과 논의가 집중되었다.

제2세대 작가로는 박화성(朴花城, 1903~1988), 강경애(姜敬愛, 1906~1944), 최정희(崔貞熙, 1906~1990), 백신애(白信愛, 1908~1939)를 들 수 있다. 1919년의 3·1운동은 새로운 대중운동의 전기가 되었고, 1917년의 러시아혁명, 1923년의 관동대진재 등으로 식민지 조선의 지식인들은 민족 문제와 계급 문제를 본격적으로 고민하게 되었다. 3·1운동 이후 1920년대 전반에 중등 정도의 여학교 교육을 받고, 1920년대 후반에 사회로 나온 여성들역시 이러한 사회적 문제에 눈떠갔다. 신여성들이 자기 개인의 문제를 기반으로 사회적 문제를 고민하기 시작한 것이다. 신교육을받은 여성들의 수가 많아지면서 자유연애는 개인이 실천할 당위의 영역이 되었지만 경제적 독립 없이 개성의 독립이란 요원하다

는 것, 개인의 힘으로 강고한 사회적 인습을 헤쳐 나가기란 쉽지
않다는 것을 여성들은 알게 되었다. 자유연애라는 화두의 혁명성
이 사라진 자리에 계급이라는 새로운 인식 지평이 들어온다. 계
급적 관점에서 사회현상을 볼 수 있게 되고 계급 해방이 이루어
지면 여성도 해방될 수 있을 것이라고 생각하는 여성들이 등장했
다. 1920년대부터 사회주의 운동에 몸담았던 허정숙이나 정종명
은 애인과 동지가 하나인 것을 이상으로 삼았고 연애 관계는 끝이
나도 동지로서 일은 같이한다든지, 혹은 정치적 입장이 달라지면
서 연애 관계도 끝을 낸다든지 하는 식으로 양자를 구별하는 동시
에 새로운 종류의 성적 정체성 찾기를 모색했다. 여성 동우회 같
은 사회주의 계열의 여성운동 단체도 결성되었고, 좌우파 여성들
이 민족 협동 전선의 견지에서 근우회를 만들기에 이르렀다. 이
런 분위기에서 신여성들은 각자가 처한 위치에 따라 대중에게 근
대 문물을 전달하는 계몽자이고자 했고, 활동가로서 사회운동에
투신하기도 했다. 박화성은 근우회 동경지회 회장, 강경애는 숭
의여학교 학생 맹휴의 주동자, 최정희는 카프 제2차 사건으로 검
거, 백신애는 조선여자동우회와 경성여성청년동맹의 구성원이라
는 경력을 가지고 있고 이것은 그들의 문학 세계도 크게 규정했
다. 제1세대 여성 문인들에 대한 당대의 평가가 이론적인 차원이
아니라 남성 문인들의 잡담거리 정도였던 것에 비하면, 이들 제2
세대 여성 작가에 대해서는 산발적이지만 '여류문학론'의 모습으
로 논의가 오갔다. 이들 중 최정희는 자신의 여성주의를 강화하면
서 1930년대 후반 제3세대의 '여류' 문인으로 새로 출발을 한다.

제3세대 여성 작가로는 최정희 외에 이선희(李善熙, 1911~?), 임순득(任淳得, 1915~?), 지하련(池河連, 1912~?) 등을 들 수 있다. 1930년대 후반부터 해방까지 박화성, 강경애, 백신애가 더 이상 작품 활동을 하지 못하는 상황에서[2] 소설가로는 최정희, 이선희, 장덕조, 시인으로는 모윤숙과 노천명이 작품 활동을 했고, 신진 작가[3]로 지하련, 임순득, 임옥인이 등단했다. 그런데 최정희, 모윤숙, 노천명은 이미 1930년대 전반에 등단하여 문인으로서의 입지를 굳혔을 뿐 아니라 잡지사나 방송국, 신문사의 기자로서 작품 발표와 다른 사회 활동을 활발하게 했고 해방과 전쟁을 거치면서 남쪽 사회 여성 문단의 중심부에 있었기 때문에,[4] 1930년대 후반 여성 문인이라면 보통 이들을 떠올리게 되었다. 특히 최정희는 긍정적 의미에서든 부정적 의미에서든 '여류 작가'의 대표로서 일제강점기나 그 이후 남한의 문학사에서 '여류문학' 논의의

---

2 1930년 전후 최정희와 비슷하게 작품 활동을 시작했던 강경애, 박화성, 백신애는 여류 작가 논의가 달아오르는 1937, 8년 무렵이면 생산력이 떨어지고 있었다. 박화성은 재혼을 하여 목포에서 큰살림을 꾸려 나가느라 작품 활동을 하지 않았고, 강경애는 신병이 악화되었고, 백신애는 1939년 병으로 사망했다.

3 김동리는 해방 후에 쓴 「여류작가의 회고와 전망 — 주로 현역 여류작가의 작품세계에 관하여」(『문화』 1947년 7월호)에서 강경애, 백신애는 죽었고 가장 선배인 박화성은 침묵 중이기에, 해방 후의 현역으로 중견층에서는 최정희, 장덕조가 쌍벽을 이루고 '신진층'에서는 임옥인과 지하련이 쌍벽이라고 했다. 임옥인과 지하련은 일제 말 『문장』지 추천을 통해 등단했다는 공통점이 있다. 김동리가 임순득을 언급하지 않은 것은 임순득이 해방 후 서울에 나타나지 않고 북쪽에서 활동을 했기 때문일 것이다.

4 이선희, 임순득, 지하련은 해방과 전쟁기에 북쪽을 선택함으로써 1990년대의 남한 문학사에서 지워졌고, 장덕조는 대구에 살면서 서울 중심 문단과는 거리가 있었기에 이런 측면이 더 강화되었다.

중심 대상이었다. 이선희도 1930년대 전반 잡지사 기자로 활동하며 작품을 발표했지만 작가로서의 본격적 활동은 1930년대 후반 '여성적' 특징을 드러내는 작품들을 통해서이고, 1930년대 여류 작가 논의의 중요 대상이 되었다. 그런데 일제 말기 최정희, 모윤숙, 노천명의 활동이 결국은 일제에 적극 협력하는 것으로 귀결되었기에, '친일문학'을 논할 때면 곧잘 이들 여성 문인의 이름이 전면에 나오게 되었다. 유명했던 여성 문인 모두가 '친일 협력'의 길을 걸었다는 점에서 여성으로서 사유하는 것과 민족 구성원으로 사유하는 것이 서로 배치될 수밖에 없다는 유력한 증거가 되었다. 그리하여 민족주의의 입장에서는 '여성'의 문제를 사유하는 것은 민족을 분열시키는 것이라는 비판이, '여성적' 입장에서는 여성 작가의 '친일문학'이란 '민족'의 허약한 엘리트 남성에 대한 반발이라는 원초적 페미니스트 감정을 바탕에 깐 것이라는 일부 긍정이 나오게 되었다.[5] 그러나 신진 작가라고 부를 만한 임순득과 지하련의 작품을 보면 '여성'임을 강조하는 것이 '민족'의 문제를 사유하는 것과 전혀 배치되지 않는다.[6]

이런 과정은 여성 작가들이 사안에 따라, 처지에 따라 그동안 억눌렸던 여성들의 생각을 호소하고 고발하고 선언하는 작품 창작의 과정과 나란히 진행되었다.

5 최경희, 「친일 문학의 또 다른 층위 ― 젠더와 「야국초」」, 박지향 외 편, 『해방 전후사의 재인식 1』, 책세상, 2006.
6 이상경, 「식민주의와 여성문학의 두 길 ― 최정희와 지하련」, 김재용·윤영실 편, 『한국 근대문학과 동아시아 1: 일본』, 소명출판, 2017.

2. 조선은 여성의 자기 결정권을 침탈하는 사나운 곳이다: 김명순의 고발

제1세대 신여성으로서 김명순은 조혼과 자유연애의 과도기에 처한 희생양이었지만, 그에 굴하지 않고 자신의 상처를 드러내어 남성 중심 사회의 폭력성을 고발하는 용기를 보여주었다.

김명순은 1896년 평안남도 평양에서 갑부 김희경(金羲庚)의 서녀로 태어났다. 아버지의 본처나 어머니가 죽은 후 들어온 계모가 낳은 이복의 형제자매가 열 명이 넘었다. 당시 여성으로서는 최고의 신교육을 받았지만, 어머니가 기생 출신 첩이라는 가족 배경은 평생 김명순의 삶과 문학을 옥죄는 덫으로 작용했다. 1904년경 평양 남산현교회에서 설립한 남산현소학교에 입학했다. 남산현교회는 미국 감리교 계통 선교사가 세운 교회로 1905년 6월에 한국인 목사가 부임한 뒤 대전도운동을 벌여 교인이 크게 늘어났고 1907년 1~3월 평양대부흥운동의 중심이 되었다. 이런 분위기에서 열렬한 신자가 된 어린 김명순은 공부를 잘해서 주변의 사랑을 받았으나 기독교에서 금하는 죄를 범하고 있는 것처럼 보이는 아버지와 기생 출신으로 신자 되기를 거부하는 어머니 때문에 죄의식에 시달렸다. 학교 연극에서 '유대인' 역할을 한 것에 분노한 아버지가 학교를 옮겼다는 이야기가 전해진다. 1907년 9월 남산현교회 목사가 신도와의 불륜으로 교회를 떠난 사건을 계기로 김명순은 교회에서 마음이 떠났고, 이 무렵 어머니도 세상을 떠나면서[7] 12월 서울의 진명여학교에 입학했다. 진명여학교 학적부에는 1908년 2학년 때부터의 성적이 기록되어 있는데, 이때 김기정(金箕貞)이라는 이름을 사용했다. 1910년 일본의 강제 병합 후에 아버지는 평안남도 참사가 되지만, 그동안 아버지가 엽관운동을 하느라 가산을 탕진하여 집안 형편이 어려워졌다.[8] 1911년 4월 진명여학교 중학과에 입학하였으나 12월에 건강상의 이유로 퇴학한 것으로 되어 있다.

어려운 환경에서도 1913년 9월 일본으로 유학을 떠나서 1년간 준비 후 1914년에 도쿄 국정여학교 3학년으로 들어갔다. 1915년 숙부의 소개로 알고 지내던 일본군 소위 이응준에게 성폭행을 당하고 결혼도 거절당하면서 자살을 시도했고, 이 사건이 일본과 조선의 언론에 실려 스캔들이 되면서 졸업을 하지 못하고 조선으로 돌아온 것으로 추정된다.

귀국한 김명순은 1916년 4월 숙명여자고등보통학교에 편입하여 1917년 3월에 졸업했다. 이때 한 학년 아래에 재학했던 박화성은 당시의 김명순이 "언제나 외톨이"였고, "자신이 지은 시를 신

---

7 자전적 소설 「탄실이와 주영이」에서는 탄실의 어머니인 산월이가 1910년경 서울로 이사 오는 것으로 되어 있으나, 어머니가 일찍 세상을 떠난 후 집을 떠났다는 수필 「생활의 기억」(1936. 11)의 기록과 훗날 동생들의 증언(김상배 편, 『김탄실—나는 사랑한다』, 솔뫼, 1981)을 따랐다.

8 기존 연보에서는 「탄실이와 주영이」를 참고하여 아버지가 이해에 사망한 것으로 정리했으나 이는 오류다. 진명여학교나 뒤의 숙명여학교 학적부에는 이들 학교 재학 당시 아버지가 생존한 것으로 적혀 있고, 1925년 12월에 쓴 것으로 되어 있는 수필 「향수」에도 아버지 이야기가 나온다. 그 밖에도 김희경의 활동을 전하는 신문 기사 등을 보면 김희경은 적어도 1926년까지는 생존했음을 확인할 수 있다.

이 나서 억양을 붙여가며 읽었"고, "그 읽는 모습이 주책없는 것 같으면서도 황홀경에 들어 있는 것같이 경건하게도" 보였다고 회고했다.[9] 1917년 11월 『청춘』에서 처음으로 시행한 '특별대현상'에 단편소설 「의심(疑心)의 소녀(少女)」가 3등으로 당선되면서 문단에 데뷔했다. 이때 이광수는 심사평에서 "나는 조선 문단에서 교훈적이라는 구투를 완전히 탈각한 소설로는 외람하나마 내 『무정』과 진순성 군의 「부르지짐」과 그다음에는 이 「의심의 소녀」뿐인가 합니다"라고 평하였다.

1918년에서 1922년 사이 김명순은 두번째로 일본에서 공부했다. 이때 김명순은 음악을 공부한 것 같으나 확실하지는 않다. 일본에 있으면서 도쿄 여자 유학생들이 만든 잡지인 『여자계』에 수필과 소설을 여러 편 발표했다. 1920년 7월 『창조』 제7호에 산문시 「조로(朝露)의 화몽(花夢)」을 '망양초'라는 필명으로 발표했다. 제2차 유학 시기에 김명순은 평양 출신의 화가 김찬영(金瓚永, 1889~1960), 진남포 출신의 평론가 임노월(林蘆月)과 가깝게 지냈는데, 김일엽이 일본에 와서 임노월과 친해지면서 김명순은 1922년 후반 관계를 청산하고 조선으로 돌아왔다. 임노월과의 관계에 대해서 김명순은 연애라기보다는 외로움 때문에 시작한 사랑이 없는 동거 생활이었다고 했다.

조선에 돌아와서부터 김명순은 시, 소설, 수필 등 다양한 장르의 글을 써서 발표했다. 이때가 김명순이 문인으로서 가장 왕성

---

9   박화성, 『눈보라의 운하』, 여원사, 1964, p. 71.

하게 활동한 시기다. 1922년 『동아일보』의 신년 기획 '남자가 여자로=여자가 남자로' 시리즈에 일곱번째로 실린 글 「부친보다 모친을 존숭하고 여자에게 정치 사회 문제를 맡기겠다」(『동아일보』 1922년 1월 7일)는 김명순이 가진 여성으로서의 자의식을 분명하게 드러낸다. "내가 남자가 되었으면 나는 여자에게 정치와 사회의 지배권을 주겠습니다. 만약 여자가 정치와 사회의 지배권을 가졌다면 여자는 본래 애(愛)의 인물이요, 정(情)의 인물이니까 지금 남자들처럼 공연히 소용없는 군함을 만들고 공연히 소용없는 병기를 만들어 남의 나라 땅을 점령하고 남의 나라 백성을 죽이는 악마는 되지 않겠습니다. 통히 전 세계 여자가 정치와 사회의 지배권을 가졌다면 지나간 구주전쟁과 같은 무참한 전쟁은 없으리라고 생각합니다"라는 대목은 김명순으로서는 보기 드문 시사적인 발언이다. 여성이 애와 정의 인물이라고 한 것은 김명순이 글쓰기의 지향점을 밝힌 것이기도 하다.

1921년 12월~1922년 1월 『개벽』에 교토 유학생을 주인공으로 한 소설 「칠면조」(미완)를 발표한 것으로 시작하여 1922년 다섯 편의 시와 아울러 번역 시, 번역 소설도 발표했다. 1923년에는 시 「향수」(『동명』 1923년 1월호), 희곡 「의붓자식」(『신천지』 1923년 7월호) 외에 『신여성』 창간호(1923. 9)에 소설 「선례」를, 제2호(1923. 11)에 시 「기도, 꿈, 탄식」 「환상」을 한꺼번에 발표했다.

「선례」는 김명순의 문학적 자아를 드러내고 있다. 평양 신명학교의 음악 담당 김 선생의 회상 속에 등장하는 선례는 예술에 대한 소양을 가진 아름답고 신비로운 여성이다. 평양에서 광대와 기생 사이에서 태어난 미천한 신분이지만 지금은 교토에서 귀족의 딸로 살고 있다. 음악과 미술을 종합하고, 자연주의니 표현주의니 하는 유행을 넘어선 존재로서 김 선생 앞에 나타났다. 음악과 미술 사이에서 방황하던 김 선생은 선례를 만나면서 미술을 포기하고 음악 선생이 되었지만, 언젠가는 음률과 색채와 운동이 통일된 경지의 예술을 꿈꾸게 되었다. 모호하고 추상적이기는 하지만 주변의 예술가들에게 선례와 같은 존재이고자 하는 김명순의 포부를 보여주는 작품이다.

1924년 2월에는 『폐허 이후』의 동인으로 참가하여 시와 수필을 발표했다. 당시 동인이었던 김억은 「탄실이」라는 시를 쓰기도 했다. 『조선일보』에도 다수의 시를 발표했을 뿐 아니라 소설 세 편〔「돌아다볼 때」(3. 29~4. 19), 「외로운 사람들」(4. 20~6. 2), 「탄실이와 주영이」(6. 14~7. 15)〕을 연달아 연재했다. 이 중 「돌아다볼 때」는 대폭 개고하여 『생명의 과실』에 수록했다. 「외로운 사람들」은 미완으로 알려졌으나 6월 2일 마지막 회가 실렸음을 확인했다.

「돌아다볼 때」는 평양 출신의 아름답고 능력 있는 영어 교사 류소련[10]이 학생들을 데리고 인천측후소에 견학을 갔다가 지식인 남성 송효순을 만나 서로 애정을 느끼지만, 그가 기혼자라는 사실을 알고서는 단념하는 이야기다. 류소련의 아버지는 방탕하여 본처를 버리고 소련의 어머니를 맞이하였으나 어머니는 소련이 열

---

10 신문 연재본에서는 '엄소련'이었다.

한 살 되던 때에 죽었고, 아버지도 곧이어 죽는 바람에 소련은 고모 류애덕이 길렀다. 류애덕은 어려서 생과부가 된 뒤 기독교 계통에서 공부를 하고 지금은 ××학당의 선생이다. 그는 도덕적 결벽증이 있는 '편벽'한 인물로서, 걸핏하면 소련에게 "너의 어머니를 닮아서 그렇지, 그러기에 혈통이 있는 것이야"(p. 47)라고 말하여 소련을 주눅 들게 했다. 마침 송효순의 아버지가 류애덕이 다니는 학교의 후원자인 인연으로, 그 며느리(효순의 아내)인 은순에게 신식 공부를 시켜달라고 은순이를 류애덕의 집에 맡긴다. 송효순이 박사 논문을 쓰기 위해 일본으로 떠나기 전, 잠시 아내가 하숙을 하는 류애덕의 집에서 머무는 동안 소련과 효순이 이야기할 기회가 생긴다. 하우프트만의 『외로운 사람들』에 대한 이야기를 하는 동안, 소련과 효순 두 사람은 정신적으로 함께할 수 있는 동무임을 알고 가까워지지만 그 자리에 있던 은순이 둘 사이를 질투하게 된다. 소련과 효순 사이를 눈치챈 고모 류애덕이 소련의 결혼을 서두른다. 송효순은 예정대로 일본으로 떠나고, 소련은 자신의 '나쁜 피'를 스스로 두려워하며 평양 부자 최병서와 결혼을 한다. 최병서는 소련을 공경은 하지만 사랑은 할 수 없노라면서 방탕한 생활을 하는데, 소련은 "참고 일하고 공부하고 모든 것을 사랑하"(p. 70)면서 '때'를 기다린다.

당시 현실이나 소설에서 흔히 볼 수 있는 '신여성-부화방탕한 얼치기 신남성-성실하고 학구적인 신남성'의 삼각관계와 '신남성-신여성 애인-구여성 본처'의 삼각관계가 겹쳐 있는 구조다. 이런 서사 구조의 경우, 남성 작가의 작품에서는 대개 신여성 쪽의 자살이나 전락으로 마무리되는 경우가 많다. 그러나 김명순의 「돌아다볼 때」는 이런 상투적인 서사 구조 속에서도 남성 중심 사회의 인습과 억압을 고발하고 여성의 주체적 재탄생을 모색했다는 점에서 다른 남성 작가의 작품과 차이가 있다.

　이런 점에서 특히 이 작품이 처음 발표된 『조선일보』 연재본(1924. 3. 29~4. 19)과 단행본 『생명의 과실』(한성도서주식회사, 1925)에 실은 개고본(1924. 11. 개고)이 굉장히 다르다는 점에 주목할 필요가 있다. 연재본은 20회 연재된 작품인 데 반해 개고본은 연재본 8회 이후의 부분이 대폭 줄었고 내용도 달라졌다(이 선집에는 개고본을 실었다). 차이를 살펴보면, 연재본에서는 송효순의 아내 은순이 소련과 효순의 사이를 의심하여 소련의 고모에게 고자질을 한다. 그러자 고모는 어머니가 기생이고 아버지가 바람둥이였던 피가 소련에게도 흐르고 있다고 비난하면서 서둘러 최병서와 결혼을 진행한다. 소련 역시 "온 여자를 다 더럽히고 싶던 아버지의 피가, 몸을 더럽히면서도 사랑하는 사람을 못 잊어서 죽어버렸다 하는 어머니의 피에 섞여서" 자신이 태어났다고 자신의 '나쁜 피'를 의식하여 효순에 대한 사랑을 단념하고 병서와 결혼한다. 결혼하고 보니 최병서는 본처가 있었고 시어머니는 소련을 들볶고 의심한다. 견디다 못한 소련은 평양에 장마가 지고 물난리가 난 날, 면도칼로 가슴을 찔러 자신의 '나쁜 피'를 모두 뽑아낸다(자살한다). 그런데 개고본에서는 소련이 최병서와 결혼한 뒤의 이야기인 연재본 8회 이후의 후반부 전체가 거의 삭제되어 분량이 줄었고, 류소련은 자살하지 않고 효순이와 '정신적 사랑'을 하면서 '때'를 기다린다는 것으로 연재본의 비관적이고 '연애 비사'로 일관한 내용을 낙관적인 쪽으로 고쳤다. 특히 연재 본에서 집중적으로 묘사한바, 고모가 소련에게 계속 경고하는 '나 쁜 피' 관련 대목을 모두 삭제했다. 실상 '나쁜 피' 운운은 평양 부 자 아버지와 기생 출신 어머니 사이에서 태어난 김명순이 듣던 비 난이었다. 개고본에서는 이 '나쁜 피'에 관련된 부분이 거의 삭제 되면서 소련이 자살하지 않고 새로운 인생을 설계하는 것으로 바 뀐 것이다.

연재본과 개고본 사이, 1924년 후반 6개월 사이에 무슨 일이 있 었던 것일까? 이 시간에 김명순은 「외로운 사람들」을 발표하고, 바로 나카니시 이노스케(中西伊之助, 1887~1958)가 1923년 2월 에 출간한 소설 『汝等の背後より』(東京: 改造社)를 '너희들의 등 뒤 에서'라는 제목으로 번역하여 연재한다. 『조선일보』에 1924년 6월 3일부터 11일까지 불과 8회 연재하다가 "부득이한 사정으로 중단" 한다는 짤막한 안내와 함께 중단하고 이어서 1924년 6월 14일부 터 7월 15일까지 자전적 소설 「탄실이와 주영이」를 『조선일보』에 28회 연재했다. 그리고 아무런 사전 설명 없이 연재가 중단되어 미완의 작품으로 남아 있다. 김명순이 나카니시의 소설을 번역했 다는 사실은 이번에 처음 확인한 사항이다.[11] 번역을 중단한 것은 이미 이익상이 나카니시의 소설을 번역하기로 이야기가 되어 있 었던 것을 알게 되었기 때문이 아닌가 한다. 그러고서 김명순은

---

11 그동안 결락되어 있던 『조선일보』가 발굴되면서 확인할 수 있었다.

나카니시 소설의 주인공 주영이를 자신에게 겹쳐놓는 문단의 소문에 저항하면서 자신의 진면목을 보여주기 위한 의도로 「탄실이와 주영이」를 연재하기 시작한다. 28회까지 연재하고 중단된 이유를 현재로서는 알기 어렵다. 그렇지만 작가 김명순이 이 작품을 통해 자신이 당한 '데이트 강간'을 고발하고, 자신의 인생과 예술 활동을 왜곡하고 조롱하는 남성 중심의 문단에 강력하게 저항했다는 점에서 「탄실이와 주영이」는 '신여성' 작가 김명순을 대표하는 가장 중요한 작품이다.

　소설 연재를 중단한 이후에도 김명순은 시와 평론을 계속 발표했는데, 1924년 11월 김기진이 김명순의 사생활과 작품 활동 전체를 비난하고 조롱하는 「김명순 씨에 대한 공개장」을 『신여성』에 발표한 사건이 터졌다. 김기진은 그 이전 나카니시의 소설을 인용하면서 소설의 주인공 권주영을 칭송하고 조선에도 그런 여성이 나오기를 기대한다는 평문을 발표한 바 있다.[12] 「김명순 씨에 대한 공개장」은 자유분방하면서도 독립운동에 몸 바친 권주영을 찬양하는 입장에서, 여성으로서 부닥친 개인의 문제를 글쓰기를 통해 풀어나가고자 하는 김명순의 생활과 문학을 조롱하는 글이었다. 김기진의 공격에 대해 김명순은 「김기진 씨의 공개장을 무시함」이라는 반박문을 『신여성』 12월에 실으려고 했으나 실제 실리지는 않았다.[13] 하지만 김명순은 12월 3일에 썼다고 부기

12　김기진, 「Promeneade Sentinental」, 『개벽』 1923. 7; 「마음의 폐허, 겨울에 서서」, 『개벽』 1923. 12.

13　『개벽』에 게재한 『신여성』 1924년 12월호 광고의 목차에 김명순의 글이 들어 있으

하고 있는 수필 「네 자신의 위에」[14]에서 자신이 "유폐되지 않으면 추방될 운명"을 타고났음을 다시 확인하면서 "이제 한 번은 너를 위하여 일어나보자. 모든 것을 잊어버리고 모든 인정을 물리치고 이제 다시 일어나자. [……] 네 한 몸의 문제만 풀며 너는 간다"라고 하며 자기 자신의 문제에만 집중하겠다고 투지를 불태운다. 그러고서 그동안의 작품을 모아 작품집 『생명의 과실』을 상재하기까지 한 것이다. 즉 「돌아다볼 때」의 연재본과 개고본 사이에 김기진의 공격이 있었고 김명순은 철저한 개인주의로 그것에 맞섰던 것이다. 이것이 「돌아다볼 때」 개고본에서 사회로부터의 비난에 굴하지 않고 새로운 인생을 설계하는 낙관적 결말로 드러난 것으로 보인다.

　「탄실이와 주영이」는 김명순의 자전소설로서, 제목에서 드러나

나 실제 발간된 『신여성』에는 들어 있지 않다. 이에 대해 『신여성』의 편집자는 "김명순 씨로부터 사실이 전부 틀려 없는 말을 조작한 것이 많고, 전부 앞뒤 말이 맞지 않아 모순적인 것을 들어 부인하는 말씀이 있고, 또 변명과 반박에 관한 원고도 왔습니다. 우리의 본의는 결코 편파하거나 별다른 뜻으로 공연한 물론을 일으키거나 부질없는 비방을 위한 것이 아님 [……] 하여튼 일부에서라도 본의 아닌 물론이 있게 한 것은 우리로서 그윽히 미안한 마음을 금치 못합니다"라고 밝혀놓았다. (「편집을 마치고」, 『신여성』 1924. 12)

14 김명순의 이 글이 바로 『신여성』 1924년 12월호에 실릴 예정이었던 김기진에 대한 반박문 「김기진 씨의 공개장을 무시함」이 아니었나 추측한다. 근거는 집필 시기가 근접해 있다는 점, 이 글이 다른 지면에 발표되지 않고 바로 『생명의 과실』에 실렸다는 점, 그리고 내용이 김명순 자신의 진면목을 밝히고자 한다는 점 등이다. 글 초두에 "이뿐입니까. 더 어려운 것이 또 있습니까? 그러나 거짓말만 듣지 않게 해줍시오. 단지 소원이 그렇습니다. 그 몸서리가 스스로 일어나는 거짓말의 오해만 입지 않게 해줍시오"라고 자신에 대한 근거 없는 오해와 무고에 해명하고자 한다는 목적을 밝혔고 전체적으로 김기진의 억설을 '무시'하고 자기 자신에게만 충실하겠다는 태도로서 '네 자신의 위에'라는 제목을 붙인 것에서 이렇게 추론한다.

듯이 나카니시 이노스케의 『너희들의 등 뒤에서』의 주인공 '권주영'이 김명순을 모델로 한 것이라는 당시의 소문에 대항해서 탄실 김명순 자신의 진면목을 보여주고자 하는 의도로 '되받아 쓴' 것이다.[15] 나카니시는 1910년대에 평양에서 생활한 적이 있고 식민지 조선을 배경으로 한 「붉은 흙에 싹트는 것(赭土に芽ぐむもの)」(『改造』 1922. 2), 「불령선인(不逞鮮人)」(『改造』 1922. 9), 『너희들의 등 뒤에서』 등의 작품을 썼다. 식민지에 대한 이해가 있는 일본인으로서 프롤레타리아 국제주의와 관련하여 당시 문단에서 큰 주목을 받은 작가이다.[16]

3·1운동 이후의 '문화열' 속에서 남성 논객들은 자신들이 꿈꾸는 이상적 여성상을 논했고, 남성 작가들은 신여성을 모델로 하여 작품을 썼다. 남성 작가가 그린 신여성에는 대부분 남성들의 신여성에 대한 모순적인 태도가 투영되어 있다. 그렇다면 정작 당사자인 신여성 자신들은 이 문제에 어떻게 대면하고 무엇에 도전했는가, 그 도전이 지향했던 것은 무엇인가 하는 질문에 대한

---

15 이러한 소문은 나카니시의 소설에 일본인 기병 소위가 등장하는 것과 나카니시가 평양에서 살았다는 점에서 시작된 것 같다. 최근 나카니시의 소설을 집중적으로 번역한 박현석에 따르면, 정작 나카니시 자신은 1920년 임신한 몸으로 일본 경찰 한 명을 사살하고 평양도청에 폭탄을 던진 안경신(安敬信, 1888~?)의 사건에 충격을 받고 이 소설을 집필했다고 한다(박현석, 「옮긴이의 말」, 나카니시 이노스케, 박현석 옮김, 『불령선인 & 너희들의 등 뒤에서』, 현인, 2017).

16 나카니시 이노스케의 『汝等の背後より』와 당시 식민지 조선 문단의 반응에 대한 구체적인 것은 신혜수, 「中西伊之助의 『汝等の背後より』에 대한 1920년대 조선 문학장의 두 가지 반응」, 『차세대 인문사회 연구』, 동서대학교 일본연구센터, 2011. 7, pp. 89~104 참고.

답을 「탄실이와 주영이」를 통해서 알 수 있다. 남성 작가들이 자주 작품의 모델로 등장시켰던 김명순은 자신에 대한 왜곡된 이미지에 맞서 남성 작가들의 인식에 대해 '되받아 쓰기'로 저항했다. 이 자전적 소설에서 김명순은 자신이 겪었던 성폭행 사건과 대한제국기 계몽운동에 참가했으나 일부 '얼개화꾼'이었던 아버지와 숙부의 허망함을 정면으로 고발했다. 문제가 되었던 성폭행 사건에 대해서는 작중인물인 탄실이의 오빠 김정택의 입을 빌려 매우 담담하지만 분명한 어조로 말한다.

"확실히 주영이와는 다를 것일세. 주영이는 끝끝내 이기주의자인 일본 사람들에게 학대를 받고 속았지만 탄실이는 그 반대로 조선 사람이면서 일본 사람의 생활과 감정에 동화된 조선 사람들에게 학대를 받았네. 주영이가 일본으로 갈 때는 다만 법률을 배워서 일본 사람에게 원수를 갚겠다고 갔지만, 탄실이가 일본 갈 때는 '어디 일본 사람은 얼[마]만 한가 보자' 하고 시험 격으로 간 것이요, 그리고 일본 사람을 숭배하지도 않았으니까 아무 이익을 바라지 않고, 병목이든지 심지어 일본 인력거꾼에게까지 속아 넘어가진 않았을 [것]일세. 그뿐 아니라 탄실이 자신이 어떤 때는 일본 사람 이상 이기주의자이니까. 그 애가 일본 건너갈 때를 생각하면 그건 양의 새끼 같은 착한 여자가 아니고 이리 새끼나 호랑이 새끼 같았지." (p. 87)

일본 사람에게 학대받는 주영이에 대비해서 조선 사람에게 학대받는 탄실이를 설정한 것은, 여성으로서 식민지 조선을 견뎌야 했던 김명순 자신의 처지에 대한 성찰에서 나온 것이다. 그리고 자신의 깨달음을 작중 탄실이의 오빠 정택이의 입을 빌려 토로하는 형식을 취함으로써 조금이나마 남성 독자의 저항을 줄이려고 하는 서사 전략까지 구사했다.

 "내 누이로 말하면 10년 전에 벌써, 참 옛이야길세, 어떤 평범한 아무런 일에도 새로운 것을 찾아낼 힘이 없으면서, 그래도 구구히 사람들이 군 입내를 없이 하기 위해서 하는 칭찬 푼수치나 듣는 쥐 같은 작은 남자와 약혼하려다가 그 남자에게 절개까지 억지로 앗기고, 그나마 그것이 세상에 알려졌을 때, 어리고 철없는 내 누이의 책임이 되어서 그보다 5, 6년이나 위 되는 쥐 같은 남자가 염복 있다는 헛자랑을 얻고 또 내 누이와는 원수같이 되어서 현재 저와 꼭 같은 다른 계집하고 잘 산다 하네. 〔……〕 그 애가 10년 전에 동정을 제 마음대로도 아니고 분명한 짐승 같은 것에게 팔 힘으로 앗겼다 하면, 시방도 바로 듣지 않고 내 누이만을 불량성을 가진 여자로 아니…… 저 『너희들의 등 뒤에서』란 책이 난 뒤에도 탄실이는 얼마나 염려를 하는지 그 꼴을 차마 눈으로 볼 수 없었어. 말 끝마다 '오빠, 내가 일본 남자와 연애했던 줄 알겠구려. 그러면 내가 창부 같은 계집이라겠지. 그리고 내게도 조성식이라든지, 김성준이라든지, 또 신춘용이라든지 그런 남자들이 있던 줄 알겠구려' 하고 번민을 하고 또 울고 하더니 이제는 그것도 사그라져서 제법 잊어버리고 저 안국동 유치원에 다니지만……" (pp. 84~85)

그 사건은 '짐승 같은' 존재의 물리력에 의한 성폭행이었다는 것, 사람들은 남의 말만 듣고 자기 판단력을 가지지 않는다는 것, 그 사건 이후로 피해자 여성이 좀더 성장했다는 것, 그리고 일본의 억압뿐만 아니라 조선 민족 내부의 문제까지 바라볼 수 있는 눈을 가지게 되었다는 것을 강조한다.

김명순은 「탄실이와 주영이」를 통해서 나카니시 이노스케의 『너희들의 등 뒤에서』를 직접 되받아 쓰는 데서 나아가, 김명순 자신을 둘러싼 남성 중심의 식민지 조선 문단에서 이루어지고 있던 평론을 가장한 비방이 내포한 문제의 뿌리를 드러내 보인 것이다. 김명순의 이러한 글쓰기는 여성의 입장에서 여성 자신의 목소리로 '성폭행' 문제를 공론화시킨 최초의 사례일 것이다. 여성이 성폭행을 당하는 것은 "곧은 나무가 벼락을 맞은 것" 같은 상황인데도 모든 책임을 여성에게 돌리고 남성은 "염복 있다"라는 소리나 들으면서 멀쩡하게 결혼해서 살고 있는 것은 견딜 수 없다는 감정을 생생하게 드러낸다. 또한 여성이 "해감 속에 거의 빠져서 모가지만 남은 것을 마저 해감 속에 넣어 숨기려고"(pp. 84~85) 하는 사회 상황에 직설적으로 문제를 제기했다.

그러나 당시 김명순의 '고발'은 다른 여성들의 응원을 받지 못했다. 김명순은 오히려 공동체에서 추방되고 유폐되었다. 그리고 문단이라는 공동체에서 추방당한 여성 작가 김명순은 결국 조선이라는 민족 공동체와도 결별하게 되었다. 이 시기 김명순이 발표한 다음의 시는 이 결별을 아주 선명하게 보여준다.

조선아 내가 너를 영결할 때

개천가에 고꾸라졌든지 들에 피 뽑았든지

죽은 시체에게라도 더 학대해다오.

그래도 부족하거든

이다음에 나 같은 사람이 나더라도

할 수만 있는 대로 또 학대해보아라.

그러면 서로 미워하는 우리는 영영 작별된다.

이 사나운 곳아 사나운 곳아.[17]

공부를 통해 신여성이 되고, 타고난 자기로부터 벗어나야 한다고 생각했으나 그것이 무엇을 지향하는지 분명하게 그릴 수 없었고 그것을 모색할 만한 물적 기반도 가질 수 없었던 상황에서 김명순은 연애, 결혼, 정조 등 여성의 성적 자기 결정권에 관련된 문제를 집중적으로 제기하면서 기존 질서에 도전했다가 추방되고, 유폐되고, 미치게 되는 운명에 빠졌던 것이다.

이러한 '고발'의 의미 외에 「탄실이와 주영이」는 대한제국기의 시대적 풍경을 여성 개인사의 차원에서 포착한 성장소설로서도 큰 의미를 가지고 있다. 조선 시대 정치권력에서 배제되어 있던 서북 지역, 특히 평양 사람들이 '개화'의 바람을 타고 돈을 모으고 관직을 사고팔다가 몰락하는 양상, 그 어느 지역보다 기독교가

---

17 김명순, 「유언」, 『조선일보』 1924년 5월 29일 발표; 개고하여 『생명의 과실』에 수록.

융성하여 '동양의 예루살렘'이라 불렸던 평양 기독교 사회의 이면이 여성의 눈으로 매우 냉정하게 그려지고 있다.

소설 속에서 묘사되는 탄실의 아버지 김형우는 엄청난 부자였고 그 돈으로 당대의 계몽운동에 기부하는 동시에 관찰사 벼슬을 사려고 노력하다가 사기를 당하고 1910년에 죽는다. 이렇게 시대의 변화에 적응하려다 실패하는 개인의 운명을 김명순은 매우 비판적으로 냉정하게 바라본다. 김형우가 벌이는 엽관운동은 산월의 눈으로 보면 옳지 않고 위험한 일일 뿐이다.

우선 산월 모녀의 재산은 이번 관찰사 운동에 반 넘어 들어갔다. 만일에 김형우는 관찰사를 얻어 할 것 같으면 그 재산을 전부 뽑아낼 결심이다. 하나 산월의 생각으로 보면 지금 세상에 그런 일은 아주 옳지 않은 일일 뿐 아니라 심히 위험한 일이었다. 그 세월에 어떤 촌사람의 아들은 일본 가서 공부를 해가지고 돌아가서 그 부친이 한 옛적에 서울 어떤 양반에게 앗긴 재산을 이자까지 합해서 도로 돌이켰다는 말이 경향 간에 너무나 와자지껄할 뿐 아니라, 뇌물을 받고 벼슬을 판 사람은 거진 감옥에 들어가서 고역을 하게 되었다. (p. 131)

대한제국이 일본의 식민지가 되는 바람에 재산과 건강을 잃은 아버지의 죽음은 이후 탄실이가 겪는 비극의 출발점이 된다. 아버지가 죽은 후 탄실이는 유학을 가기 위해 숙부 김시우의 도움을 받을 수밖에 없었고, 결국 숙부가 소개한 태영세에게 성폭행을 당하게 되는 것이다. 탄실의 숙부 김시우는 일본사관학교를 졸업하고 돌아와 형에게 물심양면으로 후원을 받으면서 애국운동을 하는 동시에 형의 엽관운동도 하다가 형의 재산을 거덜 내고 말았다. 또한 김시우와 함께 어울려 다니던 이들은 일본의 식민지가 되는 시기를 전후하여 일제에 의해 고초를 겪거나 국외로 망명하게 된다. 역사적으로 보면 1905년 이후 관서 지방에서 전개되었던 계몽운동과 신민회 활동 그리고 일제가 이러한 운동을 탄압하기 위해 만들어낸 105인 사건 등에 김형우와 김시우가 연관되었음을 암시하고 있는데, 이러한 운동이 탄실이 개인에게는 비극을 가져다준 것이다.

이런 탄실의 자리에 서면 그런 운동에 참여한 사람들의 이면이 드러난다. 바로 다음과 같은 대목은 작가 김명순이 자기 아버지와 숙부, 대한제국의 몰락에 보내는 조사이다.

모든 일은 꿈결과 같이 사라졌다. 애국지사들의 ××운동도, 또 김형우의 관찰사 운동도 모두 다 물거품보다 쉽게 사라졌다. 그 나머지라고는 집 문권, 밭 문권을 깡그리 10분의 1도 되지 못할 헐가로 잡힌 일인의 빚밖에 남은 것이 없었다. 남은 것은 이보다 더 섧게 참으로 학대밖에 남은 것이 없었다. 길거리마다 상투를 튼 조선 사람들이 무엇이라고 떠드는 말을, '하따라 마따라'라고만 듣다가, 상투를 꺼들리고 뺨을 맞았다. 징신 소리가 줄고, 나막신 소리가 대낮에 서울 시가를 돌아 들리게 되었다.

모든 흉계, 모든 노름, 모든 음란, 모든 간악의 나머지가 모두 빚

이 되어서 집을 팔고, 전답을 팔고, 하늘을 팔고, 땅을 팔고, 관 같은 방 안에 게으름만 남겼다,

모든 사람은 착실한 운동도 해보기 전에 횡설수설하다가 홍바지 청바지만 입고, 게으름을 완전히 부려볼 철창 속에 갇혀서 우두커니 턱없이 악형 당할 때만 기다렸다.

그들은 아무 열성스러운 의의(義意)도 분명히 갖지 못하고, 다만 나라를 잃겠다, 임금이 외국 왕에게 학대를 받겠다, 황후가 ○○을 잃고 욕을 보겠다, 하는 맘으로, 나라 즉 백성들인 것을 알지 못하는 듯이 뒤떠들며 달아나고 갇혔다. 그런 중에서도 서로 음모하고, 서로 욕하기는 잊지 않았다. 그들은 벌써 이등통감 통치하에 일본제국의 새 헌법의 일본 간수에게 갖은 인정 없는 학대를 받으라고 자기의 친구이던 혐의 있는 사람을 무함해서 감옥에 집어넣기도 하였다.

이등통감이 하얼빈서 죽기 전후 2, 3년 동안에 융희의 백성들은 얼마나 모르고 게다가 악형을 당했을까. (pp. 138~39)

「탄실이와 주영이」에서는 김형우가 재산을 잃고 벼슬도 못 하게 되자 실의하여 1910년 봄에 죽은 것으로 되어 있다. 그런데 이 대목은 실제 김명순의 아버지인 김희경의 행적과는 다르다. 김희경은 평양 감리서 주사, 황해도 수조관 등의 벼슬을 하면서 큰돈을 모았고, 1905년 이후에는 서우학회 및 서북학회 회원으로서

계몽운동을 벌이는 한편 엽관운동도 했다. 김희경은 대한협회의
회원이기도 했다. 일본에 강제 병합된 이후에는 평안남도 참사로
서 총독부의 통치에 협조하는 각종 감투를 쓰는 등 김희경의 행적
은 1926년까지 확인된다.

　이런 아버지를 작가 김명순이 「탄실이와 주영이」에서 1910년
에 죽은 것으로 만든 것은 무슨 이유에서일까? 작품 안에서 보면
주영이와 비교하여 '친일파'에 대한 적개심을 가지고 민족적 긍
지를 주장하는 탄실이에게 식민 통치에 협조하는 아버지가 있다
는 것은 소설의 흐름상 곤혹스러워서 그렇게 처리했다고 볼 수 있
다. 작품 바깥에서 보면 김명순에게 아버지는 "육신의 평안을 위
하여 영혼의 아픔을 참게" 하는 존재였기에 부정의 대상이었다.
아버지의 집을 떠나 있던 "10년간을 엄부(嚴父)의 명령에 위반한
간난한 고통"을 겪으면서도 아버지의 집에 돌아간다는 것은 자기
의 지난 시간을 부정하는 것이기에 김명순은 아버지의 집에 다시
돌아갈 수는 없었다.[18] 이런 심리가 소설에서는 1910년에 아버지
가 죽어서 존재하지 않는 것으로, 즉 작가 김명순은 1910년부터
는 아버지는 존재하지 않는 것으로 치부하게 되었다고 볼 수 있지
않을까. 소설 속에서 주영이가 '외면적 혁명가'인 반면, 탄실이는
'내면적 혁명가'라고 정택이가 규정한 것도 이런 측면을 두고 한
말일 수 있다.

18　김명순의 아버지에 대한 생각은 1925년 12월에 집필한 수필 「향수」에서 읽을 수 있
　　다. 「향수」는 김명순의 제2작품집 『애인의 선물』(회동서관, 1928~1929?)에 실려 있다.

김명순의 숙부 김희선(金羲善, 1876~1950)은 일본사관학교를 졸업하고 돌아와 대한제국 무관학교 교관으로 있으면서 계몽운동에 참여했고, 3·1운동 이후에는 상해임시정부에 참여하여 1920년 5월에는 대한민국임시정부 육군무관학교 교장까지 지냈으나 1921년 10월에 돌아왔다. 나중에 친일파임이 드러났다.[19] 상해임정부에서 김희선의 스파이 행적은 뒤에 알려진 것인데, 그 이전 「탄실이와 주영이」에서 김시우가 자신의 이익을 위해 김형우를 이용하고 또 탄실이도 이용하는 모습은 이러한 김희선의 훗날의 행적을 예감하게 하는 것으로 소설가 김명순의 날카로운 감각을 보여준다.

　「탄실이와 주영이」에서 탄실이의 어린 시절에 큰 영향을 미친 또 하나 중요한 것으로 평양대부흥운동이 있다. 탄실이는 아이들이 전도운동을 다니는 것을 보면서 교회에, 그리고 학교에 다니겠다고 졸랐다. 어머니는 부정적이었지만 아버지가 학교에 보내준다. 남산현소학교는 1896년 남산재교회 교인들이 교회 안에 따로 건물을 세워 만든 기독교 학교였다. 탄실이 다닌 여학교는 선교사 사택에서 소규모로 시작하여 1902년에 남산재교회 남학교 옆에 별도 건물로 본격적으로 시작했다고 한다.[20] 교회에서는 아이들에게 부모를 교회로 데려오라 하고 또 기생이나 첩 노릇을 하는 것은 큰 죄악이라고 설교한다. 부모가 지옥에 갈까 봐 두려움

---

19 친일인명사전 편찬위원회 편, 『친일인명사전』, 민족문제연구소, 2009.

20 남산재교회와 남산재학교에 관해서는 이덕주, 『남산재 사람들』, 그물, 2015, pp. 60~72 참고.

에 떨면서 탄실이는 애원하여 산월이를 교회로 끌고 간다. 그런데 산월이는 죄를 고백하고 회개하라는 교회의 강요에 맞서 경제적 핍박 속에서 기생이 되고 첩이 될 수밖에 없었던 것이 어떻게 죄가 되겠느냐고 항변한다.

"내게는 신명이 돕지 않으셔서 여덟 살 나자 아버지가 돌아가시고, 오라버니가 계시더니 그나마 내가 열두 살 되었을 때 전쟁 틈에 청인에게 맞아 죽고, 내가 제일 위로 남아서 편친을 봉양할 길이 없어서 기생이 되었습니다. 그러니 여러분이 아시다시피 기생이라는 것은 남의 큰마누라가 되는 법이 없으니까 자연히 나도 남의 첩이 되었습니다. 그것이 나도 죄악인 줄은 알지요. 그러나 어찌합니까. 지금은 내 한 몸도 아니고 이런 어린것이 있고 보니 금시로 그 집에서 나올 수도 없지 않습니까? 자백은 하나 안 하나 거진 비방한 일이지요. 이 세상 사람이 죄다 죄악이 있다고 할 것 같으면 하나님이실지라도 그것을 일체로 헤이시지 않는 편이 좋지 않을까요?" (p. 101)

탄실은 이런 어머니 산월이가 부끄러워서 교회에 잘 다니는 아버지의 본처(큰어머니, 정택의 모친)를 자기 어머니로 삼아 큰집에서 지낸다. 그러다가 큰집 식구의 본심이 자신을 미끼로 김형우를 끌어들이려는 것을 알고, 또 산월이를 첩이라고 비난했던 교회의 목사가 교인과 성추문을 일으키고 도망가는 사건[21]이 발생하면서 탄실이는 산월이에게로 돌아온다. 그리고 평양을 떠나고 기독교를 떠나 서울 진명학교로 진학하는 것이다.

1907년의 평양대부흥운동에서 신도들은 집단적으로, 공개적으로 자기의 죄를 큰 소리로 고백했고 이것이 부흥운동의 큰 동력이었다. 그런데 김명순은 그러한 부흥운동의 양면을 보여주는 방식으로 기독교의 허구성을 고발한 셈이다.

일제의 총동원체제가 가동되는 1930년대 말이면 여러 작가가 자기의 유년 시대를 회상하며 이 시대를 배경으로 자전적 색채가 짙은 연대기적 가족사소설을 쏟아낸다. 김남천의 『대하』(1939), 김사량의 『낙조』(1940~1941), 이기영의 『봄』(1940~1941), 한설야의 『탑』(1940~1941), 이태준의 『사상의 월야』(1941) 같은 작품이 그렇다. 그런데 1930년대 말은 이미 일제의 통제가 극도로 강화된 시기여서 소설의 배경이 된 대한제국 말기, 식민지 초기의 정치적 상황이나 식민 지배에 비판적인 시선을 직접 드러내기는 어려웠고, 작품의 초점 화자가 모두 소년이었기에 성에 눈떠가는 '설렘'이 묘사되어 있다. 이에 비하면 1924년에 여성 작가로서의 자신에 대한 여러 부정적인 시선을 딛고 김명순이 발표한 「탄실이와 주영이」는 김형우와 김시우의 행태를 통해 좀더 직접적으로 식민지 근대화의 부정적 측면을 드러냈고, 가난 때문에 기생이 되고 첩이 된 산월이의 당당한 목소리나 태영세에게서 소녀 탄실이가 느끼는 성적 '공포'를 드러내었다.

---

21 실제 1907년 8월 평양 남산현교회 담임 이은승 목사가 성추문 사건으로 목사직을 사임하고 교회를 떠났다. 이은승 목사는 당시 평양 장대현교회의 길선주 목사와 함께 평양대부흥운동의 주역이었다. 같은 책, p. 129.

1925년 4월에는 첫번째 창작집 『생명의 과실』을 상재했다. "이 단편집을 오해받아온 젊은 생명의 고통과 비탄과 저주의 열음(＝열매)으로 세상에 내놓습니다"라는 「서문」에서 보듯이, 시인 김명순의 진면목을 보여주는 작품집으로 시뿐만 아니라 소설과 수필도 실려 있다. 이는 여성 작가의 첫번째 창작집이라는 의미를 가진다. 이 무렵 매일신보사 사회부 기자로 입사했다. 1926년에 나온 『조선시인선집: 28문사걸작』에 여성 시인으로는 유일하게 참여했고, 『조선문단』 1926년 4월호의 여성 작가 소설 기획란에 나혜석, 김일엽, 전유덕과 함께 소설 「손님」이 수록되었다. 이처럼 김명순은 1920년대를 대표하는 여성 문인으로 활약했다.

1927년 이후 김명순의 생활은 경제적·사회적으로 매우 어려워진다. 『별건곤』 1927년 2월호의 「은파리」 기사를 문제 삼아 김명순은 편집자였던 방정환과 차상찬을 명예훼손으로 고소했는데, 여론은 개벽사 편이었고 김명순의 평판은 크게 악화되었다. 문단과 사회로부터 소외당하면서 『매일신보』의 기자도 그만둔 김명순은 영화계에 관심을 갖는다. 조선키네마사 이경손 감독의 권유로 영화 「광랑」에 주연으로 출연할 계획으로 인터뷰까지 했으나 제작이 무산되면서 영화배우로도 활동하지 못하게 되었다.[22] 1928년에서 1929년 사이 두번째 창작집 『애인(愛人)의 선물』이 간행되었으나 이미 문단에서 배제된 김명순의 책은 특별한 관심을 끌지는 못했다.

---

22 이 밖에 김명순이 출연했다고 알려진 영화들은 동명이인의 배우다. 남은혜, 「김명순

1930년경 김명순은 세번째로 일본에 갔다가 1936년 8월 무렵 조선으로 돌아왔으나 생활은 여전히 어려웠다. 현재 볼 수 있는 김명순의 마지막 소설 「해 저문 때」(『동아일보』 1938년 1월 15~18일)는 말년의 김명순의 심경을 짐작할 수 있게 하는 자전적 소설이다. 주인공 K가 페터 씨에게 인간의 희비극 일체를 다 이르는 편지글의 형식으로, K의 입을 빌려 자신의 고향 사람, 지인들, 언론 매체에 대한 원망과 비난을 쏟아냈다. "나는 평양 출생이라도 평양에는 어느 반가운 친척 하나 사는 것이 아니라 나를 희생하여 살겠다는 구더기 같은 인생들이 보일 뿐입니다." "나는 이 사회 언론계에 글을 써주고 유쾌한 때를 가져보지 못하였습니다." "일일이 저들의 악행을 적어놓는다면 황무지에 잡초를 하나둘 뽑는 것이나 같을 것이지요? 저들은 전일(前日)에도 나의 젊음과 약함을 기회로 갖은 험구, 갖은 악설을 다 내 일신상에 모아놓으려고 하던 것입니다"와 같은 문장에는 '첩의 자식' '연애대장'이라는 선입견으로 김명순의 모든 언행을 재단했던 문단과 언론 매체의 악의에 상처 입고, 그에 맞서 싸우고, 그러나 끝내 패배한 김명순 일생의 한이 배어 있다. 천주교에 귀의한 김명순의 고해성사 같기도 하지만 아직 구원은 없었다.

1939년 3월 『문장』에는 김명순과 김일엽, 나혜석 등 제1세대 신여성에 대한 악의와 험담으로 가득 찬 김동인의 소설 「김연실전」이 연재되기 시작했다(1941년 1월까지 연재). 생활도, 작품 창작

문학 연구」, 서울대 석사학위 논문, 2008 참고.

도 어려운 상태에서 김명순은 다시 일본으로 떠났다. 이후 김명순은 해방 전까지 조선을 왕래하다가 1945년 이후로는 돌아오지 않았다. 일본에서의 비참한 생활과 최후는 전영택의 소설 「김탄실과 그의 아들」(『현대문학』 1955년 4월호)을 통해서 짐작할 수 있을 뿐, 정확한 사망 시기와 경위는 알 수 없다. 1951~53년 무렵 일본 아오야마 뇌병원에서 사망한 것으로 추정한다.

3. 여자도 인간이다: 나혜석의 선언

나혜석은 1896년 경기도 수원의 부유한 집안에서 태어났다. 아버지는 한일 강제 병합 전후에는 용인과 시흥 군수를 지낸 개명 관료였다. 그의 형제들은 일찍부터 신교육을 받았고, 나혜석도 여동생과 함께 1910년 진명여학교에 입학해서 1913년 우등으로 졸업했다. 졸업한 뒤 오빠 나경석(公民 羅景錫)의 주선으로 일본으로 가서 도쿄에 있는 사립 여자 미술학교에 입학했다. 미술학교 2학년을 마친 뒤 귀향했을 때, 아버지가 명문가의 아들과 결혼할 것을 강요하여 학비도 주지 않자, 나혜석은 이를 모면하기 위해 1년간 미술학교를 휴학하고 여주에서 여학교의 선생으로 일하여 학비를 모은 후 다시 복학했다. 도쿄의 조선 유학생 사회에서 나혜석은 당시로서는 희귀한 존재인 여성 화가로서뿐만 아니라 여성 문인으로서도 빛을 발했다. 사립 여자 미술학교에서 나혜석은 성적이 매우 좋았고 특히 실기 부문에서는 우등을 했다고 한다.

나혜석은 1914년부터 재일본도쿄조선유학생학우회 기관지 『학지광』에 여자도 인간임을 스스로 깨달아야 한다는 계몽적 논설을 발표하는 것을 시작으로 1918년에는 도쿄여자친목회가 펴낸 『여자계』 제2호에 소설 「경희」를, 제3호에 소설 「회생한 손녀에게」를 발표함으로써 한국 근대 여성문학의 첫머리를 장식했다.

소설 「경희」는 '경희'라는 신여성이 봉건적인 인습과 투쟁을 벌이는 과정을 경쾌하게 묘사했다. 봉건적인 인습은, 여성의 적은, 아버지로 대표되는 완고한 남성뿐만 아니라 봉건적 관념에 찌든 여성들 속에도 있다. 소설은 섣불리 남성들에게 비난과 비판의 칼날을 들이대는 것이 아니라 여성 자신의 다른 여성에 대한 적대감, 오해와 의식에서 앞서가는 여성이 자칫 범하기 쉬운 관념적 선진성을 비판하는 데 힘을 기울였다. 이런 점에서 결혼 문제를 놓고 경희가 아버지에게 대항하는 장면은 인상적이다. 경희의 아버지는 "계집애라는 것은 시집가서 아들딸 낳고 시부모 섬기고 남편을 공경하면 그만이니라" 하며 결혼할 것을 요구한다. 거기에 대해 경희는 "그것은 옛날 말이에요. 지금은 계집애도 사람이라 해요. 사람인 이상에는 못 할 것이 없다고 해요. 사내와 같이 돈도 벌 수 있고, 사내와 같이 벼슬도 할 수 있어요. 사내가 하는 것은 무엇이든지 하는 세상이에요"라고 거부한다. 아버지는 담뱃대를 들고 "뭐 어쩌고 어째, 네까짓 계집애가 하긴 무얼 해. 일본 가서 하라는 공부는 아니 하고 귀한 돈 없애고 그까짓 엉뚱한 소리만 배워가지고 왔어?"라고 하며 펄펄 뛴다.(p. 194) 다시 아버지는 "그리로 시집가면 좋은 옷에 생전 배불리 먹다 죽지 않겠니?"라고 달래면서 문벌 좋고 재산 있는 집안과 결혼할 것을 강요한다. 거기에 대해 경희는 그 무서운 아버지 앞에서 평생 처음으로 벌벌 떨며 "먹고만 살다 죽으면 그것은 사람이 아니라 금수이지요. 보리밥이라도 제 노력으로 제 밥을 제가 먹는 것이 사람인 줄 압니다. 조상이 벌어놓은 밥 그것을 그대로 받은 남편의 그 밥을 또 그대로 얻어먹고 있는 것은 우리 집 개나 일반이지요" 하였다.(p. 198) 자각한 신여성의 결혼관이다.

그런데 이런 외부로 향해 당당하게 선언하는 경희의 내면에는 "편하게 전과 같이 살다가 죽읍시다"(p. 192)라는 안일한 생활에의 유혹과 "이까짓 남들 다 하는 것쯤의 학문으로"(p. 195) 나 같은 것이 무얼 하느냐는 자기 성찰, "그리 많이 해 무엇하니, 사내니 고을을 간단 말이냐? 군 주사(郡主事)라도 한단 말이냐? 지금 세상에 사내도 배워가지고 쓸데가 없어서 쩔쩔매는데"(p. 167)라는 말에 구체적으로 반박하지 못하는 미래에 대한 불안감 같은 것이 들끓고 있음을 작가는 솔직하게 드러낸다. 이런 것은 작중인물 경희의 불안이자 작가 나혜석과 동시대 여자 유학생 모두의 불안이다. 시대의 선각자일 뿐 아니라 특히 여성이기에 더 심각하게 느낄 수밖에 없는 것이다. 여성에게 더 적대적인 현실에 대한 인식을 바탕으로 한 깊은 회의 뒤에 경희가 "여자라는 것보다 먼저 사람"이며, "사람으로 보이지 않는 험한 길을 찾지 않으면 누구더러 찾으라 하리"라고 깨닫는 것은 경희의 삶 전체의 무게가 실린 발언이 된다.(p. 199)

물론 「경희」는 단편소설이기에 이런 단호한 결말이 가능할 수도 있다. 그러나 경희의 회의가 만만찮은 것이기에 그가 다다른 결론도 가벼운 것이 아님은 분명하다. 특히 여자 일본 유학생을 주인공으로 하여 신여성의 이상을 조선적 현실에 구현하는 구체적 방법을 모색한 「경희」는 부르주아 계몽문학으로서 동시대 남성들의 소설보다도 사실성이나 구성력, 인물의 성격화에서 뛰어난 작품이다. 1910년대 소설 중 교육받은 지식인 여성이 현실에 고뇌하면서 주인공급으로 등장하는 경우는 거의 없다. 그리고 조역으로라도 등장할 경우는 대개 허영에 젖어 있어 근대적 교육을 받은 신여성이지만 성적 방종, 허위의식, 사이비 근대의식 같은 부정적 측면만 부각되어 있을 뿐 그 여성들의 내면으로 들어가 그들의 갈등과 좌절, 그리고 진지한 자아실현의 모색 과정을 묘사한 것은 찾아볼 수가 없다. 그런데 나혜석은 일찌감치 신여성에 대한 이런 비난을 충분히 염두에 두고, 자각한 신여성은 어떻게 행동해야 할 것인가를 「경희」에서 진지하게 모색했다. 남성의 시각과 여성의 시각이 극명하게 대비되어 드러나는 지점이다.

문학과 미술 양 방면으로 활동하면서 나혜석은 최승구(素月 崔承九), 이광수, 염상섭 등 지식 청년들과 교유했다. 그중 근대 시의 개척자 격인 최승구와는 연애를 통해 결혼을 약속한 사이였으나, 최승구는 이미 조혼한 상태였고 학비 문제도 있어 번민하다가 폐결핵으로 1916년에 죽고 말았다. 일본의 학교로 돌아가는 길에 혼자서 멀리 고흥에서 요양하고 있던 최승구를 찾았다가 시험 때문에 빨리 그 곁을 떠났던 나혜석은 자기가 좀더 애인의 곁에 머물러서 간호를 했더라면 죽지 않을 수 있었던 것은 아닌가 후회하고 괴로워했다. 이 사건은 이후 나혜석이 자신의 욕망에 좀더 충실한 삶을 살도록 추동하는 중요한 계기가 되었다.

1918년 3월 졸업 후 귀국한 나혜석은 김마리아, 황애시덕과 함께 1919년 3·1운동을 여성들에게 확산시키는 활동을 하다가 검거되어 다섯 달간 옥고를 치르고 나왔다. 예술과 생활의 동반자가 되기를 꿈꾸었던 최승구가 죽은 뒤 나혜석은 1920년 4월, 예술을 이해하지는 못하지만 예술가의 남편 되기를 기뻐하고 적극적으로 후원하겠다고 나선 김우영(靑邱 金雨英)과 결혼했다. 신혼여행 길에 나혜석은 자신의 첫사랑이었던 최승구의 무덤에 가서 남편과 함께 비석을 세워주는 파격적인 모습을 보여주었으니, 이는 과거의 감정을 정리하고 새로운 생활을 준비하려는 나혜석 나름의 독특한 의식의 소산이었다.

일본 유학에서 돌아와 1921년 9월 만주 안동현(지금 중국의 단둥시)으로 이주하기 전까지 서울에서 살았던 3년여의 기간 동안, 나혜석은 신문과 잡지에 만평 형식의 그림과 목판화를 발표했다. 이들 작품에는 신·구 여성의 고달픈 일상에 대한 연민과 3·1운동 이후 본격적으로 전개되기 시작하는 민중운동의 열기가 담겨 있었다. 또한 잡지 『신여자』와 『폐허』의 동인으로 문학운동에도 힘썼다. 이 시기 나혜석은 한 시대의 청년 지식인으로서, 화가로서, 작가로서, 그리고 여성으로서 자신이 서 있는 자리를 인식하고 이를 작품 행동으로 실천하고자 노력하는 예술가로 활동을 시작했다. 1921년 3월에는 만삭의 몸으로 서울에서는 처음으로 첫 유화 개인전을 개최하여 장안의 화제를 모았다. 나혜석보다 조금 앞서 유화를 배워온 남성 화가들보다 나혜석의 활동은 매우 적극적이고 지속적이었다. 1921년 9월 만주 안동현 부영사로 부임하는 남편을 따라 이주해서 나혜석은 부영사 부인이라는 신분을 이용, 국경을 오가는 독립운동가들의 편의를 보아주고, 안동현에 여자 야학을 여는 등 민족주의 운동에 일정하게 맥을 대고 있었다. 안동현에서 안정된 생활을 하면서 나혜석은 1922년부터 시작된 조선미술전람회에 매년 출품해 입선했고, 1926년에는「천후궁」이 특선 당선되는 등 '화가 나혜석의 황금시대'를 구가했다. 이 시기까지 나혜석의 유화는 그가 도쿄 여자 미술학교 시절 접한 인상주의 화풍의 풍경화가 주였다.

그러나 결혼 후 나혜석은 여성이 어머니가 되면 인간으로서의 자기 발전에는 엄청난 장애를 받는다는 점을 뼈저리게 느끼면서, '모성의 신화'를 부정하는 글「어머니(母)된 감상기」(1923. 1)를 써서 발표했다. 이 수필에 의하면 어머니 되는 것은 나혜석에게 공포였다. 기대하지 않았던 임신이었고 예술가로서의 앞길을 가로막는 장애물이었다. 게다가 산고는 엄청났다. 나혜석은 산고를 직접 경험한 사람으로서 솔직하고 생생하게 그 고통을 이야기했다. 그동안 여성이 겪는 산고는 그저 당연한 사실이었고, 객관적인 문자로 기록된 것은 모두 남성 작가들에 의해 쓰인 추상적이고 비현실적인 것뿐이었다. 그런데 나혜석은 용기, 혹은 글쓰기에 대한 여성적 자의식을 가지고 분만 시의 육체적 고통을 시를 통해 솔직히 표현하여 여성의 육체에 대한 논의를 기피하는 금기를 깨뜨렸다. 출산 후에는 육아에 당면했다. 그래서 아이가 돌이 지난 뒤에 '어머니 되기'의 과정과 고통을 정리하며 "자식은 모체의 살점을 떼어가는 악마"라는 극언까지 쓸 정도였다.

이런 솔직한 자기 분석을 바탕으로 나혜석은 과연 무조건적인 사랑이라는 '모성'이 가능한 것인지, 그렇다면 왜 자기에게는 그것이 자연스럽게 샘솟아 오르지 않았는지 등을 생각하기에 이르렀고, 모성이라는 것이 그렇게 모든 여성에게 태어날 때부터 있는 것이 아니라 사회적으로 구성되고 교육되는 관념이며, 자식을 기르는 동안에 가지게 되는 정이라고 규정했다. 더욱이 아들을 귀하게 여기고 딸을 천하게 여기는 풍습은 모성이 그렇게 생래적이고 절대적인 것일 수 없다는 중요한 증거라고 보았다. 모성을 절대시하고 신비화하는 그 수많은 전래의 언설을 여성으로서 자신의 경험을 근거로 단호하게 부정할 수 있었고, 남존여비의 인습까지 가차 없이 비판할 수 있었다. 그리고 여성의 육체를 가진 존재로서 다른 여성들에게 자매애를 느끼게 되었다. 아마 이 인식이 나혜석으로 하여금 이후 여성으로서 겪어낸 연애, 결혼, 출산, 육아, 이혼 그리고 신생활에의 의지까지 개인적인 경험들을 공적인 담론으로 만들어내게 한 근거가 되었을 것이다. 아무도 드러내놓고 말하지 못하지만 단지 여성으로 태어났다는 이유로 겪는 말하기 어려운 감정과 고통을 앞장서서 말함으로써, 다른 여성들의 입을 열게 하는 역할을 나혜석은 '선구자'로서 기꺼이 받아들였던 것이다.

1926년 무렵, 나혜석은 예술의 동반자가 되지 못하는 남편에 대한 불만과 화가로서의 자신의 재능이나 진정성에 대한 회의가 내면에서 들끓게 되었다. 그때 마침 구미(歐美) 여행의 기회가 주어졌다. 1927년 6월부터 1929년 2월까지, 젖먹이를 포함하여 세 명의 아이를 칠순의 시어머니에게 맡기고 떠날 정도로 무리를 감수하면서 남편과 함께 1년 반 동안 유럽과 미국을 여행했다. 부산을 출발하여 철도로 시베리아를 횡단하고 파리에서 머무르며 유럽을 여행한 뒤 대서양을 건너 미국을 횡단하고 태평양을 건너 돌아오는 장정이었다. 여행 기간 동안 나혜석은 각국의 미술관과 박물관에 소장되어 있는 서양화의 명작들을 감상하는 데 힘을 썼고, 특히 남편 김우영이 독일과 영국에서 공부하는 동안 자신은 파리의 화실에 다니면서 독창적인 미술 세계를 구축해야겠다는 열망과 자신감을 가지게 되었다. 또한 각국 여성들의 삶과 조선 여성의 삶을 비교하면서 여성운동에 대해서도 매우 적극적으로 생각하게 되었다.

이 여행은 나혜석 인생의 절정기였으나 그 절정에서 파탄이 준비되고 있었다. 천도교 지도자로 구미 각국의 정치 시찰차 파리에 온 최린(崔麟)을 만나 함께 파리 관광을 다니고 예술을 논하면서 나혜석은 예술과 일상의 삶을 함께할 수 있는 새로운 가능성을 보았다. 최린과 연애에 빠진 것이다. 1929년 구미 여행에서 돌아온 후 김우영이 실직 상태가 되어 경제적으로 힘든 상황에서 나혜석은 부산 동래 시집에서 생활해야 했다. 역시 경제적으로 궁핍해진 시삼촌 가족들이 한집에서 살게 되고 과부 된 시누이까지 합류하면서 시집살이의 갈등이 커졌다. 그 와중에 나혜석이 최린에게 보낸 편지가 알려지면서, 과거 파리에서 최린과의 관계가 새삼스럽게 문제가 되었다. 그때까지 관대했던 남편 김우영은 완강하게 이혼을 요구했다. 이혼하지 않으면 간통죄로 고소하겠다는 위협을 받은 나혜석은 결국 1930년 10월 이혼 서류에 도장을 찍고 네 아이와 모든 세간을 둔 채 시집에서 나와야 했다. 이혼과 함께 모든 친권이 박탈되고 돈 한 푼 없이 쫓겨나는 조선의 가족 제도 앞에 나혜석은 무력했고 분노를 느꼈다.

나혜석은 1934년, 여성 일방의 희생을 강요하는 봉건적 인습에 지배받는 남편과 조선 사회를 고발하는 「이혼 고백장」을 발표하고 최린을 상대로 위자료 청구 소송을 내면서 사회적으로 크게 비난을 받았다. 간통죄로 고소당할 위기에 몰려 나혜석에게 이혼을 종용했던 최린은 정작 이혼하고 나서 생계가 어려울 지경이 된 나혜석을 외면했고, 이에 분노한 나혜석은 최린을 고소하기에 이르렀던 것이다. 그리고 이혼 후에 오히려 금욕 생활을 하고 있는 자신의 경험으로부터 정조란 개인의 선택 문제이지 강요할 것은 아니라고 정조 관념의 해체를 주장하는 글 「신생활에 들면서」를 발표하여 사회에 충격을 주었다.

이혼 후인 1936년 12월 발표한 소설 「현숙」에는 다시 신여성이 주인공으로 등장한다. 인물 사이의 대화로 진행되고 서술자의 목소리는 억제되면서 현숙이라는 여성의 독특한 주장과 성격이 전면에 나오는 소품이다. 현숙은 카페 여급으로 있으면서 끽다점(喫茶店: 찻집)을 경영할 계획을 세운다. '연애의 입구는 회계로부터 시작하는 것이 좋다'라고 선언하고 투자할 남성을 구하는데, 그 남성들은 모두 자기가 현숙의 유일한 계약 상대라고 착각하고 있다. 그러면서도 현숙은 같은 여관에 사는 가난한 노시인과 젊은 화가에게는 진실한 인간적 애정을 베푼다. 짤막하고 다듬어지지 않았지만, '돈'이 많은 인간관계를 결정한다는 것과 인간 성격의 이중성을 포착했다는 점에서 그동안의 나혜석의 파란 많은 인생살이가 배어 있는 작품이다.

현재 찾아볼 수 있는 마지막 소설인 「어머니와 딸」(1937. 10)은 구여성인 어머니와 신여성인 딸의 갈등을 객관적으로 보여주고 있다. 어머니는 결혼하지 않겠다고 버티는 딸의 반란이 자기 집에서 하숙하는 독신 여자 소설가 탓이라고 의심하고, 소설가는 그것은 아니라고 하면서도 딸의 역성을 드는 입장을 취한다. 그러나 일찍이 「경희」에서와 같은 단호한 결말과 자신감 있는 계몽의 목소리가 이 소설에는 없다. 변화한 나혜석의 처지, 변화한 세태가 반영된 소설이다.

1937년 무렵부터 해방되기 직전까지 나혜석은 김일엽이 비구니가 되어 수행하고 있는 수덕사 아래의 수덕 여관에서 거동이 불편한 몸으로 끊임없이 그림을 그렸으며, 일엽 스님이 불문에 귀의하기를 권했으나 자아를 버릴 수 없다며 거부했다고 한다. 신경쇠약과 반신불수의 몸이 된 나혜석은 일시적으로 딸의 봉양을 받기도 했으나, 한군데 안착하지 못했다. 심신이 온전하지 못한 그를 감당하기 힘들어했던 친지들은 해방 후 서울의 한 양로원에 나혜석을 맡겼으나 그는 걸핏하면 몰래 빠져나왔다. 아이들이 보고 싶어서였다고 한다. 여행을 떠나기 위해 짐을 쌀 때면 늘 기운이 솟아오른다고 했던 나혜석은 어느 날 양로원을 나선 뒤 종적이

묘연해졌다. 그리고 1948년 12월 10일 서울의 시립 자제원 무연
고자 병동에서 신분을 감춘 채 홀로 눈을 감았다.

이처럼 나혜석은 자신의 모든 소설에서 당대를 살아가는 여성
들이 인습과 부딪혀 억압받고 고뇌하는 모습을 담아내고, 여성으
로서의 삶의 국면마다 '인간'으로 살고 싶다고 선언함으로써 근
대문학 최초의 여성 작가라는 이름에 부응하는 작품 세계를 이룩
했다.

4. 정조는 육체가 아니라 정신의 문제이다: 김일엽의 주장

일엽 김원주는 1896년 평안남도 용강군에서 예수교 목사의 맏
딸로 태어나 윤심덕과 같이 진남포 삼숭(三崇)학교를 졸업했다.
어머니가 돌아가신 후 상경하여 1910년경 이화학당에 입학했다.
1914년 무렵 이화학당 중학과를 졸업한 뒤 잠시 교사를 하다가
1915년경 아버지마저 돌아가시고 고아가 된 김일엽은 미국 유학
생 출신으로 22세 연상인 연희전문학교 이화학 교수 이노익과 결
혼했다.[23] 고아 신세인 데다가 경제적으로 어려웠던 김일엽의 형편

---

23 이화학당 입학과 졸업 시기, 이노익과의 결혼 및 이혼 시기, 일본 유학 시기 등은 모
두 불확실하다. 『신여자』의 주필로서 사회 활동을 하기 이전까지 김일엽의 행적을
알 수 있는 공식적인 기록물(신문, 잡지, 학적부 등)을 아직 찾지 못했고 김일엽 자신은
수필 같은 데서 정확하게 연도를 밝히기보다는 '작년' '재작년' '내 나이가 몇 살이었
을 때'식으로 시기를 기록하는 경우가 많았기 때문이다. 여기서는 이때의 사정을 김
일엽 자신이 가장 가까운 시점에서 진솔하게 쓴 것으로 보이는 수필 「결혼에서 이혼

을 딱하게 여긴 주변의 권유로 이루어진 결혼이었는데, 이노익은 한쪽 다리가 의족이어서 신부는 첫날밤에 경악을 했고, "내가 무슨 전생에 죄가 있어서 이러한 사람에게 왔는고? 연세도 내 아버지뻘이나 되지 않는가? 게다가?" 하고 한숨을 쉬었지만 "무지하고 약한 여자의 비열한 생활 방책"으로 받아들일 수밖에 없었다. 사랑은 없었고, 김일엽은 남편을 "아버지"처럼 여겼다. 생활 방책으로 받아들인 "사랑과 이해가 없는 결혼 생활"이라 김일엽은 감정을 누르고 개성을 죽이면서 살았다. 그런데 3·1운동 이후 신문, 잡지, 강연 등을 통해 새로운 사상을 접하고 그중에서도 입센과 엘렌 케이의 사상에 공명하면서 자신의 생활은 "매음에 가까운 비열한 생활"임을 깨닫게 되었다.[24] 이 와중에 김일엽은 남편의 재정적 지원을 받아서 1920년 3월 최초의 여성 잡지 『신여자』를 발간했다.

『신여자』는 서울에서 매주 1회 청탑회 모임을 통해 새로운 사상과 문학을 토론하면서 잡지의 체제와 내용을 구상해나간, 온전히 여성들의 손으로 이루어진 잡지였다. '청탑회'란 영국의 블루스타킹, 일본의 세이토〔青鞜〕의 영향을 받은 모임이었다. 잡지는 1920년 6월의 4호까지밖에 나오지 못했지만 여성 필진으로만 꾸려졌고

까지」(『부인』 1923. 6)와 남편 이노익의 행적에 대한 신문 기사 등을 기준으로 정리했다. 이노익은 1878년생으로 1903년 하와이에 갔다가 1904년 미국 본토로 가서 네브라스카 웨슬리안 대학 화학과에서 공부했다. 1914년 6월에 졸업을 하고 귀국을 한 뒤 김일엽과 결혼했다. (이노익 관련 사항은 안형주, 『박용만과 한인소년병학교』, 지식산업사, 2007을 참고함.) 공식 기록으로 보면 김일엽과 이노익의 나이 차는 18년이지만, 당시에는 실제 생년과 호적상의 생년이 다른 경우도 많아서 김일엽 자신이 두 사람의 나이 차이가 22년이라고 쓴 것을 따랐다.

24 김일엽, 「결혼에서 이혼까지」, 『부인』 제2호, 1923. 6.

김일엽의 정론, 소설, 나혜석의 만평, 그 외 주로 이화학당 출신일 것으로 짐작되는 여성들의 다양한 글이 실려 있다. "편집 고문 양우촌(양건식) 선생 한 분 외에는 전부 우리 여자로 조직되어 사무를 보고 있습니다"라고 하면서 기고도 여성의 것만 받겠다고 하여 여성 편집진에 의한 여성 필자들의 글쓰기로 여성의 사상을 드러낸 본격 여성 잡지였다.

『신여자』의 주필로서 김일엽은 시, 소설, 수필, 논설을 다수 싣고, 이를 계기로 각종 강연회에서 여성 문제를 주제로 강연하고 토론하는 등 사회적 활동을 시작했다. 3·1운동 이후 해방과 개조를 외치는 시대적 분위기 속에서 나온 『신여자』의 창간사는 사회의 개조와 여자의 해방을 부르짖는다. 여자의 해방이 사회 개조의 전제이며 모든 것에 앞서 할 일이라는 주장이다.

무엇 무엇 할 것 없이 통틀어 사회를 개조하여야 하겠습니다. 사회를 개조하려면 먼저 사회의 원소인 가정을 개조하여야 하고 가정을 개조하려면 가정의 주인 될 여자를 해방하여야 할 것은 물론입니다.
우리도 남같이 살려면, 남에게 지지 아니하려면, 남답게 살려면, 전부를 개조하려면 여자 먼저 해방이 되어야 할 것입니다.[25]

김일엽은 『신여자』를 주재하면서 정론으로 자기를 세웠고 뒷사

---

25 김일엽, 「부녀잡지 『신여자』 창간사」, 『신여자』 제1호, 1920. 3.

람들에게 여성 문인으로 기억되게 했다. 김일엽의 기본적인 주장은 여성이 근대적 교육을 받고 자각해야 한다는 것이다.

우리 신여자는 이러한 자각 밑에서 우리 조선 여자 사회에 고래로 행하여 내려오던 모든 인습적 도덕을 타파하고 합리한 새 도덕으로 남녀의 성별에 제한되는 일이 없이 평등의 자유, 평등의 권리, 평등의 의무, 평등의 노작(勞作), 평등의 향락 중에서 자기 발전을 수행하여 최선한 생활을 영코자 함이외다.[26]

김일엽은 직접적으로 '자각'의 필요성을 말하고 또한 자각한 여성은 여성들에게 남아 있는 노예성을 타파하는 데 나서야 한다고 주장했다.

오늘날 우리 여자가 생의 요구의 만족을 구하여 가장 합리한 방법으로 남자에게 대하여 동등의 인격자로 인권을 요구하는 이상에는 먼저 자기의 현상이 어떠함을 돌아보아 가지고 될 수 있는 대로 속히 과거와 절연을 하고 묵은 이상을 박멸하여 새 여자로 개조되어야 하나니 이와 같이 하려면 지금 잔뜩 붙들고 있는 현상 —— 즉 바꾸어 말을 하면 동양 몇 천 년의 역사적 관계로 순치한 고덕의 유취를 탈각 아니하고는 될 수 없습니다.[27]

26 김일엽, 「우리 신여자의 요구와 주장」, 『신여자』 제2호, 1920. 4.
27 김일엽, 「먼저 현상을 타파하라」, 『신여자』 제4호, 1920. 6.

이러한 주장을 김일엽은 소설로도 썼다. 김일엽이 『신여자』 제
4호(1920. 6)에 발표한 소설 「청상의 생활」은 청상과부가 되어 억
지로 수절하는 여성의 비극과 자각의 과정을 보여주는데, 과부가
된 여성의 성욕이나 이성에 대한 갈구를 매우 솔직히 드러낸 점
에서 큰 의의가 있다. 작가는 '김편주'이고 주간 김 선생의 권유로
쓰게 되었다고 하지만, 여러 정황으로 미루어 김일엽 자신의 글
로 본다.

화자인 '나'는 김 참판의 막내딸로 16세에 13세의 "어리고 철없
는 선머슴 아이"(p. 245)에게 시집을 갔다가 그 이듬해 남편이 죽
으면서 청상과부가 되어 지금 40세의 노경에 이르렀고 "정절 부
인이라는 미명"(p. 242)도 얻었지만 실제 삶은 그렇지 않았다. 고
독과 고통으로 점철되었고, 그사이에 혼자서 사돈 총각을 연모
한 적도 있지만 마음뿐이었다. 이제 노경에 들어 후배인 자각 있
는 여자들이 사회 개조에 나서는 것을 보니 행복하고 그들을 응
원하겠다는 말로 마무리한다. 조혼의 폐해와 과부 개가 금지라는
관습의 억압성은 그 이전부터 논의되어오던 사항이지만, 이 소설
에서는 그것을 여성 작가가 여성의 목소리로 생생한 세부 묘사를
통해 드러냈다는 점에 중요한 의의가 있다. 또한 구도덕에 희생
된 여성의 신세 한탄이 아니라 그러한 고통스러운 삶으로부터 구
도덕이나 관습을 강요한 가족과 사회에 대한 비판적 안목을 갖추
어가는 여성 인물을 통해 신여자에 대한 성원을 보내는 점에서 그
이전 시기 '청상의 생활'을 소재로 한 많은 서사물과 구별된다.

묵은 관습을 타파하자는 주장은 사실 새롭거나 김일엽에게 고

유한 것은 아니다. 중요한 것은 낡은 것을 타파한 이후 새로운 무엇을 지향하느냐이다.

사랑 없는 결혼 생활에 괴로워하던 김일엽은 1921년 3월 마침 남편이 미국으로 연구하러 가는 기회에 자신은 일본에 가서 공부하는 것으로 공식적인 별거에 들어감으로써 고통스러웠던 첫번째 결혼 생활을 끝냈다.

1921년 3월 함께 일본으로 가서, 4월에 이노익은 미국으로 떠나고 김일엽은 이노익이 주고 간 돈 500원으로 일본 유학을 시작했다.[28] 영어전수학교인 동경 영화(英和)학교에 입학한 김일엽은 주로 남녀 문제에 관한 책만 읽었다. 1922년 4월경 이노익이 미국에서 돌아온 후 김일엽은 이노익과 정식으로 이혼했고, 그 후 임노월과 재혼했다. 당시 임노월은 일본에서 김명순과 함께 지내고 있어서 세 사람은 일시 삼각관계를 형성한 셈인데, 1922년 말 김명순은 고향으로 돌아가고 김일엽이 임노월과 재혼한 것이다. 임노월과의 관계에서 김일엽은 인간으로서 개인주의를 절실하게 자각했고, 여성으로서 모성에 대해 자각했으며, 예술적 생활에 대한 동경을 가지게 되었다고 한다.[29] 이런 과정을 겪으며 김일엽은 연애와 결혼, 도덕, 정조 문제 등이 여성에게 가하는 억압을 실감했고, 각종 매체를 통해 좀더 적극적으로 여성해방의 주장을 담은 글들을 발표했다.

---

28 기존의 김일엽 연구에서는 김일엽이 1919년 일본에서 유학했고, 일본에 다녀온 후 이노익과 결혼한 것으로 쓰고 있는데 이것은 오류다.

29 김원주, 「재혼 후 1주년, 인격 창조에」, 『신여성』 제8호, 1924. 8.

김일엽은 신여자가 지향할 새로운 도덕으로 '신정조관'을 내세 웠다. 1924년 「우리의 이상」에서 "사랑을 떠나서는 정조가 없습 니다. (……) 만일 애인에 대한 사랑이 식어진다 하면 동시에 정 조 관념도 없어질 것입니다. 따라서 정조 관념은 연애 의식과 같 이 고정한 것이 아니요, 유동하는 관념으로 항상 새로울 것입니 다"[30]라고 제시한 뒤 1927년 「나의 정조관」에서는 다음과 같이 좀 더 정리된 문장으로 신정조관을 주장했다.

과거에 몇 사람의 이성과 관계가 있었다 하더라도 새 생활을 창 조할 만한 건전한 정신을 가진 남녀로서 과거를 일체 자기 기억에 서 씻어버리고 단순하고 깨끗한 사랑을 새 상대자에게 바칠 수가 있다 하면 그 남녀야말로 이지러지지 않은 정조를 가진 남녀라 할 수 있습니다.[31]

여성의 육체적 정조가 문제가 되던 시절에, 김일엽은 정신적 정 조를 주장하고 정신적으로 과거의 연애를 청산한다면 언제든지

30 김일엽, 「우리의 이상」, 『부녀지광』 1924. 4.
31 김일엽, 「나의 정조관」, 『조선일보』 1927년 1월 8일 자. 세월이 흐른 후 김일엽은 이 시기를 회상하는 글에서 당시에 자신이 주장했던 '신정조관'을 "더러운 것을 막 주무 르던 손이나 티끌 하나 만져보지 않은 손이나 손은 손일 뿐이지 정·부정이 손에 묻 지 않는 것같이, 여자의 육체가 남성을 접하고 안 접한 것은 문제될 것이 없고 오직 그 여자의 정신 문제뿐이라, 정신적으로 정적 청산이 되어서 사랑을 상대에게 온전 히 바칠 수만 있다면 언제든지 처녀로 자처할 수 있어 그 양해를 하는 남자와 그렇 게 될 수 있는 여자라야 새 생활을 창조할 수 있다"라는 생각이라고 정리했다(김일엽, 「청춘을 불사르고 ─B씨에게 제1신」, 『청춘을 불사르고』, 문선각, 1962).

처녀로 자처할 수 있다는 당시로서는 파격적인 주장을 했다. 이러한 정신적 정조의 관점에서라면 여성의 해방은 여성 자신의 마음 자세, '자각'이 제일 중요하게 된다.

1926년 6월 『동아일보』에 발표한 「자각」은 김일엽의 소설로서는 가장 짜임새 있는 작품으로, 구여성이었다가 '자각'을 통해 신여성으로 다시 태어나는 여성의 고백을 서간체 형식에 담았다. 구여성 임순실은 남편이 일본 유학을 떠난 뒤 그 뒷바라지에, 시집살이에 온갖 고생을 하면서도 남편의 애정 어린 편지를 읽으며 그의 금의환향을 바라면서 그 고생을 견뎌내고 있었다. 남편을 이해하기 위하여 학교에서 배운다는 책들을 사다 놓고 틈틈이 공부까지 하면서 2년을 보냈고 임신까지 했다. 그런데 한동안 남편의 편지가 끊어졌다가 문득 이혼을 요구하는 편지가 날아왔다. "부부 관계를 계속해온 것은 인습에 눌리고 인정에 끌렸던 것이니"(p. 285) 헤어지자는 것이었다. 알고 보니 남편은 일본에서 다른 여성과 연애를 하고 있었다. 이에 순실은 단호하게 아이를 시집에 두고 친정으로 돌아와 친정 부모와 싸워가면서 학교를 다녔고 졸업을 앞두게 되었다. 그동안 아이가 보고 싶은 것이 큰 고통이었고 남편은 사과 편지를 보내오기도 했지만 자식에 대한 사랑 때문에 자신의 모든 생활을 희생할 수는 없다는 생각에서 단호하게 인연을 끊었다. 이제 순실이는 "사람이 아닌 노예의 생활에서 벗어"나서 "한 개 완전한 사람이 되어 값있고 뜻있는 생활을" 하면서 자신을 "사람으로 알아주는 사람을 찾"겠다는 결심을 굳힌다.(pp. 289~90) 구여성이 자각을 통해 신여성으로 거듭 태어난

것이다. 「청상의 생활」이 구여성이 신여성을 응원하는 목소리를
담았다면, 「자각」은 구여성이었던 여성이 아직도 과거 자기처럼
노예 생활을 하고 있는 구여성을 향해 그런 생활을 깨뜨리고 나오
라고 계몽하는 목소리다. 다만 그러한 자각이 '공부'를 통해서 이
루어졌다는 것 외에 구체적 계기나 심경 변화 과정 따위를 세세하
게 담고 있지는 않다.

　김일엽은 1928년 삭발하고 수계를 받으면서 『불교』지 문예부
기자로 활동하기 시작했고, 이때 독일에서 철학박사 학위를 받고
귀국해 『불교』지에 많은 논문을 발표하던 백성욱과 만났는데 백
성욱은 수도를 위해 금강산에 들어가버렸다. 1929년 9월 19일에
는 재조직된 조선불교여자청년회의 서무부 상무간사로 선임되었
고 비슷한 시기 재가승인 숭실전문교수 하윤실과 결혼했다. 5년
간 결혼 생활 후 1933년 만공선사가 있던 예산 수덕사에 입산해
본격적인 수도 생활에 들어갔다.

　이후 김일엽은 수덕사에 머물며 포교 활동을 했다. 1962년 회고
록 『청춘을 불사르고』를 간행했고, 1967년 비구니생활기금과 비
구니총림을 건립하기 위해 1억 원 기금을 목표로 춘원 이광수의
소설 『이차돈의 사』를 포교법극으로 각색하여 명동국립극장에서
공연했다. 한국 비구니의 대모로서, 1971년 1월 28일, 76세에 입
적했다.

5. 남녀 사이의 권리와 의무, 욕망은 등가 교환되어야 한다: 이선희의 계산

이선희는 1911년 함경남도 함흥에서 출생했으나 이선희 스스로 "조그만 몸뚱이 전체는 원산의 해변가에서 길러졌다"라고 할 만큼 성장기의 대부분을 원산에서 보냈다. 아버지는 한문과 역사에 능하고 대한제국 시절 대한의전을 수료한 지식인으로 매우 청렴했으며, 어머니는 "붓으로 그린 듯이" 예뻤다고 할 정도의 미모였다고 한다. 이선희는 어머니의 미모를 닮았고 아명은 순덕(順德)이었다. 여섯 살 때 어머니가 죽은 뒤 이선희는 아버지의 사랑을 독차지하며 자랐다. 1928년 원산 루씨여고보를 졸업하고 서울로 가서 이화여자전문학교 성악과에 진학했다. 아버지가 음악 전공을 권하였기 때문인데 얼마 있다가 문과로 옮겼다고 한다.

1933년 12월에 개벽사에서 발행하는 『신여성』지의 기자로 들어가 1934년 6월 잡지가 폐간될 때까지 최영주와 함께 편집을 담당했다. 이선희가 편집에 관여하면서 『신여성』 제67호(1934. 1)에는 모윤숙의 시 외에 '여류 작가 창작 특집'으로 최정희, 장덕조, 백신애의 소설이 실렸다. 그 밖에도 이화여전 학생들의 시 작품을 모아서 싣는 등 여성들의 문예 작품을 발굴하고 싣는 데 노력을 기울였다. 이선희 자신은 『신여성』 기자로 직접 수필, 취재 기사 등 많은 글을 쓰면서 이순이(李順伊), RSH, 이순덕(李順德) 같은 필명을 함께 썼다.

수필 「다당(茶黨) 여인」(1934. 1)에서 이선희는 "밤거리로 나가라. 그리하여 너의 젊은 날을 즐겁게 보내라"라고 하면서 자신을 "도회의 딸, 아스팔트의 딸"이라고 규정하는데 '만문(漫文)'이란 글의 형식에 맞게 과장된 표현을 쓰고 있지만, 이후 이선희 작품의 주요 주제와 특징을 잘 보여주는 어구이다. 또한 소설 「가등(街燈)」(1934. 12)에서는 이런 '도회의 딸'이 연애나 사랑에 대해 행하는 냉정한 계산—자기 분석을 보여주는데 이러한 계산, 중산층 도시 여성의 냉정한 자기 분석이야말로 이선희 작품의 특징이다. 게다가 이선희의 문장은 소설이든, 수필이든, 혹은 기자로 쓴 기사이든지 간에 모든 비유에서 서구 문물을 보조관념으로 사용한 것이 당시의 독자들에게는 매우 신선하고 '모던'한 느낌을 주었다.

1934년 후반 이선희는 강원도 통천 출신의 극작가 박영호(朴英鎬, 1911~1953)와 결혼했다. 두 사람은 어릴 때 소꿉동무로 알고 지내던 사이였는데, 이선희가 원산 루씨여고보로 진학하면서 헤어졌고 어른이 되어 원산에서 우연히 만나 연애를 시작했다고 한다. 당시 박영호는 재혼으로 전처의 자식도 있는 상태였지만 결혼을 했고, 슬하에 아들 둘을 두었다. 뒤에 이선희는 계모가 전실 자식을 학대하는 이야기인 『장화홍련전』을 재해석하면서 '인조 모성애'를 강요받는 계모의 괴로움을 이해해야 한다고 쓴 바 있다.[32] 남성 중심의 가족제도에서 온갖 악행을 저지르는 인물로 묘사되어온 '계모'에 대한 뒤집기를 공론장에서 직접 펼친 것은 자

---

32 이선희, 「장화홍련전」, 『삼천리』, 1940. 10.

신의 결혼 생활 체험과 연관이 있을 것이다. 1934년 11월에는 체호프의 희곡 「백조의 노래」를 번역했는데, 이것은 박영호가 주도하던 극단 황금좌가 인사동 조선극장에서 11월 15일부터 공연할 혁신 공연의 대본으로 쓴 것이다. 12월에 단편소설 「가등」을 『중앙』에 발표하면서 소설가로 등단했지만 임신과 출산으로 약간의 공백기를 가진 후 1936년 중반부터 작가로, 기자로 본격적인 활동을 펼친다. 1935년 후반에 첫아들을 출산한 것으로 보이는데, 출산 후의 한 인터뷰에서 이선희는 모성애가 "인간 사회의 모든 사랑의 근원"인 줄 알지만 "'예술애'의 위력(偉力)을 막을 길은 없"기에 자신의 생활은 '모성애'와 '예술애'가 쉴 새 없이 싸우는 생활이 될 것이라고 했다.[33]

이선희의 작품은 언제나 연애든 사랑이든 남성과 여성 사이의 관계를 문제로 삼고 여성의 입장에서 그 관계를 냉정하게 분석한다. 한 좌담[34]에서 '여자의 일생'을 한마디로 정의하라는 요청에 이선희는 "남성은 사공이고 여인은 그 배에 탄 승객"이라고 답했다. 같이 좌담에 참석한 최정희는 "남성에게 속하고 남성을 그리워하고 미워하고 애증(愛憎)의 연쇄," 모윤숙은 "남성들 그늘 밑에서 반주그레 피었다가 사라져버리는 무명(無名)의 꽃"이라고 답한 것과는 완전히 다르다. "남성은 사공이고 여인은 그 배에 탄 승객"이라는 이선희의 비유는 '남자는 배, 여자는 항구'라든지,

---

33 「정열과 낭만 속에 잠긴 이선희 여사」(대담), 『삼천리』, 1936. 11.
34 「여자의 일생을 말하는 가인(佳人) 회의」, 『삼천리』, 1939. 1.

'남자는 행인, 여자는 나룻배' 같은 남성의 능동성과 여성의 수동성을 짝으로 놓는 상투적 비유와는 결을 달리한다. 돈을 주고 배를 타는 승객과 돈을 받고 배를 젓는 사공이란 누가 누구에게 의존하거나 종속되는 것이 아닌, 적절한 계산을 바탕으로 서로 필요한 것을 교환하는 관계이다. 교환의 당사자로 대등한 남녀 관계를 말하고 있다. 이러한 등가 교환의 주장을 담은 작품이 「계산서」(1937. 3)이다.

화자인 '나'는 남편과 인형, 셋이서 조그만 "구석방에서 어릿광대와 같이 유쾌"하게 살았다. "쌀값보다 과자 값이 더 많고 일상 사들인다는 물건은 쓸 만한 것보다 장난감이 더 많은" 그런 "모조 가정(模造家庭)"[35]을 꾸려 아기자기한 신혼 생활을 해오고 있었다.(p. 297) 여기서 인형이 함께 산다는 것은 '인형의 집'을 환기시키는 장치이다. 그런데 그런 신혼살림에서 임신을 하고 아이를 낳다가 잘못되어 아이는 사산하고 오랫동안 정신을 잃었다가 깨어나 보니 한쪽 다리를 쓸 수 없는 상태가 되었다. 남편은 여러 가지로 위로를 하지만 나는 자격지심으로 남편을 계속 의심하게 된다. 가령 추운 날 외출하자는 나를 말리는 남편이나 저녁에 급하게 새 넥타이를 매고 나가는 남편을 보면서 '나'는 남편을 의심하게 되니 더 이상 동등한 관계가 될 수 없는 것이다. 그래서 나는 혼자 집을 떠나 아는 사람 없는 만주로 와 있으면서 남편에게 무엇을

---

35 이선희는 '모조 가정' '소형 가정'이란 말을 섞어 쓰는데 '축소 모형' 즉 미니어처를 가리키는 것으로 보인다.

받을지 계산서를 작성한다. 그 계산서의 내역은 이런 것이다.

　나는 내 남편도 나와 같이 다리 하나가 병신 되기를 바랐다. 남
편의 다리 하나—그러나 다시 생각해보면 다리 하나쯤으로는 엄
청나게 부족하다. 내가 받아야 할 것은 그의 목숨 그것뿐이라고 생
각한다. 생명을 받아야 겨우 수지가 맞을 것 같다. 이것은 내 계산
서뿐만 아니라 모든 아내 된 자의 계산서일 것이다. [……] 나는
아직 살인을 하지 않은 채 이곳으로 왔다. 받을 것을 다 못 받고 그
대로 주저앉는 것이 모든 아내 된 자의 약점이요, 애교인 모양이
다. (p. 310)

부부 관계에서 임신을 하고 출산을 하다가 잘못되었는데, 아내
만 그 모든 부담을 지고 남편의 일상은 변화 없이 지속되는 것은
불공평하다는 것이다. 이는 남녀 관계에 대한 매우 냉정한 계산
이면서 그만큼 뜨거운 사랑—이선희의 말을 빌리면 '낭만'—을
기대하는 것이기도 하다. 이선희는 연애 문제를 이야기하는 한
좌담에서 남편에게 다른 애인이 생겼다면 어떻게 하겠느냐는 물
음에 "남편을 죽이지요. 정말 사랑하니까 죽여버리지요"라고 대
답했다.[36] 「계산서」에서 남편도 자기와 똑같이 한쪽 다리가 없어
져야 되는 것 아니냐고 절규한 것의 또 다른 표현이다. 소설 「돌
아가는 길」(1938. 11)에서는 멀리 시골로 사랑의 도피를 한 곳에

---

36 「여류문사의 '연애문제' 회의」(좌담), 『삼천리』, 1938. 5.

남편의 본처가 나타났을 때, 보기도 싫은 그 본처를 남편은 아무렇지도 않게 집 안에 들이는 것을 보고 여성 인물은 자기가 사랑하는 만큼 그는 자기를 사랑하지 않아서 본처를 집 안에 들였다고 비난하면서 그 남자를 떠난다. 여자가 사랑하는 만큼 남자도 사랑할 것, 저울이 기울면 그 관계는 끝난다는 것. 이것이 이선희의 '계산'이다. 「계산서」는 여성의 내면에서 벌어지는 도발적인 계산을 재기발랄한 필치로 그려내어 호평을 받았고, 곧바로 조선일보사 출판부에서 펴낸 최초의 여성 문인 앤솔러지인 『현대조선여류문학선집』(조선일보사, 1937)에 수록되었다.

「매소부」(1938. 1) 역시 인간관계를 냉정하게 계산하는 소설이다. 자기 잇속에 따라 '조강지처'를 내세우는 이들의 이중성과 '조강지처'가 될 수 없는 처지에 놓인 여성이 그들의 이중성을 차갑게 바라보는 심리를 해부한다. 채금이는 "자기 집에서 손님을 맞는 기생"(p. 313) 노릇으로 어머니와 남동생 식구를 벌어 먹인 지 13년이 되었다. 그런데 채금이에게 손님들이 여럿 와서 바쁜 와중에 올케더러 간단한 심부름을 부탁했다고 남동생과 어머니가 펄펄 뛰었다. 남동생은 자기 누이의 생활을 모르는 척하면서 체면만 신경 썼고 어머니는 자신이 일찍 과부 되어 별짓을 다 했어도 "서방질만은 안 했다"(p. 318)면서 며느리에게 내외를 안 시킨 채금이를 비난했다. 채금이의 '매소부' 노릇 덕에 체면치레하고 사는 식구들이 채금이를 부끄럽게 여기는 것이 뻔히 들여다보여 채금이는 우울했다. 이제 채금이는 '죽어보는 재미'를 위해 함께 정사해줄 사내를 찾아 나선다. 자기에게 밤새 톨스토이 소설 『부활』의 여주인공 카투사 이야기를 해준 사내와 정사를 할 만하다고 계산이 섰던 것이다.

그런데 그 사람은 지금 폐병으로 다 죽게 됐다지? 그러면 더욱 좋다. 사실 숭어 새끼같이 살아서 펄펄 뛰는 놈이야 언제 잡아서 죽게 만든단 말이냐.
버러지가 가슴을 다 파먹고 남긴 껍데기 그 사나이와 이렇게 눈 가장자리가 퍼렇게 썩어 들어가는 매소부 채금이와는 과히 틀리지 않는 짝이 될 것만 같다. (p. 322)

그러나 찾아가보니 그는 조강지처의 병시중을 받고 살겠다고 애쓰고 있어 채금이는 돌아 나올 수밖에 없었다. 채금이의 계산이 어긋난 것이다. 근대문학에서 가난 때문에 자신의 성을 팔아야 하는 여성에 대해서는 동정이나 연민을 표하거나, 아니면 '기생퇴물'의 경우 돈만 밝히는 악덕의 소유자로 그리는 경우가 많았다. 그런데 이선희는 「매소부」에서 채금이를 통해 '조강지처' 론의 허구성을 드러내는 동시에 아직 현실에서는 조강지처 자리가 가장 편안하고 유복한 것임을 목격한 채금이의 절망도 놓치지 않았다. 어느 한쪽에 대한 동정이나 연민이 아닌, 각자 마음속의 계산을 드러내 보인 것이다. 「매소부」도 작품이 발표된 뒤 곧 조선일보 출판부에서 간행한 『현대조선문학전집: 단편집(중)』에 백신애의 「꺼래이」와 함께 수록되었다.
이후 1938년 5월에 이선희는 조선일보사 학예부 기자로 입사하여 1940년 4월 신문이 폐간될 때까지 많은 글을 썼다. 당시 문단에서는 '여류' 문인 논의가 많아졌고 이선희, 최정희, 모윤숙, 노천명은 대표적인 '여류' 문인으로 거론되었다. 함께 여러 행사에 참석하고, 또 신문사나 잡지사에서 '여류'를 내세우고 기획을 할 때 늘 이들을 불렀다.

「탕자(蕩子)」(1940. 1)는 약혼자가 있는 화자 '나'가 생전 처음 혼자 여행을 떠나 섬에서 등대지기를 만나 마음이 흔들렸다는 이야기다. '나'는 어느 섬에 놀러 갔다가 근처에 있는 등대를 보러 갔다. "'등대'란 말이 지독히 고독해서"(pp. 327~28) 굳이 볼 생각이 없었으나 강권에 못 이긴 것이었다. 거기서 만난 등대지기는 "얼굴이 희다 못해 창백하고 머리는 긴데 그 표정이란 처참하리만치 날카"(p. 331)로운 일본인이었다. 둘이서 컴컴하고 좁은 계단을 올라가 바다를 굽어보는데, 등대지기는 자기가 바다로 떨어질 때 누군가가 지켜봐주기를 바란다는 말을 한다. 그의 염세주의에 마음이 흔들리지만 나는 뭍으로 돌아와야 한다. 그는 "십자가에 못 박힌 모양으로"(p. 336) 등대에 기대 있기도 하고 내가 배를 타고 등대를 떠나올 때는 산 위에 "동굿처럼" "소금 기둥이 된 가나안의 여인처럼"(p. 337) 나를 지켜보는 것 같았다. 나도 그의 고독에 마음이 끌리고 걸려 뭍에 나가기 싫어졌고 멀리서 등대의 불빛을 바라보며 그와 교감하는 느낌을 받았다. 그 순간 흠잡을 데 없는 건실한 청년 학자인 약혼자가 생각났다. 잠시 미안한 생각이 들었지만 좀더 궁리를 해보니 "김의 그 건전하고 진실한 생활과 태도가 거죽이라면 등대의 염세주의자의 슬픔은 안"이었다.

　"아무 이해 상관도 없는 슬픔."

　나는 오랫동안 궁리해보았다. 김의 그 건전하고 진실한 생활과
태도가 거죽이라면 등대의 염세주의자의 슬픔은 안이 되고……
나는 지금 그 안을 추구해 마지않는 것일까.

　"사람은 떡으로만 살 것이 아니라……"

　진실로 사람은 떡으로만 살 것이 아니라 이렇게 아무짝에도 쓸
데없는 슬픔으로도 사는 시간이 있는 것을 어찌할 수가 없었다.

　나는 지금 모든 것을 잊고 오직 등대의 생각으로 미칠 지경이
다. 이 증세가 오래오래 검은 머리 파뿌리 될 때까지 계속될 리는
만무하나 지금에는 정말같이만 생각되고 그리고 이것은 김에게도
있을 수 있고 또 내게도 있을 수 있는 생활처럼도 생각된다. (pp.
340~41)

　즉 염세주의자와 건실한 약혼자는 내가 추구하는 감정의 양면
이었고 "쓸데없는 슬픔"에 몰두하는 "증세가 오래오래 검은 머리
파뿌리 될 때까지 계속될 리는 만무"하다는 것, 그런 증세는 지금
화자인 '나'가 앓고 있지만 건실한 생활 태도를 가진 약혼자 '김'
에게도 있을 수 있다고 하는 것이 작가 이선희의 냉철한 계산이
다. 모든 것을 계산하면서도 현재는 어쩔 수 없이 그런 행동을 할
수밖에 없는 '낭만'에 사로잡힌 사람들을 보여주는 것이다.

　「탕자」는 제목부터가 매우 흥미롭고 작가 이선희의 특성을 적

실하게 보여준다. '탕자'의 사전 뜻풀이는 '방탕한 사나이'다. 방탕(放蕩)하다는 것은 주색잡기에 빠져 행실이 좋지 못하다는 뜻이고, 집 나가서 방탕한 생활을 하다가 회개하고 돌아온 아들의 이야기처럼 이 단어는 보통 남성에게 해당되는 말이다. 여성은 가출은커녕 외출도 쉽지 않았던 시대에 여성이 집을 나간다면 그는 끝없이 성폭력의 위협에 시달리거나 생계를 위해 성매매를 해야 했기에 이 말과 짝으로 여성에 대해 쓰는 단어는 창부(娼婦) 혹은 음부(淫婦)이다. 음탕한 여자와 방탕한 남자를 아울러 '음부탕자(淫婦蕩子)'라고 하는 단어도 있다. 그런데 이선희의 소설에서 '탕자'는 여성 인물이다. '외출'은 이선희의 소설이나 수필에서 제일 자주 등장하는 소재이고 외출을 통해 여성 인물은 자기 내면의 욕망을 분명히 보게 된다. 「탕자」에서는 이 점을 아주 선명하게 그렸다. 여성 인물은 생전 처음 혼자 여행에 나섰다. 특별한 목적 없이 그냥 섬 구경 하러 나섰고, 그 길에 계획 없이 등대에 갔다가 염세주의자 등대지기를 만난다. 그와의 사이에 특별한 일이 있었던 것은 아니지만 그의 염세주의에 순간 깊이 공감한다. 몸은 어쩔 수 없이 육지로 돌아오지만 마음은 계속 등대를 향해 있는 순간. 그래서 일탈했던 여성은 "아직 회개할 때가 되지 못한 탕자와 같이 육지로 돌아갈 줄 모르면서 가방 고리만 점점 더 꼭 감아쥐었다"(p. 343)라고 마무리된다. 남녀 사이 욕망의 등가를 주장하는 입장에서 여성에게도 그러한 '일탈'의 욕망이 들끓고 있음을 말하고 싶었을 것이다. 소설에서는 여성 화자의 내면을 따라가면서 여성 화자가 남성도 그러한 욕망이 있음을 인정하되 어정정하게 타협하지 않는 날카로움을 드러낸다.

1940년 4월 『조선일보』가 폐간되면서 일시 집에 들어앉아서 짧은 치마를 모두 긴 치마로 만들기도 했으나 10월에 다시 신세기사에 입사했으며, 1941년 4월에는 작품집을 내기 위해 준비를 했으나 발간되지 못한 것으로 보인다. 해방 전 마지막으로 발표한 글은 1943년 『방송소설 명작선』(조선출판사)에 실은 「승리」이다. 가난을 이기고 생활에 승리한 여성의 이야기로, 손녀인 젊은 여성이 '몸뻬'를 입고 일본 청년과 연애하는 장면이 들어 있고 이선희 특유의 발랄한 문체는 찾아볼 수 없다.

해방 후 이선희는 1946년 3월 프롤레타리아 문학동맹의 이기영, 박세영, 송영 등과 함께 여성 계몽지 『우리집』 발간을 준비했고(발간 여부는 알 수 없음), 6월 26일부터 7월 20일까지 북쪽에서 이루어진 토지개혁의 어두운 면을 함께 그린 소설 「창」을 『서울신문』에 연재했다. 이후 남편 박영호와 함께 월북했는데, 최정희나 김사량의 전언에 의하면 월북 후 얼마 지나지 않아 병으로 사망한 것으로 보인다.

6. 식민지 조선은 여성이 자립하기 가장 어려운 공간이다: 임순득의 성찰

임순득은 1930년대 초 격렬했던 학생운동권 출신으로 1930년대 후반에 작품 활동을 시작했다. 양심의 고통을 받는 사람들과

전향의 논리에 맞서고자 하는 사람들 편에서 자기 세대 여성들이 도달한 지성과 감성을 대변하는 작가로서 자기를 세워나갔다. 1930년대 초반의 그 여학생들이 1930년대 후반에도 전향하지 않고 남성에게 의존하지도 않으면서 현실을 버티려는 고투를 보여주었고, 그 이후 계속 일제의 정책을 적극적으로 비판하는 지점으로 나아가면서 그때까지 논의되었던 것과는 다른 새로운 여성성과 모성을 상상했다. 그리고 여성들 사이의 연대, 여성들의 우정을 이야기했다.

임순득은 1915년 전북 고창에서 2남 3녀 중 막내딸로 태어났다. 개명하고 여유 있는 가정에서 큰 어려움 없이 자란 것 같다. 성장기에서 특기할 만한 것은 세대적 의미를 가지는 독서 체험과 오빠인 임택재의 영향이다. 임순득은 자신을 방정환의 이야기를 읽고 자란 세대로 규정했다.

시골에서 태어나, 시골에 고향이 있고, 유년기는 그렇다 치고, 그 소년 시대에 싹터 오르는 정신을 고 방정환 씨의 수많은 아름다운 이야기들로 보낸 그대— 그런 그대들은 처음으로 피가 용솟음치는 것을 깨닫고 인생에는 감동할 만한 많은 아름다움이 있다는 데에 눈을 뜨고 행복으로 전율한 기억이 틀림없이 있으시겠지요.[37]

임순득이 방정환의 이야기를 읽은 기억을 자기 한 개인의 기억

---

37 임순득, 「가을의 선물(秋の贈り物)」, 『每新寫眞旬報』, 1942. 12.

이 아니라 동년배의 기억으로 아무렇지도 않게 말할 수 있는 것은 방정환이 펼쳤던 어린이 운동 때문일 것이다. 임순득이 자란 고창은 군민들이 힘을 모아 고창고보를 설립할 정도로 민족의식이 아주 강했고, 청년들이 아이들을 모아 『어린이』지를 돌려 읽히는 등 각종 운동도 활발했다고 한다. 이런 점에서 임순득이 말한 "방정환 씨의 수많은 아름다운 이야기"란 한 세대의 정신적·문화적 분위기를 말해주는 상징이 될 수 있을 것이다. 그 이전 세대, 가령 강경애는 어린 시절 『춘향전』을 읽으면서 한글을 깨치고 또 이야기책 읽어주러 동네 사랑방에 불려 다녔다고 하는데, 임순득 세대의 여학생은 방정환의 글을 통해서 한글을 접하고 세상을 보고 문학적 감수성도 길러나가게 된 것이다. 구소설이나 신소설도 접했겠지만 그보다는 서구의 동화, 위인전, 세계사적 지식 같은 것을 더 열독했으며, 독서가 그냥 개인의 경험이 아니라 독서 토론회 같은 사회화된 집단의 경험으로 이루어졌다는 것이 중요하다. 특히 여학생의 경우는 가장 중요한 사회화 과정이 아니었을까. 이들 세대는 각종 독서회를 바탕으로 1929년 광주학생운동의 주역이 되고, 또한 각종 조직 활동을 활발하게 벌였던 것이다.

임순득의 둘째 오빠 임택재(任澤宰, 1912~1939)는 고창고보를 거쳐 일본 야마구치〔山口〕고등학교에 다니던 시절 반일 격문을 배포했다가 치안유지법 위반 혐의로 검거된 적이 있고, 유학에서 돌아와서는 미야케 교수 사건에 연루되어 2년 가까이 일제의 경찰에게 시달렸다. 1935년 12월 집행유예로 출옥한 뒤 미곡상을 경영하면서 문학 수업을 하여 1936년 말 시인으로 등단했지만 1939년

2월 사망했다. 사인은 폐결핵이라 하는데 실상 감옥에서 나올 때
부터 건강이 좋지 않았으니 일제 경찰의 고문과 감옥살이의 후유
증이었을 것이다. 이런 오빠의 활동과 이른 죽음은 임순득에게 많
은 영향을 미쳤다. 자전적 요소가 짙은 등단작 「일요일」(1937. 2)
에는 감옥살이를 하는 남자 친구가, 일본어로 쓴 첫 소설인 「계절
의 노래(季節の歌)」(1942. 6)에는 오빠의 죽음으로 인한 상처가,
해방 후의 작품 「우정」(1948. 12)에는 일제강점기 사상운동과 관
련해서 죽은 오빠의 삶이 묘사되고 있다.

  임순득은 고향에서 보통학교를 마친 뒤 1929년 이화여자고등
보통학교에 입학했는데, 그해 겨울 광주학생운동이, 그 여파로
1930년 1월에는 이화여고보의 주도로 서울여학생만세운동이 벌
어졌다. 여학생들은 광주학생운동이 일본인 남학생이 조선인 여
학생을 희롱한 데서 발단이 되었다는 점에 주목하여 여성들이 더
적극적으로 문제를 제기하고 시위에 참여해야 한다고 생각했다.
그래서 근우회의 지도를 받아 시위를 조직하고, 서울 시내 거의
모든 여학교가 참여하면서 남학생들의 참여를 촉구하는 형식으
로 시위가 이루어졌다. 이 사건과 그것을 이은 일련의 맹휴 사건
을 통해 단련된 여학생들은 학교 밖으로 나와 각종 사회운동에 참
여하면서 새로운 종류의 여성운동을 펼쳤다.

  이화여고보 1학년 학생으로 서울여학생만세운동을 겪은 임순
득은 3학년 때인 1931년 6월, 종교의 자유를 요구하는 항의 시위
를 주도했다. 대표적인 기독교 여학교에서 종교 교육에 반대하여
일어난 시위와 맹휴는 세간의 주목을 받았고, 치안유지법 위반

혐의로 체포된 임순득은 40여 일간 취조를 받은 뒤 나이가 어리다는 이유로 기소유예 처분을 받고 석방되었다. 퇴학을 당한 임순득은 1932년 동덕여고보에 편입을 했다. 이 시기 서울에서 여학생의 중등교육을 담당한 여학교는 공립 경성여고보, 사립 이화여고보, 숙명여고보, 진명여고보, 동덕여고보, 배화여고보 그리고 경성여상 등이 유명했다. 당시 이화여고보가 기독교 계통 여성운동가들의 산실이었다면, 천도교 계통의 동덕여고보는 사회주의 활동가들의 산실이었던 만큼 임순득이 동덕여고보에 편입한 것은 자연스러운 선택이었다. 동덕은 규모도 작고 2차로 가는 학교였기에 들어가기도 쉬웠겠지만 민족주의적인 기풍도 강했다. 일찍이 작가 강경애도 평양 숭의여학교의 기독교 교육 강요에 반발하여 맹휴를 벌였다가 퇴학당한 뒤, 1923년 이 동덕여학교에 1년 정도 몸담았던 적이 있다(동덕여학교는 1926년에 동덕여고보로 바뀐다).

동덕여고보에서 임순득은 교사 이관술과 그 이전의 세대와는 다른 방식으로 성장하고 활동하는 여성 동료들을 만났고, 자연스럽게 이들의 한 구성원이 되어 1932년 10월경 이경선, 김영원과 함께 이관술의 지도하에 독서회를 꾸렸다. 『자본주의 가다쿠리』 『임노동과 자본』 같은 책을 강독하면서 모르는 것은 이관술의 설명을 듣는 식으로 공부하다가 1933년 1월 종로경찰서에 피검되었고, 이때 임순득의 오빠인 임택재도 피검되었다. 4학년이 된 임순득과 김영원은 김재선과 다시 독서회를 조직하고 학생자치단체 구성을 시도했다가 결국 1933년 7월에 퇴학당했다.

이런 여학생기를 거쳐 임순득은 작가이자 평론가의 길을 걷게 되었다. 학생운동이나 사회운동에 관여했던 경험을 가진 여성 작가는 임순득 외에도 여럿 있지만, 대개는 결혼 등으로 이전의 사회적 관계망에서 떨어져 나와 한 개인으로서 작가의 길을 가게 마련이었다. 강경애는 결혼과 함께 간도 용정으로 이주하면서 그 이전의 관계망에서는 떨어져 나왔다. 박화성은 두번째 결혼으로 한동안 문단에서 떠나게 된다. 송계월은 요절했다. 백신애도 결혼과 이혼으로 이전과는 다른 관계망으로 들어갔다. 최정희는 여성운동의 관계망 속에 있지는 않았다. 그에 비하면 임순득은 여학생기의 관계의 연장에서 일제 말기까지 굽히지 않고 저항의 자세를 견지했던 경성콤그룹의 사람들을 접하거나 의식하고 있었고, 이것은 그의 작품 활동의 중요한 동기이자 배경이 되었다.

임순득의 자전적 요소를 많이 담고 있는 등단작 「일요일」에서 여학교를 마친 혜영이는 직장에 다니면서 윤호의 옥바라지를 하고 있다. 감옥에서 내어온 헌 옷을 빨기도 하고, 결말에서는 윤호에게 넣어줄 털실 스웨터를 짜는 것으로 세속적인 유혹에 흔들리는 자신을 다잡는다. 윤호는 혜영이 생활의 표식이다. 그러면서도 혜영이는 그것이 윤호와 대등한 관계를 해치는 것은 아니라고 한다. 즉 사랑하는 남성에게 무조건 순종하고 희생하는 여성은 되지 않겠다는 것이다. 실제 활동가들 사이에서, 이론과 실천에서 스승이고 남편인 남성들에게 여성들이 의존하고 종속되는 현상이 있었고 혜영이는 이런 현상에 비판적 인식을 보이고 있다. 여성운동가가 직접 사회운동에 나서기도 하지만 운동 전선에서

도 여전히 보조적인 '하우스 키퍼'(활동가들의 생활과 연락을 위해
마련한 집을 지키고 살림을 꾸려가면서 연락원 등의 활동을 병행하
는 역할)라는 전통적인 '여성의 역할'에 제한되어 있거나 아니면
그 일까지 겸해야 하는 것, 인간의 해방을 말하면서도 성별 분업
과 여성에 대한 도구적 관점에 고착되어 여성을 대상화하는 것에
대해 문제를 느끼기 시작한 여성이 혜영이다.

   이후 남성 중심의 문단에서 논의되는 최정희식의 '여류' 문학이
아니라 여성 '작가'의 문학으로서 '부인문학'을 주장[38]한 임순득은
내선일체의 동화정책이 폭압적으로 추진되는 시점에서 오히려
그에 맞서 조선적인 것을 발견하고 지키려고 노력하는 여성을 그
렸다. 근대적인 것, 서구적인 것, 도시적인 것을 거의 동시적이고
동일한 것으로 추구했던 신여성의 시야에 드디어 '민족적인 것'이
들어왔다. 한 수필에서 임순득은 시골에서 교사를 하다가 서울에
다니러 온 친구를 통해 '조선적인 것'을 발견한 경험을 쓰고 있다.

   "나 있는 데는 말야 저 봉산탈춤인가 뭣인가 요즈음 갑자기 유명
해진 거 있잖어 그것과 같은 것이 있는데 단오날 밤에 횃불을 피워
놓고 그 속에서 노는데 참 뭐라고 할 수 없이 좋아. 그리고 그것을
구경하는 사람들도 물론 남녀노소 할 것 없이 시간 가는 줄도 모르
고 놀이하는 사람들의 심정과 한데 엉키어 있는 그 융합된 미란 뭐

---

38 임순득, 「여류작가 재인식론 ─ 여류문학 선집 중에서」, 『조선일보』, 1938년 1월 28일
    ~2월 3일; 임순득, 「불효기(拂曉期)에 처한 조선여류작가론」, 『여성』, 1940. 9.

라면 좋을까."

그는 소견머리 없는 보수주의자처럼 '조선 것'이라는 것을 억지로 좋다는 것은 물론 아니었다. 그것이 비록 거칠고 소박할지언정 인간이 가지고 있는 진지한 것을 표현하는 데 그 미(美)를 보았다는 것이다.[39]

그런 친구를 따라 박물관에 가서 처음으로 고려자기를 보면서, 그 이전 세상 사람들이 고려자기의 좋은 점을 선전하는 것을 대책 없는 보수주의자의 것이라고 치부해버렸던 관념이 실물 앞에서 여지없이 깨지고 "새로운 눈으로 새로운 세계를 보아야 하는 것"을 느낀다. 신여성의 도시적인 것이 시골스러운 것과 만나고 신여성의 근대적인 것이 전통적인 것과 만나는 지점에 대한 묘사인데, 이 만남은 같은 시기에 진행된 '현대 여성' 논의에서 전통과의 조화를 말하는 입장과는 다르다. '현대 여성'은 여성이 지켜야 할 가정과 모성을 강조하면서 국가의 어머니와 아내라는 식으로 식민지 국민화로 나아갔으나, 임순득의 '조선적인 것'의 발견은 식민지 동화정책에 저항하는 민족적인 것의 강조로 나아가는 것이었다.

임순득의 소설 「이름 짓기」는 일본어로 발표된 소설이지만 평론가인 내가 조카에게 이름을 지어주는 문제를 소설가인 친구에게 의논하는 것을 소재로 일제의 창씨개명 정책을 우회적으로 비

---

39 임순득, 「작은 페스탈로치」, 『매일신보』 1939년 11월 5일 자.

판하면서 동시에 당시 운동권의 가부장적 관습과 거기에 순응하는 여성의 의존성까지 비판하는 문제작이다. 태어날 조카가 여자라면 굴원(屈原)이 『초사(楚辭)』에서 지조의 상징으로 사용한 풀 이름을 따서 '혜원(蕙媛)'으로, 남자라면 유대 민족의 해방자 모세(毛世)와 굴원의 이름을 한 자씩 따서 '세원(世原)'으로 짓기로 한다. 단 한마디도 '창씨개명'을 거론하지 않지만, 이름이라는 것이 한 인간에 대해서 가지는 상징성과 이름에 빗대어 한 인간에게 기대하는 해방의 열망을 강렬하게 제시한 것이다.

"신혜원이라는 네 히로인에게는 형제나 사랑하는 사람이나 친한 남성이 있을 거 아냐. 그런 사람들 이름은 전부 뭐라고 부르니?"

"그녀는 말야, 형제도 없고 거의 고아나 다름없는 고독한 사람이야. 그리고 사랑하는 사람이 좀처럼 나타나지 않는 거야. 적어도 신격화되지 않은 모세(毛世)와 거만하지 않은 굴원(屈原)을 반씩 합한 것 같은 성숙한 인격이 아니면 결코 사랑할 수 없는 사람이거든."

"만약 그런 사람이 나타나지 않는다면?"

"타협은 하지 않을 거야."(pp. 368~69)

이름에는 그들이 살아가야 하는 시대, 그들이 갖추어야 할 품성, 즉 그 인간의 정체성이 담겨 있다. 혜원이 사랑할 수 있는 남자인 세원은 "신격화되지 않은 모세와 거만하지 않은 굴원"을 반씩 합한 인격의 소유자로서 작가인 임순득의 이상적 남성상이기도 했을 것이다. 민족해방운동에 종사하면서 지조를 지키는 인물이란 임순득과 그 주변 여성들의 입장에서는 너무나 당연한 필요조건이다. 아마도 1940년대 전반, 일제의 억압이 극심하던 세월에 전향을 거부하고 옥살이를 계속하거나 신분을 숨기고 지하활동을 계속했던 인물일 것이다. 식민지에서 무엇보다도 민족의 해방이 삶의 중심에 놓여 있다고 하는 것은 「일요일」에서부터 임순득이 견지한 입장이며, 그는 일제강점기 끝까지 식민주의에 협력하지 않았다. 그런데 이 작품에서 더 유심히 읽어야 할 것은 "신격화되지 않은" "거만하지 않은"이라는 측면이다. 신출귀몰하는 재주를 가지고 강건하게 해방운동을 벌이지만 그가 하는 행동이 모두 다 옳거나 비판이 허용되지 않는 무오류의 신일 수는 없다는 것, 스스로 일관된 입장을 가지되 자신의 지조를 내세워 남을 경멸하면서 상처를 주거나 하지 않아야 한다는 것이다. 물론 그런 조건을 갖춘 남자인 '세원'이 현실에 있기 어렵다는 것은 안다. 모세나 굴원 같은 인물도 쉽지 않은 당시의 상황과 운동 풍토이지만, 진정한 인간해방은 여성해방 없이는 있을 수 없다는 것을 작가는 이렇게 쓰고 있다. 그리고 그런 인물이 나타나지 않을 수도 있겠지만 "타협은 하지 않을" 것이란다. 이 지점이 여성 작가로서 임순득의 날카로움이 빛나는 대목이다. 해방자 모세이자 지사 굴원이라는 필요조건을 갖추면서, 동시에 신격화되지 않고 거만하지 않은 남자란, 체현되어야 할 해방된 인간으로서의 충분조건이며, 그것들이 서로 분리되어서 구현되거나 추구되어서는 안 된다는 것이다.

진정한 해방은 다른 사람을 억압하면서는 이루어질 수 없다. 거기서 더 나아가「이름 짓기」의 '나'는 그런 인간이 존재하기도 쉽지 않지만, 더 큰 문제는 그 남자가 어떤 남자냐보다는 한 남자에게 매달리면서 자기의 생활을 찾지 못하는 여성의 의존성이라고 생각한다. 중요한 것은 과거가 아니라 현재이며, 여성 자신의 주체적 입장과 정신적 자립이 필요하다는 것이다.

"난 그저 괜찮은 여자들이 이미 유물이 되어버린 과거의 애정 관계에 대해 언제까지나 소중하고 아련한 생각을 품는 바로 그 포즈가 여자 스스로를 비참하게 하는 게 안타까울 뿐이야. 허세라도 좋으니까 어째서 어깨를 펴고 의연하게 여자의 생활을 고집하려고 하지 않는 거야? 흔히 말하는 여자의 프라이드라는 것이 바로 그거 아냐?" (p. 373)

임순득이 작품에서 그린 여성은 가부장적인 남성이나 인습에서 독립한 자율적인 주체이면서도 개인주의에 함몰되지 않고, 식민 지배하에 있으면서도 거기에 맞서 저항의 자세를 견지하는 성숙한 여성 주체다. 그리고 이렇게 성장한 그녀는 같은 시대를 살면서 비슷한 경험을 했을 다른 여성들에 대해서도 무한한 신뢰와 애정을 견지하고 있다.

임순득이 그린 여성은 여성이 근대 교육을 받으면서 추구해온 것들(여성의 성적 자기 결정권, 사회적 존재로서의 책임과 의무, 인습에 지배받는 통념과 이상의 괴리를 극복하는 현실의 발견, 황국신

민화에 맞선 민족적 주체의 형성)을 통합된 것으로 구현해내는 성숙한 존재다.

당시 교육자와 문인 등 여성 지도자들이 신체제론에 발맞추어 내세운 '생활 개선'이라는 것이 가진 반민중성을 우회적으로 비판한 「달밤의 대화(月夜の語り)」(1943. 2)를 마지막으로 임순득은 해방이 될 때까지 침묵으로 들어갔다. 이미 「이름 짓기」에서 조선이란 여성이 자립하기 가장 어려운 공간이라고, 조선 민족이면 누구나 어렵지만 여성은 더 어렵다고 간파했던 임순득은 그 마지막 시간을 「이름 짓기」의 여성 인물이 말하듯 "한가하게 남산이나 쳐다보"(p. 367)면서(悠然見南山) 버텨나갔을 것이다. 도연명의 시 「음주(飲酒) 5」의 한 구절인 이 말은 고래로 어지러운 세상 속에서 그 세상을 피해 사는 고상한 선비의 자세를 상징하는 것이 되었다. 산속으로 피해 갈 수도 없는 시대, 외국으로 망명할 수도 없는 처지, 시끄러운 세상 속에서 휩쓸리지 않고 살기. 임순득은 '내적 망명'을 시도했을 것이다.

김명순(金明淳)

1896년 1월 20일 평안남도 평양군 융덕면에서 갑부 김희경(金羲庚)의
소실 김인숙(金仁淑)의 장녀로 태어남. 이복형제가 10남매가 넘
었던 것 같음. 평양은 기독교세가 강했고 김명순의 부모도 기독
교인이었던 것으로 보임.

1904년경 평양 남산현교회 부속학교단 남산현소학교에 입학. 공부를
잘해서 주변의 사랑을 받았으나 학교 연극에서 '유대인' 역할을
한 것에 아버지가 분노하여 학교를 옮기게 되었다고 함.

1907년 9월 남산현교회 목사가 신도와의 불륜으로 교회를 떠난 사건을
계기로 김명순은 교회에서 마음이 떠남. 이 무렵 어머니도 세상
을 떠나면서 12월 서울 진명여학교 보통과에 입학. 진명여학교
학적부에는 1908년 2학년부터의 성적이 남아 있음. 이때 김기
정(金箕貞)이라는 이름을 사용함.

1910년 일본의 강제 병합 후 아버지 김희경은 평안남도 참사가 되나 그
동안의 엽관운동으로 가세는 기울었음. (기존 연보에는 이해에 아

버지가 사망한 것으로 알려졌으나 이는 오류임. 아버지는 적어도 1926년
까지는 생존했음.)

1911년 3월 진명여학교 보통과를 졸업하고 4월 중학과에 입학하였으나
12월에 건강상의 이유로 퇴학.

1913년 9월 일본으로 가서 입학 준비.

1914년 도쿄 국정여학교 3학년으로 들어감.

1915년 7월 숙부의 소개로 알고 지내던 일본 육군 소위 출신 이응준에
게 성폭행을 당하고 결혼도 거절당하면서 자살을 시도했고, 이
사건이 일본과 조선의 언론에 실려 스캔들이 되면서 졸업을 하
지 못하고 귀국.

1916년 4월 숙명여자고등보통학교에 입학.

1917년 3월 숙명여자고등보통학교 졸업. 11월 잡지 『청춘』에서 처음으
로 시행한 '특별대현상'에 단편소설 「의심(疑心)의 소녀(少女)」
가 3등으로 당선되면서 문단에 데뷔.

1918년 두번째 일본 유학. 이때 김명순은 음악을 공부한 것 같으나 확실
하지는 않음. 동경 유학생들이 만든 잡지인 『학지광』 『여자계』
등에 수필과 소설을 발표.

1920년 7월 『창조』에 동인으로 가담. 시극 「조로의 화몽」(『창조』제7호)을
'망양초'라는 필명으로 발표. 『창조』는 1919년 2월 일본에서 처음
나왔음. 평양 출신의 미술가 김찬영과 일시 연인 관계였고 그다
음에는 동양대학에서 철학을 공부하던 노월 임장화와 동거하기
시작함.

1921년 12월~1922년 1월 소설 「칠면조」(『개벽』)를 발표.

1922년 5월 토월회에 참가. 처음 토월회는 문학 동호인 모임 정도의 성

격이었고 임노월도 동인이었다고 함.

11월 E. A. 포의 소설 「상봉」(『개벽』)을 번역 발표. 이후 김일엽의 등
장으로 임노월과의 관계가 끝나고 조선으로 돌아온 것으로 보임.

1923년 9월 『신여성』 창간호에 소설 「선례」(2회 연재) 발표.

1924년 2월 『폐허 이후』의 동인으로 참여.

3월부터 7월까지 『조선일보』에 소설 「돌아다볼 때」 「외로운 사
람들」 「탄실이와 주영이」 세 편을 연달아 연재함. 그중 「탄실이
와 주영이」는 자전소설로서, 제목에서 드러나듯이 일본 작가 나
카니시 이노스케(中西伊之助)의 『너희들의 등 뒤에서(汝等の背後
より)』의 주인공 '권주영'이 김명순 자신을 모델로 한 것이라는
당시의 소문에 대항하고자 쓴 것인데 중간에 연재가 중단됨.

11월 김기진의 「김명순 씨에 대한 공개장」이 『신여성』에 발표되
자 그에 반박하는 글이 『신여성』 12월에 실린다고 예고되었으나
실제 실리지는 않음. 이 사건에 대한 김명순의 반응은 수필 「네
자신의 위에」(『생명의 과실』에 수록)에 잘 드러남.

1925년 4월 그동안 쓴 시, 소설, 수필 등을 모아 자신의 첫 창작집이자
여성 작가 최초의 작품집이라는 의미를 지닌 『생명(生命)의 과
실(果實)』(한성도서주식회사) 출간. 많은 작품이 개고되어 수록
됨. 매일신보사 사회부 기자로 입사.

1926년 4월 『조선문단』 여성 작가 소설 기획란에 「손님」이 나혜석, 김일
엽, 전유덕의 소설과 함께 수록.

10월 『조선시인선집: 28문사걸작』(조선통신중학관)에 여성으로
는 유일하게 작품 수록.

1927년 1월 자살 시도. 이후 김명순의 생활은 경제적·사회적으로 매우

어려워짐. 『별건곤』 2월호의 「은파리」 기사를 문제 삼아 편집자였던 방정환과 차상찬을 명예훼손으로 고소함. 이 사건은 김명순의 평판을 악화시켰고 김명순은 큰 상처를 입음.

8월 조선키네마사의 이경손 감독의 권유로 영화 「광랑(狂浪)」에 주연으로 출연할 계획이었으나 제작이 무산됨. 영화배우로도 활동을 하지 못하게 됨.

12월 이해의 신산한 삶을 되돌아보는 수필 「잘 가거라 1927년아」 발표.

1928년경 두번째 창작집 『애인의 선물』을 회동서관에서 간행(낙장으로 정확한 서지 사항을 알 수 없음).

1929년 5월 『문예공론』에 소설 「모르는 사람같이」 발표.

1930년경 세번째 일본 유학. 동경 간다(神田)의 '아테네 프랑스'라는 학원, 상지대학(上智大學) 독문과 등에 다녔다고 함.

1933년 8월 일본에서 땅콩 장사 등으로 고학을 한다는 소식이 전해짐.

1934년 봄 무렵 일본 법정대학(法政大學) 불·영·독문과 등에서 청강.

1935년 4월 『조선문단』의 '문인주소록'에 거주지가 "동경시 간다구 니시간다조 기독교회"로 되어 있음.

1936년경 조선으로 돌아옴. 경제적·사회적으로 생활은 점점 더 어려워짐.

1938년 『매일신보』에 소년소설 「고아원」「고아의 결심」「고아원의 동무」를 발표. 이들 소설은 동경의 이치가야(市谷) 고아원을 소재로 삼고 있음. 이 무렵 남자아이를 입양함.

1939년 1월 김명순은 마지막 작품인 시 「그믐밤」을 『삼천리』에 발표. 이후 생활도, 작품 창작도 어려운 상태에서 일본과 조선을 오감.

3월 김명순과 제1세대 신여성에 대한 악의와 험담으로 가득 찬 김동인의 소설 「김연실전」이 연재되기 시작.

1945년 이즈음에 완전히 일본으로 떠나 돌아오지 않음.

1951~1953년 정확한 사망 시기와 경위는 알 수 없으나 이 무렵 일본
도쿄 아오야마 뇌병원(현재 국립정신병원)에서 사망한 것으로 추
정함.

주요 작품 목록

장르	제목	발표지	발표 연월일	비고
소설	의심의 소녀	청춘	1917. 11. 16	『생명의 과실』에 재수록
수필	초몽(初夢)	여자계	1918. 3	'望洋草'로 발표
수필	XX언니에게	여자계	1918. 9	
소설	조모의 묘전(墓前)에	여자계	1920. 3	
소설	영희(英姬)의 일생(I)	여자계	1920. 6. 25	'望洋草'로 발표. 미완
시극	조로(朝露)의 화몽(花夢)	창조	1920. 7	'望洋草'로 발표
소설	칠면조	개벽	1921. 12~ 1922. 1	'金明淳 女史'로 발표. 미완
평론	부친보다 모친을 존숭하고 여자에게 정치 사회 문제를 맡기겠다	동아일보	1922. 1. 7	
번역 소설	상봉(相逢)	개벽	1922. 10	
희곡 (레제 드라마)	의붓자식	신천지	1923. 7	
소설	선례	신여성	1923. 9/11	
수필	동인기(同人記)	폐허 이후	1924. 2	
소설	돌아다볼 때	조선일보	1924. 3. 29~ 4. 19	개고하여 『생명의 과실』에 수록
수필	봄 네거리에 서서	신여성	1924. 4	

소설	외로운 사람들	조선일보	1924. 4. 20~ 6. 2	'望洋草'로 발표
번역 소설	너희들의 등 뒤에서	조선일보	1924. 6. 3~11	미완
소설	탄실이와 주영이	조선일보	1924. 6. 14~ 7. 15	미완
수필	계통 없는 소식의 일절	신여성	1924. 9	'별그림'으로 발표. 『생명의 과실』에 수록
수필	렐 없는 이야기	신여성	1924. 11	'대종 없는 이야기'로 개제하여 『생명의 과실』에 수록
수필	네 자신의 위에	미상	1924. 12	『생명의 과실』에 수록
수필	어머니의 영전에	동아일보	1925. 3. 9	'望洋草'로 발표
소설	꿈 묻는 날 밤	조선문단	1925. 5	'金彈實'로 발표
소설	젊은 날	여명(黎明)	1925. 7	'金彈實'로 발표
평론	이상적 연애	조선문단	1925. 7	
평론	여인 단발에 대하여	신민(新民)	1926. 1	
소설	손님	조선문단	1926. 4	'金彈實'로 발표
소설	일요일(日曜日)	매일신보	1926. 11. 28	개고하여 『애인의 선물』에 수록
수필	겨울날의 잡감	매일신보	1926. 12. 22	
수필	잘 가거라 1927년아	동아일보	1927. 12. 31	'望洋生'으로 발표
수필	시필(試筆)	동아일보	1928. 1. 20	
희곡	두 애인	신민	1928. 4	'金彈實'로 발표. 『애인의 선물』에 수록
소설	분수령	애인의 선물	1928. 4~1929	
수필	애(愛)?	애인의 선물	1928. 4~1929	
수필	향수(鄕愁)	애인의 선물	1928. 4~1929	
소설 (콩트)	모르는 사람같이	문예공론	1929. 5	'金彈實'로 발표
수필	귀향	매일신보	1936. 10. 7~13	'金彈實'로 발표
수필	생활의 기억	매일신보	1936. 11. 19~21	

소년소설	부동이와 밀감	매일신보	1937. 11. 28~ 1938. 2. 13	'김탄실'로 발표
소설	해 저문 때	동아일보	1938. 1. 15~18	'金彈實'로 발표
소년소설	고아원	매일신보	1938. 4. 3	'金彈實'로 발표
소년소설	고아의 결심	매일신보	1938. 5. 29	'金彈實'로 발표
소년소설	고아원의 동무	매일신보	1938. 6. 26	'金彈實'로 발표
소설	Favorite	삼천리문학	1938. 8	미발굴
시	그믐밤	삼천리	1939. 1	
단행본	생명의 과실	한성도서 주식회사	1925. 4	작품집
단행본	애인의 선물	회동서관	1928~1930 사이	작품집

나혜석(羅蕙錫)

1896년 4월 18일 경기도 수원에서 한일 강제 병합 전후 군수를 지낸 개명 관료였던 아버지 나기정(羅基貞)과 어머니 최시의(崔是議) 사이의 5남매 중 넷째, 딸로서는 둘째로 태어남. 어릴 때 이름은 아기(兒只)였으며 학교에 들어가서는 명순(明順)이라 불렸고, 돌림자를 넣어 지은 혜석이란 이름은 일본 도쿄로 유학 갈 때 얻음.

1910년 6월 수원 삼일여학교 졸업.

9월 서울 진명여학교에 입학.

1913년 진명여학교를 우등으로 졸업하고, 4월 일본 도쿄 사립 여자 미술학교 서양화부 선과 보통과 1학년(4년 과정)에 입학.

1914년 2학년 여름방학부터 아버지가 좋은 혼처가 나섰다고 공부를 그
만두고 시집갈 것을 강하게 요구했지만, 이미 근대적 여성 의식
에 눈을 떴고 자아의식을 가지게 된 데다가 오빠 나경석의 친구
인 게이오 대학생 최승구(崔承九)와 연애 관계에 있었던 혜석으
로서는 받아들일 수가 없었음.

12월 도쿄 조선인 유학생 잡지 『학지광』 3호에 최초의 글 「이상
적 부인」 발표. 당시 일본에서는 『청탑』을 중심으로 여성해방론
과 신여성 운동이 매우 활발하게 전개되고 있었고 나혜석도 그
러한 지적 자장 안에서 글쓰기를 시작함.

1915년 1월 아버지의 결혼 권유로 휴학하고 여주공립보통학교 교원으
로 1년간 근무하면서 돈을 모음.

12월 아버지 나기정 사망.

1916년 4월 서양화 고등사범과 1학년으로 복학. 전남 고흥으로 죽기 직
전의 최승구를 보러 감. 나혜석이 방문한 다음 날 최승구는 23
세로 사망.

여름 무렵 수원 집으로 김우영이 찾아왔고 이후 오빠의 강력한
권유로 도쿄와 교토를 오가며 만남. 중간에 이광수와도 가까워
졌으나 오빠 나경석의 반대로 이광수와의 관계는 오래 지속되지
못함.

1917년 3월 유학생 모임인 학우회의 망년회에 참석했던 소감을 쓴 「잡
감」(『학지광』)을 발표. 필명으로 정월(晶月)이란 호를 사용함.

7월 『학지광』에 「잡감—K언니에게 여함」 발표.

1918년 3월 도쿄 여자 유학생들이 발간하는 『여자계』 제2호에 단편소
설 「경희」 발표. H. S.란 필명으로 시 「빛〔光〕」 발표. 사립 여자

미술학교 졸업하고 귀국.

9월 『여자계』 제3호에 단편소설 「회생한 손녀에게」 발표.

1919년 1월 21일부터 2월 7일까지 『매일신보』에 '섣달 대목'이란 주제로 5회, '초하룻날'이란 주제로 4회, 모두 9점의 만평을 연재.

3월 초 서울의 신마실라(이화학당 교사) 등과 이화학당 지하실에서 비밀 회합을 가지며 3·1운동에 여학생 참가 계획을 추진하다가 체포되어 5개월간 옥고를 치른 뒤 8월 4일 경성지방법원의 '면소 및 방면' 결정으로 풀려남. 이후 정신여학교 도화(미술) 교사로 재직.

11월 어머니 최시의 사망.

1920년 4월 10일 정동 예배당에서 김필수 목사의 주례로 김우영과 결혼.

여름, 첫딸 나열을 임신해서인 듯 정신여학교를 그만두고 임신을 했다는 초조감으로 2개월간 일본 생활. 이 시기가 가장 알차게 공부한 보람된 시기라고 회고함.

1921년 3월 19~20일 임신 9개월의 무거운 몸으로 경성일보사 내청각에서 유화 개인 전람회 개최.

4월 1~3일 제1회 서화 협회전람회(協展)에도 유화를 출품함. 『매일신보』가 입센의 희곡을 「인형의 가(家)」란 제목으로 번역 연재하면서 마지막 회에 나혜석에게 가사를 지어줄 것을 청탁하여 4월 3일 자 신문에 노래 가사 「인형의 가」를 발표.

4월 29일 첫딸을 낳고 '김'우영과 '나'혜석의 '기쁨'(열)이란 뜻으로 이름을 김나열(金羅悅)이라고 지음.

9월 김일엽의 「부인 의복 개량에 대하여—한 가지 의견을 드리나이다」에 반박하는 글 「김원주 형의 의견에 대하여—부인 의복 개량 문제」를 『동아일보』에 발표. 일본 외무성의 관리로 만주 안동현 부영사로 부임하는 남편을 따라 만주로 이주, 안동현 부영사 사택에서 살기 시작함.

1922년 3월 안동현에서 여자 야학 설립을 주도함.

6월 조선총독부 주최 제1회 조선미술전람회 유채수채화 분야에 출품, 「봄」 「농가」 입선.

1923년 1월 첫딸 나열을 임신해서 낳아 돌이 될 때까지의 심리적·육체 적 변화를 솔직하게 기록하면서 '모성'의 신화를 부정한 「어머니 (母) 된 감상기」(『동명』)를 발표. 이에 대해 백결생이 「어머니 된 감상기」를 비판하는 「관념의 남루를 벗은 비애」를 발표하자, 이에 반박하는 글 「백결생에게 답함」을 발표.

3월부터 터진 의열단 사건(황옥 경부 사건)에 나혜석·김우영 부부가 도움을 주었다는 회고가 있음.

6월 제2회 조선미술전람회에 「봉황성의 남문」이 4등, 「봉황산」 이 입선.

9월 『신여성』 창간호에 「부처간의 문답」 발표.

1924년 6월 제3회 조선미술전람회에 「추의 정」 4등, 「초하의 오전」이 입선.

8월 「나를 잊지 않는 행복」(『신여성』) 발표.

이해 말엽에 첫아들 선(宜) 낳음.

1925년 제4회 조선미술전람회에 「낭랑묘」 3등 입상.

1926년 5월 제5회 조선미술전람회에 「천후궁(天后宮)」이 특선.

12월 김우영의 임지가 아직 결정되지 않아 동래 시집으로 돌아 와 19일 둘째 아들 진(辰) 낳음.

1927년 5월 제6회 조선미술전람회에 「봄의 오후」가 무감사 입선.

6월 19일 세 아이는 칠순의 시어머니에게 맡기고 부산을 출발하여 구미 여행길에 오름. 남편 김우영을 따라나선 길로 서울을 들러 신의주, 하얼빈을 거쳐 시베리아 횡단열차를 탐. 중간에 모스크바도 관광하고 부산을 떠난 지 한 달 만인 7월 19일 파리 도착. 이후 김우영은 법률을 공부하기 위해 베를린으로 가고 나혜석은 파리에서 야수파 화가인 비시에르의 화실에 다니면서 그림 공부를 함.

10월 한국 유학생들이 주최한 환영회에서 처음 최린을 만남.

1928년 7월 영국에 있는 김우영에게 가 영국 여성 참정권 운동에 참가했던 여성으로부터 영어를 배우면서 여성 참정권 운동에 대해서도 관심을 가짐.

9월 17일 미국으로 떠나 23일 뉴욕항에 도착. 동포 망년회에서 김우영이 '친일파'로 몰려 피습당하는 사건 발생.

1929년 1월 12일 뉴욕 출발.

2월 14일 미국 샌프란시스코항을 떠나 3월 12일 부산에 도착하여 동래 시집에서 살게 됨. 김우영은 변호사 개업 준비를 위해 서울에 감.

6월 20일 셋째 아들 건(健) 낳음. 혁명과 건설의 도시 파리의 산물임을 기념하여 이름을 '건'으로 지었다고 함.

1930년 파리에서 있었던 나혜석과 최린의 연애에 관한 소문이 조선 사교계에 퍼져 나가면서 나혜석과 김우영의 관계가 악화되기 시작함.

10월 이혼 서류에 도장을 찍고, 11월 20일 김우영이 이혼신고서를 부청에 제출, 이혼이 성립됨.

1931년 3월 김우영은 신정숙과 혼인 신고함. 김우영의 결혼 소식을 들은 나혜석은 동래로 가 네 아이와 함께 자살할 생각도 했지만 실행에 옮기지는 못하고 결국 짐을 싸서 동래 집과 아이들을 떠나게 됨. 이후 아이들을 보지 못하는 고통과 일정한 거처와 수입이 없는 불안정한 생활이 시작됨.

5월 제10회 조선미술전람회에 「정원」이 특선, 「작약」과 「나부」가 입선.

1932년 여름, 금강산 해금강에서 제13회 제국미술원전람회에 출품하기 위해 그림을 30~40점 그렸는데, 머무르고 있던 집에 불이 나 10여 점밖에 건지지 못함. 이때의 충격으로 건강도 상함.

12월부터 1934년 9월까지 『삼천리』에 구미 여행의 기행문 「구미 유기」를 연재.

1933년 2월 4일 서울 종로구 수송동 146의 15호에 '여자미술학사'를 열었으나 학생들이 오지 않아 실패함. 이혼과 화재의 심적 타격으로 수전증이 생겨 왼팔의 부자유를 느끼면서도 미술 개인 지도를 하는 한편, 주문을 받아 초상화를 그리는 일도 했다고 함.

5월 제12회 조선미술전람회에 작품을 두 점 출품할 예정이라고 했는데, 출품을 않았는지 입선하지 못했는지 입선자 명단에 나혜석의 이름은 찾을 수 없음. 이후 조선미술전람회에서 나혜석의 그림을 볼 수 없음.

1934년 8~9월 김우영을 만나서 연애하고 결혼하고 이혼하기까지의 개인적인 생활과 심경을 솔직하게 쓰고, 여성에게 일방적으로 강요되는 정조 관념을 비판하는 글 「이혼 고백장」(『삼천리』) 발표. 사회적으로 논란이 일어남.

9월 19일 변호사 소완규를 통해 최린에게 정조 유린에 대한 위자료 1만 2,000원을 청구하는 소송을 제기했고 이 사실이 9월 20일 자 『조선중앙일보』와 『동아일보』에 보도됨.

1935년 2월 자신의 과거와 현재가 얽혀 있는 조선을 떠나 미래를 향해 다시 파리로 가고 싶다는 희망과 의지를 담은 글 「신생활에 들면서」(『삼천리』)를 발표. 이혼 후 자신이 겪은 조선 사회의 인심을 비판하면서 인습에 얽매인 정조 관념을 해체해야 한다는 시대를 앞선 주장을 담았음.

첫아들 선, 폐렴으로 열두 살의 나이로 요절.

1936년 12월 소설 「현숙」 발표.

1937년 10월 소설 「어머니와 딸」(『삼천리』) 발표.

이해 말, 김일엽을 찾아서 수덕사 견성암으로 감. 1943년까지 주로 수덕사 밑의 수덕 여관에서 지내면서 그림을 그리고 또 해인사, 다솔사 등 여기저기 절집을 돌아다녔으며, 지인을 찾아 서울을 오가기도 함.

1938년 8월 「해인사의 풍광」(『삼천리』) 발표. 해인사에서 봄부터 여름까지 지낸 기록이며 나혜석이 마지막으로 발표한 글임.

1944년 수덕사를 떠난 나혜석은 여학교를 마치고 개성에서 학교 선생을 하는 딸 나열에게 얼마간 의탁하기도 했고 서울의 오빠 집에 갔다가 쫓겨나기도 함.

10월 21일 오빠 나경석의 주선으로 서울 인왕산 청운양로원에 맡겨짐. 나혜석은 시설에서 생활하는 것을 견디지 못하고 틈만 나면 빠져나와 서울의 친지들을 찾아왔다가 사라지곤 하는 행동을 되풀이함.

1948년 12월 10일 원효로 시립 자제원에서 사망.

주요 작품 목록

장르	제목	발표지	발표 연월일	비고
수필	이상적 부인	학지광	1914. 12	
수필	잡감	학지광	1917. 3	
수필	잡감 —K언니에게 여함	학지광	1917. 7	
소설	경희	여자계	1918. 3	
시	빛〔光〕	여자계	1918. 3	
소설	회생한 손녀에게	여자계	1918. 9	
수필	4년 전의 일기 중에서	신여자	1920. 6	
수필	대구에 갔던 일을— 김마리아 형에게	동아일보	1920. 6. 12~22	
수필	부인 문제의 일단	서광	1920. 7	
수필	회화와 조선여자	동아일보	1921. 2. 26	
소설	냇물	폐허	1921. 4	
수필	사(砂)	폐허	1921. 4	
가사	인형의 가	매일신보	1921. 4. 3	
소설	규원	신가정	1921. 7	미완
수필	김원주 형의 의견에 대하여—부인 의복 개량 문제	동아일보	1921. 9. 29~ 10. 1	
수필	어머니 된 감상기	동명	1923. 1. 1~21	
수필	백결생에게 답함	동명	1923. 3. 18	
수필	『부인』의 탄생을 축하하여—부인 각 개인의 완성 문제에 급(及)함	부인	1923. 4	
수필	독자의 소리	부인	1923. 4	
수필	여학교를 졸업한 제매(諸妹)에게	부인	1923. 6	

수필	강명화의 자살에 대하여	동아일보	1923. 7. 8.	
수필	부처간의 문답	신여성	1923. 9/11	
수필	1년 만에 본 경성의 잡감	개벽	1924. 7	
수필	만주의 여름	신여성	1924. 7	
수필	나를 잊지 않는 행복	신여성	1924. 8	
수필	내가 어린애 기른 경험	조선일보	1926. 1. 3	
수필	생활 개량에 대한 여자의 부르짖음	동아일보	1926. 1. 24~30	
소설	원한	조선문단	1926. 4	
수필	미전 출품 제작 중에	조선일보	1926. 5. 20~23	
수필	내 남편은 이러하외다	신여성	1926. 6	
시	중국과 조선의 국경	시대일보	1926. 6. 6	
수필	경성 온 감상의 일편	동아일보	1927. 5. 27	
수필	예술가의 생활— 부녀 생활의 몇몇 가지	청년	1927. 6	
수필	아우 추계(秋溪)에게	조선일보	1927. 7. 28	
수필	애아 병간호—잡담실	삼천리	1930. 1	
수필	불란서 가정은 얼마나 다를까	동아일보	1930. 3. 28~4. 2	
수필	구미 시찰기	동아일보	1930. 4. 5~10	
수필	끽연실	삼천리	1930. 5	
수필	파리에서 본 것 느낀 것 —사람이냐 학문이냐	대조	1930. 6~7	
수필	젊은 부부	대조	1930. 9	
수필	나를 잊지 않은 행복— 제전 입선 후 감상	삼천리	1931. 11	
수필	파리의 모델과 화가생활	삼천리	1932. 3~4	
수필	양데팡당식이다—혼미 저조의 조선미술전람회 를 비판함	동광	1932. 7	

수필	조선미술전람회 서양화 총평	삼천리	1932. 7. 1	
수필	아아 자유의 파리가 그리워	삼천리	1932. 1	
수필	소비에트 로서아행	삼천리	1932. 12	
수필	구미 유기	삼천리	1932. 12~1934. 9	
수필	백림의 그 새벽	신가정	1933. 1	
수필	화가로 어머니로 나의 10년간 생활	삼천리	1933. 1	
수필	CCCP	조선일보	1933. 2	
수필	모델	삼천리	1933. 2. 28	
수필	백림과 파리	신동아	1933. 3	
수필	원망스런 봄밤	삼천리	1933. 4	
수필	꽃의 파리행	신가정	1933. 5	
수필	파리의 어머니날	신가정	1933. 5	
수필	미전의 인상	매일신보	1933. 5. 16~21	
수필	자연과 인생	매일신보	1933. 6. 2	
수필	백림에서 런던까지	삼천리	1933. 9	
수필	연필로 쓴 편지	신동아	1933. 10	
수필	서양 미술과 나체미	삼천리	1933. 12	
수필	새해에는 생활부터 개량합시다	매일신보	1934. 1. 1~3	
수필	외국의 정월— 밤거리의 축하식	중앙	1934. 2	
수필	영원히 잊어주시오	월간 매신	1934. 3	
수필	구미 부인의 가정생활— 다정하고 실질적인 불란서부인	중앙	1934. 3	
수필	정열의 서반아행	삼천리	1934. 5	
수필	날아간 청조	중앙	1934. 5	

수필	여인 독거기	삼천리	1934. 7	
수필	파리에서 뉴욕으로	삼천리	1934. 7	
수필	총석정 해변	월간 매신	1934. 8	
수필	이혼 고백장	삼천리	1934. 8~9	
수필	태평양 건너서 고국으로	삼천리	1934. 9	
수필	이태리 미술관	삼천리	1934. 11	
수필	떡 먹은 이야기	조선중앙일보	1935. 1. 4	
수필	신생활에 들면서	삼천리	1935. 2	
수필	이태리 미술 기행	삼천리	1935. 2	
시	아껴 무엇하리 청춘을	삼천리	1935. 3	
수필	구미 여성을 보고 반도 여성에게	삼천리	1935. 6	
수필	이성 간의 우정론— 아름다운 남매의 기	삼천리	1935. 6	
수필	나의 여교원 시대	삼천리	1935. 7	
수필	독신 여성의 정조론	삼천리	1935. 10	
수필	파리의 그 여자	삼천리	1935. 11	
수필	영미 부인 참정권 운동자 회견기	삼천리	1936. 1	
수필	런던 구세군 탁아소를 심방하고	삼천리	1936. 4	
수필	불란서 가정은 얼마나 다를까	삼천리	1936. 4	
소설	현숙	삼천리	1936. 12	
수필	나의 동경여자미술학교 시대	삼천리	1937. 5	
소설	어머니와 딸	삼천리	1937. 10	
수필	영이냐, 육이냐, 영육이냐	삼천리	1937. 12	
수필	해인사의 풍광	삼천리	1938. 8	

김일엽(金一葉)

1896년 6월 9일 평안남도 용강군 삼화면 덕동리에서 목사인 김용겸과 이마대 사이의 맏딸로 태어남. 본명은 원주(元周)이고 일엽은 호. 출가 후 불명은 하엽(荷葉), 도호(道號)는 백련도엽(白蓮道葉). 어머니 이마대는 기독교 신앙을 통해 개명한 여성으로 딸을 공부시켜야 한다고 생각하고 언제나 김일엽을 지원했음.

1904년 평양 구세학교 입학.

1906년 진남포 사립 삼숭(三崇)학교 입학.

1909년 든든한 후원자였던 어머니가 남동생을 낳은 뒤 세상을 떠나고 동생도 바로 죽음. 아버지는 재혼.

1910년경 상경하여 이화학당 입학.

1914년경 이화학당 중학과를 졸업하고 잠시 보통학교 교사를 함. 아버지마저 돌아가시면서 고아가 됨.

1915년경 선생님의 소개로 스물두 살 많고 의족을 한 이노익과 결혼. 이노익은 1914년 6월 미국 네브라스카 웨슬리안 대학을 졸업한 미국 유학생 출신으로 연희전문학교 교수였고 고아가 된 김일엽은 '생활 방책'으로 한 결혼이었음. "외로운 데서 붙잡아주고 미천한 처지에서 일으켜준 은인"으로, 남편이 아니라 '아버지'처럼 생각했다고 함.

1919년 3·1운동 후의 새 사상 조류 속에서 입센과 엘렌 케이의 사상을 접하면서 '사랑과 이해 없는 결혼 생활'을 죄악시하게 됨.

1920년 3월 서울에서 여성 편집진과 여성 필진에 의한 『신여자』 창간, 6월에 4호까지 발간. 『신여자』의 주필로 시, 소설, 수필, 논설 등을 다수 실음. 이를 계기로 각종 강연회에서 여성 문제를 주제로 강연함. 이후 경영난으로 『신여자』 폐간.

8월 24일 공주에서 '조선여자계 현상에 대하여 남자에 반성(反省)을 촉(促)함'으로 강연.

1921년 1월 31일 상동교회에서 '신여자의 자각' 강연.

3월 남편이 미국으로 연구하러 가는 김에 김일엽은 일본 유학을 하면서 별거에 들어감. 동경 영화(英和)학교 입학(영화학교는 영어 전수학교로 아오야마 학원의 전신임). 일본에서 주로 남녀 문제에 관한 책만 읽었다고 함. 일본에서 오타 세이조(太田清長) 만남.

1922년 4월경 귀국한 이노익과 이혼.

9월 오타 세이조와의 사이에서 아들 김태신을 낳음. 김일엽 자신은 생전 이 아들에 대해 말하거나 인정한 적 없음.

12월 3일 조선예수교청년연합회 주최 강연회에서 '결혼의 근본 뜻' 강연.

1923년 2월 자신의 불행한 전반생에 대한 반항, 분노, 비통의 심정을 표현한 「회상기」 발표.

6월 이노익과의 불행했던 결혼 생활을 회상하고 임노월과의 새로운 사랑을 암시하는 「결혼에서 이혼까지」 발표. 이때를 전후해서 임노월과 만남. 임노월은 당시 도쿄 동양대학에서 공부하고 있었음.

1924년 8월에 발표한 「재혼 후 1주년, 인격 창조에」에서 지난 1년간 인격적 자각, 모성에 대한 자각, 예술적 생활에 대한 동경을 얻었다고 씀.

1925년 후반쯤 임노월과 헤어진 듯.

1926년 2월 22일 경성여자청년회 주최 자유 결혼 문제 강연회에서 강연.

　　　6월 소설「자각」발표.

1927년 1월「나의 정조관」발표.

　　　4월 근우회 참가.

1928년 불교 종단 기관지 월간『불교』지에 관여. 1932년경까지 문예란
　　　담당.

　　　5월경『불교』에 글을 쓰면서 승려인 백성욱과 만남. 반년 정도
　　　후 백성욱이 금강산으로 들어가면서 인연이 끊어짐.

　　　10월 15일 만공선사에게 수계를 받음.

1929년 여름 무렵 대처승인 하윤실과 결혼(뒤에 김일엽은 이 결혼에 대해
　　　"5년 동안 맥 빠진 사이다같이 싱거운 결혼 생활"이었다고 함).

　　　9월 19일 재조직된 조선불교여자청년회의 서무부 상무간사를
　　　맡음.

1930년 3월 남편 하윤실이 서울 성북동의 삼산(三山)학교 교장을 맡으
　　　면서 김일엽도 학교에 관여.

　　　6월 개최된 제2회 조선불교여자청년회 총회에서 전무간사로 선
　　　임됨.

1931년 3월 조선불교청년총동맹 중앙집행위원에 선임됨.

1933년 6월 충남 예산 수덕사에서 입산수도.

1935년 3월 15일 표훈사 성혜선사에게서 보살 비구니계 수계, 견성암
　　　입승이 됨.

1960년『어느 수도인의 회상』간행.

1962년 5월 회고록『청춘을 불사르고』간행.

1967년 8월 이광수의 소설『이차돈의 사』를 불교 포교 연극으로 각색하

여 공연.

1971년 1월 28일 총림원 별실에서 입적, 전국 비구니장.

1974년 유고를 모은『미래세가 다하고 남도록』간행.

주요 작품 목록

장르	제목	발표지	발표 연월일	비고 〈 〉표시는 특집 제목
소설	계시	신여자	1920.3	
평론	부녀잡지『신여자』창간사	신여자	1920.3	
평론	『신여자』창간에 즈음하여	신여자	1920.3	
수필	어머니의 무덤	신여자	1920.3	
수필	K언니에게	신여자	1920.4	
소설	어느 소녀의 사(死)	신여자	1920.4	
평론	우리 신여자의 요구와 주장	신여자	1920.4	
소설	나는 가오―애련애화 (愛戀哀話)	신여자	1920.4~5	
평론	여자 교육의 필요	동아일보	1920.4.6	
수필	동생의 죽음	신여자	1920.5	
평론	여자의 자각	신여자	1920.5	
평론	잡지 신여자 머리에 씀	신여자	1920.5	
평론	먼저 현상을 타파하라	신여자	1920.6	『폐허』1921.2에 재수록
소설	청상(靑孀)의 생활	신여자	1920.6	
평론	근래의 연애문제	동아일보	1921.2.24	〈신진 여류 특집〉
소설	혜원(惠援)	신민공론	1921.6	
평론	부인 의복 개량에 대하여―한 가지 의견을 드리나이다	동아일보	1921.9.10~14	
평론	사나이로 태어났으면―개성의 완전한 이해자가 되어	동아일보	1922.1.3	

평론	노라(발문)	노라 (영창서관)	1922. 6	
소설	L양에게	동명	1923. 1. 1	
수필	회상기	동명	1923. 2. 8	
수필	결혼에서 이혼까지	부인	1923. 6	
평론	우리의 이상(理想)	부녀지광	1924. 4	
수필	재혼 후 1주년, 인격 창조에	신여성	1924. 8	
평론	의복과 미감	신여성	1924. 11	
수필	아버님 영전(靈前)에	동아일보	1925. 1. 1	
소설	순애의 죽음	동아일보	1926. 1. 31~ 2. 8	
소설	사랑	조선문단	1926. 4	
소설	자각	동아일보	1926. 6. 19~26	
소설	단장(斷腸)	문예시대	1927. 1.	
수필	나의 정조관(貞操觀)	조선일보	1927. 1. 8	
수필	공연한 실망	조선문단	1927. 2	
수필	꿈길로만 오는 어린이	문예공론	1927. 7	
수필	남자 때문에 고통당한 여자의 이야기―백년의 가약이 일장의 춘몽	조선일보	1927. 7. 29 ~8. 1	2회 연재
수필	회고(回顧)	불교	1928. 7	
소설	영지(影池)	불교	1928. 9	
소설	파랑새로 화(化)한 두 청춘	불교	1929. 1	
소설	희생	조선일보	1929. 1. 1~5	1, 4, 5일 3회 연재
수필	여자의 마음	불교	1929. 3	
소설	헤로인	조선일보	1929. 3. 9~10	
소설	X씨에게	불교	1929. 6	
수필	불문 투족 2주년에	불교	1930. 2	

수필	오호 90춘광(春光)	삼천리	1930. 5	
수필	여신도(女信徒)로서의 신년(新年) 감상(感想)	불교	1931. 1	
수필	용강온천행	불교	1931. 1	
수필	밀회와 처권	삼천리	1931. 3	
수필	신불(信佛)과 나의 가정	신동아	1931. 12	
수필	묵은 해를 보내면서	조선일보	1931. 12. 12~15	3회 연재
수필	여인과 서울	조선일보	1932. 1. 5	〈문인과 서울〉
소설	자비	불교	1932. 2	
평론	처녀(處女)–비처녀(非處女)의 관념을 양기(揚棄)하라	삼천리	1932. 2	〈정조 파훼(破毁) 여성의 재혼론〉
수필	노래가 듣고 싶은 밤	동광	1932. 3	
설문 응답	독서 앙케이트	삼천리	1932. 3	
수필	동소문턱을 넘으면서	신동아	1932. 3	
소설	애욕을 피하여	삼천리	1932. 4	
평론	조선언론계에 바람	동광	1932. 6	
수필	서중잡감(暑中雜感)	불교	1932. 9	
수필	1932년을 보내며	조선일보	1932. 12. 21~22	
소설	50전 은화	삼천리	1933. 1	
수필	또 한 해를 보내면서	불교	1933. 1	
수필	그늘에서 양지로	조선일보	1933. 1. 16	〈1933 여인의 행진〉
시	김입새 하나	조선일보	1933. 2. 13	
시	봄은 왔다 그러나 이 강산에만	조선일보	1933. 2. 28	
수필	여인일기―인생만능	조선일보	1933. 3. 2	
수필	동생 묻은 뒷동산	신가정	1933. 3	〈봄날이 오면 그리운 곳〉
수필	믿음이 싹틀 때― 사회상의 가지가지	불교	1933. 3	
수필	아버지와 고향	신동아	1933. 5	

수필	어머님 회고	신가정	1933. 5	
수필	보성고보 입학시험 때	불교	1933. 5~6	
수필	연애, 결혼, 이혼	신가정	1933. 6	〈일인일언〉
수필	일체의 세욕(世慾)을 단(斷)하고	삼천리	1934. 11	
수필	불도를 닦으며	삼천리	1935. 1	
평론	3년간은 참아라―남편 재옥(在獄), 망명 중의 처의 수절 문제	삼천리	1937. 1. 2	
수필	가을소리를 들으면서	학해	1937. 12	
평론	불법(佛法) 재건운동	조선일보	1955. 4. 26	
수필	정신적 수입과 현실― 입산 25주년을 맞으며	조선일보	1957. 1. 28~30	
수필	인생	조선일보	1958. 3. 1~19	4회 연재
수필	구원을 지향하는 어떤 학생에게	조선일보	1957. 12. 5~6	2회 연재
평론	인간생활로 개막하자	조선일보	1959. 1. 3	
수필	실성(失性)인의 회상(回想) 고(考)	조선일보	1960. 4. 13	
수필	한 자리	현대문학	1966. 1	
평론	모르고라도 실천하라	조선일보	1966. 12. 13	
단행본	어느 수도인의 회상	수덕사 견성암 편	1960	
단행본	청춘을 불사르고	문선각	1962	
단행본	행복과 불행의 갈피에서	휘문출판사	1964	

이선희(李善熙)

1911년 12월 17일 함경남도 함흥 출생. 이선희 스스로 "조그만 몸뚱이 전체는 원산의 해변가에서 길러졌다"라고 할 만큼 성장기의 대부분을 원산에서 보냄. 아버지는 한문과 역사에 능하고 대한제국 시절 대한의전을 수료했으며 매우 청렴했다고 함. 어머니는 "붓으로 그린 듯이" 예뻤다고 할 정도의 미모였다. 아명은 순덕(順德).

1917년 어머니가 26세의 젊은 나이에 병으로 사망하고 이선희는 아버지의 사랑을 독차지하며 자람.

1928년 원산 루씨여고보를 졸업함.

1929년 서울로 가서 이화여전 진학. 아버지의 권유로 성악과에 진학했지만 문과로 전과하여 3년간 공부함.

1933년 12월 『신여성』지의 기자로 입사하여 1934년 6월 『신여성』이 폐간될 때까지 활동함.

1934년 7월 10일 발표된 「한글철자법 시비에 대한 성명서」에 이름을 올림. 이 무렵 원산에서 소꿉친구로 지냈던 극작가 박영호와 결혼한 것으로 보임. 박영호는 전처의 자식도 있는 재혼이었음. 서울 계동에 살림을 차림. 슬하에 아들 둘을 둠. 『장화홍련전』을 재해석하며 계모에 대한 이해와 옹호론을 펼침.

11월 체호프의 희곡 「백조의 노래」를 번역. 이것은 극단 황금좌가 인사동 조선극장에서 11월 15일부터 공연할 혁신 공연 중 한 편임. 박영호는 황금좌의 중심인물로서 전속 작가로 활동함.

12월 단편소설 「가등」을 『중앙』에 발표.

1935년 후반에 첫아들을 출산한 것으로 보임.

1936년 6월 「오후 11시」를 『신가정』에 발표.

1937년 1월 「도장」을 『여성』에 발표.

3월 「계산서」를 『조광』에 발표.

5월 10일 낙랑다방에서 개최하는 모윤숙 시집 『렌의 애가』 출판 기념회에 최정희, 노천명, 장덕조와 함께 발기인으로 참여.

6월 22일부터 사흘간 「여인도」를 『조선일보』에 연재.

10월 「숯장수의 처」를 『여성』에 발표.

1938년 1월 「매소부」를 『여성』에 발표. 1월 8일 모윤숙, 장덕조, 최정희, 김수임과 함께 노천명 시집 『산호림』 출판기념회 발기.

5월 『조선일보』 학예부 기자로 입사. 조선일보사 출판부에서 발행한 『현대조선문학전집: 단편집(중)』에 「매소부」가 수록됨. 같은 시리즈의 『현대조선문학전집: 수필 기행집』에는 「향토유정기」와 「여인도」가 실림.

7월 24일부터 8월 11일까지 「연지」를 『조선일보』에 연재.

11월 「돌아가는 길」을 『야담』에 발표.

1939년 1월 조선일보사 출판부에서 간행한 『여류단편걸작집』에 「연지」가 수록됨.

1940년 1월 「탕자」를 『문장』에 발표.

4월 『조선일보』 폐간과 함께 집에 들어앉으면서부터 짧은 치마를 모두 긴 치마로 만들었다고 함.

10월 신세기사에 입사. 신세기사는 삼천리사와 같은 빌딩에 있어 최정희와 자주 만났다고 함.

11월 17일부터 12월 30일까지 「처의 설계」를 『매일신보』에 연재.

1941년 4월 작품집을 내기 위해 준비 중이라는 소식이 있었으나 나오지
못한 것으로 보임.

6월에 「춘우(春雨)」를 『신세기』에 발표.

9월 신세기사 기자로 복직했다고 하나 잡지가 제대로 나오지 못
했기에 실제 근무를 했는지는 알 수 없음.

1943년 「승리」를 『방송소설 명작선』(조선출판사)에 게재.

1946년 3월 프롤레타리아 문학동맹의 이기영, 박세영, 송영 등과 함께
여성 계몽지 『우리집』 발간을 준비했다고 하나 발간 여부는 알
수 없음.

6월 26일부터 7월 20일까지 소설 「창」을 『서울신문』에 연재함.

이 무렵 남편 박영호와 함께 월북. 최정희나 김사량의 전언에 의
하면 월북 후 얼마 지나지 않아 병으로 사망한 것으로 추정.

주요 작품 목록

장르	제목	발표지	발표 연월일	비고 〈 〉 표시는 글이 실린 꼭지의 제목
수필	송도원 광무곡	신여성	1933. 8	
수필	불	신여성	1933. 12	
수필	장안(長安)의 혹설(惑說)―재강(再降) 공자(孔子) 암행기	신여성	1933. 12	'이순이'로 발표
수필 (만문)	다당(茶黨)여인	별건곤	1934. 1	
수필	병의 제일철학	신여자	1934. 1	
수필 (실화)	연애 구명대(救命隊)	신여성	1934. 1	〈신판천야일야〉 '이순이'로 발표
평론	우리 신여자의 요구와 주장	신여성	1934. 1	'RSH.'로 발표
수필	좋은 자녀를 기릅시다	신여성	1934. 1	'이순이'로 발표

수필	남자에게의 질문서	신여성	1934. 3	
수필	곡예사	신가정	1934. 4	
수필	문인 인상기	신여성	1934. 4	
수필	젊은 여인의 허영	조선일보	1934. 4. 7~4. 8	
수필	아름다운 꿈	신가정	1934. 5	
수필	바다의 추억	신여성	1934. 5	'이순덕'으로 발표.
수필 (희문)	거리의 신감각—Depart, Tea room, Baby golf	신여성	1934. 5	'이순이'로 발표
수필	유모레스크	신여성	1934. 6	
수필 (실화)	늙은 기생은 탄식한다	신여성	1934. 6	'이순이'로 발표
수필	유월은 살진다	중앙	1934. 6	
설문응답	내가 서울시장이 된다면?	삼천리	1934. 6. 1	
수필	어촌	신가정	1934. 8	
수필	나의 월광곡	삼천리	1934. 9	
수필	초색의 야심	중앙	1934. 10	
수필	트리스탄과 이졸데	개벽	1934. 12	
소설	가등	중앙	1934. 12	목차에는 '불아여인'
수필	실내 비가	개벽	1935. 3. 1	
수필	계절의 표정	조선일보	1935. 8. 20~9. 3	4회 연재
평론	조선작가 군상—인물과 작풍의 인상식 만평	조광	1936. 4~5	
수필	수줍은 예술	삼천리	1936. 6	〈거울과 마주 앉아〉
소설	오후 11시	신가정	1936. 6	
수필	치마주름에 씌어진 잠명(箴銘)	조선일보	1936. 7. 18	〈한여름 밤의 꿈〉
수필	산, 바다, 별, 구름—자연과 여성심경	여성	1936. 8	
좌담	여류문인 자동차 종횡기—첫 애기 낳은 세 어머니들의 측면	여성	1936. 8.	모윤숙, 이선희, 장덕조 참석
수필	바다의 주제	동아일보	1936. 8. 20	

소설	도장	여성	1937. 1	
소설	계산서	조광	1937. 3.	
수필	창	조선일보	1937. 3. 9	
수필	소공자들아 굳세어라— 중동학교장 최규동 씨	조광	1937. 4	〈기자 아닌 기자의 탐방기〉
좌담	최승희 도구(渡歐)기념 좌담회	조광	1937. 4	최승희,최승일,모윤 숙,이선희,정찬영 참석
수필	향토유정기(鄕土有情記)	여성	1937. 5	
좌담	남녀대항좌담회	여성	1937. 5	노천명, 이선희, 모윤숙, 최정희 참석
평론	『렌의 애가』를 읽고— 모윤숙 여사의 최신작	조광	1937. 5	
수필	정훈모론	여성	1937. 6	〈여성인물평〉
소설	여인도(女人都)	조선일보	1937. 6. 22~24	〈영화에서 얻은 콩 트〉
수필	그 창공	동아일보	1937. 7. 2	
수필	마귀할멈	동아일보	1937. 7. 7	
소설	숯장수의 처	여성	1937. 10	〈달력에도 없는 날 의 공상(콩트)〉
수필	밤송이	조광	1937. 10	〈추창산필〉
수필	움직이지 않는 입술	조선일보	1937. 10. 6	〈스타 화상찬〉
수필	휴게	여성	1937. 11	
수필	별것 없습니다	조광	1937. 11	〈내 남편의 첫인상〉
소설	여인 명령	조선일보	1937. 12. 28~ 1938. 4. 7	
수필	연애관의 논전, 연애와 홍차, 여류문사의 연애관(3)	삼천리	1938. 1	
수필	이별기	삼천리문학	1938. 1	
수필	문인풍경	삼천리문학	1938. 1	
소설	매소부	여성	1938. 1	
수필	여인송(麗人頌)	조선일보	1938. 4. 8	
좌담	여류문사의 '연애문제' 회의	삼천리	1938. 5	이선희, 최정희, 모윤숙, 노천명 참석

수필	오빠한테 보내는 글	여성	1938. 7	
수필	해금강에서	여성	1938. 7	
수필	돼지순대와 원산항	조광	1938. 7	〈항구의 로맨스〉
수필	옥수수와 연가―시몽의 "처녀호"에서	조선일보	1938. 7. 7	
소설	연지	조선일보	1938. 7. 24~8. 11	
설문응답	현대 남성의 악취미	삼천리	1938. 8	
수필	화채(花茶)	여성	1938. 8	
수필	상심하기 쉬운 계절― 그대여 가을 넥타이 메고 오라	조선일보	1938. 8. 28	
수필	동무 장덕조	여성	1938. 9	〈내 동무 공개장〉
수필	Mr. 윌럼 포웰	조광	1938. 9	〈스크린의 왕자에게 보내는 편지〉
좌담	여류작가회의	삼천리	1938. 10	
수필	나와 아버지 산보	여성	1938. 10	〈고향에 두고 온 이야기〉
소설	돌아가는 길	야담	1938. 11	
수필	심부름	여성	1938. 11	
평론	김말봉 씨 대저(大著) 『찔래꽃』평(評)	조선일보	1938. 11. 9	
수필	『춘희』의 고티에―『춘희』에 나타난 여주인공	삼천리	1938. 12	
좌담	여자의 일생을 말하는 가인(佳人) 회의	삼천리	1939. 1	이선희, 모윤숙, 최정희 참석
수필	조급증	신세기	1939. 1	
수필	고목	여성	1939. 1	
수필	장난	문장	1939. 3	
수필	메리메 작 『카르멘』의 여주인공의 생애	여성	1939. 3	〈명작의 여주인공〉
수필 (상담)	죽음보다 강하거든 당신도 그분을 따라가시오	삼천리	1939. 4	〈박행(薄倖) 여성에게 공개장〉
수필	천명에게	여성	1939. 5	〈느티나무 아래〉
수필	3용사의 편안	삼천리	1939. 6	〈조선문단사절 특집〉

설문응답	우문현답	신세기	1939. 6	
수필	곡(哭) 백신애	조선일보	1939. 6. 27	
좌담	허영숙 씨에게 여자의 연애와 생리를 묻는 좌담회	여성	1939. 7	허영숙, 전숙희, 이은휘, 최옥희, 이선희 참석
수필	섬색씨를 찾아서	조선일보	1939. 7. 29~8. 9	〈특파원 카메라〉7회 연재
평론	사치의 미=효석(孝石)의 장편 『화분(花粉)』을 읽고=	조선일보	1939. 10. 23	
소설	탕자	문장	1940. 1	
수필 (편지)	구보 선생	삼천리	1940. 6	〈문인 시객 서한〉
수필	여류수필 1 외출 2 정원 3 요리의 무정	조선일보	1940. 6. 12~15	3회 게재
수필	모기장	여성	1940. 8	
좌담	여류시인과 소설가의 '문학—영화'를 말하는 좌담회	삼천리	1940. 9	최정희, 이선희, 모윤숙, 노천명 참석
설문응답	경성개조안	삼천리	1940. 10	
수필	여성도 군대생활 필요	삼천리	1940. 10	〈문사부대와 지원병〉
평론	장화홍련전	삼천리	1940. 10	〈고전명작감상〉
수필	머루와 옥수수	여성	1940. 10	
수필	전발(電髮) 엘레지	조광	1940. 10	〈제복 입는 도시〉
소설	처의 설계	매일신보	1940. 11. 17~12. 30	
수필	여담	삼천리	1940. 12	
수필	즐겁던 신혼시절	삼천리	1940. 12	〈즐거운 나의 가정〉
수필	아버지와 산보하던 밤	삼천리	1941. 4	〈여류작가의 장편 (掌篇) 자서전〉
소설	춘우	신세기	1941. 6	
수필	지원병훈련소에 '일일입영기'	신세기	1941. 6	
설문응답	우리 가정의 전시 생활 가계부 공개	삼천리 14-1	1942. 1	

소설	승리	방송소설 명작선	1943. 12	조선출판사
소설	창	서울신문	1946. 6. 26~7. 20	

임순득(任淳得)

1915년 2월 11일 전북 고창에서 태어남. 아버지 임명호(任命鎬)와 어머니 전주 이씨 사이 2남 3녀 중 막내딸로 태어남.

1929년 4월 이화여고보에 입학. 수필가 전숙희가 이때의 동급생임.

1931년 6월 25일 이화여고보의 동맹휴학을 주동함. 3학년이었던 임순득은 4학년 조숙현과 함께 서대문경찰서에 연행되어 3개월 정도 치안유지법 위반 혐의로 조사를 받은 뒤 기소유예 처분으로 풀려남. 두 사람은 이 사건으로 이화여고보에서 퇴학당함.

1932년 4월경 이화여고보에서 퇴학당한 뒤 동덕여고보 3학년에 편입한 것으로 보임.

10월경 이관술이 지도하는 독서회 활동.

1933년 1월 말 동덕여고보 3학년에 재학 중, 독서회 사건에 관련되어 종로서에 피검됨. 이때 임순득의 오빠인 임택재도 이어서 피검됨.

2월 20일 당재건 사건과의 관련이 드러나 동대문서로 이송됨. 이 사건으로 이관술은 학교를 그만두지만 학생들은 불기소 처분되어 학교를 계속 다님.

4월 4학년이 된 임순득은 다시 독서회를 조직하고 학생자치단체 구성을 시도함.

7월 2일 동급생 김영원과 함께 퇴학 처분 받음.

7월 3일 동덕여고보 학생들이 임순득, 김영원의 복교를 요구하는 동맹휴교를 벌임.

7월 4일 전주로 내려감.

7월 7일 전주경찰서의 보고에 의하면 국내에서 더 이상 학교를 다니기 어렵다는 판단 아래 9월 일본으로 유학 갈 계획을 세우고 있었다고 하고 실제 일본 유학을 간 것으로 보임.

1936년 1월 서정주가 전주 청수동으로 찾아가서 임순득을 처음 만남.

9~10월경 견지동에 있는 조선미술공예사에서 기자로 일했다고 함.

1937년 2월 『조선문학』에 단편소설 「일요일」로 등단. 등단 후 계속 여성해방문학을 주장하는 비평문을 발표.

6월 『조선일보』에 「여류작가의 지위―특히 작가 이전에 관하야」 발표.

10월 같은 지면에 「창작과 태도―세계관의 재건을 위하여」 발표.

1938년 1월 『조선일보』에 「여류작가 재인식론―여류문학 선집 중에서」 발표.

1939년 2월 16일 오빠 임택재가 옥살이의 후유증으로 병사.

4월 일본어 수필 「늪의 쐐기풀에 부침(원제는 澤のいらら草に寄せて)」을 『국민신보』에 발표.

5월 수필 「타부의 변」(『조선일보』) 발표.

11월 수필 「작은 페스탈로치」(『매일신보』) 발표.

1940년 1월 수필 「오하(吳下)의 아몽(阿蒙)」(『매일신보』) 발표.

8월 호적상에는 1940년 8월 5일 '씨 설정'으로 토요카와(豊川)로 창씨한 것으로 되어 있음. 토요카와는 임씨 성의 본관 '풍천

(豊川)'을 새로 일본식 씨로 만든 것임(창씨). 이 창씨개명에 따라 호적상 임순득은 토요카와 준〔豊川淳〕으로 바뀌었는데 이 이름으로 발표한 글은 아직 보이지 않음.

9월 평론「불효기에 처한 조선여류작가론」(『여성』) 발표.

1941년 동경에서 잠시 공부했던 것으로 보이나 확실하지 않음. 이 무렵 언젠가 프랑스에서 문학을 공부하고 돌아온 장하인이란 사람과 결혼해서 해방이 될 때까지 강원도 회양군 쪽에서 살았던 것 같음. 결혼 당시 임순득의 집에서 반대가 심해 강원도로 도망가서 결혼하고 살았다고 하는데, 호적상으로는 1950년까지도 혼인신고는 되어 있지 않음.

1942년 6월 일본어 소설「계절의 노래(季節の歌)」(『每申寫眞旬報』) 발표. 이후 해방 전까지 소설은 일본어로만 발표됨.

12월 창씨개명 정책을 비판하는 일본어 소설「이름 짓기(名付親)」를 『문화조선(文化朝鮮)』에, 일본어 소설「가을의 선물(秋の贈り物)」을 『每新寫眞旬報』에 발표.

1943년 2월 일본어 소설「달밤의 대화(月夜の語り)」(『춘추』) 발표.

1945년 해방 후 원산에 살면서 여학교 교사를 하고 문학 단체에서도 활동한 것 같음.

12월 23일 서울에서 열린 전국부녀총동맹 결성대회에서 강원도 대표위원으로 선임됨. 이 자리에 직접 참석했는지 여부는 확인할 수 없음.

1947년 이해 말쯤 평양으로 이사함. 평양에서는 조선부녀총동맹의 기관지인 『조선녀성』지의 전속 작가로 일하면서 많은 글을 발표함.

10월 소설「10월 밤 이야기」(『조선녀성』) 발표.

12월 소설 「솔밭집」(『조선문학』) 발표.

1948년 1월 수필 「그날 12월 5일」(『조선녀성』) 발표.

1949년 2월 소설 「눈 오는 날」(『조선녀성』) 발표.

8월 강경애의 소설 『인간문제』가 노동신문사에서 단행본으로 출판된 것을 기념하여 평론 「인간문제를 읽고—간단한 약력 소개를 겸하여」(『문학예술』) 발표. 당시 이기영을 비롯한 동료 문인들이 강경애의 무덤에 비석을 세웠는데 여성 문학인으로 김춘희와 함께 이름을 올림.

12월 소설 「딸과 어머니와」(『문학예술』) 발표.

1950년 2월 소설 「먼저 온 병사」(『조선녀성』) 발표.

8월 콩트 「모녀의 상봉」(『순간(旬刊) 문화전선』), 소설 「녀빨찌산의 수기—인민군대 전사인 아들을 위하여」(『조선녀성』) 발표.

1951년 3월 정론 「영웅적 조선 녀성들—3·8 국제부녀절을 맞으며」(『로동신문』) 발표.

6월 소설 「조옥희(趙玉姬)」(『문학예술』) 발표.

1954년 10월 오체르크 「수고하였습니다!—떠나는 중국인민지원군들에게」(『조선문학』) 발표.

1955년 8월 소련과 북한의 관계를 주제로 한 작품들을 모은 작품집 『잊을 수 없는 사람들』(조선녀성사) 출간.

1957년 2월 「돌아온 며느리」(『조선여성』), 오체르크 「따뜻한 손길 속에서」(『조선문학』) 발표.

3월 정론 「잊지 말자!」(『문학신문』) 발표.

6월 소설 「어느 한 유가족의 이야기」(『조선문학』) 발표.

1959년 5월 「금 목걸이」(『인민조선』) 발표.

이후에 발표한 글은 아직 찾을 수 없음.

1996년에 탈북한 성혜랑(成蕙琅, 1935~)에 따르면 북한 사회에 잘 적응하지 못한 남편과 함께 지방으로 축출되어 기계 운전기사로 일하면서도 단칸방에서 글을 쓰고 있었고 남편이 죽은 뒤로는 사회보장으로 살았다고 함.

주요 작품 목록

장르	제목	발표지	발표 연월일	비고
소설	일요일	조선문학	1937. 2	
평론	여류작가의 지위—특히 작가 이전(以前)에 관하야	조선일보	1937. 6. 30 ~7. 5	
평론	창작과 태도—세계관의 재건을 위하여	조선일보	1937. 10. 15~20	
평론	여류작가 재인식론— 여류문학 선집 중에서	조선일보	1938. 1. 28 ~2. 3	
수필, 일본어	늪의 쐐기풀에 부침 (원제는 澤のいらら草に寄せて)	국민신보	1939. 4. 16	
수필	타부의 변	조선일보	1939. 5. 17	
수필	작은 페스탈로치	매일신보	1939. 11. 5	
수필	오하(吳下)의 아몽(阿蒙)	매일신보	1940. 1. 7	
평론	불효기(拂曉期)에 처한 조선여류작가론	여성	1940. 9	
소설, 일본어	계절의 노래 (원제는 季節の歌)	매신사진순보 287호	1942. 6	
소설, 일본어	이름 짓기 (원제는 名付親)	문화조선	1942. 12	
소설, 일본어	가을의 선물 (원제는 秋の贈り物)	매신사진순보	1942. 12	
소설, 일본어	달밤의 대화 (원제는 月夜の語り)	춘추	1943. 2	

소설	들국화	잊을 수 없는 사람들	1947. 9	
소설	10월 밤 이야기	조선녀성	1947. 10	
소설	솔밭집	조선문학	1947. 12	
소설	기우	잊을 수 없는 사람들	1948. 1	
수필	그날 12월 5일	조선녀성	1948. 1	
소설	손풍금	잊을 수 없는 사람들	1948. 3	
소설	4월의 축가	잊을 수 없는 사람들	1948. 4	
소설	우정	잊을 수 없는 사람들	1948. 12	
소설	누나	잊을 수 없는 사람들	1948. 12	
소설	눈 오는 날	조선녀성	1949. 2	
평론	인간문제를 읽고—간단한 약력 소개를 겸하여	문학예술	1949. 8	
수필	강반(江畔)에서	문학예술	1949. 10	
수필	녀성과 독서	조선녀성	1949. 10	
소설	딸과 어머니와	문학예술	1949. 12	
수필	처음 글 쓰는 분들을 위하여	조선녀성	1950. 1	
수필	애국 녀성들의 군상을 그리고 싶다	조선녀성	1950. 1	
소설	먼저 온 병사	조선녀성	1950. 2	
수필	녀성과 절약	조선녀성	1950. 3	
수필	녀성과 근로	조선녀성	1950. 4	
수필	녀성과 미화	조선녀성	1950. 5	
콩트	모녀의 상봉	순간 문화전선	1950. 8. 12	
소설	녀빨찌산의 수기— 인민군대 전사인 아들을 위하여	조선녀성	1950. 8	

실화	불굴의 투지로써― 김홍엽 분대장	문화전선사	1950. 9. 13
정론	영웅적 조선 녀성들― 3·8 국제부녀절을 맞으며	로동신문	1951. 3. 8
소설	조옥희(趙玉姬)	문학예술	1951. 6
소설	한 쌍의 사과나무	잊을 수 없는 사람들	1951. 8
소설	한 장의 전보문	잊을 수 없는 사람들	1952. 4
수필	그 이튿날	잊을 수 없는 사람들	1953. 7
오체르크	수고하였습니다!― 떠나는 중국인민지원군 들에게	조선문학	1954. 10
수필	해방의 기치	잊을 수 없는 사람들	1955. 2
소설	안또노브 아저씨와 연희	잊을 수 없는 사람들	1955. 3
소설	평화의 명절	잊을 수 없는 사람들	1955. 3
소설	안도리호	잊을 수 없는 사람들	1955. 7
오체르크	여작업반원들	조선녀성	1956. 9
소설	돌아온 며느리	조선녀성	1957. 2
오체르크	따뜻한 손길 속에서	조선문학	1957. 2
정론	잊지 말자!	문학신문	1957. 3. 7
소설	어느 한 유가족의 이야기	조선문학	1957. 6
소설	금 목걸이	인민조선	1959. 5
단행본	잊을 수 없는 사람들	조선녀성사	1955. 8

| 참고 문헌 |

김기진, 「Promeneade Sentinental」, 『개벽』 1923년 7월호.

────, 「마음의 폐허, 겨울에 서서」, 『개벽』 1923년 12월호.

김동리, 「여류작가의 회고와 전망─주로 현역 여류작가의 작품세계에
관하여」, 『문화』 1947년 7월호.

김상배 편, 『김탄실─나는 사랑한다』, 솔뫼, 1981.

김우영 편, 『김일엽 선집』, 현대문학, 2012.

남은혜, 「김명순 문학 연구」, 서울대 석사 학위 논문, 2008.

박현석, 「옮긴이의 말」, 나카니시 이노스케, 박현석 옮김, 『불령선인 &
너희들의 등 뒤에서』, 현인, 2017.

박화성, 『눈보라의 운하』, 여원사, 1964.

서정자 · 남은혜 편저, 『김명순 문학전집』, 푸른사상, 2010.

신혜수, 「中西伊之助의 『汝等の背後より』에 대한 1920년대 조선 문학장의
두 가지 반응」, 『차세대 인문사회 연구』 7호, 동서대학교 일본연
구센터, 2011.

안형주,『박용만과 한인소년병학교』, 지식산업사, 2007.

오태호 편,『이선희 소설선집』, 현대문학, 2009.

이덕주,『남산재 사람들』, 그물, 2015.

이상경,『인간으로 살고 싶다―영원한 신여성 나혜석』, 한길사, 2000.

────── 책임 편집,『나혜석 전집』, 태학사, 2000.

──────,「1930년대 신여성과 여성작가의 계보 연구」,『여성문학연구』12
　　　권, 한국여성문학학회, 2004.

──────,『임순득, 대안적 여성 주체를 향하여』, 소명출판, 2009.

──────,「식민주의와 여성문학의 두 길―최정희와 지하련」, 김재용·윤
　　　영실 편,『한국 근대문학과 동아시아 1: 일본』, 소명출판, 2017.

──────,「김명순의 소설「탄실이와 주영이」연구―텍스트 보완과 작품
　　　의 맥락을 중심으로」,『현대소설연구』80호, 한국현대소설학회,
　　　2020.

최경희,「친일 문학의 또 다른 층위―젠더와「야국초」」, 박지향 외 편,
　　　『해방 전후사의 재인식 1』, 책세상, 2006.

친일인명사전 편찬위원회 편,『친일인명사전』, 민족문제연구소, 2009.

한국문학전집을 펴내며

오늘의 한국 문학은 다양한 경험과 자산에서 비롯된 것이지만, 그중에서도 우리 앞선 세대의 문학 작품에서 가장 큰 유산을 물려받고 있다. 그럼에도 우리는 가끔 우리의 문학 유산을 잊거나 도외시한다. 마치 그것 없이는 살아갈 수 없는 소중한 물을 쉽게 잊고 사는 것처럼 그동안 우리는 우리가 이루어놓은 자산들을 너무 쉽게 잊어버리고 있었는지도 모르겠다. 인기 있는 외국 작품들이 거의 동시에 번역 출판되고, 새로운 기획과 번역으로 전 세계의 문학 작품들이 짜임새 있게 출판되고 있는 요즈음, 정작 한국 문학 작품들을 체계적으로 정리하지 못하고 있었다는 점을 최근에 우리는 깊이 반성하게 되었다. 그리고 이러한 때늦은 반성을 곧바로 '한국문학전집'을 기획하는 힘으로 전환하였다.

오늘의 시점에서 '한국문학전집'을 기획한다는 것은, 우선 그동안 양적으로나 질적으로 괄목할 만한 수준에 이른 한국 문학 연구 수준을 반영하는 새로운 시각이 전제되어야 할 것이다. 그리고 '우리 것을 지키자'는 순진한 의도에서가 아니라, 한국 문학이 바로 세계 문학이 되는 질적 확장을 위해, 세계 문학 속에서의 한국 문학의 정체성을 찾 는 일을 간과해서는 안 될 것이다.

이번 기획에서 우리가 가장 크게 신경 썼던 점은 크게 두 가지이다. 하나는, 그동안 거의 관습적으로 굳어져왔던 작품에 대한 천편일률적인 평가를 피하고 그동안의 평가에 대한 비판적 평가와 더불어 새로운 평가로 인한 숨은 작품의 발굴이었다. 그리하여 한국 문학사를 시기별로 구분하여 축적된 연구 성과들 위에서 나름대로 중요한 작품들을 선별하는 목록 작업에 가장 큰 공을 들였다. 나머지 하나는, 그동안 여러 상이한 판본의 난립으로 인해 원전 텍스트가 침해되고 있는 심각한 상황을 고려하여 각각의 작가에게 가장 뛰어난 연구자들을 초빙하여 혼신을 다해 원전 텍스트를 확정하였다는 점이다.

장구한 우리 문학사의 주옥같은 작품들을 한자리에 모아, 세대를 넘고 시대를 넘어 그 이름과 위상에 값할 수 있는 대표적인 한국문학전집을 내놓는다. 이번에 출간되는 한국문학전집은 변화된 상황과 가치를 반영하는 내실 있고 권위를 갖춘 내용으로 꾸며질 것이며, 우리 문학의 정본 전집으로서 자리매김해 한국 문학의 전통을 계승하고 발전시키는 데 기여하고자 한다. 이 기획이 한국 문학의 자산들을 온전하 게 되살려, 끊임없이 현재성을 가지는 살아 있는 작품들로, 항상 독자 들의 옆에 있게 되기를 기대한다.

㈜**문학과지성사**

528

01 감자 김동인 단편선

최시한(숙명여대) 책임 편집

수록 작품 약한 자의 슬픔/배따라기/태형/눈을 겨우 뜰 때/감자/광염 소나타/배회/발가락이 닮았다/붉은 산/광화사/김연실전/곰네

극단적인 상황과 비극적 운명에 빠진 인물 군상들을 냉정하게 서술해낸 한국 근대 단편 문학의 선구자 김동인의 대표 단편 12편 수록. 인간과 환경에 대한 근대적 인식을 빼어난 문체와 서술로 형상화한 김동인의 주옥같은 작품들을 만날 수 있다.

02 탈출기 최서해 단편선

곽근(동국대) 책임 편집

수록 작품 고국/탈출기/박돌의 죽음/기아와 살육/큰물 진 뒤/백금/해돋이/그 밤/전아사/홍염/갈등/먼동이 틀 때/무명

식민 치하 빈궁 문학을 대표하는 최서해의 단편 13편 수록. 식민 치하의 참담한 사회적 현실을 사실적으로 전해주는 작품들. 우리 민족의 궁핍한 현실에 맞선 인물들의 저항 정신과 민족 감정의 감동과 울림을 전한다.

03 삼대 염상섭 장편소설

정호웅(홍익대) 책임 편집

우리 소설 가운데 서울말을 가장 풍부하게 살려 쓴 작품이자, 복합성·중층성의 세계를 구축하여 한국 근대 장편소설의 대표작으로 꼽히는 염상섭의 『삼대』. 1930년대 서울의 중산층 가족사를 통해 들여다본 우리 근대의 자화상이다.

04 레디메이드 인생 채만식 단편선

한형구(서울시립대) 책임 편집

수록 작품 논 이야기/레디메이드 인생/미스터 방/민족의 죄인/치숙/낙조/쑥국새/당랑의 전설

역설과 반어의 작가 채만식의 대표 단편 8편 수록. 1920~30년대의 자본주의적 현실 원리와 민중의 삶을 풍자적으로 포착하는 데 탁월했던 채만식. 사실주의와 풍자의 절묘한 조합으로 완성한 단편 문학의 묘미를 즐길 수 있다.

05 비 오는 길 최명익 단편선

신형기(연세대) 책임 편집

수록 작품 폐어인/비 오는 길/무성격자/역설/봄과 신작로/심문/장삼이사/맥령

시대를 앞섰던 모더니스트 최명익의 대표 단편 8편 수록. 병과 죽음으로 고통받는 인물 군상들을 통해 자신이 예감한 황폐한 현대의 징후를 소설화한 작가 최명익. 무나 현대적이어서, 당시에는 제대로 평가받을 수 없었던 탁월한 단편소설들을 만난다.

06 사하촌 김정한 단편선

강진호(성신여대) 책임 편집

수록 작품 그물 / 사하촌 / 항진기 / 추산당과 곁사람들 / 모래톱 이야기 / 제3병동 / 수라도 / 인간
단지 / 위치 / 오끼나와에서 온 편지 / 슬픈 해후

리얼리즘 문학과 민족 문학을 대표하는 김정한의 대표 단편 11편 수록. 민중들의 삶을
통해 누구보다 먼저 '근대화의 문제'를 문학적으로 제기하고 예리하게 포착한 작가
김정한의 진면목을 본다.

07 무녀도 김동리 단편선

이동하(서울시립대) 책임 편집

수록 작품 화랑의 후예 / 산화 / 바위 / 무녀도 / 황토기 / 찔레꽃 / 동구 앞길 / 혼구 / 혈거부족 / 달 /
역마 / 광풍 속에서

한국적이고 토착적인 전통 세계의 소설화에 앞장선 김동리의 초기 대표작 12편 수록.
민중의 삶 속에 뿌리 내린 토착적 전통의 세계를 정확한 묘사와 풍부한 서정으로
형상화했던 김동리 문학 세계를 엿본다.

08 독 짓는 늙은이 황순원 단편선

박혜경(인하대) 책임 편집

수록 작품 소나기 / 별 / 겨울 개나리 / 산골 아이 / 목넘이마을의 개 / 황소들 / 집 / 사마귀 / 소리 / 닭제 /
학 / 묵장수 / 뿌리 / 내 고향 사람들 / 원색오뚝이 / 곡예사 / 독 짓는 늙은이 / 황노인 / 늪 / 허수아비

한국 산문 문체의 모범으로 평가되는 황순원의 대표 단편 20편 수록. 엄격한 지적
절제와 미학적 균형으로 함축적인 소설 미학을 완성시킨 작가 황순원. 극적인 사건
전개 대신 정적이고 서정적인 울림의 미학으로 깊은 감동을 전한다.

09 만세전 염상섭 중편선

김경수(서강대) 책임 편집

수록 작품 만세전 / 해바라기 / 미해결 / 두 출발

한국 근대 소설의 기념비적 작품인 「만세전」, 조선 최초의 여류화가인 나혜석의 삶을
소설화한 「해바라기」, 그리고 식민지 조선의 현실을 담아내고 나름의 저항의식을
형상화하기 위한 소설적 수련의 과정을 단적으로 보여주는 「미해결」과 「두 출발」
수록. 장편소설의 작가로만 알려진 염상섭의 독특한 소설 미학의 세계를 감상한다.

10 천변풍경 박태원 장편소설

장수익(한남대) 책임 편집

모더니스트 박태원이 펼쳐 보이는 1930년대 서울의 파노라마식 풍경화. 근대
자본주의 사회의 이데올로기와 일상성에 대한 비판에 몰두하던 박태원 초기 작품의
모더니즘 경향과 리얼리즘 미학의 경계를 넘나드는 역작. 식민지라는 파행적
상황에서 기형적으로 실현되던 근대화의 양상을 기층 민중의 생활에 초점을 맞춰
본격화한 작품이다.

11 태평천하 채만식 장편소설

이주형(경북대) 책임 편집

부정적인 상황들이 난무하는 시대 현실을 독자적인 문학적 기법과 비판의식으로 그려냄으로써 '문학적 미'를 추구했던 채만식의 대표작. 판소리 사설의 반어, 자기 폭로, 비유, 과장, 희화화 등의 표현법에 사투리까지 섞은 요설로, 창을 듣는 듯한 느낌과 재미를 선사하는 작품. 세태풍자소설의 장을 열었던 채만식이 쓴 가족사소설의 전형에 해당한다.

12 비 오는 날 손창섭 단편선

조현일(홍익대) 책임 편집

수록 작품 공휴일/사연기/비 오는 날/생활적/혈서/피해자/미해결의 장/인간동물원/유실몽/설중행/광야/희생/잉여인간/신의 희작

가장 문제적인 전후 소설가 손창섭의 대표 단편 14작품 수록. 병적이고 불구적인 인간 군상들을 통해 전후 사회 현실에서의 '절망'의 표현에 주력했던 손창섭. 전쟁 그리고 전쟁 이후의 비일상적 사태를 가장 근원적인 차원에서 표현한 빼어난 작품들을 선별했다.

13 등신불 김동리 단편선

이동하(서울시립대) 책임 편집

수록 작품 인간동의/흥남철수/밀다원시대/용/목공 요셉/등신불/송추에서/까치 소리/저승새

「무녀도」의 작가 김동리가 1950년대 이후에 내놓은 단편 9편 수록. 전기 작품에 이어서 탁월한 문체의 매력, 빈틈없는 구성의 묘미, 인상적인 인물상의 창조, 인간에 대한 깊이 있는 통찰이라는 김동리 단편의 미학을 다시 한 번 경험할 수 있는 기회이다.

14 동백꽃 김유정 단편선

유인순(강원대) 책임 편집

수록 작품 심청/산골 나그네/총각과 맹꽁이/소낙비/솥/만무방/노다지/금/금 따는 콩밭/떡/산골/봄·봄/안해/봄과 따라지/따라지/가을/두꺼비/동백꽃/야앵/옥토끼/정조/땡볕/형

고단한 삶을 살아가는 순박한 촌부에서 사기꾼에 이르기까지 다양한 삶의 모습을 문학 속에 그대로 재현한 김유정의 주옥같은 단편 23편 수록. 인물의 토속성과 해학성, 생생한 삶의 언어와 우리 소리, 그 속에 충만한 생명감을 불어넣은 김유정 문학의 정수를 맛본다.

15 소설가 구보씨의 일일 박태원 단편선

천정환(성균관대) 책임 편집

수록 작품 수염/낙조/소설가 구보씨의 일일/애욕/길은 어둡고/거리/방란장 주인/비량/진통/탄제/골목 안/음우/재운

한국 소설사상 가장 두드러진 모더니즘 작품으로 인정받는 「소설가 구보씨의 일일」을 비롯한 박태원의 대표 단편 13편 수록. 한글로 씌어진 가장 파격적이고 실험적인 작품으로 주목 받은 박태원. 서울 주변부 중산층의 삶이라는 자기만의 튼실한 현실 공간을 구축하여 새로운 소설 기법과 예술가소설로서의 보편성을 획득한 작품들이다.

16 날개 이상 단편선

김주현(경북대) 책임 편집

수록 작품 12월 12일 / 지도의 암실 / 지팡이 역사 / 황소와 도깨비 / 공포의 기록 / 지주회시 / 동해 / 날개 / 봉별기 / 실화 / 종생기

근대와 맞닥뜨린 당대 식민지 조선의 기념비요 자화상 역할을 하는 이상의 대표 단편 11편 수록. '천재'와 '광인'이라는 꼬리표와 함께 전위적이고 해체적인 글쓰기로 한국의 모더니즘 문학사를 개척한 작가 이상. 자유연상, 내적 독백 등의 실험적 구성과 문체로 식민지 근대와 그것에 촉발된 당대인의 내면을 예리하게 포착해낸 이상의 문제작들을 한데 모았다.

17 흙 이광수 장편소설

이경훈(연세대) 책임 편집

한국 최초의 근대 장편소설 『무정』을 발표하면서 한국 소설 문학의 역사를 새롭게 쓴 이광수. 『흙』은 이광수의 계몽 사상이 가장 짙게 깔린 작품으로 심훈의 『상록수』와 함께 한국 농촌계몽소설의 전위에 속한다. 한국 근대 문학사상 가장 많이 연구되고 있는 작가의 대표작답게 『흙』은 민족주의, 계몽주의, 농민문학, 친일문학, 등장인물론, 작가론, 문학사 등의 학문적 · 비평적 논의의 중심에 있는 작품이다.

18 상록수 심훈 장편소설

박헌호(성균관대) 책임 편집

이광수의 장편 『흙』과 더불어 한국 농촌계몽소설의 쌍벽을 이루는 『상록수』. 심훈의 문명(文名)을 크게 떨치게 한 대표작이다. 1930년대 당시 지식인의 관념적 농촌 운동과 일제의 경제 침탈사를 고발 · 비판함으로써, 문학이 취할 수 있는 현실 정세에 대한 직접적인 대응 그리고 극복의 상상력이란 두 가지 요소를 나름의 한계 속에서 실천해냈고, 대중적으로도 큰 호응을 불러일으킨 작품이다.

19 무정 이광수 장편소설

김철(연세대) 책임 편집

20세기 이래 한국인이 가장 많이 읽고 가장 자주 출간돼온 작품, 그리고 근현대 문학 가운데 가장 많이 연구의 대상이 된 작가 이광수의 대표작 『무정』. 쓰어진 지 한 세기가 가까워오도록 여전히 읽히고 있고 또 학문적 논쟁의 중심에 서 있는 『무정』을 책임 편집자의 교정을 충실하게 반영한 최고의 선본(善本)으로 만난다.

20 고향 이기영 장편소설

이상경(KAIST) 책임 편집

'프로문학의 정점'이자 우리 근대 문학사의 리얼리즘의 확립을 결정적으로 보여주는 이기영의 『고향』. 이기영은 1920년대 중반 원터라는 충청도의 한 농촌 마을을 배경으로 봉건 사회의 잔재를 지닌 채 식민지 자본주의화가 진행되어가는 우리 근대 초기를 뛰어난 관찰로 묘파한다. 일제 식민 치하 근대화에 대한 문학적 · 비판적 성찰과 지식인의 고뇌를 반영한 수작이다.

²¹ 까마귀 이태준 단편선

김윤식(명지대) 책임 편집

수록 작품 불우 선생/달밤/까마귀/장마/복덕방/패강랭/농군/밤길/토끼 이야기/해방 전후

'한국 근대소설의 완성자' '단편문학'의 명수. 이태준은 우리 근대 문학의 전개 과정에서 결코 간과할 수 없는 역할을 담당했던 작가 가운데 한 사람이다. 문학의 자율성과 예술성을 상실하지 않으면서도 현실 문제에 각별한 관심을 보여주었던 그의 단편은 한국소설사에서 1930년대를 대표하는 것으로 인정받고 있다.

²² 두 파산 염상섭 단편선

김경수(서강대) 책임 편집

수록 작품 표본실의 청개구리/암야/제야/E선생/윤전기/숙박기/해방의 아들/양과자갑/두 파산/절곡/얼룩진 시대 풍경

한국 근대사를 증언하고 있는 횡보 염상섭의 단편소설 11편 수록. 지식인 망국민 으로서의 허무적인 자기 진단, 구체적인 사회 인식, 해방 후와 전후 시기에 대한 사실적 증언과 문제 제기를 포함한 대표작들을 통해 횡보의 단편 미학을 감상한다.

²³ 카인의 후예 황순원 소설선

김종회(경희대) 책임 편집

수록 작품 카인의 후예/너와 나만의 시간/나무들 비탈에 서다

인간의 정신적 순수성과 고귀한 존엄성을 문학의 제일 원칙으로 삼았던 작가 황순원. 그의 대표작 가운데 독자들의 가장 많은 사랑을 받은 장편소설들을 모았다. 한국 전쟁을 온몸으로 체득하면서 특유의 절제되고 간결한 문장으로 예술적 서사성을 완성한 황순원은 단편에서와 마찬가지로 변함없는 감동의 세계를 열어놓는다.

²⁴ 소년의 비애 이광수 단편선

김영민(연세대) 책임 편집

수록 작품 무정/소년의 비애/어린 벗에게/방황/가실/거룩한 죽음/무명/꿈

한국 근대소설사와 이광수 개인의 문학 세계에서 중요한 의미를 갖는 단편 8편 수록. 이광수가 우리말로 쓴 최초의 창작 단편 「무정」, 당시 사회의 인습과 제도를 비판한 「소년의 비애」, 우리나라 최초의 서간체 소설인 「어린 벗에게」, 지식인의 내면적 갈등과 자아 탐구의 과정을 담은 「방황」, 춘원의 옥중 체험을 바탕으로 쓰여진 「무명」 등 한국 근대문학의 장르와 소재, 주제 탐구 면에서 꼼꼼히 고찰해야 할 작품들이다.

²⁵ 불꽃 선우휘 단편선

이익성(충북대) 책임 편집

수록 작품 테러리스트/불꽃/거울/오리와 계급장/단독강화/깃발 없는 기수/망향

8·15 해방과 분단, 6·25전쟁으로 이어지는 한국 근현대사의 열병을 깊이 있게 고찰한 선우휘의 대표작 7편 수록. 평판작 「불꽃」과 「깃발 없는 기수」를 비롯해 한국 근현대사의 역동성과 이를 바라보는 냉철한 작가의식이 빚어낸 수작들을 한데 모았다.

26 맥 김남천 단편선

채호석(한국외대) 책임 편집

수록 작품 공장 신문/공우회/남편 그의 동지/물/남매/소년행/처를 때리고/무자리/녹성당/
길 위에서/경영/맥/등불/꿀

카프와 명맥을 같이하며 창작과 비평에서 두드러진 족적을 남긴 작가 김남천. 1930년
대 초, 예술운동의 볼세비키화론 주장과 궤를 같이하는 「공장 신문」「공우회」, 카프
해산 직후 그의 고발문학론을 담은 「처를 때리고」「소년행」「남매」, 전향문학의
백미로 꼽히는 「경영」「맥」 등 그의 치열했던 문학 세계의 변화를 일별할 수 있는
대표작 14편 수록.

27 인간 문제 강경애 장편소설

최원식(인하대) 책임 편집

한국 근대 여성문학의 제일선에 위치하는 강경애의 대표작. 일제 치하의 1930년대
조선, 자본가와 농민·노동자의 대립 구조 속에서 농민과 도시노동자가 현실의 문제를
해결하고자 하는 주체로 성장하는 과정과 그들의 조직적 투쟁을 현실성 있게 그려낸
작품. 이기영의 『고향』과 더불어 우리 근대 소설사에서 리얼리즘 소설의 수작으로
꼽힌다.

28 민촌 이기영 단편선

조남현(서울대) 책임 편집

수록 작품 농부 정도룡/민촌/아사/호외/해후/종이 뜨는 사람들/부역/김군과 나와 그의
아내/변절자의 아내/서화/맥추/수석/봉황산

카프와 프로문학의 대표 작가 이기영. 그가 발표한 수십 편의 단편소설들 가운데
사회사나 사상운동사로서의 자료적 가치가 높으면서 또 소설 양식으로서의 구조미를
제대로 보여주는 14편을 선별했다.

29 혈의 누 이인직 소설선

권영민(서울대) 책임 편집

수록 작품 혈의 누/귀의 성/은세계

급진적이고 충동적인 한국 근대의 풍경 속에 신소설이라는 새로운 서사 양식을
창조해낸 이인직. 책임 편집자의 꼼꼼한 텍스트 확정과 자세한 비평적 해설을 통해,
신소설의 서사 구조와 그 담론적 특성을 밝히고 당시 개화·계몽 시대를 대표하는
서사 양식에 내재화된 일본적 식민주의 담론을 꼬집는다.

30 추월색 이해조 안국선 최찬식 소설선

권영민(서울대) 책임 편집

수록 작품 금수회의록/자유종/구마검/추월색

개화·계몽시대의 대표적인 신소설 작가 3인의 대표작. 여성과 신교육으로 집약되는
토론의 모습을 서사 방식으로 활용한 「자유종」, 구시대적 인습을 신랄하게 비판한
「구마검」, 가장 대중적인 신소설 가운데 하나로 꼽히는 「추월색」, 그리고 '꿈'이라는
우화적 공간을 설정하여 현실 비판의 풍자적 색채가 강한 「금수회의록」까지 당대의
사회적 풍속과 세태의 변화를 민감하게 반영한 작품들을 수록했다.

31 젊은 느티나무 강신재 소설선

김미현(이화여대) 책임 편집

수록 작품 안개/해방촌 가는 길/절벽/젊은 느티나무/양관/황량한 날의 동화/파도/이브 변신/강물이 있는 풍경/점액질

1950, 60년대를 대표하는 여성 작가 강신재의 중단편 10편을 엄선했다. 특유의 서정적인 문체와 관조적 시선, 지적인 분석력으로 '비누 냄새' 나는 풋풋한 사랑 이야기에서 끈끈한 '점액질'의 어두운 욕망에 이르기까지, 운명의 폭력성과 존재론적 한계를 줄기차게 탐문한 강신재 소설의 여정을 한눈에 볼 수 있는 기회다.

32 오발탄 이범선 단편선

김외곤(서원대) 책임 편집

수록 작품 일요일/학마을 사람들/사망 보류/몸 전체로/갈매기/오발탄/자살당한 개/살모사/천당 간 사나이/청대문집 개/표구된 휴지/고장난 문/두메의 어벙이/미친 녀석

손창섭·장용학 등과 함께 대표적인 전후 작가로 꼽히는 이범선의 대표작 14편 수록. 한국 현대사의 비극에 대한 묘사를 바탕으로 하면서도 잃어버린 고향, 동양적 이상향에 대한 동경을 담았던 초기작들과 전후의 물질적 궁핍상을 전통적 사실주의에 기 해 그리면서 현실 비판적 성격을 강하게 드러낸 문제작들을 고루 수록했다.

33 메밀꽃 필 무렵 이효석 단편선

서준섭(강원대) 책임 편집

수록 작품 도시와 유령/깨뜨려지는 홍등/마작철학/프레류드/돈/계절/산/들/석류/메밀꽃 무렵/삽화/개살구/장미 병들다/공상구락부/해바라기/여수/하얼빈산협/풀잎/낙엽을 태우면서

근대 작가의 문화적 정체성이 끊임없이 흔들렸던 식민지 시대, 경성제대 출신의 지식 인 작가로서 그 문화적 혼란기를 소설 언어를 통해 구성하고 지속적으로 모색했던 이효석의 대표작 20편 수록.

34 운수 좋은 날 현진건 중단편선

김동식(인하대) 책임 편집

수록 작품 희생화/빈처/술 권하는 사회/유린/피아노/할머니의 죽음/우편국에서/까막잡기/ 그리운 흘긴 눈/운수 좋은 날/발/불/B사감과 러브 레터/사립정신병원장/고향/동정/정조와 약가/신문지와 철창/서투른 도적/연애와 청산/타락자

한국 근대 단편소설의 형식적 미학을 구축하고 근대적 사실주의 문학의 머릿돌을 놓은 작가 현진건의 대표작 21편 수록. 서구 중심의 근대성과 조선 사회의 식민성 사이에서 방황하는 지식인의 내면 풍경뿐만 아니라, 식민지 조선의 일상을 예리하게 관찰함으로써 '조선의 얼굴'을 담아낸 작가 현진건의 면모를 두루 살폈다.

35 사랑 이광수 장편소설

한승옥(숭실대) 책임 편집

춘원의 첫 전작 장편소설. 신문 연재물의 제약에서 벗어나 좀더 자유롭고 솔직한 그의 인생관이 담겨 있다. 이른바 그의 어떤 장편소설보다도 나아간 자유 연애, 사랑에 관한 작가의 생각을 엿볼 수 있는 작품. 작가의 나이 지천명에 이르러 불교와 『주역』 등 동양고전에 심취하여 우주의 철리와 종교적 깨달음에 가닿은 시점에서 집 된, 춘원의 모든 것.

36 화수분 전영택 중단편선

김만수(인하대) 책임 편집

수록 작품 천치? 천재?/운명/생명의 봄/독약을 마시는 여인/화수분/후회/여자도 사람인가/하늘을 바라보는 여인/소/김탄실과 그 아들/금붕어/차돌멩이/크리스마스 전야의 풍경/말 없는 사람

1920년대 초반 자연주의, 사실주의적 색채가 강한 작품 세계로 주목받았던 작가 전영택의 대표작선. 이들 작품에서 작가는, 일제 초기의 만세운동, 일제 강점기하의 극심한 궁핍, 해방 직후의 사회적 혼돈, 산업화 초창기의 사회적 퇴폐상에 대한 자신의 경험을 소박한 형식 속에 담고 있다.

37 유예 오상원 중단편선

한수영(동아대) 책임 편집

수록 작품 황선지대/유예/균열/죽어살이/모반/부동기/보수/현실/훈장/실기

한국 전후 세대 문학의 대표 작가 오상원의 주요작 10편을 묶었다. '실존'과 '행동'에 초점을 맞춘 그의 작품은, 한결같이 극한 상황에 처한 인간 존재의 의미를 묻는 데 천착하면서 효과적인 주제 전달을 위해 낯설고 다양한 소설적 실험을 보여준다.

38 제1과 제1장 이무영 단편선

전영태(중앙대) 책임 편집

수록 작품 제1과 제1장/흙의 노예/문 서방/농부전 초/청개구리/모우지도/유모/용자소전/이단자/B녀의 소묘/O형의 인간/들메/며느리

한국 농민문학의 선구자로 평가받는 이무영의 주요 단편 13편 수록. 이들 작품에서 작가는, 농민을 계몽의 대상이 아닌, 흙을 일구는 그들의 삶을 통해서 진실한 깨달음을 얻는 자족적 대상으로 바라본다. 이무영의 농민소설은 인간을 향한 긍정적 시선과 삶의 부조리한 면을 파헤치는 지식인의 냉엄한 비판 의식이 공존하고 있다.

39 꺼삐딴 리 전광용 단편선

김종욱(세종대) 책임 편집

수록 작품 흑산도/진개권/지층/해도초/GMC/사수/크라운장/충매화/초혼곡/면허장/꺼삐딴 리/곽 서방/남궁 박사/죽음의 자세/세끼미

1950년대 전후 사회와 60년대의 척박한 삶의 리얼리티를 '구도의 치밀성'과 '묘사의 정확성'을 통해 형상화한 작가 전광용의 대표 단편 15편 모음집. 휴머니즘적 주제 의식, 전통적인 서사 형식, 객관적이고 냉철한 묘사 태도, 짧고 건조한 문체 등으로 집약되는 전광용의 작품 세계를 한눈에 살필 수 있는 계기.

40 과도기 한설야 단편선

서경석(한양대) 책임 편집

수록 작품 동경/그릇된 동경/합숙소의 밤/과도기/씨름/사방공사/교차선/추수 후/태양/임금/딸/철로 교차점/부역/산촌/이녕/모자/혈로

식민지 시대 신경향파·카프 계열 작가로서 사회주의 리얼리즘 문학을 추구한 작가 한설야의 문학적 특징을 잘 드러내는 단편 17편을 수록했다. 시대적 대세에 편승하며 작품의 경향을 바꾸었던 다른 카프 작가들과는 달리 한설야는, 주체적인 노동자로서의 삶을 택한 「과도기」의 '창선'이 그러하듯, 이 주제를 자신의 평생 과제로 삼아 창작에 몰두했다.

41 사랑손님과 어머니 주요섭 중단편선

장영우(동국대) 책임 편집

수록 작품 추운 밤/인력거꾼/살인/첫사랑 값/개밥/사랑손님과 어머니/아네모네의 마담/북소리 두둥둥/봉천역 식당/낙랑고분의 비밀

주요섭이 남녀 간의 애정 문제를 주로 다룬 통속 작가로 인식되어온 것은 교정되어야 마땅하다. 그는 빈민 계층의 고단하고 무망(無望)한 삶을 사실적으로 재현하는 데 탁월한 기량을 보였으며, 날카로운 현실인식과 객관적 묘사의 한 전범을 보여주었고 환상성을 수용함으로써 보다 탄력적인 소설미학을 실험하기도 하였다.

42 탁류 채만식 장편소설

우찬제(서강대) 책임 편집

채만식은 시대의 어둠을 문학의 빛으로 밝히며 일제 강점기와 해방기의 우리 소설 사를 빛낸 작가다. 그는 작품활동 전반에 걸쳐 열정적인 창작열과 리얼리즘 정신으로 당대의 현실상을 매우 예리하게 형상화했다. 특히 『탁류』는 여주인공 봉의 기구한 운명의 족적을 금강 물이 점점 탁해지는 현상에 비유하면서 타락한 당대의 세계상을 여실하게 드러내주고 있다.

43 벙어리 삼룡이 나도향 중단편선

우찬제(서강대) 책임 편집

수록 작품 젊은이의 시절/별을 안거든 우지나 말걸/옛날 꿈은 창백하더이다/여이발사/행랑 자식/벙어리 삼룡이/물레방아/꿈/뽕/지형근/청춘

위험한 시대에 매우 불안하게 살았던 작가. 그러나 나도향은 불안에 강박되기보다 불안한 자유의 상태를 즐기는 방식으로 소설을 택한 작가였다. 낭만적 환멸의 풍경이나 낭만적 동경의 형식 등은 불안에 대한 나도향 식 문학적 향유의 풍경으로 다가온다.

44 잔등 허준 중단편선

권성우(숙명여대) 책임 편집

수록 작품 탁류/습작실에서/잔등/속습작실에서/평대저울

한국 근대소설사에서 허준만큼 진보적 지식인의 진지한 자기 성찰을 깊이 형상화한 작가는 없었다. 혁명의 연성을 기꺼이 인정하면서도 혁명과 해방으로 인해 궁지와 비참에 몰린 사람들에 대해 깊은 연민과 따뜻한 공감의 눈길을 던진 그의 대표작 다섯 편을 한데 모았다.

45 한국 현대희곡선

유치진 함세덕 오영진 차범석 이근삼 최인훈 이현화 이강백 이윤택 오태석

이상우(고려대) 책임 편집

수록 작품 토막/산허구리/살아 있는 이중생 각하/불모지/국물 있사옵니다/옛날 옛적에 훠어이 훠이/카덴자/봄날/오구—죽음의 형식/심청이는 왜 두 번 인당수에 몸을 던졌는가

한국 현대희곡 100년사를 대표하는 작품 열 편. 1930년대부터 1990년대까지 각 시기의 시대정신과 연극 경향을 대표할 만한 희곡들을 골고루 선별하였고, 사실주의 희곡과 비사실주의희곡의 균형을 맞추어 안배하였다.

46 혼명에서 백신애 중단편선

서영인 책임 편집

수록 작품 나의 어머니/꺼래이/복선이/채색교/적빈/낙오/악부자/정현수/학사/호도/어느 전원의 풍경―일명·법률/광인수기/소독부/일여인/혼명에서/아름다운 노을

일제강점기 한국문학을 대표하는 여성 작가이자 사회운동가인 백신애의 주요 작품 16편을 묶었다. 극심한 가난과 봉건적 인습의 굴레에 갇힌 여성들의 비극, 또는 그로부터 벗어나고자 하는 의지를 섬세한 필치와 치열한 문제의식으로 그려냈다. 그의 소설을 통해 '봉건적 가족제도와 여성의 욕망'이라는 해묵은 주제가 오늘날에도 여전히 풀리지 않는 과제로 존재하고 있음을 알게 된다.

47 근대여성작가선

김명순 나혜석 김일엽 이선희 임순득

이상경(KAIST) 책임 편집

수록 작품 의심의 소녀/선례/돌아다볼 때/탄실이와 주영이/경희/현숙/어머니와 딸/청상의 생활―희생된 일생/자각/계산서/매소부/탕자/일요일/이름 짓기/딸과 어머니와

일제강점기 한국문학을 대표하는 여성 작가들의 주요 작품 15편을 한 권에 묶었다. 근대 여성의 목소리로서 여성문학은 봉건적 가부장제에서 벗어나고자 개인으로서 여성의 자유로운 선택을 가로막는 온갖 질곡에 저항해왔다. 여성이 봉건적 공동체를 벗어나 개성을 찾아 나서는 길은 많은 경우 가출, 자살, 일탈 등으로 귀결되었지만, 그럼에도 여성 자신의 힘을 믿으면서 공동체의 인습에 저항하고 새로운 공동체를 지향하는 노력이 있었다. 여기에 식민지라는 조건 속에서 민족의 해방은 더 큰 과제이기도 했다. 이 책에 실린 여성 작가의 작품들은 신여성의 이러한 꿈과 현실, 한계를 여실히 드러내 보여준다.